STAR WARS™

L'ANCIENNE RÉPUBLIQUE

ALLIANCE FATALE

LE CYCLE DE STAR WARS
DANS L'ORDRE CHRONOLOGIQUE DE L'HISTOIRE

AN –3500	**107***	*L'Ancienne République : Alliance fatale* Sean Williams
AN –1020	**85**	*Dark Bane : La Voie de la destruction* Drew Karpyshyn
AN –1000	**92**	*Dark Bane : La Règle des deux* Drew Karpyshyn
	108	*Dark Bane : La Dynastie du mal* Drew Karpyshyn
AN –32	**52**	*Vent de trahison* James Luceno
	51	*Dark Maul : L'Ombre du chasseur* Michael Reaves
	22	*Épisode I : La Menace fantôme* Terry Brooks
AN –29	**43**	*Planète rebelle* Greg Bear
AN –27	**84**	*Vol vers l'infini* Timothy Zahn
AN –22	**83**	*Tempête intergalactique* Alan Dean Foster
	49	*Épisode II : L'Attaque des Clones* R.A. Salvatore
	90	*The Clone Wars* Karen Traviss
	93	*The Clone Wars : En territoire inconnu* Karen Miller
	96	*The Clone Wars : Pas de prisonniers* Karen Traviss
	100	*The Clone Wars : Gambit : Infiltré* Karen Miller
	103	*The Clone Wars : Gambit : Siège* Karen Miller
	73	*Contact zéro* Karen Traviss
AN –21	**82**	*Triple Zéro* Karen Traviss
	87	*True colors* Karen Traviss
	101	*Ordre 66* Karen Traviss

*** Ordre chronologique des parutions au Fleuve Noir**

AN –21	**70**	*Point de rupture* Matthew Stover
AN –20		*Medstar* Steve Perry, Michael Reaves
	71	1. *Chirurgiens de l'espace*
	72	2. *Guérisseuse Jedi*
	74	*L'Épreuve du Jedi* David Sherman et Dan Cragg
	80	*Yoda : Sombre Rencontre* Sean Stewart
AN –19	**81**	*Le Labyrinthe du mal* James Luceno
	68	*Épisode III : La Revanche des Sith*
	79	*Dark Lord : L'Ascension de Dark Vador* James Luceno
		La Trilogie de Yan Solo A.C. Crispin
AN –10	**31**	1. *Le Coup du Paradis*
AN –5	**32**	2. *Le Gambit du Hutt*
AN –1	**34**	3. *L'Aube de la Rébellion*
AN –3	**94**	*Le Pouvoir de la Force* Sean Williams
AN –2		*Les Aventures de Yan Solo* Brian Daley
	66	1. *Yan Solo au Bagne des Étoiles*
	67	2. *La Revanche de Yan Solo*
	69	*Yan Solo et le trésor de Xim*
AN –1	**105**	*Le Pouvoir de la Force II* Sean Williams
AN 0	**89**	*L'Étoile Noire* Michael Reaves et Steve Perry
	1	*Épisode IV : La Guerre des Étoiles* George Lucas
AN 0–3	**86**	*Allégeance* Timothy Zahn
AN 3	**2**	*Épisode V : L'Empire contre-attaque* Donald F. Glut
	11	*Les Ombres de l'Empire* Steve Perry
AN 4	**3**	*Épisode VI : Le Retour du Jedi* James Kahn

AN 4		*La Guerre des Chasseurs de Primes* K.W. Jeter
	36	1. *L'Armure mandalorienne*
	37	2. *Le Vaisseau* Esclave
	38	3. *Une encombrante cargaison*
	15	*Trêve à Bakura* Kathy Tyers
ANS 6 & 7		*Les X-Wings* Michael A. Stackpole
	7	1. *L'Escadron Rogue*
	8	2. *Le Jeu de la mort*
	9	3. *Un piège nommé Krytos*
	10	4. *La Guerre du Bacta* Aaron Allston
	28	5. *L'Escadron Spectre*
	30	6. *Le Poing d'Acier*
	42	7. *Aux commandes : Yan Solo !*
AN 8	**25**	*Le Mariage de la Princesse Leia* Dave Wolverton
AN 9		*La Croisade noire du Jedi Fou* Timothy Zahn
	12	1. *L'Héritier de l'Empire*
	13	2. *La Bataille des Jedi*
	14	3. *L'Ultime Commandement*
		Les X-Wings Michael A. Stackpole
	44	8. *La Vengeance d'Isard*
AN 11		*L'Académie Jedi* Kevin J. Anderson
	16	1. *La Quête des Jedi*
	17	2. *Sombre Disciple*
	18	3. *Les Champions de la Force*
		Moi, un Jedi Michael A. Stackpole
	54	1. *Mirax a disparu*
	55	2. *L'Héritage de Corran Horn*
ANS 12 & 13	**23**	*Les Enfants du Jedi* Barbara Hambly
	24	*Le Sabre noir* Kevin J. Anderson

ANS 12 & 13	**29**	*La Planète du crépuscule* Barbara Hambly
	53	*Les X-Wings* Aaron Allston 9. *Les Chasseurs stellaires d'Adumar*
AN 14	**26**	*L'Étoile de Cristal* Vonda McIntyre
ANS 16 & 17		*La Crise de la Flotte noire* Michael P. Kube McDowell
	4	1. *La Tempête approche*
	5	2. *Le Bouclier furtif*
	6	3. *Le Défi du tyran*
AN 17	**27**	*La Nouvelle Rébellion* Kristine Kathryn Rusch
AN 18		*La Trilogie corellienne* Roger MacBride Allen
	19	1. *Traquenard sur Corellia*
	20	2. *Assaut sur Selonia*
	21	3. *Bras de fer sur Centerpoint*
AN 19		*La Main de Thrawn* Timothy Zahn
	33	1. *Le Spectre du passé*
	35	2. *Vision du futur*
AN 25		*Le Nouvel Ordre Jedi*
	39	1. *Vecteur Prime* R.A. Salvatore
		2. *La Marée des Ténèbres* Michael A. Stackpole
	40	I. *Assaut*
	41	II. *Naufrage*
		3. *Les Agents du Chaos* James Luceno
	45	I. *La Colère du Héros*
	46	II. *L'Éclipse des Jedi*
AN 26	**47**	4. *Point d'équilibre* Kathy Tyers
		5. *L'Aurore de la victoire* Greg Keyes
	48	I. *Conquête*
	50	II. *Renaissance*

AN 27	**56**	6. *Étoile après étoile* Troy Denning
	57	7. *Sombre Voyage* Elaine Cunningham
		8. *Derrière les lignes ennemies* Aaron Allston
	58	I. *Le Rêve rebelle*
	59	II. *La Résistance rebelle*
	60	9. *Le Traître* Matthew Stover
AN 28	**61**	10. *La Voie du destin* Walter Jon Williams
		11. *L'Hérétique de la Force* Sean Williams et Shane Dix
	62	I. *Les Vestiges de l'Empire*
	63	II. *Les Réfugiés*
	64	III. *Réunion*
	65	12. *L'Ultime Prophétie* Greg Keyes
AN 29	**75**	*La Force unifiée* James Luceno
AN 35		*Nid obscur* Troy Denning
	76	1. *Le Roi des Affiliés*
AN 36	**77**	2. *Le Secret des Killik*
	78	3. *La Guerre de l'essaim*
AN 40		*L'Héritage de la Force*
	88	1. *Trahison* Aaron Allston
	91	2. *Descendances* Karen Traviss
	95	3. *Tempête* Troy Denning
	97	4. *Exil* Aaron Allston
	98	5. *Sacrifice* Karen Traviss
	99	6. *Enfer* Troy Denning
	102	7. *Fureur* Aaron Allston
	104	8. *Révélation* Karen Traviss
	106	9. *Invincible* Troy Denning

STAR WARS™

SEAN WILLIAMS

L'ANCIENNE RÉPUBLIQUE
t. I

ALLIANCE FATALE

Fleuve Noir

Titre original :
Star Wars : The Old Republic : Fatal Alliance
Published by Ballantine Books

Traduit de l'américain par
Thierry Arson

Le papier de cet ouvrage est composé de fibres naturelles, renouvelables, recyclables et fabriquées à partir de bois provenant de forêts plantées et cultivées durablement pour la fabrication du papier.

ISBN : 978-2-265-09299-0

Pour Kevin et Rebecca :
amis, professeurs et compagnons d'exploration.

Avec mes remerciements à Shelly, Frank, Daniel,
et aux deux Rob,
pour m'avoir montré la voie.

PERSONNAGES

Dao Stryver : guerrier (Mandalorien)
Dark Chratis : Seigneur Sith (humain)
Eldon Ax : apprentie Sith (humaine)
Jet Nebula : capitaine de l'*Auriga Fire* (humain)
Larin Moxla : ancienne soldate de la République (femelle kiffar)
Satele Shan : Grand Maître Jedi (humaine)
Shigar Konshi : Jedi Padawan (mâle kiffar)
Ula Vii : agent impérial (mâle épicanthix)

PROLOGUE

DANS L'ESPACE INCONNU

Le croiseur interstellaire léger donnait une impression d'insignifiance trompeuse dans le décor de la galaxie. Mais, pour un œil exercé, il ne manquait pas de qualités séduisantes : pas de marquage de l'Empire ou de la République, un blindage et un armement modestes, une passerelle à peine assez vaste pour accueillir une douzaine de personnes et pas d'escorte.

— C'est à vous de choisir, capitaine, souffla une voix gutturale dans l'oreille de Jet Nebula. Mais ne mettez pas trop longtemps à vous décider. Notre ami ici présent ne va pas rester sans bouger éternellement.

Le contrebandier qui se faisait appeler « Jet Nebula » adorait tenir en haleine son second. Il ne lui gardait pas rancune de la mutinerie en elle-même. Dès l'instant où l'*Auriga Fire* avait rencontré quelque chose ayant l'air de pouvoir contenir quelques biens de valeur, une tentative de prise de contrôle était devenue inévitable. Il avait engagé Shinqo en connaissance de cause et cela ne lui avait jamais fait perdre une minute de sommeil. Se coltiner ces moins que rien faisait partie du boulot.

Il n'aimait pas la violence gratuite, pourtant. Et enfoncer le canon d'un blaster dans ses côtes avait tout de l'exagération impardonnable.

— Alors ? insista Shinqo en rodien, car le capitaine faisait mine d'hésiter.

— Du calme ! feignit de protester Jet. Nous les avons interceptés il y a seulement une minute. Il est beaucoup trop tôt pour qu'ils préparent un autre saut.

— Ouais, mais ne prenez aucun risque, fit Shinqo en

appuyant son conseil d'une autre pression de son blaster dans le flanc de son supérieur. Et soyez heureux qu'on ne veuille pas vous prendre le vaisseau, en plus.

Quelque chose de lourd produisit un grincement sur la droite de Jet, et une silhouette massive entra en vacillant dans son champ de vision, poussiéreuse et cabossée, avec des photorécepteurs brillants. Jet lui adressa un très léger signe de tête, et le droïde battit en retraite.

— Me forcez pas à vous le demander deux fois, dit Shinqo.

— D'accord, c'est bon, dit Jet en s'installant dans le siège du pilote et en enclenchant le réseau com. Puisque tu présentes les choses aussi simplement, voyons comment sont ces types avant de les dépouiller.

Les feux de position du croiseur stellaire clignotèrent et se réfléchirent dans l'obscurité. Ses systèmes étaient encore en phase de stabilisation au moment où l'appareil s'était brutalement arraché à l'hyperespace, mais Jet était sûr que le réseau com était redevenu opérationnel. Toutes les oreilles à bord se tendraient pour savoir ce que le cargo accroché à leur proue avait à dire.

Il recourut à des phrases courtes et simples qui l'avaient déjà bien servi par le passé :

— Tu es alpagué, ma beauté. Prépare-toi pour un abordage.

La réponse fut instantanée.

— Négatif. Nous ne reconnaissons pas votre autorité.

Celle-là, on ne la lui avait jamais faite…

— Quelle institution sensée investirait des types comme nous de la moindre parcelle d'autorité ?

— Vous êtes un corsaire. Vous travaillez pour la République.

— Ah non, ça, c'est complètement faux.

Maintenant, en tout cas, pensa Jet.

— Nous sommes d'humbles arnaqueurs, membres d'un cercle indépendant, et il se trouve que vous avez eu la malchance de croiser notre route. Rendez-vous sans faire de foin et je veillerai à ce que mon second assoiffé de sang ne vous explose pas tous à coups de blaster.

— Aucun risque. Nous sommes en mission diplomatique.

— Mandatés par qui ? Pour aller voir qui ? Si l'on m'avait donné un crédit à chaque fois qu'on m'a sorti cette blague, nous ne discuterions pas ensemble maintenant.

Il y eut un long moment de silence, puis :

— Bon, d'accord. Quel prix pour nous laisser filer ?

Du regard, Jet consulta Shinqo puisque c'était lui le maître du jeu. Les véritables employeurs du Rodien étaient les Hutts, et parfois un pot-de-vin valait autant que la part du butin qui vous restait une fois les cartels servis.

Shinqo eut un mouvement de tête négatif.

— Pas ton jour de chance, mon pote, dit Jet à son interlocuteur à l'autre bout de la ligne com. Mieux vaudrait nous donner libre accès à ces sas, et vite fait. Nous arrivons et nous ne voudrions pas abîmer la marchandise plus que nécessaire.

Le croiseur interstellaire ne répondit pas.

Pendant que Jet allumait les projecteurs secondaires, Shinqo se mit à beugler dans le circuit com interne :

— Fekk, Gelss, ça va chauffer.

Les deux Sullustéens appartenaient à la bande de traîtres qui suivaient Shinqo, et Jet n'aurait pas été fâché que ces mutins paient le prix fort pour leur appât du gain. Il avait la très nette impression que ce croiseur n'allait pas se rendre facilement. Ses lignes étaient trop racées, sa coque trop bien entretenue. Sur son flanc tribord, on pouvait lire *Cinzia* en lettres noires et c'était sa seule identification visible, récemment apposée. Ces détails prouvaient une certaine fierté.

Non, les propriétaires de ce vaisseau finiraient peut-être par offrir un pot-de-vin pour poursuivre leur route, mais ils ne se laisseraient pas intimider aussi aisément. Ceux qui réagissaient de la sorte étaient de moins en moins nombreux de nos jours. Avec la République et l'Empire qui se bouffaient continuellement le nez, et à qui il ne manquait qu'une déclaration en bonne et due forme pour transformer leur rivalité en une guerre ouverte, les gens se chargeaient eux-mêmes d'appliquer leurs lois. Partout, il y avait tant à perdre et si peu à gagner…

Autant pour le Traité de Coruscant. Et pour ce qui était de voir moins de sang versé, songea-t-il en pensant à Fekk et Gelss. Qu'il soit rouge ou vert, cela restait du sang. Moins il en coulait autour de lui et moins il y avait de risques que ce soit un jour le sien.

— Qu'allons-nous dire à nos anciens patrons quand nous rentrerons à vide ?

— Ce n'est pas mon problème, répondit Shinqo qui jubilait. Sur le papier, c'est toujours vous le capitaine de l'*Auriga Fire*. C'est votre boulot de trouver une excuse que la République voudra bien gober. Moi, je serai déjà très loin, avec les crédits.

Fidèle à son habitude, le Rodien prévoyait de tuer Jet, qu'il y ait accord avec leur proie ou abordage. Voilà qui changeait tout. Jet jeta un coup d'œil à Clunker, qui se tenait immobile à l'entrée du cockpit. Personne ne pourrait entrer ici si les choses se gâtaient. Mais, surtout, personne ne pourrait en sortir…

À peine l'*Auriga Fire* avait-il réduit la distance de moitié que les doutes à propos de l'autre vaisseau se trouvèrent brutalement justifiés. Des voyants rouges se mirent à clignoter un peu partout sur le tableau de bord. Une sonnerie d'alarme se déclencha. Jet observa le phénomène un instant, pour être absolument certain de ce qu'il voyait, avant d'activer tous les écrans au maximum et de forcer sur les projecteurs secondaires.

L'*Auriga Fire* s'inclina pour s'approcher du croiseur, et Shinqo recula en titubant à cause de la gîte soudaine. Clunker le saisit et, dans la manœuvre, lui arracha prestement son blaster. À cet instant précis, le croiseur stellaire qui aurait dû être leur butin explosa, et un geyser de lumière blanche très pure envahit les hublots, les regards et les écrans.

Jet n'avait pas fait qu'écarter leur vaisseau. Il s'était aussi couvert les yeux de la main et, à présent, il regardait prudemment entre ses doigts tous les instruments pris de folie. Il ne restait quasiment rien du *Cinzia*. Des chocs métalliques mitraillèrent la coque quand les débris du croiseur interstellaire la heurtèrent.

Shinqo aboyait de nouveau dans son micro. Il comprenait vite, mais pas assez…

— Qui a tiré ? Qui a donné l'ordre de tirer ?

— Personne, répondit Jet. C'est le vaisseau *lui-même* qui vient de se faire exploser. Et si je n'avais pas remarqué l'augmentation subite des neutrinos à la traîne des propulseurs avant qu'ils explosent, nous aurions été grillés, nous aussi.

Shinqo se tourna vers lui comme s'il avait tout manigancé.

— Je devrais vous descendre tout de suite.

— Avec quoi, l'ami ?

Du menton, Jet désigna Clunker, lequel pointait le propre blaster du Rodien sur la poitrine de celui-ci. Le capitaine savoura le désarroi qui se lisait sur le visage vert de son second.

— Si nous reprenions depuis le début, d'accord ? Maintenant, nous travaillons pour le compte des Hutts, si j'ai bien compris. Un Maître ou un autre, peu m'importe, tant que le partage est le même. Mais nous aurons tous des parts égales, hein ? Sinon, je parle à l'équipage, et les gars vont l'avoir mauvaise d'avoir raté une si belle occasion. Et ils ne seront pas contents d'apprendre que tu t'apprêtais à en escroquer certains. Et je peux dire à l'aimable Clunker ici présent, qui aurait grand besoin d'un bon bain d'huile, d'appuyer un peu plus sur la détente et de t'envoyer rejoindre les gars de l'autre vaisseau, quelle que soit la zone de l'univers où ils sont maintenant dispersés. Tu saisis ?

La résignation remplaça l'inquiétude sur la face du Rodien. Il leva les mains.

— Allons, capitaine, il y a eu un malentendu.

— Peut-être aimerais-tu clarifier les choses dans ce cas ?

— Bien sûr, bien sûr. Vous aurez votre part. Nous recevrons tous notre part. Je n'avais jamais pensé autrement.

— Et pour la République ?

— Nous nous arrangerons avec eux… Ensemble. Ce ne serait pas juste de tout vous laisser sur le dos.

— Je suis soulagé d'entendre ça.

Jet fit un petit signe à Clunker, et le droïde retourna le blaster dans sa main pour le présenter crosse en avant à son propriétaire.

— Tant que je commande ce vaisseau, comme il est écrit sur le flimsiplast de bord, dans le Parchemin barabel… j'exige un certain degré de civilité et d'accord commun. Tant que j'aurai ça, tout se passera bien entre nous.

Il fit pivoter son siège face aux instruments, certain que Clunker empêcherait toute éventuelle action hostile envers lui. Et certain aussi que le Rodien était assez malin pour reconnaître un compromis acceptable quand on lui en proposait un. Jet ne s'intéressait pas à l'identité de la personne qui le payait, tout comme les Hutts ne se souciaient pas de qui leur apportait leurs trésors tant que ces trésors leur revenaient. À la fin de la partie, tout finissait par s'arranger, au moins pour ceux qui étaient encore debout.

— Voyons donc ce qui reste de notre infortuné ami dehors…

Le champ de débris s'étendait rapidement. Les senseurs suivaient à la trace les plus gros, dont beaucoup avaient une taille équivalente ou supérieure à celle d'un corps humain. Il en fut quelque peu surpris. Généralement, l'explosion des propulseurs ne laissait que des scories et de la poussière.

— On dirait une partie de la section avant, commenta

Shinqo en se penchant à côté de Jet pour désigner du doigt un point de l'écran.

— Aucun signe de vie.

— Aucun témoin, dit le Rodien avec satisfaction.

— Ça fait partie de notre boulot, répondit Jet.

En fait, il n'avait jamais tué une seule des personnes qu'il avait dépouillées tout au long de ces années de piraterie. Pas après les avoir dépouillées, en tout cas. Il avait brisé quelques cœurs, bien sûr, et défoncé quelques crânes, mais rien de plus grave.

— Je ne pense pas qu'ils l'ont fait à cause de nous.

— Pourquoi ils l'ont fait alors ?

Jet fit la moue.

— Ça, c'est la question à un milliard de crédits…

Shinqo se frotta le menton avec la main et le bout de ses doigts produisit une sorte de crissement. Maintenant que la situation entre eux avait été normalisée, il était rentré dans son rôle d'officier en second. Il avait toutes les qualités pour cela, quand l'avidité n'intervenait pas. Sans cet atout, d'ailleurs, Jet ne l'aurait jamais pris à son bord.

Le Rodien risqua une hypothèse :

— Ils avaient quelque chose à bord et ils ne voulaient surtout pas que nous mettions la main dessus ?

— Quelque chose qui à leurs yeux valait plus que leur propre vie ? objecta Jet en se tournant pour rencontrer le regard perplexe de Shinqo. Ce serait d'une grande valeur dans ce cas.

— Même si elle a été réduite en morceaux peut-être…

— Exactement ce que je me disais, approuva Jet qui lui indiqua le siège du copilote. Assieds-toi et prends le contrôle du rayon tracteur. Voyons ce que nous pouvons trouver.

L'*Auriga Fire* entreprit de dériver dans la zone pour ratisser les débris du vaisseau dont ils avaient coupé la route. Un sentiment diffus tenaillait Jet Nebula pendant qu'ils cherchaient. Cela ressemblait à de la culpabilité, et il se promit de ne pas y céder. Il n'avait pas tué l'équipage du

Cinzia. Ils s'étaient fait sauter eux-mêmes. C'était juste un coup de malchance qu'ils se soient croisés, et un coup de chance que lui continue de respirer après cette rencontre. Et si sa chance perdurait, il parviendrait peut-être à tirer un profit de cette escapade dans l'espace profond. Ensuite, il pourrait enfin se constituer un équipage un peu plus qualifié et reprendre la contrebande.

Certaines journées étaient meilleures que d'autres. Celle-ci en était une. Il se le dit avec toute la conviction qu'il était capable de rassembler, soit beaucoup chez un homme exerçant dans sa branche.

Qu'est-ce qui aurait pu mal tourner ?

PREMIÈRE PARTIE

INTÉRÊTS COMMUNS

1

Shigar Konshi suivait les détonations des blasters dans les vieux quartiers de Coruscant. Il ne trébuchait jamais, ne glissait jamais, ne s'égarait jamais, même quand il empruntait le dédale de rues étroites et encombrées d'années de détritus tombés peu à peu des niveaux supérieurs. Câbles et enseignes oscillaient au-dessus de sa tête, pendus parfois si bas que Shigar devait se courber pour passer. Grand et mince, avec un chevron bleu sur chaque joue, l'apprenti Jedi se déplaçait avec une fluidité de mouvement et une assurance étonnantes pour ses dix-huit ans.

En lui-même, pourtant, il bouillait. La décision de Maître Nikil Nobil l'avait profondément heurté, et ce n'était pas son envoi par hologramme depuis l'autre bout de la galaxie qui y avait changé quelque chose.

« Le Grand Conseil estime que Shigar Konshi n'est pas prêt pour les épreuves. »

La décision l'avait choqué, mais il était assez intelligent pour n'en rien montrer. La dernière chose qu'il voulait était de laisser transparaître devant le Conseil la honte et le ressentiment qu'il éprouvait.

— Dites-lui pourquoi, avait déclaré le Grand Maître Satele Shan qui se tenait à côté de lui, mains jointes devant elle.

Plus grande que lui d'une tête, elle irradiait une personnalité indomptable. Même avec l'holoprojection, elle avait assez déstabilisé Maître Nobil, et l'immense Thisspiasian à la longue barbe cérémonielle s'était balancé avec gêne sur sa queue de serpent.

— Nous – c'est-à-dire le Conseil – estimons que sa formation de Padawan n'est pas terminée.

Shigar avait violemment rougi.

— Comment cela, Maître Nobil ?

Son Maître l'avait fait taire d'une poussée télépathique mesurée, mais irrésistible.

— Il est près d'atteindre la maîtrise, avait-elle affirmé au Conseil. Je suis certaine que ce n'est qu'une question de temps.

— Un Chevalier Jedi se doit de l'être à tous les égards, avait répondu Nobil. Aucune exception à ce principe n'est possible, même pour vous.

D'un signe de tête, Maître Satele signifia son acceptation de cette décision. Shigar se mordit la langue. Elle disait qu'elle avait foi en lui, alors pourquoi n'annulait-elle pas cette décision ? Elle n'avait pas à se soumettre au Conseil. S'il n'avait pas été son Padawan, aurait-elle pris sa défense ?

Il n'avait pas dissimulé ses sentiments aussi bien qu'il l'aurait souhaité.

— Ton manque de maîtrise de toi-même se manifeste de bien des façons, avait poursuivi Maître Nobil de sa voix sévère. Prenons tes commentaires récents au Sénateur Vuub concernant la politique du Conseil de Gestion des Ressources. Même si nous pouvions tous nous accorder pour dire que, dans sa gestion de la crise, la République n'est pas parfaite, tout ce qui déroge à la plus grande discipline politique est impardonnable actuellement. Comprends-tu ?

Shigar baissa la tête. Il aurait dû se douter que cette Neimoidienne cherchait plus que simplement son opinion quand elle s'était glissée auprès de lui et avait commencé à le flatter. Après avoir envahi Coruscant, l'Empire n'avait accepté de restituer ce monde à la République qu'en échange d'un grand nombre de concessions territoriales. Depuis, les lignes d'approvisionnement étaient très tendues. Que Shigar ait raison, et que le CGR soit une instance corrompue au-delà de tout espoir, qui faisait risquer à des milliards d'individus quelque chose de pire que la guerre – la famine, la maladie, la désillusion –, voilà qui ne comptait pas dans certains cercles, tout simplement.

L'expression de Maître Nobil s'était radoucie.

— Tu es déçu. C'est bien naturel, et je le comprends. Sache que la Grande Maîtresse parle en ta faveur avec ardeur, et depuis longtemps. Nous prenons en compte son avis. Elle ne peut influencer notre décision unanime, mais elle a attiré notre attention. Nous observerons tes progrès avec constance, et de grandes espérances.

La conférence holographique avait pris fin. Dans les tréfonds de Coruscant, Shigar éprouvait alors une impression de vide contradictoire. Pas prêt ? De grandes espérances ? Le Conseil s'amusait avec lui – c'était du moins son sentiment – en le faisant aller et venir comme un félin dans sa cage. Serait-il un jour libre de suivre son propre chemin ?

Maître Satele comprenait son trouble mieux que lui-même.

— Va marcher un peu, lui avait-elle dit en posant les mains sur ses épaules et en aimantant son regard assez longtemps pour être certaine qu'il comprenait ses intentions : elle lui donnait l'occasion de se calmer, mais elle ne le congédiait pas. Je dois parler au commandant suprême Stantorrs de toute façon. Retrouvons-nous plus tard aux Cloîtres de l'Union.

— Bien, Maître.

Et c'est ainsi qu'il allait maintenant, tout en ruminant. Il avait en lui la force de surmonter ce revers temporaire, il le savait, et assez d'autodiscipline pour incorporer ses derniers talents à un dessein unifié. Mais vu les circonstances actuelles, son instinct le menait loin de la passivité au lieu de l'y pousser.

Devant lui, le son des tirs de blasters allait crescendo.

Shigar fit halte dans une ruelle qui empestait autant que les restes d'un woodoo. Depuis le niveau supérieur, une lumière oscillante révélait par à-coups les contours des détritus et de la pourriture. Dans un recoin crasseux, un antique droïde observait la scène de ses yeux rouges clignotants, ses doigts rouillés retenant dans un geste protecteur ses câbles et ses servos dans son armure éventrée. La guerre froide avec l'Empire se déroulait très loin de cette ruelle et de son triste occupant, mais ses effets étaient très visibles. S'il avait voulu exprimer sa colère envers l'état de la République, il n'aurait pu choisir meilleur environnement.

La fusillade s'intensifiait. Sa main se dirigea vers la poignée de son sabre laser.

Il n'y a pas d'émotion, se dit-il. *Il n'y a que la paix.*

Mais comment pouvait-on avoir la paix sans la justice ? Et le Conseil Jedi, douillettement installé dans son nouveau temple sur Tython, comment pouvait-il être au courant de *ça* ?

Des cris l'arrachèrent à ses pensées. Le temps d'un battement de cœur et il n'était plus là. Le scintillement émeraude de son sabre laser perdura une fraction de seconde dans son sillage, au sein de la pénombre.

Larin Moxla fit halte pour ajuster la sangle ventrale de son armure. Cette maudite chose ne cessait de se desserrer, et elle ne voulait prendre aucun risque. Jusqu'à l'arrivée des Justicars, il n'y avait qu'elle entre le gang du Soleil Noir et les habitants plus ou moins innocents du perchoir de Gnawer. D'après les échanges de tirs, la moitié de ces criminels avaient été taillés en pièces.

Assurée qu'aucune partie trop vulnérable de sa personne n'était exposée, elle risqua un coup d'œil hors de son abri et braqua son fusil à canon court modifié. L'arme était interdite sur Coruscant, sauf pour les commandos d'élite des forces spéciales. Elle était munie d'une puissante lunette de visée de sniper, qu'elle dirigea sur le refuge des Soleil

Noir. Personne à l'entrée principale, aucun signe de sentinelles sur le toit, ce qui était (pour le moins) inattendu. Et l'on continuait de tirer à l'intérieur du bâtiment fortifié. Un piège ?

Regrettant comme toujours de ne pas avoir de soutien, elle abaissa son fusil et redressa sa tête casquée au-dessus de son abri. Personne ne la prit pour cible. Personne ne parut seulement la remarquer. Elle n'aperçut que quelques habitants qui couraient se mettre à l'abri. Si l'on exceptait le fracas venant de l'intérieur, cette rue aurait tout aussi bien pu être complètement désertée.

Piège ou pas, elle décida de se rapprocher. Oubliant les endroits de son armure d'occasion où les pièces crissaient sourdement à cause du frottement, Larin courut d'abri en abri, cassée en deux, jusqu'à ce qu'elle ne soit plus qu'à quelques mètres de l'entrée. Les tirs étaient à présent assourdissants, et des cris les accompagnaient. Elle s'efforça d'identifier les armes employées. Pistolets et fusils blaster de différentes marques. Au moins un canon sur support. Deux ou trois vibroscies. Et, dans tout ce vacarme, un son différent, le rugissement de gaz surchauffés violemment expulsés d'un tuyau.

Un lance-flammes.

À sa connaissance, aucun gang n'en utilisait. Le risque d'un incendie fulgurant était bien trop grand. Seul quelqu'un de l'extérieur emploierait une telle arme. Quelqu'un qui ne se souciait pas des ravages qu'il laissait derrière lui.

Une explosion à un étage supérieur fit pleuvoir des briques dans la rue, accompagnées d'un nuage de poussière. Larin se baissa instinctivement, mais le mur derrière lequel elle se trouvait tint bon. S'il s'était effondré, elle aurait été ensevelie sous des mètres cubes de gravats.

Les doigts de sa main gauche effectuèrent machinalement le compte à rebours. Elle se serait sentie mal de ne pas céder à cette habitude. Action dans… trois… deux… un…

Le silence.

Elle se figea. C'était comme si l'on avait actionné un interrupteur. L'instant d'avant, neuf sources de fracas créaient le chaos à l'intérieur du bâtiment. Et maintenant, plus rien.

Elle referma la main, le compte à rebours oublié. Pas question de bouger tant qu'elle ne saurait pas ce qui venait d'arriver et qui en était la cause.

Quelque chose s'écroula à l'intérieur. Elle raffermit sa prise sur le fusil. Des pas avancèrent en crissant vers l'entrée. Une seule série.

Elle se redressa de profil pour offrir une cible plus réduite et braqua son fusil sur l'entrée enténébrée.

Les pas se rapprochaient, sans hâte, avec assurance, lourds. Très lourds.

Dès qu'elle décela un mouvement sur le seuil du bâtiment, elle lança d'une voix forte :

— Plus un pas !

Les pieds bottés s'immobilisèrent côte à côte. Elle distingua les reflets métalliques gris et verts d'une armure.

— Avancez lentement dans la lumière.

Le propriétaire des jambes fit un pas, puis un autre, et un Mandalorien apparut, si grand que sa tête casquée effleurait le linteau de la porte.

— C'est assez loin.

— Assez loin pour quoi ?

Confrontée à cette voix dure, inhumaine, Larin réussit à demeurer impassible, mais cela ne lui fut pas facile. Elle avait déjà vu des Mandaloriens en action et elle se savait tragiquement sous-équipée face à celui-ci.

— Pour que vous me disiez ce que vous faisiez là-dedans.

La tête casquée s'inclina légèrement.

— J'étais à la recherche de renseignements.

— Vous êtes un chasseur de primes ?

— C'est important, ce que je suis ?

— Ça l'est quand vous vous en prenez à mes semblables.

— Vous ne ressemblez pas à un membre du Soleil Noir.

— Je n'ai jamais dit que j'en faisais partie.

— Vous n'avez pas dit le contraire non plus, répliqua le colosse en bougeant un peu pour trouver un meilleur équilibre. Je cherche des informations concernant une femme du nom de Lema Xandret.

— Jamais entendu parler d'elle.

— Vous en êtes bien sûre ?

— Je pensais que c'était moi qui posais les questions, ici.

— Vous faisiez erreur.

Le Mandalorien leva un bras à l'horizontale vers elle. Une portion de plaque s'ouvrit sur son avant-bras, et le lance-flammes qu'elle avait entendu plus tôt apparut. Elle serra un peu plus fort son arme et essaya désespérément de se remémorer les points faibles d'une armure mandalorienne – s'il en existait…

— Non, dit une voix autoritaire sur sa gauche.

Par réflexe, Larin jeta un œil dans cette direction et vit un jeune homme en tunique, immobile, main levée dans ce geste universel qui signifie *Stop*.

Sa vue lui fit baisser la garde un instant.

Un jet de flammes puissant rugit en fusant dans la direction de Larin. Elle se baissa juste à temps, et sa tête évita le jet brûlant de quelques millimètres seulement.

Elle tira une balle qui ricocha sans effet sur le plastron du Mandalorien, puis plongea au sol pour se mettre à couvert. Il lui était difficile de dire ce qui la surprenait le plus : qu'un Jedi s'aventure dans les entrailles de Coruscant ou qu'il porte les tatouages faciaux d'un Kiffu, tout comme elle.

D'un coup d'œil, Shigar jaugea le face-à-face. Il n'avait encore jamais affronté un Mandalorien, mais son Maître l'avait soigneusement préparé à cette éventualité. Ces individus étaient dangereux, très dangereux, et il faillit hésiter à défier celui-là. Même secondé par ce soldat qui d'ailleurs semblait mal en point, il doutait que ce soit suffisant.

Puis le jet de flammes décrivit un arc horizontal en direction du soldat qui se baissa vivement et enchaîna par une roulade pour se mettre à l'abri, le tout avec une rapidité admirable. Shigar se rua en avant, sabre brandi pour trancher le filet qui évidemment se déployait déjà vers lui. Le gémissement du jetpack couvrit le grésillement rageur de la lame de Shigar quand il se libéra en tranchant dans le filet. Avant que le Mandalorien se soit élevé de plus d'un mètre, le Jedi recourut à la Force et le repoussa violemment contre le mur du bâtiment, ce qui eut pour effet d'écraser l'échappement du jetpack.

Avec un grondement, le Mandalorien se réceptionna lourdement sur ses pieds et décocha très vite deux fléchettes à hauteur de tête. Shigar les dévia et s'avança d'un pas dansant. À distance, il était désavantagé. Les Mandaloriens maîtrisaient parfaitement le maniement de l'armement pour le combat à distance et ils faisaient tout pour éviter le corps à corps, sauf quand ils le pratiquaient en gladiateurs dans une de leurs arènes de sinistre réputation. S'il pouvait se rapprocher assez pour frapper, tandis que le soldat maintenait un tir de diversion, il aurait peut-être la chance de…

Une roquette explosa au-dessus de sa tête, puis une autre. Elles ne lui étaient pas destinées, elles visaient les niveaux supérieurs de la cité ; des gravats tombèrent sur lui, le forçant à protéger sa tête. Le Mandalorien en profita pour passer sous sa garde et refermer une main sur sa gorge. Shigar était complètement déconcerté : les Mandaloriens n'étaient pas *supposés* accepter le combat rapproché ! Il fut ensuite soulevé du sol et projeté violemment contre un mur voisin.

Il retomba sur ses deux pieds, un peu étourdi, mais il se ressaisit aussitôt et se prépara à une nouvelle attaque.

En trois bonds sur sa droite, le Mandalorien gravit

un amoncellement de gravats et, de là, sauta sur un toit. D'autres roquettes filèrent vers les hauteurs selon une trajectoire courbe pour frapper les piliers de soutènement en ferrociment d'un monorail. Des flèches de métal tordues tombèrent en pluie sur Shigar et le soldat. Le Padawan dut utiliser au maximum la Force pour les dévier, et elles se fichèrent en vibrant dans le sol tout autour d'eux.

— Il s'enfuit !

Une explosion suivit l'exclamation du soldat. La grenade que le Mandalorien avait lancée derrière lui détruisit la majeure partie du toit en face de Shigar et fit naître un gros champignon de fumée noire qui s'épanouit dans l'air. Shigar y entra avec circonspection, car il craignait une embuscade, mais en ressortit pour trouver les lieux déserts devant lui. Il effectua un tour complet sur lui-même et dissipa la fumée d'une simple poussée de la main.

Le Mandalorien avait disparu. Impossible de dire s'il avait fui vers les niveaux supérieurs, s'il était redescendu, s'il avait bifurqué. Shigar puisa dans la Force. Son cœur battait toujours la chamade, mais sa respiration était calme, légère. Il ne détecta rien.

Le soldat émergea de la fumée à quelques pas de lui, en progressant baissé, par prudence. La femme se redressa et se campa solidement sur ses deux jambes. Le canon de son arme le prit pour cible et, un instant, il crut qu'elle allait vraiment tirer.

— Je l'ai perdu, reconnut-il à contrecœur.

Elle abaissa son fusil.

— Pas votre faute, dit-elle. Nous avons fait de notre mieux.

— D'où venait-il ?

— J'ai d'abord pensé que c'était une de ces rixes ordinaires entre membres du Soleil Noir, répondit-elle en indiquant du pouce le bâtiment détruit. Et puis il est sorti.

— Pourquoi vous a-t-il attaquée ?

— Aucune idée. Il m'a peut-être prise pour un Justicar.

— Ce que vous n'êtes pas ?

— Non. Je n'aime pas leurs méthodes. Et ils vont bientôt rappliquer, alors vous feriez bien de filer avant qu'ils vous accusent de tout ça.

Sage conseil, se dit-il. La milice sanguinaire contrôlant les niveaux inférieurs y imposait sa propre loi, et celle-ci voyait d'un mauvais œil toute intrusion sur son territoire.

— Voyons ce qui s'est passé à l'intérieur, d'abord.

Le sabre paré, il se dirigea vers l'entrée qu'obscurcissait un peu plus la fumée.

— Pourquoi ? Ce n'est pas votre problème.

Shigar ne répondit pas. Quoi qu'il se passe ici, ils ne pouvaient pas partir comme ça. Et il sentait qu'elle serait soulagée de ne pas s'aventurer seule à l'intérieur.

Ils explorèrent ensemble les ruines fumantes. Armes et cadavres gisaient côte à côte, en nombre égal. Visiblement, les occupants des lieux s'étaient opposés à l'intrus, et ils étaient morts un à un. La scène était macabre, mais elle n'avait rien de très surprenant. Si les Mandaloriens ne désapprouvaient pas les activités illégales, ils étaient beaucoup moins compréhensifs quand on les prenait pour cible.

À l'étage supérieur, Shigar fit halte. Il sentait une présence vivante au milieu de tout ce carnage. Il leva une main pour indiquer au soldat qu'il fallait procéder plus lentement, juste au cas où le survivant penserait qu'ils venaient finir le travail. Elle se glissa vivement devant lui sans se soucier du danger, prête à faire feu. Il suivit sans bruit.

Ils le trouvèrent recroquevillé derrière une caisse défoncée. Un Nautolan. Tout un côté de son corps portait des brûlures de blaster et une fléchette l'avait touché au cou. Il gisait dans une mare de son propre sang qui s'étalait constamment. Il leva les yeux quand Shigar se pencha sur lui pour évaluer la gravité de ses blessures. L'apprenti Jedi pouvait faire un garrot pour traiter celles des membres et cautériser les autres, mais il devrait agir vite s'il voulait avoir une chance de le sauver.

— Dao Stryver. Il est sorti de nulle part.

La voix du Nautolan n'était qu'un grondement guttural, encore accentué par la plaie à sa gorge.

— Le Mandalorien ? dit le soldat. C'est de lui que vous parlez ?

— Oui. Dao Stryver. Il voulait ce que nous avions. Nous avons refusé de le lui donner.

Le soldat ôta son casque. La femme était étonnamment jeune, avec des cheveux noirs coupés court, une mâchoire volontaire et des yeux aussi verts que le sabre laser de Shigar. Mais le détail le plus surprenant était sans doute ces tatouages d'un Clan Moxla sur ses joues salies.

— Qu'est-ce que vous aviez, au juste ? demanda-t-elle au blessé.

Les yeux du Nautolan commençaient à se révulser.

— *Cinzia*, fit-il dans un toussotement qui aspergea de sang le devant de son armure. *Cinzia*.

— Qu'est-ce que c'est ? voulut-elle savoir, et elle se pencha un peu plus, car il respirait toujours plus faiblement. Tenez bon, les secours arrivent. Cramponnez-vous !

Shigar se redressa. Il ne pouvait rien faire sans un kit méd. Le Nautolan s'était tu. Définitivement.

— Je suis désolé, dit-il.

— Vous n'avez aucune raison de l'être, répliqua-t-elle en contemplant ses mains. C'était un membre du Soleil Noir, et sans doute un tueur lui-même.

— Est-ce que ça fait de lui quelqu'un de mauvais ? Le manque de nourriture peut l'avoir mené à ça, ou de médicaments pour sa famille, ou un tas d'autres raisons.

— D'accord, les mauvais choix ne rendent pas les gens mauvais. Mais il faut bien se situer ici-bas. Prendre position, même si l'on n'arrive plus à savoir qui est du bon ou du mauvais côté.

Une expression d'extrême lassitude passa sur les traits de la jeune femme, et Shigar pensa la comprendre un peu mieux. La justice était importante, tout comme la manière de la défendre, même si cela impliquait de se battre parfois seul.

— Je m'appelle Shigar, dit-il d'un ton apaisant.

— Enchantée, Shigar, répondit-elle avec un léger sourire. Et merci. Vous m'avez probablement sauvé la vie tout à l'heure.

— Je ne peux pas m'en vanter. Je suis sûr qu'il ne nous a pas considérés comme des adversaires dignes de lui.

— À moins qu'il ait compris que nous ne savions rien de ce qu'il était venu chercher dans ce refuge. Lema Xandret : c'est le nom qu'il a prononcé devant moi. Cela vous dit quelque chose ?

— Rien du tout. *Cinzia* non plus, d'ailleurs.

Elle se remit debout et replaça son fusil dans son dos.

— À propos, moi c'est Larin.

Sa poignée de main était d'une vigueur inattendue.

— Nos clans ont été ennemis à une époque, remarqua Shigar.

— L'histoire ancienne est le dernier de nos soucis. Nous ferions bien de décamper avant l'arrivée des Justicars.

Il regarda autour de lui, le Nautolan, les autres cadavres, le bâtiment dévasté. Dao Stryver. Lema Xandret. *Cinzia*.

— Je vais parler à ma Maîtresse, déclara-t-il. Elle doit être informée qu'un Mandalorien crée des troubles sur Coruscant.

— Très bien. Je vous suis, dit-elle en mettant son casque.

— Vous m'accompagnez ?

— Ne jamais faire confiance à un Konshi. C'est ce que ma mère répétait toujours. Et si nous devons empêcher une guerre ouverte entre ce Dao Stryver et le Soleil Noir, il faut nous y mettre sans tarder. Pas vrai ?

Shigar eut à peine le temps d'apercevoir son sourire avant qu'il disparaisse sous le casque.

— Vrai, dit-il.

2

Eldon Ax pansa ses blessures pendant tout le trajet vers Dromund Kaas.

Les dommages infligés à son corps furent les plus faciles à résorber. Pour nombre d'estafilades et d'entailles, elle laissa la nature les cicatriser, se basant sur ce que lui avait enseigné son Maître : une leçon vite oubliée est une leçon mal apprise. Pour le reste, elle s'en occupa avec le kit méd incorporé dans le cockpit de son Interceptor en faisant l'impasse sur les analgésiques et les anesthésiques. La douleur ne lui posait pas de problème. Elle lui était même utile.

C'était plutôt les blessures faites à son assurance qui prendraient longtemps à guérir – sans parler de ses espoirs d'avancement. Dark Chratis s'en occuperait. Peu importait que son dossier personnel pour les missions effectuées en solo ait été jusque-là sans tâche. Peu importaient les récompenses prestigieuses que l'Académie Sith lui avait déjà décernées. La seule chose qui comptait (à ses yeux), c'était la réussite.

L'Interceptor surgit dans l'espace réel et Kaas City, la capitale lugubre de l'Empire, rejoignit la réalité.

— Je te tuerai, Dao Stryver, jura Eldon Ax, ou bien je mourrai en essayant de le faire.

Le compte rendu se passa aussi mal qu'elle l'avait craint.

— Raconte-moi ta mission, lui ordonna son Maître d'un ton sec depuis sa cellule de méditation.

Ax avait été admise auprès de lui alors qu'il n'avait pas achevé ses rituels du matin, et elle savait très bien que cela l'irritait.

Elle s'inclina et s'exécuta. Son Maître donna ses ordres avec un désir inflexible de tester son enthousiasme à lui obéir. Elle était assez fine pour ne pas le défier frontalement, même quand elle faisait de son mieux pour lui dissimuler son échec.

C'était au cours de sa mission que le Mandalorien l'avait trouvée. Et c'était cette rencontre qu'elle s'efforçait de dissimuler à son Maître, autant qu'il lui était possible.

— Dis-m'en plus, déclara Dark Chratis en émergeant lentement de son sarcophage.

Pour améliorer sa concentration, il passait au moins une heure par jour dans cette sorte de cercueil imperméable à l'air comme à la lumière, s'obligeant ainsi à ne compter que sur ses propres énergies pour survivre.

— Tu ne m'as pas suffisamment expliqué les causes de ton échec, ajouta-t-il.

Elle ne parvenait pas à définir son humeur. Son visage n'était qu'un réseau de rides et de plis d'où deux yeux rouge sang contemplaient le monde. Ses lèvres minces comme les bords d'une plaie laissée par un poignard étaient tordues sur un rictus perpétuel. De temps à autre, une langue si pâle qu'elle en paraissait transparente pointait pour goûter l'air.

Elle s'agenouilla devant lui.

— Je ne vous mentirai pas, Maître. Alors que j'infiltrais une cellule ennemie, mon identité a été percée à jour et j'ai dû me défendre.

— Percée à jour ? répéta-t-il, tordant ses lèvres un peu plus. Je ne détecte pas la puanteur du Jedi sur toi…

— Non, Maître. J'ai été démasquée par un autre… une de ces races qui ont naguère été nos alliées dans notre guerre contre la République.

C'était le stratagème qu'elle avait choisi, rejeter la faute de l'incident sur la personne qui l'avait provoqué.

Dark Chratis sortit du sarcophage. En se posant sur le sol, la plante de ses pieds fit un bruit semblable à des feuilles mortes qu'on écrase.

— Un Mandalorien, donc.

— Oui, Maître.

— Tu l'as combattu ?

— Oui, Maître.

— Et il t'a vaincue.

Ce n'était pas une question, mais il lui fallait quand même répondre.

— C'est vrai, Maître.

— Pourtant, tu es toujours là. Comment cela se fait-il ?

Dark Chratis se tenait maintenant devant elle. Une main griffue et décharnée s'abaissa pour lui toucher le menton. Ses ongles étaient pareils à des cristaux anciens, froids et acérés contre sa peau. Il sentait la mort.

Elle leva les yeux vers son visage sinistre et n'y vit rien d'autre qu'une exigence implacable de vérité.

— Il n'est pas venu pour me combattre, dit-elle. C'est ce que je crois, bien que ça n'ait aucun sens. Il s'est adressé à moi par mon nom. Il savait qui je suis. Et il m'a posé des questions auxquelles je n'avais pas de réponse.

Dark Chratis se rembrunit.

— Il t'a interrogée ? L'Empereur sera mécontent si tu as révélé le moindre de ses secrets.

— Je préférerais mourir de vos mains, et dans de lents tourments, Maître.

Sa réponse était d'une sincérité totale. Toute son existence, elle avait été une Sith en formation. L'Empire faisait autant partie d'elle que son sabre laser. Elle ne l'aurait pas trahi au profit d'une bande de mercenaires arrogants qui travaillaient pour l'Empire quand cela les arrangeait.

Mais comment transmettre cette vérité à son Maître

alors que c'était là, à ce point critique, que son histoire se délitait ?

— Il ne m'a posé aucune question sur l'Empire, déclara Ax.

Elle se souvenait de la scène avec une clarté douloureuse. Son assaillant l'avait désarmée et neutralisée avec un filet résistant à tous ses efforts. Une fléchette l'avait paralysée, ne lui laissant que la parole.

— Il ne m'a pas torturée. Les blessures que j'ai, je les ai récoltées en me défendant.

Elle tendit les bras pour montrer à Dark Chratis les traces de coups reçus. Il les contempla sans aucun signe d'approbation.

— Tu mens, lâcha-t-il avec mépris. Tu espères que je vais croire qu'un Mandalorien a coincé une apprentie Sith, qu'il l'a interrogée sans rien lui demander concernant l'Empire et qu'ensuite il l'a laissée vivante ?

— Si je mentais, Maître, ce serait de façon plus plausible.

— Alors tu es devenue déséquilibrée. Comment pourrais-je expliquer autrement ton attitude ?

Ax baissa la tête. Elle ne trouvait rien à répondre.

Dark Chratis marcha de long en large dans le narthex où il tenait ses audiences. Les murs autour de lui étaient décorés des reliques de ses nombreuses victoires, dont des poignées de sabre laser fendues, ainsi que d'autres trophées arrachés aux Jedi. On ne voyait là aucune des contributions de ses ennemis Sith. Bien que Dark Chratis n'ait pas imposé la peur et le respect à ses pairs uniquement en les battant, il ne se vantait pas au sujet de ceux qu'il avait écartés de son chemin par la force. Sa réputation suffisait.

Un seul apprenti sur trois l'ayant servi avait survécu à sa formation. Le souffle court, Eldon Ax se demandait si l'heure était venue pour elle de rejoindre ceux qui avaient échoué. À dix-sept ans, sa vie avait été bien courte, mais elle ne lèverait pas un doigt pour se défendre si son Maître décidait d'y mettre un terme. D'ailleurs, la chose aurait été vaine, car il pouvait l'abattre aussi facilement qu'on chasse une mouche d'un revers de main.

Dark Chratis s'arrêta et se tourna vers elle.

— Si ton Mandalorien ne t'a pas questionnée sur les plans de l'Empereur, que t'a-t-il demandé ?

— Il recherchait une femme. Il a mentionné un vaisseau. Leurs noms m'étaient inconnus.

— Quels noms, exactement ?

— Lema Xandret. Le *Cinzia*.

Soudain, son Maître se mit devant elle. Elle eut un hoquet, mais sans proférer le moindre son. L'étau froid de la Force se resserrait sur la gorge de la jeune femme, la soulevant irrésistiblement jusqu'à ce qu'elle soit sur la pointe des pieds.

— Répète ces noms, siffla-t-il.

Elle ne pouvait détourner les yeux des siens.

— L-Lema Xandret. Le *Cinzia*. Vous savez ce que ça signifie, Maître ?

Il la relâcha et fit demi-tour. En deux mouvements rapides, la ruine qu'était son corps fut enveloppée d'une grande cape aussi noire que son âme, tandis que sa main droite serrait un long bâton se terminant en pointe.

— Plus de questions, dit-il. Viens.

Il quitta la pièce en quelques enjambées.

Frémissante, Eldon Ax prit une profonde inspiration, puis elle se hâta dans le sillage de son maître.

Sur Dromund Kaas, le tri et le stockage des données venues de tout l'Empire étaient une industrie en plein essor, quoique très discrète. De grandes tours inversées s'enfonçaient loin dans le sol fertile de la jungle pour servir de tombe à des siècles de dossiers souvent redondants tenus par des dizaines de milliers d'esclaves. À l'air libre, des camps étendus entouraient les entrées pour maintenir le plus haut degré de sécurité. C'est à un de ces camps que Dark Chratis mena Eldon Ax.

Il n'offrit pas un mot d'explication pendant le long trajet en navette depuis Kaas City, et elle subit son silence presque avec soulagement. Au moins, il ne lui faisait pas de reproches. Pourtant, sa mission avait été un échec complet. Elle avait littéralement dû se tailler un chemin jusqu'au spatioport pour quitter la planète – mais pas avant d'avoir pu consulter les registres de débarquement pour la période récente. Et elle avait trouvé une référence au Mandalorien. Il avait la témérité de voyager sous ce qui semblait bien être sa véritable identité : Dao Stryver.

Une fois encore elle renouvela le souhait de le voir humilié comme elle l'avait été, quel que soit le temps que cela demanderait. Peut-être la mort serait-elle un châtiment trop clément pour lui. Une mort rapide, en tout cas.

Dark Chratis réquisitionna une salle privée d'accès aux données, au soixante-dixième niveau sous la surface de la planète, avec interdiction qu'on les dérange. L'endroit était équipé d'un holoprojecteur géant. Ax le suivit docilement, de plus en plus perplexe. Jamais encore il n'avait montré le moindre intérêt pour ces installations. *Comptables interstellaires*, c'était ainsi qu'il nommait avec mépris ceux qui préféraient le service dans ces mines d'archives à une manière plus directe de rechercher le pouvoir. Elle allait s'asseoir dans le siège de consultant, mais d'un geste il l'en dissuada.

— Reste debout, là, dit-il en lui indiquant un endroit devant l'écran, tandis que lui-même s'installait.

Avec des mouvements brusques, il entreprit de composer ses requêtes. Cette attitude la convainquit que les événements prenaient une tournure très singulière.

Menus et diagrammes se succédaient sur l'écran géant. Ax avait du mal à suivre, mais elle sentait que son Maître la menait à travers l'immense structure des archives impériales vers un point en particulier.

— C'est la base de données du recrutement, dit-il en pianotant sur le clavier.

Une longue liste de noms apparut à l'écran, qui se déroulait trop vite pour qu'on puisse les lire.

— Toute personne qui entre dans l'Académie Sith est enregistrée ici, poursuivit-il. Nom, origine, ascendance – et le sort, aussi, quand c'est utile. Le Conseil Noir s'est servi de ces données pour arranger des unions et anticiper le potentiel de leur progéniture. Le destin d'un grand nombre de familles dépend de la nature de ces données. C'est pourquoi elles sont protégées, Ax. Le tout est sous très haute surveillance.

— Je figure dedans, dit-elle pour montrer qu'elle suivait bien, au moins jusque-là.

— En effet, tu figures dans ces archives. Tout comme moi. Regarde ce qui se passe quand j'entre le nom *Lema Xandret*.

Une nouvelle fenêtre apparut, qui affichait le visage d'une femme. Traits tout en courbes, blonde, le regard intense. L'espace sous le portrait était occupé de mots d'un rouge vif. En bas de la longue liste de données, deux lignes :

Éradication ordonnée.
Dossier incomplet : cible disparue.

Ax fronça les sourcils.

— Alors… Elle a trahi ? C'est une espionne de la République ?

— Pire que ça. Nous avons moins de dossiers sur les Jedi que sur des gens comme elle. (Dark Chratis fit pivoter son siège pour la regarder en face.) Dis-moi, mon apprentie, ce qui se passe quand un Sith est recruté.

— L'enfant est retiré à sa famille et placé à l'Académie. Là, il commence une nouvelle vie, au service de l'Empereur et du Conseil Noir. Comme c'est arrivé pour moi.

— Exactement. Pour une famille, c'est un grand honneur que son enfant soit choisi, en particulier si ses ascendants n'ont encore jamais été honorés de la sorte. La plupart des parents sont très heureux, comme il se doit.

— Et ceux qui ne le sont pas, on les exécute, dit-elle. Lema Xandret était-elle l'un de ces parents ?

Un sourire cadavérique vint animer un instant le paysage flétri qu'était le visage de Dark Chratis.

— En effet. C'était quelqu'un de très quelconque, une fabricante de droïdes, je crois. Oui, c'est bien ça. Descendante d'une longue lignée de fabricants de droïdes, sans aucun signe de sensibilité à la Force. Elle a eu un enfant ayant le potentiel pour devenir Sith. Nous avons donc décidé de le lui prendre.

Son Maître montrait rarement de l'amusement et, pour Ax, c'était une attitude plus troublante que sa fureur.

— Le dossier dit : « cible enfuie », rappela-t-elle.

— Dans un premier temps, elle a tenté de cacher l'enfant. Elle craignait qu'il ne survive pas à l'entraînement sur Korriban. Quand sa manœuvre a échoué et que l'enfant lui a été pris, elle s'est enfuie avec le reste de la famille de l'enfant – oncles, tantes, cousins, toutes les personnes risquant des représailles, et l'on n'a plus jamais entendu parler d'eux.

— Jusqu'à aujourd'hui.

— De la bouche d'un Mandalorien, approuva Dark Chratis, jusqu'à tes oreilles.

— Pourquoi moi ? demanda-t-elle en sentant l'examen dont elle était l'objet. Parce que ma famille a aussi tenté de me cacher ?

— Peut-être.

— Qui j'étais avant de vous rencontrer n'a aucune importance, affirma-t-elle. Le sort de ma famille m'est indifférent.

— Je t'ai bien formée, dit le Sith avec ce même sourire sinistre. Trop bien, peut-être. Regarde-moi dans les yeux, Ax.

Elle obéit, et l'horreur rouge de ses prunelles l'envahit.

— Le blocage est puissant, dit-il, et elle eut l'impression que les mots naissaient dans sa propre tête. Il se dresse entre toi et la vérité. Je le supprime. Je te libère, Ax. Tu es libre de connaître la vérité sur ton passé.

Elle chancela et fit un pas en arrière, comme frappée en pleine poitrine, alors qu'aucun coup physique ne l'avait touchée. Une détonation muette avait eu lieu dans son esprit, une explosion au plus profond de son être conscient. Quelque chose s'éveillait, là, quelque chose d'étrange, d'insoupçonné.

Ax regarda le portrait de l'holoprojecteur.

Lema Xandret la fixait de ses yeux vides.

— C'était ta mère, Ax, dit son Maître. Cela répond-il à ta question ?

Ax acquiesça mollement. Mais, dans le même temps, bien d'autres questions se posaient soudain.

Dark Chratis utilisa l'holoprojecteur de cette salle pour avoir une audience privée avec le Ministre du Renseignement. Ax n'avait encore jamais rencontré ce personnage, dans la réalité ou lors d'une communication quelconque, mais elle ne prit même pas conscience de la confiance immense que son Maître lui accordait en lui permettant de rester dans la pièce. Son esprit carillonnait encore, après que son Maître l'eut libéré de son conditionnement. Non pas à cause de ce qui avait été révélé, mais parce que cela lui importait peu.

Le manque de sensibilité à la Force dans sa famille avait été la seule chose dont elle avait été certaine concernant sa vie avant de devenir une Sith. Elle avait supposé que tous ses proches avaient péri, et cela ne l'aurait pas dérangée aujourd'hui, à part pour un détail.

Le blocage avait été levé. Les souvenirs auraient dû déferler à propos de Lema Xandret et du début de son existence.

Mais il n'y avait rien. Blocage ou pas, il ne restait rien. Lema Xandret demeurait pour elle une parfaite inconnue.

Assez distraitement, elle suivait la conversation entre son Maître et le Ministre.

— C'est pourquoi le Mandalorien voulait interroger la fille. Elle représente une piste potentielle.

— Pour mener à Xandret ?

— À quelle autre conclusion peut-on arriver ? Elle doit être toujours vivante. Dans le même trou où elle est allée se terrer pour échapper à son exécution, j'imagine.

— Que pourraient lui vouloir les Mandaloriens ?

— Je l'ignore, et le fait que nous n'en sachions rien rend indispensable la capture de cette femme.

— Par principe, Dark Chratis, ou pour la sécurité de l'Empire ?

— Les deux sont souvent indissociables, Ministre, je pense que vous vous en rendrez compte.

L'homme à l'écran paraissait mal à l'aise. Il avait atteint le rang le plus élevé accessible pour un être ordinaire dans les services de renseignement de l'Empire, et pourtant il était considéré comme fondamentalement inférieur face à un Seigneur Sith. Aussi peu disposé qu'il soit à admettre que la disparition d'une simple fabricante de droïdes réclamait son attention, même si cette dernière avait tenté de cacher aux Sith un enfant sensible à la Force, désobéir était pour lui inconcevable.

Puis une idée lui vint, et son expression embarrassée s'estompa un peu. Il se tapota le menton d'un long doigt maigre.

— J'y pense… Hier, justement, j'ai reçu un rapport de notre informateur au Sénat de la République. Les Hutts affirment avoir mis la main sur quelque chose d'important, et ils pensent que le Sénat acceptera de faire une offre pour se l'approprier et s'en servir contre nous. J'ai consulté la correspondance diplomatique et j'ai découvert que nous avions reçu exactement la même offre, mais dans des termes opposés, bien sûr. En règle générale, je n'accorde pas beaucoup d'intérêt à ce genre d'approche, mais le fait que deux sources très différentes la mentionnent semble lui donner quelque crédibilité. Et maintenant, ceci…

— Je ne vois pas le lien avec les Hutts. Ce sont des menteurs invétérés.

— Sans aucun doute. Mais voyez-vous, Dark Chratis, c'est là que l'affaire devient intéressante. Le vaisseau sur lequel les Hutts prétendent avoir pris cette chose mystérieuse – artefact ou données, je ne sais –, ce vaisseau s'appelle le *Cinzia*. Et je note dans le dossier auquel vous avez accédé que c'est le nom de naissance de la fille.

Dark Chratis acquiesça.

— Il doit exister un lien.

— Parce que le vaisseau porte le nom de la fille de Lema Xandret et qu'un Mandalorien recherche les deux ? Oui, je pense que vous avez raison.

— Mais tout ça ne nous aide pas beaucoup tant que nous ne connaissons pas la nature de ce que les Hutts veulent mettre aux enchères.

Le visage du Ministre s'assombrit de nouveau.

— Je vais me renseigner pour l'apprendre, Dark Chratis.

— Je vous fais confiance, Ministre. Par principe.

L'audience à distance prit fin dans une pluie de parasites.

Il fallut presque une minute à Eldon Ax pour comprendre. Les phrases éparses emplissaient son cerveau tels des oiseaux voletant dans toutes les directions pour trouver où nidifier.

… il doit exister un lien…

… parce que le vaisseau porte le nom de la fille de Lema Xandret…

… le nom de naissance de la fille…

Il lui apparut alors que le nom qu'elle pensait sien n'était qu'un lointain écho de celui de sa mère : EL-don pour le L de Lema, Ax pour le X de Xandret.

Qu'as-tu fait durant ces quinze dernières années, mère ?

— Dis-moi de quoi tu te souviens, Ax.

— Je ne veux pas me souvenir, Maître.

— Pourquoi donc ?

— Parce que ça n'a aucun rapport avec ce que je suis maintenant. Quelle importance que Lema Xandret soit ma mère ? Si je la rencontrais demain, je ne la reconnaîtrais probablement pas. Je ne l'ai jamais connue, je n'ai jamais eu besoin d'elle.

— Eh bien, tu as besoin d'elle à présent, Ax. Du moins, tu as besoin des souvenirs qui se rattachent à elle.

Son Maître s'approcha si près qu'elle sentit le froid de mort qui accompagnait son souffle.

— Il se trouve que les renseignements sur Lema Xandret et ses fabricants de droïdes disparus sont importants pour les Mandaloriens. Ce qui signifie que c'est important pour l'Empire aussi, car tout ce qui renforce les autres nous affaiblit. Tout souvenir que tu pourras faire resurgir concernant ta mère sera peut-être crucial. En conséquence, je te suggère instamment de faire un effort. En récompense, je remettrai ensuite le blocage en place. Ainsi, ces souvenirs disparaîtront de nouveau comme s'ils n'avaient jamais existé.

— Très bien, Maître, dit-elle, bien que cette seule pensée lui donnât la migraine. J'essayerai.

— Tu feras mieux qu'essayer, rectifia Dark Chratis d'un ton glacial. Dans dix heures standard, je me tiendrai devant le Conseil Noir et tu seras à mes côtés. Si tu me laisses tomber, nous souffrirons tous les deux.

3

Dans un bon jour, Ula Vii n'adressait la parole à personne. Il écoutait. Il était très doué pour cela. Pendant son temps libre, il s'installait dans ses quartiers et repassait les enregistrements de la semaine pour guetter dans les conversations un quelconque détail intéressant. Sur Coruscant, des choses importantes se produisaient continuellement, bien sûr, mais isoler les indices réellement significatifs constituait l'aspect le plus ardu de son travail, et il aimait penser qu'il était très efficace dans sa partie. Ula était informateur de l'Empire au Sénat de la République, et il assumait cette responsabilité avec fierté.

Dans un mauvais jour, il était tiré de l'ombre et placé en pleine lumière. Le problème à jouer un rôle était que, de temps à autre, il fallait vraiment le jouer. En sa qualité de premier assistant auprès du commandant suprême Stantorrs, Ula était souvent appelé pour prendre des notes, conduire des recherches ou donner son avis. Tout cela le mettait dans une position unique pour aider l'Empire dans sa mission de reconquête de la galaxie, mais dans le même temps il se trouvait obligé d'accomplir simultanément deux tâches exigeantes. Dans un mauvais jour, il avait tellement mal au crâne qu'il craignait que celui-ci s'ouvre en deux et déverse tous ses secrets sur le sol.

Le jour où il entendit parler du *Cinzia* fut un très mauvais jour.

Le commandant suprême avait eu une matinée bien

remplie : nombre de visiteurs, autant de suppliques, le bourdonnement continuel de son comlink. Ula se demandait bien comment il faisait pour tenir le coup. Puis était arrivée la requête d'audience de la part du Grand Maître Satele Shan, ce qui avait complètement bouleversé le planning de Stantorrs.

— Tu ne peux pas la décommander ? demanda-t-il à son secrétaire avec un regard irrité. Elle est là seulement depuis une heure.

Plus Ula occupait son rôle et mieux il savait interpréter les expressions des races non humaines, même celles avec un visage lunaire sans nez, comme les Duros.

— Elle a dit que c'était important.

— D'accord, d'accord. Fais-la entrer.

Ula n'avait encore jamais rencontré le Grand Maître Jedi. Il n'aimait guère les Jedi, pour ne pas dire qu'il s'en méfiait, et pas uniquement parce qu'ils étaient les ennemis jurés de l'Empereur.

Elle entra dans le magnifique bureau et salua respectueusement le commandant suprême d'une inclinaison du buste. Elle était de taille moyenne, avec un visage à l'ossature fine et des cheveux marbrés de gris, et la position qu'elle occupait dans la hiérarchie de la République était très importante.

Stantorrs se leva et répondit d'un hochement de tête très bref en comparaison. Comme Ula, il n'appréciait guère les Jedi, mais ses raisons n'avaient rien à voir avec la philosophie. Nombreux étaient ceux qui, au sein de la République, faisaient porter la responsabilité de l'ascendant de l'Empire sur les épaules collectives du Conseil Jedi. Le Traité de Coruscant avait arraché une fois de plus la capitale galactique aux griffes de l'Empereur, mais seulement à un coût exorbitant pour la République et ses alliés, et en perdant tragiquement la face. La retraite du Conseil sur Tython n'avait rien arrangé.

— Comment puis-je vous aider, Maître Satele Shan ? demanda-t-il en basic, d'un ton bourru.

— Mon Padawan m'a envoyé un rapport signalant la présence possible d'un chasseur de primes dans les vieux quartiers, dit-elle d'une voix mesurée. Il créerait des troubles importants dans le milieu criminel.

— C'est un problème mineur. Pourquoi me le soumettre ?

— Votre tâche est de restaurer la sécurité sur Coruscant. De plus, ce chasseur de primes est un Mandalorien.

Ula n'avait pas besoin d'être télépathe pour connaître les pensées de Stantorrs à cet instant. Un blocus mandalorien de la Voie Hydienne durant les dernières décennies de la Grande Guerre avait gravement affaibli la République et failli la mener à sa ruine. Depuis sa défaite, Mandalore avait perdu un grand nombre de ses commandos dans les combats de gladiateurs sur Géonosis, mais Ula n'était pas le seul sur Coruscant à savoir que des agents impériaux avaient été derrière ces menées anti-République, et il était toujours prêt au combat. Si l'adversaire voulait porter le fer sur Coruscant même, il fallait traiter le problème sans tarder.

— Que pouvez-vous me dire sur lui ?

— Il s'appelle Dao Stryver. Il est à la recherche de renseignements concernant une femme, Lema Xandret, et quelque chose du nom de *Cinzia*.

Ula dressa l'oreille. Il avait entendu le dernier nom récemment. Mais où ?

Le commandant suprême semblait lui aussi essayer de se remémorer la même chose.

— Un rapport, fit-il en tambourinant de ses longs doigts sur le bureau. Quelque chose des services de renseignement, certainement. Peut-être devriez-vous les consulter.

Une preuve de l'autorité réelle qu'avait le Grand Maître Satele Shan transparut dans sa voix quand elle répondit :

— Je dois contacter immédiatement Tython au sujet de nos précédents entretiens. Le général Garza a insisté sur l'urgence et le caractère confidentiel de cette affaire. Je ne peux pas me permettre d'attendre plus longtemps.

Le teint cireux de Stantorrs s'empourpra subitement. Il n'aimait pas du tout que la ligne politique de la République soit utilisée contre lui. Ula espéra une perte de contrôle momentanée qui donnerait quelques indications sur ces discussions passées. Malgré tous ses efforts, il n'avait rien pu apprendre sur le sujet, alors même qu'il était certain de son importance pour ses Maîtres sur Dromund Kaas.

Hélas, Stantorrs avait une maîtrise de ses réactions à la mesure de son caractère emporté.

— Je n'ai pas le temps d'enquêter sur des perturbations mineures, grinça le commandant suprême. Ula ! Charge-toi de cette affaire, tu veux bien ?

Ula sursauta en entendant son nom.

— Monsieur ?

— Suis cette histoire pour Maître Satele Shan. Adresse-nous un rapport à chacun quand tu auras trouvé quelque chose. *Si* tu trouves quoi que ce soit.

La dernière phrase, prononcée avec une animosité transparente, était destinée au Grand Maître.

— Bien, monsieur, répondit Ula, avec l'espoir que cette concession avait pour seul objectif de débarrasser Stantorrs du Grand Maître.

— Merci, Ula, commandant. Je vous suis très reconnaissante.

Satele Shan sortit de la pièce sous les regards noirs de Stantorrs et de ses adjoints. Chaque département de la République était débordé et en sous-effectif. La dernière chose qu'on pouvait souhaiter était que les Jedi viennent fourrer leur nez dans ces affaires, dénichent une faute ou un manquement, puis imposent un surcroît de travail.

La mission d'Ula n'était pas de semer la discorde, mais parfois il le regrettait. La discorde prospérait quasiment d'elle-même sur Coruscant la maudite, où le ciel était du même gris que les passerelles pour piétons et où la petite vérole de la guerre grêlait encore son visage artificiel.

Avec un soupir, le commandant suprême se rassit.

— Eh bien, Ula, tu ferais mieux de t'y mettre.

— Mais, monsieur, vous n'avez pas l'intention… Je veux dire, je pensais que…

— Non, mieux vaut faire exactement comme j'ai dit, au cas où cette affaire se révélerait importante. On n'écarte pas une affaire si des Mandaloriens y sont impliqués. Si ces canailles de provocateurs aident l'Empire à préparer une nouvelle agression contre Coruscant, nous devons le savoir. Mais ne passe pas trop de temps là-dessus, hein ? Le reste de la galaxie n'attendra pas.

Ula inclina la tête docilement malgré sa mauvaise humeur. Il était effaré qu'une demande sans importance du Grand Maître l'éloigne du commandant suprême. Comment glanerait-il les informations dont il avait besoin à présent ? Cette enquête inutile risquait de lui coûter des renseignements précieux.

Protester eût été vain et, à la réflexion, il trouverait peut-être quelque bénéfice à obéir. Ces Mandaloriens n'étaient pas n'importe quelles canailles. Avec leurs clans innombrables, dont chacun louait ses services au plus offrant, ils constituaient une force d'appoint capable de faire pencher la balance lors d'un affrontement majeur, comme la République l'avait déjà appris à ses dépens. L'Empire avait donné aux Mandaloriens les moyens de revenir dans la galaxie pour se venger de leurs ennemis, mais il n'existait aucune loyauté résiduelle entre les deux partis. Avec la signature du Traité de Coruscant, l'Empereur et Mandalore avaient suivi leurs chemins respectifs.

Il serait bon de suivre cette piste, se dit-il, mais seulement si une ou deux heures d'enquête prouvaient que quelqu'un avait suivi un mirage et que les affaires avaient repris comme d'habitude.

Par ailleurs, cela ne ressemblerait pas à son personnage

s'il agissait autrement. Ula Vii, le fonctionnaire dévoué, faisait toujours ce qu'on lui demandait. C'est ainsi qu'il avait acquis un accès aussi intime aux affaires du commandant suprême. Il s'inclina, lissa le devant déjà impeccable de son uniforme en quittant le bureau puis se dirigea vers le quartier général de son homologue dans la République.

Les bureaux des Services du Renseignement Stratégique n'avaient pas pignon sur rue dans le Complexe Heorem, mais quiconque bénéficiant d'une position assez élevée dans l'administration savait où les trouver. Ula avait eu l'occasion de s'y rendre une fois déjà, alors qu'il surveillait un agent secret, et il s'était bien gardé d'y retourner. La promiscuité avec d'autres membres du renseignement l'ennuyait, quel que soit leur camp. Ils étaient tous plus ou moins issus du même moule : observateurs, rapides d'esprit, habitués à voir – ou imaginer – la tromperie autour d'eux. Des créatures peu loquaces, qui se livraient peu et dont les yeux étaient aussi aiguisés que les aiguilles d'un droïde d'interrogatoire.

Ula dissimula sa nervosité derrière un calme de façade dès qu'il entra dans le vaste hall. La secrétaire lui adressa un sourire chaleureux.

— Puis-je vous aider, monsieur ?

— Ula Vii, conseiller auprès du commandant suprême Stantorrs.

Son empreinte vocale fut vérifiée, bien sûr, mais discrètement. D'un geste, la secrétaire lui indiqua qu'il pouvait entrer. Dans la salle de réunion, il fut accueilli par un Ithorien, peut-être une Ithorienne, vêtue d'une longue robe noire sans décoration, insigne ou badge nominatif.

— Vous êtes un Épicanthix, dit-elle de but en blanc, et de ses deux bouches.

Pour entamer une conversation, c'était une entrée en matière assez déconcertante. La plupart des gens ne remarquaient pas qu'il n'était pas entièrement humain. Il refusa de lui laisser l'avantage.

— Le commandant suprême Stantorrs a besoin de renseignements, déclara-t-il.

— Pourquoi ne suit-il pas la procédure standard ?

— Nous avons besoin de ces réponses dans les délais les plus brefs, répliqua-t-il.

Pour que je puisse me remettre à ma vraie mission. Enfin, les deux.

— Demandez, dit-elle.

Il lui donna le nom du Mandalorien et ceux associés à cette affaire.

L'Ithorienne sortit un datapad des replis de sa tenue et composa une commande d'un unique doigt à la longueur interminable. En dehors de cet appendice, pas une seule autre partie de son corps ne bougeait. Ula attendit sans trahir le moindre signe d'impatience. Il aurait aimé savoir comment cette créature respirait.

— Un vaisseau enregistré sous le nom d'un certain Dao Stryver est arrivé sur Coruscant il y a deux jours standard, annonça-t-elle après un moment. Il est reparti il y a une heure.

— Le nom et la classe de ce vaisseau ?

— Le *First Blood*, un Kuat Delta-7 modifié.

— Destination ?

— Inconnue.

— Parlez-moi de Lema Xandret.

— Nous n'avons rien correspondant à ce nom.

— Rien du tout ?

— Jadis, dit l'Ithorienne, l'information circulait librement à travers la galaxie, allant et venant aussi rapidement que la lumière elle-même. Nous nous enorgueillissions de la facilité avec laquelle nous savions tout. Puis l'Empire est arrivé, qui a jeté une ombre sur la République, et le rayonnement du savoir s'en est trouvé atteint. Une grande part de nos connaissances actuelles nous arrive avec lenteur, et sous des formes incomplètes. Notre tâche consiste autant à reconstruire qu'à rassembler.

— Donc, la réponse est : rien du tout, résuma Ula avec humeur.

Il était parfaitement au courant de l'état des renseignements dans la galaxie et il n'aimait pas qu'on en accuse l'Empire. De son point de vue, la République n'avait jamais su y faire dans ce domaine, et seul l'établissement de la règle impériale permettrait la libre circulation des données.

Il ne progressait pas beaucoup avec cette créature, mais il avait encore une question.

— Et le troisième nom : *Cinzia* ?

— Nous avons trois occurrences : deux émanant du Sénat et une d'un réseau d'espionnage allié. Toutes pointent dans la même direction.

Encore des *espions*, songea Ula avec déplaisir. Il détestait ce mot.

— Qui sont les Sénateurs ?

— Celui de Bimmisaari, une planète du secteur de Halla, et celui de Sneeve, dans le secteur de Kastolar.

— Pouvez-vous me donner leur source ?

— Volontiers. Il n'y a aucune mesure de sécurité en vigueur pour ces informations, dit l'Ithorienne en pianotant à nouveau sur son datapad. Les deux Sénateurs et le réseau d'espionnage rapportent tous une enchère inhabituelle dans l'Espace Hutt. Un appel d'offres a été lancé.

— Où le nom *Cinzia* trouve-t-il sa place dans cet ensemble ?

— Il semble que ce soit un vaisseau.

— Rien d'autre ?

— Les spéculations varient selon les sources. Je ne peux vous proposer aucun fait avéré.

Ula réfléchit rapidement. Donc Dao Stryver existait bien, ainsi que le *Cinzia*. Mais que faisait le premier sur Coruscant, alors que l'autre se trouvait dans l'Espace Hutt ? En quoi l'avidité d'une espèce de criminels malfaisants les reliait ?

— Merci, dit-il. Vous nous avez été d'une aide appréciable.

L'Ithorienne le raccompagna dans le hall d'entrée, où elle le laissa. La secrétaire lui fit un signe aimable de la main quand il partit. Une fine pellicule de transpiration recouvrait Ula de la tête aux pieds. Les choses auraient pu se passer beaucoup plus mal si elles avaient su qui il était en réalité…

Il avait un contact dans le bureau du Sénateur de Bimmisaari. Il arrangea un rendez-vous par comlink tout en s'éloignant. Avec un peu de chance, il aurait résolu cette affaire avant la fin de la journée, et la vie reprendrait son cours normal.

— Oh, mais je sais très précisément de quoi vous parlez, souffla Hunet L'Beck par-dessus sa chope de bière.

Il avait insisté pour que leur rencontre ait lieu au moment du déjeuner, et Ula n'avait pas réussi à l'en dissuader. Or Ula détestait manger en public. C'était une des choses qu'il préférait faire dans l'intimité, sans se soucier de ce que les gens pouvaient penser.

— Allez-y, alors, dit-il en remuant distraitement les morceaux de haricots yot poêlés dans son assiette. Dites-moi tout.

L'Beck avait terminé son plat depuis longtemps et il attaquait sa deuxième chope de bière, ce qui le rendait encore plus loquace qu'à l'accoutumée, et ce n'était pas plus mal. Ula avait besoin de le faire parler.

— Il y a sept jours, les bureaux du Sénateur sur Bimmisaari ont reçu un communiqué de Tassaa Bareesh. Vous savez qui elle est ?

— Un membre du cartel de Bareesh, je suppose.

— Rien de moins que sa tête, la matriarche. Elle entretient des liens étroits avec l'Empire, c'est pourquoi nous nous efforçons de la garder à l'œil. Nous ne pouvons rien faire pour empêcher la contrebande, mais l'esclavage revendiqué est une activité contre laquelle nous luttons activement.

Ula hocha la tête. Le secteur où se trouvait Bimmisaari était voisin de l'Espace Hutt, de sorte que le comportement des cartels pouvait grandement déstabiliser l'économie locale.

— Poursuivez.

— Ce communiqué était une mise aux enchères, en fait, et pas particulièrement subtile dans sa forme. Bareesh cherchait à nous intéresser à quelque chose qu'un de ses pirates a trouvé dans la Bordure Extérieure. Un artefact non défini. Elle n'a pas donné de détails sur sa provenance. On l'aurait trouvé au large de Rinn, c'est le seul indice qu'elle a lâché. Dans un premier temps, nous n'avons pas accordé beaucoup d'attention à cette information, naturellement.

— Pourquoi, « naturellement » ?

— Eh bien, nous recevons des Hutts des dizaines d'offres similaires chaque jour. La plupart sont des arnaques. Quelques-unes des pièges. Toutes sont mensongères. Ce n'est pas très différent de ce que nous recevons du Conseil de Gestion des Ressources, mais au moins cette structure est censée être de notre côté.

L'Beck leva sa chope pour saluer son propre cynisme et en commanda une autre.

— Donc vous avez ignoré ce communiqué, insista Ula.

— Et les choses auraient dû en rester là. Sauf qu'un autre est arrivé, puis un autre, chacun étoffant un peu plus l'histoire, jusqu'à ce que le tout finisse par éveiller notre intérêt. La façon de procéder ne manquait pas d'une certaine habileté, il faut bien le reconnaître. La chose n'aurait pas retenu notre attention si tout était arrivé d'un coup, mais distillée de la sorte, en laissant chaque pièce du puzzle se mettre en place avant de dévoiler la suivante, l'offre a fini par intéresser même le Sénateur.

— De quoi s'agit-il au juste ?

— Les Hutts ont trouvé un vaisseau. Le *Cinzia*. Il y avait quelque chose à bord, un artefact qu'ils veulent revendre, mais ce n'est pas le plus important. Ce qui est vraiment intéressant, c'est la provenance de ce vaisseau.

Ula commençait à être las de ce petit jeu.

— Dites-moi les choses simplement, d'accord ?

— Je ne le peux pas. Cette information est justement ce que les Hutts vendent, dit L'Beck qui se pencha en avant sur la table. Nous avons essayé de générer de l'intérêt au sein du Sénat. Des soutiens se multiplient pour une réponse officielle, mais ça ne va pas assez vite. La vente aux enchères se tiendra dans quelques jours, et j'ai peur que nous la rations.

Il baissa encore la voix, ce qui le rendait presque inaudible dans le brouhaha ambiant.

— Aimeriez-vous être celui qui offrira à la République un monde jusque-là inconnu, riche en ressources et prêt à être conquis ?

Ula conserva une expression neutre. Voilà donc la raison de toute cette agitation. Les mondes nouveaux n'étaient pas vraiment une rareté, mais tous ceux qui regorgeaient de minerais ou offraient une biosphère étaient férocement disputés par l'Empire et la République. Si les Hutts avaient découvert par hasard la localisation d'une telle planète, l'information pouvait en effet ouvrir la voie à des profits substantiels.

— Vous êtes certain que c'est bien réel, et pas une escroquerie de plus ? demanda-t-il.

— Aussi certain qu'on peut l'être, dit L'Beck avec légèreté avant de prendre sa troisième chope au serveur et d'en boire aussitôt une copieuse rasade. Le Chancelier Suprême Janarus autoriserait les enchères à partir de Bimmisaari, j'en suis sûr, si seulement nous pouvions obtenir son intervention. Vous pensez pouvoir arranger ce point ?

Et voilà, encore un appel à l'aide pour soutenir les politiques locales. Les habitants du secteur de Halla voulaient non seulement être ceux qui porteraient un nouveau monde à l'attention de la République, mais aussi ceux qui auraient accès aux coffres du Chancelier. Un petit pourcentage serait prélevé pour couvrir les dépenses administratives, bien entendu – entre autres choses, d'autres bières pour Hunet L'Beck et ses comparses. C'était ainsi que la République se condamnait, elle et tout ce qu'elle prétendait représenter.

Ula mit un frein à la révulsion idéologique que tout cela lui inspirait.

— Je porterai l'affaire à l'attention du commandant suprême Stantorrs, dit-il.

C'était la stricte vérité. Il n'avait plus le choix maintenant. S'il revenait les mains vides et que deux jours plus tard l'information atteignait les oreilles du Chancelier Suprême en provenance d'une autre source, il perdrait des points aux yeux de Stantorrs, et ce n'était pas souhaitable. Il devait absolument conserver ce contact.

Mais cela ne l'empêcherait pas de diffuser auparavant l'information ailleurs.

— Je suis votre obligé, dit L'Beck quand Ula paya la note et prit congé.

C'était la meilleure façon de quitter un informateur : en le laissant débiteur. Tout comme les coffres de la République, la cassette d'Ula n'était pas sans fond, mais elle contenait assez de crédits pour faciliter la voie à la domination de l'Empire.

Il existait maintes façons d'effectuer des transmissions secrètes depuis Coruscant vers l'extérieur. On pouvait cacher une antenne sur un bâtiment peu fréquenté et émettre quand les satellites officiels étaient hors de portée. On pouvait payer quelqu'un du milieu pour emporter un enregistrement en orbite et ensuite le diffuser par des moyens plus classiques. On pouvait utiliser un code d'une complexité si baroque que la transmission ressemblerait à des couches successives de bruits, sans signification perceptible.

Ula était d'avis que la meilleure manière d'éveiller les soupçons était de vouloir trop en faire pour se dissimuler. C'est pourquoi sa méthode préférée se résumait à contacter ses supérieurs par un appel à Panatha, sa planète, sous la forme d'un message adressé à sa mère. Ensuite, il lui suffisait d'attendre la réponse. Ainsi le poids de la culpabilité ne risquait pas de peser sur ses épaules. Il était beaucoup plus facile de refuser de recevoir une communication illicite, qui pouvait être le résultat d'une erreur, que de se voir accusé d'en avoir généré une.

Après avoir spécifié au commandant suprême qu'il était sur l'affaire à cent pour cent, il réintégra immédiatement ses quartiers austères et envoya deux signaux. Ula habitait les Hauts de Manarai, près de son lieu de travail dans le quartier du Sénat et en même temps assez près d'East-port pour pouvoir fuir rapidement si nécessaire. Il avait entreposé des documents, des crédits et des armes dans plusieurs cachettes entre son domicile et le spatioport. Il possédait également un second appartement à peine plus grand qu'un placard, au cas où il aurait besoin de disparaître quelque temps. Il n'était pas du genre à prendre des risques. L'illusion d'innocence dont il avait paré son personnage pouvait être dissipée bien trop aisément. Il avait vu la chose se produire. Il suffisait d'une seule erreur…

Le bip de son comlink le tira de ces pensées qu'il ressassait depuis maintenant une heure. L'appel était en chemin, en réponse au premier de ses signaux. Il se prépara en vérifiant son uniforme pour la dixième fois et en se plaçant bien en face de l'holoprojecteur. C'était la partie de son travail qu'il aimait le moins.

Une image fantomatique apparut devant lui, aux contours d'un bleu scintillant. Il y avait à peine plus que l'esquisse d'un visage, et la voix ne permettait de deviner ni le sexe ni l'espèce. Ula n'avait d'ailleurs pas la moindre idée de l'entité à qui il s'adressait sur la lointaine Dromund Kaas.

— Rapport, ordonna Veilleur 3.

Ula fit un résumé de tout ce qu'il avait appris en aussi peu de phrases que possible. Un vaisseau provenant d'un monde riche en ressources et encore indépendant situé dans la Bordure Extérieure avait été capturé par les Hutts, qui proposaient des renseignements à son sujet à qui ferait la meilleure enchère. Ce même vaisseau était recherché par un Mandalorien, Dao Stryver. Un autre nom, Lema Xandret, était impliqué dans cette affaire. Les origines du vaisseau demeuraient inconnues, de même que sa cargaison, le mystérieux objet auquel L'Beck avait fait allusion. Les deux étaient mis aux enchères.

Quand il se tut, la ligne crachota et grésilla pendant près d'une demi-minute avant que Veilleur 3 réponde :

— Très bien. C'est un sujet qui préoccupe le Ministre. Surveillez l'affaire de près et mentionnez tout développement.

— Oui, monsieur.

— Rompez.

La transmission fut coupée. Ula se détendit enfin, soulagé. Pour ce qu'il en savait, Veilleur 3 était une personne tout à fait quelconque, un autre fonctionnaire comme lui, mais il y avait quelque chose dans cette voix spectrale qui le faisait se sentir extrêmement indigne. C'était déjà assez qu'il ne soit pas humain, mais, face à Veilleur 3, il se sentait sale, corrompu, vil, sans aucune raison valable.

Il éprouvait la même chose devant cet inconnu que lorsqu'il était confronté à un Sith.

Son comlink bipa une fois encore et, une fois encore, il se prépara, mais avec des raisons toutes autres à sa nervosité. Alors que l'appel précédent avait été acheminé par les canaux parfaitement officiels du ministère du Renseignement, celui-ci avait un enjeu très différent et présentait des risques certains.

Quand l'holoprojecteur se mit en marche, ce fut pour révéler l'image très nette d'une femme qui lui paraissait toujours beaucoup trop jeune pour le rôle qu'elle jouait dans l'administration impériale.

— Bonjour, Ula. Heureuse de vous entendre à nouveau. À quoi dois-je ce plaisir ?

Il déglutit discrètement. Le sourire de Shullis Khamarr semblait être d'une sincérité absolue, et il n'avait pas de raison de croire le contraire. L'actuelle Ministre de la Logistique avait en commun avec lui l'âge et la conviction que l'Empire était une force civilisatrice avec laquelle il fallait compter. Ils avaient discuté longuement de ce sujet pendant un trajet en navette depuis Dromund Kaas, la seule fois où il avait visité la capitale impériale. Il avait participé à une réunion pour les membres n'ayant pas les qualités d'agents secrets de haut niveau mais considérés assez compétents pour œuvrer dans les services de renseignement. Elle devait être promue lieutenant d'ici peu. Depuis, son ascension avait été fulgurante alors que lui restait au même échelon.

— J'ai quelque chose pour vous, lui dit-il. Un monde prêt à être annexé, que les Hutts viennent de découvrir.

— J'ai déjà entendu parler de quelque chose d'approchant, répondit-elle. Nul ne sait où cette planète se trouve, et nous l'ignorerons tant que nous ne l'aurons pas achetée. Avez-vous autre chose à ajouter, Ula ?

Il se tassa imperceptiblement sur lui-même. Il n'était donc pas le premier à faire son rapport.

— Pas encore, Ministre. Mais je suis en bonne place et j'espère en apprendre plus très prochainement.

— Ce qui *bénéficierait* à tout le monde, Ula, approuva-t-elle avec un sourire. Pour quelle raison m'avez-vous contactée ?

— Parce que c'est l'occasion que nous attendions, dit-il, et il sentit son pouls battre plus vite, car il s'aventurait en terrain dangereux. Nous n'avons pas besoin de fanatiques pour diriger la galaxie. Nous avons besoin d'un gouvernement et d'une administration convenables. De règles, de lois, de discipline. Quand on voit ces fous saccager des mondes entiers – Jedi comme Sith –, je ne peux m'empêcher de me demander quel *bénéfice* ils nous apportent. Il n'y aurait pas de guerre s'ils ne mettaient pas de l'huile sur le feu.

— Je me souviens de votre théorie, Ula, dit-elle avec une patience aussi tranchante qu'un sabre laser. Je comprends vos vues, mais il n'y a rien que je puisse faire…

— Tout ce dont nous avons besoin, c'est d'une planète, une seule. Un monde assez fort pour se défendre, et sur lequel les citoyens de l'Empire pourraient s'épanouir sans souffrir de la peur ou de l'oppression.

— La planète dont vous avez entendu parler appartient de droit à l'Empereur. Je ne peux la réclamer pour moi.

— Mais vous êtes la Ministre de la Logistique à présent ! Toute la bureaucratie impériale vous obéit.

Elle le rabroua en douceur, comme toujours :

— Elle appartient à l'Empereur, comme cela doit être. Je suis son instrument, et je ne voudrais pas trahir sa confiance.

— Je ne vous demanderais jamais une chose pareille.

— Je sais, Ula. Vous êtes aussi loyal que moi, et vous voulez bien faire, mais je crains que ce que vous demandez soit impossible.

Il prenait grand soin de ne jamais aller trop loin quand il faisait jouer le levier de leur amitié, mais il ne put dissimuler sa déception.

— Que faudrait-il pour que vous changiez d'avis, Ministre ?

— Recontactez-moi quand vous connaîtrez la localisation de cette planète.

Il ne le savait que trop bien, trahir la République et dans le même temps essayer de convaincre une Ministre de premier plan qu'il fallait accroître l'influence des gens ordinaires dans leurs relations avec la classe dirigeante Sith pouvait le mener au désastre.

— Merci, Ministre, dit-il. C'est très gentil à vous de me passer ces lubies.

— Ce n'est pas de la gentillesse, Ula, et je ne passe rien. Vous pouvez me rappeler à tout moment.

Elle mit fin à la transmission, et cette fois Ula ne se courba pas un peu plus. Il se sentait déjà totalement insignifiant, quand bien même Veilleur 3 avait laissé entendre que l'Empereur estimait sa mission importante. Il avait l'impression de n'être qu'un grain de sable ballotté par les courants de l'océan. Quelle que soit la grève où il finissait, les vagues le martelaient toujours plus violemment.

Surveillez l'affaire de près et mentionnez tout développement.

Cela, il pouvait le faire. Épuisé après ces conversations, il rédigea un rapport pour le commandant suprême Stantorrs. Puis il se déshabilla, s'étendit sur son lit au matelas trop dur et attendit l'aube.

4

Larin Moxla se tenait dans les Jardins du Sénat, sur une allée très fréquentée et bordée de bancs. En ce début de soirée, le ciel était empli de lumières. Elle se sentait désagréablement exposée, et elle s'étonna de s'être ainsi habituée aux vieux quartiers. Quelques mois seulement s'étaient écoulés depuis son expulsion de l'Escouade Blackstar, et déjà les cieux brumeux des niveaux supérieurs lui paraissaient très vastes, les gens trop raffinés, les droïdes trop propres et les bâtiments trop neufs. Une année de plus, songea-t-elle, et elle serait parfaitement à sa place avec la lie de la société.

Son sentiment d'isolement se trouva renforcé quand un quatuor d'officiers de la Sécurité du Sénat passa devant elle, trois hommes – un Twi'lek, un Zabrak et un humain – et une Nikto trapue. Ils la remarquèrent et s'approchèrent.

— Tu es paumée ? gronda le Twi'lek. On dirait qu'on vient de t'extraire d'un sarlacc.

— Deux fois de suite, ajouta la Nikto, mais sans méchanceté.

Larin n'avait pas envie de contacts. Ils s'adressaient à elle de soldat à soldat, sur le ton de la plaisanterie, mais elle n'avait pas le cœur à rire.

— Merci, les gars, dit-elle. Je vais bien, et je ne vais pas rester longtemps ici.

Elle attendait le retour de Shigar, qui était allé voir Satele Shan, et ils avaient convenu de se retrouver ici.

— Pas d'inquiétude, dit l'humain avec un clin d'œil. Essaie juste de n'effrayer personne.

— Une minute, dit le Zabrak en la dévisageant. Je te connais, non ?

— Non, je ne pense pas.

— Mais si, je te connais ! Tu es Toxic Moxla, la Kiffar qui a cafardé le sergent Donbar.

Larin sentit le sang lui monter à la tête.

— Ça ne te regarde pas.

— Ah ouais ? J'ai un cousin dans les Forces Spéciales qui ne serait pas du même avis, dit le Zabrak en se campant devant elle.

Elle soutint son regard tout en luttant contre l'envie de battre en retraite ou de lui donner un coup de tête en plein visage. Elle se serait certainement entaillée le front sur ses cornes, bien sûr, mais elle l'aurait tout aussi certainement étendu.

Mais ensuite elle aurait dû faire face à une échauffourée avec les trois autres. Or les jardins grouillaient de témoins, des témoins bien mis, comme il faut, qui ne dormaient pas dans un entrepôt désaffecté et ne trouvaient pas leurs vêtements dans les poubelles.

— On se calme, Ses, dit le Twi'lek au Zabrak. Tu as encore bu un peu trop de boisson à bulles au déjeuner.

— Et puis, la dernière fois que tu as eu des nouvelles de ton cousin, ça remonte à quand, hein ? ajouta la Nikto qui lui saisit le bras d'autorité pour l'éloigner. La dernière fois que tu en as parlé, c'était pour dire qu'il te devait du pognon…

L'humain adressa un regard d'excuse à Larin tandis que le trio emmenait leur ami, mais celui-ci eut juste le temps de lancer par-dessus son épaule :

— Rentre dans ton trou, Toxic Moxla. On ne veut pas de gens comme toi à la surface !

Le visage en feu, Larin les regarda s'en aller. Comment une brute épaisse comme ce Zabrak avait-elle réussi à devenir officier de la Sécurité du Sénat, ou même à connaître un membre des Forces Spéciales ? Cela semblait impossible.

Mais elle se sentait aussi honteuse qu'outragée. Oui, elle avait dénoncé son supérieur. Oui, elle jouait au soldat dans un costume approximatif. Mais rien de tout cela ne lui était facile. Elle avait ses raisons.

Elle se tourna vers le Temple Jedi qui s'élevait là-bas, au loin. Laissé à l'abandon et fermé après le sac de Coruscant, il demeurait une présence menaçante et sombre sur l'arrière-plan lumineux des buildings. Comme un rappel toujours présent du destin.

Shigar dut patienter pendant cinq bonnes minutes avant que son Maître apparaisse à côté de lui, surgi de nulle part. Il ne l'entendait jamais arriver, mais au moins il avait appris à ne plus sursauter comme aux premiers temps de son apprentissage. Il supposait que c'était là le cœur de cette leçon particulière : il y avait des choses que jamais il n'anticiperait, mais il pouvait maîtriser sa réaction quand elles se produisaient.

Ils restèrent un moment immobiles dans les cloîtres déserts à contempler l'énorme cylindre argenté du Centre Galactique de Justice. Ses lumières brillaient intensément, sans jamais faiblir.

— Tu as mis quelque chose en mouvement, Shigar, dit-elle.

— C'est ce que vous voyez dans le futur, Maître ?

Les visions du Grand Maître Satele Shan étaient légendaires, et toujours justes. Mais elle secoua la tête.

— Pas cette fois. J'ai reçu ça il y a un moment, du commandant suprême Stantorrs.

Elle lui tendit un datapad, et il lut les informations affichées deux fois. Il y avait là tout ce qu'on avait découvert ces dernières heures sur Dao Stryver, Lema Xandret et le *Cinzia*. Quelqu'un n'a pas ménagé sa peine, se dit-il.

— Les Hutts savent reconnaître une bonne occasion quand elle se présente à eux, c'est connu, déclara-t-il tout en incorporant ces dernières données à tout ce qu'il avait déjà appris sur le Mandalorien, le Soleil Noir et l'agression de Larin Moxla.

— Le *Cinzia* donne deux atouts à Tassaa Bareesh pour le prix d'un, dit son Maître. Pour les administrations de la République et de l'Empire, le plus urgent est d'apprendre l'origine du vaisseau. D'où il vient importe beaucoup plus que le but de sa mission, ou ce qu'il contenait. Nous savons tous que la République a un besoin quasi désespéré de ressources nouvelles, et tout monde nouveau contribuerait à solutionner ce problème. Il va sans dire que le commandant suprême Stantorrs va poursuivre dans cette direction, et avec cet objectif unique.

Du point de vue du Conseil Jedi, toutefois, la situation est totalement inversée. Les Hutts mettent aux enchères plus que des informations : il faut considérer également la cargaison du vaisseau. L'objet qu'ils vendent est supposé avoir une valeur identifiable. Pourtant, nous ne savons toujours pas de quoi il s'agit. Ce pourrait être n'importe quoi. Nous ignorons si le hasard les a mis en possession d'une chose critique pour l'Ordre Jedi – un artefact, peut-être, ou une arme. On en parle beaucoup dans les archives les plus anciennes, mais rien dont il ait été rendu compte avec précision. Or cette « chose » pourrait faire la différence dans la guerre contre l'Empereur.

— Ce pourrait être un artefact Sith, avança-t-il, conscient que les forces de l'ennemi avaient leur propre arsenal, aussi ancien que celui de l'Ordre Jedi.

— C'est également une possibilité. C'est pourquoi nous devons faire tout ce qui est en notre pouvoir afin de nous assurer que cette chose en possession des Hutts – quoi que ce soit – ne tombe pas dans les mauvaises mains.

— Elle est déjà dans de mauvaises mains, fit-il remarquer.

— Exact, mais Tassaa Bareesh ne connaît qu'un camp : le sien. Je n'ai aucune crainte qu'elle utilise cet atout contre nous. Il n'en reste pas moins que nous devons en apprendre plus sur sa nature, et très vite. C'est là que tu interviens, Shigar.

Le Padawan étudia le visage de son Maître. Il avait pressenti que cette conversation ne serait pas un simple bavardage, mais il ne s'était pas attendu à se voir attribuer un rôle actif dans la situation.

— Je ferai tout ce que vous souhaitez, Maître.

— Tu vas te rendre à la cour de Tassaa Bareesh et découvrir tout ce que tu pourras sur le *Cinzia* et ce qu'il contenait. Tu devras voyager incognito afin de minimiser notre intérêt apparent pour cette vente. Tu me rapporteras directement le fruit de tes investigations et je déciderai comment utiliser au mieux ces renseignements. Tu pars ce soir.

Elle avait parlé d'une voix sèche et neutre, ce que contredisait la signification de ses propos. Il était question d'une mission de la plus haute importance, qui prenait ses racines dans un imbroglio politique des plus complexes. S'il venait à échouer, les conséquences seraient graves par rapport à l'Ordre Jedi, et elles risquaient même de compromettre tout l'effort de guerre de la République. Ses responsabilités étaient considérables.

Après la déception éprouvée dans la matinée, néanmoins, il lui fut impossible de taire ses doutes :

— Vous êtes sûre d'avoir fait le bon choix ? demanda-t-il, avec l'impression que ses mots étaient en plomb. Après tout, le Conseil ne me juge pas apte. Il doit y avoir quelqu'un de mieux qualifié qui pourra le faire pour vous.

— Serais-tu en train de me dire que tu ne veux pas le faire, Shigar ? Que tu ne serais pas prêt ?

Il baissa la tête pour cacher l'incertitude qui entachait sa fierté.

— Je fais confiance à votre jugement, Maître, plus qu'au mien.

— Bien, parce que je crois que mon raisonnement est solide. Sur Hutta, on ne te connaît pas, tu pourras donc y passer inaperçu plus facilement. Et j'ai foi en toi. Souviens-t'en. Je suis certaine que c'est le chemin que tu dois suivre.

— Vous avez donc vu quelque chose !

Il tenta de décrypter son expression dans les lumières changeantes de la cité. Était-elle amusée, soucieuse ou imperturbable ? Difficile à dire. Les trois, peut-être.

Il se fit le serment de la rendre fière de lui.

— Et la situation ici ? Les gangs, la pauvreté ?

— C'est de la responsabilité des autorités locales, répondit-elle en posant sur lui un regard ferme. Elles font de leur mieux.

Il perçut la mise en garde dans sa voix. Le rôle des Jedi dans la galaxie les avait menés au loin, sur Tython. On lui avait répété à maintes reprises que les nombreux problèmes sociaux de la République ne le concernaient pas, même si cette fois les Mandaloriens étaient impliqués dans la situation. Jusqu'à ce que Mandalore se déclare ennemi résolu d'un camp ou d'un autre, il pouvait se considérer plus ou moins neutre.

— Oui, Maître.

— Va, maintenant. Une navette t'attend.

Shigar s'inclina et s'apprêta à partir.

— Sois gentil, Shigar, ajouta son Maître. Certains chemins sont plus difficiles que ceux que tu as connus.

Quand il se retourna, Satele Shan n'était plus là. Elle s'était fondue dans la nuit, comme si elle n'avait jamais été présente.

Larin fut soulagée de voir Shigar remonter l'allée à grands pas pour la rejoindre. Il s'était absenté moins d'une demi-heure, mais elle avait l'impression que beaucoup plus de temps avait passé. Après sa rencontre avec les officiers de la Sécurité du Sénat, elle n'avait adressé la parole à personne et avait évité de croiser les regards, parce qu'elle ne se sentait pas du tout à sa place ici. Et comme le Zabrak le lui avait conseillé, Larin avait bien l'intention de disparaître à nouveau dans son trou, dès que Shigar serait revenu et lui aurait assuré qu'il avait parlé à son Maître et que celui-ci s'était engagé à faire quelque chose pour régler les problèmes dans les niveaux inférieurs.

Non pas qu'elle estimât que le Zabrak avait eu raison de la rudoyer ainsi. C'était même tout le contraire. Mais ici, à la surface, elle ne voyait pas où était sa place. Dans les vieux quartiers, au moins, elle avait quelque chose à faire. Depuis son retour à la vie civile et selon ses maigres moyens, elle s'était vouée à la défense des faibles et des déchus, ceux que même les Justicars ignoraient. À la différence de ces derniers, elle s'intéressait à quelque chose de plus important que le territoire ; et si cela signifiait qu'elle devait œuvrer seule, elle l'acceptait.

— Comment ça s'est passé ? demanda-t-elle à Shigar quand il arriva auprès d'elle.

— Bien. Je pense.

— Vous en êtes sûr ?

Elle ne le connaissait pas assez bien pour dire ce qui le troublait, mais il ne lui donnait pas l'impression d'être réellement satisfait. Il gardait les sourcils froncés et les chevrons bleus sur ses joues étaient légèrement déformés par la crispation des muscles sous la peau. Le réconfort qu'elle espérait n'était peut-être pas pour tout de suite après tout.

— Il faut que je parte, annonça-t-il. Vous marchez un peu avec moi ?

— Bien sûr. Où allons-nous ?

— Eastport.

— Je croyais que vous veniez tout juste de débarquer sur Coruscant ?

— C'est exact, dit-il en lui lançant un regard vif, comme s'il s'étonnait qu'elle ait retenu ce détail. J'ai voyagé toute ma vie. Depuis que Maître Satele m'a pris avec elle, en tout cas.

Ils allèrent d'un pas tranquille dans l'air doux de la nuit. Une brise légère caressait les cheveux de la jeune femme, et elle prit conscience d'un des aspects agréables du quotidien à la surface : le temps. La dernière fois que quelque chose avait plu sur elle, c'était le contenu d'une conduite d'égout qui avait éclaté deux niveaux au-dessus d'elle.

— Je n'avais pas vu d'autres Kiffars depuis des années, dit-elle pour rompre le silence. Vous étiez sur Kiffu pendant l'Annexion ?

— Non. Maître Tengrove, le Veilleur Jedi de ce secteur, m'a trouvé l'année précédente. Quand ça s'est produit, j'étais sur Dantooine où j'aidais mon Maître dans des fouilles.

— Vous avez trouvé quelque chose d'intéressant ?

Il la regarda de nouveau brièvement.

— Je ne me rappelle pas. Et vous ? À l'époque de l'Annexion, je veux dire.

— J'étais là-bas, quoique je n'en garde pas un souvenir très net. J'étais trop jeune. Mes parents m'ont mis dans une navette et j'ai quitté la planète avant que le pire arrive. Je suis arrivée sur Abregado-rae, où une famille m'a adoptée. Ces gens avaient déjà recueilli plusieurs enfants après le Traité de Coruscant, mais il y avait toujours de la place pour un de plus. C'était une vraie maison de fous.

— Qu'est-il arrivé à vos parents ?

— Ils sont morts en prison, sur Kiffex.

— Je suis désolé, dit-il.

— Aucune raison. C'est de l'histoire ancienne, comme le reste. Et les vôtres ?

— Décédés aussi. À cause d'une avarie sur une navette frésienne, un joint d'étanchéité défectueux. Rien à voir avec l'Annexion.

Ils marchèrent en silence pendant un temps, lui regardant droit devant lui, elle ses bottes. Elle éprouvait l'habituel mélange de soulagement et de chagrin dès qu'on évoquait le sujet du sacrifice de ses parents. Elle l'avait ignoré à l'époque, mais elle avait découvert plus tard le prix qu'ils avaient payé pour qu'elle puisse s'échapper. Avec les vaisseaux de guerre de l'Empire qui encerclaient leur planète, ils avaient dû soudoyer un canonnier impérial pour qu'il laisse passer la navette, sans compter le pilote de cette navette et sûrement plusieurs gardes au spatioport. Ils avaient tout donné pour la sauver.

Et comment s'était-elle acquittée de cette dette ?

— Il faut que je me rende sur Hutta, dit-il enfin.

— Pourquoi ?

— Un des cartels a découvert quelque chose. Je dois trouver de quoi il s'agit.

— Ça a un rapport avec ce Mandalorien ?

— Il semblerait. Mais il a quitté Coruscant, et il ne vous importunera plus.

— Vous êtes sûr qu'il ne reviendra pas ?

— Aussi sûr qu'on peut l'être.

— Eh bien, c'est une bonne nouvelle, fit-elle avec dans la voix plus de satisfaction qu'elle n'en éprouvait réellement.

Puisqu'elle avait accompli tout ce qu'elle s'était juré de faire aujourd'hui, elle pouvait raisonnablement battre en retraite dans les vieux quartiers et revenir à ce qu'elle savait le mieux faire. Le problème, c'est qu'elle n'avait pas envie de quitter Shigar Konshi. Il lui rappelait ce que c'était qu'avoir une nouvelle mission, avec ses objectifs, ses moyens, ses contraintes, ses délais. Ces temps qu'elle avait connus lui manquaient, quand tout était nettement défini, sans aucune ambiguïté.

— Vous êtes déjà allé sur Hutta ? demanda-t-elle.

— Non.

— C'est un endroit dangereux, et exécrable. J'y étais pour une opération secrète il y a deux ans. J'ai bien failli ne pas m'en sortir, d'ailleurs.

— Vous avez effectué des opérations secrètes ?

— Plus que je n'ai envie de m'en souvenir.

Elle ne lui avait pas parlé des Forces Spéciales et de la Blackstar. Pour Shigar, Larin était un simple soldat en permission.

— Et la cryptographie ? demanda-t-il, visiblement intéressé par le sujet. Ils vous ont enseigné ce genre de choses, aussi ?

— Les bases. J'en ai appris beaucoup plus d'une fille nommée Kixi quand je suis arrivée ici. Aujourd'hui, je pourrais le faire en dormant.

— Et vous êtes habituée à côtoyer certains des gangs les plus dangereux du milieu. Vous pourriez même passer pour un de leurs membres, après nettoyage.

— Eh, attention à ce que vous dites.

Elle lui décocha un coup de poing à l'épaule, qu'il esquiva avec une aisance surprenante.

Il fit halte et la regarda d'un air redevenu sérieux.

— Vous pourriez venir avec moi, déclara-t-il, comme si l'idée venait de lui traverser l'esprit. Sur Hutta, je veux dire.

— J'ai bien cru que vous ne me le proposeriez jamais.

Il ne rit pas.

— Je ne plaisante pas. Vous venez de sous-entendre que j'aurai besoin d'un guide là-bas. Et de l'aide me sera certainement utile, en effet. C'est une mission importante.

— Allez-vous me dire enfin ce que vous recherchez ? Je n'aime pas aller à l'aveuglette.

— Je ne le sais pas moi-même. Pas encore. En réalité, j'en sais aussi peu que vous.

— Eh bien…

Elle feignit de réfléchir, alors qu'elle avait déjà préparé sa réponse pendant qu'il la questionnait sur ses qualifications pour effectuer des opérations secrètes, tout comme il avait voulu lui faire cette proposition depuis qu'il avait fini de s'entretenir avec son Maître. Tout ce temps, il n'avait pas su comment aborder le sujet. Elle s'en rendait compte à présent. Il n'avait pas voulu le lui dire de but en blanc, par crainte de la mettre sur la défensive. Et peut-être pensait-il qu'elle n'avait pas osé le lui demander, pour ne pas lui paraître désespérée. De cette manière, ils pouvaient feindre d'avoir eu la même idée au même moment. Personne n'avait besoin d'être sauvé. Ils formaient une équipe.

Ce côté transparent amusait Larin et lui rendait Shigar sympathique. Elle n'avait pas d'autre choix que d'aller sur Hutta, ne serait-ce que pour le protéger de ce qui l'attendait là-bas. Bien sûr, les Sith n'étaient pas commodes, mais les Hutts le dévoreraient vif s'ils le capturaient dans cet état.

— D'accord, dit-elle enfin. Mais à une condition.

— Laquelle ?

— Vous cessez de penser que vous me faites une faveur.

Il rougit un peu.

— Entendu.

— Et vous m'offrez un repas digne de ce nom. Je ne mange que du concentré depuis des semaines.

— Ce qui fait deux conditions.

— Disons que la deuxième appartient à une saine gestion des troupes. Vous ne voudriez pas que je perde ma concentration sur le boulot, n'est-ce pas ?

— Je suppose que non, fit-il en arborant un sourire qui le rajeunissait. Allons-y, Moxla. À rester plantés là, nous ne nous rapprochons pas du but.

Elle le gratifia d'un salut militaire plein de nonchalance.

Ils repartirent dans la nuit et, après trois mètres, ils se mirent inconsciemment à marcher au même pas.

5

Du noir sur du noir, avec un soupçon d'acier brillant.

Les douze Seigneurs du Conseil Noir de l'Empereur considéraient Eldon Ax et son Maître avec la force combinée d'une avalanche glaciale.

— … et vous voyez donc, mes Seigneurs, conclut Dark Chratis, comment cette situation peut progresser par l'application d'une action rapide et appropriée : les bonnes personnes au bon endroit et au bon moment. Mon apprentie et moi sommes ces personnes. Hutta est le lieu. Et le moment de frapper est arrivé.

Ils se tenaient dans un renfoncement de la salle, et le Conseil Noir les entourait. Douze visages monstrueux qui les toisaient – certains visibles, avec leurs scarifications, d'autres cachés derrière un masque –, et de tous émanait une haine constante et froide. C'étaient là les confidents de l'Empereur, ses serviteurs les plus zélés. Eux seuls voyaient le visage de Dark Chratis et, à présent, ils voyaient celui d'Ax.

Pour la première fois, elle sentit la peur chez son Maître, et elle en fut ravie.

— Épargnez-nous les figures de rhétorique, Dark Chratis, dit l'un des Seigneurs Noirs, un être qui naguère avait peut-être été une femme et dont le visage était à présent celui d'un squelette asexué. Les discours ne nous émeuvent pas.

— Que voulez-vous précisément ? demanda un autre

d'une voix haut perchée derrière son masque de fer. Exposez-nous votre plan.

— Mon apprentie s'infiltrera à la cour de Tassaa Bareesh, dit Dark Chratis, afin de dérober l'information aux Hutts. J'attendrai en dehors de la planète. Dès qu'elle aura réussi sa mission, je procéderai à la localisation de la colonie et j'entamerai son annexion pour la gloire de l'Empire.

Il s'inclina très bas, et Ax éprouva du mépris pour cette attitude.

— Un plan simple, commenta un autre Seigneur Noir, Dark Howl, dont les dents étaient taillées en pointe et le visage zébré de lignes au dessin aléatoire. J'admire son caractère direct. Nous ne négocions pas avec les criminels.

— Tassaa Bareesh nous a été utile, objecta un autre. Il ne serait pas sage de provoquer sa colère.

— Mon apprentie saura se montrer circonspecte, leur affirma Dark Chratis. Elle leur est inconnue. Ils ne la démasqueront pas.

— Quant à l'annexion elle-même, comment la faciliterez-vous ? Vous ne disposez certainement pas de ressources personnelles suffisantes pour vous rendre maître d'une planète entière.

— Non, mes Seigneurs. Il me faudra au moins une division pour écraser toute résistance.

Des murmures rauques parcoururent le demi-cercle des Seigneurs Noirs.

— Une division entière ? Vous demandez trop.

— Vous vous attendez à une résistance significative ?

Le Maître d'Ax marqua une seconde d'hésitation. On abordait là le point qu'il avait minimisé dans son exposé.

— Oui, Dark Howl. La colonie a été fondée par des fugitifs de l'Empire.

— Quelle sorte de fugitifs ?

Il expliqua dans les grandes lignes tout ce qu'ils avaient découvert sur le compte de Lema Xandret, tandis que le

Conseil écoutait dans un silence glacial. Quand il en vint à décrire le lien existant entre Xandret et Ax, tous les regards se braquèrent sur cette dernière. Elle fit de son mieux pour soutenir cet examen, malgré la douleur physique qu'elle éprouvait à l'arrière des globes oculaires. C'était comme contempler un trou noir.

— Le Mandalorien a laissé vivre la fille des fugitifs, dit Dark Howl quand l'exposé fut terminé. Peut-on avoir la certitude qu'il n'y a aucun lien entre eux ?

— Je l'ai étudiée avec grand soin. Elle ne ressent aucune sympathie pour ceux que nous recherchons.

— Qu'en dis-tu, jeune fille ? Dis-nous tout ce que tu te remémores de ta mère.

Ax obligea sa langue à se détendre. On s'était adressé à elle, et elle devait répondre. C'était ainsi.

— Je n'ai aucun souvenir d'elle, mon Seigneur. C'est à la fois une malédiction et une bénédiction.

— Explique-toi.

— Mon absence de souvenirs les concernant signifie que je ne peux donner aucun détail sur les fugitifs. C'est une malédiction, parce qu'il serait plus simple d'éviter tout contact avec les Hutts. Mais si je me souvenais, mes sentiments pourraient en être affectés, et vous seriez en droit de vous méfier de moi. Je vous donne l'assurance de ma loyauté, et du fait qu'on peut se débrouiller avec les Hutts.

Elle sentit une pression sur son esprit, comme si une montagne pesait dessus.

— Tu as beaucoup d'assurance, souligna Dark Howl. Peut-être trop. Mais tu ne mens pas.

— Merci, mon Seigneur, répondit-elle en s'inclinant.

— Cela ne veut cependant pas dire que nous pouvons te faire confiance.

Elle se redressa.

— S'il m'est permis de m'adresser à nouveau au Conseil, il y a une chose que je souhaiterais lui dire.

— Parle, ordonna Dark Howl.

Dark Chratis lui lança un regard de mise en garde, mais elle l'ignora.

— Cette mission est cruciale, et pas uniquement à cause du monde que nous pouvons annexer. Il y a un aspect de cette affaire que mon Maître n'a pas évoqué devant vous, et il concerne les actes de ce Mandalorien, Dao Stryver. Son maître a naguère été un allié de l'Empire mais, ces dernières années, Mandalore s'est montrée distante, pour ne pas dire menaçante. Et pourtant ce Mandalorien connaissait mon histoire personnelle, mon lien biologique avec Lema Xandret, où me trouver. Il savait toutes ces choses… Mais comment ? Je crois qu'obtenir une réponse de lui à cette question est de la plus haute importance pour la sécurité de l'Empire.

Cette déclaration provoqua une autre vague de murmures au sein du Conseil Noir. Un espion mandalorien dans l'administration impériale ? Impensable… mais potentiellement désastreux si c'était vrai. Ce pouvait être le signe d'une attitude hostile des Mandaloriens envers l'Empire. Des chaînes de commandement entières devraient être examinées. Des purges seraient nécessaires. Des têtes tomberaient, peut-être même celle du Ministre du Renseignement. Les conséquences risquaient d'être énormes.

Dark Chratis la regardait fixement, et ses lèvres étaient tellement pincées que sa bouche n'était plus qu'une cicatrice.

Et soudain, de manière pour le moins inattendue, Dark Howl se mit à rire. C'était un son atroce, plein de venin, de purulence et de cruauté, et il perça la tension comme une dague crève un ballon. Il se répercuta dans la salle du Conseil tel le vacarme du verre qui se brise dans un silence absolu.

— Eldon Ax, dit-il quand son hilarité maligne se fut tarie, tu ne me trompes pas.

Ax sentit le sang se figer dans ses veines.

— Mon Seigneur, je vous jure que…

— Ne m'interromps pas !

La phrase claqua comme un fouet, soutenue par toute la puissance de la Force.

— Je sais reconnaître une menteuse quand j'en rencontre une.

Ax était paralysée. Elle ne pouvait qu'attendre la suite, horrifiée, sans comprendre quelle faute elle avait commise.

— Tu parles d'agents infiltrés dans l'Empire, d'agents *mandaloriens*, poursuivit son accusateur. Mais je vois clair dans ton jeu, Eldon Ax. Je sais ce qui te motive, ce que tu t'efforces de nous dissimuler. Je sens ta haine pour le Mandalorien, et ta soif de vengeance. Je sais que cette mission n'a aucun rapport avec l'Empire. Tu veux seulement prouver que Dao Stryver a eu tort de te mépriser en ne te tuant pas. Tu rêves d'inverser les rôles, de le vaincre à ton tour, et ensuite de le tuer. C'est là tout ce que tu désires. C'est ce qui emplit ton cœur.

Un sourire sinistre s'étendit sur le visage de Dark Howl.

Elle s'apprêta à recevoir le châtiment qu'elle méritait.

— J'approuve cette attitude, lâcha le Sith.

La gigantesque main invisible qui écrasait Ax de la tête aux pieds desserra son étau.

— Mon Seigneur ?

— Tu viens de me démontrer que tu es une loyale servante du Côté Obscur, Eldon Ax. J'approuve ton plan, et j'enjoins mes pairs du Conseil à faire de même.

Le soulagement déferla sur Ax. Venant si soudainement après la certitude d'une mort imminente, la sensation l'étourdit presque.

— Merci, mon Seigneur.

Dark Howl leva une main pour intimer le silence à tous.

— Il reste un point que je veux clarifier.

Le Maître d'Ax leva les yeux vers le Seigneur Noir.

— Oui, mon Seigneur ?

— Le problème n'est pas la sécurité de l'Empire. Il existe une dizaine de sources différentes par lesquelles

Dao Stryver a pu se renseigner sur l'héritage de la fille, y compris la mère de la fille elle-même, ne l'oublions pas. Le sujet n'est même pas cette planète que vous espérez nous apporter, quoique ce serait naturellement un butin précieux pour nos préparatifs de guerre. Non, Dark Chratis, le sujet est le *défi*. Il y a quinze ans, Lema Xandret s'est dressée contre les Sith et elle a échappé au juste châtiment qu'elle aurait dû connaître. Aujourd'hui vient l'occasion de corriger cet oubli. Nous devons donc saisir cette occasion afin de démontrer à tous que notre force n'a fait que croître, et que jamais nous ne pardonnons.

Le reste du Conseil accueillit cette déclaration par un murmure d'approbation. Quelques regards se tournèrent vers l'holoprojecteur placé au centre de la pièce, comme si même l'absence de l'image de l'Empereur suffisait à inspirer le respect et la peur.

Dark Chratis s'inclina très bas.

— Mes Seigneurs, vous avez ma parole qu'un exemple sera fait avec les parents rebelles de cette fille. Leurs noms seront effacés de l'histoire. Ce sera alors une mise en garde pour ceux qui osent nous défier.

Dark Howl ne porta pas son attention sur Dark Chratis. Il continuait de regarder Ax.

— Je comprends, dit-elle.

Et elle disait vrai. C'était un test de sa loyauté autant qu'une mission visant à punir des traîtres oubliés. Être un Sith ne se résumait pas à éprouver la haine et la colère, c'était aussi trouver la manière de focaliser ses sentiments afin d'atteindre la maîtrise. Elle prétendait que sa mère n'existait plus pour elle, qu'elle ne lui inspirait aucune affection. Mais quand Lema Xandret se tiendrait face à elle et que l'heure serait venue de la châtier, Ax serait-elle capable de le faire ?

Elle se jura qu'elle ne faiblirait pas. Elle ne ressentait aucune affection, pour personne. Pas même pour son Maître.

Elle resta immobile et silencieuse pendant que Dark Chratis confirmait les détails de son plan. L'Empire lui fournirait une demi-division qu'il commanderait à sa guise. Ils attendraient le signal d'Ax sur Hutta avant de faire mouvement vers leur destination finale. Un représentant de l'Empire serait envoyé pour procurer une couverture à Ax, mais cette personne ne jouerait aucun rôle décisif dans l'affaire. Il ou elle assurerait simplement Tassaa Bareesh que l'Empereur ne montrait pas un désintérêt suspect envers sa mise aux enchères.

— Vos ambitions nous sont évidentes, Dark Chratis, lui déclara Dark Howl. Livrez-nous ce monde, et vous serez récompensé.

Après s'être longuement incliné une dernière fois, Dark Chratis prit congé du Conseil, suivi de son apprentie qui marchait respectueusement deux pas derrière lui.

C'est seulement lorsqu'ils eurent embarqué dans la navette qu'il laissa libre cours à sa colère. Son long bâton s'ouvrit de plusieurs longueurs à une extrémité, tandis que l'autre se rétractait, formant la lame rouge sang et la poignée de son sabre laser. Il la frappa au visage et n'arrêta son coup qu'à un centimètre de sa peau. Elle se figea.

— Tu m'as surpris devant le Conseil, dit-il d'une voix dangereusement calme. Ne me surprends plus jamais.

Elle ne lui répondit pas : *Vous êtes un imbécile. Vous malmenez toute cette affaire. Si vous m'aviez laissée parler en premier, au lieu d'enrager quant à mon incapacité à me souvenir de quoi que ce soit, j'aurais pu vous le dire. Au lieu de vous trahir, je vous ai sauvé, ainsi que notre plan.*

— Je ne le ferai plus, Maître, dit-elle seulement.

Satisfait de sa soumission, Dark Chratis désactiva son sabre laser et s'éloigna. *Une trêve, pour le moment*, songea-t-elle. Avec un grognement, il s'installa pour entreprendre le voyage de Korriban à Dromund Kaas. Et de là, à Hutta, où attendait la réalisation de tous leurs rêves.

6

— Les Hutts ont créé l'événement, dit le commandant suprême Stantorrs en se renversant dans son fauteuil et en tapotant d'un doigt le bord de son bureau. J'ai reçu du Sénat quatre demandes de renseignements pendant la nuit, et j'en attends d'autres dans la journée. Que ces enchères soient une vaste fumisterie ou non, il va falloir que nous fassions quelque chose à ce sujet.

— Nous ne pouvons pas rester sans rien faire, approuva Ula.

Obéissance et soutien : c'était tout ce que le commandant exigeait de ses assistants. Une véritable méritocratie aurait pourtant demandé bien plus à ses citoyens.

— Sûrement pas ! s'exclama Stantorrs. Quand chaque monde de la République, depuis les colonies les plus excentrées jusqu'à celles du Noyau lui-même, se plaint de pauvreté, ce serait un désastre pour notre image de laisser nous échapper une mine potentielle de ressources. Et quel revers pour la sécurité galactique…

— Quand des Mandaloriens sont impliqués, ça devient souvent une question de sécurité, intervint un autre conseiller.

— Certes. Et c'est pourquoi j'ai décidé de suivre cette affaire, publiquement et politiquement, afin de m'assurer qu'elle ne nous crée pas de mauvaises surprises plus tard.

Le rythme martial du tapotement de doigt du commandant mettait les nerfs d'Ula au supplice. *Laissez tomber*, avait-il envie de leur crier. *C'est un écran de fumée, une diversion pour cacher le véritable problème : la guerre froide que vous êtes en train de perdre ! Les Hutts exploitent et entretiennent dans le même temps votre paranoïa. Vous ne voyez donc pas à quel point cela vous donne l'air naïf ?*

Il était tellement dans son monologue intérieur qu'il faillit ne pas entendre ce que disait encore le commandant suprême :

— Voilà pourquoi j'ai décidé de t'envoyer sur Hutta en qualité de représentant officiel de la République, Ula.

Les pensées du conseiller heurtèrent de plein fouet l'obstacle de cette déclaration et formèrent un carambolage sur cinq files.

— Vous... pardon, monsieur ?

— J'ai besoin de quelqu'un là-bas pour enquêter sur cette affaire, et le cas échéant négocier en notre nom. Pas un émissaire d'un rang élevé – nous ne voudrions pas que les Hutts nous croient *trop* intéressés –, ni un militaire, puisqu'il s'agit d'une affaire politique. Nous avons besoin d'une personne bien informée et dévouée, et le rapport que tu as rédigé la nuit dernière prouve que tu es les deux. Ula, je veux que tu prennes la première navette en partance pour Hutta.

Les autres conseillers lui lancèrent des regards ouvertement envieux, alors qu'il cherchait de façon désespérée une échappatoire.

— Je suis flatté, monsieur, mais...

— Tu as déjà des tâches multiples, je le sais bien, mais rien que tu ne puisses déléguer. Et si c'est pour la sécurité que tu t'inquiètes, j'ai réquisitionné un détachement entier. Nous ne pouvons nous offrir le luxe de perdre quelqu'un ayant tes talents, Ula.

Ula avait la gorge serrée. Stantorrs avait anéanti ses deux objections majeures dans le temps d'une simple respiration. S'il était évidemment agréable de voir le commandant suprême lui accorder une telle confiance, de quelle utilité serait un informateur envoyé dans le mauvais secteur de la galaxie ? Il devait rester ici, dans ce bureau, et non aller perdre son temps avec ces Hutts répugnants. Sans parler des risques d'être pris pour cible.

La guerre des gangs qui avait porté le nom du *Cinzia* à l'attention de Stantorrs ne serait qu'une escarmouche si la planète d'origine du vaisseau se révélait aussi riche que les Hutts le prétendaient. De cela, Ula était certain, et s'il était informateur et non soldat, c'était pour une excellente raison. Il aimait aussi peu le combat que se trouver mis en vedette. Il n'était tout simplement pas formé à ce genre d'exercice.

Mais il ne semblait pas y avoir moyen d'y couper. Il accepta donc avec toute la bonne grâce qu'il réussit à simuler.

— Excellent. Je sais que je peux compter sur toi, Ula. Soit dit entre nous, j'aimerais que tu gardes un œil sur les Jedi, bien sûr. Satele Shan affirme qu'en aucune façon elle n'agira officiellement, mais je ne lui fais pas confiance. Tu connais les joueurs principaux, n'est-ce pas ? Tu vois l'un d'entre eux, tu me tiens au courant.

— Je n'y manquerai pas, monsieur.

— Et si les affirmations des Hutts ont quelque fondement, fais-le-moi savoir immédiatement. J'aurai une flotte prête à appareiller pour protéger cette planète de l'Empire.

— Bien, monsieur.

Comme n'importe quelle personne ayant quelque connaissance en politique, Ula savait que la « protection » était une chose que bien des mondes ne voulaient surtout pas, par crainte que leurs protecteurs autoproclamés pillent leurs ressources naturelles et leurs talents. Par ailleurs, la seule présence d'un croiseur de la République, ou Jedi, avait toutes les chances de déclencher la colère des Sith, ce qui serait encore pire.

— Et si ce n'est que du vent ?

— Alors nous n'aurons rien perdu, et tu auras quand même droit à une promotion, dit Stantorrs qui se leva et lui tendit la main. Je t'élève au poste de premier conseiller, avec effet immédiat, et je te nomme représentant par intérim auprès du cartel de Bareesh. Toutes mes félicitations, Ula.

L'informateur serra la main du commandant suprême mais il prêta à peine attention à la façon dont les doigts puissants du Duros lui broyaient les siens. Il était complètement engourdi, et il avait encore du mal à réaliser ce qui venait de lui arriver. Le mieux qu'il pouvait faire était de trouver le moyen de profiter de sa nouvelle situation.

Tandis que ses anciens collègues se pressaient pour le féliciter, il se rendit compte que son nouveau poste le mettait dans une position idéale pour s'assurer que la République ne gagne rien grâce à l'offre des Hutts. Il pouvait minimiser l'importance de toutes les informations qu'il découvrirait, et même interférer activement dans le cours des enchères s'il le fallait. Quoi que les Hutts aient à proposer, la République n'y aurait pas accès.

Restait le problème de la flotte de la République qui attendrait le résultat de son enquête. S'il pouvait toujours l'envoyer dans une quête stérile, au fin fond d'un secteur vide de la galaxie, la manœuvre serait d'une aide non négligeable pour l'Empire. Que le commandant suprême des forces armées de la République et une partie du Sénat s'absorbent autant dans le drame qui se jouait n'était pas non plus inutile. Ce qui avait commencé par une situation anecdotique pouvait finir par jouer un rôle décisif dans le conflit s'il s'y prenait bien.

— Quand voulez-vous que je parte, monsieur ?

— Immédiatement. Ton escorte t'attend.

— Merci, monsieur.

Ula ravala sa nervosité, salua et sortit de la pièce.

Il n'alla pas très loin. Dans le couloir à l'extérieur des bureaux du commandant suprême, une escouade de six soldats l'attendait. Ils portaient des tenues de cérémonie et le saluèrent dès qu'il apparut.

— Sergent Robann Potannin, se présenta le chef du groupe. Nous sommes votre escorte, Représentant Vii.

Le militaire, un homme basané et puissamment bâti, n'était pas plus grand qu'Ula, et pourtant il semblait le dominer de très haut.

— Merci, sergent. Je suis sûr d'apprécier votre protection rapprochée sur Hutta. Qu'est-ce qui est prévu ? Nous nous retrouverons au spatioport de départ quand la navette sera prête ?

— La navette décolle dans une heure, monsieur.

— Alors je ferais bien de me hâter, pas vrai ?

Il commença à s'éloigner dans le couloir, mais l'escouade se mit en formation et l'accompagna. Il fit halte, et les soldats l'imitèrent.

— Où allez-vous ? demanda-t-il à Potannin.

— Nous vous escortons jusqu'aux locaux du Service des Fournitures Diplomatiques, monsieur.

— Ce n'est pas là que je me rends. Il faut que je fasse un saut à mon appartement pour prendre des affaires, et je suis sûr de pouvoir le faire seul.

— Négatif, monsieur. Tout ce qui est nécessaire hors de cette planète est en stock aux Fournitures Diplomatiques.

— Mais mes vêtements…

— Ils ne seront pas nécessaires, monsieur. Vos mensurations ont été transmises à l'atelier concerné, lequel confectionne en ce moment même vos tenues de cérémonie.

Ula n'avait jamais vu cette facette de l'administration à l'œuvre. Elle était d'une efficacité surprenante, et aussi irritante. Il décida d'improviser.

— J'ai un voorpak apprivoisé. Si je le laisse seul, il va mourir.

— Aucun problème, monsieur. Donnez-nous votre clé et je m'arrangerai pour qu'on prenne soin de lui.

— Non, non ? Ce ne sera pas nécessaire…

Ula se passa la main dans les cheveux. Les prétextes du sac à faire et de l'animal de compagnie avaient eu pour seul but de couvrir ses véritables intentions. Il voulait envoyer un message depuis son appartement à ses maîtres de l'Empire pour les informer de ce développement soudain. Sinon, ils risquaient de s'inquiéter de son silence.

Par chance, il s'était préparé à tous les cas de figure.

Il sortit son comlink d'une poche.

— Je vais appeler une voisine, elle s'en occupera. Donnez-moi un instant.

Il s'éloigna de quelques pas et passa un bref appel. La voisine était imaginaire, également, mais le numéro qu'il composa était bien réel. C'était celui d'un service de messagerie automatique régulièrement consulté par le réseau d'espions de Veilleur 3 sur Coruscant. Après la tonalité, il enregistra son nom et commanda deux plats ordinaires sur un menu inexistant. Le nom du premier comportait neuf syllabes, le second treize, et ces chiffres permettaient que le message réel d'Ula soit décodé selon les phrases correspondantes que tout agent de l'Empire connaissait par cœur : il était l'objet d'une impossibilité momentanée de communiquer et rétablirait le contact dès que possible.

Mais qui pouvait dire quand il aurait l'occasion d'envoyer un autre message ?

Cette pensée fit augmenter sa nervosité. Il était déjà assez malencontreux de se trouver mis en vedette, et voilà qu'il était maintenant totalement coupé de sa chaîne de commandement. Il nota que ses mains tremblaient et, pour cacher son trouble, il les enfouit dans ses poches avec le comlink.

— Très bien, dit-il en tournant vers le sergent Potannin un visage aussi souriant qu'il le pouvait. Je suis à vous.

Les soldats se mirent en formation autour de lui, et le petit groupe se dirigea vers les services qui allaient l'équiper pour son nouveau rôle.

DEUXIÈME PARTIE

HUTTA

7

Le magnifique joyau du système Y'Toub surgit tel un cadavre boursouflé des abysses de l'espace. Shigar plissa les yeux pour mieux le scruter, et pour la première fois il fut heureux qu'ils n'aient pas trouvé un transport plus luxueux. Le salon passagers du *Red Silk Chances* était crasseux, et ses hublots pouvaient difficilement être qualifiés de translucides, mais ce côté sordide était à l'unisson du spectacle extérieur. Hutta offrait un aspect aussi repoussant que sa réputation le suggérait, avec ses verts et ses bruns rappelant la moisissure ou un fruit pourri qui aurait fini par éclater.

Larin était assise à côté de lui, et leurs épaules se touchaient chaque fois que le vaisseau frémissait sous eux. Le visage de la jeune femme était caché par le casque de son armure de moins en moins réglementaire, mais il sentait à la raideur de son dos qu'elle épiait tous les gens alentour. Les droïdes et les individus louches qui avaient embarqué sur ce vol justifiaient (amplement) cette méfiance discrète. Jusqu'alors, il y avait eu deux bagarres au couteau, plusieurs parties truquées de dejarik, un certain nombre de disputes quant à l'issue de la prochaine Grande Traque et des chants repris en un chœur vigoureux – en un dialecte inconnu de Shigar – qui avaient paru ne jamais avoir de fin.

Pour se calmer un peu, il ferma les yeux et se concentra sur le morceau de plastoïde de forme étrange ramassé dans une rue de Coruscant avant leur embarquement et qu'il tenait toujours dans sa main droite. Rien de familier dans cette chose, et son esprit conscient ne pouvait donc deviner son origine ou son usage. La détermination d'un de ces paramètres, ou des deux, était supposée faire intervenir ses aptitudes psychométriques.

Environ un Kiffar sur cent naissait avec ce talent particulier de la Force qui permettait de connaître l'origine et l'histoire des objets par le seul toucher. Celui de Shigar demeurait fluctuant, malgré ses efforts répétés, et c'était au moins en partie ce manque de maîtrise qui avait incité le Conseil Jedi à remettre à plus tard son passage d'épreuves. Beaucoup de Chevaliers Jedi n'avaient aucun don pour la psychométrie, mais tous étaient censés connaître intimement leurs forces et leurs faiblesses. De quelque sorte qu'il soit, un talent non contrôlé n'était pas acceptable.

Shigar focalisa son attention sur sa respiration et laissa la Force s'écouler puissamment en lui. Les tressautements du cargo et les bavardages des autres passagers s'estompèrent. Bientôt, il ne sentit plus que la forme complexe de l'objet dans sa paume, et il examina la manière dont il se positionnait dans l'univers, sans recourir à ses perceptions habituelles. Était-il vieux ou neuf ? Venait-il d'une origine proche ou lointaine ? Était-il précieux ou sans valeur ? S'en était-on débarrassé délibérément ou l'avait-on perdu ? Était-il artisanal ou usiné ? En existait-il des milliers d'autres exemplaires dans la galaxie ou était-ce là le seul objet de ce modèle à avoir jamais existé ?

Des impressions vagues l'effleuraient. Il vit le visage d'une femme – une humaine aux yeux bruns écartés, avec une cicatrice singulière au menton. Il poursuivit cette piste mentale aussi loin qu'il put, mais rien de plus ne lui vint. Il abandonna et se rendit alors compte qu'il avait vu cette femme dans les vieux quartiers, alors qu'il allait au hasard pour dissiper sa colère après la décision du Conseil. Elle vendait des cafards-araignées grillés à un Abyssin borgne. En désespoir de cause, l'esprit de Shigar avait évoqué ce visage. Mais elle n'avait rien à voir avec le morceau de plastoïde.

Un Chevalier Jedi est un Chevalier Jedi à tous points de vue, avait dit Maître Nobil. Jusqu'à ce qu'il ait le contrôle de ce talent, Shigar pouvait difficilement prétendre avoir le contrôle de lui-même. À cet égard, il n'avait pas d'excuse.

Frustré, il rouvrit les yeux et glissa le morceau de plastoïde dans sa poche. Des poches, il en avait quelques-unes, à présent, surtout sur la poitrine et le devant des cuisses. Leur contenu ajoutait quelques kilos à sa masse corporelle et cliquetait quand il marchait. Le tissu et la coupe peu familière de son déguisement provenaient d'un marché de Klatooine, là où Larin et lui avaient embarqué à bord du *Red Silk Chances*, à destination de Hutta. Il fallait encore qu'il s'habitue à cet accoutrement.

À travers le regard huileux de saleté, Nar Shaddaa, la cinquième lune de ce monde écœurant, glissait lentement dans l'immensité.

Nous sommes presque arrivés, se dit Shigar.

— Tu es un peu menue pour une chasseuse de primes, non ? dit à Larin un contrebandier dont les mains avaient chacune six doigts.

Elle tourna à peine la tête vers le gêneur.

— Et alors ? Toi, tu es un peu trop laid pour un humain.

Sa voix était artificiellement rendue plus dure par le vocodeur complétant son déguisement.

Le contrebandier se contenta de s'esclaffer.

— Tu ne m'intimides pas, petite. J'ai perdu mon vaisseau lors d'une partie de pazaak dans un bouge appartenant à Fa'athra. Je vais lui demander de me le rendre en faisant appel à sa bonté d'âme. Tu en penses quoi, toi ?

Le Hutt nommé Fa'athra était connu pour être le plus cruel et le plus sadique de ses congénères.

— Je pense que ça fait de toi quelqu'un d'aussi stupide que laid.

Le contrebandier rit encore, et son visage se fendit sur

une bouche pareille à une plaie où s'étageaient en une variété impressionnante des dents très mal rangées. Shigar était prêt à s'en mêler si l'échange basculait dans la violence, mais l'autre paraissait apprécier la répartie de Larin. Le contrebandier se pencha vers elle.

— Dis à ton ami, là, que s'il veut vraiment se faire passer pour un dresseur de rancor, il devra s'endurcir encore un peu le cuir. Ces types-là ont une espérance de vie qui ne dépasse pas les cinq minutes. On ne dure pas plus longtemps sans écoper de plaies et de bosses.

Il se détourna et alla ailleurs provoquer quelqu'un d'autre, laissant Shigar et Larin qui échangèrent un rapide regard.

— Je mettrai le masque dès que nous nous poserons, murmura le Padawan à la jeune femme.

Il n'avait pas voulu le faire sur Klatooine parce qu'il détestait l'apparence grotesque que cela lui donnait, sans parler de la puanteur du cuir mal tanné.

— À ce moment-là, vous pourrez me dire : *Je vous l'avais bien dit.*

Elle répondit d'un simple hochement de tête. Il fut heureux de ne pas voir son expression.

Le spatioport de Bilbousa grouillait de toutes les espèces plus ou moins intelligentes de la galaxie et de tous les modèles de droïdes dont Larin avait pu entendre parler. L'air était chargé d'odeurs d'épices et d'un mélange dense de langages divers. Les passagers débarqués sans cérémonie du *Red Silk Chances* s'éparpillèrent aussitôt dans ce flot vivant, et chacun avait sa manière de faire : en poussant, en jouant des coudes ou de la voix, ou en restant simplement immobile, dans l'attente d'une hypothétique trouée dans la muraille mouvante.

Shigar, qui avait maintenant mis le masque grincheux d'un chevaucheur de rancor, se fondait admirablement dans le paysage.

Ils fendirent la foule aussi gracieusement que possible et affrétèrent un hopper pour se rendre à Gebroila, la cité la plus proche du palais de Tassaa Bareesh. Il n'était pas nécessaire de passer par un contrôle de sécurité ou de changer sa monnaie, car sur Hutta toutes les formes de crédits étaient acceptées. Après avoir vérifié que ceux de Shigar n'étaient pas des faux, le chauffeur evocii les brinquebala dans le torrent sans fin de la circulation, en évitant au dernier instant une dizaine de carambolages potentiellement fatals. Larin gardait les yeux et l'attention rivés sur l'intérieur du véhicule. Leur mission comportait assez de dangers sans se soucier en plus de ceux du quotidien.

Le trajet jusqu'à Gebroila était assez long, et il le parut plus encore. La biosphère humide de Hutta était empoisonnée par des millénaires d'abus industriels qui la rendaient dangereuse à respirer. Les rares espèces survivantes après l'arrivée des Hutts sur la planète avaient muté si gravement qu'on ne pouvait plus identifier leurs ancêtres en observant les descendants. Certaines, comme le chimilézard, étaient capables d'extraire des nutriments de déchets toxiques qui auraient tué tout autre animal. D'autres avaient perfectionné des défenses chimiques complexes ou s'étaient installés dans les quelques zones non encore polluées à outrance. De tels endroits étaient évidemment très prisés, ce qui classait leurs habitants parmi les êtres les plus vicieux de la galaxie.

Les Hutts eux-mêmes offraient un exemple parfait de l'évolution en action. À cause de leur corpulence de limace géante, leurs ancêtres avaient dû être des proies faciles sur leur monde d'origine. Mais la catastrophe environnementale les avait contraints à s'endurcir à bien des égards. Ils avaient alors développé une musculature d'une puissance étonnante sous leurs replis graisseux et un esprit vif. Ils avaient été les premiers à occuper les zones encore saines, et ils se situaient maintenant au sommet de la chaîne alimentaire.

Larin restait imperturbable. De son passage dans les Forces Spéciales, elle conservait l'habitude de ces longues plages de temps durant lesquelles rien ne se passait. Elle aurait aimé discuter de ce qu'ils feraient une fois arrivés à Gebroila, mais Shagir restait silencieux, apparemment plongé dans ses pensées. Elle le laissait donc tranquille et réfléchissait de son côté. La sécurité entourant le palais serait très certainement stricte, et ils n'avaient pas réussi à acheter les identités qui leur aurait permis d'y pénétrer. Dans une culture fondée sur la fausseté et le mensonge, la démonstration d'une authenticité appropriée allait poser des problèmes, à moins qu'ils trouvent une entrée dérobée qui ne soit pas surveillée sous douze angles à la fois. Elle ne pensait pas que la partie serait facile à jouer.

Le palais était aussi grand que la cité voisine. Shigar fut à la fois intimidé et rassuré en découvrant son immensité. Il serait plus aisé de se cacher derrière ces murs décorés, parmi les milliers de serviteurs, pénitents et autres ennemis qui convergeaient où la richesse se concentrait. Dans le même temps, les regards indiscrets seraient omniprésents, et ils ne pourraient se permettre le moindre faux pas.

Shigar paya le chauffeur et ajouta un pourboire conséquent. L'Evocii était un esclave, attaché par des chaînes au véhicule qu'il pilotait. Son espèce avait jadis possédé cette planète, mais elle figurait maintenant dans les couches les plus défavorisées de sa société. D'innombrables générations de consanguinité en avaient fait des êtres falots, à l'aspect maladif. Leur esprit combatif ne subsistait qu'en dehors des cités, sous la forme de tribus rebelles qui harcelaient sans cesse les Hutts.

L'expression chagrine mais placide du chauffeur ne changea pas quand il fit décoller son engin de l'avant-cour du palais.

— Et maintenant ? s'enquit Larin.

— Nous entrons.

— Juste comme ça ?

— Juste comme ça.

Il la précéda pour gravir un escalier aux marches très larges, avant-goût de la punition que Tassaa Bareesh infligeait à ses hôtes. Elle-même n'aurait jamais pu escalader un tel obstacle. Elle disposait très certainement d'une armée de porteurs à répulsion pour l'emmener là où elle le désirait. Elle obligeait les visiteurs à faire ce dont elle se dispensait. Et, par la force des choses, elle les plaçait d'entrée dans une situation inférieure.

Larin était en excellente forme physique, et elle dépassa plusieurs autres arrivants sans ralentir, avant d'atteindre le niveau de la garde. Il y avait trois entrées, toutes surmontées d'emplacements armés. Shigar choisit la plus à gauche, au hasard. Quatre gardes gamorréens en armures les attendaient, deux à l'extérieur, les deux autres à l'intérieur. Leurs yeux profondément enfoncés épiaient tout être s'approchant avec la même méfiance. Derrière eux, un des arrivants qu'ils avaient doublés cria plaintivement quand il fut poussé de force au bas des marches.

— Vous êtes sûr de vouloir procéder ainsi ? demanda-t-elle à son compagnon.

— C'est la partie la plus facile, répondit-il. Regardez plutôt.

Les gardes croisèrent leurs vibrohaches quand ils s'avancèrent. Docile, Shigar fit halte et s'adressa à eux d'une voix calme :

— Vous n'avez pas besoin de voir nos documents. Nous avons l'autorisation requise.

Les haches s'écartèrent, leur laissant le passage.

— Deux de moins, crachota le vocodeur de Larin.

Il répéta ce petit tour mental avec les deux autres à l'intérieur. De nouveau, les gardes leur permirent de poursuivre, et ils s'éloignèrent. À la porte voisine, un groupe d'Ortolans bruyants entra également, mais en montrant des pièces d'identité officielles.

— Ne prenez pas cet air satisfait, lui dit Larin. Je le vois à travers votre masque.

Un droïde de protocole argenté se présenta devant eux, suivi de deux droïdes gardes TT-2G aux yeux globuleux.

— Par ici, je vous prie. Le commissaire Droog vous assignera des appartements convenant à vos besoins.

— Ça ira, affirma Larin. Nous connaissons les lieux.

— Si vous me permettez de vérifier vos identités, dit le droïde de façon un peu plus insistante, le commissaire Droog s'assurera que vous être bien installés.

— Non, vraiment, inutile de vous en soucier.

— Ce n'est pas un souci, honorables invités. Vous *devez* nous permettre de vous montrer l'hospitalité appropriée.

Cette dernière phrase incita Shigar à regarder alentour. Les armes montées dans les niches murales intérieures venaient de se braquer sur eux. Manifestement, les Gamorréens n'étaient pas les seules barrières à l'entrée du palais de Tassaa Bareesh.

— Bien sûr, dit-il sans trahir la moindre inquiétude. Nous ne voudrions pas créer d'incident.

Le droïde s'inclina et les mena à un comptoir derrière lequel était assis un Hutt à l'air maladif, avec des poches prononcées sous les yeux. Il était occupé avec les Ortolans braillards, dont un semblait avoir égaré son passeport. Un autre contretemps. Les Hutts étaient insensibles à toutes les formes de persuasion Jedi, et le stratagème de Shigar ne donnerait donc rien sur lui. Le Padawan se creusait furieusement la tête. Entrer en force n'était pas envisageable à cause des armes murales et d'une discrétion nécessaire pour leur mission. De même, il ne fallait pas compter ressortir de cette manière puisqu'il y avait autant d'armement automatique à l'extérieur. S'il ne trouvait pas très vite quelque chose, ils allaient se trouver pris au piège.

Enfin, le commissaire laissa aller les Ortolans et il fit signe d'approcher à Shigar et Larin.

— Kimwil Kinz et Mer Corrucle, déclara le Padawan.

C'étaient les identités qu'ils avaient choisies pendant le voyage à Hutta. Tenant la main en coupe sur sa fiche de crédits, il la fit glisser en travers du comptoir comme si c'était une sorte de document officiel. Il désigna les Ortolans qui disparaissaient déjà dans le palais, puis ajouta :

— Nous sommes avec eux.

Les yeux las du Hutt le fixèrent avec un mélange d'hostilité et de dédain. Impossible de dire quel sentiment l'emporterait. Était-il d'une loyauté sans faille envers Tassa Bareesh, qui lui avait confié ce poste de responsabilité, ou était-il assez enivré d'ennui ou de sa propre importance pour profiter de l'opportunité que Shigar présentait ? La valeur de la fiche était considérable. En fait, c'était l'intégralité des crédits qu'on lui avait alloués pour cette mission. Si le Hutt acceptait, cette somme serait bien employée.

Le commissaire balaya la fiche d'une main rapide et la fit disparaître entre les bourrelets de son corps.

— Vous feriez bien de vous dépêcher, gronda le commissaire en huttese. Ils ne vous attendront pas.

Shigar emmena prestement Larin. Il se sentait trop exposé sous l'armement de l'entrée, et plein de dégoût pour ces Hutts et la corruption qu'ils acceptaient si facilement. Il était probable que le commissaire les trahirait d'ici quelques minutes, mais il suffirait qu'ils échappent à sa vue pour se perdre dans la foule qui arpentait le palais.

Ils firent une vingtaine de pas sans encombre. Dès que Shigar vit une porte accessible, il obliqua vers la gauche, puis une fois encore à gauche. Aucun bruit de poursuite ne se faisant entendre derrière eux, il souffla lentement entre ses dents serrées l'air qu'il avait gardé dans ses poumons.

— Tout s'est passé comme prévu, non ? dit Larin.

— Absolument, répondit-il avec une fausse décontraction. Vous ne vous êtes pas inquiétée, quand même ?

— Pas une seconde. Trouvons un endroit calme, et isolé. Il faut modifier notre apparence.

Ils se serrèrent dans un recoin et Shigar put enfin se

débarrasser du masque et d'une bonne partie de sa tenue en cuir de chevaucheur de rancor. Il ne garda que ses bottes, le pantalon et une veste serrée. Il se sentait deux fois plus léger et éprouva un réel plaisir à retrouver le plein usage de ses bras. Larin ôta son casque et l'accrocha à sa ceinture, puis elle se défit de la cape qu'elle portait et la lui donna pour qu'il couvre ses épaules nues. Ensuite, elle étala de la poussière sur leur front et leurs joues afin qu'ils aient l'air aussi sales que tous ceux qu'ils avaient vus jusqu'alors.

Shigar se sentait déjà assez crasseux, et pas seulement à cause de l'air vicié de Hutta. Ils avaient franchi avec succès le premier obstacle et étaient entrés. À présent, à eux de découvrir ce que Tassaa Bareesh avait trouvé à bord du *Cinzia*.

Après avoir abandonné le reste de leur déguisement dans un coin discret, ils repassèrent dans les couloirs du palais, les yeux et les oreilles aux aguets pour se prémunir au mieux des mauvaises surprises.

8

À l'arrière du palais, où une falaise lourdement fortifiée formait un bouclier naturel contre les tireurs embusqués et les attaques par missile, se trouvait un spatioport privé assez grand pour accueillir une douzaine de transports suborbitaux. Six des emplacements étaient occupés lorsque l'émissaire de l'Empire approcha pour se poser. Aucun n'était enregistré au nom de la République. L'un des engins semblait être un corsaire, avec sa coque bulbeuse et cabossée noircie sur un flanc, comme par une puissante explosion.

— Bien, dit Dark Chratis quand Ax lui communiqua ces éléments. Nous avons une longueur d'avance sur la République, au moins. Des signes de Stryver ?

— Aucun pour l'instant, Maître.

— Continue de guetter sa présence, mais souviens-toi d'où est ta place. Ton désir de vengeance passe après les ordres du Conseil Noir. Exécute-les d'abord, et ensuite tu pourras agir à ta guise. Il faut que nous sachions ce que le *Cinzia* transportait.

— Oui, Maître.

Elle faisait tout pour paraître obéissante, mais en son for intérieur elle se jurait de profiter de toutes les occasions qui se présenteraient, que Dark Chratis approuve ou non cette attitude.

La navette se posa avec un choc très amorti. Ax aurait préféré de beaucoup venir seule, dans son propre Interceptor, mais son nouveau rôle l'obligeait à accepter certains compromis. Elle déboucla le harnais de sécurité de son siège et alla à la rencontre de l'émissaire : Ia Nirvin, un homme austère et capable, qui ne comprenait que trop bien à quel point son rôle dans les événements à venir serait purement cérémoniel. Ses références étaient réelles, et la ligne de crédit à laquelle il avait accès provenait directement des caisses impériales. Mais il avait reçu l'ordre formel de ne conclure aucun marché, sauf si Eldon Ax échouait dans sa mission.

— Par ici, émissaire, dit-elle en lui indiquant la rampe de sortie arrière.

Un comité d'accueil s'était déjà rassemblé à l'extérieur. Nirvin rajusta son uniforme, attendit que son escorte se soit positionnée autour de lui puis sortit de la navette.

Ax descendit la rampe la dernière, d'un pas assuré. Les membres de la sécurité qui entouraient le comité d'accueil la remarquèrent instantanément. Elle était entièrement vêtue de noir, comme il convenait à une émissaire des Sith, et la poignée de son sabre laser pendait à sa hanche, visible de tous. L'hésitation des sbires de la sécurité lui fit plaisir. L'émissaire Nirvin représentait toute l'autorité de la bureaucratie impériale, mais qui détenait le véritable pouvoir ? Était-elle une garde du corps ou celle qui tirait les ficelles de cette marionnette en uniforme ?

Un Houk massif s'avança vers elle.

— Votre arme, s'il vous plaît.

Ax décrocha son sabre laser, activa la lame et, sans un mot, décapita le colosse.

Quatre de ses congénères s'approchèrent aussitôt.

— Il n'est nul besoin d'une hostilité aussi dénuée de fondement, déclara l'émissaire Nirvin en se plaçant sans crainte entre elle et les gardes. Elle vient en paix, en tant que conseillère personnelle pour les questions ésotériques. Restons-en là, ou je crains que nous ne repartions sur-le-champ.

Ces paroles s'adressaient au comité d'accueil et non à

elle, ce dont Ax se réjouit. Peu lui importait le nombre de Houks qu'elle devrait tuer pour faire comprendre aux serviteurs des Hutts qu'elle ne se séparait de son arme en aucune circonstance.

Le comité se consulta dans un échange de murmures hâtifs, puis signifia son acceptation de la situation d'un hochement de tête de son chef. Ax attendit toutefois que les Houks aient reculé pour éteindre son sabre laser et abandonner sa posture défensive.

— C'est un plaisir de faire affaire avec vous, messieurs, dit-elle.

Et elle suivit l'émissaire et son escorte à l'intérieur du palais.

— Tassaa Bareesh présente à ses distingués invités ses salutations les plus cordiales et elle leur souhaite un séjour profitable dans son humble demeure.

Humble, tu parles ! songea Ax en contemplant la décoration criarde de la salle du trône. Ce qui n'avait pas été doré était incrusté de pierres précieuses ou drapé dans la soie. Pas moins de cent fonctionnaires de la cour s'étaient rassemblés pour saluer le modeste contingent impérial, et elle ne doutait pas une seconde que la présence de cette foule avait pour seul but d'impressionner.

Le droïde traducteur, un « tête en pointe » A-1DO, faisait de son mieux pour suivre le discours grondant de sa maîtresse.

— Tassaa Bareesh invite ses distingués invités à profiter au mieux des équipements du palais avant d'en venir au programme officiel. Nous avons un large éventail de bains, restaurants, pistes de danse, arènes de combat...

— Nous préférerions poursuivre, interrompit l'émissaire Nirvin d'une voix retenue mais ferme. Avec toute l'expression de nos remerciements et de notre gratitude, cela va sans dire.

Au lieu de paraître offensée, Tassaa Bareesh arbora un

sourire lascif. La matriarche hutt était énorme, et son corps de limace géante écrasait le trône, tandis qu'une main aux doigts trop courts reposait sur son ventre boursouflé. Les joyaux de ses nombreux bracelets et bagues brillaient, et une étole en soie enveloppait ses épaules affaissées, mais rien ne pouvait dissimuler l'aspect repoussant de sa peau, aussi verdâtre et huileuse que le dos d'un serpent des marais. Avec un grondement bas, la matriarche se saisit d'un en-cas. La bestiole se tortilla et se contorsionna inutilement avant de tomber dans la gueule caverneuse et d'y mourir écrasée.

— Tassaa Bareesh comprend votre désir urgent de parler affaires, dit le droïde interprète. Aimeriez-vous voir la marchandise ?

— S'il vous plaît.

La matriarche hutt aboya un ordre. De la foule des spectateurs surgit un Twi'lek élancé, aux nombreux bijoux, qui s'inclina poliment.

— Je m'appelle Yeama. Je serai votre guide.

Nirvin le salua.

— Si la marchandise correspond à ce que nous cherchons, nous pourrions faire une offre immédiate.

— Bien sûr, dit Yeama. Mais je crains que nous n'ayons un autre enchérisseur qui devrait arriver d'ici peu. Nous ne pouvons décemment accepter votre offre sans qu'il ait eu la possibilité de voir ce que vous aurez vu.

— Quand doit-il arriver ?

— Aujourd'hui, je crois.

— Il représente la République ?

— Je ne suis pas en mesure de vous révéler son identité.

— Pouvez-vous au moins me dire combien d'autres enchérisseurs potentiels il y a ?

Le sourire de Yeama ne toucha que ses lèvres.

— Par ici, je vous prie.

Nirvin n'était visiblement pas satisfait, mais il fit ce qu'on lui demandait. Le Twi'lek les mena, lui et son escorte, hors de la salle du trône. Ils offraient l'image d'une procession pour le moins singulière, avec Yeama et Nirvin devant, et chaque garde du corps impérial flanqué d'un soldat de Bareesh. Ax fermait la marche. Elle était heureuse de bouger un peu, car si elle supportait ces entrevues diplomatiques, elle ne les appréciait guère.

À son côté allait le Houk le plus imposant qu'elle ait jamais vu. Il avait réglé son pas sur celui de l'apprentie Sith, et conservait une expression totalement indéchiffrable.

Alors qu'elle sortait de la pièce, Ax aperçut un individu très discret qui se tenait volontairement en retrait. C'était un humain de taille moyenne, dont la tenue fonctionnelle avait certainement connu des jours meilleurs. Sa chevelure poivre et sel semblait avoir été extirpée du lit un moment plus tôt. Dans n'importe quelle rue de la galaxie, elle n'aurait pas prêté attention à ce genre de personnage, mais ici, dans le palais de Bareesh, il était le seul individu à ne pas plastronner dans des vêtements luxueux. Juste derrière lui se tenait un droïde de combat à l'allure rudimentaire qui semblait encore plus fatigué que lui.

Il vit le regard d'Ax fixé sur lui, et détourna le sien, comme s'il s'ennuyait ferme.

Ax reporta son attention sur ce qui se passait devant elle et suivit l'émissaire.

Yeama les précéda dans un dédale de couloirs, chacun plus richement décoré que le précédent. Si Ax s'était intéressée aux peintures, sculptures, tapisseries – ou simplement à la valeur marchande de ces choses –, elle aurait sans aucun doute été fort impressionnée. En lieu de quoi, tout en mémorisant avec soin leur itinéraire, elle notait tous les détails ayant une valeur tactique : le nombre de gardes à chaque intersection, quelles zones étaient sous la surveillance de caméras, l'emplacement des portes anti-souffle, dissimulées ou non.

La conclusion fut rapide, et sans surprise pour elle : le

palais était en réalité une forteresse. Les Hutts aimaient le luxe, mais plus encore leur vie. Tassaa Bareesh ne s'était pas hissée à la tête d'un cartel hutt simplement en donnant des soirées délirantes. Elle n'avait jamais négligé de surveiller ses arrières.

Il existait pourtant de multiples failles dans son système de sécurité, et Ax eut très vite la conviction qu'elle pourrait atteindre la matriarche, si nécessaire. Par chance pour Tassaa Bareesh, la mission de l'apprentie Sith se limitait à un vol.

Yeama imposa une halte aux deux groupes mêlés dans une grande pièce surmontée d'un dôme d'où pendait un lustre composé de milliers de morceaux de verre curieusement incurvés. Cet endroit n'avait que deux issues : celle qu'ils venaient d'emprunter pour entrer, avec ses deux épais battants blindés actuellement ouverts sous une énorme statue de Tassaa Bareesh en personne, et sa sœur jumelle, formant ainsi un sas atmosphérique de sécurité. Yeama frappa dans ses mains, et les portes derrière eux se refermèrent. Ax gardait la main sur le pommeau de son sabre laser, même si elle savait que Tassaa Bareesh n'était sûrement pas assez stupide pour tendre une embuscade à une délégation impériale. Elle nota cependant avec plaisir que la suite de l'émissaire s'était insensiblement rapprochée de lui.

Un bruit sourd et un claquement métallique émanèrent des portes en face d'eux, puis celles-ci s'ouvrirent, révélant une antichambre agréablement dépourvue de décoration. Les murs, le sol et le plafond en étaient d'un blanc uniforme. Il y avait largement la place pour recevoir tout le monde, ce que chacun constate en entrant à la suite de Yeama. Cet endroit aurait aisément pu accueillir plus de cinquante personnes.

Quatre portes circulaires de chambre forte donnaient sur la pièce. Chacune avait plus de quatre mètres de diamètre et était pourvue d'un petit regard en transparacier qui permettait d'en voir le contenu. Une seule de ces portes n'était pas fermée, et c'est vers elle que Yeama les guida.

— Émissaire Nirvin, voici enfin le trésor qu'on vous a promis. Mais permettez-moi d'abord de vous relater comment il est arrivé entre nos mains.

Nirvin jeta un œil par l'ouverture, fronça les sourcils et se retourna vers le Twi'lek.

— Faites donc, lâcha-t-il sèchement.

Ax était trop éloignée pour apercevoir quoi que ce soit. Elle mourait d'envie d'écarter tous ces lourdauds pour se rendre compte par elle-même, mais elle savait que pour le moment elle devrait se contenter de ce qui se disait.

— Une partie de ce que je vais vous dire est connu en dehors de cette pièce, commença le Twi'lek. Le reste, non. Il y a de cela deux semaines, un de nos affiliés a arrêté un navire, en plein Espace Inconnu.

« Affilié », traduisit Ax, était l'équivalent diplomatique de « pirate ». Et « arrêter » signifiait certainement « arraisonner et investir par la force ».

— C'était une rencontre de routine, mais très vite la situation a pris un tour surprenant.

— *Surprenant*… et de quelle manière ? demanda Nirvin.

— Voici la conversation qui a eu lieu entre notre affilié et ce vaisseau…

Les échos d'un enregistrement audio emplirent les lieux, agrémentés de la respiration des intervenants, des crachotements et des parasites sonores de la transmission. Deux déclics laissaient supposer que c'était là une copie, mais l'ambiance de l'ensemble paraissait authentique.

— *Prépare-toi pour un abordage.*

C'était l'affilié, supposa Ax. Le ton disait l'expérience, le pragmatisme, mais aussi une tension sous-jacente qui contredisait la façon dont le Twi'lek avait présenté cette rencontre comme « de routine ».

— *Négatif. Nous ne reconnaissons pas votre autorité.*

C'était le *Cinzia*, se dit Ax, et une sensation étrange lui électrisa l'épine dorsale. La voix entendue était masculine et paraissait venir d'une distance incroyable. Avait-il connu sa mère ? Avait-il un lien avec *elle* ?

Elle s'obligea à se concentrer sur la suite de la conversation.

— *Vous êtes un corsaire. Vous travaillez pour la République.*

— *Ah non, ça, c'est complètement faux.*

— *Nous sommes en mission diplomatique.*

— *Mandatés par qui ? Pour aller voir qui ?*

Un long silence, troublé seulement par les grésillements des parasites.

— *Bon, d'accord. Quel prix pour nous laisser filer ?*

— *Pas ton jour de chance, mon pote. Mieux vaudrait nous donner libre accès à ces sas, et vite fait. Nous arrivons…*

L'enregistrement se terminait sur le bruit d'une explosion qui fit tressaillir l'émissaire.

— Qu'est-ce que c'était ? demanda-t-il.

— Une explosion, dit Yeama. Le vaisseau que notre affilié a approché était équipé d'un propulseur ionique d'un modèle particulier. C'est lui qui a explosé et a entraîné la destruction du navire et de ses occupants.

Et, comme s'il lisait dans les pensées d'Ax, le Twi'lek ajouta :

— Nous pensons que les modules énergétiques ont été délibérément mis en surcharge.

— Ils ont explosé ?

— Oui, émissaire Nirvin. Plutôt que de subir un abordage, les occupants de ce vaisseau ont préféré le détruire, avec tout ce qu'il contenait, eux y compris. Malheureusement pour eux, cette destruction n'a pas été totale. Des fragments significatifs ont subsisté. Ce que vous voyez devant vous, ce sont deux débris retrouvés dans les restes du vaisseau. Le premier est la cellule mère du système de navigation, qui contient les coordonnées de son origine.

Le deuxième fragment est plus mystérieux. Qu'en pensez-vous ?

L'émissaire regarda à travers la couche épaisse de transparacier une deuxième fois. Et il fit à nouveau la grimace.

— Jamais rien vu de comparable.

— C'est exactement notre avis, approuva Yeama.

Une fois encore, Ax résista à la tentation de repousser tout le monde pour aller se rendre compte par elle-même. Yeama avait croisé les bras.

— Il y a une chose que nous pouvons vous dire, déclara le Twi'lek. Nous avons décelé des traces d'usinage sur l'autre coquille externe, laquelle est faite d'un alliage de deux métaux extrêmement rares, le lutécium et le prométhéum. C'est donc une création, dont les composants sont déjà d'une valeur matérielle considérable. D'un autre côté, il y a aussi un composant biologique, dont nous n'avons pu percer la nature. Sa présence est indubitable, nous savons qu'il est là, mais nous ne pouvons pas examiner la source de ce signal sans pénétrer physiquement cet objet. Or, si nous le faisions, l'opération diminuerait notablement la valeur intrinsèque de cet objet. C'est pourquoi nous laissons le loisir éventuel de cet acte à qui emportera les enchères.

— Nous pouvons nous rapprocher ?

— C'est la combinaison du coffre qui est mise aux enchères, émissaire Nirvin. Tant que personne ne les aura emportées, ce coffre restera fermé.

L'émissaire hocha la tête en signe de compréhension, mais il fronçait toujours les sourcils. S'écartant du regard, il fit signe à Eldon Ax de le rejoindre.

— Jetez un œil, lui dit-il. Pour vous rendre compte.

Bien qu'irritée de devoir se soumettre apparemment aux ordres de la marionnette administrative, l'apprentie Sith s'exécuta et regarda avec curiosité à travers le transparacier ce qui se trouvait dans le coffre. Elle contemplait enfin ce qui avait déclenché tout cet émoi.

Le calculateur de navigation était aisément identifiable, bien que déformé et en partie fondu par l'explosion qui avait détruit le vaisseau. C'était un modèle portatif, étonnamment compact, qui ressemblait plus à un gros comlink satellitaire qu'au système de navigation d'un vaisseau spatial. Il était probablement doté d'une cellule de reconnaissance vocale, mais de tels dispositifs de sécurité pouvaient aisément être circonvenus par les spécialistes. Ax devait croire Yeama sur parole quand le Twi'lek affirmait qu'il était toujours en état de fonctionner. Il était placé dans un caisson en transparacier posé sur un socle, un peu à gauche du centre de la pièce, et était sous la surveillance de multiples senseurs montés sur les parois, le sol et le plafond en duracier du coffre.

Sur sa droite et sur le sol se trouvait le deuxième objet. Nirvin avait dit vrai : celui-là n'avait la forme esthétique de rien de ce qu'elle connaissait. C'était une chose trapue, un peu comme un droïde utilitaire T3, mais sans jambes ou interfaces environnementales visibles. Le corps était tubulaire et reposait directement sur le sol du coffre-fort. Il ne portait aucun marquage, mis à part une série d'ondulations évoquant presque des branchies autour de sa partie centrale. La « tête » était légèrement convexe, comme écrasée par le haut, et en partie noircie. Son revêtement semblait argentée d'origine. Aucun symbole, aucune inscription, rien qui permette son identification.

Ax n'avait pas la moindre idée de ce que ce pouvait être, elle non plus, mais elle ne l'avoua pas immédiatement. Puisqu'elle avait l'opportunité d'examiner l'intérieur du coffre, elle ne s'en priva pas. Elle repéra la disposition des senseurs, évalua la résistance des parois et la distance entre chaque objet et la porte, juste au cas où elle devrait agir dans l'obscurité. Il serait beaucoup plus souhaitable de s'emparer de l'objet une fois ôté du coffre et soustrait à tous ces obstacles, bien sûr, mais elle devait se préparer à toutes les éventualités.

— Il pourrait s'agir d'un bioréacteur, dit-elle à l'émissaire en lui laissant le champ libre devant l'ouverture de la porte.

— Contenant des agents épidémiques, peut-être ?

— Difficile à dire sans l'avoir ouvert.

— Certes, reconnut Nirvin qui se tourna vers Yeama. Est-ce là tout ce que vous avez à nous montrer ?

— Tout ? répéta le Twi'lek dans une grimace qui découvrit des dents aussi pointues que les terminaisons de son lekku. Je vais vous mener dans une salle d'attente où vous pourrez consulter avec tout le confort les données relatives à notre trouvaille.

— Très bien, dit Nirvin.

Ax les suivit, son énorme Houk à son côté. Pour elle, en tant qu'apprentie Sith et descendante de Lema Xandret, les objets dans ce coffre n'évoquaient rien. Le bioréacteur épidémique, si c'était bien cela, n'éveillait aucun souvenir.

Le peu de renseignements qu'on leur avait donnés ne lui disait qu'une chose de plus. Que l'objet soit composé d'un alliage de métaux d'une rareté extrême était un signe de bon augure concernant cette planète riche en ressources que son Maître rêvait d'offrir à l'Empereur, mais en soi l'information n'avait rien de sûre. L'équipage du *Cinzia* ayant péri, il n'y avait là aucune piste à remonter, à moins qu'elle réussisse à découvrir autre chose que les Hutts auraient caché – un survivant, peut-être, ou un autre indice sur les origines du vaisseau. Elle imaginait fort bien que Tassaa Bareesh organise une vente aux enchères pour seulement la moitié de leurs découvertes, afin de conserver le reste qu'il lui serait toujours possible de vendre à l'enchérisseur battu.

Yeama les précéda hors de l'antichambre et dans le sas de sécurité circulaire, où de nouveau les lourds battants s'ouvrirent les uns après les autres. De là, le Twi'lek les guida à travers une autre série de couloirs luxueusement décorés vers la salle d'attente, sans aucun doute tout aussi luxueuse, elle aussi.

Ax décida de s'éclipser. Elle trompa le Houk qui l'escortait grâce à un tour mental bien placé, faussa compagnie au groupe et disparut dans les ombres.

9

Ula supporta le boniment d'accueil de Tassaa Bareesh avec un mépris mal dissimulé. La cordialité et l'intérêt formaient des couples de partenaires peu fiables, en particulier quand l'honnêteté et la morale n'étaient pas invitées à leur union. Lorsque son hôtesse lui promit quantité d'agréments, dont des réconforts chimiques et d'autres formes de plaisir encore plus douteuses, il eut du mal à ne pas cracher par terre pour se débarrasser du mauvais goût qui envahissait sa bouche.

— Je pense que nous nous dispenserons de tout cela, dit-il. Pourquoi ne pas parler affaires sans plus attendre ?

Le sourire de Tassaa Bareesh fendit un peu plus sa large face, si c'était possible.

Son droïde de protocole à la tête en pointe assura Ula que la Hutt comprenait parfaitement.

D'un geste, Tassaa fit s'avancer un subalterne, un Twi'lek à l'air obscène, qui dès cet instant prit en mains les négociations. Il affirma que très bientôt ils pourraient contempler ce que le *Cinzia* avait légué à sa maîtresse. Alors qu'il était mené hors de la salle du trône, Ula aperçut un homme d'apparence négligée adossé au mur, dans le fond de la salle, avec à ses côtés un droïde orange cabossé. L'ennui qu'affichait l'individu lui parut feint, et c'est ce détail qui retint son attention.

— Qui est cet homme, là-bas ? demanda-t-il à son guide.

— Quel homme ? répliqua Yeama sans même daigner regarder par-dessus son épaule.

Ula le lui décrivit, car il n'était pas prêt à abandonner le sujet. Un bon informateur se devait de ne rien prendre pour argent comptant et de repérer tout ce qui sortait de l'ordinaire.

— Cheveux grisonnants, nez proéminent, yeux bruns. Accompagné d'un vieux droïde.

— Oh, personne d'importance, affirma le Twi'lek. Un pilote dont le vaisseau est actuellement en transit ici. Et comme il a les faveurs de ma maîtresse, il peut se promener librement dans le palais.

— Comment s'appelle-t-il ?

— Jet Nebula, émissaire Vii. Mais vous n'avez certainement jamais entendu parler de lui.

C'était exact. Et même le nom sonnait faux. Mais Ula n'était pas assez sot pour croire Yeama sur parole. Les Hutts et leurs serviteurs étaient naturellement portés au mensonge. Comme lui-même.

Il prit soin de mémoriser le nom.

Yeama le soumit à plusieurs mesures de sécurité ridicules avant de le présenter à la cause de tout ce cirque. Un calculateur de navigation et un débris spatial quelconque, le tout semblant en piteux état, bien que ce fût pour lui un motif de soulagement. Si la montagne accouchait d'une souris, elle serait bientôt terminée. Il prit néanmoins la peine de poser les questions qu'on attendait de lui.

— Pas de survivants, avez-vous dit ? demanda-t-il après avoir écouté la dernière transmission du *Cinzia*. Comment pouvez-vous avoir la certitude que votre affilié ne les a pas tous massacrés avant d'inventer toute cette histoire, dans le seul but de couvrir son forfait ?

— Le sort des passagers n'a pour nous aucune importance, répondit Yeama. Et nous ne mentirions pas pour épargner votre sensibilité.

Ula pouvait le croire, et cela raviva l'outrage moral qu'il avait ressenti à la cour de la Hutt. Les visées purement vénales de Tassaa Bareesh ne faisaient que confirmer la piètre opinion qu'il avait de son espèce et ses espoirs que celle-ci soit un jour détruite. Les Hutts jouaient un jeu dangereux. Plus les objets proposés étaient précieux et plus ils feraient monter les enchères, mais combien de temps s'écoulerait avant que l'un ou l'autre des enchérisseurs décide de simplement s'en emparer ?

Il se demanda si chacune des deux parties avait déjà établi un plan d'urgence. C'était ce que le commandant suprême Stantorrs soupçonnait des Jedi, manifestement, et Ula n'avait pas eu l'occasion de demander à Veilleur 3 si l'Empereur avait envoyé ici quelqu'un d'autre qu'un représentant officiel. Un agent secret, peut-être, quelqu'un capable de prouesses bien plus grandes qu'un simple informateur tel que lui. Ula avait remarqué la navette impériale stationnée au spatioport, et il en avait déduit qu'il n'était pas le seul émissaire à avoir enduré le verbiage de Bareesh aujourd'hui.

En chemin, il lui était apparu que l'émissaire impérial ignorerait la duplicité de son homologue de la République. S'il pouvait trouver un moyen de lui faire savoir que lui-même n'avait aucune intention de remporter les enchères pour ses prétendus maîtres, l'Empereur se verrait épargné bien des problèmes, et une dépense excessive.

Yeama avait repris la parole :

— Les enchères ouvriront demain, en présence de toutes les parties concernées. Vous enchérirez pour obtenir la combinaison de ce coffre-fort. La sécurité de tous nos invités étant notre premier souci, l'anonymat sera la règle. Je vais maintenant vous conduire à vos appartements, qui sont justement sécurisés, et vous pourrez examiner les données pendant la nuit.

Ula voyait s'éloigner l'éventualité de passer un message à l'émissaire impérial.

— Si les enchérisseurs sont anonymes, comment saurons-nous que leurs propositions sont sérieuses ?

— Comment, en effet ? fit Yeama avec un sourire entendu. Je vous recommande d'enchérir sincèrement afin d'être sûr que l'enchère gagnante reflète la valeur véritable du lot.

Des menteurs, des voleurs et des rationalistes économiques, songea Ula tandis que le Twi'lek le menait vers le centre trop fastueux du palais. *Que le chaos les engloutisse tous.*

L'analyse des données prit presque une heure. D'après les enregistrements saisis par le pirate de Bareesh, le *Cinzia* avait été un vaisseau spatial d'un modèle qui ne lui était pas familier, mais l'œil exercé d'Ula détecta des indices d'un châssis impérial sous une coque modifiée. Il pouvait s'agir d'un vieux modèle de classe S dont on n'aurait gardé que les structures pour reconstruire un habillage différent. Les propulseurs avaient une signature similaire, quoique leurs émissions aient été modifiées par des déflecteurs. Les fragments de la coque ramassés après l'explosion montraient l'utilisation de métaux rares dans des proportions importantes – les mêmes métaux que ceux constituant l'objet enfermé dans le coffre-fort de Tassaa Bareesh. Rien dans ce vaisseau ne livrait d'indice sur ses origines.

Un monde riche en métaux rares serait une prise de choix, se dit Ula en parcourant les données à la recherche d'un détail significatif. Ce voyage ne serait peut-être pas une perte de temps, après tout. Des matériaux aussi rares constituaient le pivot de nombreux secteurs industriels, depuis ceux de la communication à tout ce qui se rapportait à la guerre. Des pénuries diverses en matières premières avaient déjà retardé plusieurs projets cruciaux pour l'expansion de l'Empire, dont certains étaient entourés d'un secret tel qu'il n'avait appris leur existence qu'au travers des rapports envoyés au commandant suprême Stantorrs par les espions de la République. Son propre camp ne lui faisait pas suffisamment confiance pour le mettre dans la confidence.

Dans un accès de frustration, il repoussa l'holovid.

— Tout ça n'est qu'un jeu, marmonna-t-il.

— Quelque chose qui ne va pas, émissaire ? demanda Potannin qui se tenait au garde-à-vous près de l'entrée de leur suite.

— Oh, non, rien, sergent. Je suis un peu las, c'est tout.

— Peut-être désirez-vous vous retirer ? Vous avez un large choix de chambres…

— Je ne pense pas que je dormirai, cette nuit.

— Vous avez reçu plusieurs invitations des autres parties dans le palais, monsieur. Si l'une d'elle vous intéresse, je pourrai me charger d'arranger la chose.

— Est-ce bien prudent ?

Le visage anguleux de Potannin arborait une assurance sereine.

— Ce n'est qu'une intuition, monsieur, mais à mon avis tant que les Hutts comptent tirer un profit substantiel de nous, c'est ici l'endroit le plus sûr de toute la galaxie.

— C'est vrai, dit Ula, qui prit le temps de réflchir. Très bien, en ce cas. Montrez-moi la liste.

Il la lut rapidement en passant sur les ambassadeurs mineurs, les patrons du crime ambitieux et quelques autres êtres dont les intentions étaient encore moins honorables. Mais une invitation éveilla son intérêt.

— Jet Nebula, ce pilote au nom ridicule qui va à sa guise dans tout le palais. Que me veut-il ?

— Je ne saurais le dire, monsieur. Mais il vous invite à prendre un verre dans une cantine appelée le *Puits à Poisons*.

— Ça n'a pas l'air très attirant…

— Dois-je toutes les retourner, monsieur ?

— Oui… Non, attendez.

Il y avait eu quelque chose de singulier dans l'attitude mécontente de Jet Nebula, ainsi que l'endroit qu'il avait choisi dans la salle du trône. S'il s'ennuyait autant, pourquoi s'était-il placé là où il pouvait étudier tous les autres occupants de la salle ?

— Dites à Nebula que je le rencontrerai dans une demi-heure.

— Bien, monsieur.

Ula se changea pour une tenue plus pratique. Dans celles fournies par le Service des Fournitures Diplomatiques, il avait l'impression d'être un clown. Par ailleurs, il ne voulait pas se faire remarquer. S'il voulait découvrir qui était réellement ce Jet Nebula – ou au moins ce que l'individu savait –, autant s'habiller en conséquence.

Il empocha le blaster compact qu'il avait emporté dans ses bagages. Juste au cas où.

La cantina était un endroit aussi mal famé qu'il l'avait craint, avec une clientèle d'individus louches, humains ou non, penchés par groupes de deux ou trois sur des chopes contenant un breuvage brunâtre. Un rugissement aux fréquences constamment changeantes emplissait l'air grâce aux bons offices d'un quintet de Bith. Ula supposait qu'ils considéraient leur vacarme comme étant de la musique.

Il échangea un regard avec Potannin. Le sergent avait posté deux de ses hommes aux deux issues, et les trois autres à des points stratégiques, dans la cantina. Leur seule présence poussa certains clients à aller voir ailleurs d'un pas chancelant.

Jet Nebula s'était installé dans un coin sombre. Il était affalé sur une banquette basse, tête renversée en arrière, et son droïde délabré se tenait à ses pieds, comme pour le protéger. Le verre devant lui était vide. Quand Ula s'approcha, le pilote releva la tête et posa sur lui ce même regard qu'il avait eu plus tôt dans la journée.

— Jolies fringues, lâcha-t-il.

Ula se sentit rougir. L'idée que les Fournitures Diplomatiques se faisaient d'une tenue « pratique » se traduisait par une parodie d'uniforme de couleur pourpre, avec des épaulettes et des insignes inutiles sur toutes les surfaces disponibles. Il avait ôté ces décorations, mais il ne pouvait rien faire pour la couleur, sinon poser une cape grise sur ses épaules et espérer ne pas trop se faire remarquer.

— Vous vouliez me parler, dit-il sans préambule.

— Tout dépend, l'ami. C'est vous qui offrez ?

— C'est donc tout ce que vous cherchez ? Un verre gratuit ?

— Et si c'était le cas ? Dans mon boulot, un homme doit prendre ce qu'il peut, quand il le peut.

— Ce qui veut dire ?

— Vous ne devinez pas ? Les comédiens savent se reconnaître entre eux.

Un froid glacial se propagea le long de l'épine dorsale d'Ula. Que voulait dire Jet ? Qu'il savait avoir devant lui un informateur ? Allait-il le faire chanter pour lui extorquer de l'argent ? Ou pire ?

Nebula sourit et se gratta le menton d'un doigt paresseux.

— Toutes ces questions me donnent soif. Pourquoi ne pas envoyer votre gars nous chercher une tournée de Cœurs de Réacteur pour que nous puissions parler comme des gens civilisés ?

Ula n'avait pas le choix. Si Jet l'avait percé à jour, il ne tenait pas à ce que cela soit révélé devant un membre de sa Sécurité Rapprochée.

Il donna donc cet ordre, et le droïde trottina derrière Potannin. Il s'assit sans tenir compte de la soudaine faiblesse dans ses genoux.

— Que voulez-vous ?

— Je vous l'ai déjà dit, et vous allez me le procurer.

— Je ne parle pas d'alcool. Soyez un peu plus explicite.

— Si vous ne devinez pas, alors vous ne m'êtes d'aucune utilité.

— Que voulez-vous dire ? répéta Ula, indigné, mais une pensée lui vint soudain, et il se calma. Une minute…

Yeama a dit que vous aviez les faveurs de Tassaa Bareesh. Alors pourquoi êtes-vous ici à vous faire payer à boire ?

Jet Nebula ne répondit pas.

Ula passa en revue tout ce qu'il savait sur cet homme, et il découvrit un ensemble de faits jusqu'alors sans rapport qui soudain prenaient un sens nouveau.

— C'est votre vaisseau, au spatioport. Celui avec la trace d'explosion sur le flanc. Vous avez commandé une boisson de contrebandier. Vous avez parlé de « comédiens » à cause de ce que vous êtes, pas à cause de moi.

— « Tous les politiciens sont des menteurs », déclara Nebula. Je ne fais que citer le Chancelier Janarus.

Ula ne rit pas du paradoxe.

— Vous êtes le pirate qui a trouvé le *Cinzia*.

— Je préfère l'expression *capitaine marchand*, dit Jet, mais oui, c'est bien moi. (Il ébaucha un petit salut ironique depuis sa position sur la banquette.) Les Hutts n'oublient pas qui sont leurs amis.

— Pourtant, vous ne paraissez pas apprécier beaucoup la situation.

— Qu'a-t-elle d'appréciable ? Mon vaisseau est confisqué et je ne peux pas quitter le palais. Je suis au paradis…

Ula se pencha sur la table et dit, en baissant la voix :

— C'est ce dont vous vouliez me parler ? Dans ce cas, je dois vous informer que je n'ai pas autorité pour…

D'un petit signe, Nebula lui intima le silence. Potannin arrivait avec leurs consommations. Elles étaient impressionnantes, de couleur sombre, et semblaient dangereuses. Jet prit son verre, le leva à la santé de la République, puis chassa en soufflant la mousse scintillante.

Ula répondit à son geste et but une gorgée. Un feu électrique traça une traînée brûlante dans sa gorge avant d'exploser silencieusement dans son estomac.

— Tout va bien, monsieur ? demanda Potannin.

— Oui, sergent, réussit-il à répondre. Laissez-nous un moment. Mais ne vous éloignez pas trop.

Au cas où j'aurais besoin d'un médecin...

— Bien, monsieur.

L'homme de la sécurité alla se placer à distance respectueuse, assez loin pour ne rien saisir de ce qu'ils se disaient.

— Vous n'avez pas l'habitude ? dit Nebula avec un sourire railleur.

En temps normal, Ula ne buvait pas du tout d'alcool, mais il n'allait pas dévoiler ce détail.

— Je peux contacter mon supérieur si vous voulez arranger une extraction, mais...

— Ce n'est pas pour ça que je vous ai invité ici. Je pense simplement que quelqu'un doit savoir ce qui est réellement arrivé au *Cinzia* ce jour-là, dans l'Espace Vierge.

Ula était intrigué.

— J'ai déjà entendu l'enregistrement et j'ai examiné les données. Vous voulez dire qu'il y a plus que ça ?

— Beaucoup plus. Buvez, et écoutez-moi.

Alors commença un long récit fourmillant de digressions sur les rivalités et les trahisons entre contrebandiers. Dans un premier temps, Ula écouta avec attention. Jet avait été pire qu'un contrebandier : il avait été un pirate appointé par la République pour écumer les limites de la galaxie connue afin de voler tout le matériel susceptible d'aider à faire triompher la cause de la République. La chose était intéressante pour deux raisons : elle confirmait les rapports laissant entendre que la République recourait effectivement à ces tactiques peu glorieuses ; elle montrait également que les objets mis aux enchères auraient pu tomber directement en possession de la République. Pour une fois, l'intervention des Hutts avait tourné à l'avantage de l'Empire.

Ula en éprouva un peu d'embarras. Il croyait qu'une société civilisée n'encouragerait jamais l'épanouissement de la corruption et d'une telle décadence. Que la République ait des échanges avec des êtres comme Tassaa Bareesh était la preuve, s'il en avait encore besoin, de l'incapacité de son ennemi à diriger la galaxie – mais qu'est-ce que cela révélait sur l'Empire, si en tant qu'informateur il le faisait profiter des mêmes moyens ?

Pendant que Jet parlait, l'esprit d'Ula commença à battre la campagne. Qui se souciait de l'ingratitude de ce Shinqo, ou de savoir si, oui ou non, il avait été autorisé à quitter le palais ? Quelle importance que Jet Nebula se sente mal traité par ses nouveaux maîtres, lesquels n'avaient pas l'intention de partager avec quiconque les énormes profits qu'ils allaient tirer de la vente aux enchères ? Pourquoi perdait-il son temps à écouter cet étalage égoïste d'apitoiement sur soi-même ?

Gorgée après gorgée, Ula réussit à vider son verre. Jet ne semblait pas beaucoup toucher au sien, ce qui déconcerta l'informateur, mais très vaguement. Quand le contrebandier termina sa description de la triste fin du *Cinzia*, la vision d'Ula commençait à se troubler.

— Répétez-moi ça, dit-il alors qu'il avait d'étranges difficultés à garder son coude planté sur la table. Ce truc à propos de diplomomo… euh, diplomates.

— Ils étaient en mission diplomatique. Je leur ai demandé qui ils allaient voir, et ils n'ont pas voulu répondre. Vous ne trouvez pas ça bizarre, vous ? La République comme l'Empire sont prêts à casser leur tirelire pour savoir d'où venait ce vaisseau et ce qu'il transportait. Si l'équipage du *Cinzia* ne voulait parler ni à l'un ni à l'autre, avec qui voulaient-ils s'entretenir ?

Le contrebandier soulevait là un point intéressant, en effet. Ula se promit d'y réfléchir plus tard, quand le plancher aurait cessé d'osciller.

— Et puis il y a l'explosion.

— Et qu'est-ce qu'elle a, cette explosion ?

— Eh bien, c'était un peu mélodramatique, non ? Et en même temps, pas très efficace. On pourrait penser que s'ils voulaient vraiment s'affirmer, s'ils se sentaient assez impliqués pour se suicider, ils auraient tout fait pour que ça se passe comme ils le voulaient, non ?

— On pourrait le penser, oui, approuva Ula. On le pourrait. Mais… et s'il y avait eu des dissensions parmi eux ? Si tous ne voulaient pas se faire sauter ? Moi, ce n'est pas une solution qui me tenterait.

— Remarque intéressante, émissaire Vii, dit Jet. Je n'y avais pas pensé.

Ula se surprenait à beaucoup apprécier le contrebandier, en dépit du fait qu'il voyait une deuxième tête pousser lentement à Nebula. Un autre verre ?

— Attendez, dit le pilote en se redressant subitement sur la banquette. Il y a quelque chose qui cloche, là…

Ula regarda autour de lui. Tout était devenu très calme sans qu'il le remarque. L'orchestre n'émettait plus un son. Les clients de la cantina s'étaient tous affaissés à leur table. Certains ronflaient même avec entrain sur leur boisson. Le patron lui-même s'était écroulé sur le comptoir, où il bougeait très faiblement.

Sous ses yeux, le sergent Potannin s'effondra mollement au sol.

Quelque chose n'allait pas du tout, se dit Ula. Depuis quand les membres d'une équipe de Sécurité Rapprochée s'enivraient-ils tous ?

— Du gaz obah ! s'exclama Jet en bondissant sur ses pieds, le blaster au poing. Clunker !

Le droïde cabossé vint instantanément se placer à côté du contrebandier. Ses photorécepteurs brillaient de tous leurs feux.

— Bien. Surveille la porte. Je vais…

Un craquement sec retentit derrière eux. Le droïde fit deux pas en vacillant, puis des éclairs bleutés d'énergie tressautèrent autour de sa carcasse. Un son plaintif s'échappa de ses circuits internes. Il se figea, un éclair d'immobilisation saillant d'un côté de sa tête.

— Ne bougez pas, Nebula, dit une voix amplifiée par un vocodeur, sur la droite d'Ula.

L'informateur pivota à temps pour voir une section du

plafond se détacher du reste et tomber au sol. La tête et les épaules d'un Mandalorien sortirent du trou ainsi créé. Son fusil se braqua sur la poitrine de Jet.

— Restez où vous êtes, émissaire Vii. Cette affaire ne vous concerne pas. Posez votre blaster, Nebula… maintenant.

Le contrebandier obéit.

— Si vous vouliez vous joindre à nous, il suffisait de demander.

Avec un demi-tour tout en souplesse, le Mandalorien se laissa choir et se reçut sur ses pieds.

— Votre droïde s'en remettra. Les autres clients aussi. J'ai dosé le gaz pour les endormir, rien de plus.

— Une chance que nous ayons bu des Cœurs de Réacteur, dit Nebula. Pourquoi croyez-vous que les contrebandiers en boivent autant ? Leur goût est atroce, mais ils vous immunisent contre toutes sortes de…

— Assez parlé, coupa le Mandalorien.

Avec son arme, il indiqua à Jet qu'il devait sortir de derrière la table.

— Allez-vous au moins nous dire qui vous êtes ? dit le pilote.

— Je sais qui il est, intervint Ula tout en luttant contre les effets de la boisson. Dao Stryver. Que voulez-vous à Lema Xandret, au juste ?

Le Mandalorien tourna son attention vers lui, et Ula se sentit brusquement dégrisé.

— Vous aussi, dit Stryver avec un autre mouvement de son arme. Vous venez tous les deux avec moi.

— Sinon ? lança Jet.

— Vous n'avez pas envie de savoir ce qui se passera, « sinon ». Remuez-vous.

Un peu tard, Ula se rappela le blaster dans sa poche. Il se mit debout tant bien que mal puis fut expulsé de la cantina sous la menace d'une arme en compagnie de Jet Nebula.

10

La vue du casque rond caractéristique stoppa net Larin. D'un signe vif de la main elle ordonna à Shigar de rester à couvert tandis qu'elle reculait jusqu'à un couloir bondé de monde où elle resta le temps que le Mandalorien passe devant elle et s'éloigne.

Au second regard, elle constata que ce n'était pas Dao Stryver. L'armure de celui-ci était bleue et argent, non grise et verte, et Stryver était plus grand et plus massif. Les gens s'écartaient quand même au passage du Mandalorien.

Elle agrippa le bras de la personne la plus proche.

— Qui est-ce ? demanda-t-elle en désignant le casque qui disparaissait dans la foule.

— Seulement Akshae Shanka, répondit l'Evocii, l'air un peu apeuré, comme si Larin était une débile potentiellement dangereuse. Restez loin de lui, si vous savez ce qui est bon pour vous. Il est arrivé deuxième dans deux Grandes Chasses.

— Et je parie que ça n'a pas amélioré son caractère, grommela Larin en laissant partir l'esclave.

Tout en attendant le prochain conflit d'importance pour se manifester, les Mandaloriens se distrayaient en participant à des combats rituels entre eux, et ils y entraînaient toute personne assez folle pour se montrer intéressée par ces jeux violents. Ils étaient dangereux et imprévisibles dans tous les domaines, excepté un : revenus au sein de la galaxie pendant la Grande Guerre, ils n'étaient pas disposés à s'éclipser de nouveau avant longtemps.

Larin patienta une minute, pour être bien sûre que Shanka ne revienne, puis elle replongea dans le flot des gens qui parcouraient le couloir principal et fit signe à Shigar de la suivre.

Ils remontaient la piste d'un renseignement glané auprès d'un des chefs cuisiniers du palais. Deux visiteurs entourés de mesures de haute sécurité – les émissaires de la République et de l'Empire, supposaient Larin et Shigar – étaient logés dans des appartements de luxe situés au cœur de cette immense structure. Il était difficile d'accéder à ces secteurs, mais ils avaient appris l'existence d'un conduit reliant les itinéraires de service sous-jacents – comme celui qu'ils empruntaient en ce moment – et les sous-sols des appartements de haute sécurité. Passer de l'un à l'autre demandait du temps, mais jusqu'ici cela ne présentait pas de difficultés particulières.

Larin ouvrait la marche d'après le plan qu'elle avait mémorisé, et elle gardait son attention fixée devant elle. Shigar était sur ses talons, elle en était sûre, sans même avoir à le vérifier. Il se déplaçait avec la même légèreté qu'un cygne d'Aldérande et pouvait se fondre dans la foule aussi subitement qu'une bouffée de fumée se dissipe dans la brise.

Quand elle fit halte au croisement suivant pour s'orienter, il apparut simplement à côté d'elle, comme s'il surgissait de nulle part.

— Nous y sommes presque, dit-il. Je prendrai la tête à la prochaine étape.

— D'accord, dit-elle. Mais je me demandais : pourquoi allons-nous dans cette direction ? Notre priorité ne devrait pas être le coffre-fort ?

— Elle le serait si nous savions où le trouver. Quand nous aurons atteint un des émissaires, nous aurons notre guide pour nous y mener. Nous savons que tous les deux l'ont vu. Il vaut toujours mieux questionner les personnes qui savent que des gens au hasard.

Elle ne put que le lui concéder. Ils avaient appris beaucoup en se mêlant avec le personnel opprimé du palais, mais tous les renseignements importants qu'ils avaient obtenus étaient noyés dans un discours sans intérêt. Trier le bon grain de l'ivraie leur avait pris plus de temps qu'ils ne l'auraient souhaité.

— Après vous, dit-elle.

C'était à son tour de suivre. Deux personnes marchant côte à côte attiraient toujours plus l'attention que des individus dans la foule. Entouré de serviteurs et d'esclaves inconnus, ils se diluaient dans le paysage, passaient et étaient instantanément oubliés. C'était un effet qu'Akshae Shanka n'obtiendrait jamais.

Ils atteignirent l'entrée du conduit souterrain sans incident. Là, Larin fit un croc-en-jambe à un Gamorréen qui alla bousculer un Evocii lourdement chargé. Pendant cette diversion, Shigar en profita pour activer son sabre laser et découper le gros verrou de sécurité de la porte. Les gonds rouillés grincèrent quand il ouvrit le battant mais, dans les cris et les invectives ambiantes, personne ne le remarqua. La dispute n'en était pas encore à son paroxysme que Larin se glissait derrière lui, et ils refermèrent la porte.

C'était beaucoup plus calme de ce côté, mais aussi beaucoup plus sombre. Shigar prit une profonde inspiration. Il était content de ne plus évoluer dans le flot de ces espèces multiples condamnées à un sort attristant. Il avait eu un aperçu du luxe que s'accordaient ceux qui occupaient le sommet de la pyramide sociale sur Hutta. Il savait quels privilèges ils savouraient. Tout autour de lui, il avait pu voir le coût que cela exigeait, en saleté et en misère.

Mais les entrailles de Coruscant étaient très comparables, et cette constatation atténua quelque peu son ressentiment envers les Hutts. Peut-être était-ce simplement dans la nature des choses. Et peut-être que la rebuffade de Maître Nobil était méritée. Comment l'Ordre Jedi aurait-il pu changer une situation qui perdurait depuis des millénaires ? Ce n'était pas la mission du Conseil, quand les loups de l'Empire cherchaient à prendre la galaxie à la gorge.

Une légère lueur jaune apparut.

— Tout droit, et ensuite à gauche, c'était bien ça ?

La voix de Larin éveillait des échos sifflants dans les kilomètres de tunnels métalliques qui s'étendaient devant eux. À la lumière de la lampe fixée à son blaster, il leva un doigt pour se barrer les lèvres et acquiesça. Elle roula des yeux et ajouta :

— Il n'y a personne ici. C'est ce qu'on nous a dit.

Il secoua la tête et l'invita d'un geste à passer devant. *Mieux vaut ne prendre aucun risque*, se dit-il.

Larin repartit d'un pas prudent. Le conduit était sec et vide, assez grand pour qu'ils avancent sans devoir s'incliner. Ils auraient même pu courir côte à côte s'ils l'avaient voulu. De temps à autre, des tuyaux et des câbles emmêlés pendaient de la voûte, ce qui les obligeait à se baisser pour passer. Par deux fois, ils durent même sauter par-dessus un puits béant dans le sol. Mais, hormis cela, ils ne furent pas gênés.

Ils atteignirent l'embranchement après quinze minutes. Alors que Larin s'en approchait, Shigar la saisit fermement par l'épaule et la força à s'immobiliser.

Elle tourna vers lui un regard interrogateur. Il posa la main sur la lampe du fusil pour masquer son faisceau lumineux.

Pendant un moment, l'obscurité fut totale. Puis une faible lueur se manifesta, et le son d'un mouvement discret résonna autour d'eux. Quelqu'un se trouvait dans le tunnel, juste après le coude.

Shigar s'avança, sans presque oser respirer. À travers la Force, il sentit trois organismes groupés, mais pas assez nettement pour définir leurs intentions. S'ils guettaient des intrus, pourquoi cette lumière ? Et si ce n'était pas un piège, pourquoi ce silence ?

Il risqua un coup d'œil dans l'embranchement. Trois silhouettes imposantes et cornues se tenaient immobiles autour d'une lampe et contemplaient la voûte en se grattant la tête. Des Horteks, ce qui expliquait pourquoi ils ne parlaient pas. Cette espèce était en effet télépathe. De plus, leurs uniformes grossiers et les outils éparpillés à leurs pieds expliquaient leur présence dans les tunnels. Ils appartenaient aux services de maintenance et étaient donc là pour leur travail.

Shigar prit le temps de rassurer Larin, puis il ferma les yeux. Ses pouvoirs télépathiques étaient modestes, mais ils s'étaient améliorés auprès du Grand Maître, au point que Satele Shan pouvait lui transmettre des concepts simples sans prononcer un mot. Les Horteks étaient réceptifs aux pensées extérieures et vulnérables à la persuasion par la Force. S'il parvenait à combiner les deux, il pourrait aisément se débarrasser d'eux.

Il réussit à se concentrer avec une facilité surprenante. Ses exercices mentaux pendant le voyage pour Hutta s'avéraient payants. Quelques secondes plus tard, les Horteks ramassèrent leurs outils et partirent.

— Bien joué, chuchota Larin quand le son de leurs pas lourds s'estompa au loin.

Elle se glissa dans l'autre tunnel et régla sa lampe au minimum.

— À partir d'ici, ça va être plus difficile, prévint Shigar en décrochant son sabre laser de sa ceinture. Ne cédons pas à l'autosatisfaction.

— Eh, regardez ça...

Larin avait braqué sa lampe sur la voûte, à l'endroit où les Horteks auraient dû être encore en train de travailler. Quelque chose avait crevé la paroi en métal et l'avait fait fondre. Des fils argentés pendaient du trou tels des lambeaux de toile d'araignée. Larin souffla doucement sur l'un deux, qui se mit à osciller, aussi raide qu'un pendule.

— On dirait des fils métalliques.

— Impossible, dit Shigar. Il s'étire.

Larin dirigea la lumière sur l'extrémité du fil, qui s'allongeait visiblement.

— Il pousse ou il extrude ? s'interrogea-t-elle.

— Peu importe. Ce qui se passe au-dessus ne nous concerne en rien.

— C'est un palais hutt. Je dirais que votre réponse est un exemple de philosophie de survie.

Le premier droïde de sécurité qu'ils rencontrèrent était une sphère métallique qui tomba en vrombissant d'un conduit vertical et se hérissa aussitôt d'armes. Larin l'abattit d'un seul tir, devançant Shigar d'une fraction de seconde.

Elle souffla une fumée imaginaire du canon de son blaster.

— Il faudra faire mieux que ça pour avoir le dessus sur… euh, moi.

Elle avait failli dire *pour avoir le dessus sur une ancienne de la Blackstar*, mais elle se reprit à temps. Elle ne voulait pas qu'il se demande ce qu'un ancien commando d'élite de la République faisait à rôder avec lui dans les entrailles du palais de Tassaa Bareesh. La seule idée de lui raconter son histoire entama son assurance. Et pourtant, ce qu'ils faisaient maintenant lui rappelait l'ancien temps, et l'état mental qu'elle avait connu alors s'imposait à elle avec un naturel déconcertant. L'effronterie, la vantardise et la belligérance, le tout couplé avec des courses dans des endroits obscurs, pour abattre des cibles.

— Restez aux aguets, dit Shigar. Il y en aura d'autres.

Le deuxième droïde de sécurité jaillit d'un tunnel latéral dans un sifflement. Ses lumières clignotèrent et il leur ordonna de ne plus bouger. Shigar s'occupa de celui-là en le tranchant en deux avec son sabre laser.

— Pas si rapide, cette fois, hein ?

Elle lui répondit d'un sourire.

Ils progressaient sans hâte, avec prudence. Les droïdes de surveillance constituaient certes un danger, mais leur présence signifiait aussi qu'ils approchaient de leur objectif. Les zones luxueuses du palais étaient presque aussi bien protégées que la chambre de Tassaa Bareesh.

Le tunnel se dédoubla et revint sur lui-même. Shigar parcourut les embranchements sans hésiter – et sans se tromper, Larin l'espérait –, tandis que les droïdes convergeaient sur eux comme des mouches. Leur temps de réaction s'améliora avec la pratique, jusqu'à ce que les drones connaissent la destruction presque dès leur apparition.

Puis un modèle de surveillance trois fois plus gros que les autres fonça sur eux en bourdonnant et en tirant avec une cadence rapide. Shigar se servit de son sabre laser comme d'un bouclier puis dévia les projectiles et les lui renvoya. D'un geste de la main, il provoqua l'effondrement d'une portion de la voûte qui écrasa le droïde sous ses débris.

— Mieux vaudrait ne pas faire ça trop souvent, commenta-t-il quand la poussière se fut en partie reposée.

— Les gens vont finir par le remarquer, si le sol s'affaisse sous eux.

— Par ici, dit Shigar qui venait de remarquer quelque chose en hauteur.

Elle le suivit jusqu'à la paroi. Là, une échelle métallique était rivée dans le mur et s'élevait dans un conduit vertical.

— Vous êtes sûr que c'est le bon ? demanda-t-elle.

Il testa son poids sur les échelons inférieurs, qui tinrent bon.

— Aussi sûr que je peux l'être. Je passe devant.

— Ne tuez rien avant que je vous aie rejoint.

Le conduit débouchait sur un sous-sol empli de barils d'huile ensevelis sous une couche de deux centimètres composée de carapaces d'insectes desséchées et de poussière. Ils semblaient avoir été entreposés là des dizaines d'années plus tôt. Shigar se déplaça lestement entre eux, laissant à peine une empreinte. Larin était presque aussi légère, et elle avait démontré qu'elle maîtrisait l'utilisation de son blaster à canon court. À plusieurs reprises, il avait été tenté de lui demander pourquoi elle avait gaspillé son temps dans les vieux quartiers de Coruscant, mais il ne voulait pas se montrer indiscret. Derrières ses plaisanteries, elle ne se livrait pas. Mais s'il y avait quelque chose qu'il devait savoir, elle le lui dirait le moment venu, il n'en doutait pas.

Sois gentil, lui avait recommandé Maître Satele. Il avait beaucoup réfléchi à cette instruction. Et elle devait s'appliquer à Larin, la jeune femme qu'il avait déjà sauvée une fois du Mandalorien. Était-ce de la gentillesse, cependant, qu'être arraché à son foyer et plongé dans la guerre de quelqu'un d'autre ? Mais il sentait en Larin une absence de racine corrosive qui risquait de l'empoisonner si on ne la contrait pas. Sur Coruscant, elle n'était qu'une personne de plus, déchue de ses droits civiques et prise dans les émeutes de la faim, les rébellions séparatistes, la corruption généralisée. Ce dont elle avait besoin, c'était d'avoir une direction, un but. Il pouvait lui offrir cela, temporairement au moins, si elle le voulait.

Le sous-sol aux barils se terminait sur une porte verrouillée. Le sabre laser eut très vite raison de cet obstacle. Ils poursuivirent dans un escalier étroit, sentant le moisi, qui les mena niveau après niveau à une cave en pleine activité. Une équipe d'Evocii rangeait des caisses de denrées délicates dans une chambre froide sans doute très coûteuse. Tous ces esclaves étaient bien trop occupés pour remarquer les deux silhouettes véloces qui filèrent dans leur dos et passèrent aussitôt dans les cuisines.

Larin trouva un réduit, et Shigar y attira à leur suite une esclave relativement bien vêtue.

— Nous sommes des invités de ta maîtresse,

expliqua-t-il, et il la poussa à accepter ce mensonge en recourant discrètement à la Force. Mais il est évident que nous nous sommes égarés.

— Vous êtes très loin de la salle du trône, monsieur.

— Sais-tu où les deux émissaires sont logés ?

— Oui, monsieur. Je travaille à la blanchisserie et je suis souvent appelée à venir dans ce secteur.

— Tu seras donc heureuse de nous rappeler où il se trouve.

L'Evocii leur fit une description détaillée des deux suites. Elles étaient quasiment mitoyennes, mais avec des entrées diamétralement opposées. Celle occupée par l'émissaire Vii, de la République, était la plus proche.

— Déjà entendu parler de ce Vii ? demanda Larin en aparté.

Shigar dû convenir que non.

— Mon maître se réserve toutes les questions touchant à la politique.

— C'est un sujet qui devrait être à tout le monde.

— Soit dit entre nous, je partage tout à fait cet avis.

Shigar interrompit l'esclave car, dans sa volonté de les aider au mieux, celle-ci en était venue à égrener des détails très anecdotiques.

— Tu vas également nous donner les codes d'accès aux zones sécurisées, au cas où nous les aurions oubliés.

— Oui, monsieur, mais pas ceux des suites elles-mêmes. Je ne les connais pas. Les gardes pourront vous aider quand vous arriverez là, je pense. Ils vous reconnaîtront, bien sûr ?

— Bien sûr, affirma Shigar. Tu n'as pas besoin de t'inquiéter pour ça.

— Non, monsieur. Je n'ai pas besoin de m'inquiéter pour ça.

Docile, l'Evocii leur dévoila tout ce qu'elle savait, et il mémorisa chaque information.

— Avant de te laisser repartir, dit-il à l'esclave, je veux que tu le saches : c'est dangereux d'être ici, aujourd'hui.

Trouve un endroit où te cacher et restes-y jusqu'à ce que l'agitation passe. Tu ne veux pas être blessée.

— Je ne veux pas être blessée.

— C'est bien.

La servante sortit du réduit et se hâta d'aller obéir à ses instructions.

— Prête ? demanda Shigar à Larin.

— Je suis *née* prête.

— Vous me l'avez déjà sortie, celle-là.

— Ah bon ?

Ils se glissèrent hors du réduit et s'engagèrent sans traîner dans les couloirs bien entretenus. Il était plaisant de ne plus soulever des nuages de poussière à chaque pas, ni de se prendre des toiles d'araignée dans le visage. Ici, des vases et des statues fragiles s'alignaient à intervalles réguliers, et Shigar prit grand soin de ne rien endommager. Quelqu'un avait créé ces œuvres, et la préservation de la culture figurait parmi les nombreuses missions d'un Jedi.

Ils arrivèrent au poste de contrôle que l'Evocii avait décrit. Cinq sentinelles houks gardaient l'accès aux appartements privés dévolus au représentant de la République. Plus nombreux que prévu. Larin jaugea la situation d'un simple coup d'œil et fit part à Shigar de la stratégie qu'elle envisageait par une série rapide de signes de la main. Heureux de la laisser prendre les commandes, il approuva d'un hochement de tête.

Elle surgit à découvert par une roulade qu'elle termina en se redressant à genoux, puis tira aussitôt dans les épaules de deux des Houks. Ils basculèrent à la renverse. Shigar passa devant elle d'un bond, sa lame brandie pour les défendre tous deux. Un troisième garde s'écroula, touché par sa propre décharge que le sabre laser lui avait renvoyée. Plus que deux. Larin évita de peu un tir et riposta de deux coups en pleine poitrine. Shigar trancha le bras du dernier adversaire.

Il conserva sa posture défensive dans les volutes de

fumée, prêt à frapper de nouveau si l'un des gardes au sol se permettait le moindre tressaillement. Larin arriva souplement à sa hauteur. Son épaule portait juste une trace sombre, là où la décharge l'avait ratée de peu.

— Pas d'alarme, dit-elle, satisfaite. Nous les avons neutralisés à temps.

— La porte doit être verrouillée. Voyez si vous pouvez nous faire entrer sans déclencher aucun système de sécurité.

Elle s'agenouilla devant la serrure et ôta son casque pendant qu'il guettait toute nouvelle arrivée. Du boîtier plat encastré dans la cuisse gauche de son armure, elle déroula une pochette souple contenant une série de fins outils de précision. Elle les utilisa un à un sur le mécanisme de la porte tout en fredonnant. Shigar allait lui demander combien de temps cela lui prendrait encore quand elle rangea les outils dans leur étui, se releva et toucha le panneau d'accès.

La porte s'ouvrit en coulissant, surprenant les deux Houks de faction de l'autre côté. Shigar dévia les décharges de leurs blasters et Larin les neutralisa en un éclair. Ils entrèrent dans la suite et refermèrent derrière eux.

La scène qu'ils découvrirent était totalement inattendue.

Un Twi'lek aux vêtements de couleurs criardes était penché sur les corps étendus des membres d'une équipe de la Sécurité Rapprochée de la République. Il voulut saisir un module de communication mais Shigar le lui arracha des doigts d'une traction de la Force.

— Que se passe-t-il ici ? lança Larin d'un ton dur, tout en autorité. Qu'avez-vous fait de l'émissaire ?

— Moi ? rétorqua le Twi'lek, l'air mortellement offensé. Ces créatures sont dans cet état sans que j'y sois pour rien ! On les a trouvées ainsi, droguées, dans une cantina. Et l'émissaire a disparu.

Larin cola le canon de son fusil sous le menton du Twi'lek.

— Vous mentez.

— L'émissaire est un hôte de marque, invité ici uniquement pour affaires ! Nous ne lui voulons aucun mal !

— Il n'a pas tort, fit Shigar.

— Ce qui ne veut pas dire que je dois aimer ça.

Elle retourna le fusil et frappa le Twi'lek à la tête avec la crosse. L'autre s'effondra comme une masse.

— Vous, vous ne bougez pas d'ici pendant que je vérifie votre petite histoire.

Larin souleva un des gardes du corps et le déposa sur un canapé, puis elle lui tapota doucement les joues.

— Son pouls bat toujours. C'est un début.

Pour ne pas blesser l'homme, Shigar vint à la rescousse et plaça sa tête sur un coussin avant d'essayer de le réveiller.

Une main posée sur le coussin, l'autre sur le front du garde, il se concentra et instilla le flot de la Force dans le corps inerte pour le ranimer.

Le garde du corps tressaillit et ouvrit des yeux apeurés. Il y eut un crissement quand sa crête s'ouvrit. Le coussin absorba le tout.

— Désolé de vous surprendre ainsi, dit Shigar avec calme. Vous avez été drogué. Je m'appelle Shigar Konshi. Et voici Larin Moxla. Le Grand Maître Satele Shan nous a envoyés ici pour vous aider.

Ce n'était pas entièrement vrai, mais l'explication se tenait.

L'homme le repoussa et se mit en position assise. Il passa une main dans ses cheveux et se racla la gorge.

— Désolé pour ma réaction. Je suis le sergent Potannin. Où est l'émissaire Vii ?

— Nous l'ignorons, répondit Larin. Nous espérions que vous pourriez nous le dire.

Le sergent secoua la tête.

— On a dû nous tendre une embuscade. L'émissaire Vii discutait avec un homme qui travaille pour les Hutts. Il s'appelle Jet Nebula. Et il y avait quelqu'un d'autre… un Mandalorien.

— Quel Mandalorien ? demanda Larin qui se rapprocha de Potannin. Vous connaissez son nom ?

— Je ne me souviens pas. (Le chef des gardes tourna vers eux un regard implorant.) Il faut retrouver l'émissaire.

Shigar acquiesça. Un Dao Stryver actif sur Hutta risquait de créer des complications, mais ce n'était pas nécessairement un désastre. La mission d'origine pouvait toujours être menée à son terme.

— Bon, vous et Larin allez chercher l'émissaire, décida le Padawan. Si le Twi'lek a dit vrai, les Hutts vous aideront.

— Et vous ? demanda la jeune femme.

— Je vais aller jeter un œil à ce coffre-fort. Ce que vous ne pouvez apprendre de l'émissaire, je le découvrirai là-bas. Sergent, vous voulez bien me dire comment m'y rendre ?

Potannin lui fit une description détaillée de l'itinéraire à suivre depuis la suite jusqu'au coffre, en passant par le sas atmosphérique de sécurité. Shigar enregistra chacune de ses indications.

— Vous avez vu ce qui se trouve à l'intérieur ?

— Il y a le calculateur de navigation du *Cinzia* et un artefact que l'émissaire Vii n'a pas réussi à identifier. Fait d'un métal étrange. (Potannin eut une grimace d'excuse.) Désolé, c'est tout ce que je sais.

— Ce n'est pas grave.

Shigar aurait pourtant aimé que le sergent en ait appris davantage. Les reliques des anciens Sith et Jedi pouvaient parfois être identifiées par les marques spécifiques qu'elles portaient.

— Je vais le voir de mes propres yeux, et peut-être que je comprendrai à quoi il correspond.

— Vous êtes sûr de vouloir y aller seul ? lui demanda Larin avant qu'il parte.

— J'ai mon comlink, répondit-il. En cas de problème, je vous appellerai.

— Vous avez intérêt, dit-elle en lui effleurant le bras furtivement. On se revoit plus tard, de toute façon.

Shigar la laissa ranimer les autres en compagnie du sergent. Le sabre laser prêt, il se replongea dans l'immensité du palais de Tassaa Bareesh, puis il progressa en comptant les intersections une à une.

11

La voix de Dark Chratis portait mal à travers les milliers de kilomètres qui le séparaient de son apprentie.

— As-tu repéré un Jedi dans la suite de l'émissaire de la République ?

— Aucun, Maître.

Ax percevait la déception dans ses propres intonations. Elle avait rêvé d'affronter un adversaire plus coriace que ces gardes du palais ineptes.

— S'il y en a ici, ils font profil bas.

— Il est donc clair qu'ils prévoient de voler l'artefact avant nous. Sinon, ils se montreraient. Tes ordres demeurent inchangés. Tu dois agir sans tarder afin d'avoir la certitude que tu seras la première à agir.

— Ce sera difficile, Maître. Les portes sont solides, et il y a certainement des systèmes d'alarme…

— À toi de t'en occuper. Déçois-moi et tu en répondras directement devant le Conseil.

La ligne fut coupée, et Ax sourit dans les ténèbres. Dark Chratis était aussi transparent que le verre. Si elle réussissait, il comptait bien s'attribuer tout le mérite de ce succès ; si elle échouait, elle en paierait seule les conséquences. Mais, dans ce dernier cas, une partie de cette ternissure l'atteindrait inévitablement, ce qui aurait pour effet de mettre en péril les projets d'avancement de son Maître. C'est pourquoi il était amusant d'alimenter sa nervosité. Cela le rendait prévisible.

Trois minutes à peine s'étaient écoulées depuis qu'elle avait placé les charges. Elles appartenaient aux rebuts d'une expédition minière stockés dans un des trois entrepôts que comptait le palais, mais elle en avait pris un nombre assez grand pour faire s'écrouler une petite partie d'une colline. Si les minuteries fonctionnaient correctement, les gardes de Tassaa Bareesh auraient bientôt de quoi s'occuper.

Dans cette attente, il allait lui falloir ramper. Les plans des coffres-forts piratés dans l'ordinateur central du palais montraient qu'ils bénéficiaient d'une structure indépendante, avec ses propres unités de ravitaillement en énergie et en air. Ces grandes boîtes en duracier étaient entourées de toute part d'un mètre d'espace libre où s'enchevêtraient en tous sens des rayons laser. Si quoi que ce soit franchissait cet obstacle et touchait simultanément la boîte et le mur extérieur, un circuit se déclenchait, qui actionnait une alarme assez assourdissante pour réveiller l'Empereur lui-même sur Dromund Kaas.

Le plan révélait également que le coffre-fort était maintenu en place par un système de répulseurs qu'alimentaient des bobines d'inductance situées à la base d'un arceau en ferrociment. Or cette matière était relativement facile à entamer avec un sabre laser. Ax rampa comme un ver jusqu'à se positionner exactement sous un coin du coffre contenant les restes du *Cinzia*. Les schémas ne montraient aucun câble à cet endroit. Il lui suffirait d'attendre une diversion, de se frayer un chemin vers le haut, de désactiver les faisceaux laser et de se hisser par la brèche. D'ici une heure, elle espérait toucher du bout de ses doigts nus l'extérieur du coffre. À partir de là, elle se fierait à son ouïe.

Elle se glissa tel un rat dans des espaces à peine assez larges pour qu'elle puisse y respirer, tordit son corps autour d'angles aigus, progressant presque imperceptiblement en s'aidant de ses doigts et de ses orteils. Elle tenait son sabre laser devant elle pour se frayer un passage. L'air était chargé de poussière et de fumée. Elle était souvent obligée d'effectuer une rapide succession de clignements de paupières pour éclaircir sa vision.

Un *boom* subsonique se propagea dans la maçonnerie autour d'elle, suivi très vite d'un autre. Elle retint son souffle tandis que tout le palais tremblait, ensuite elle puisa dans la Force pour exercer une poussée stable autour d'elle, juste au cas où quelque chose de lourd se déplacerait vers elle. Une série d'explosions moins fortes retentirent quand les charges déclenchèrent une réaction en chaîne dans le réacteur principal du palais, comme elle l'avait espéré. Elle imaginait les Hutts et leurs esclaves courant dans tous les sens pour découvrir ce qui s'était passé. Qu'ils le comprennent ou non n'avait aucune importance pour elle. De même si le réacteur secondaire rétablissait immédiatement la distribution énergétique. Le coffre-fort était autonome, et elle avait concocté cette petite surprise avant tout pour occuper ses hôtes.

Elle rampa encore une minute et arriva enfin à l'endroit où elle devait être. Ici, l'espace permettait de s'accroupir, ce qu'elle fit, en tenant toujours la poignée de son sabre laser devant elle. Elle ferma les yeux, activa son arme et redressa lentement la lame vers le plafond au-dessus d'elle. Le ferrociment se mit à faire des bulles en sifflant, et des particules incandescentes touchèrent sa peau. Quand la poignée du sabre pénétra le plafond lui-même, l'apprentie Sith s'immobilisa.

Le pouvoir de la Force s'écoula à travers elle, élevant la température du ferrociment jusqu'à l'ébullition. Elle respirait légèrement, par le nez, sans se soucier des brûlures éventuelles. Un halo rougeoyant irradiait de la surface au-dessus de sa tête. Elle maintint sa concentration pour former une bulle protectrice l'enveloppant. Le ferrociment liquéfié se mit à tomber goutte à goutte.

La bulle s'éleva doucement à travers la matière en fusion et l'amena sans effort dans l'espace situé sous la base du coffre-fort. Quand la bulle aborda la partie supérieure de la couche de ferrociment, elle abaissa son sabre laser et ouvrit les yeux. Grâce à la clarté rougeoyante, elle discerna le coffre-fort à travers le sommet de la bulle, ainsi qu'un entrelacs de câbles qui faisait partie de la structure autour d'elle. Ils demeuraient en l'état alors que la lave refroidissait. Aucun d'entre eux n'avait été sectionné. En théorie, donc, aucun système d'alarme ne s'était déclenché.

Elle y était presque.

Ne restaient que les faisceaux laser à neutraliser. Elle sortit prudemment la tête de la bulle, mais n'en vit aucun. Ils auraient pourtant dû être faciles à repérer, même dans la fumée, mais aucune ligne luminescente ne traversait son champ de vision.

Intriguée, elle plaqua ses mains gantées sur le rebord encore chaud de la bulle et se hissa au dehors.

Aucune alarme. Hormis celles activées par les explosions, bien sûr. Contre toute attente, le système de sécurité externe du coffre-fort semblait bien être hors d'état.

Se pouvait-il qu'un Jedi l'ait prise de vitesse ?

Elle s'accroupit dans l'espace sous le coffre, près d'un des répulseurs qui faisaient flotter toute la structure au-dessus de sa tête, puis elle ralluma son sabre laser. Dans sa lumière rougeâtre, elle distingua les lentilles inertes du système laser qui la fixaient comme des yeux aveugles. On ne les avait pas désactivées physiquement en tout cas. Elle toucha la base du coffre et ne décela aucun pas ou autre mouvement à l'intérieur. Un autre indice positif.

Un détail inattendu lui donna d'autres raisons de jouer la prudence. La partie médiane du coffre avait été physiquement connectée avec le berceau sous l'ensemble par une série de câbles argentés. Elle s'approcha de ceux-ci en prenant soin de n'en rompre aucun. Leur utilité lui était inconnue, tout comme la façon dont ils avaient empêché le déclenchement du second système d'alarme. En cas d'intrusion dans cette chambre forte, tout le palais de Tassaa Bareesh aurait dû être alerté.

L'imprévu s'était invité dans son plan, et elle n'aimait pas cela.

Ax éteignit son sabre laser et s'assit en tailleur sur le ferrociment encore chaud. Si quelqu'un désactivait les répulseurs, elle serait écrabouillée comme un insecte sous le talon d'un promeneur. Repoussant cette éventualité, elle dirigea ses pensées vers l'espace autour d'elle, à la recherche de toute anomalie.

Première constatation : la chambre était déserte, si l'on exceptait le faible écho d'activité biologique à l'intérieur de l'artefact inconnu trouvé à bord du *Cinzia*. Elle profita de l'occasion pour se concentrer sur lui, et très vite un frisson remonta le long de son dos. Qu'y avait-il dans cette chose ? Les faibles signes de vie étaient rassemblés en quatre groupes, mais ils ne donnaient pas l'impression d'être des esprits, pas tout à fait en tout cas. Et il y avait quelque chose chez eux qui répugnait à son instinct.

Ma mère a fait cette chose, ne put-elle s'empêcher de penser. *Ma mère, qui devrait être morte.*

Elle chassa toutes ces spéculations de son esprit, puis passa à l'examen de l'antichambre et des trois autres chambres fortes. Bien que ce soit très improbable, il était possible qu'un voleur totalement indépendant ait eu pour cible quelque chose dans une de ces chambres et qu'il ait neutralisé tous les systèmes de sécurité. Un scan rapide prouva que cette hypothèse ne tenait pas. Il n'y avait personne d'autre.

Elle faillit bien se convaincre qu'elle en faisait trop et en rester là. La diversion qu'elle avait créée ne durerait pas éternellement. Et elle ne voulait pas que Maître Chartis s'inquiète *trop* longtemps. En partie, elle avait souligné le fait que cette mission serait difficile à effectuer pour avoir le plaisir de le surprendre par une réussite rapide. Cette idée l'emplissait d'une satisfaction anticipée.

Avant de se lever, elle sonda mentalement le sas atmosphérique de sécurité au dehors de l'antichambre.

Immédiatement, une grimace de déplaisir tordit ses traits. Un Jedi ! Elle aurait pu reconnaître n'importe où cette puanteur mentale inhibée et pleine de morgue. Un seul avait déjoué les systèmes d'alarme et déverrouillé la porte extérieure. C'était un résultat impressionnant, mais il n'allait pas assez vite. Elle pouvait passer sous la chambre forte et ressortir dans l'antichambre bien avant qu'il ait ouvert la porte intérieure. Et quand il l'aurait fait, il se trouverait face à beaucoup plus que ce qu'il avait escompté.

Avec un sourire sinistre, elle déplia les jambes et s'accroupit avant de se frayer un passage à travers le dernier obstacle qui se dressait entre elle et son ennemi.

12

Dao Stryver se servit d'une toile adhésive dense projetée par un gicleur fixé à son poignet gauche pour attacher Ula et Jet à leurs sièges. La salle à manger où il les avait amenés était déserte, sans rien d'autre que des tables et des chaises. Mais, comme partout dans le palais de Tassaa Bareesh, le mobilier était raffiné et très solide, trop d'ailleurs pour que les prisonniers puissent espérer briser leur siège et se libérer.

La tête d'Ula l'élançait à cause des effets secondaires du Cœur de Réacteur, mais il remarqua l'éclat du métal quand Stryver verrouilla la porte. Du duracier, très certainement, ce qui correspondait bien avec les normes en vigueur dans le palais hutt. Toutes sortes de criminels soucieux de leur sécurité avaient sans doute déjà festoyé dans cette pièce. Ou y étaient morts, peut-être.

Ula éprouva la solidité de ses liens et se rendit compte qu'ils seraient impossibles à briser. Ses doigts s'engourdissaient déjà.

— Vous connaissez mon nom, dit le Mandalorien campé devant lui. Comment ?

Ula essaya de ne pas balbutier, mais il n'y parvint pas, et c'est ainsi qu'il parla du rapport qu'avait reçu le commandant suprême Stantorrs du Grand Maître Satele Shan. C'est à cette occasion qu'il avait appris l'identité du Mandalorien. Il n'eut aucun scrupule à révéler tout ce que la République savait, d'autant que cela démontrait à Stryver qu'on en avait découvert bien peu sur lui ou Lema Xandret.

— Vous pouvez me détacher maintenant ? demanda-t-il.

— La seule raison pour laquelle vous êtes encore en vie est qu'il n'y aurait aucun honneur à vous tuer. Ni aucun avantage, répliqua le Mandalorien qui le dominait de toute sa taille. Mais les choses pourraient facilement changer.

Ula se recroquevilla sur son siège et se mura dans le silence.

À côté de lui, imperturbable, le contrebandier fixait du regard leur ravisseur.

— J'imagine que vous me connaissiez déjà, dit-il. Est-ce que j'aurais ruiné la réputation de votre sœur ? Si c'est ça, j'ai bien peur qu'elle soit très excusable.

Stryver ne mordit pas à l'appât.

— Capitaine Nebula, j'ai cru comprendre que c'est vous qui avez parlé avec l'équipage du *Cinzia*…

— Qui vous a raconté ça ?

— Un de vos anciens collaborateurs, un certain Shinqo.

— Il aurait dit n'importe quoi pour que vous cessiez de pointer votre blaster sur sa vilaine trogne.

— C'est aussi ce que j'ai pensé. Ce qu'il m'a dit est la vérité ?

— Comment pouvez-vous savoir si je suis différent de lui ?

— Ce sera à moi seul d'en juger.

— Pourquoi voulez-vous le savoir ? Qu'y a-t-il de si important pour que vous traversiez la moitié de la galaxie afin de le trouver ?

— Contentez-vous de répondre à mes questions, Nebula. Que vous ont-ils dit ?

Ula ne comprenait pas pourquoi Jet rendait les choses plus difficiles qu'elles ne devaient l'être.

— J'ai entendu l'enregistrement, intervint-il. Ils ne lui ont rien dit.

Le Mandalorien se tourna vers lui.

— Quelles ont été leurs paroles exactes ?

— Ils ont dit qu'ils étaient en mission diplomatique et qu'ils ne voulaient pas être abordés.

— Ils ont mentionné des noms ?

— Aucun.

— L'enregistrement aurait pu être modifié ?

— Je suppose que c'est possible, mais…

— Silence, dit Stryver avant de revenir à Nebula. Le nom de Lema Xandret vous dit-il quelque chose ?

— Si c'est votre sœur…

La crosse du blaster de Stryver s'enfonça dans la gorge de Jet.

— Ne jouez pas à ce petit jeu avec moi. C'était une créatrice de droïdes impériaux, et elle a disparu il y a quinze années standard. Son nom a-t-il été mentionné par qui que ce soit à bord de ce vaisseau ?

— Non, répondit Jet. Et il n'y a pas eu de survivants, si vous pensez qu'elle était à bord. Mais je suis sûr que tout ça, Shinqo vous l'a déjà dit.

— Il m'a dit qu'il y avait des débris et que vous les aviez donnés aux Hutts.

— Pourquoi ferais-je une chose pareille ?

Le bruit sourd d'une explosion fit vibrer le sol, et Ula sursauta. Un peu de poussière tomba du plafond. Stryver pointa son arme sur la porte, prêt à tirer sur quiconque entrerait, mais la déflagration venait de beaucoup plus loin. Une deuxième suivit bientôt la première, et l'éclairage clignota. Des alarmes se mirent à résonner, lointaines elles aussi.

— Le palais est attaqué, dit le Mandalorien. Pas le temps de tergiverser. Si vous savez ce qui a survécu à l'explosion, vous devez me le dire.

Il y avait quelque chose de pressant dans la voix de Stryver, qui poussa Ula à parler.

— Je l'ai vu. C'est dans une chambre forte, pas très loin d'ici.

— Qu'est-ce que c'est ?

— Il y a deux choses, et elles sont à vendre. Le calculateur de navigation du *Cinzia*…

— Intact ?

— C'est ce qu'on m'a dit.

— Et l'autre chose ?

— Je ne sais pas ce que c'est.

— Décrivez-le.

— Argenté, de forme tubulaire, haut d'un mètre environ, fait de métaux rares et d'une sorte de composant organique. Pas de marquage. Vous savez ce que c'est ?

Le Mandalorien joua avec les commandes intégrées de son armure et projeta un petit holovid représentant le palais.

— Il y a sept chambres fortes de haute sécurité dans le palais de Tassaa Bareesh. Dites-moi laquelle contient ces choses.

— Pourquoi ? demanda Nebula. Ce ne sont que des débris spatiaux.

— Vous ne le pensiez pas, répliqua Stryver.

— Je vendrais n'importe quoi. Du moins, j'essayerais.

— Si vous libérez ma main, dit Ula, je vous montrerai dans quelle chambre forte.

— Vous n'êtes pas après cette planète mystérieuse vous aussi, quand même ? poursuivit Jet en roulant des yeux alors que le Mandalorien détendait le filet immobilisant la main gauche d'Ula. À moins que… Ah, oui ! À moins que vous vouliez le calculateur de navigation pour une raison entièrement différente.

Stryver l'ignora.

— Montrez, ordonna-t-il en présentant l'holovid à Ula.

— Approchez-le encore… Celui-là, je crois.

Alors que le Mandalorien étudiait la projection du plan, Ula glissa la main dans sa poche et en sortit un blaster.

Il s'entendit parler calmement, sans peur, comme s'il se trouvait hors de son propre corps et se regardait faire.

— Détachez mon autre main, disait-il en braquant l'arme sur le ventre de Stryver. Je préférerais que nous parlions comme des égaux.

Stryver poussa l'holovid dans les yeux d'Ula et l'aveugla. L'informateur pressa la détente, mais le Mandalorien fut plus rapide. D'un mouvement de l'autre bras, il détourna le blaster. La décharge ne toucha que le plafond.

— Joliment essayé, ricana Jet tandis que Stryver immobilisait de nouveau la main d'Ula. Vous n'avez jamais eu affaire à ces types, hein ?

Ula avait du mal à voir le côté amusant de la chose. La peur s'était de nouveau abattue sur lui, et son poids était écrasant. Il était toujours ébloui, et il avait l'impression de s'être fait broyer la main gauche.

— Comment le savez-vous ?

— Les Mandaloriens estiment être sans égaux.

Larin pirata un autre niveau du programme de sécurité du palais et conduisit une autre recherche. Le nom de Dao Stryver n'apparaissait toujours qu'une seule fois : en corrélation avec son vaisseau, le *First Blood*, localisé au spatioport privé. Mentalement, elle se maudit d'avoir raté quelque chose d'aussi évident, mais elle ne perdit pas de temps à s'autoflageller. L'architecture des programmes de sécurité du palais était encore plus baroque que le palais lui-même. Même si elle avait pensé à rechercher le nom du Mandalorien, il y avait de grandes chances pour qu'il ne soit pas apparu dès le début.

— Quelque chose ? demanda le sergent Potannin qui regardait d'un air soucieux par-dessus son épaule.

Elle secoua la tête. Les recherches sur le nom d'Ula Vii avaient été tout aussi vaines. Et Potannin s'efforçait d'être utile, mais ce n'était pas Shigar.

— Je vous préviendrai si je trouve quoi que ce soit, promit-elle.

Elle choisit un autre algorithme de décryptage dans son répertoire et tenta un nouveau chemin d'accès.

Derrière eux, le Twi'lek Yeama entra dans la suite de l'émissaire disparu et esquissa un salut. La bosse à sa tempe se détachait en rouge sur le vert de sa peau.

— Ma maîtresse vous présente ses excuses. La traque des kidnappeurs et de ceux qui ont attaqué vos sentinelles commence immédiatement.

Larin froissa les vues de l'holoprojecteur afin que Yeama ne s'aperçoive pas qu'elle s'intéressait aux infrastructures de la sécurité des lieux.

— Vous avez un Mandalorien en liberté dans le palais et vous n'en saviez rien ? dit-elle.

— Il y en a beaucoup ici. Ils n'aiment pas qu'on les surveille de trop près.

— Maintenant, vous savez pourquoi. Peut-être qu'à l'avenir vous réfléchirez à deux fois au genre d'individus avec qui vous fricotez.

Yeama se raidit.

— Et vous êtes ?

— Quelle importance, qui je suis ? Je vous aide à retrouver l'émissaire. Qu'est-ce que *vous*, vous faites ?

Le teint du Twi'lek vira à une couleur malsaine, même pour son espèce.

— Tout ce qui est en notre pouvoir, naturellement…

— Bien, alors continuez. Nous sommes occupés ici.

Yeama battit en retraite et Larin déploya de nouveau la vue qu'elle avait commencé à étudier.

— Il y a un tout un autre niveau ici, murmura-t-elle, émerveillée par la complexité du système.

Soit il avait été élaboré étape par étape, chaque développement ajoutant un niveau de plus à l'ensemble précédent, soit il était l'œuvre de l'ingénieur informatique le plus paranoïaque de la galaxie.

Toujours rien pour *Dao Stryver*, cependant. Et *émissaire Vii* ne donnait pas plus de résultats. Si l'un des deux hommes se déplaçait dans le palais, aucun élément d'identification du système de sécurité ne le suivait.

Larin commençait à désespérer. C'était le travail qu'elle devait accomplir pendant que Shigar se chargeait du reste de la mission, et elle n'arrivait à rien du tout. Prouver qu'elle était capable n'était pas la question, elle savait qu'elle l'était, ou l'avait été, au moins, sinon jamais elle n'aurait fait partie des Forces Spéciales. Mais elle tenait à marquer des points après être restée si longtemps sur le banc de touche.

En dernier recours, elle tenta *Jet Nebula*.

La réponse fut instantanée. Non seulement la localisation, mais aussi un code qu'elle reconnut comme étant un appel à l'aide chez les contrebandiers.

— J'ai quelque chose, annonça-t-elle, et Potannin accourut. Vous avez bien dit que l'émissaire Vii était avec ce Nebula, n'est-ce pas ? Eh bien, lui, je l'ai trouvé.

Potannin frappa dans ses mains et eut un sourire dénué d'humour.

— Beau travail, Larin.

Il se tourna vers ses hommes et distribua les ordres. La moitié resterait ici, l'autre viendrait avec lui. Larin dut lutter contre le vieux réflexe d'obéissance. Si elle avait été encore membre de la Blackstar, il aurait été son supérieur hiérarchique.

— Je viens avec vous, lui dit-elle alors que son groupe vérifiait les armes et les armures.

Il hocha la tête avec satisfaction.

— J'allais vous le demander. Merci, Larin.

— Pas de quoi, sergent.

— À vous de nous guider.

Ils se hâtèrent dans les couloirs. L'écho de leurs bottes les précédait, encourant la foule à s'écarter devant eux. Tout ceci était trop familier, se dit-elle. Dangereusement familier. Elle ne devait pas se laisser aller à la sensation qu'elle était de nouveau dans le bain. S'ils découvraient qui elle était réellement, ils se retourneraient contre elle, exactement comme ces gros bras sur Coruscant.

Ils avaient presque atteint l'endroit indiqué sur son holopad quand une explosion fit trembler le sol sous leurs pieds, suivie d'une autre quelques secondes plus tard. Elle arrêta leur groupe car elle craignait qu'ils ne se précipitent dans un piège, mais les déflagrations ne se rapprochaient pas. L'éclairage diminua d'intensité pendant un instant, avant de revenir à la normale. Les générateurs du palais, songea-t-elle. Endommagés par un sabotage, ou un accident.

Les habitants des lieux couraient se mettre à l'abri, mais sans cri ni panique. Ils ramassaient simplement leurs effets et se rendaient ailleurs. Manifestement, ce genre de situation n'était pas exceptionnel sur Hutta.

— Nous y sommes presque, annonça-t-elle en se remettant en marche, suivie des autres.

Elle avançait plus prudemment à mesure qu'ils approchaient de la destination indiquée. Ce n'était pas parce que quelqu'un avait fait sauter un générateur qu'on ne leur avait pas tendu un piège.

La grille du plan correspondait à une cuisine de taille industrielle, et complètement désertée. Larin laissa Potannin prendre la tête du groupe. Ses hommes se déployèrent en silence pour vérifier chaque recoin ou cachette, en ne communiquant entre eux que par signes. Ils étaient bien entraînés, efficaces, mais ils ne trouvèrent qu'un vieux droïde cabossé qui s'était réfugié là. Après l'avoir scanné à la recherche de munitions, ils le laissèrent sur place. Il retourna dans le coin qu'il avait occupé et les observa sans émettre le moindre son.

— Aucun signe de l'émissaire Vii, dit Potannin, exprimant une évidence. Vous êtes sûre que c'est le bon endroit ?

— Certaine. Nebula se trouvait là quand il a envoyé un code de détresse.

— Alors on l'a emmené ailleurs.

Un bruit vint perturber les pensées de Larin. Le droïde avait quitté son coin et gesticulait dans tous les sens.

— Quelqu'un peut calmer ce tas de ferraille ? aboya Potannin.

— Non, attendez…

Elle s'approcha et observa avec la plus grande attention les mouvements que faisait le droïde.

— Je reconnais ces signes. Ils datent de la guerre civile. Il est en train de nous dire…

Elle fouilla sa mémoire pour trouver une traduction appropriée. Bien des années s'étaient écoulées depuis qu'elle avait suivi les cours sur l'Histoire et l'Utilisation des Langages Militaires pendant sa formation dans les Forces Spéciales.

— Il dit que c'est *lui* qui a lancé le code de détresse afin que nous le trouvions. Pas nous spécifiquement, mais n'importe qui en mesure de l'aider. Des renforts. Il a suivi son Maître – Nebula, je suppose – grâce à un transpondeur quelconque, probablement caché dans ses vêtements, ou sur son corps. Il cherche à monter une opération de sauvetage, mais… il manque des ressources nécessaires pour atteindre l'objectif de sa mission.

Le droïde acquiesça, et elle s'adressa directement à lui.

— Qui a capturé Nebula ? Un Mandalorien ?

La réponse fut affirmative.

Rien d'étonnant à ce que ce droïde ait souhaité avoir des renforts, se dit-elle.

— Nebula est le seul prisonnier ?

Réponse négative, cette fois.

— Sais-tu où ils sont ?

Un « oui » emphatique. Le droïde l'emmena jusqu'au mur de métal où il grava rapidement un plan détaillé. Elle reconnut l'endroit d'après les données qu'elle avait consultées plus tôt. Il s'agissait d'une salle à manger située à moins d'une douzaine de mètres de là.

— Je pense que nous pouvons nous aider mutuellement,

déclara-t-elle au droïde, qui acquiesça avec solennité, et elle se tourna vers les soldats. Armes prêtes à tirer. Ce Mandalorien est dangereux. Si vous pouvez l'atteindre, n'hésitez pas. Mais faites attention aux prisonniers. Nous ne pouvons pas nous permettre de blesser l'émissaire.

Le droïde lui tapota sèchement l'épaule d'un de ses gros doigts métalliques.

— Pas plus que Nebula, ajouta-t-elle.

Ils ôtèrent la sécurité de leurs armes et la suivirent. C'est seulement quand ils se mirent en mouvement, avec le droïde devant eux, qu'elle se rendit compte d'une chose. C'était elle qui avait donné les ordres, et non Potannin, et celui-ci avait obéi sans protester, tout comme ses hommes. La constatation la gêna un peu mais lui plut aussi, quoique, techniquement, elle n'avait plus de grade, donc plus à se soucier de la hiérarchie. C'est à cette pensée qu'elle se raccrocha alors qu'elle s'apprêtait à affronter Dao Stryver pour la deuxième fois.

C'était au tour d'Ula d'avoir le fusil du Mandalorien collé sous le menton. Il arqua le dos en arrière aussi loin qu'il put, mais le canon de l'arme suivit et s'enfonça dans sa gorge. Stryver était si proche de lui que l'informateur percevait le bourdonnement diffus des mécanismes de son armure, et même le sifflement léger de l'air à travers le respirateur du Mandalorien quand celui-ci inspira avant de parler.

— Faites très attention à la réponse que vous allez donner à ma question, émissaire Vii.

Ula acquiesça en battant des paupières. Après sa tentative avortée, il n'avait pas l'intention de faire autre chose que ce qu'on lui demanderait. Il était encore ébloui par les effets de l'holoprojecteur.

— Je ferai attention.

— Vous avez désigné un endroit sur la carte. La chambre forte que vous avez indiquée est la bonne ?

— Oui.

— Elle contient les débris récupérés du *Cinzia* ?

— Oui, dit-il avec toute la conviction dont il était capable.

La pression exercée par le canon de l'arme disparut, et Ula bascula en avant. Sa poitrine se gonfla d'air. Il n'avait pas remarqué qu'il avait cessé de respirer.

— Et vous ? dit Stryver à Nebula. Vous avez d'autres questions ?

— Quoi, moi ? fit le contrebandier sans détacher son regard de l'arme maintenant pointée sur sa poitrine. Euh, oui, une seule. Je ne peux pas m'empêcher de remarquer que vous vous êtes enfermé ici avec nous…

Un choc sourd ébranla la porte. Stryver et ses deux captifs tournèrent la tête dans cette direction. On heurta de nouveau l'épais panneau, et de l'autre côté une voix ordonna :

— Ouvrez !

Le Mandalorien pivota sur lui-même et s'affaira sur son armure. Il rengaina son fusil et enfonça des touches avec l'efficacité de l'habitude.

— Je peux vous affirmer que j'ai très peu de valeur en tant qu'otage, lui dit Ula.

Stryver ne répondit pas. Alors qu'une ligne d'un rouge incandescent commençait à s'étirer en travers de la porte blindée, il s'écarta d'eux et leva les yeux. Un gémissement croissant s'échappa de son jetpack.

— Je vous conseille de fermer les yeux, dit Jet en tournant la tête vers Ula et en relevant l'épaule pour se protéger.

Il y eut un éclair, puis de la fumée et des débris divers emplirent l'air. Le gémissement devint un rugissement juste au moment où la porte cédait.

Les yeux fermés, bombardé de particules cinglantes, Ula entendit des cris et des tirs de blasters, puis il perçut des mouvements précipités autour de lui. Quelque chose le percuta, et il sentit des mains gantées qui s'attaquaient à ses liens.

— Tout va bien, monsieur, dit une voix familière. Vous n'avez plus rien à craindre.

Potannin ! Ula aurait pu en pleurer de soulagement.

Quand il rouvrit les yeux, la fumée s'était dissipée et sa vision n'était plus troublée par le scintillement résiduel de l'holoprojecteur. Dao Stryver avait disparu. Deux membres de l'escorte d'Ula montaient la garde à la porte, pendant que deux autres fouillaient les décombres. Le droïde que le Mandalorien avait désactivé faisait de son mieux pour libérer Nebula. Un soldat dans une armure blanche éraflée scrutait le trou béant au plafond, son arme prête.

Stryver n'avait jamais eu l'intention de sortir par la porte, Ula le comprit enfin. Son plan avait toujours été de fuir par le haut.

Le soldat en armure blanche se tourna vers lui.

— Que vous a dit Stryver ? Il vous a révélé ce qu'il cherchait ?

— Il est parti s'emparer du calculateur de navigation, répondit Jet en s'essuyant les yeux pour en chasser la poussière.

— Pourquoi ? Les Mandaloriens veulent donc la même chose que nous ?

— Je ne pense pas que ce soit la seule raison. Le calculateur ne donnera pas seulement l'origine du vaisseau. Il montrera aussi quelle était sa destination.

Le casque du soldat s'inclina légèrement sur le côté.

— Quelle différence cela fait-il pour qui que ce soit.

— Pas pour qui que ce soit, je suppose. Juste pour lui.

Le soldat acquiesça.

— Vous êtes Nebula, ou l'émissaire ?

— Vous pouvez m'appeler Jet.

Ula se leva en vacillant un peu, enfin libéré de la toile collante du Mandalorien.

— Ula Vii, à votre service. Merci à vous tous d'être venus à notre secours. À nous deux.

— C'est notre devoir, monsieur, dit Potannin avec un salut bref.

— Moi, ajouta le soldat, je ne suis là que pour le plaisir.

Sur ces mots, il ôta son casque et dévoila la femme la plus ravissante qu'Ula Vii ait jamais vue.

13

Sous une statue massive de Tassaa Bareesh, Shigar referma la porte extérieure derrière lui en se servant de la Force pour assister le système hydraulique qu'il avait endommagé en entrant. Il connaissait ce genre de pièce : la porte intérieure ne s'ouvrirait que si l'extérieure était close. Il traversa l'espace circulaire du sas de sécurité en notant au passage le léger tintement du lustre au-dessus de sa tête ; L'air sentait la fumée, ce qui était étrange. Les mystérieuses explosions s'étaient produites loin d'ici, et il supposait la climatisation de la chambre forte totalement indépendante.

Tous ses sens étaient en alerte. Se déplaçant avec lenteur et sans le moindre bruit, il s'approcha de la porte intérieure.

Elle n'était pas verrouillée.

Il y avait une chose qu'il pouvait dire des Hutts : quand il s'agissait de protéger leurs trésors, ils ne lésinaient pas. La porte était une merveille de mécanique. Peut-être ne pouvait-elle pas résister à un Jedi et son sabre laser, mais elle aurait occupé une horde de cambrioleurs pendant un mois, et elle pouvait aisément supporter une mini-explosion nucléaire.

Elle ne s'ouvrirait certainement pas.

Shigar désactiva son sabre laser et resta immobile une minute entière.

Sa respiration légère et le rythme régulier de son cœur étaient les seuls bruits qu'il percevait. S'il y avait quelqu'un de l'autre côté de la porte, il restait aussi discret que lui.

Tendant la main, il tourna la poignée. L'ensemble était si bien équilibré qu'il pivota en douceur, révélant l'intérieur de l'antichambre qu'il avait cherchée. Les quatre chambres fortes correspondaient parfaitement à la description que le sergent Potannin en avait faite. Aucune n'avait été dérangée. Dans l'une d'elle se trouvait ces débris énigmatiques qui intéressaient tant un grand nombre de gens.

Au centre de la pièce, un trou noir ouvert par une source de chaleur inconnue se détachait sur le reste du sol à la blancheur immaculée. C'était de là que provenait la fumée. Il s'en approcha prudemment et plongea son regard à l'intérieur. Quelqu'un avait percé cet accès depuis l'espace situé en dessous, très probablement dans le but de voler le contenu de la chambre forte. Mais comment cette personne avait-elle réussi à ne déclencher aucune des alarmes ? Et où était-elle à présent ?

Il regarda autour de lui. L'antichambre était déserte. Nulle part où se cacher. Aucune des chambres fortes ne semblait avoir été crochetée. Les quatre portes étaient bien closes. Il n'y avait pas d'autre issue que par ce trou, ou…

Un frisson lui parcourut la nuque. Il se retourna face à la porte qu'il venait de franchir, et la certitude l'envahit. Activant son sabre laser, il repassa dans le sas.

— Tu ne ressembles pas à un Jedi, mais tu en as bien l'odeur.

Dans un tintement décuplé, une fille mince sauta du lustre où elle s'était accrochée. Elle était vêtue de noir et ses cheveux ondulaient en tresses rousses pareilles à des tentacules vivantes.

— Tu empestes la *répression*. Voyons ce que nous pouvons faire pour changer ça !

Elle fit jaillir la lame écarlate de son sabre laser.

Shigar ne répondit pas à son rictus agressif. Il veillait à conserver un rythme cardiaque paisible. Il leva son arme et prit une posture d'attente.

Elle se jeta sur lui dans une tempête de coups, et ses

pieds dansaient sur le sol tandis que sa lame fendait l'air comme les pales d'une hélice. Leurs armes se rencontrèrent dans un claquement électrique furieux. Il s'adaptait à chacun de ses mouvements, mais l'exercice l'éprouvait rudement. Chaque blocage l'ébranlait comme un coup de masse. Son adversaire était menue, mais très forte, et son regard débordant de haine. Le Côté Obscur s'écoulait en elle par vagues puissantes.

Elle le repoussa jusqu'à la porte intérieure de la pièce et, d'une poussée télékinétique, la fit claquer derrière lui.

— Nulle part où fuir, Jedi, railla-t-elle. Pourquoi ne pas cesser de jouer la défensive et me montrer de quoi tu es capable ? Je vais te tuer, de toute façon, alors autant que tu profites un peu…

Shigar ignora la provocation. Il savait que certains Sith utilisaient autant les attaques verbales que physiques afin de décourager leur adversaire, mais il ne tomberait pas dans ce piège. Pas plus qu'il ne laisserait la peur ou la colère lui dicter sa manière de combattre. Son Maître l'avait bien formé. Il savait comment combattre un Sith – et c'était de la même manière qu'il combattrait toute autre personne. La clé consistait à commettre moins d'erreurs que l'ennemi, et de saisir chaque occasion qui se présentait. L'élément de surprise pouvait faire la différence entre un affrontement traînant en longueur et une victoire rapide et décisive.

Avec un sourire calme, il fit face à la fille et leva sa main gauche.

Ax entendit le bruit de verre derrière elle et plongea juste à temps. Des centaines de petits éclats se précipitèrent vers elle, arrachés au lustre par la puissance mentale du Jedi et projetés à l'endroit exact où elle s'était tenue. Une seconde vague la suivit quand elle roula au sol et se redressa vivement d'une poussée des deux mains. Immédiatement en position, elle s'enveloppa d'un champ télékinétique qui intercepta les morceaux de verre. Seuls quelques-uns eurent le temps de traverser ce bouclier invisible, l'un l'entaillant au bras, un autre au-dessus de l'œil gauche. Elle savoura la vivacité de la douleur.

Le grand Jedi mince s'élança vers elle, sa lame verte pointée à mi-hauteur. Elle dévia l'attaque pour aussitôt se rendre compte que ce n'était qu'une feinte. Il lui décocha un coup de pied dans le genou droit et abattit sa lame vers la tête de la Sith. Avec un grognement, elle bloqua l'attaque avec son tibia et évita la décapitation de justesse. Leurs sabres laser se heurtèrent à quelques centimètres seulement de son visage.

Ils restèrent ainsi un instant, lui pressant sa lame vers elle, tandis qu'elle était obligée de fléchir la jambe arrière dans une position malaisée pour utiliser son poids contre lui. Il était physiquement plus fort qu'elle, et il n'en profitait pas autant qu'il l'aurait pu. Un effort de plus et sa lame n'aurait pas fait grésiller que l'air.

Il était plus puissant, mais elle était plus rusée. Enrouler sa cape sur le visage et la gorge de Shigar exigea d'Ax à peine plus d'énergie télékinétique qu'il ne lui fallut d'effort pour y penser, et le stratagème eut l'effet espéré. Surpris, Shigar recula vivement en agrippant l'étoffe qui l'aveuglait. Elle battit en retraite juste ce qu'il fallait pour retrouver son équilibre, puis elle passa à l'offensive.

Même sans l'usage de ses yeux, il pouvait la contrer. Il anticipa ses attaques et les bloqua tout en luttant de sa main libre pour arracher la cape. Quand il y parvint enfin, il reprit son arme à deux mains, et elle sut que la partie commençait réellement.

Ils reculèrent et avancèrent à tour de rôle dans la pièce, selon leurs assauts. Ils frappaient, paraient, bondissaient et couraient en utilisant les murs et même le plafond comme points d'appui pour lancer leurs attaques. Le verre crissait sous leurs pieds et tourbillonnait autour d'eux en serpentins visant à distraire ou aveugler l'autre. Il était doué, elle le reconnaissait bien à contrecœur, mais elle aussi, et elle luttait en recourant à tout son art. Sa mission ne prendrait pas fin ici, écourtée par le sabre laser d'un Jedi. Si Dark Chratis devait se présenter devant le Conseil Noir pour admettre qu'il avait échoué, elle voulait assister en personne à cette scène.

La conclusion vint de façon très abrupte, et pour tous les deux. Mentalement, elle avait mis en sourdine le son des alarmes et le tumulte consécutifs à son sabotage, mais elle restait aux aguets pour tout ce qui pouvait survenir dans son environnement immédiat, au cas où son adversaire tenterait une nouvelle manœuvre. Quand un son s'éleva de l'autre côté de la porte intérieure du sas, elle crut d'abord que c'était une autre ruse du Jedi destinée à la distraire. Elle avait scellé le tunnel en ferrociment derrière elle, personne ne pouvait donc monter par là, et il n'existait pas d'autre accès à la chambre forte.

Le bruit retentit de nouveau – un choc métallique assourdi – et cette fois elle vit le Jedi y réagir. Il était déconcentré, lui aussi. Son regard se braqua un instant sur la porte intérieure.

C'est alors qu'elle frappa.

Son aptitude à produire les éclairs Sith n'était pas encore pleinement développée, et elle n'osait pas espérer qu'un des siens pourrait submerger quelqu'un ayant une formation de Jedi. Mais elle y recourut quand même et lança la décharge de toutes ses forces. Il y réagit mal, comme s'il n'était pas accoutumé à ce genre d'assaut. Elle comprit seulement alors qu'il n'était qu'un simple apprenti, tout comme elle. Et comme elle, c'était peut-être la première fois qu'il affrontait seul un ennemi. Mais lui ne survivrait pas pour apprendre de cette expérience.

Il recula en titubant, ses chairs torturées et fumantes. Elle maintint la vague brûlante aussi longtemps qu'elle put puis enchaîna avec deux coups rapides au ventre et à la gorge. Il les para difficilement en tenant son arme d'une seule main, l'autre devant ses yeux comme s'il était aveuglé. Ravie de cette faiblesse, Ax redoubla ses attaques et força Shigar à battre en retraite jusqu'à ce qu'il heurte le mur. Il glissa lentement vers le sol, sa lame levée pour tenter sans grand espoir de bloquer le coup fatal.

Son comlink crachota.

— Shigar, attention. Stryver arrive. Il veut le calculateur de navigation !

Le triomphe se transforma en une haine dévorante. Dao Stryver, ici !

C'était à son tour d'être prise au dépourvu.

D'un coup précis, le Jedi fit sauter le sabre laser de la main d'Ax. L'arme glissa sur le sol en tournoyant, et sa lame s'éteignit automatiquement. La jeune Sith battit en retraite tandis qu'il se relevait, les yeux injectés de sang et pleins de détermination. Elle ne vit ni haine ni fureur dans son regard. Elle n'aurait même pas la satisfaction de cette petite victoire.

Elle recula rapidement et usa de la Force pour récupérer la poignée de son sabre laser, même si elle savait qu'il était déjà trop tard. Le Jedi la suivait, la repoussant vers la porte extérieure.

Quand celle-ci explosa dans son dos, Ax n'eut pas besoin de tourner la tête pour savoir qui était là. Elle sentit sa présence aussi précisément que s'il avait appuyé la pointe d'une dague dans son dos.

Dao Stryver.

Prise au piège entre un apprenti Jedi et un Mandalorien qui l'avait déjà vaincue une fois, tout ce qu'elle pouvait faire était activer son arme et espérer un miracle.

14

Larin était à mi-chemin de la chambre forte quand Yeama l'intercepta. Le Twi'lek se tenait au milieu du couloir et levait les deux mains dans le geste universel pour réclamer que la personne arrivant fasse halte. Elle l'aurait repoussé sans ralentir s'il n'avait pas été accompagné de cinq Weequays et d'une douzaine de Gamorréens armés de haches.

— Je vois que l'émissaire manquant a réapparu, dit-il en considérant le groupe se tenant derrière Larin d'un regard rouge et sombre. Le pirate aussi. Ma maîtresse en sera ravie.

Larin n'avait pas le temps de discuter de la situation. La pensée de Shigar affrontant seul Dao Stryver l'emplissait d'un sentiment d'extrême urgence. Et s'il était déjà trop tard ? Ses tentatives pour le prévenir par comlink n'avaient reçu aucune réponse.

— Merci à elle de s'en être souciée, dit-elle. Nous escortons l'émissaire à ses appartements.

— Vraiment ? Excellent. Il se peut que vous soyez au courant des… heu… légers troubles survenus durant cette dernière heure. Il n'y a aucune raison de s'inquiéter, je puis vous l'assurer, mais il vous est recommandé de rester dans le secteur de haute sécurité jusqu'à nouvel ordre.

— On dirait bien que vous êtes attaqués, l'ami, fit remarquer Jet Nebula. Est-ce que Fa'athra s'est enfin décidé à passer à l'action ?

Le Twi'lek eut un sourire pincé.

— Nous avons un grand nombre de choses de valeur dans le palais, et les attaques ne sont pas si rares. Mais…

— Sauf que ça ne vient pas de l'extérieur, coupa Larin, qui s'impatientait. C'est le Mando dont je vous ai parlé plus tôt. Il veut le calculateur de navigation du *Cinzia*.

— Impossible. Aucune alarme ne s'est déclenchée dans ce secteur.

— La situation va changer, et très bientôt.

Larin releva le canon de son arme et se remit en marche.

— Pas si vite.

Le Twi'lek fit un pas pour lui bloquer le passage, les Weequays derrière lui.

— Vous allez dans la mauvaise direction. Les appartements de l'émissaire sont par là.

— Vraiment… Il est facile de s'égarer dans ce palais.

— Je ne crois pas que vous vous soyez égarée, répliqua le Twi'lek qui ne souriait plus. Je crois que vous savez très précisément où vous vous rendez. Vous n'êtes pas une visiteuse enregistrée. L'enlèvement était une diversion, ce qui vous a laissé le temps de vous consacrer à votre véritable objectif. Nous avons trouvé les traces que vous avez laissées dans nos systèmes de sécurité. Le sabotage est une autre diversion. Qu'allez-vous faire maintenant ? Vous êtes tous ligués ou est-ce seulement une collaboration opportuniste ?

Son regard froid engloba le groupe immobile devant lui.

Larin n'aimait pas du tout la tournure que prenait la situation.

— Écoutez, dit-elle, nous ne voulons pas voler votre précieux calculateur. Mais quelqu'un d'autre va le faire, et nous essayons de l'en empêcher. Je suis sérieuse. Dao Stryver sera reparti avant que nous arrivions sur les lieux si vous ne me laissez pas passer immédiatement. Ne m'obligez pas à vous abattre.

L'ultimatum ne fit pas ciller le Twi'lek.

— Vous admettez que vous vous rendez à la chambre forte ?

— C'est ce que je viens de vous dire.

— Et pourtant, vous répétez que vos motivations sont bienveillantes ?

— Aussi bienveillantes qu'il est possible.

— Alors vous ne verrez pas d'inconvénient à ce que je contacte l'émissaire impérial afin qu'il nous retrouve là-bas ?

— Ce que vous voudrez ! Mais allons-y. C'est tout ce que je demande.

Yeama fit signe à sa garde qui entoura la jeune femme et ses compagnons. Une fois le passage dégagé, elle se mit en marche d'un pas rapide pendant que Yeama grognait en twi'leki dans son propre comlink.

Derrière eux, l'émissaire de la République se lança dans un discours outragé :

— Je suis extrêmement choqué qu'on sous-entende l'existence d'une conspiration, de quelque sorte qu'elle soit. De fait, c'est moi qui devrais avoir des soupçons. C'est quand même moi qui ai été enlevé et ai vu mon escorte neutralisée. J'ai été emprisonné et torturé, et ce sous le toit d'une hôtesse dont un serviteur me traite maintenant de criminel ! Vous aurez de la chance si nous daignons seulement attendre cette parodie de vente aux enchères.

Yeama l'ignora. Larin aussi. Toujours aucune nouvelle de Shigar.

— Pas d'alarmes, dit-elle au Twi'lek. Et au milieu de toute cette agitation, aussi. Tout ça ne vous semble pas curieux ?

Yeama la regarda pendant trois longues secondes. Sa seule réponse fut d'accélérer l'allure et d'aboyer de nouveaux ordres dans son comlink.

Ula poursuivit sa diatribe assez longtemps pour être sûr qu'on avait bien compris sa position. En fait, ce n'était pas *sa* position. Il jouait à l'émissaire de la République loyal plongé dans une situation difficile. N'était-ce pas ce qu'un vrai émissaire aurait fait ?

Ula n'en savait rien. Il était complètement dépassé par les événements, et de plus en plus. Il aurait aimé qu'ils aillent tous dans ses appartements sécurisés et non qu'ils se précipitent tête baissée dans le danger. La seule chose qui l'empêchait de demander à ne pas participer à l'action imminente était la façon dont Larin Moxla jugerait une telle déclaration de couardise. Elle ne semblait pas du genre à tolérer quoi que ce soit de la sorte.

Il ne pouvait détacher son regard de la jeune femme. Tout chez elle le fascinait, de son armure fatiguée aux tatouages sombres sur ses joues.

— N'y pensez même pas.

Ula jeta un œil à Jet. Le contrebandier observait lui aussi cette femme remarquable sortie de nulle part pour prendre la tête de leur groupe disparate.

— Que voulez-vous dire ?

— Elle n'est pas faite pour vous, et vice-versa.

Ula se sentit rougir. Il n'avait pas pensé que sa fascination pour elle était aussi visible.

— De quoi parlez-vous ? dit-il en baissant la voix pour n'être entendu que de Nebula. Vous en savez autant sur elle que moi.

— Je sais qu'elle joue un rôle. Et c'est à peu près la seule chose que vous avez en commun tous les deux.

Une fois encore, Jet soupçonnait Ula d'être plus que ce qu'il disait. Ou moins, si l'on se fiait à sa façon de le dire.

— Qu'est-ce que vous sous-entendez ?

— Moi ? Rien. Je faisais juste la conversation.

Ce qui devint rapidement difficile. Ils marchaient de plus en plus vite, et bientôt ils se mirent à trotter à côté de Potannin et de ses hommes, avec les Weequays aux longues jambes qui les encadraient et les Gamorréens qui faisaient de leur mieux pour ne pas se laisser distancer. D'autres membres de la sécurité du palais se joignirent à eux, en majorité des Niktos et des Houks, formant une procession grossissante qui se hâtait vers les chambres fortes.

Il était difficile d'apercevoir ce qui se trouvait devant le Twi'lek et Larin, mais il semblait que d'autres gardes les attendaient. Et au-delà, il se passait autre chose.

À l'entrée du sas de sécurité, une scène de démolition s'offrit à eux. Les murs avaient été défoncés et le plafond s'était écroulé. Des tonnes de pierres et de ferrociment renforcé les séparaient de leur objectif. Des esclaves evocii et des gardes commençaient à déblayer, mais ils se gênaient les uns les autres tant leur hâte était grande. Des instructions contradictoires fusaient. Yeama se précipita dans cette cohue et tenta en vain d'imposer un semblant d'ordre.

— C'est un scandale, lança une voix autoritaire dans ce vacarme.

Un homme de grande taille et au nez trop long, vêtu d'un uniforme de l'Empire, se frayait un chemin pour les rejoindre.

— Si vous avez pris part à cette affaire frauduleuse…

— Nous avons autant à perdre que vous et nous sommes tout autant dans le noir, répliqua Ula.

Il aurait aimé pouvoir attirer à l'écart son allié et lui révéler le rôle secret qu'il jouait ici. Il n'avait aucune raison de s'opposer à lui, sinon pour sauver les apparences.

De l'autre côté des décombres une explosion retentit, puis le sol trembla. Ula plaqua les mains sur ses oreilles et recula. Deux énormes droïdes déblayeurs s'avancèrent pour se mettre à l'œuvre.

— Restez ici, lui ordonna Larin, et il ne fut que trop heureux d'obéir.

Elle rejoignit Yeama dans le sillage des droïdes. D'évidence, elle était déterminée à entrer dans les premiers. Le Twi'lek ne fit rien pour l'en dissuader. Une fois de plus, Ula admira l'assurance de cette femme. Mais qu'est-ce que Nebula voulait dire quand il affirmait qu'elle aussi jouait un rôle ?

Un cri s'éleva. Une brèche avait été ouverte dans la barrière des décombres. Un nuage de poussière et de fumée roula sur eux tous. Les bruits du combat leur parvinrent alors, féroces et vibrants.

Larin lança quelque chose par-dessus son épaule.

— Qu'est-ce qu'elle a dit ? demanda Ula.

— Quelque chose à propos d'une Sith, répondit Jet. Je n'ai pas tout saisi.

Ula se tourna vers l'émissaire impérial, qui évitait soigneusement de croiser le moindre regard.

D'un geste, Yeama demanda des renforts. Une ligne de Weequays s'avança, suivie par le groupe de Potannin et son équivalent impérial. Il y eut un moment de confusion quand tous voulurent passer en même temps par l'étroite brèche. Ula perdit de vue Larin et se tordit le coup pour tenter de la retrouver.

— Pourquoi vous ne vous rapprochez pas ? demanda Jet.

— Je, euh… Je crois que ce ne serait pas prudent. N'est-ce pas ?

— Je pense que c'est très relatif pour le moment.

Honteux, Ula se dirigea vers le passage. Nebula le suivit en laissant son droïde pour surveiller l'entrée. En voyant Ula bouger, l'émissaire impérial se mit lui aussi en mouvement parce qu'il ne voulait pas être laissé hors de l'affaire. Le tunnel à travers les décombres grouilla très vite de monde. Il était difficile de discerner ce qui se passait à l'autre extrémité. Les décharges de blasters créaient des variations lumineuses étranges dans la fumée et la poussière en suspension. Ula perçut distinctement le grondement du jetpack du Mandalorien et le bourdonnement des sabres laser.

Ils dépassèrent une énorme plaque de métal tordue qui avait sans doute été la porte extérieure du sas de sécurité. L'odeur d'ozone était intense.

— Baissez-vous, monsieur ! s'écria Potannin en le repérant.

Ula se laissa entraîner dans un endroit relativement abrité, derrière un amoncellement de débris. De là, il ne voyait rien de l'action, mais il apercevait l'arrière du casque de Larin. Elle était accroupie à côté de Yeama et visait quelque chose avec son arme. Dans les bruits de la bataille, sa voix sonna clairement :

— Toujours pas d'alarmes, hein ?

Ula n'entendit pas la réponse du Twi'lek.

Une explosion assourdissante fit s'écrouler la majeure partie du plafond. Ula s'adossa contre son bouclier de pierre et se couvrit les oreilles avec les mains. Des cendres et des débris tombèrent sur lui par vagues drues. Il ferma les yeux.

Quand il osa baisser les mains, un silence irréel s'était établi. Il ne voyait que des gens qui se bousculaient, aussi pâles que des fantômes. Les gravats continuaient de pleuvoir depuis le toit. À côté de lui, Nebula redressa lentement la tête pour contempler la scène.

La stupéfaction se peignit sur ses traits.

— Qu'est-ce que c'est que ça ?

Avant qu'Ula puisse s'en rendre compte par lui-même, une voix s'éleva. C'était celle, furieuse, d'une femme.

— Nous ne reconnaissons pas votre *autorité*.

Un frisson glacé le parcourut. Il avait déjà entendu cette phrase.

15

Shigar se tenait à une pointe d'un triangle équilatéral, la jeune Sith et Dao Stryver occupant les deux autres. Le Mandalorien hésitait. Visiblement, il était surpris de les voir.

— La galaxie est petite, ironisa Shigar.

— Tu le connais aussi ? s'étonna la Sith dont la façade hostile se fissura un instant.

— Vous auriez dû laisser tomber, tous les deux, dit Stryver. Tout ça ne vous concerne pas.

— Vous étiez en train de tuer des gens sur Coruscant, répliqua Shigar. Bien sûr que ça me concernait.

— Reste en dehors de ça, grinça la jeune fille. Il est à moi !

— Je vous ai battue une fois déjà, dit le Mandalorien. Votre mort n'honorera en rien les actes de votre mère.

La jeune femme rougit violemment.

Stryver leva le bras gauche vers elle et déclencha son lance-flammes.

Shigar plongea et effectua une roulade tout en s'interrogeant sur la scène qui venait de se produire. Le destin les avait réunis tous les trois dans le même lieu et au même moment. Ils étaient en quête de la même chose – quoi qu'il y ait à l'intérieur de la chambre forte – et ils disposaient de très peu de temps avant que les Hutts comprennent ce qui se passait et envoient toutes leurs forces de sécurité contre eux. Stryver allait vouloir agir vite, et de façon décisive. Et pourtant, il avait pris le temps de parler à la Sith. Pourquoi ?

Il était clair que cette allusion à sa mère avait eu pour seul but de la déstabiliser. Elle était complètement furieuse à présent, ce qui allait la rendre plus forte si elle survivait aux prochaines secondes. Shigar envisagea plusieurs options. Battre en retraite dans la chambre forte et les laisser se débrouiller en était une, mais il n'aurait qu'une issue ensuite, et cela signifiait qu'il devrait affronter Stryver quand même. Or le Mandalorien avait eu le dessus avec lui aussi. Mieux valait donc combattre maintenant, avec l'atout de la Sith qui pourrait faire diversion.

Les flammes poursuivaient en rugissant la silhouette de la jeune fille qui enchaînait les roues. Shigar attaqua Stryver du côté opposé par un coup de son sabre laser visant l'épaule. Le Mandalorien leva un bras en parade, et la lame du Jedi glissa le long de l'armure. Elle y laissa une excroissance pareille à de la mousse, mais sans l'entamer. Un clapet s'ouvrit au poignet de Stryver et un bâton de choc rétractable jaillit dans sa main. Shigar voulut frapper de nouveau, et le bâton de choc le toucha en pleine poitrine. L'impact lui décolla les pieds du sol.

La Sith surgit hors des flammes, le sabre laser brandi et la haine dans les yeux. Son saut la fit passer au-dessus du jet mortel. Alors elle tenta un coup droit vers le casque du Mandalorien. Il esquiva à une vitesse stupéfiante pour sa corpulence et répliqua avec le bâton de choc. Elle trancha l'arme en deux, le déséquilibra d'un coup de pied et se retourna aussitôt.

Shigar s'était relevé et tournait autour de Stryver, guettant la moindre ouverture. Une nouvelle fois le lance-flammes cracha, mais l'élément de surprise n'existait plus et la Sith évita sans difficulté le jet brûlant. Le Mandalorien lança alors un filet-rasoir vers elle. La jeune fille esquiva ses barbelures acérées et tenta de l'étourdir avec un éclair. Son armure isolante dévia la décharge dans le sol qui noircit et se déforma aussitôt. Shigar saisit l'occasion pour faire tomber Stryver à genoux avec la Force, mais leur adversaire était aussi solide qu'une montagne. Et il avait d'autres armes dont il ne s'était pas encore servi.

D'une petite trappe sur la cuisse, il sortit un pistolet à canon court qu'il pointa sur le Jedi. Il ne tira qu'une fois. Shigar se baissa mais pas assez vite. Le déplacement d'air autour du rayon le projeta contre le mur et il glissa à terre, momentanément sonné.

Stryver tourna aussitôt l'arme vers Ax, mais elle fut plus rapide que le Jedi. Elle avait identifié le pistolet disrupteur au premier coup d'œil, et elle connaissait sa dangerosité. Ces armes étaient prohibées dans toutes les régions civilisées de la galaxie. Elle n'était pas étonnée d'en voir un exemplaire sur Hutta, dans la main d'un Mandalorien.

Elle savait aussi que ces pistolets n'étaient efficaces qu'à courte distance et que leur capacité de tir était réduite. Si Stryver continuait de rater sa cible, son arme serait bientôt déchargée. C'est pourquoi elle continua de tourner autour de lui, courant quasiment sur les murs et le narguant en lui lançant des débris de verre. Par deux fois, il la manqua de peu, mais le rayon diffusa quand même des ondes de choc violentes dans son corps. Seule sa fureur la soutenait dans son effort. Elle utilisait la douleur pour alimenter le Côté Obscur.

La troisième fois qu'il tira au cours de cette petite danse – la cinquième tentative en tout –, elle sentit à peine les effets secondaires. La puissance de l'arme baissait déjà. Avec un rictus de triomphe, elle transforma sa course circulaire en un bond direct. Il était temps de combattre.

Il accueillit son attaque avec une vibrolame pointée vers sa gorge. Avec un hurlement, elle tenta de plonger son sabre laser à travers l'armure en y mettant toute la force de ses muscles et de sa volonté. La lame bourdonnante du Mandalorien effleura sa peau et provoqua un fin jet de sang pulvérisé, mais elle ne faiblit pas. Stryver dut se pencher en arrière. C'était la meilleure occasion qu'ait eue la Sith.

Le jetpack se mit en marche dans un gémissement, et soudain ils s'élevèrent dans l'air, comme s'ils avaient été tirés en hauteur par un marionnettiste géant. De surprise, Ax lâcha prise et retomba au sol. Stryver se tenait au-dessus d'elle, et elle roula sur elle-même pour éviter les deux jets brûlants des propulseurs.

Stryver poursuivit son ascension jusqu'au réduit conique d'où avait pendu le lustre. Puis il resta suspendu là à activer certaines commandes de ses systèmes d'armes. Ax eut juste le temps de comprendre qu'il avait l'avantage de la hauteur avant qu'une poigne puissante la saisisse par le poignet et la traîne de côté.

Une volée de projectiles toucha le sol à l'endroit exact qu'elle avait occupé l'instant précédent. Le Jedi venait de lui sauver la vie. Malgré un soupçon de gratitude envers lui, elle se dégagea d'une saccade brusque. Il avait certainement agi ainsi à cause de cette bonté écœurante qu'il avait chevillée au corps. Non, se dit-elle. Il savait que seul il ne pourrait vaincre Stryver. Donc soit il la sauvait, soit il était le prochain à périr.

Les mini-missiles à concussion les rejetèrent tous les deux contre la porte intérieure du sas de sécurité. Ils se séparèrent pour éviter un autre tir qui envoya voler la porte dans l'antichambre, révélant en même temps les quatre portes des chambres fortes et le trou par lequel Ax était arrivée. En une fraction de seconde, elle remarqua qu'une de ces portes brillait d'un éclat rougeoyant, puis un déluge de décharges de blasters déferla d'une partie totalement différente de la pièce. Alors elle comprit que quelqu'un d'autre entrait en scène. Les Hutts, certainement, qui avaient remarqué que leurs trésors étaient en danger.

Avant qu'elle puisse tirer avantage de ce retournement de situation, le Jedi bondit vers Stryver et dévia les missiles tirés sur lui. Les projectiles explosèrent dans le plafond qu'ils éventrèrent, puis d'énormes morceaux s'en détachèrent pour pleuvoir sur les trois adversaires. L'un d'eux heurta le Mandalorien et lui fit perdre sa position supérieure. Ax réussit à éviter une plaque assez grosse pour écraser un bantha. Elle chercha ensuite des repères dans l'air chargé de poussière. Des silhouettes indistinctes se déplaçaient autour d'elles – des Weequays, des officiers en uniforme de l'Empire, des Gamorréens, et d'autres encore –, mais Stryver était invisible. Soit un silence assourdissant était tombé, soit elle avait perdu l'ouïe suite aux récentes explosions.

Une clarté rouge fusa sur le champ de bataille, puis s'éteignit. Simplement de la lumière, sans secousse violente. Ax cligna des yeux et chercha sa source. Elle se remémora alors la porte de la chambre forte et cet éclat rougeoyant qui la nimbait. Il n'était pas consécutif à un tir raté du Mandalorien, comme elle l'avait d'abord cru. Il était maintenant évident que la porte avait entièrement fondu et que le précieux contenu qui se trouvait à l'intérieur était à présent accessible à tous.

Pourtant, personne ne s'en approchait. C'était immédiatement visible dans les projections de métal fondu sur le sol de l'antichambre. Non, c'était plutôt le contraire qui se produisait.

Shigar se rapprochait en contournant les nouveaux venus. Leur irruption avait créé une diversion bienvenue, mais il continuait de redouter le danger auquel ils s'exposaient. Stryver était tombé au sol, mais il n'était pas hors de combat, et il avait massacré sans l'aide de personne toute une cellule du syndicat du Soleil Noir sur Coruscant. Shigar savait que, s'il fallait en passer par là, Dao Stryver ne reculerait pas devant une nouvelle boucherie pour atteindre ses objectifs sur Hutta.

Pour le moment, néanmoins, tous les regards étaient fixés sur la chambre forte. Les mesures de sécurité des

Hutts avaient lamentablement échoué. Quelqu'un avait fait fondre la porte et avait accédé à l'intérieur. Le Jedi se demanda si les intrus étaient passés par le sol, comme la Sith. Mais, dans ce cas, pourquoi ne pas être repartis par le même chemin ? Pourquoi avoir pris la peine de faire fondre une autre issue ?

La flaque de métal en fusion qui avait été la porte jeta un éclairage sanglant sur la créature qui sortit de la chambre forte. Elle ne ressemblait à aucun être que Shigar avait déjà vu. Haute de deux mètres, elle lui parut tout d'abord être un bipède ordinaire, avec des bras maigres et des jambes de même longueur. Puis elle déploya une seconde paire de bras situés à égale distance des épaules et des hanches. Elle n'avait cependant aucun trait en commun avec les espèces insectoïdes tels que les Géonosiens ou les Killiks. Son corps avait la forme parfaite d'un hexagone étiré verticalement. Il n'y avait pas de tête. Des organes sensoriels noirs parsemaient la partie centrale du corps, comme les yeux d'un arachnide, et luisaient dans la lumière. Hormis ces organes, la peau était argentée. Shigar n'aurait pu dire si c'était une créature vivante dans une combinaison adaptée à l'environnement ou une sorte de construction.

Avec des enjambées irréelles, la chose traversa la flaque de métal fondu sur des pieds qui étaient la réplique exacte de ses mains. Elle pivota à cent quatre-vingts degrés, révélant un dos identique à la partie frontale. Quand elle atteignit la ruine qu'était la porte intérieure, elle fit halte et tourna légèrement sur place pour contempler le sas de sécurité et les êtres qui s'y trouvaient : le Mandalorien, le Padawan Jedi, les gardes du palais, le Twi'lek et la Sith.

— Nous ne nous soumettons pas à votre *autorité* ! hurla-t-elle avant de s'abaisser souplement pour prendre une nouvelle posture.

Le corps devint un hexagone régulier et non plus étiré, avec un torse presque rectangulaire, ses jambes se replièrent en position accroupie et ses quatre bras s'ouvrirent pour cibler différentes parties de la pièce.

D'instinct, Shigar raffermit sa prise sur la poignée de son sabre laser. Il ne possédait pas l'aptitude à sonder le futur de Maître Satele, mais chaque cellule de son corps sentait un danger imminent. Quelle que soit la nature de cette chose qui avait pénétré dans la chambre forte des Hutts, elle n'allait pas s'en aller tranquillement.

Les mains de la créature crachèrent des flèches de feu bleuté qui ricochèrent sur l'armure et les lames des sabres laser puis explosèrent quand elles atteignirent la peau ou la pierre. La Sith était au centre de leur attaque initiale mais, quand elle s'effondra, les tirs s'éparpillèrent. Des corps plongèrent partout, touchés ou cherchant à se mettre à couvert. Les murs torturés de la pièce perdirent encore plus de leur masse transformée en gravats et en poussière.

Shigar tint sa position et renvoya à leur source ces torrents d'énergie inconnue. La peau argentée de la créature les projetait de nouveau sur lui dans un mouvement de va-et-vient entre elle et le Jedi.

Solidement campé sur ses jambes, Shigar tenait bon. Il était déterminé à ne pas céder le premier. L'air bourdonnait et grésillait dans ce déluge de pulsations. Il n'avait jamais rien vu de comparable.

Enfin, quelque chose céda. Le torrent d'énergie s'interrompit dans un éclair assez violent pour rejeter la créature à l'intérieur de l'antichambre. Des étincelles ricochèrent dans tout le sas, et tout le monde s'aplatit de nouveau au sol.

Shigar baissa son arme, mais pas la garde. Il avait l'impression qu'on venait de marteler ses bras à la masse. Le carillonnement à ses oreilles était plus fort que jamais. Mais, jusqu'à ce qu'il ait la certitude que cette chose était hors d'état de nuire, il ne se détendrait pas.

Une deuxième créature sortit de la chambre forte envahie par la vapeur. Elle ne prononça pas une parole. Elle hurla puis tira.

Shigar sauta aussi haut qu'il en était capable pour éviter toutes les pulsations énergétiques qui convergeaient sur lui. Les rafales bleutées le suivirent puis arrachèrent la surface du mur et du plafond sur une bande d'un mètre. Il aperçut le visage de Larin sous lui. Elle était complètement à découvert et déchargeait méthodiquement son arme dans le corps de la deuxième créature dont la peau argentée dissipait chaque impact. Le Jedi commençait à craindre de ne pouvoir échapper éternellement à la fureur de cette chose.

Trois mini-missiles à concussion expédiés en une succession rapide évitèrent à Shigar d'être coupé en deux. Les projectiles transformèrent l'antichambre en fournaise, mais ils mirent fin au déluge des tirs ennemis. Shigar se réceptionna sur une section de toit effondré. Il était hors d'haleine, avait de multiples brûlures, mais aucune blessure sérieuse.

La créature effectua une culbute à l'envers et retomba sur ses six pattes avant de se redresser, cette fois sur ses mains. Elle semblait rigoureusement identique à ce qu'elle était auparavant.

Derrière elle, la première s'extirpa des gravats dans lesquels elle avait atterri.

Une troisième créature sortit de la chambre forte.

Le ventre de Shigar se noua.

— Tout le monde dehors ! cria-t-il à Larin dans le comlink avant que les tirs ne reprennent. C'est trop dangereux ici.

— Et vous ?

— Je vais faire de mon mieux pour les retenir.

— Pourquoi ne pas les laisser partir ?

Il n'avait pas de réponse brève à cette question. Parce que s'il avait choisi cette solution, il aurait admis son échec. Parce que quelle que soit la nature de ces choses, il n'allait pas les laisser s'emparer de ce qui s'était trouvé à bord du *Cinzia*. Parce qu'il n'était pas question que ces créatures déversent leur feu meurtrier sur les habitants désarmés du palais hutt.

— Parce que, c'est tout.

— Très bien, dit-elle. Mais je reviendrai avec un armement plus lourd dès que…

Le reste de sa phrase se perdit dans le chaos. Avec des hurlements à crever les tympans, les trois créatures s'étaient mises à tirer de concert.

16

Larin agrippa le lekku de Yeama alors que celui-ci passait en courant devant elle.

— Canon d'assaut, fusils de précision et ogives de masse, dit-elle. Tout ce que vous avez. Maintenant !

Le Twi'lek hésita, déchiré entre diverses peurs : de sa maîtresse, des choses qui déchaînaient le chaos dans le sas de sécurité en ruines et de Larin. S'il avait eu le choix, il donnait l'impression qu'il se serait précipité à bord du premier vaisseau en partance pour les étoiles.

Pour l'aider à se décider, Larin braqua son fusil entre ses deux yeux.

— Vous ne ferez pas un pas de plus tant que vous n'aurez pas passé cet appel.

Yeama porta le comlink à ses lèvres et donna les ordres.

Elle retourna précipitamment auprès du sergent Potannin. Il était étendu sur le ventre et observait l'affrontement grâce à la lunette électromonoculaire de modèle standard qu'elle lui avait prêtée. Il la lui rendit.

— Je pense qu'il s'agit de droïdes. Regardez celui sur la gauche. Il a été endommagé.

Elle régla la lunette sur la créature arachnéenne qu'il indiquait. Un de ses membres avant avait été coupé net, révélant non pas des chairs ou un exosquelette mais un entrelacement de fils et de câbles qui se tordaient et s'entortillaient dans une pluie d'étincelles dorées. Elle réduisit le camp de vision pour voir de plus près. Des câbles, pas de doute, certains aussi fins que des cheveux, et aussi souples que du vif-argent.

Son esprit revint aux Horteks de l'équipe de maintenance que Shigar et elle avaient failli surprendre dans les tunnels sous le palais. Là-bas, elle avait vu des fils argentés aussi.

Avant qu'elle ait le temps de réfléchir à cette coïncidence, Yeama réapparut et lui mit dans les mains un fusil de précision à long canon.

— D'autres armes arrivent, j'espère ?

Il acquiesça, l'air maussade, et repartit en hâte.

Elle aligna le fusil en le stabilisant sur un morceau de pierre saillant.

— Visez les articulations, lui conseilla Potannin.

Mais elle ne tint pas compte de son avis. C'étaient les mains qui faisaient tous les dégâts. Si elle parvenait à les neutraliser, la menace s'en trouverait réduite d'autant pour Shigar. Pour l'instant, seuls lui et Stryver faisaient quelque chose pour tenter d'empêcher les droïdes tueurs de sortir de l'antichambre.

Les créatures se déplaçaient rapidement, et avec des mouvements qui n'étaient ceux d'aucune cible que Larin avait pu viser auparavant. N'importe lequel des six membres pouvait servir de jambe, et en conséquence elles couraient moins qu'elles bougeaient en faisant la roue, allant d'un endroit à un autre comme des amarantes grêles et animées, sans jamais cesser de tirer. Elles pouvaient également se plaquer au relief du sol en utilisant de trois à six de leurs pattes, ce qui leur assurait une stabilité exceptionnelle pour faire feu. Elles étaient même capables de se rouler en boule afin de protéger leur torse hexagonal. De plus, celle qui était endommagée dressa une sorte de bouclier puissant dès que Shigar arriva trop près. Elle croisa deux membres en X pour créer un électromiroir circulaire éphémère qui tordit son sabre laser en V, lui arrachant presque le bras dans le mouvement. Le Jedi dut reculer et le droïde se remit à tirer sur lui.

Larin visa et pressa la détente, mais elle rata sa cible. À la deuxième tentative, son projectile toucha un membre avant et ricocha. Le troisième frappa l'articulation en plein et sectionna la main armée dans une flamme rouge. Aussitôt le droïde effectua une rotation pour faire de ce membre une jambe, amenant une autre main en action. Larin régla alors son système de visée sur cette nouvelle cible.

Un autre fusil de précision fut apporté, et Potannin se joignit à elle. Il tenta d'abord d'atteindre les articulations, sans grand succès, et porta alors son intérêt sur les organes sensoriels dispersés sur le torse des créatures. Les cercles noirs réagirent différemment de la peau argentée. Ils absorbaient tout ce qui venait à eux et retransmettaient l'énergie sous forme de chaleur. Leur surface noire réfléchissante vira bientôt au rouge, puis à l'orange et au jaune. Finalement l'un de ces organes devint pourpre et explosa. Le droïde tournoya un moment sur place avant de reprendre son fonctionnement normal.

Larin neutralisait posément les mains de sa cible. Quand il n'y en eut plus que deux, le droïde reporta son poids sur ses quatre pattes endommagées et sautilla jusqu'à l'endroit où ses deux congénères maintenaient une fusillade nourrie avec Dao Stryver. La créature grimpa sur le dos de l'un des deux autres, et les deux corps firent bloc. Les quatre pattes impotentes se rétractèrent pour créer un droïde plus massif et doté de huit pattes, toutes prêtes à faire feu.

— Oh, *non*, grogna Larin.

Les efforts que Potannin et elle déployaient n'étaient pas passés inaperçus. Le droïde menaçant Shigar lança une vague de pulsations bleutées dans leur direction, ce qui les força à s'abriter. Quand la jeune femme put se remettre en position, elle constata que le canon de leurs armes était noirci, quoique toujours capable de tirer. Mais le sergent avait eu moins de chance. Un ricochet l'avait touché en plein dans l'œil et l'avait tué instantanément.

Avant qu'elle ait le temps de le venger, quelqu'un lui

tapota l'épaule. Elle se retourna et découvrit Yeama avec trois Houks qui tiraient un canon laser monté sur tourelle et muni de roues.

— Il était temps, grommela-t-elle en se redressant. C'est bon, laissez-moi faire. Je me suis déjà servie de ce modèle.

Yeama refusa d'un geste de la main. Son regard le disait aussi clairement que des paroles, si quelqu'un devait utiliser cette arme dans le palais de sa maîtresse, ce serait lui.

Elle s'aplatit au sol quand une nouvelle vague bleutée déferla vers eux. Un quatrième droïde à six pattes venait d'émerger de la chambre forte.

— Combien y a-t-il de ces horreurs là-dedans ? demanda-t-elle, sans s'adresser à quelqu'un en particulier.

Puis le laser se mit à tirer, et toute autre pensée concernant la situation disparut de son esprit. Elle était un soldat. Son boulot consistait à se battre, pas à analyser. Allongée sur le ventre, elle reprit le fusil de précision et recommença à harceler l'ennemi.

Malgré le vacarme des tirs laser, Jet entendit Larin s'exclamer « Combien y a-t-il de ces horreurs là-dedans ? ».

Il tordit le cou par-dessus la poutrelle tombée et risqua un autre coup d'œil. Effectivement, un autre droïde hexagonal était apparu.

— Est-ce qu'ils sont là-dedans ou est-ce qu'ils passent seulement par là ? demanda-t-il.

— Je ne suis pas sûr que ça ait un sens s'ils disposent d'un autre accès à la chambre forte. Je veux dire si ces choses peuvent simplement tourner les talons et repartir, pourquoi ne le font-elles pas ? Pourquoi tenter de se frayer un chemin dans les rangs de l'ennemi ?

Ula s'était demandé pourquoi les créatures ne perçaient pas un nouveau trou, tout bêtement, mais il avait très vite trouvé la réponse à sa question. Les pulsations bleutées arrachaient aux murs par dizaines des morceaux de pierre de la taille d'un poing. Elles étaient mortelles pour les êtres de chair et de sang, également, mais elles manquaient de puissance pour traverser du ferrociment renforcé. Le sas de sécurité était donc la seule issue pour elles.

C'était aussi la seule pour Jet et lui, mais ils en étaient maintenant séparés par la poutrelle renforcée derrière laquelle ils s'abritaient maintenant. Entre eux et la sortie, dix mètres à découvert, avec un sol jonché de débris de verre, de gravats et de cadavres. L'un de ceux-ci était celui de la jeune Sith qui avait été la première visée par les hex, comme Ula avait fini par surnommer ces choses en abrégeant le qualificatif de leur forme. Désemparé parce qu'il ne pouvait approcher son maître afin de l'aider, le droïde de Nebula observait la scène depuis l'autre côté de la pièce.

— Regardez Stryver, dit Jet.

— Pourquoi ?

Ula estimait avoir assez vu le Mandalorien en action pour le restant de sa vie.

— Il se retient, presque comme s'il les testait.

— Comme s'il testait qui ?

— Les droïdes, bien sûr. Pourquoi voudrait-il tester Shigar ? Ils se sont déjà affrontés à deux reprises.

— Alors pourquoi tester les hex ?

— Je n'en sais rien. Par curiosité, peut-être ? À moins que le Mandalore soit à la recherche de nouvelles attractions pour ses combats de gladiateurs. Chouette nom, « hex », à propos.

Ils virent Yeama et Larin mettre en place un canon laser. Le visage de la jeune femme était dissimulé par son casque, mais Ula fut heureux de constater qu'elle était toujours vivante.

— C'est peut-être ce que Stryver cherche depuis le début, dit Jet. Après tout, c'est lui qui a parlé de droïdes. Comment s'appelait cette femme, déjà ? La conceptrice de droïdes ?

— Lema Xandret.

— Qui que ce soit, il la connaissait, et vous avez dit qu'il posait des questions sur elle partout. Et si la chose dans le

Cinzia avait un rapport avec son travail ? Si ces hex étaient venus ici pour le reprendre ?

— Et si ces créatures s'étaient trouvées sur le vaisseau tout le temps ?

— Ce n'est pas possible. La chose que vous avez vue est trop petite, d'après la description que vous en avez faite. Non, les hex doivent s'être introduits ici d'une autre manière. Peut-être avec la complicité de quelqu'un.

Ula observait Shigar qui avait développé une nouvelle tactique contre les droïdes. Quand l'un d'eux prenait Stryver pour cible, il se glissait sous ses longs bras tendus. En combat rapproché, ils étaient plus vulnérables, et le Jedi avait déjà réussi à porter deux coups au corps d'une de ces choses qui penchait nettement de côté, avec deux membres totalement inertes.

Jet lui donna un léger coup de coude dans les côtes.

— Cette fille Sith est toujours vivante, dit le contrebandier.

Ula tourna son attention vers l'autre côté du champ de bataille et eut la surprise de constater que c'était vrai. Tant bien que mal, la jeune fille s'était redressée sur les genoux et les mains et elle secouait sa crinière rousse avec sur le visage une expression de fureur. Ses cheveux dansaient telles des flammes liquides. Elle regarda Ula comme si elle s'éveillait d'un rêve extrêmement triste.

— Ils font des enfants résistants sur Korriban, marmonna Jet avec une pointe d'admiration.

Elle s'était maintenant remise debout. Dès qu'elle activa son sabre laser, les hex remarquèrent sa présence. Quatorze flux d'énergie la visèrent, et Ula eut le temps d'être désolé pour elle avant de la voir disparaître dans une sphère de lumière aveuglante.

Le canon laser tira et toucha l'hex à huit pattes en plein torse. La créature battit des bras puis retomba sur le dos avec un cri perçant. Les deux hex restants dirigèrent leur feu sur le blindage du canon qui devint très vite rouge vif.

Ula n'avait pas quitté des yeux la fille. C'était incroyable, mais elle n'était pas morte sous l'attaque concentrée. Encore plus incroyable, elle était toujours debout, et elle semblait plus furieuse que jamais.

— Quelle autorité reconnaissez-vous ? hurla-t-elle en se précipitant dans la bataille. *Quelle autorité reconnaissez-vous ?*

Sa rage était telle qu'Ula fut presque désolé pour les hex quand elle bondit au milieu d'eux et se mit à frapper.

17

Ax rêvait d'un monde beaucoup plus vaste que la normale, où tout semblait étrange, en mutation et plein de périls. Elle était encline à la perplexité, quand bien même elle fournissait de réels efforts pour ne pas sombrer. Lorsqu'elle commettait une erreur, les gens lui criaient dessus, des géants avec des voix terrifiantes. Elle souffrait beaucoup qu'on crie sur elle. Elle se couvrait les oreilles avec les mains et tentait de s'enfuir. Mais les voix la poursuivaient où qu'elle aille, et elles hurlaient son nom.

Cinzia !

Cinzia !

Elle se réveilla en sursaut au beau milieu d'une fusillade, et pendant un moment elle ne put se souvenir qui elle était, ni d'où elle venait. Chaque cellule de son corps était douloureuse. Quelqu'un criait. Pas elle. C'était ce cri qui l'avait réveillée. Et c'est seulement éveillée qu'elle se rendit compte que le cri ne provenait pas d'une gorge humaine.

Elle se souvenait.

Hutta.

La chambre forte.

Lema Xandret.

Ses muscles la brûlèrent quand elle les voulut les actionner. Relever la tête revenait à soulever une montagne de souffrances. Elle sentit un hurlement bouillonner en elle, un cri de rage, de désespoir et de terreur. Il lui était douloureux de le contenir, mais en même temps il lui donnait de la force. Et elle avait besoin de toute la force possible si elle voulait survivre aux prochaines secondes.

0De toutes les personnes présentes dans le sas de sécurité, c'était elle que le droïde à six membres avait d'abord pris pour cible.

Nous ne reconnaissons pas votre autorité !

Elle, en revanche, reconnaissait leur défi. C'était le même proféré par l'équipage du *Cinzia* quand ses hommes avaient été confrontés au contrebandier. Mais quelle était l'autorité qu'ils reconnaissaient ? Il devait y avoir quelque chose – ou quelqu'un – derrière leur nature meurtrière.

Ax réussit à se mettre à genoux puis par un effort suprême de volonté, debout. Le monde tangua autour d'elle, mais le cri était intact, en pleine expansion. Le Côté Obscur grandissait en elle.

Les créatures de la chambre forte l'aperçurent et elles dirigèrent aussitôt leur feu sur elle.

Elle libéra le cri.

Une barrière de Force l'enveloppa à quelques millimètres à peine de sa peau. Elle scintilla et miroita alors que les vagues successives d'énergie venaient s'écraser contre elle. Mais elle tint bon. Elle tiendrait aussi longtemps qu'elle hurlerait, aussi longtemps qu'elle refuserait de mourir.

L'attaque cessa et elle recula d'un pas chancelant. Elle avait le souffle court, les poumons emplis d'ozone et de fumée brûlante. Son crâne résonnait de mille échos. Une des choses ennemies avait été rejetée en arrière par une arme quelconque, mais les détails lui échappaient. L'important était que cela avait fait diversion chez les droïdes. C'était pour elle l'occasion de découvrir à quel point ils étaient résistants.

— Quelle autorité reconnaissez-vous ? cria-t-elle en se précipitant sur le plus proche dont les mains-armes braquées sur le blindage d'un canon laser ne se tournèrent pas à temps vers elle.

— *Quelle autorité reconnaissez-vous ?*

La créature ne répondit pas.

La rage d'Ax étira les secondes en des heures.

D'abord elle voulut transpercer le corps hexagonal avec son sabre laser.

Une sorte de bouclier apparut entre eux, qui plia la lame de son arme vers son propre bras, et elle fut obligée de reculer.

Ensuite elle tenta de la faire exploser par un éclair Sith.

Le corps de la chose absorba l'énergie et la déversa aussitôt par l'extrémité de ses membres. Quatre bras terminés aux terminaisons étincelantes plongèrent vers elle et la forcèrent à esquiver de nouveau.

Elle tendit une main et essaya de broyer l'intérieur du droïde grâce à son pouvoir de télékinésie.

Son squelette à structure en nid-d'abeilles était plus résistant que s'il avait été en duracier. En dépit de tous les efforts de la Sith, les membres redoutables continuaient de s'agiter pour l'empaler ou la viser.

Elles hurlèrent tous les deux. Elles étaient l'une comme l'autre dans une impasse. La jeune femme ne pouvait tuer la chose, et celle-ci ne pouvait pas la tuer. Le droïde bougeait grâce à des servomoteurs puissants et adaptatifs qui lui donnaient la même force et la même agilité qu'elle. Ses organes sensoriels noirs surveillaient chaque mouvement de la jeune femme. Mais chaque décharge bleue qu'il tirait sur elle ricochait sur le bouclier de Force, et chaque coup de ses membres aiguisés comme des rasoirs était dévié sans infliger de blessure.

Et soudain la chose battit en retraite. Ses mains se portèrent sur sa peau métallique comme si elle se grattait. Elle la suivit, déconcertée et méfiante à la fois. Était-ce un piège, quelque nouvelle tactique déroutante pour lui faire baisser la garde ? Elle se jeta sur la créature qui recula vivement et décocha une salve bleue pour la maintenir à distance.

Puis le droïde se figea, et disparut.

Pendant une seconde, Ax n'en crut pas ses yeux. Comment cette chose avait-elle pu disparaître ? C'était impossible !

Une décharge d'énergie venue de nulle part la frappa sur le côté, et elle comprit : la créature avait actionné un système de camouflage qui réduisait son apparence à une forme floue. Celle-ci se fondait dans l'arrière-plan et la contournait pour tenter de lui tirer dans le dos.

Ax plissa les yeux. Elle ignorait ce que ces choses pouvaient ou ne pouvaient pas faire précisément, mais elle avait une certitude. D'une façon ou d'une autre, elles allaient mourir. Elle allait toutes les détruire.

Shigar chassa la sueur de ses yeux et saisit l'occasion de reprendre son souffle. Les renforts ne pouvaient intervenir trop tôt, même si c'était sous la forme d'une Sith et d'un Twi'lek à peau verte aux manettes d'un canon laser. Il n'avait pas la force de s'en plaindre. Avec une de ces choses au tapis, transpercée par une décharge du Twi'lek, et une autre occupée avec la fille, il n'en restait qu'une à finir pour Stryver et lui.

Le Mandalorien était suspendu dans l'air au-dessus de sa cible qu'il arrosait copieusement de rafales de blaster et de mini-missiles à concussion. Shigar attendait une ouverture pour attaquer.

Son comlink bourdonna.

— Vous devriez vous replier, lui dit Larin. Nous avons la situation en mains à présent.

— Je ne pense pas que ce soit aussi simple.

— Mais vous êtes blessé. Laissez au moins quelqu'un vous examiner.

Il baissa les yeux et remarqua alors pour la première fois que son bras gauche était couvert de sang. Il ne s'était même pas rendu compte de la douleur.

Le canon laser rugit une nouvelle fois, mais les droïdes étaient maintenant prêts. Celui que Shigar observait s'accroupit et dressa le bouclier de son électromiroir. La décharge le fit tomber à la renverse, mais le tir lui-même fut dévié dans le mur où il explosa. Des débris arrachés à la paroi tombèrent sur deux hommes qui ne combattaient pas.

Stryver descendit en piqué avec son jetpack et se posa à côté du Jedi. Celui-ci brandit son sabre laser, mais le Mandalorien n'était pas là pour l'attaquer.

— Dites-leur de viser la chambre forte, déclara-t-il en désignant le comlink.

— Pourquoi ? Qu'y a-t-il à l'intérieur ?

— Dites-le-leur, c'est tout.

Puis il redécolla pour reprendre le harcèlement du droïde. Une fois encore, le canon laser parla, et de nouveau la décharge alla finir sa course dans le mur.

Shigar transmit l'instruction.

— La porte est ouverte, expliqua-t-il. Et c'est un espace confiné. Tout ce qui se trouve l'intérieur sera grillé.

Larin passa le message au Twi'lek. De sa position, Shigar vit son lekku s'agiter alors que Yeama faisait un signe de tête négatif. Un bref échange s'ensuivit, avant que Larin ne recontacte le Jedi.

— Il y a des chances pour que le calculateur de navigation soit toujours à l'intérieur, dit-elle par le comlink. Si vous parvenez à le sortir, alors seulement ils accepteront de tirer dans la chambre forte.

Shigar ne pouvait pas rejeter ce plan. Loin de lui l'idée d'aider les Hutts dans leurs entreprises vénales, mais la République avait besoin de toute l'aide possible dans sa guerre contre l'Empire. Ce n'était certes pas sa mission primordiale, mais elle n'en demeurait pas moins importante.

— D'accord, eut-il le temps de répondre.

Deux choses se produisirent alors simultanément, qui lui firent oublier le calculateur de navigation. Le droïde aux prises avec la Sith disparut ; le canon laser tira encore, et la décharge fut de nouveau détournée vers le mur.

Vers la même section du mur, constata Shigar. Les tirs n'étaient pas déviés au hasard. Ils étaient *réorientés.*

— Cessez le feu ! s'écria-t-il dans le comlink. Dites-lui de cesser le feu !

Larin tapota son casque d'une main. Il était évident qu'elle n'avait pas compris son ordre.

La Sith se déplaçait à la suite d'une ondulation dans l'air. Celle-ci tira, puis des pulsations bleues naquirent dans le vide et rebondirent contre son bouclier de Force. Le droïde presque invisible se dirigeait vers les deux non-combattants que Shigar avait repérés un peu plus tôt.

— J'ai dit : cessez le feu ! répéta le Jedi avec de grands gestes. Maintenant !

Le Twi'lek l'ignora. Une autre décharge finit sa course dans le mur et y agrandit le cratère qui y béait déjà. Un tir de plus, songea Shigar, et tout serait perdu.

Les armes des droïdes n'étant pas assez puissantes pour leur ouvrir un passage de sortie, ils se servaient de celles des Hutts pour arriver à leurs fins. Au lieu de les tuer, le canon laser allait les libérer.

Serrant les dents, Shigar se rua en avant. Si Larin ne pouvait empêcher le Twi'lek de tirer, il lui faudrait se jeter sur le droïde au camouflage d'invisibilité et espérer réussir là où la Sith avait échoué.

Il entendit vaguement le rugissement du jetpack de Stryver qui passait au-dessus de lui, mais la signification du bruit lui échappa. Le tir qu'il redoutait se produisit et la décharge laser ricocha sur le bouclier de l'électromiroir pour aller approfondir le trou dans le mur. De longues craquelures en naquirent, et subitement tout un pan s'effondra. Les deux non-combattants se trouvaient juste en dessous.

Shigar avait le choix. Il pouvait intercepter le droïde ou sauver les deux hommes, mais il ne pouvait faire les deux. Et il ne disposait que d'une fraction de seconde pour prendre sa décision.

Sans se soucier de la douleur et de l'épuisement, il laissa la Force l'envahir et fit la seule chose possible.

Les dents de Yeama étaient découvertes sur un rictus de détermination tandis qu'il tirait sur le droïde. Larin lui cria d'arrêter – elle avait deviné les intentions de l'ennemi, tout comme Shigar –, mais le Twi'lek était certain de faire ce qui convenait. Il croyait sincèrement être sur le point de vaincre sa cible. Il refusa de l'écouter.

Elle se prépara à arracher Yeama des contrôles du canon laser, mais le gémissement croissant du jetpack lui fit lever les yeux. Stryver fonçait dans l'air. Lui aussi avait dû voir ce que les décharges allaient faire. Mais il ne se précipitait pas pour défendre la brèche, comme Shigar le faisait. Il se dirigeait droit sur la jeune femme.

Au dernier moment, elle devina ses intentions. Elle eut juste le temps de bondir loin du canon et de plonger à l'abri. Derrière elle, la tourelle se transforma en une boule de feu. Des morceaux de métal zébrèrent l'air autour d'elle et rebondirent contre son armure. Une vague de chaleur l'enveloppa. Elle eut l'impression qu'un rancor venait de la cueillir entre ses mâchoires et qu'il la secouait dans tous les sens.

Quand la sensation s'estompa, elle regarda en direction du canon. Ce n'était plus qu'une ruine fumante que les missiles de Stryver avaient anéantie. De Yeama, il n'y avait plus la moindre trace.

Le Mandalorien atterrit lourdement à côté d'elle. Son armure était aussi noircie et éraflée que la sienne.

— Allez dans la chambre forte. Détruisez tout ce que vous y trouverez.

— Qu'allez-vous faire ?

— Finir ce qui doit l'être. J'en ai vu assez.

Alors qu'il parlait, un autre segment du mur s'effondra et révéla un espace vide au-delà. Les droïdes se dirigeaient déjà vers cette issue, suivis par la Sith. Stryver poussa un grognement et bondit dans les airs tout en activant les systèmes d'armement qu'il n'avait pas encore utilisés. L'esprit en ébullition, Larin le suivit du regard.

Mais elle se dit aussitôt qu'elle aurait le temps de réfléchir plus tard. La priorité était de mettre un terme à l'actuelle situation de crise. Stryver n'hésitait pas à prendre des mesures radicales pour atteindre ce but – la mort d'Yeama pour faire taire le canon laser n'en était qu'un exemple – et il paraissait savoir de quoi il parlait. Un regard alentour lui suffit à repérer deux des hommes de ce pauvre Potannin. Elle leur fit signe de la suivre, puis le trio traversa les décombres en direction de l'antichambre ravagée et de la gueule béante de la chambre forte.

Ula leva un regard horrifié vers la masse de débris qui allait les réduire en bouillie. Il n'y avait rien que Jet ou lui-même puisse faire pour échapper à ce sort, et le droïde du contrebandier était trop loin pour intervenir. Il n'était plus temps de regretter ou de penser. Les lois de la gravité étaient impitoyables, même sur une planète sans foi ni loi comme Hutta.

Il leva les bras pour essayer de se protéger et ferma les yeux.

Il ne mourut pas. L'avalanche dévala autour d'eux en les épargnant. Elle avait été détournée par une force mystérieuse. Par *la* Force, comme il s'en rendit compte quand il osa chercher du regard la source de son salut. C'était le Jedi, une expression farouche sur son visage, qui se tenait immobile, sa main gauche tendue et ouverte dans un mouvement de protection. Ula lui-même ne percevait aucune influence de ce geste, mais il était profondément reconnaissant aux gravats d'y réagir aussi bien.

Un autre grondement se fit entendre. Le mur n'était plus stable. Le Jedi dévia la chute d'une autre section qui s'écrasa au sol auprès d'eux dans un bruit de tonnerre.

— Venez, dit Jet en l'agrippant par la manche. Je crois qu'il est temps pour nous de trouver un autre endroit.

Ula était tout à fait d'accord. En conflit avec lui-même mais reconnaissant, il remercia le Jedi d'un signe de tête et fila avec Jet hors de la zone de danger. Le contrebandier les menait vers ce qui avait été l'issue externe du sas de sécurité et qui était maintenant un chemin tracé au milieu de montagnes de décombres. Le droïde de Nebula les attendait en agitant les bras. Le canon épais du laser saillait entre les deux côtés de la plaque de blindage. Par l'ouverture, Ula aperçut Larin et Yeama qui luttaient pour prendre le contrôle de l'arme.

Puis Stryver fondit des hauteurs et tira. Larin bondit sur le côté, ou fut propulsée, et le cœur d'Ula cogna violemment dans sa poitrine. Était-elle blessée ? Pouvait-il lui porter secours ? Jet le plaqua au sol quand le laser explosa. Des débris métalliques lacérèrent l'air tout autour d'eux et crépitèrent sur les divers obstacles qu'ils rencontrèrent. Avec un temps de retard, il se couvrit la tête des deux mains. Il avait la sensation d'avoir passé la dernière heure dans cette position.

Tout cela n'était pas digne d'un agent de l'Empire en opération, songea-t-il, soudain lassé de sa propre couardise. Il avait naguère caressé le rêve de devenir un véritable agent secret, quelqu'un dont la tâche consistait justement à savoir se comporter dans ce genre de situation. Or aujourd'hui il était là, au cœur de l'action, et que faisait-il ? Quand il n'était pas sauvé par un Jedi, il se recroquevillait dans un coin et geignait au moindre bruit. Il ne pouvait continuer ainsi.

Les droïdes étaient aux prises avec Stryver, Shigar et la Sith. La voie de l'antichambre était libre.

— Je vais voir ce qu'il y a là-bas, annonça-t-il. Vous venez ?

Nebula le regarda fixement, comme si l'émissaire de la République était devenu complètement fou.

— Vous n'êtes pas sérieux ?

— Et pourquoi donc ? C'est l'occasion pour moi d'entrer là-dedans avant tout le monde.

— Ce n'est pas tricher, ça ?

— Si c'est tricher, je ne suis pas le seul prêt à le faire. Voyez par vous-même, ajouta-t-il en saisissant Jet par l'épaule. Je dois empêcher la République d'entrer là en premier.

Le contrebandier eut un sourire dur.

— Je pense que vous vouliez dire « l'Empire », hein, l'ami ?

Ula rougit.

— Oui. Oui, bien sûr. C'est exactement ce que je voulais dire.

— Bah, de toute façon, l'émissaire Nirvin est par là-bas, et je ne crois pas qu'il trouvera à y redire maintenant.

Jet pointa un doigt vers un corps si horriblement écrasé qu'il était impossible à identifier. Ula tressaillit et détourna les yeux.

— Il n'empêche, dit-il, moi, j'y vais. Venez si vous le voulez. C'est votre affaire.

— D'accord, d'accord… mais gardez la tête baissée !

Le contrebandier essuya ses paumes sur son pantalon sali et prit la tête, comme si, en agissant ainsi, il accroissait leurs chances d'en ressortir vivants.

18

Le mur s'écroula en dépit de tous les efforts du Jedi pour le soutenir. L'air frais roula à l'intérieur sur une déferlante de poussière et de cendres. Le droïde presque invisible d'Ax bondit adroitement d'un tas de décombres à l'autre vers l'ouverture. Un dernier saut l'amena dans la lumière du monde extérieur.

La créature qui suivait le premier tira sur la Sith. Ses pulsations étaient maintenant pourpres, et plus puissantes. La jeune femme roula au sol sans se départir de son bouclier puis renvoya les décharges à la chose. Encore plus de poussière s'éleva du sol, et le droïde disparut dans ce brouillard. Ax n'avait pas besoin de la Force pour savoir qu'il suivait le premier.

Stryver était sur leurs talons. La Sith suivait si près derrière lui qu'elle risquait presque d'être brûlée par le sillage du jetpack. Venait ensuite le Jedi, l'air harassé. Elle envisagea de profiter de l'occasion pour terminer ce qu'ils avaient commencé plus tôt. Il lui suffisait de se retourner contre lui et de l'abattre. Mais d'autres motivations plus graves l'accaparaient à présent. Elle entendit les droïdes pousser des cris stridents quand ils firent irruption dans la population du palais de Tassaa Bareesh. Le son de leur voix alimenta son désir de les détruire, de les voir tous anéantis.

Des Evocii et d'autres couraient dans tous les sens pour s'écarter au plus vite des créatures mais aussi du Mandalorien qui les prenait pour cibles. Ses mini-missiles à concussion faisaient s'écrouler les plafonds et les murs devant les droïdes, freinant ainsi leur progression. Ils ripostaient, ce qui ajoutait encore aux dommages collatéraux. Ax songea que, si cela continuait ainsi, il ne faudrait pas longtemps avant que le palais entier de Tassaa Bareesh soit entièrement détruit.

Dès qu'il fut à portée, Stryver se servit de son lance-filet pour faire chuter le droïde semi-invisible. Ax remarqua qu'il n'avait pas employé cette tactique auparavant. De plus, ce filet était différent de celui qu'il avait utilisé contre elle. Mais savoir pourquoi il avait changé de méthode n'avait pas d'importance. Le filet était électrifié et infligeait une puissante décharge d'énergie à la peau argentée de la créature, laquelle était alors secouée de spasmes et se contorsionnait en nimbant d'étincelles tout ce qu'elle touchait. Ses cris prirent une tonalité nouvelle, où l'on sentait le désespoir à mesure que son camouflage se détruisait.

Ax se prépara à se ruer sur le droïde pour l'achever.

Et soudain elle s'immobilisa.

Qu'est-ce que je suis en train de faire ?

La réponse mit un temps étonnant à venir. Ce n'était pas son combat. À moins qu'une de ces choses ait emporté le calculateur de navigation, elle n'avait rien à gagner en les détruisant. La vengeance pouvait paraître douce sur le moment, mais plus tard elle regretterait si pour l'obtenir elle échouait dans sa mission. Dark Chratis ferait en sorte qu'elle le regrette amèrement.

Le *Cinzia*. Lema Xandret. C'étaient ses priorités.

Le Jedi la dépassa en courant, le sabre laser brandi. Qu'il en finisse avec ce droïde, décida-t-elle. Il pouvait s'attribuer ce trophée mineur. Ensuite, lui et Stryver seraient très certainement en mesure d'anéantir la dernière créature.

Sans que le Mandalorien ou le Jedi ne la remarquent, elle fit demi-tour et rebroussa chemin au pas de course.

Shigar transperça les entrailles du droïde à terre en appliquant une poussée violente sur son arme pour pénétrer le métal étonnamment dur de son exosquelette. Les pattes de la chose étaient bloquées par le filet et ne pouvaient ni tirer sur lui ni former l'électromiroir de défense. Des étincelles crépitaient toujours tout autour d'elle, et Shigar prit garde de les éviter. Les poils de ses bras étaient déjà dressés, électrifiés malgré le filtre que constituait son sabre laser.

Les organes sensoriels luisants devinrent d'un noir mat quand le droïde mourut. Il s'affaissa dans un bruit métallique et ses pattes s'amollirent. Mais Shigar s'acharna sur lui pour être sûr qu'aucune composante de cette chose ne survivrait. L'enveloppe du torse se fendit, et il s'en déversa plusieurs demi-sphères blanches pareilles à des coquilles. Craignant qu'elles ne puissent produire une ultime riposte, Shigar les harponna de la pointe de son arme. Elles s'affaissèrent sur elles-mêmes dans un sifflement, et il en coula un liquide rouge sombre.

Quand il fut absolument certain que le droïde n'avait plus aucune forme de vie en lui, le Jedi s'élança derrière Stryver à la poursuite de la dernière des créatures. Celle-ci bombardait le Mandalorien de ses nouvelles pulsations surpuissantes, tout en restant hors de portée du lance-filet. De son côté, Stryver avait réussi à acculer sa proie dans une impasse, entre lui et trois gardes niktos. Leurs blasters étaient inefficaces contre l'armure de la chose, mais ils avaient un effet de diversion.

Shigar arriva derrière le Mandalorien et réfléchit à la meilleure façon de l'aider. Ici, le plafond était bas et beaucoup moins solide que celui du sas de sécurité. Puisant ans la Force, il lâcha un rayon d'énergie qui fit tomber briques et dalles sur le droïde. L'attaque suffit à occuper suffisamment l'ennemi pour que Stryver se rapproche et lance son filet.

La créature s'écroula dans un concert de cris où l'on sentait la colère et la souffrance. Le Mandalorien lui logea trois mini-missiles à concussion dans le torse sans se soucier des Nikto qui se trouvaient dangereusement près. Shigar s'avança pour achever la chose lui-même, avant que quelqu'un d'autre soit blessé.

Mais avant de donner le coup de grâce, il tenta de communiquer avec sa victime.

— Pourquoi combats-tu ?

— *Nous ne reconnaissons…*

— Tu es un droïde de combat. Tu dois avoir des protocoles d'action.

— *… ne reconnaissons pas votre…*

— Qui est ton commandant ? Ton concepteur ?

— *… votre autorité ! Nous ne…*

Stryver se pencha alors et plongea son bâton de choc rétractable dans la poitrine de la chose. Ses six pattes tressautèrent et s'agitèrent, puis elle poussa des couinements si misérables que le Jedi eut presque pitié. Puis les fonctionnalités de son système vocal se dégradèrent et sa voix se mua en une série de bruits électroniques perçants. Shigar fut heureux quand le silence s'imposa enfin.

Son comlink grésilla.

— Je suis dans la chambre forte, Shigar, lui dit Larin. Il faut que vous voyiez ça.

— Qu'est-ce que c'est ?

— Je ne sais pas. C'est…

Dans un déluge de crachotements, le comlink s'éteignit.

Le Jedi tourna les talons et repartit en sens inverse au pas de course, la silhouette massive de Stryver trois mètres devant lui.

Larin marcha avec prudence dans la flaque de métal fondu qui avait été la porte de la chambre forte. C'était encore chaud, elle le sentait à travers les semelles isolantes de ses bottes. Mais le métal s'était assez solidifié pour qu'elle puisse traverser cette surface sans encombre. La carcasse du droïde détruit par le canon laser gisait non loin de là, ses huit pattes ouvertes et son double corps inerte.

Elle fouilla rapidement la salle du regard et constata qu'elle était vide. Les murs encore blancs peu de temps auparavant étaient maintenant noircis et endommagés, mais les trois autres chambres fortes demeuraient parfaitement scellées. Elle remarqua une dépression au centre de la chambre, qui ressemblait à la gueule d'un tunnel. Mais du ferrociment solidifié à nouveau l'obstruait, sous une couche de métal fondu ayant coulé de la porte.

Assurée que rien n'allait l'attaquer sur ses arrières, elle s'approcha de la porte elle-même. Son fusil était braqué et prêt à servir, et elle n'était pas seule. Les hommes de Potannin étaient silencieux et efficaces. Et surtout, ils exécutaient ses ordres.

L'intérieur de la chambre forte était éclairé par un unique globe fixé au plafond, qui dispensait une lumière vacillante. Dans ses variations, Larin vit enfin de ses propres yeux l'objet que le sergent lui avait décrit : un cylindre court terminé par un dôme d'argent brillant. L'image du soldat éprouvé par la bataille qui se tenait en position basse derrière son arme se reflétait sur la courbe métallique. Dans l'éclairage irrégulier, il semblait à la fois menaçant et hésitant.

Avec quelques gestes très simples, elle ordonna aux deux derniers membres du groupe de Potannin de passer devant elle. Ils se déployèrent autour de l'objet afin de le couvrir depuis différents angles. L'un deux marcha sur un long tube de verre qui se brisa dans un bruit inquiétant. Mais il n'y avait pas de danger perceptible, nota-t-elle avec soulagement.

Aucun signe du calculateur de navigation.

« Détruisez tout ce que vous trouverez », lui avait dit Stryver, et elle était venue armée de grenades dans ce but. Mais elle n'était pas disposée à faire quoi que ce soit d'imprudent. Qui savait quelles informations de valeur risquaient de disparaître à jamais si elle agissait avec trop de précipitation ? Les Forces Spéciales de la République pouvaient bien s'être débarrassées d'elle, cela ne signifiait pas qu'elle allait accepter d'obéir aveuglément aux ordres d'un Mandalorien.

Elle avança d'un pas. La pointe de sa botte toucha quelque chose, et quand elle baissa les yeux elle vit d'autres de ces fils argentés brillants qui couraient en travers de son chemin.

En une fraction de seconde, elle crut comprendre ce que c'était, et elle voulut prendre son comlink pour appeler Shigar.

Avec un craquement sec, le sommet de l'objet argenté s'ouvrit subitement. Il en sortit un autre droïde. Elle lâcha le comlink et posa un genou au sol tout en braquant son fusil. La créature se précipitait vers elle avec un cri suraigu, ses membres battant l'air. Sa silhouette horrible se figea dans un éclair, et sa silhouette se découpa comme celle d'un insecte sur une fenêtre. La jeune femme aperçut cinq bras de longueurs variées, et des endroits de son corps qui laissaient passer la lumière. Les projectiles de son arme créèrent d'autres béances dans le torse de la chose qui tomba à la renverse. Elle fouetta l'air de ses membres en piaillant.

Elle recula, le cœur battant la chamade, sans cesser de tirer sur le droïde et l'objet d'où celui-ci était sorti. Cette créature n'était pas intégralement achevée, c'était évident, même après ne l'avoir vue que quelques secondes. Si elle avait été terminée, Larin serait déjà morte. C'était un droïde neuf, composé à l'intérieur de l'objet qui avait été à bord du *Cinzia*. Comme les autres.

Le droïde se figea. D'un signe, elle donna l'ordre de cesser le feu, et un silence soudain envahit la pièce. L'air était chargé de fumée et d'électricité statique. Le cliquetis du métal refroidissant était maintenant le seul bruit perceptible.

Elle se rapprocha prudemment du droïde hors service et

de l'objet qui l'avait produit. Pointant son fusil sur la partie supérieure ouverte de l'artefact, elle risqua un regard à l'intérieur. Elle vit une masse de fils argentés et de manipulateurs souples qui remuaient toujours malgré les dommages subis. Elle tira par deux fois, et la masse tourbillonnante fut prise d'une agitation frénétique. La moitié d'une jambe malformée de droïde apparut. Un organe sensoriel noir se matérialisa, puis parut s'effacer.

Larin savait de quoi il s'agissait à présent. Une usine de droïdes ultra-compacte, qui avait fonctionné depuis que les Hutts l'avaient placée ici, en envoyant ces minces fils à la recherche d'énergie et de métal et en infiltrant les systèmes de sécurité pour y prélever tout ce dont elle avait besoin. D'où ces fils que Shigar et elle avaient vu pendre sous les chambres fortes. D'où le silence des alarmes.

Elle aurait parié que, si elle sondait les murs métalliques de cette pièce avec son couteau, elle découvrirait qu'ils n'étaient pas plus épais qu'une feuille de papier. C'était suffisant pour tromper un examen rapide, mais en fait tout le reste avait été pillé, dissous ion par ion, pour être utilisé dans le processus secret de création de cette usine miniaturisée.

Afin de produire des droïdes déterminés, vicieux, réticents, qui n'acceptaient aucun ordre.

Dans quel but ?

C'était un tout autre mystère. Mais l'objet était toujours en état de fonctionner. Larin était certaine que, si on lui en laissait le temps, cette unité se réparerait elle-même et recommencerait. Rien d'étonnant à ce que Stryver ait voulu sa destruction.

Elle prit son comlink.

— Je suis dans la chambre forte, Shigar. Il faut que vous voyiez ça.

— Qu'est-ce que c'est ?

— Je ne sais pas. C'est…

Une fulgurance rouge passa devant ses yeux. Une

douleur terrible frappa la main qui tenait le comlink. Elle baissa un regard horrifié sur la terrible blessure cautérisée.

Dans le bourdonnement de son sabre laser à la lame cramoisie, la Sith déclara :

— Donne-moi le calculateur de navigation ou c'est la tête que tu vas perdre ensuite.

Ula se dévissait le cou pour voir ce qui se passait à l'intérieur de la chambre forte. Jet et lui se trouvaient dans l'antichambre et s'apprêtaient à suivre Larin quand le vacarme des blasters les avait immobilisés. Des éclairs éblouissants emplissaient l'espace restreint de la pièce voisine. Larin et les soldats tiraient sur quelque chose. Mais quoi ? Pas un autre droïde, sûrement !

Ula et Nebula se mirent à couvert, par prudence, et ils gardèrent la tête baissée jusqu'à ce que la fusillade cesse.

Alors Ula se redressa à demi. Il apercevait tout juste la silhouette de Larin légèrement inclinée sur l'objet que Yeama lui avait montré. Son sommet était ouvert, et elle logea deux projectiles à l'intérieur.

Il allait se remettre debout quand son regard accrocha un objet étranger au milieu des gravats.

Le calculateur de navigation.

Un des hex avait dû le projeter à l'extérieur de la chambre forte quand ils en avaient surgi pour passer à l'attaque. L'informateur le rejoignit en se déplaçant à quatre pattes, avant que quelqu'un d'autre s'en empare. Le boîtier en transparacier était intact, et l'ensemble ne semblait pas en plus mauvais état qu'auparavant.

Un sentiment de triomphe le submergea. S'il réussissait à ouvrir le boîtier et à en extraire le calculateur lui-même, il lui suffirait de le cacher sous son manteau, et l'on n'y verrait que du feu. Mais, avant tout, il fallait qu'il trouve une diversion pour Jet. Si le contrebandier se rendait compte de ce qu'il faisait, il était bon pour une autre bagarre, et tout serait à recommencer.

Des pas crissèrent derrière lui, et il se retourna, la gorge serrée à l'idée qu'on l'avait vu mettre la main sur ce trésor.

C'était la Sith aux cheveux roux. Elle se dirigeait droit sur l'entrée de la chambre forte, et non vers lui.

Son soulagement fut de courte durée. Le sabre laser de la Sith brilla et Larin poussa un cri de douleur.

— Donne-moi le calculateur de navigation ou c'est la tête que tu vas perdre ensuite.

Ula se pétrifia d'horreur.

— Je ne l'ai pas, répondit Larin d'une voix tendue.

— Je ne te crois pas.

Un des hommes accompagnant Larin tira sur la Sith. Elle dévia aisément la décharge qui revint toucher l'homme à la gorge. Le soldat s'effondra, tressauta un instant, puis se figea.

— Je dis la vérité.

— Je vais compter jusqu'à cinq. Ensuite, je commencerai à tailler en pièces ton ami ici présent. Et puis ce sera le tour de ta tête, je te le promets.

La Sith s'avança vers l'ultime survivant de l'escorte d'Ula. L'homme recula nerveusement.

— Un.

Le boîtier contenant le navigateur était entre les mains d'Ula. S'il le livrait à la Sith, Larin serait épargnée. Et lui-même pourrait en toute sécurité communiquer cette information à l'Empire. C'était une solution simple à tous ses problèmes.

— Deux.

Mais Ula était incapable de bouger. Les Sith et l'Empire n'étaient pas une seule et même chose. Oh, pour des milliards de personnes ils étaient indissociables, et l'Empereur lui-même était le Sith à l'autorité duquel tous les autres se soumettaient –, mais pour lui ils étaient très différents. D'un côté, l'Empire proposait une société avec des règles et une justice clairement définies qui pouvait, si les circonstances le permettaient, apporter la paix et la prospérité sur chacune des planètes de la galaxie. De l'autre, c'était l'oppression et une situation permanente de conflit. En toute bonne conscience, pouvait-il donner l'avantage aux adeptes de la deuxième voie ? Larin voudrait-elle qu'il le fasse ?

— Trois.

Si seulement il pouvait confier le calculateur de navigation à la Ministre de la Logistique… Avec cet atout, elle trouverait certainement un moyen de l'utiliser à leur avantage. L'Empire était tellement immense qu'il ne souffrirait pas de la perte des ressources probables de cette planète. Tout ce qu'Ula désirait, c'était une occasion de démontrer la justesse de ses principes. Il ne se souciait pas de l'existence des Sith, mais il estimait qu'ils ne devaient pas être en position de fouler aux pieds tous les autres êtres de cette galaxie.

— Quatre.

Mais ce n'était pas la peine de rêver. La Ministre de la Logistique aurait aussi bien pu se trouver dans un autre univers. Il ne pouvait pas plus lui donner cette pièce vitale du puzzle que s'opposer à la Sith et survivre. Il n'était qu'un pion dans une partie bien plus complexe qu'il n'était capable de l'imaginer. Il était insignifiant, absolument pas indispensable. Quelle folie d'avoir pensé qu'il serait en mesure de modifier le cours des événements ! Le calculateur de navigation avait été préempté par la Sith dès l'instant où elle avait posé le pied sur cette planète.

— Cinq.

La Sith s'apprêta à frapper.

— Attendez ! s'écria-t-il.

Tous les regards se tournèrent vers lui. La Sith le toisait de ses yeux emplis de haine. Jet semblait aussi stupéfait que si Ula s'était vu pousser des ailes et planait maintenant au plafond. Son casque dissimulait l'expression de Larin, et c'était celle qu'il aurait le plus aimé contempler.

— Tenez, dit-il en tendant le calculateur à bout de bras. Prenez-le. Mais laissez-la tranquille.

Les traits de la Sith se crispèrent sur une exultation soudaine, vorace. Ula n'avait aucune envie d'approcher plus que nécessaire de la lame incandescente de son sabre laser. Il préféra lancer le boîtier.

Celui-ci décrivit un arc dans l'air. Il atteignait son point le plus haut quand un filet scintillant le captura et l'arracha à sa courbe.

— Qu'est-ce que…

Ula fit volte-face.

Le Mandalorien saisit prestement le boîtier dans une main et de l'autre lança quelque chose en retour à Ula, qui l'attrapa par pur réflexe. C'était une lourde sphère en métal, avec un voyant rouge qui clignotait.

— Non ! hurla la Sith, privée de son trophée.

Stryver s'élevait déjà dans les airs et prenait la direction de la sortie.

— Débarrassez-vous de ça ! cria Jet à Ula. C'est un détonateur thermique !

Ula jeta la sphère aussi loin qu'il le put. Elle s'éleva dans l'air, et monta encore quand Shigar usa de la Force pour prolonger son vol. La tactique n'était pas uniquement défensive. Le détonateur explosa tout près du plafond du sas de sécurité, directement à la verticale de la trajectoire de fuite que prenait Stryver. La statue de Tassaa Bareesh bascula et tomba. Une autre avalanche suivit, ensevelissant le Mandalorien et une escouade de gardes du palais qui venaient de surgir pour mettre fin aux troubles.

Le sol céda et continua de céder quand Stryver se mit à tirer vers le bas pour multiplier les effondrements dans les sous-sols du palais.

Avec un grondement sauvage, la Sith se précipita à sa poursuite. Elle était déterminée à récupérer le calculateur. Elle sauta dans le trou béant et disparut dans l'avalanche de pierres et de ferrociment.

Ula fit un pas vers Larin, mais Shigar fut plus rapide.

— Ça va aller ? s'enquit le Jedi.

Elle s'était adossée contre la cloison extérieure de la chambre forte, en tenant sa main blessée comprimée sous son aisselle. De sa main droite, elle retira son casque. Son visage était livide, ses traits crispés.

— Je survivrai, dit-elle. En attendant, ce n'est pas fini. Stryver va tenter de rejoindre son vaisseau au plus tôt. Vous devez le prendre de vitesse et lui reprendre le calculateur, à n'importe quel prix. Vous pensez y parvenir sans mon aide ?

Les lèvres serrées, Shigar hocha la tête. Il traversa le sol éventré jusqu'au trou dans le mur, en sautant gracieusement d'une poutrelle à une autre.

Larin continua de sourire jusqu'à ce qu'il soit parti. Alors seulement, elle céda à la douleur et s'affaissa progressivement.

La souffrance d'Ula était différente, mais tout aussi réelle. Il était évident que Larin et Shigar étaient très proches. Le Jedi avait même des tatouages semblables à ceux de la jeune femme. Une singularité culturelle, probablement. Et s'ils étaient mariés ? Cette éventualité lui compressa brusquement la poitrine.

Il savait qu'il était ridicule de réagir de la sorte. Il savait que tout ça était bâti sur du vent. Il s'était lui-même laissé leurrer, ce qui faisait de lui un imbécile. Et il devait s'occuper de sujets autrement plus importants que Larin.

La bataille pour le calculateur de navigation était terminée. Les forces de sécurité du palais allaient bientôt fourmiller ici, et des accusations seraient lancées. Il ne tenait pas à être présent quand cela se produirait. Il avait tellement compromis sa loyauté envers tout le monde qu'il n'était pas sûr de pouvoir convaincre quiconque qu'il n'était pas coupable de tout.

— Stryver va rejoindre son vaisseau, comme elle l'a dit, répéta-t-il à Nebula, mais il est parti dans la mauvaise direction. Je vais le précéder et voir si je peux sauver quelque chose. Dites-lui… dites aux autres que je les retrouverai à la navette.

Le contrebandier le dévisagea un moment avant de répondre simplement :

— D'accord, l'ami. J'aurai peut-être besoin de la prendre, moi aussi.

— Mais… et votre vaisseau ?

— Confisqué, et sans équipage, répondit Jet avec une moue fataliste. Et qu'est-ce qu'un capitaine marchand sans son vaisseau, hein ? J'imagine que je ferais bien de penser à me reconvertir. Me trouver un emploi normal.

Ula lui tapota l'épaule avec ce qu'il espérait être la gentillesse appropriée, car le geste était totalement sincère. *Un emploi normal.* Ces trois mots le frappèrent avec la force d'un des détonateurs thermiques de Stryver.

Il partit aussitôt et suivit avec une maladresse infiniment plus grande le chemin que Shigar avait emprunté pour traverser le plancher en ruines. Il ne prêta aucune attention aux cris provenant des niveaux inférieurs. Il ignora le tremblement de ses mains. Il restait concentré sur son objectif.

Il y avait un vaisseau impérial stationné au spatioport du palais. C'était sa destination. S'il réussissait à y arriver avant son décollage, il pourrait décliner sa véritable identité et réclamer l'amnistie. Il pourrait s'échapper avec la Sith et le calculateur de navigation quand elle aurait fini de traquer Stryver, et enfin il serait en mesure de faire son rapport à son supérieur.

Il pourrait délaisser son déguisement, parler librement, sans plus de mensonges ni de fourberies.

Il pourrait être lui-même. Et ensuite…

Un emploi normal ?

À cette heure, rien ne l'attirait plus.

TROISIÈME PARTIE

LA TRAQUE

19

Ax avait la sensation d'avoir été avalée tout entière par une limace de l'espace. Même avec le bouclier de Force qu'elle avait projeté autour d'elle pour se protéger de la chute de gravats, chaque arête et chaque pression soudaine lui coupait le souffle. Presque instantanément, elle renonça à essayer de maîtriser sa chute.

Elle se consola en songeant que Stryver endurait la même épreuve. Fuir de cette façon trahissait à quel point le Mandalorien était dans une situation désespérée. Elle ne pouvait s'empêcher d'admirer son intrépidité, et dans le même temps elle le haïssait pour avoir ravi le calculateur à la barbe de tout le monde.

Mais rien n'était encore terminé. Elle le retrouverait, quoi qu'il lui en coûte. Il était absolument hors de question qu'elle se présente devant son Maître les mains vides.

Elle cessa enfin d'être ballottée dans les éboulements et put progresser parmi les décombres. Avec l'aide de la Force, elle poussait de côté les blocs les plus gros, quand elle ne se frayait pas un passage avec son sabre laser. À chaque poche d'air elle faisait halte pour en profiter et savourait chaque inspiration. Il faisait presque complètement noir ici, mais l'endroit était très bruyant. Quand les empilements des débris n'émettaient pas des grincements divers alentour, elle percevait des voix qui appelaient à l'aide.

Enfin, un de ses bras émergea à l'air libre, puis sa tête.

Trois Evocii la saisirent sous les aisselles et commencèrent à tirer. Elle les repoussa et se dégagea seule. À la vue du sabre laser, les esclaves s'enfuirent avec des exclamations apeurées.

Ax prit le temps de s'épousseter grossièrement.

Et maintenant, Stryver.

Elle se trouvait dans une sorte de dortoir avec des couchettes alignées le long de deux murs. Le reste de la pièce s'était écroulé sous l'avalanche. L'étendue des dégâts était difficile à évaluer, de même que sa chute. Elle pouvait être tombée de douze niveaux comme d'un seul. Vu la pauvreté relative autour d'elle, elle était loin des luxueux niveaux supérieurs. C'étaient là les lits des esclaves, et pas des domestiques.

Stryver devait être plus bas, il allait vouloir remonter, et son ascension ne serait certainement pas des plus discrètes.

Elle ferma les yeux et fit l'impasse sur les cris, le bruit des débris qui se stabilisaient et un tir de blaster occasionnel. Elle cherchait un son bien particulier dans la multitude de ceux qui l'entouraient. Il serait faible, mais immanquable.

Le geignement du jetpack de Stryver.

Là.

Dès qu'elle le repéra, elle traça avec son sabre laser un cercle autour de ses pieds. Le sol céda sous elle, et elle se reçut sans même chanceler un niveau plus bas, au milieu d'une tentative de sauvetage d'un esclave à demi écrasé par un pan de mur effondré.

Ignorant tous les gens impliqués, elle alla jusqu'à la paroi la plus proche et y découpa un passage. Elle pénétra dans une salle de torture où les esclaves rétifs ou trop indolents étaient châtiés publiquement afin de servir de mise en garde aux autres. Une fois encore, Ax ne fit pas halte pour admirer les raffinements techniques du Dug à l'œuvre. Elle remarqua simplement que bon nombre de cris qu'elle avait crus consécutifs à l'effondrement de la structure émanaient en fait de cette salle.

Elle franchit un autre mur, et le son du jetpack devint plus net. Elle distinguait également les déflagrations sourdes de son canon d'assaut. Comme elle, il utilisait son armement pour se frayer un chemin à travers le palais. Quand les portes et les couloirs n'existaient pas, il n'hésitait pas à les créer.

Ax longeait maintenant le bord d'une fosse à rancors. Les bêtes énormes claquèrent des mâchoires et grondèrent à son passage. Tout ce vacarme et ces secousses les avaient rendues enragées. Les dresseurs faisaient de leur mieux pour les contrôler, avec des chaînes, des crochets et des poids, mais la nature sauvage des rancors n'était pas facile à contenir. Le cri aussitôt interrompu d'un dresseur suivit Ax quand elle bondit par-dessus l'enclos en se servant de la Force pour aller plus vite.

Le jetpack était désormais assez proche pour qu'elle détecte l'odeur de ses gaz d'échappement.

Elle identifia aussitôt la trace du Mandalorien. Son canon d'assaut avait creusé un tunnel à travers toutes les structures successives qui s'étaient trouvées sur la trajectoire de ses tirs. L'alignement des trous dans les murs et les planchers était parfait. Et à son extrémité, là-haut, Ax aperçut une lumière vive : la propulsion du jetpack.

Avec un rictus d'impatience, elle s'élança à sa suite. Chaque bond la menait un peu plus haut dans cet escalier improvisé. Les surfaces sur lesquelles elle se recevait n'étaient pas toujours fiables. Parfois, elles cédaient sous son poids, ou bien elles glissaient à cause de la chaleur résiduelle du canon qui les avait fait fondre en partie. Elle essuya également quelques tirs de gens rendus très nerveux pas le passage fracassant de Stryver. Sans ralentir, Ax dévia tous les projectiles. Elle ne voulait s'arrêter pour rien ni personne.

Elle réduisait peu à peu la distance. Concentré uniquement sur son ascension, le Mandalorien ne regardait pas en arrière. Par-delà l'éclat de la propulsion du jetpack, elle aperçut le boîtier en transparacier qu'il serrait dans une de ses mains. Le calculateur était toujours à l'intérieur. Elle faillit tenter de l'arracher en usant de la Force, mais elle se reprit à temps. Si elle révélait sa présence prématurément, Stryver aurait le temps de réagir. Mieux valait le frapper par-derrière et prendre le trophée de ses mains inertes.

Deux étages de plus. Trois. Elle dressa un bouclier pour éviter que la chaleur des propulseurs ne lui carbonise la peau. Quatre niveaux. Elle était à présent si proche qu'elle aurait presque pu étendre le bras pour le renverser. Le martèlement de son canon était assourdissant.

Maintenant.

Elle plongea vers le calculateur à l'instant où Stryver transperçait le toit du palais.

Un éclat brun les frappa, puis Ax plissa les yeux tout en luttant pour s'approprier le boîtier. Stryver ne montra aucune surprise, même s'il perdit momentanément le contrôle de son jetpack. Ils partirent en spirale au-dessus du toit, avec les gardes qui déchaînaient sur eux les tirs de leurs blasters.

Les mains gantées du Mandalorien lâchèrent le boîtier.

Pendant un instant très court, elle crut triompher. Elle rassembla ses forces pour donner une ruade et s'écarter de lui.

Il lança sa main gauche qui se referma sur la gorge de la Sith, tandis que la droite redressait le canon d'assaut et lui tirait en plein ventre.

À bout portant, le choc correspondait à celui qu'on pourrait éprouver en étant percuté par un vaisseau en plein vol. Si elle n'avait eu le bouclier de Force en place, tout son torse aurait été pulvérisé instantanément. Dans les circonstances présentes, elle fut rejetée loin de sa poigne et laissée étendue, à demi assommée pour un temps, sur le toit.

Stryver rattrapa le boîtier d'une main ferme et s'éloigna rapidement dans les airs.

Ax le suivit d'un regard vague. Elle était trop ébranlée

pour éprouver autre chose que de la curiosité. Où allait-il ? Son jetpack ne contenait plus assez de carburant pour le mener très loin. Tassaa allait mettre sa tête à prix dans l'heure, et avec une récompense assez alléchante pour avoir l'assurance qu'il ne quitte jamais Hutta.

Puis une forme noire élancée apparut dans son champ de vision. Un vaisseau. Elle reconnut les plis anguleux d'un engin de reconnaissance de Kuat, mais elle ne put déterminer le modèle. Il descendit bas pour intercepter Stryver, puis s'éleva très rapidement dans le rugissement de ses moteurs.

Sa proie lui avait échappé.

Elle n'éprouvait rien.

Une forme vague vint bloquer sa vision du ciel. Elle fit un effort pour mieux distinguer ce que c'était. Un garde nikto. Une botte s'enfonça dans ses côtes, comme pour vérifier qu'elle était encore vivante. Un autre Nikto rejoignit le premier, puis un troisième. Elle les contemplait comme du fond d'un puits sombre.

Je te tuerai, Dao Stryver, ou je mourrai en essayant de le faire.

Sa fureur renaquit en elle, comme l'étincelle vitale elle-même. Elle avait laissé échapper le calculateur de navigation, mais ce n'était pas obligatoirement la fin du monde. Elle trouverait un autre moyen de satisfaire Dark Chratis et le Conseil Noir – ainsi que sa propre personne. Ce n'était pas tellement Stryver et le calculateur, d'ailleurs. Plutôt à quoi ils menaient. Cette mystérieuse planète qui regorgeait de minerais rares. Ces gens qui avaient fui la justice de l'Empire. Sa mère.

Tout cela ne pouvait se terminer ainsi.

Elle ne le permettrait pas.

En un clin d'œil, elle fut de nouveau sur pied. La dizaine de gardes sur le toit convergeant vers elle ne seraient pas un problème.

La première étape fut pour elle d'échafauder un nouveau plan. Le vol du calculateur de navigation et la découverte de ses secrets n'étaient manifestement plus d'actualité. Stryver avait le boîtier, et elle n'imaginait même pas qu'il accepte de partager ces informations avec quiconque.

Il devait exister un autre moyen. À elle de le trouver.

Le palais était en plein chaos quand elle se fraya un chemin jusqu'à l'endroit où s'était déroulée la bataille avec les droïdes – les « hex », comme elle avait entendu quelqu'un les surnommer. Il était logique de revenir sur les lieux puisqu'il n'y avait que là qu'elle avait des chances d'en apprendre un peu plus sur leurs origines. Pourtant, elle ne savait pas trop ce qu'elle espérait découvrir. Le contrebandier n'avait peut-être pas révélé tout ce qu'il savait aux Hutts. Éventuellement, elle pouvait le torturer pour lui extirper ces informations.

Alors qu'elle parcourait le dédale de couloirs sillonnant le palais, elle passa devant un groupe de Gamorréens qui portaient le Jedi inconscient au-dessus de leurs têtes. Elle eut un petit sourire narquois mais ne ralentit pas. Il était plaisant de voir quelqu'un encore plus mal en point qu'elle.

Quand elle arriva aux ruines du sas de sécurité, elle le trouva fermé et défendu par une petite armée de gardes avec des canons laser. Le trou dans le mur était abrité derrière une série de boucliers à particules portables. Entrer là ne serait pas aussi facile qu'en sortir, et elle n'avait aucune intention de gravir à nouveau une avalanche interminable de débris. Elle pouvait toujours combattre, bien sûr, mais la fatigue commençait à se faire ressentir. Dans de meilleures circonstances, elle n'aurait jamais laissé Stryver la battre comme il l'avait fait.

Il lui faudrait privilégier la ruse, plutôt que la force.

Elle se retira dans un coin calme pour réfléchir et passa en revue tout ce qu'elle savait sur les hex. C'était peu de chose. Ils étaient entêtés. Mais que savait-elle au juste de ce qu'ils avaient dans la tête ? Ils refusaient de reconnaître toute autorité autre que celle de leur concepteur. Ils tuaient impunément toutes les autres personnes. Pouvait-elle dire autre chose de certain à leur sujet ?

Elle se remémora la manière dont ils avaient poussé le Twi'lek à leur ouvrir une issue dans le mur à coups de canon. Le stratagème prouvait qu'ils étaient ingénieux et pleins de ressources, des qualités qui manquaient à beaucoup de droïdes, mais pas à tous. Ce n'était pas une caractéristique unique.

Quelque chose la titillait, une pensée qui cherchait à se manifester à elle pour qu'elle l'étudie.

La fuite.

Les hex avaient essayé de prendre la fuite.

Prendre la fuite pour aller où ?

À l'endroit de leurs *origines.*

Mais comment savaient-ils où se trouvait cet endroit ?

La réponse à cette question lui vint à l'esprit subitement, limpide comme le cristal.

Le calculateur de navigation n'est pas la seule carte.

Ax continuait d'avancer. Elle contourna les ruines jusqu'à repérer le chemin que les deux droïdes en fuite avaient pris. Personne ne s'interposa jusqu'à ce qu'elle atteigne la première carcasse. La zone était isolée par les Gamorréens, et elle les évita. Elle put cependant se rendre compte que le Jedi avait massacré cet hex et répandu ses viscères en un tas argent et rouge. Le deuxième, elle l'espérait, serait en meilleur état. Lui aussi était entouré de gardes. Entre eux, elle aperçut le corps intact et emmailloté dans un filet, comme un animal sauvage.

Parfait, songea-t-elle en activant son sabre laser.

Quand elle eut le corps de l'hex attaché à son épaule, il ne lui resta plus qu'à quitter les lieux. Ce qu'elle fit sans incident. Puis elle traversa le palais tout aussi aisément, jusqu'à la navette impériale. La sécurité du palais avait été renforcée pour empêcher tout départ. Une initiative vouée à l'échec.

Deux gardes impériaux armés se tenaient en faction près du sas intérieur. Ils la saluèrent quand elle entra.

— Des problèmes ? demanda-t-elle.

— Un type est venu fureter autour du vaisseau mandalorien avant que celui-ci décolle, dit l'un.

— Et un pouilleux de non-humain a tenté de s'introduire ici, ajouta l'autre. Nous l'avons fait déguerpir.

— Très bien.

Elle gravit la rampe jusqu'au cockpit où le pilote attendait à son poste. Il remarqua son allure lasse et ses vêtements abîmés et salis, mais ne se permit aucun commentaire.

— Nous partons, déclara-t-elle. Avertissez Dark Chratis de notre arrivée imminente. Je veux un spécialiste des droïdes sur place dès que nous nous poserons.

— Oui, madame. Et pour l'émissaire ?

— Il n'est plus avec nous.

Le pilote acquiesça, l'air incertain. Bien évidemment, il comparait son ordre de mission avec les directives qu'il venait de recevoir. Mais un Sith était toujours hiérarchiquement au-dessus d'un officier, fût-il supérieur. C'était la seule conclusion à laquelle il pouvait arriver.

Pendant la phase de préchauffage des répulseurs, Ax emporta l'hex mort dans le compartiment sécurisé qui avait été aménagé spécialement pour recevoir le calculateur de navigation. Ce chargement n'était pas moins précieux. Le point positif, avec un droïde, était que même définitivement hors d'état sa mémoire mettait un certain temps à s'effacer. Avec l'expertise idoine, on pourrait extraire des données stockées dans cette carcasse la localisation exacte du monde mystérieux, et la réussite de sa mission serait alors assurée.

Une douce chaleur l'envahit, en partie due au soulagement, mais aussi à la fierté et à la fatigue. Elle avait hâte de se reposer. Mais elle devait encore faire une chose.

La navette s'élevait doucement quand elle retourna dans le cockpit. Elle observa le spatioport et le petit groupe de vaisseaux qui y étaient stationnés.

— Lequel est celui de l'émissaire de la République ?

— Celui-là, dit le pilote en désignant un appareil massif, au nez épais, posé sur quatre supports largement écartés.

— Détruisez-le.

— Oui, madame.

Le canon de la navette tira et toucha l'arrière du vaisseau. Celui-ci se transforma aussitôt en une boule de feu si aveuglante qu'elle en éclipsait le soleil.

Avec un sourire de satisfaction, Ax regarda le toit du palais disparaître au loin. Avec un peu de chance, c'était la dernière vision qu'elle aurait jamais de la planète Hutta.

20

Shigar avait vu le spatioport sur les plans du palais, mais il ne s'y était pas encore rendu. Il parcourut rapidement mais avec prudence les couloirs en comptant les intersections et en notant les points de repère, tout en évitant les gardes et les cordons de sécurité. La dernière chose dont il avait besoin était de se faire arrêter ou de s'égarer. Stryver aurait un plus long chemin à parcourir, mais il connaissait mieux les lieux. S'il devait y avoir une nouvelle confrontation, le Jedi tenait à avoir l'avantage, mais il n'oubliait pas pour autant le bien-être de Larin. Une fois de plus, il s'interrogea sur le bien-fondé de l'avoir fait venir sur Hutta. Elle avait été d'une grande aide, et d'agréable compagnie, mais à présent elle était blessée, sans doute estropiée, et son avenir s'en trouvait considérablement assombri. Il jura de tout faire pour qu'on soigne au mieux sa main, mais était-ce suffisant ? La gentillesse dont il avait cru faire preuve à son égard ne s'était-elle pas transformée en une cruauté intolérable ?

Il craignait la réaction de son Maître quand Satele Shan verrait où ses décisions l'avaient mené.

Il importait donc d'autant plus de réussir avec Stryver. Le palais entier était la proie du chaos, ce à quoi on pouvait s'attendre après des explosions dans les sous-sols, un combat dans le sas de sécurité, des droïdes agressifs en liberté dans les couloirs et l'écroulement sur plusieurs niveaux que Stryver avait engendré. Les hurlements des diverses alarmes se concurrençaient dans un vacarme que Shigar s'évertua à ignorer. Il préférait ne pas imaginer comment Tassaa Bareesh prenait la situation.

Les gardes du spatioport étaient en état d'alerte maximale. Le Jedi choisit une sentinelle qui effectuait sa ronde habituelle et se servit de la Force pour la convaincre de lui révéler la structure de commande de l'ensemble. Il y avait eu assez de morts aujourd'hui. Par ailleurs, si le Mandalorien détectait la moindre trace de combat, il risquait fort de subodorer une embuscade.

Encaasa Bareesh était un jeune neveu de la matriarche du palais. Il supervisait la sécurité depuis un bureau situé à deux niveaux de là et était connu pour ne regarder que très rarement ses écrans de contrôle. Il était très simple de convaincre Encaasa qu'un membre d'équipage désirait embarquer dans leur vaisseau mais qu'il s'était trompé de code d'autorisation. Shigar imaginait le Hutt pianotant mollement de ses gros doigts sur les touches avant de se laisser retomber dans son hamac. Même une alerte générale dans le palais ne pouvait pas le troubler.

Les portes de l'accès principal au spatioport coulissèrent. Shigar entra et jeta un coup d'œil derrière lui. Pas de trace du Mandalorien pour l'instant. Les portes se refermèrent et il se retrouva seul dans la zone circulaire de débarquement.

Shigar avait demandé au garde quel emplacement avait été assigné au *First Blood*, et c'est cette direction qu'il prit. Le panneau du couloir menant au vaisseau de Stryver était ouvert, révélant la coque grise de l'engin à l'autre extrémité. Mais le Jedi n'était pas assez sot pour s'en approcher. Le sas serait très certainement piégé.

Il préféra attendre là où il pouvait voir le *First Blood* et l'entrée du spatioport, avec son sabre laser à la main, désactivé mais prêt à servir. Stryver serait bien obligé d'cmbarquer dans son vaisseau, tôt ou tard, et Shigar serait prêt à l'accueillir.

Il vida son esprit de tous ses soucis actuels – même ceux envers Larin, sa mission, ses souffrances – et resta sur le qui-vive.

Le son de répulseurs se mettant en marche le tira de cette semi-transe. Un des vaisseaux était en phase de préchauffage de ses moteurs pour un décollage imminent. Il parcourut le pourtour de la zone de débarquement pour l'identifier, mais le son ne provenait d'aucun des sas clos. Il émanait de l'aire de stationnement de l'appareil de Stryver.

La chose l'étonna. Il avait pensé que le Mandalorien voyageait seul, donc sans personne pour préparer son vaisseau au départ. Ou bien le Jedi s'était trompé sur ce point, ou bien Stryver avait activé à distance le préchauffage des répulseurs.

Le bruit strident des moteurs allait crescendo. Ce n'était pas une simple phase de préchauffage. Le *First Blood* s'apprêtait à décoller.

Étouffant un juron, Shigar décida de renoncer à toute subtilité. Il approcha du sas extérieur et l'examina rapidement à la recherche de points faibles. Il ne tarda pas à en découvrir un. Le système d'ouverture était réglé sur les données biométriques de Stryver – taille, carrure, proportion des membres et d'autres paramètres –, mais il était également équipé d'une commande d'annulation, au cas où le Mandalorien serait gravement blessé au cours d'une mission. S'il perdait un membre, par exemple. Cette commande pouvait être piratée pour peu qu'on connaisse la méthode à employer.

Shigar n'était pas aussi doué que Larin pour les piratages, mais il avait déjà vu faire ce genre de choses. Depuis la Grande Guerre, les vaisseaux mandaloriens comptaient parmi les cibles prioritaires pour les Jedi, et on lui avait enseigné comment désactiver leur sécurité. Il introduisit une succession de codes destinés à réinitialiser la fonction d'annulation pour qu'elle se déclenche à la suite d'une erreur banale. Quand il tapa cette erreur, la porte s'ouvrit.

Il était temps. Les répulseurs hurlaient et le vaisseau se balançait doucement à quelques centimètres de ses supports. Encore quelques secondes et il s'élèverait au-dessus du palais.

Shigar bondit à l'intérieur du sas et fut emporté dans les airs avec l'appareil. Mais, au moment où ses bottes touchèrent le plancher, un second système de sécurité se déclencha. Des décharges électriques violentes parcoururent son corps, provoquant des spasmes musculaires irrésistibles. Il s'écroula sur le flanc, incapable de seulement pousser un cri. Sa bouche tétanisée resta ouverte sur un hurlement muet.

Le pilote automatique éleva le vaisseau à la verticale du spatioport et ajusta les réglages. Shigar se sentit rouler vers le sas ouvert, mais il ne put rien faire.

Les chocs électriques cessèrent dès qu'il bascula hors de l'appareil. Il tomba comme une pierre sur le toit situé sous lui.

Combien de temps demeura-t-il inconscient ? Il n'aurait pu le dire. Quelques minutes, probablement. Un temps suffisant en tout cas pour que son corps tétanisé soit ramassé sur ce toit par une équipe de la sécurité, qu'on lui attache les chevilles et les poignets, qu'on le bâillonne pour faire bonne mesure. Quand il reprit connaissance, il était transporté à travers le palais sur les épaules d'une brigade de Gamorréens. Ni son sabre laser ni son comlink n'étaient à portée.

Au lieu de résister, il se concentra pour apaiser les multiples points douloureux de son corps. Il ignorait de quelle hauteur il avait chuté, mais par chance il ne s'était rien cassé. Il héritait d'un sérieux mal de crâne, certes, et son amour-propre en avait pris un coup, mais rien de grave. Pour le moment, il se satisfaisait d'être toujours en vie.

Ses ravisseurs l'emportaient à vive allure dans les

méandres du palais. Il mémorisait les tours et détours effectués, mais sans point de départ il n'avait aucun moyen de savoir avec exactitude où on l'emmenait. Il nota cependant que le cadre ambiant devenait de plus en plus luxueux. Quand ils arrivèrent dans un vaste espace empli de gens qui murmuraient, avec une seule voix qui beuglait en huttese et dominait toutes les autres, il devina sans mal où il était arrivé.

Les Gamorréens s'arrêtèrent au centre de la salle du trône de Tassaa Bareesh, et avec un grognement unanime ils le laissèrent tomber sur le sol. Le brouhaha baissa rapidement à mesure que les gens remarquèrent sa présence. Il se remit debout en chancelant un peu et regarda autour de lui.

Une foule nombreuse l'observait et chuchotait en le montrant du doigt. Au premier coup d'œil, il dénombra pas moins de vingt espèces différentes, des Kubaz avec leur trompe d'insectivores aux Cathars félins, avec une forte minorité de bipèdes. Leurs origines diverses trouvaient un contrepoint dans le but unique : se pavaner devant celle qui avait le contrôle de leur destinée.

— *Bona nai kachu*, rugit la matriarche du palais, *dopa meekie Seetha peedunky koochoo !*

Shigar se tourna vers la Hutt. Tassaa Bareesh était affalée sur un trône de la taille d'un lit horriblement surchargé d'ornements, et elle-même portait une tenue tout aussi douloureuse à la vue. Le Jedi n'en savait pas assez sur les Hutts pour décrypter son expression, mais le tremblotement de sa bouche sans lèvres et sa façon de postillonner en parlant laissaient peu de doutes.

Un droïde de protocole A-1DA s'avança sur ses maigres jambes.

— Tassaa Bareesh souhaite que vous soyez bien conscient que votre châtiment est certain, Sith fourbe.

Shigar réfléchit rapidement. Il y avait au moins deux douzaines d'armes pointées sur lui. Et derrière la foule, des gardes armés couraient dans un sens et dans l'autre pour répondre aux diverses urgences qui survenaient dans le palais.

Il s'inclina aussi cérémonieusement que ses liens le lui permettaient.

— Je me dois d'apporter une correction aux propos de votre maîtresse. En fait, je suis un Jedi.

— *Stoopa dopa maskey kung !*

Il ne releva pas l'insulte.

— Je peux difficilement vous avoir trahi puisqu'il n'existait aucun accord entre nous. On peut me reprocher mon intrusion sur votre territoire, mais je ne veux de mal à personne.

La matriarche gronda de façon menaçante, et elle opta pour une autre langue en comprenant qu'il saisissait certains de ses propos.

— Tassaa Bareesh dit : Votre intention était de la voler. Pour cela, vous devez mourir.

— Si vous me fouillez, vous constaterez que je n'ai sur moi rien que je n'ai apporté en arrivant ici.

— Tassaa Bareesh dit : Vos complices se sont enfuis avec l'objet.

— Le calculateur de navigation ? La dernière fois que je l'ai vu, il était entre les mains d'un Mandalorien, et non d'un Jedi.

— Tassaa Bareesh dit : Votre perfidie n'est surpassée que par votre faiblesse. Il vous l'a volé après que vous nous l'avez volé.

— Vous êtes contrariée, ce qui trouble votre jugement, répondit Shigar. Il y a un moment vous pensiez que j'étais un Sith. Peut-être le mensonge que vous m'attribuez est-il la vérité.

Des murmures consternés parcoururent la foule. Manifestement, très peu de gens étaient assez téméraires pour oser remettre en question l'opinion de la Hutt devant elle.

La matriarche proféra une longue litanie de borborygmes

qui n'avaient pas vraiment besoin de traduction. Le droïde cligna de ses yeux bleus et ronds, puis il fournit quand même un effort louable pour résumer :

— Tassaa Bareesh est extrêmement mécontente. Elle a pensé à diverses façons de vous utiliser pour se divertir.

Shigar préféra ne pas discuter ce point. Il avait terminé son compte des gardes et des issues et en était arrivé à la conclusion qu'il avait pressentie dès le premier instant. Il lui serait impossible de s'enfuir de cette salle en combattant, et il ne pouvait espérer aucune aide. Il lui fallait donc parlementer. Un marché était même à envisager.

Cette pensée le révulsait.

— Votre courroux est parfaitement légitime, dit-il. Votre palais a été attaqué, et les biens et renseignements que vous aviez prévu de vendre vous ont été dérobés. On vous a ainsi privée des profits qui vous reviennent. Personne ne nie votre droit à désirer vous venger et à faire un exemple de ceux qui vous ont causé autant de gêne et de dégâts… (Il s'inclina de nouveau.) Tout ce que je vous implore de faire, c'est de diriger votre colère sur les vrais coupables.

Une autre explosion retentit dans le palais, qui provoqua un émoi intense dans la salle du trône. Les yeux énormes de Tassaa Bareesh se bordèrent de blanc puis elle demanda à un Twi'lek dont le comlink grésillait furieusement de s'approcher. Ils conversèrent brièvement, mais trop bas pour que Shigar entende ce qu'ils se disaient. La colère finit par submerger la Hutt qui chassa le Twi'lek d'un revers de main et mugit à l'adresse de l'interprète.

— Tassaa Bareesh souhaite vous faire comprendre que le spatioport a été attaqué, dit le droïde en dodelinant obséquieusement de sa tête pointue.

— Par qui ?

— Les Impériaux. La navette de la République vient d'être détruite.

Shigar envisagea de ne rien dire. D'un certain point de vue, ce n'était pas indispensable. Les actes de l'Empire avaient fait pencher la balance en sa faveur de par leur violation éhontée du Traité de Coruscant. Mais il n'oubliait pas qu'il se trouvait toujours en très mauvaise posture. Tassaa Bareesh pouvait très bien le faire exécuter, simplement parce qu'il l'avait irritée, et qu'il lui rappelait désagréablement ce qu'elle avait perdu. Il devait lui fournir au plus vite une bonne raison de l'épargner, plutôt que le tuer.

Il devait faire appel à son sens des affaires.

— Nous sommes tous deux des victimes dans la présente situation, dit-il en choisissant ses mots avec le soin le plus extrême. Me mettre à mort ne vous redonnera pas le calculateur de navigation, et cela fera du Conseil Jedi votre ennemi. Vous perdriez sur les deux tableaux. Si vous me laissez vivre, au contraire, vous vous créerez les bonnes conditions pour limiter vos pertes.

— Tassaa Bareesh demande : Comment ?

Shigar s'efforça d'oublier le goût amer qui avait envahi sa bouche.

— J'ai l'intention de poursuivre le Mandalorien, où qu'il aille. Il a blessé mon honneur et mon amie, et il doit payer pour ses crimes. L'information qu'il a dérobée n'a peut-être plus de valeur par elle-même, mais chaque nouvelle planète offre des opportunités de commerce et d'exploitation. En échange de ma libération, je m'assurerai que ces opportunités vous soient proposées avant toute autre personne.

La matriarche poussa un grondement si bas qu'il était presque inaudible pour un être humain. Son regard ne quittait pas le Jedi, mais il paraissait songeur à présent.

Le droïde observait la Hutt et Shigar à tour de rôle.

— Tassaa Bareesh réfléchit à votre offre, annonça-t-il.

— J'avais compris.

— Elle grogna quelque chose, puis l'interprète dit aussitôt :

— Tassaa Bareesh ne voit pas comment vous poursuivrez le Mandalorien puisque vous n'avez pas de vaisseau et que vous ignorez dans quelle direction il a fui.

— Je suis un Jedi, éluda-t-il en se tapotant le front dans l'espoir de cacher le fait qu'il n'avait aucune réponse à ces deux questions. Nous avons nos façons de faire.

Une nouvelle vague de murmures bruissa dans la salle.

— Tassaa Bareesh dit que vos façons de faire sont insuffisantes. L'investissement est trop risqué.

— Mais…

L'interprète leva une main métallique.

— Elle dit qu'afin de protéger ses intérêts dans cette affaire, elle doit être autorisée à vous procurer aide et assistance.

— « Autorisée » ? répéta Shigar que le choix du mot intriguait. Dites-m'en plus.

La matriarche se laissa aller dans les profondeurs de son trône démesuré. Ses yeux n'étaient plus que deux minces fentes.

— Tassaa Bareesh vous procurera un moyen de transport. Son neveu prendra les mesures en ce sens. Si vous acceptez l'offre, vous pouvez partir immédiatement.

Shigar se demanda ce qui arriverait s'il refusait. Il n'accordait aucun crédit à la satisfaction soudaine que la Hutt affichait. Quelques instants plus tôt, elle bouillait de rage devant la ruine de ses plans. Avait-elle joué la comédie ? Ou jouait-elle la comédie *maintenant* ?

Il décida de suivre son instinct. Mieux valait partir sur-le-champ que risquer de mourir. C'était aussi simple que cela. Et s'il avait un peu de chance, il trouverait peut-être un moyen d'aider Larin, à supposer qu'elle soit toujours en vie.

— Très bien, dit-il. J'accepte l'offre.

La matriarche eut alors un large sourire que le Jedi trouva très peu ragoûtant, puis elle pointa un doigt potelé sur lui.

— *U wamma wonka.*

— Tassaa Bareesh dit…

— Je sais ce qu'elle a dit.

Il ravala une autre remontée de bile.

La Hutt claqua des doigts et les gardes baissèrent leurs armes. Un Gamorréen s'avança en hâte pour lui rendre son comlink et son sabre laser. Il les accrocha à sa ceinture et s'inclina. La foule l'observait dans un silence total.

— Merci, dit-il. C'est un plaisir de faire affaire avec vous.

Pendant que les gardes l'escortaient hors de la salle du trône – comme invité, à présent, et non plus comme prisonnier –, l'écho du rire bas et lugubre de la Hutt se répercuta dans les couloirs.

21

— Vous vous sentez bien ?

Larin se retourna pour regarder le contrebandier. Elle s'était laissée aller un moment, elle avait quitté les ruines du sas de sécurité et l'usine de droïdes dévastée, quitté la clameur des services de sécurité du palais qui déblayaient les décombres, et même oublié le tir occasionnel d'un Houk ambitieux posté près du trou que ce pauvre Yeama avait creusé dans le mur. Mais elle était maintenant de retour, et ce qu'elle voyait n'avait rien pour la réjouir.

La réponse lui vint enfin.

Vous vous sentez bien ?

— Oui.

Ils étaient accroupis hors de vue à l'entrée de la chambre forte, et elle pressait toujours sa main blessée sous son aisselle. La plaie s'était refermée, et elle ne pouvait rien faire de mieux pour l'instant. Elle le savait bien, parce qu'elle avait déjà été touchée au combat. Une fois, elle avait connu un échange nourri avec une guérilla urbaine que les Forces Spéciales de l'Escouade de la Blackstar devaient nettoyer. Mais la nouvelle de leur intervention avait transpiré, et Larin s'était retrouvée prise au piège avec trois autres membres de l'escouade.

Il lui arrivait encore de revoir en rêve la façon dont les grenades à fragmentation avaient déchiqueté son groupe et transformé en un instant deux de ses camarades en lambeaux de chair. Elle avait eu la chance de ne pas subir le principal des explosions, mais même ainsi la peau de sa cuisse et de son flanc droit avait été arrachée, avec un peu de tissus musculaires en prime. Elle avait passé un temps beaucoup trop long dans une cuve de régénération, sans compter les trois mois de rééducation pour retrouver toute sa fonctionnalité corporelle.

Mais la situation présente était différente, et pas uniquement parce que ses doigts ne repousseraient pas. Au sein de la Blackstar, elle avait eu un tas de raisons nettes et précises de combattre : entre autres, l'envie de voir la cause de la République se renforcer, celle de propager les principes de liberté et d'égalité chez les autres communautés de la galaxie, et le goût de poursuivre sa propre carrière dans ce cadre. À cet égard, elle avait estimé à l'époque qu'elle était parfaitement normale. Pourquoi entrer dans les Forces Spéciales, si ce n'était pour devenir une héroïne dans le camp du Bien ?

Elle savait maintenant que ceux qu'elle avait côtoyés n'étaient pas tous comme elle. Chaque panier contenait toujours une ou deux pommes pourries. Aujourd'hui, elle savait également l'importance qu'au moins deux de ces principes avaient pour elle. Combinés, ils étaient à ses yeux plus importants encore que le dernier. Et sacrifier sa carrière pour demeurer fidèle à ces principes lui avait paru être la chose à faire à l'époque.

Mais, sans perspective de carrière, il lui était difficile de combattre au nom d'une cause. Et maintenant, sa situation était complètement embrouillée. L'invasion d'un État souverain – quand bien même il était question d'un État abritant des meurtriers et des criminels de toutes sortes – était-elle la meilleure façon d'imposer la liberté et l'égalité ? Comment une querelle avec des Mandaloriens et des Sith au sujet d'un calculateur de navigation pouvait-elle aider la République ? Avec qui devait-elle se montrer loyale à présent, sinon avec elle-même et avec ses anciens camarades ?

Elle n'avait aucune réponse satisfaisante à ces questions, et pourtant elle avait perdu les doigts de sa main gauche en luttant pour elles. La douleur n'en était que plus profonde d'une certaine façon.

— Qu'est-il arrivé à votre droïde ? demanda-t-elle à Jet pour détourner la conversation.

— Clunker ? Il est quelque part sous tous ces gravats.

Le contrebandier indiqua d'un geste vague l'amoncellement de décombres qu'avait laissé l'explosion du détonateur thermique. Lui-même avait récupéré un blaster abandonné par un des soldats morts.

— Ne vous en faites pas. Il réapparaîtra quand il sera prêt.

— J'ai reconnu son modèle, dit-elle en se raccrochant à ces mots comme s'ils expliquaient tout. Un J8-O, classe Combat. C'est pourquoi il s'exprime avec les signes utilisés au combat. Mais ils ont été mis au rencart, non ?

— Possible, répondit-il. Lui, je l'ai dégotté dans une casse il y a deux ans. Son vocodeur était naze, et quand j'ai voulu le réparer, il l'a bousillé. Ce qui prouve bien que c'est un malin. Il a pigé que si vous ne répondez pas aux ordres, personne ne peut prouver que vous les avez entendus.

— Très bonne tactique de survie quand on est dans l'armée, commenta-t-elle.

Ils penchèrent la tête hors de la chambre forte pour voir si quoi que ce soit avait changé à l'extérieur. Le Houk fit sauter quelques gravats ici et là, mais les rata de plus d'un mètre. Le dernier soldat du groupe de Potannin riposta depuis l'autre côté de l'antichambre. Lui aussi rata lamentablement sa cible. Larin aurait tiré plus juste, même avec une seule main.

— Votre nom, soldat ? lui lança-t-elle.

— Hetchkee, monsieur, répondit-il.

C'était un jeune Kel Dor, et son visage était en grande partie dissimulé par le masque et les lunettes destinées à le protéger des atmosphères trop chargées en oxygène.

— Qui vous a dit de m'appeler « monsieur » ?

— Personne, monsieur.

Il n'était pas au courant du passé de Larin, c'était évident. Et ce n'était pas elle qui allait combler ces lacunes la concernant.

Les bruits de travaux de déblaiement s'accentuaient. Jet se pencha vers elle.

— Dites, vous ne croyez pas qu'on nous a laissé le bébé sur les bras ?

— C'est-à-dire ?

— Dans le genre « Quelqu'un va devoir expliquer tout ça à Tassaa Bareesh, et autant que ce soit vous ».

— Ne vous en faites pas, répondit-elle. Il va revenir.

— Qui donc ? Votre copain Jedi ou l'émissaire Vii ?

Larin balaya les alentours d'un regard circulaire. Elle n'avait pas remarqué la disparition de l'émissaire. Même si, maintenant qu'elle y réfléchissait, elle se souvenait que Jet lui avait glissé quelque chose à propos d'Ula qui les retrouverait à la navette. Elle ne s'était pas demandée comment et quand ils arriveraient là. Ula s'était éclipsé avant que les forces de sécurité leur bloquent la dernière porte de sortie.

— Je parlais de Shigar, dit-elle enfin. Les Chevaliers Jedi n'ont qu'une parole.

— Et que vous a-t-il promis au juste ?

Elle faillit lui répondre sèchement, mais se reprit au dernier moment. Où Jet voulait-il en venir ? Bien sûr, Shigar n'avait pas promis de revenir, mais elle savait qu'il le ferait si les circonstances le lui permettaient. Et tandis que les forces de sécurité de Tassaa Bareesh se massaient à l'extérieur, il n'y avait rien d'autre qu'elle puisse faire à part accorder sa confiance. Depuis déjà longtemps, elle avait renoncé à tenter de le contacter avec le comlink.

Elle se leva.

— Je propose…

Le son d'une explosion lointaine l'interrompit. Le sol trembla et un nuage de poussière les enveloppa.

Impossible de dire où cette explosion s'était produite. Elle termina donc sa phrase, comme si de rien n'était :

— Je propose que nous examinions cette chose tant que nous en avons la possibilité.

Elle s'approcha de l'unité contenant l'usine miniaturisée et regarda à l'intérieur. Les tourbillons de fils étaient à présent immobiles, et elle crut pouvoir en déduire que la chose était morte. Elle voulut la renverser pour étudier sa base, mais l'ensemble était solidement arrimé au sol où les filaments s'étaient incorporés comme des racines d'arbre.

Un fragment de cet alliage argenté avait fondu pendant la fusillade dans la chambre forte. Elle le ramassa et le soupesa. Il était étonnamment lourd.

— Soyons clairs, dit-elle. Cette chose se trouvait à bord du *Cinzia*. Vous l'avez trouvée dans les débris du vaisseau et vous l'avez rapportée sur Hutta. Tassaa Bareesh l'a enfermée ici. Elle semblait inerte, mais elle ne l'était pas. Elle a envoyé ces filaments dans le sol et elle a entrepris de piller le métal là où il se trouvait. Elle a infiltré les systèmes de sécurité. Et elle a commencé à construire des droïdes.

— Ula les a appelés les hex.

Ce nom en valait un autre, pour le moment du moins.

— Peut-être un ou deux hex seulement, au départ, pour se défendre, poursuivit-elle. La chose les a gardés cachés à l'intérieur, comme dans un nid, ou un œuf. Si vous étudiez un de ces hex, vous constaterez qu'ils ne sont pas rigides de bout en bout. Ils ont une structure en nid-d'abeilles, si bien que deux peuvent facilement se ranger là s'ils se replient sur eux-mêmes. (Du bout du canon de son fusil, elle toucha la masse de filaments.) Et deux suffiraient pour s'emparer d'un vaisseau entier.

À présent, c'était elle que Jet regardait, et non le nid de droïdes.

— Vous pensez que cette chose attendait que quelqu'un gagne les enchères et l'emporte ?

— Oui. Les hex auraient surgi, décimé l'équipage, puis ils seraient rentrés tranquillement sur leur planète-mère.

Il acquiesça lentement en réfléchissant à cette hypothèse.

— Je pense que vous n'avez pas tort, dit-il. Je crois bien qu'en effet les hex auraient fini par s'échapper d'ici. Remarquez qu'ils ont émergé de la chambre forte quand tout le monde s'est mis à se canarder pour ce qu'elle contenait. La porte a fondu comme du beurre, sans doute sous l'effet de ces filaments qu'on voit là. Si nous avions attendu ne serait-ce qu'un jour de plus, notre nid se serait vidé à mon avis.

— Vous avez sans doute raison.

— Bah, ce n'est qu'une hypothèse, dit-il avec une pointe d'autodérision.

— J'en ai une autre, répondit-elle en retournant sur le seuil de la pièce. Si cette théorie de l'instinct du retour à la planète-mère est juste, alors les hex doivent savoir comment s'y rendre.

— Eh ! fit Nebula, enthousiasmé par l'idée. Alors si nous parvenons à sortir d'ici avec un de leurs cerveaux, nous n'aurons pas besoin du calculateur de navigation en fin de compte !

Ils contemplèrent la carcasse du double hex qui gisait sur le sol de la chambre forte. Le canon laser avait percé un trou à travers les deux abdomens joints. L'intérieur était noirci et fondu, complètement irrécupérable.

Jet grimaça.

— L'idée était bonne, pourtant.

Larin s'adossa au mur et ferma les yeux. Shigar prenait son temps, se dit-elle. Son taux de glycémie était faible, et la douleur lancinante lui donnait des vertiges.

Elle tenait toujours le fragment de métal ayant fait partie de l'usine miniaturisée dans sa main valide. Elle le glissa dans un des nombreux compartiments étanches de sa tenue. Au moins ils ne repartiraient pas les mains vides.

Des bruits à l'extérieur la firent revenir à la réalité.

— Quelqu'un approche ! lança Hetchkee.

Larin releva le canon de son arme avec le dos de sa main gauche et le dirigea vers l'extérieur de la pièce. À l'autre extrémité du sas de sécurité, un amas de gravats bougeait. Quelqu'un ou quelque chose s'efforçait de s'en extraire. Mais était-ce Stryver, la Sith ou le robot de Jet ?

Une main orange éraflée jaillit des décombres et agrippa une poutrelle. La jeune femme avait sa réponse.

— Je vous l'avais bien dit, lâcha le contrebandier avec un sourire de satisfaction avant de crier à son droïde : par ici, mon pote !

Clunker se hissa hors du tas de décombres et les rejoignit d'un pas boitillant, mais sans problème. Le Houk avait cessé de tirer. Au lieu de la rassurer, ce fait inquiéta Larin. Il leur était impossible de savoir ce qui se passait à l'extérieur de leur forteresse improvisée. Elle supposait que les Hutts ne les laisseraient pas en paix très longtemps.

— Bon boulot, Hetchkee, lança-t-elle en se reculant à l'abri dans la chambre forte. Je pense que nous allons bientôt avoir de la compagnie, alors restez sur le qui-vive.

— Oui, monsieur.

Si cette éventualité inquiétait le soldat, il ne le montrait pas.

Clunker communiquait avec Jet par une série de signes rapides.

— Mauvaise nouvelle, traduisit le contrebandier. Stryver a réussi à filer avec le calculateur de navigation.

— C'est donc une chose réglée, dit-elle sans parvenir à dissimuler son amertume.

Tous les espoirs qu'elle avait pu entretenir d'un rachat par une mission volontaire réussie étaient maintenant officiellement caducs.

— Quelle importance cette colonie a-t-elle pour lui ? se demanda-t-elle à haute voix. Est-ce que Mandalore ne compte pas déjà suffisamment de soldats ?

— Est-ce que Tassaa Bareesh n'est pas déjà suffisamment riche ? contra Nebula avec son petit rictus cynique. D'après moi, Stryver avait deux raisons de vouloir s'approprier le calculateur. Trouver les origines du *Cinzia* et empêcher n'importe qui d'autre de connaître la destination du vaisseau. Ce qui serait logique si Mandalore est impliquée dans cette affaire depuis le début.

Elle tourna vers lui un regard pensif.

— Vous avez peut-être raison. Stryver était au courant de l'existence du *Cinzia* bien avant tout le monde. C'est parce qu'il posait des questions à ce sujet un peu partout que ça nous a mis la puce à l'oreille.

— Et le *Cinzia* était en mission diplomatique, alors que ni l'Empire ni la République n'avaient entendu parler de lui. Vous pouvez me citer un autre acteur majeur dans la galaxie à l'heure actuelle à part ces deux-là ?

Elle dut lui accorder ce point. Même si les Mandaloriens n'avaient pas agi de façon unitaire depuis la guerre, il n'était pas inconcevable qu'ils le fassent maintenant pour l'honneur, ou pour une somme donnée, ou simplement parce qu'ils avaient envie d'une bonne guerre.

— Mais alors, pourquoi ces choses ont-elles attaqué Stryver ?

— Je ne sais pas.

— Et qui a sauvé le nid de la destruction quand l'équipage du *Cinzia* a fait sauter le vaisseau ?

— Je ne sais pas non plus, avoua-t-elle en secouant la tête. J'ai beau prendre cette histoire par tous les bouts, elle me déroute de plus en plus.

— Tassaa Bareesh avait une idée sur la chose d'après vous ?

Le son d'un éboulement leur parvint de l'extérieur de la chambre forte. Larin rejoignit la porte avant que Hetchkee ait le temps de les alerter. La masse géante de débris qui bloquait l'issue du sas se déplaçait vers eux. Derrière le grondement des pierres et des plaques de ferrociment en mouvement, elle perçut un bruit rythmique qui ne pouvait provenir que de droïdes déblayeurs.

— Bon, dit-elle, nous y sommes. Si vous avez une autre idée géniale, Jet, c'est le moment de nous en faire part.

— Je crains de vous avoir déjà livré mon quota de la journée…

— Alors priez avec moi que Shigar se manifeste rapidement. Sinon, nous allons connaître la vraie nature de l'hospitalité de Tassaa Bareesh derrière toutes ces dorures.

— J'imagine que nous pourrions tenter une percée désespérée, dit le contrebandier.

— Pour aller où ?

— Eh bien, il y a toujours mon vaisseau.

— Je croyais qu'il était confisqué ?

— Oh, ça… juste un petit détail d'ordre technique.

— Tout comme sortir d'ici vivants.

Il lui lança un clin d'œil.

— On peut toujours rêver, non ?

Cette légèreté face à une situation difficile avait toujours eu le don de remonter le moral de la jeune femme. Elle s'étonna d'avoir appris si vite à apprécier le contrebandier. Ils auraient peut-être des cellules voisines dans la prison de Tassaa Bareesh. À moins qu'ils soient écartelés côte à côte.

Dans un grondement de tonnerre, les droïdes déblayeurs percèrent la montagne de gravats. Une fois le passage créé, ils reculèrent pour laisser faire les forces de sécurité du palais. Ils étaient des dizaines, tous en armure et lourdement armés. Ils avancèrent prudemment sur les poutrelles dénudées du sol en visant l'entrée de la chambre forte.

Larin faillit éclater de rire. Tassaa Bareesh avait envoyé une petite armée pour capturer quatre personnes ! La chose aurait été absurde si la jeune femme ne s'était pas trouvée du mauvais côté de l'équation.

— Qu'en pensez-vous, Hetchkee ? lança-t-elle au soldat Kel Dor. Nous pouvons tenter de nous rendre si vous préférez. Nous n'avons rien fait de mal, quand on y réfléchit. Votre supérieur a été invité à venir ici au départ.

— Je ne pense pas qu'ils soient d'humeur à prendre ça en considération, monsieur.

C'était vrai. Les dizaines de Weequays, Houks, Niktos et Gamorréens semblaient croire que le même nombre de Sith, Jedi et Mandaloriens allaient surgir de la chambre forte et s'enfuir avec les trésors de leur maîtresse. S'ils avaient su qu'il n'y avait que trois personnes et un droïde à l'intérieur… Larin n'avait même pas eu l'idée d'essayer de forcer les trois autres chambres.

— Très bien, dit-elle. Attendez de voir le rouge de leurs yeux.

En face, la consigne semblait être la même à en juger par la façon dont les gardes serraient les rangs. Un Weequay gigantesque leva la main droite pour donner le signal de l'assaut.

À cet instant précis, le comlink de Larin s'activa.

Elle se figea, incapable de tirer et de répondre en même temps. Qu'est-ce qui était le plus important ? Les derniers tirs de sa vie ou la dernière communication qu'elle recevrait jamais ?

Le Weequay s'était immobilisé, lui aussi. Un Twi'lek à la peau bleue venait d'apparaître à l'autre bout de la pièce. Il faisait de grands gestes et criait dans une langue qu'elle ne pouvait comprendre.

— Vous savez ce qu'il dit ? demanda-t-elle à Nebula.

— Non. Mais ça a l'air important.

Personne ne faisait mine d'attaquer pour le moment, alors elle profita du répit pour poser son arme et prendre le comlink.

— Larin, c'est moi, dit la voix de Shigar. Où êtes-vous ?

— Exactement là où vous m'avez laissée. Dites-moi que vous avez un joker dans votre manche.

— Ce n'est pas impossible, justement. Tassaa Bareesh vous a envoyé quelqu'un ?

Elle contempla la masse compacte que formaient les gardes.

— On peut dire ça, oui.

— Suivez-les. Je sais ce qu'elle a en tête.

— Vous voulez que je me rende ?

— Ce ne sera pas une reddition. Nous avons… euh… conclu un accord, elle et moi.

Larin n'aimait pas trop la petite hésitation qu'il avait eue. Et s'il parlait sous la contrainte et que tout ça était un piège ?

— Vous vous souvenez de la saison des éclairs sur Kiffu, quand les arbres s'élèvent dans les airs à cause de l'électricité statique ?

— Quoi ? Ah… oui, bien sûr. Les dragons-étincelles les attirent dans les grottes pour leur voler leur charge. Je ne vous tends pas un piège, Larin. Vous pouvez me faire confiance.

— D'accord, dit-elle sans cesser de surveiller le Weequay qui hurlait quelque chose au Twi'lek et brandissait ses énormes poings. Vous serez là où ils vont nous emmener ?

— Vous pouvez y compter.

Elle posa le comlink et se tourna vers Jet. Il avait tout entendu.

— J'admets préférer les solutions où l'on parle au lieu de tirer.

— Alors vous pensez que nous devons faire ce qu'il dit ?

— Oui. Et Clunker est du même avis.

Le droïde paraissait prêt à se tailler un passage sanglant dans les rangs ennemis, mais il acquiesça dans un mouvement raide.

— Hetchkee ! Posez votre arme. Quand je le dirai, nous sortirons.

— Euh… Oui, monsieur.

— Attendez le signal. Si nous agissons au bon moment, je pense que nous pouvons nous en sortir vivants, et avec classe.

Le Weequay agita les poings au-dessus de sa tête une

dernière fois, puis les laissa retomber. Il grogna un ordre à ses troupes. Le Twi'lek avait l'air satisfait.

Un à un, les gardes posèrent leurs armes sur le sol.

— Voilà, dit Larin, c'est notre signal. Posez vos blasters, mais gardez les mains baissées. Nous ne nous rendons pas.

Elle sortit la première de la chambre forte, et le Twi'lek vint à sa rencontre. Il s'inclina devant elle.

— Je m'appelle Sagrillo. Sur ordre de Tassaa Bareesh, vous êtes libres de partir.

Larin réussit à ne rien montrer de son soulagement.

— Et moi ? demanda Jet, plein d'espoir.

— Hélas, capitaine Nebula, ma maîtresse a encore besoin de vos services, dit le Twi'lek en s'inclinant de nouveau. Si vous voulez bien tous m'accompagner, je vais vous mener où l'on vous attend.

Larin emboîta le pas à Sagrillo, Jet sur ses talons. Clunker et Hetchkee fermèrent la marche. Le seul son audible fut le grondement du Weequay lorsque ses gardes s'écartèrent pour les laisser passer. Larin hésita à lui adresser un petit salut, mais elle jugea préférable de s'en abstenir.

Elle jeta un coup d'œil à Jet. Mis à part la crispation de ses mâchoires, il ne trahissait aucune émotion.

22

Assis dans le bureau d'Encaasa Bareesh, Ula faisait de son mieux pour ne pas pleurer. Il n'aurait jamais dû venir sur Hutta. Il aurait dû discuter fermement avec le commandant suprême Stantorrs afin que celui-ci envoie quelqu'un d'autre. Et peu importait l'effet qu'aurait eu une telle attitude. Il aurait accepté avec gratitude un poste inférieur dans l'administration militaire de la République plutôt que de rester une minute de plus dans cet endroit sinistré.

Dès l'instant où il avait entendu prononcer ce nom maudit, *Cinzia*, tout s'était mis à aller de travers. Tout d'abord il avait été enlevé puis interrogé. Ensuite, il s'était retrouvé au beau milieu d'une bataille entre une Sith, un Jedi et un Mandalorien. Puis ces brutes d'hex avaient bien failli le tuer. Et maintenant…

Il se prit la tête dans les mains. Il n'arrivait plus à réfléchir.

De l'extérieur du bureau leur parvenaient les échos d'une agitation frénétique. La destruction de la navette de la République avait endommagé le spatioport du palais. Des équipes de maintenance et des pompiers couraient dans tous les sens et s'apostrophaient bruyamment, quand ils n'aboyaient pas dans leurs comlinks pour exiger des renforts. Ula n'avait pas proposé son aide. Le palais pouvait brûler en totalité, il s'en moquait complètement.

Les chances que Larin Moxla ait survécu étaient des plus minces. C'était pour lui une certitude.

Il n'était pas fier d'avoir fui le sas de sécurité en ruines, même si, sur le moment, il avait pensé que ses motivations étaient pures. La façon dont il avait joué à l'émissaire de la République n'avait jamais été convaincante. Jet l'avait percé à jour immédiatement, sans jamais le traiter d'espion de l'Empire. Il était donc préférable de laisser cette vie se terminer et en commencer une nouvelle dans l'Empire. Il pourrait passer moins de temps à se demander ce que les autres pensaient de lui et faire plus de choses constructives.

Franchir la sécurité du spatioport n'avait pas posé de problème particulier, même après le départ inattendu du vaisseau de Dao Stryver. On se souvenait de son arrivée, et on l'avait laissé passer. Il s'était approché de l'aire de stationnement réservée à l'Empire sans hésiter, sûr que les gardes du vaisseau lui permettraient d'embarquer.

La suite avait été très différente.

La honte qu'il avait éprouvée alors le consumait encore. Ses camarades de l'Empire – d'un rang hiérarchique inférieur, qui plus est – l'avaient repoussé sous prétexte qu'il appartenait à une espèce presque humaine et n'était pas de sang pur, comme eux. *Saleté d'Épicanthix*, avaient-ils dit. *Ta place est dans ce trou. File avant que nous t'abattions.*

Abasourdi par ce revirement soudain, il avait quitté le spatioport d'un pas chancelant. Si les siens ne voulaient plus de lui, qui allait l'accepter ? L'esprit en déroute, il avait erré au hasard dans les environs pendant ce qui lui avait semblé être des jours entiers, mais qui n'avait pas dû excéder une heure. Ses choix étaient limités. Il pouvait retourner dans le giron de la République et reprendre son poste auprès du commandant suprême Stantorrs – s'il n'était pas mis à la porte pour avoir échoué aussi lamentablement dans sa mission – ou faire ce que les gardes impériaux lui avaient suggéré et rester sur Hutta. Mais cette dernière option lui répugnait.

Quand il retourna au spatioport, il était déterminé à quitter cette planète à jamais. Il apprit que la navette de la République avait été détruite. Non seulement ses frères de l'Empire l'avaient rejeté, mais ils avaient aussi anéanti son seul moyen d'échapper à cette planète ! Il s'était senti tellement désemparé qu'il n'avait pas entendu l'explosion. Il avait alors accueilli la nouvelle avec un manque d'amour-propre certain.

Heureusement, la situation n'était pas totalement désespérée. Sur des mondes plus civilisés, la violation patente par l'Empire du Traité de Coruscant aurait pu déclencher une guerre générale, mais sur Hutta il y avait de fortes chances qu'on l'ignore tout autant que les infractions commises par la Sith et le Jedi ce même jour. De plus, son statut d'émissaire de la République garantissait toujours à Ula un certain poids. Tassaa Bareesh l'avait installé dans son bureau – un endroit fétide encombré de drapés en cuir et de beaucoup trop de velours, avec des choses *vivantes* qui rampaient sur les meubles – et l'avait laissé seul alors que le spatioport était confronté à des urgences autrement importantes. Ula ne pouvait lui en tenir rigueur.

La seule personne à qui il en voulait, c'était lui-même. S'il ne s'était pas enfui comme un lâche, il aurait peut-être pu changer le résultat de la mission. Larin était quelqu'un de très capable, mais elle était aussi blessée. Et maintenant que Stryver et le Sith avaient filé, sans doute avec le calculateur de navigation pour l'un des deux, et que les gardes à l'extérieur parlaient du Jedi que quelqu'un avait capturé, Tassaa Bareesh ne serait certainement pas portée à la clémence envers tous ceux qui avaient trempé dans cette affaire. Il s'attendait à un retour de bâton douloureux. Tout l'Espace Hutt tremblerait tant qu'elle n'aurait pas trouvé le moyen d'atténuer ses pertes.

Un Weequay au teint basané fit irruption dans le bureau. Il n'avait pas frappé avant d'entrer. Son visage affichait une grimace agressive.

— Debout, ordonna-t-il en touchant Ula avec son bâton de force.

Le ventre de l'Épicanthix se noua. Le moment qu'il redoutait était arrivé. Qu'est-ce que Tassaa Bareesh avait prévu pour lui ? S'il avait de la chance, ce serait rapide. S'il recevait le châtiment mérité, ce serait atrocement long.

Il fut conduit à l'extérieur, sur le spatioport, où Encaasa Bareesh et un groupe de Gamorréens attendaient, leurs haches de cérémonies prêtes. Ils encadraient un homme sale et contusionné qu'Ula ne reconnut pas immédiatement. Un bandage de fortune atténuait le saignement d'une blessure à son bras gauche. Une douzaine d'autres entailles et éraflures n'avaient pas été soignées.

— Émissaire Vii, je ne crois pas que nous ayons été présentés comme il se doit, dit le jeune homme d'un ton courtois. Je suis Shigar Konshi, Padawan du Grand Maître Satele Shan.

Ula était tellement déconcerté par ce formalisme et cette déférence à son encontre qu'il eut du mal à répondre sur le même registre.

— Je croyais que vous aviez été arrêté.

— Je l'ai été.

— Alors, que faites-vous ici ?

— J'attends... (Il regarda derrière Ula.) Oui, les voilà qui arrivent.

Ula se retourna. S'il avait d'abord été surpris, il fut vite ébahi en découvrant la scène.

Larin Moxla allait devant une procession formée d'un Weequay, un Twi'lek, Jet Nebula et son droïde, et un des gardes de Potannin. On ne les poussait pas comme des prisonniers ; d'ailleurs, ils n'étaient pas attachés. Comme Shigar, on les traitait plus en invités que comme des prisonniers.

— C'est un plaisir de vous revoir, l'ami, dit Jet en lui adressant un petit salut nonchalant. Si c'est vous qui avez réussi à nous sortir de cette pagaille, je vous dois une douzaine de Cœurs de Réacteur.

— Non, ce n'est pas moi, répondit Ula avant de se tourner vers Shigar pour avoir une explication.

— J'ai conclu un marché, expliqua à tous le Padawan, bien que son regard s'attardât particulièrement sur Larin. Tassaa Bareesh nous laisse partir.

— Une telle générosité de sa part est suspecte, dit la jeune femme.

— Eh bien, oui, il y a un piège, reconnut Shigar en faisant la moue. Je vous en parlerai quand nous serons en chemin.

— Vous avez une place à bord d'un vaisseau ? demanda Ula qui commençait à reprendre espoir.

— Mieux que ça, répondit le Jedi. J'ai un vaisseau et un capitaine.

— Quelqu'un de notre connaissance ? glissa Jet d'un ton incertain.

Le Twi'lek s'adressa à lui en termes précis.

— La grande Tassaa Bareesh a donné pour instruction à son neveu de libérer votre vaisseau, mais votre contrat avec notre employeur demeure valide. Vous emmènerez le Jedi et ses compagnons là où ils le désireront. Vous ne vous sauverez pas une fois franchies les limites de notre espace aérien. Vous reviendrez avec les informations souhaitées et vous livrerez lesdites informations dans leur totalité. Toutes les pertes financières survenant durant cette expédition seront de votre responsabilité.

— Et pour les profits ?

— Ils seront répartis selon la règle.

Nebula grimaça. Ula devina que la « règle » signifiait : tout pour Tassaa Bareesh et rien pour les autres.

— Ce n'est pas un marché très équitable, fit le contrebandier. Et puis, vous allez peut-être penser que je chipote sur les détails, mais je ne garde pas le souvenir d'un quelconque contrat entre nous.

Le Twi'lek sourit.

— Il y en a un maintenant.

— Je crois que c'est ça, le piège, souffla Larin.

Jet soupira.

— Bon. Au moins nous sommes vivants et nous allons bouger très bientôt. J'ai appris qu'il y avait une solution à tous les problèmes si l'on sait agir avec un minimum de… vélocité.

Il lança un clin d'œil à Ula, lequel était encore sous le choc de ce retournement de situation imprévu et conservait une expression ahurie.

— *Où* allons-nous exactement ? réussit-il pourtant à demander.

— Nous partons à la poursuite de Stryver, répondit Shigar. Et plus nous nous attarderons ici, plus grande sera son avance.

Il s'inclina face au neveu de Tassaa Bareesh, et le Hutt répondit quelque chose en grognant. Le Weequay et les Gamorréens se dispersèrent d'un pas lourd pour vaquer à des tâches plus importantes. Quand les portes du spatioport s'ouvrirent, Jet passa en premier et les mena à son vaisseau en sifflotant.

— N'espérez pas trop quand même, prévint-il. L'*Auriga Fire* est un bon appareil, mais il a connu des jours meilleurs. Comme toi, hein, mon pote ? (Il donna une claque sur l'épaule de Clunker, ce qui produisit un cliquetis qui se propagea dans la jambe gauche du droïde.) Je vous amènerai du point A au point B, mais je ne peux pas vous promettre grand-chose d'autre.

Il fit halte au bas de la rampe d'embarquement où une série de sacs de voyage étaient alignés.

— À qui tout ça peut-il bien appartenir ? dit-il.

— Je crois que c'est à moi, répondit Ula.

Ses appartements avaient dû être vidés de ses affaires pendant qu'il s'apitoyait sur son sort dans le bureau d'Encaasa Bareesh.

— Donc vous vous joignez à nous, émissaire Vii ? demanda Nebula, une lueur de connivence dans les yeux.

— Oui. Si… euh… si vous n'y voyez pas d'inconvénient.

— Je ne peux pas vous garantir que vous serez bientôt de retour sur Coruscant.

— Peu importe. J'aimerais beaucoup quitter cette planète le plus vite possible.

— C'est parti.

Jet tapa un code complexe pour déverrouiller le sas d'accès à son vaisseau. La coque était éraflée et criblée d'impacts de micrométéorites. Ula s'inquiétait un peu de l'état du vaisseau, mais il se dit que si Nebula avait survécu, c'était bon signe.

Le sas s'ouvrit.

D'un geste, Jet l'invita à entrer le premier.

— Après vous, alors. Attention à la marche. Les postes d'équipage sont sur la droite. Je crois que c'est le titre auquel vous avez droit maintenant : membre d'équipage. Quelqu'un va bien devoir m'aider à faire voler cette antiquité.

Ula prit un sac au passage. Le dernier de ses gardes fit de même. La rampe d'accès grinçait et oscillait. Il plissa le nez en découvrant l'odeur qui émanait de l'intérieur. Elle évoquait celle d'un dortoir de Rodiens. L'*Auriga Fire* était indubitablement très différent du transport officiel qui l'avait amené sur Hutta.

Mais il n'en avait cure. Un désastre complet avait été évité, et il ne pouvait qu'en être réjoui. Il était vivant, Larin également. Il disposait de vêtements propres et d'un moyen de transport. Il était même possible qu'il soit en mesure de revenir avec des renseignements précieux auprès de ses maîtres sur Dromund Kaas. Quand il repensait au désespoir qui l'habitait quelques minutes plus tôt seulement, il lui semblait que la situation actuelle avait tout pour le rendre optimiste.

Clang !

Il avait oublié l'avertissement de Nebula et venait de se cogner l'orteil sur la barre au sommet de la rampe.

L'*Auriga Fire* n'avait rien d'un vaisseau de luxe. Vu de dessus, le transport était presque parfaitement triangulaire avec des hyperpropulseurs à la base, puis avec les flèches des senseurs, les générateurs de bouclier et les instruments de communication à la pointe. Le cockpit était légèrement excentré, à mi-longueur de la structure, au-dessus des soutes principales. Ses coursives basses et étroites formaient un Y approximatif distribuant la soute principale, les postes d'équipage pouvant accueillir cinq personnes et la salle des machines à l'arrière. Des soutes additionnelles occupaient le reste de l'espace, dont certaines n'étaient probablement pas détectables à l'œil nu, Ula l'aurait parié. Nebula affirmait avoir eu un équipage de dix membres lors de sa rencontre avec le *Cinzia*. Ula aurait aimé savoir comment ils avaient réussi à tenir tous dans l'engin.

En terme d'équipement, en revanche, le vaisseau avait du répondant. En revenant de la salle d'eau, Ula repéra un rayon tracteur, un système d'interdiction rudimentaire et des recharges pour par moins de quatre canons trilaser. L'épaisseur des câbles suggérait que les boucliers étaient abondamment alimentés également. Nebula minimisait peut-être les capacités de son vaisseau, songea Ula.

Le cockpit était juste assez grand pour eux tous. Shigar prit le siège du copilote. Larin comptait plus d'heures de vol, mais en attendant que sa main soit soignée correctement elle fut reléguée à l'astrométrie. Clunker s'était raccordé aux systèmes de contrôle de vol et avait éteint ses photorécepteurs. Ce qui laissait les sièges passagers à Ula et Hetchkee pour le court saut jusqu'en orbite.

Dès que l'atmosphère brunâtre de Hutta fut supplantée par la lumière des étoiles, Ula se sentit plus léger, autant d'esprit que de corps. Jet cala habilement le vaisseau sur une orbite stable et brancha le pilote automatique. Puis il fit pivoter son siège et croisa les mains derrière sa nuque.

— Et maintenant, la question à dix milliards de crédits : Quelle direction ?

Tous se tournèrent vers Shigar, qui eut une moue embarrassée.

— Il est plus facile de la poser que d'y répondre, j'en ai bien peur, dit-il. Tassaa Bareesh pense que nous poursuivons Stryver, je suppose donc que c'est ce que nous devons faire.

— Pourquoi ne pas simplement nous enfuir ? demanda Ula.

— Je ne peux pas, intervint Nebula.

— À cause de ce faux contrat ?

— Parce qu'elle me traquera et finira par me clouer à un mur de sa salle du trône si je m'enfuis. Elle a planqué une balise quelque part sur cette vieille poubelle. J'en suis sûr. Moi, à sa place, c'est ce que j'aurais fait.

— Donc nous nous lançons à la poursuite de Stryver, résuma Larin. A priori, il se dirige vers le lieu de conception des hex.

— Si nous détenions le calculateur de navigation, nous ferions la même chose, approuva Shigar.

— Il doit d'abord craquer le cryptage, dit Jet. Nous avons essayé une ou deux fois durant le trajet jusqu'à Hutta, mais sans succès.

— Y a-t-il d'autres données qu'on ne nous a pas communiquées ? Par exemple, quand vous avez intercepté le *Cinzia*, avez-vous pu définir d'où il venait d'après sa trajectoire ?

— Non. Nous avons essayé aussi. Une projection de la route suivie, et l'on a abouti à une zone vide en bordure de la galaxie, puis à un vide encore plus immense au-delà. C'est la même chose avec tous les relevés que nous avons pu établir. Ils ne mènent nulle part.

— C'étaient des malins, dit Larin. Et ils voulaient vraiment rester cachés. Je me demande pourquoi.

Ils réfléchirent à la question un moment en silence. Ula n'avait pas d'indice à fournir quant à la psychologie de Lema Xandret. Les hex étaient des créatures remarquables et très étranges, mais ce seul constat ne révélait rien de leurs concepteurs.

À moins que… Sur Panatha, l'arrière-arrière-grand-père d'Ula avait été grand amateur des anciens dictons palawans. L'un disait : « Ce que vous faites est plus parlant que ce que vous dites », et un autre : « Ce que vous façonnez vous façonne. »

L'application de cette philosophie à leur situation actuelle sembla impossible à Ula, jusqu'à ce qu'il se rappelle quelque chose que Yeama lui avait dit.

— Cette chose qui construisait les hex, dit-il. Le nid. Il était fait d'un alliage particulier. Qu'était-ce ?

— Un mélange de lutécium et de prométhéum, répondit Nebula.

— Des métaux rares, donc. Il ne doit pas exister beaucoup de planètes où l'on peut trouver les deux, n'est-ce pas ?

Jet réfréna aussitôt son enthousiasme naissant :

— Il n'existe pas un seul monde exploré où on les trouve en abondance.

— Et dans l'Espace Vierge ? Il y a un tas de mondes non explorés.

— Bien sûr, mais c'est plus que vaste, et on ne l'appelle pas *vierge* pour rien.

Ula s'affaissa dans son siège.

— Comment avez-vous convaincu Tassaa Bareesh que vous aviez la plus petite chance de trouver cette planète ? demanda-t-il à Shigar. Moi, ça me semble sans espoir.

Le Padawan eut l'air gêné par le commentaire.

— Je lui ai rappelé que j'étais un Jedi. Je lui ai dit que nous avions nos méthodes.

Larin attrapa dans une des poches de sa tenue le morceau de métal argenté.

— Voilà comment nous allons localiser cette planète, dit-elle d'un ton triomphant, en offrant son trésor à Shigar. Grâce à ça, et à vos mystérieuses méthodes.

Il haussa les sourcils en signe d'étonnement, puis il les fronça un peu plus encore que précédemment et refusa la main tendue de la jeune femme.

— Non. Ça ne marchera pas.

— Il le faut, insista-t-elle. Vous m'avez déjà parlé de vos aptitudes psychométriques…

— Mes aptitudes psychométriques *ne sont pas fiables*, Larin.

— … et de votre Maître qui pense que vous pouvez arriver à les maîtriser. Quelle meilleure occasion pour faire un essai ?

— Il n'y en a pas, c'est vrai, reconnut-il, mais ça ne marchera pas simplement parce que je souhaite que ça marche.

— J'ai confiance en vous, répliqua-t-elle avec une candeur sans affectation. Et vous ne m'avez encore jamais déçue. Pas une seule fois. Je ne m'attends pas à ce que vous commenciez maintenant.

Cela élimina ses dernières réticences. Il prit le morceau de métal et le leva dans la lumière. La chose brillait tel un diamant.

— Est-ce que c'est bien ce à quoi je pense ? demanda Ula.

— C'est un fragment du nid, confirma-t-elle.

— Et Shigar peut retrouver son lieu d'origine par la seule puissance de son esprit ?

— Je peux essayer, en tout cas, lâcha le Jedi. Mais je ne promets rien.

— C'est toujours ça. Combien de temps ça vous prendra ?

— Je n'en sais rien. Il faut d'abord que je m'entretienne avec Maître Satele. Elle saura peut-être comment me guider. Vous pouvez envoyer un message à Tython ?

— En moins de temps qu'il ne vous en faut pour le demander.

— Je vais emporter le fragment dans la soute principale. J'ai vu qu'un holoprojecteur y était installé.

Shigar se leva du siège de copilote. Jet effectua quelques

réglages sur le tableau de bord pour ouvrir les canaux de communication et déplacer les données à travers le vaisseau.

Les yeux fixés sur l'échelle par laquelle le Jedi venait de disparaître, Larin paraissait pensive. Une petite ride verticale d'inquiétude était apparue entre ses sourcils.

Ula se pencha vers elle pour lui murmurer :

— Vous ne pensez pas vraiment qu'il peut y arriver, n'est-ce pas ?

Les yeux verts de la jeune femme se braquèrent sur lui.

— Je pense une seule chose, répondit-elle. S'il ne tente pas l'expérience, ce sera pire que s'il échoue.

Ula ne put qu'acquiescer face à cette confiance inébranlable, et il regretta de ne pas en posséder au moins la moitié.

— Bon, maintenant, il faut que j'ôte ce gant pour examiner ma main, déclara-t-elle. En l'absence d'un médecin, j'aurais besoin qu'un de vous deux m'aide. Soldat Hetchkee ? Émissaire Vii ?

— Je vais le faire, s'empressa de répondre Ula. Hetchkee, restez ici pour assister Jet, si besoin est.

— Le kit méd se trouve dans le sas arrière, indiqua Nebula. Prévenez-moi quand vous aurez une destination, et je ferai démarrer cette poubelle.

— Je n'y manquerai pas.

Larin se dirigea vers l'échelle, suivie d'Ula. Il s'efforçait de se remémorer tout ce qu'il avait appris sur la médecine lors d'un bref stage suivi sur Dromund Kaas, des années plus tôt.

23

Shigar marchait de long en large dans la soute exiguë de l'*Auriga Fire* en attendant que Nebula établisse la connexion avec Tython, et l'exercice n'était pas des plus aisés. Il ne pouvait faire que trois grandes enjambées d'une paroi à l'autre et il avait déjà réussi à se cogner le front à deux reprises contre un panneau d'instruments. L'inutilité de cette activité commençait à lui apparaître quand l'antique holoprojecteur clignota avec un léger grésillement.

Il alla chercher au fond de la soute une chaise pliante destinée à quelqu'un de beaucoup plus petit que lui et s'assit. Il avait l'impression que tout son corps se réduisait à ses genoux et ses coudes.

Une image bleutée du Grand Maître se forma. Elle miroita et frémit un peu, mais elle demeurait relativement stable.

— Shigar, dit Satele Shan en levant une main pour le saluer. Je suis heureuse d'avoir de tes nouvelles. Tu es sur Hutta ?

Il lui résuma brièvement sa position actuelle : dans un vaisseau de contrebandier, en orbite au-dessus de la planète hutt, toujours vêtu des vestiges de son déguisement improvisé.

— Je me retrouve dans une situation inextricable, et j'ai besoin de votre conseil, Maître.

Elle sourit, légèrement mais sans moquerie.

— Tu as accepté de faire certaines choses que tu ne

penses pas pouvoir réussir ou que tu ne veux pas accomplir. Les deux, peut-être.

La pertinence de sa perception le stupéfia.

— Vous pouvez le sentir à une telle distance ?

En vérité, elle était la Jedi la plus puissante de la galaxie !

Elle secoua doucement la tête, et son sourire s'imprégna d'une modestie charmante.

— Non, Shigar. Je me souviens simplement de ce que c'est quand on se trouve sur le terrain. Les responsabilités, les décisions, leurs conséquences… Tout semble très différent quand il faut l'assumer en solitaire. N'est-ce pas, mon Padawan ?

Il baissa la tête.

— Oui, Maître.

— Explique-moi et je te donnerai mon conseil.

Shigar reprit depuis le commencement, avec son arrivée sur Hutta en compagnie de Larin. Omettant les détails sans importance de son infiltration dans le palace, il évoqua sa première rencontre avec la technologie unique que Tassaa Bareesh se proposait de vendre aux enchères, ces filaments argentés qui, pareils à des racines, s'étaient étendus de la chambre forte jusque dans les tunnels souterrains du palais, et la description faite par Larin du nid de droïdes que Jet Nebula avait récupéré parmi les débris du *Cinzia*. Il parla aussi du combat à trois entre Dao Stryver, la jeune Sith et lui-même, puis termina par l'apparition des hex et leur évasion qui avait bien failli réussir.

— Tu as combattu une Sith ? lui demanda Maître Satele, l'air impressionnée.

— Je crois que ce n'était qu'une apprentie, comme moi, reconnut-il. Autrement, je n'aurais pas survécu.

— Quand même… Une Sith et un Mandalorien en même temps, et tu as survécu. Peu nombreux sont les Padawans qui peuvent se vanter d'un tel exploit. Et je vois dans le fait que tu ne t'en vantes pas le signe d'une personnalité bien trempée.

Mais son récit des faits avait fait apparaître certains aspects de ces événements auxquels il n'avait pas encore réfléchi.

— Maître, je ne crois pas avoir survécu grâce à mes aptitudes, ni même grâce à la chance. Stryver nous aurait vaincus tous les deux, l'apprentie Sith et moi, s'il avait disposé de plus de temps. L'intervention des hex a complètement changé la donne. Dès qu'ils sont apparus, il a cessé de nous combattre. Il s'est tenu en retrait pour nous regarder pendant que nous affrontions ce nouvel ennemi.

Elle se laissa aller contre le dossier de son siège et mit une main en coupe sous son menton. Shigar identifia le décor : elle se trouvait dans son bureau personnel, une pièce austère, très peu décorée, mais construite avec le bois d'oro le plus fin.

— Je vois, dit-elle. Continue.

Il décrivit les hex plus en détail, la symétrie de leur apparence de base, leur manque de personnalité ou d'individualité, et leur refus redoutable de rompre le combat. Il passa ensuite à des aperçus de leur structure interne telle qu'il l'avait entrevue en en tuant un.

— La technologie employée dépasse de beaucoup mes compétences, dit-il en se remémorant les matrices en nid-d'abeilles et les étranges fluides huileux qui s'étaient échappés du corps. Les hex n'ont pas plus de ressources que les droïdes normaux – certainement pas plus que les droïdes d'entraînement qu'on trouve sur Tython –, mais ils montrent un degré d'adaptabilité que je n'avais encore jamais vu. Un individu endommagé s'est confondu avec un autre pour former une version unique à huit pattes. Plus tard, un autre a activé un système de camouflage que les autres ne semblaient pas posséder, et les armes d'un troisième sont devenues plus puissantes. C'est presque comme si…

— Comme quoi, Shigar ?

— Je ne veux pas dire qu'ils évoluent, mais je pense vraiment qu'ils sont capables de ce que j'appellerais un réagencement adaptatif.

— En plein combat ?

— Oui. Particulièrement en plein combat, je le crains.

— Voilà qui en fait des droïdes très remarquables, en effet, dit-elle. Qui pourrait en être le concepteur ?

— L'émissaire Vii a été interrogé par Dao Stryver, Maître. Le Mandalorien a laissé échapper que Lema Xandret était une conceptrice de droïdes.

— Tu penses donc que ce seraient ses créations, Shigar ?

— Je dispose de trop peu d'informations pour en avoir la certitude, mais celles que j'ai semblent le suggérer.

— Certes. Dao Stryver était en quête à la fois d'une conceptrice de droïdes bien définie et d'un vaisseau contenant de quoi assembler des droïdes remarquables. Il est très probable que Lema Xandret soit la créatrice de ces choses. Mais à quoi sont-elles destinées ? Et si ce sont des armes, à qui ?

— Il est possible que ce ne soient pas du tout des armes, Maître. Du moins, que ces droïdes n'aient pas été conçus en tant qu'armes. Il se peut qu'ils aient combattu uniquement parce qu'ils voulaient retourner sur leur planète d'origine.

— Pour y faire quoi ?

Shigar n'avait aucune hypothèse à proposer. Il se rappelait avec une très grande netteté la fureur des droïdes empêchés de fuir. Une programmation aussi émotionnelle n'était pas logique chez des droïdes de combat. Chez aucune catégorie de droïdes, d'ailleurs, du moins d'après son expérience.

— Il y a autre chose, dit-il. Lorsque Stryver a affronté l'apprentie Sith, il lui a dit quelque chose au sujet de sa mère. Je n'en ai pas compris exactement le sens, mais elle a réagi. Qui que soit sa mère, elle aussi a un lien avec toute cette affaire.

Il en resta là, car jusqu'à plus ample information

l'implication de la Sith demeurait inexpliquée. Quoique tenté de tirer des conclusions de tous ces éléments qui lui paraissaient suggestifs, il estima plus sage d'attendre d'en savoir plus. Une mauvaise conclusion pouvait conduire à la mort, s'ils basaient leurs actes sur elle.

Maître Satele semblait partager ce point de vue.

— Donc la chose à bord du *Cinzia* n'était pas un ancien artefact ont les Sith ou nous-mêmes aurions pu tirer quelque utilité. C'était quelque chose d'étrange et de tout à fait novateur. Où en sommes-nous ?

— Le Mandalorien est en possession du calculateur de navigation. Il doit être en train de décrypter les informations qu'il contient à l'heure où nous parlons.

— Et ensuite ?

— Ses motivations nous restent inconnues, répondit Shigar qui repensa à l'échange avec Ula et Larin alors qu'ils allaient se mettre en orbite. Je crois que les Mandaloriens sont partie prenante dans toute cette affaire depuis le début. Il est possible que Stryver ait voulu s'approprier le calculateur, au moins en partie, afin de détruire toute preuve que la « mission diplomatique » du *Cinzia* était en fait avec Mandalore. Mais plus j'y réfléchis et moins je trouve la chose plausible. Les Mandaloriens ne sont pas unifiés, et ils ne parlementent avec personne. Combattre ou conquérir, c'est là toute leur philosophie.

— Ils se sont déjà alliés à l'Empire contre nous, lui rappela Maître Satele.

— Oui, mais il s'agissait de l'Empire, non d'une colonie isolée au milieu de nulle part.

— C'est vrai. Quels sont tes plans à présent, Shigar ? Vas-tu ramener l'émissaire Vii et ton amie sur Coruscant ?

Il connaissait l'expression qu'arborait le Grand Maître à cet instant. Elle connaissait déjà la réponse à sa question. Elle l'avait déduite ou découverte dans une vision. Elle avait aussi prononcé le mot *amie* avec une emphase qui l'encouragea à parler dans les termes les plus francs.

— Larin pense que je peux recourir à la psychométrie pour localiser cette planète, dit-il en montrant le fragment argenté d'alliage dont l'éclat, sans être beau, attirait immanquablement l'œil. Je pense qu'elle a trop confiance en mes aptitudes. Je préférerais ramener ceci sur Tython pour le confier à quelqu'un de réellement capable.

— Ce serait une perte de temps, Shigar, et une perte de temps qui pourrait se révéler décisive.

— Vous le savez, Maître, ou c'est simplement une suggestion ?

— Peu importe. Je sais une chose : la confiance que Larin place en toi n'est pas injustifiée. Peut-être devrais-tu lui faire confiance, toi aussi. Vois-tu chez elle une tendance à la mythomanie ?

La question ne se posait même pas. Pour lui, Larin était aussi solide qu'un roc.

— C'est tout le contraire. Elle voit ce qu'elle voit et elle dit ce qu'elle pense.

— Bien. Peut-être que celui qui ne voit pas, c'est toi, Shigar.

— Peut-être, Maître. Mais si j'échoue…

— Métaphoriquement, dit-elle avec un sourire, *si* est le plus petit mot de tout le dictionnaire de galactique standard, et pourtant il se dresse entre nous et nos plus grands rêves. Fais-en un pont, Shigar. Il est temps que tu le traverses. Je t'attendrai de l'autre côté.

Il prit discrètement une profonde inspiration.

— Oui, Maître.

— En attendant, j'ai bon espoir que le commandant suprême Stantorrs nous fournisse un soutien substantiel. Quand il s'agit des Mandaloriens, il est rare qu'il prenne des risques. Mais ce sera indubitablement une mission de militaires, pas une mission de Jedi. Je proposerai un rendez-vous sur Honoghr. Dès que tu les auras, envoie-moi les coordonnées là-bas, Shigar, et nous nous mettrons en route.

L'esprit du Padawan était chaviré par l'ampleur des efforts logistiques déployés en réponse à ses actes.

— Oui, Maître.

— La Force est avec toi, Shigar.

La communication ondula avant de s'arrêter.

Shigar s'affaissa un peu sur sa chaise, puis il chercha un coin tranquille où méditer.

Larin n'avait pas eu l'intention d'espionner la conversation de Shigar avec son Maître, mais l'*Auriga Fire* était trop petit pour que quelqu'un puisse profiter d'une intimité totale. L'endroit où Ula et elle se faisaient face était à moins de cinq mètres de celui qu'occupait le Padawan, et les coursives aux parois métalliques portaient tous les sons. Ula parlait bas pour ne pas déranger Shigar, et il fut donc facile à Larin de faire abstraction du discours de l'émissaire.

Il lui fut en revanche beaucoup plus difficile d'ignorer les dégâts que cette misérable Sith avait infligés à sa main.

Le seul fait d'ôter le gant s'était révélé une véritable épreuve. Aucun analgésique n'était assez puissant pour la protéger complètement de la sensation de la chair et du plastoïde ayant fusionné et qui se séparaient. Le sabre laser de la Sith avait opéré ce mariage horrible, ce qui l'avait empêché de perdre trop de sang, certes, mais il fallait absolument le faire cesser pour que la blessure puisse guérir. Le scan effectué avec le kit méd avait révélé un mélange d'os et de vaisseaux sanguins sectionnés. On ne pourrait réparer les dégâts qu'une fois la plaie mise à nu.

Cette tâche revint à Ula. Il mania le scalpel sonique avec plus de dextérité qu'elle ne s'y était attendue. Il lui parlait tout en travaillant, certainement pour les rassurer tous les deux. Incapable de détourner le regard, elle serrait les dents, mais dans le même temps son esprit était centré sur tout autre chose.

— *Quels sont tes plans à présent, Shigar ? Vas-tu ramener l'émissaire Vii et ton amie sur Coruscant ?*

Il devait s'agir du Maître du Padawan, la légendaire Satele Shan. Larin aurait aimé voir son image. Elle parlait avec une grande assurance, et Shigar y répondait d'une façon double dont il n'était sans doute pas conscient, avec une confiance absolue mais aussi un esprit de rébellion. Il était difficile de l'imaginer dans un rôle inférieur à quiconque.

— *Peut-être que celui qui ne voit pas, c'est toi, Shigar.*

— Voilà, dit Ula.

Il avait séparé précautionneusement le gant de ses chairs martyrisées. La couche de plastoïde était venue en trois morceaux. Il avait refermé les veines principales avec un cautériseur laser et appliqué un composé stabilisateur pour les os.

— Je crois que nous pouvons la mettre dans le kit méd maintenant. Je fouinerai dans les caissons du vaisseau plus tard et je verrai si je ne peux pas trouver du matériel pour prothèse afin de vous dépanner en attendant que nous soyons rentrés.

Elle aurait préféré ne pas regarder sa main détruite, mais il le fallait. Le coup avait tranché nettement en travers des métacarpes, la laissant sans même un seul bout de doigt. La douleur était maintenant vague, presque indistincte, mais omniprésente. Ses nerfs fonctionnaient toujours, manifestement. C'était une bonne chose, se rappela-t-elle, si elle envisageait de se faire poser une prothèse.

Le kit méd avala ce qui restait de sa main jusqu'au poignet et se mit à bourdonner.

— *La Force est avec toi, Shigar.*

Larin l'entendit soupirer, puis se lever pour aller ailleurs dans le vaisseau. Ses pas résonnèrent lourdement, comme s'il portait un fardeau énorme. Des portes s'ouvrirent et se refermèrent parfois aidées par un coup de poing. Enfin, il s'arrêta. Une dernière porte se referma. À part le bourdonnement très léger du système respiratoire et d'une douzaine d'autres machines, le vaisseau plongea dans le silence.

— Je disais, j'ai plusieurs sacs de voyage bourrés de

vêtements flambant neufs. Si vous ou quelqu'un d'autre a envie de changer de tenue…

Elle se concentra de nouveau sur le visage d'Ula.

— Quoi ? Oh oui. Excusez-moi. Oui, c'est une bonne idée. Vous pourriez m'aider à retirer mon armure ? Je resterai incapable d'atteindre les attaches du côté droit tant que le kit méd n'en aura pas terminé.

— Bien sûr. Avec plaisir.

Ensemble, ils la débarrassèrent des plaques recouvrant ses bras et sa poitrine. Le dos lui échappait totalement, aussi expliqua-t-elle à Ula comment procéder. Même à travers sa combinaison corporelle, elle sentait la fraîcheur de l'air. Elle n'avait pas ôté son armure depuis des jours. Sur Coruscant, avec le danger qui rôdait en permanence dans les vieux quartiers, elle s'était habituée à dormir sans la retirer la plupart des nuits.

L'état de l'armure la laissa désemparée. Avant même que Larin l'achète, elle était usée, mais ces derniers jours l'avaient éprouvée au-delà du raisonnable. Par endroits, elle était cabossée, éraflée, fondue, percée, noircie. Elle trouva ici et là des traces de sang qu'elle ne se souvenait pas avoir versé.

— Je peux me débrouiller, pour le reste, dit-elle. Il doit bien y avoir une salle de bains quelque part à bord.

— J'en ai vu une petite près de la soute tribord. Vous êtes sûre que ça ira, toute seule ?

— Absolument. Une femme doit garder quelques petits secrets.

Il rougit d'un coup, et elle regretta aussitôt sa plaisanterie.

— Désolée, dit-elle en lui prenant la main. Vous m'avez été d'une grande aide, émissaire Vii. Les analgésiques me tournent un peu la tête. J'irai peut-être m'étendre après m'être lavée.

— Oui, oui, vous devriez vous reposer. Et je vous en prie, appelez-moi Ula.

— Merci, Ula.

Elle trouva que sa main était chaude dans les siennes, et elle se surprit à ne pas vouloir les lâcher. Ils restèrent assis encore un moment, sans rien dire, et peut-être que les calmants la rendaient un peu bizarre parce qu'elle se sentit prête à craquer. Ce simple instant de contact humain lui était presque étranger. Elle vivait seule depuis si longtemps.

Ne sois pas idiote, se dit-elle. *Dans la Blackstar, ça n'a jamais été comme ça. Nous avons combattu, nous avons tué ensemble. Mais nous ne nous sommes jamais tenus par la main.*

— Bien, fit Ula, l'air gêné à nouveau. Les bagages sont dans le poste d'équipage. Je vous laisse chercher dedans. Appelez si vous avez besoin de quelque chose. N'importe quoi.

Larin hocha la tête et se moucha.

Ula lui lâcha la main.

Quand elle releva la tête, il était parti.

24

La navette impériale sortit de l'hyperespace au-dessus du monde verdoyant et désert de Kant, au plus profond de l'espace Bothan. Les deux lunes de la planète avaient pour compagnons un ensemble scintillant d'astéroïdes. Parmi eux rôdaient les dix-sept vaisseaux de la demi-division accordée à Dark Chratis par le Conseil Noir. Le croiseur lourd venait en tête, un Keizar-Volvec monstrueux et vieillissant baptisé le *Paramount*. Ax éprouva une crainte anticipée quand la navette s'en approcha pour accoster. Elle avait nettoyé les blessures de son visage et enfilé une tenue propre. Elle ne se sentait pas pour autant prête à vivre ce qui allait certainement se produire.

Un détachement entier l'attendait sur le pont du hangar. Elle ne répondit pas à leur salut.

— Où est le technicien que j'ai exigé ?

— La spécialiste Pedisic est en chemin, madame.

— Ce n'est pas ce que je voulais. J'ai demandé à ce qu'il y en ait un de présent à mon arrivée. Et Dark Chratis ? Il est en chemin, lui aussi ?

— Non, madame. Il souhaite que vous alliez le voir immédiatement.

— Une fois encore, ce n'est pas ce que je veux.

Elle referma l'étau invisible de la Force autour du cou du chef du détachement et serra jusqu'à ce qu'il étouffe.

— Dites-lui que j'ai un travail important à superviser, et que je ne veux pas être dérangée.

— À vos… ordres ! dit l'homme dont le visage était déjà violacé.

Elle le lâcha et il déguerpit au trot pour exécuter son ordre.

Derrière elle, le pilote et un autre soldat descendaient la rampe en portant entre eux un caisson métallique scellé qu'ils maniaient avec un soin exagéré. Elle leur avait bien fait comprendre la valeur de son contenu. Si quoi que ce soit arrivait aux restes de l'hex, elle serait fichue, et la mission avec.

— J'ai besoin d'un lieu sécurisé pour ouvrir ce caisson, dit-elle au soldat du détachement le plus proche. Conduisez-moi au local de quarantaine le plus proche.

— Tout de suite, madame.

Il pivota d'un bloc sur ses talons et la mena jusqu'à une pièce vitrée encastrée dans une des parois du pont. Le caisson suivit rapidement.

La salle de quarantaine était de taille modeste mais bien équipée. On déposa le caisson sur le sol, à côté d'une table métallique. La spécialiste des droïdes techniciens arriva. Elle soufflait comme une forge. Ax congédia toutes les autres personnes présentes.

— Il y a un droïde dans ce caisson, dit-elle alors à la technicienne. Et dans ce droïde, il y a des informations qui peuvent être de la plus haute importance. À vous de les extraire.

— Je comprends, madame.

— Bien. Alors, au travail !

La spécialiste Pedisic rompit les sceaux de sécurité, ouvrit le caisson et considéra un moment ce qu'il contenait avant de se pencher pour prendre les restes de l'hex. Le droïde s'était recroquevillé sur lui-même et avait maintenant la taille d'un enfant. Ses pattes étaient repliées de façon protectrice autour de son torse. Un fluide brun sombre tachait toute sa surface.

— Je n'ai jamais rien vu de tel, avoua-t-elle à la Sith en

essuyant ses mains avec un morceau de tissu sorti d'une poche de son uniforme.

— Ce que vous avez vu ou fait avant cette minute ne m'intéresse pas, dit Ax. C'est ce qui se passe à partir de maintenant qui compte. Si je disais que c'est une question de vie ou de mort, je n'exagérerais pas. Pour vous, en tout cas, c'est vrai.

Pedisic déglutit.

— Permettez-moi de faire venir un supplément d'équipement, et je me mets au travail aussitôt.

— Vous avez une heure.

La Sith sortit de la salle de quarantaine, passa entre les deux gardes en faction à la porte puis alla trouver son Maître.

Le coup arriva si vite qu'elle ne put l'éviter, même si elle s'y préparait depuis son débarquement sur le *Paramount*. Elle se sentit soulevée du sol et projetée par une force irrésistible contre la cloison la plus proche, et elle resta là, incapable de bouger.

— Tu as été envoyée sur Hutta pour ramener une seule chose.

Le sifflement acide de la voix du Maître investit son oreille comme une aiguille chauffée à blanc qui aurait transpercé son tympan. Elle le sentait tout proche malgré l'obscurité totale qui régnait dans la pièce. Sa présence était pareille à un feu vicié consumant la matière même de l'espace.

— Une seule chose, répéta-t-il, et tu reviens sans elle, tu n'interviens pas alors que l'émissaire officiel de l'Empereur est tué, et *tu prends ton temps* avant de venir me faire ton rapport. Que vais-je faire de toi, Eldon Ax ? Quel châtiment conviendrait le mieux ?

— L'émissaire était une marionnette, réussit-elle à dire pour sa propre défense.

— Les émissaires sont toujours des marionnettes, mais ils n'en incarnent pas moins l'apparence publique de l'Empereur. Insulter son image, c'est l'insulter. Se pourrait-il que tu aies participé à une telle chose ? Doit-il être informé que tu as laissé manquer de respect à son autorité ?

— Non, Maître. Ce n'était pas mon intention.

— Peut-être. Difficile d'en avoir la certitude. La confusion qui habite ton esprit se révèle pleinement à moi. Tu es affaiblie par tes attaches, par l'existence d'une *mère*...

Elle eut un mouvement de recul, comme s'il l'avait physiquement frappée.

— Vous mentez ! s'écria-t-elle, même si une partie d'elle-même redoutait que ce soit la vérité.

L'éclairage s'alluma brusquement, l'aveuglant. Soudain relâchée, elle s'écroula au sol puis cligna des yeux pour chasser les images résiduelles sur ses rétines. La pièce était carrée, noire et vide, à l'exception du sarcophage de méditation de son Maître placé sur des montants en son centre. Il se trouvait à l'intérieur, son visage ridé soigneusement caché par le couvercle rabattu.

Il ne s'était jamais tenu auprès d'elle.

— Permettez-moi d'expliquer, Maître.

— Si tu n'y parviens pas, je réduirai ton esprit en poussière.

Elle commença par sa tentative pour pénétrer dans la chambre forte et passa rapidement à son affrontement d'abord avec le Padawan, puis avec Dao Stryver. Dark Chratis se montra irrité de son incapacité à massacrer l'un comme l'autre de ces deux ennemis, et elle sentit sa fureur fiévreuse se refermer de nouveau sur elle, mais elle poursuivit laborieusement, quoique sans hésitation. Son destin dépendait de la faculté qu'elle aurait à le convaincre de la valeur des hex.

— Des droïdes, souffla-t-il. Lema Xandret était une conceptrice de droïdes.

— Ce qui confirme sans aucun doute possible qu'il existe un lien entre le *Cinzia* et elle. N'est-ce pas, Maître ?

— En as-tu d'autres preuves ?

Elle chassa de son esprit le souvenir des cris incessants que les hex poussaient.

— Dans un premier temps, ils n'ont pas cessé de m'attaquer, comme s'ils étaient programmés pour haïr les Sith. Dans les autres cas, ils n'étaient agressifs que si on les menaçait ou quand on leur faisait obstacle.

— Cette attitude en dit long, en effet. Et d'après toi, le Mandalorien les observait comme s'il les avait déjà vus ?

— Il s'est tenu en retrait jusqu'à ce qu'il devienne évident que les hex risquaient de s'échapper.

— Voilà qui est également très instructif…

— Maître, les Hutts ne savaient visiblement pas de quoi ils avaient hérité. Ils auraient pu vendre les hex au prix du poids de la matière première les composant si les droïdes n'avaient pas été animés.

— Tu penses que ta présence aurait pu activer une forme de mise en garde chez eux ?

— Non, Maître. C'était une question d'opportunité. L'usine miniaturisée est restée relativement inactive jusqu'à ce que les circonstances rendent cette tactique inapplicable plus longtemps. Le nid est alors passé à une autre tactique. Si les enchères s'étaient tenues une semaine plus tard, je pense que les hex se seraient échappés sans qu'on les repère dans la biosphère, et de là ils auraient pu retourner à leur lieu d'origine.

— Pour y faire un rapport, j'imagine.

— Oui, Maître.

— Peux-tu retracer leur parcours avec les restes que tu as rapportés ici ?

— C'est mon intention, Maître.

— Si tu n'y parviens pas, je t'écorcherai vive devant le Conseil Noir avant qu'ils m'infligent le même sort.

— Oui, Maître.

— Prosterne-toi devant moi, lui dit-il, et jure-moi que la pensée que je vois dans ton esprit n'est pas une autre raison pour que je te tue sur-le-champ.

Elle se figea. Elle avait focalisé toutes ses pensées sur le fait que les hex la combattaient aussi violemment que ses propres ennemis – plus violemment, en réalité, parce qu'elle était une Sith. Or ils auraient dû identifier sa nature et rester en retrait. Après tout, Lema Xandret avait créé les hex tout comme elle avait créé Ax. Sa mère avait même donné le nom de sa fille au vaisseau. Ces droïdes auraient dû se comporter en alliés, et non en ennemis.

L'emprise de Dark Chratis sur son esprit était pareille à celle d'une main refermée sur un œuf, prête à le faire exploser d'une seule pensée.

Elle fit exactement ce qu'il désirait et pressa son visage contre le métal froid du sol afin de réaffirmer son allégeance au Seigneur Sith.

— Je demeure votre servante dévouée, dit-elle. Tuez-moi si vous estimez qu'il doit en être ainsi.

Elle attendit, sans presque oser respirer, et peu à peu la pression sur elle se dissipa.

— Pour l'instant, tu as la vie sauve, lâcha son Maître. Localise cette planète. Si tu échoues une fois encore, je ne montrerai aucune clémence. Tu m'as bien compris ?

— Oui, Maître.

— Hors d'ici.

Elle sortit.

C'est seulement quand elle eut la certitude qu'elle se trouvait assez éloignée de lui qu'elle se permit de penser : *N'attendez aucune pitié de moi, Maître, le jour où la situation sera inversée.*

25

À la seconde où le kit méd indiqua par un bip qu'il en avait fini, Larin libéra sa main blessée et se dirigea vers la salle de bains. Elle était épuisée et elle avait mal partout, mais cela ne pouvait pas attendre. Elle avait vraiment besoin de se sentir propre. Une bonne douche était exactement ce qu'il lui fallait.

Ensuite, elle fit ce qu'Ula lui avait suggéré et fouilla dans ses sacs à la recherche de vêtements qui lui conviendraient. La plupart des tenues étaient pour des occasions officielles, et encore sous vide dans leur enveloppe scellée. Elles étaient taillées dans des étoffes précieuses et étaient donc peu adaptées à un voyage tel que celui-ci. Mais elle finit quand même par dénicher un pantalon bleu foncé et une veste coordonnée, à la coupe militaire. Ula n'étant pas beaucoup plus corpulent qu'elle, ni plus grand, manches et jambes tombaient à la bonne longueur, et pour les autres mensurations, elle parvenait à s'en accommoder. Avec sa combinaison noire moulante en dessous, elle avait presque un air stylé. Si bien sûr on oubliait les ecchymoses sur son visage et les doigts qui manquaient à sa main gauche…

Larin réfléchit à ce qu'elle avait dit à Ula. Elle était harassée, mais elle savait qu'elle ne pourrait pas trouver le sommeil. Quand elle sortit de la salle de bains, la première chose qu'elle remarqua fut l'immobilité du vaisseau. Il était toujours en orbite autour de Hutta.

Elle explora le niveau principal de l'*Auriga Fire*. Hetchkee ronflait joyeusement dans le poste d'équipage et, comme tout bon soldat, n'avait pas été dérangé par sa fouille des bagages d'Ula. Les voix masculines provenant en sourdine de l'étage inférieur appartenaient à Jet et Ula. Toutes les soutes où elle jeta un œil étaient vides, hormis une.

Shigar était assis en tailleur, les avant-bras reposant sur les cuisses et les mains jointes, yeux clos. Le fragment argenté reposait innocemment devant lui, sur le plancher. Le visage de l'apprenti Jedi était dénué de toute expression, mais elle sentait la tension qui émanait de tout son être comme s'il émettait une vibration audible. Il était très exactement l'image de ce qu'elle avait personnellement éprouvé une heure plus tôt : un être épuisé, sale et contusionné au point de se sentir à moitié mort.

Elle alla chercher le kit méd.

— Votre bras, dit-elle une fois revenue dans la soute. Comment allez-vous accomplir quoi que ce soit si vous vous videz de votre sang ici, dans le noir ?

Sans aucune autre réaction, il ouvrit les yeux.

— Je n'y arriverai pas, de toute façon, Larin.

— Vous savez quoi ? Vous ne pourrez jamais prouver que c'est vrai, répondit-elle en lui présentant le kit méd comme si c'était un défi. Tout ce que vous prouverez, c'est que vous avez cessé d'essayer.

— Mais si vous venez me distraire…

— Ce n'est pas la même chose que renoncer. Ça, ça s'appelle un regroupement. Je suis vos renforts.

Il troqua enfin le masque de la concentration pour un faible sourire.

— J'échangerais volontiers ma place contre la vôtre.

Elle lui montra sa main blessée.

— Moi aussi.

Il prit le kit méd sans un autre mot.

Elle lui expliqua la situation pendant qu'il pansait son

bras. Il acquiesça, l'air vague. Elle se laissa glisser contre la paroi jusqu'à se retrouver assise. Il ne fit rien pour l'en empêcher. À la lumière qui se déversait par la porte ouverte, il lui parut beaucoup plus vieux qu'elle ne l'avait jamais vu.

— Tout le monde attend que j'agisse, dit-il quand le kit méd cessa de bourdonner. Pas seulement vous et Maître Satele. Le commandant suprême Stantorrs, des centaines de soldats et de pilotes de chasseurs, toute la République… Tout le monde attend que je fasse quelque chose que je n'ai jamais été capable de faire. Pas comme il le faudrait, en tout cas. Tout ça va et vient. Ce n'est pas fiable. Je peux vous dire d'où vient votre armure, mais cette chose…

Le fragment pris au nid de droïdes le narguait toujours du même éclat, là, devant lui.

— Et donc, pour mon armure ? dit-elle.

— Je l'ai effleurée une fois, et j'ai eu une vision de sa propriétaire précédente. C'était une tireuse d'élite originaire de Tatooine. Elle a été décorée pour avoir abattu un chef local de la Bourse.

— Qu'est-il advenu d'elle ?

— Elle n'est pas morte dans cette armure, si c'est ce qui vous inquiète.

Larin hocha la tête, un peu soulagée.

— Peut-être qu'elle a été promue et retirée des unités combattantes en emportant l'armure avec elle. Ça arrive de temps en temps…

— Mais elle a vendu son armure, souligna-t-il. Avait-elle un si grand besoin d'argent pour faire une telle chose ?

— Pour ses enfants, peut-être. C'est une *vieille* armure, Shigar, on n'en voyait plus beaucoup même avant le Traité de Coruscant. Il a vraiment fallu que j'insiste pour l'obtenir, dans l'état où elle était, je peux vous le dire.

— Vous auriez pu acheter une armure neuve, dit-il. Mais ce n'était pas ce que vous vouliez. Vous vouliez un symbole de toutes ces choses qui ont besoin d'être affirmées.

— C'est ce que vous pensez ?

— Une simple intuition.

Ses yeux gris la fixaient sans ciller. Elle avait parfois l'impression qu'ils voyaient jusqu'aux tréfonds de son être. Et parfois, cela lui plaisait. Parfois, non.

— Vous réfléchissez trop, lui dit-elle.

— C'est ce qu'on m'a appris à faire.

— Je suis sûre que c'est faux. Je suis sûre que le Grand Maître vous a entraîné à réfléchir juste ce qu'il faut, mais pas plus. Mais la leçon n'a pas encore porté ses fruits, parce que les gens n'apprennent qu'à la dure. Et c'est exactement la situation à laquelle vous êtes confronté maintenant. Non ?

Il ne détourna pas le regard.

— Peut-être.

— Peut-être que rien du tout, insista-t-elle. Vous savez que vous devez faire quelque chose. Vous savez ce que vous devez faire et vous savez pourquoi. Mais vous ne pouvez pas le faire parce que vous n'arrêtez pas de réfléchir pour décider si c'est vraiment ce qu'il faut faire. Une grande partie de votre personne sait que vous êtes sur le bon chemin, mais il y a toujours cette petite partie de vous-même qui vous dit qu'il faut prendre le temps de réfléchir, encore et encore. Aux raisons, à la méthode, aux conséquences… C'est comme si vous étiez capable de tout prévoir, et qu'ensuite vous restiez spectateur et que vous regardiez tout se produire, de façon si parfaite que vous n'avez même pas besoin d'être là pour faire aboutir les choses. Mais les choses peuvent arriver d'elles-mêmes. Peut-être qu'il n'est pas nécessaire que vous agissiez si vous pensez assez fort à la situation. Et ça vaut toujours le coup de croire que ça se passe comme ça.

— Vous parlez d'expérience, à ce que je vois.

— Et comment, répliqua-t-elle.

Puis elle se tut. Le flot de mots s'était soudain tari.

— Pas de problème, dit-il. Vous n'êtes pas obligée de m'en parler.

— Non, il le faudra bien que je le dise à quelqu'un un jour ou l'autre. Autant que ce soit vous, et aujourd'hui.

Elle sentit une chaleur subite envahir ses joues, et elle se détourna en espérant qu'il n'avait rien remarqué.

— J'ai dénoncé un supérieur.

— Je suppose que vous aviez une bonne raison pour le faire.

— Une excellente raison. Le sergent Donbar était corrompu. Mais ça n'a rien changé. Je suis allée contre la chaîne de commandement et je l'ai dénoncé à ses supérieurs. Ils lui sont tombés dessus et ils l'ont viré, mais la véritable raison a été étouffée. Par la suite, il y avait toujours des gens qui ne me croyaient pas, qui pensaient que je l'avais balancé parce que j'avais quelque chose sur lui, et à cause du secret je ne pouvais même pas me défendre. Personne ne veut que l'image des Forces Spéciales soit ternie, et lui était le pire des salauds. Il a été viré, et j'ai fini par démissionner. Ça devenait intenable pour moi.

— Vous regrettez ?

— Parfois, dit-elle en pensant au Zabrak sur Coruscant. Mais je devais le faire. Si je vous racontais les semaines de torture que j'ai passées avant de prendre ma décision, je vous ferais mourir d'ennui.

Le regard du Jedi se fit plus sévère.

— Et maintenant, vous pensez que je devrais me décider et faire ce que j'ai à faire.

— Vous n'êtes pas de cet avis ?

— Pas du tout. Trouver une planète qui peut se trouver n'importe où dans l'Espace Inconnu n'est pas la même chose que rédiger un rapport, vous ne pensez pas ?

— C'est différent, bien sûr. Vous ne prenez pas le risque de perdre tous les amis que vous avez jamais eus si vous faites ce qu'il est juste de faire. Et pendant la majeure partie de votre vie, vous avez justement été formé à ça.

Souvenez-vous, Shigar, vous n'avez pas eu à vous hisser à partir de rien pour atteindre la position qui est maintenant la vôtre. Vous avez été choisi sur Kiffu pour devenir un Chevalier Jedi. Quoi qu'il arrive aujourd'hui, vous reprendrez ensuite l'existence que vous connaissez. Alors vous pouvez le faire à votre propre rythme ou vous pouvez le faire quand il *faut* que vous le fassiez. Pour ma part, je pense qu'il n'y a qu'un bon choix.

Il tourna la tête et regarda ailleurs.

— Vous pensez que c'est facile pour moi, et c'est ce que vous êtes venu me dire. Voilà qui change tout. Merci.

Son sarcasme fit mouche. Larin ne savait pas pourquoi elle était venue le voir, en vérité, sinon pour le sortir de son indécision. Elle était surprise de la force de ses sentiments et de la dureté avec laquelle elle les avait exprimés. Il était difficile de dire dans quelles proportions elle l'avait fait pour lui.

— Bon, je vous laisse tranquille, dit-elle. À vous de décider.

Quand elle se leva, ses jambes tremblèrent de fatigue.

— Je vais le faire, déclara-t-il. Il le faut.

— Bien, alors que ce soit sans trop de bruit. Je vais rattraper un peu de mon retard de sommeil.

Elle n'attendit pas son commentaire ironique, s'il en avait un. D'un pas d'automate, elle alla jusqu'à une couchette dans le poste d'équipage et elle s'endormit avant que sa tête touche l'oreiller.

Shigar l'écouta qui s'éloignait. Il regrettait déjà la façon dont il avait réagi à son conseil et sa confession. À l'évidence, elle éprouvait le besoin de se livrer depuis un certain temps, et il aurait pu montrer un peu plus de compassion. Mais il était tellement accaparé par ses propres problèmes qu'il n'avait pas su voir la blessure profonde qu'elle lui révélait. Pas sa main, mais cette séparation à jamais douloureuse d'avec tout ce qui lui avait naguère tenu à cœur.

Comment réagirait-il s'il devait un jour tourner le dos à l'Ordre Jedi ? se demanda-t-il. Il ne pouvait imaginer que Maître Satele fasse quoi que ce soit de contraire au Code selon lequel il vivait, mais des Jedi célèbres avaient basculé du Côté Obscur par le passé. Et s'il découvrait qu'elle travaillait en réalité contre le Conseil ? Et s'il savait que ce serait la parole de son Maître contre la sienne ? Son sens de la justice était-il assez fort pour donner l'alerte quand même, comme Larin l'avait fait ?

Il y avait encore peu de temps, il aurait été totalement sûr de lui. À présent, après avoir eu affaire à Tassaa Bareesh, il n'avait plus une telle certitude.

Et il restait toujours cette question du monde mystérieux, qui attendait d'être résolue.

Le fragment de nid des droïdes brillait devant lui.

Larin avait raison sur un point : rester assis à réfléchir à tout cela ne le mènerait nulle part. Tout le temps qu'il avait passé isolé dans le noir, il n'avait même pas touché ce bout de métal argenté. Il avait tenté sans succès de plonger son esprit dans l'état requis, en pensant qu'il était inutile de seulement commencer tant qu'il ne serait pas parfaitement prêt.

La confiance que Larin place en toi n'est pas injustifiée. Peut-être devrais-tu lui faire confiance, toi aussi.

Shigar se souvenait de ce qu'il avait éprouvé lorsque Maître Satele lui avait ordonné de se rendre sur Hutta. Il avait proposé à Larin de l'accompagner parce qu'il avait eu la sensation qu'elle avait besoin de lui pour se prouver quelque chose à elle-même. La jeune femme était pleine d'allant, mais il lui manquait un but clair. Il comprenait maintenant pourquoi cet élément déterminant de sa vie lui manquait. Et c'était *lui* qui avait besoin de se prouver quelque chose. S'il n'y parvenait pas, il ferait bien pire que décevoir son Maître et la République. Il se décevrait lui-même.

Un seul choix est le bon.

Il ramassa le morceau de métal. Au toucher, il était froid, ses bords coupants. S'il le serrait dans son poing, il s'entaillerait certainement la paume.

Il le fit rouler au creux de sa main et la referma.

Le plancher de la soute s'effondra, et soudain il chuta.

Son premier réflexe fut d'agripper quelque chose et de s'y tenir, autant mentalement que physiquement. C'était totalement différent de toute réaction psychométrique qu'il avait pu connaître jusqu'à maintenant. Mais ce qu'il cherchait à découvrir cette fois était également différent de tous les autres objets qu'il avait touchés auparavant, et combattre sa vision risquait de le mener tout droit à l'échec. Peut-être fallait-il justement qu'il plonge sans retenue dans ce vide. Il lutta contre la sensation de vertige et s'efforça de tirer le maximum de cette expérience.

La chute. Dans un premier temps, il sembla qu'il n'y avait rien de plus que cela. Puis il remarqua certains détails rappelant beaucoup l'étrange géométrie bleutée de l'hyperespace. Était-ce bien ce qu'il apercevait ? Le dernier voyage du nid, ou le premier ?

Il y eut un éclair aveuglant, et il s'immobilisa brutalement. Tout redevint obscur. Des voix approchaient et s'éloignaient, trop indistinctes pour qu'il comprenne ce qu'elles disaient. Elles étaient nerveuses, comme lors d'une dispute. Il ne distinguait aucun visage, aucun lieu, aucune coordonnée. Une simple sensation : la chose à laquelle avait appartenu le fragment était déterminée à survivre.

Le *Cinzia*, songea-t-il. Il remontait l'histoire de l'usine de droïdes. Celle-ci possédait une conscience rudimentaire, c'était manifeste, ce qui n'aurait pas dû l'étonner puisque la chose avait effectué seule la création de quatre droïdes de combat perfectionnés, sans être détectée. Même si la plupart de ses algorithmes internes étaient automatisés, il lui avait fallu un certain degré de ruse pour savoir quand rester inerte et quand passer à l'action.

L'éclair était probablement l'explosion qui avait failli la détruire.

Shigar voulait se remettre en mouvement. Le saut suivant serait celui qui le propulserait à l'origine, là où l'usine de droïdes était née. Mais son empressement provoqua seulement un brouillage des contours de la vision – et subitement il se retrouva projeté sur le plancher solide de la soute, sans rien de plus.

Il resta assis et calma sa respiration tout en maudissant son impatience.

Quand il ouvrit sa main droite, le fragment métallique reposait dans sa paume, au centre d'une petite tache de sang qui croissait rapidement.

Qu'avait-il fait cette fois, en comparaison de toutes ses autres tentatives, qui avait fonctionné ?

Il devinait la réponse, et elle était d'une simplicité désarmante. Il n'avait rien fait de spécial. Il l'avait fait, simplement. La Force était passée en lui exactement comme il convenait, et le savoir qu'il recherchait lui était apparu. Il ne lui avait fallu aucun degré particulier de concentration, aucun état mental inédit. Il l'avait fait parce qu'il pouvait le faire. Il était très possible qu'il n'ait pas toujours été capable de réussir, et il avait la certitude que toutes ces années d'entraînement n'avaient pas été une perte de temps. Mais à un certain point, comme Larin l'avait dit, toutes ces réflexions supplémentaires sur le sujet avaient été inutiles. En fait, elles avaient même été contre-productives.

La question suivante était : pouvait-il recommencer ?

Il n'avait pas besoin de se poser la question. Il *ne voulait pas* se la poser. Le temps des questions était passé.

Il fit passer le fragment dans sa main gauche et ferma le poing.

Une deuxième vision de l'hyperespace le submergea. Cette fois, la chute était plus rapide. Le tunnel bleu était tordu, gauchi. Il se sentait étourdi. Des forces mystérieuses le tiraient, le secouaient violemment. Il avait l'impression de dévaler le versant abrupt d'une montagne, et qu'à tout moment il risquait de trébucher et de rouler jusqu'au bas de la pente. À mesure que l'histoire de l'usine de droïdes se déroulait à l'envers dans le temps, elle l'emportait dans les profondeurs d'un endroit ténébreux.

Shigar ne doutait pas de la vision. Il la laissait se développer à son propre rythme. Les secousses devinrent plus fortes alors qu'il approchait des origines du *Cinzia*, jusqu'à ce qu'il ait l'impression d'être physiquement mis en pièces.

Puis tout cessa, et le calme s'imposa. Il eut une sensation de retour au foyer, même si elle était sans aucun doute illusoire. L'usine était une machine, elle avait quitté son monde d'origine elle n'y était pas arrivée. Mais la sensation était convaincante. Il se sentait chez lui ici, et cet « ici » – où qu'il soit – était important et précieux. Unique. Shigar comprenait ce sentiment, même s'il ne l'avait jamais éprouvé pour Kiffu, son monde natal. Il avait été un citoyen de la galaxie trop longtemps pour conserver encore des liens intimes avec un lieu particulier.

De nouveau, il pensa à Larin et au basculement que son existence avait subi. Elle aussi avait sillonné la République et l'Espace au-delà. Mais, à présent, elle était coincée sur Coruscant – du moins, elle l'était quand il l'avait rencontrée. Elle n'avait jamais exprimé la moindre amertume au regard de ce confinement relatif, mais il pouvait imaginer ce qu'elle ressentait.

L'usine de droïdes donnait l'impression d'être à sa place. D'où qu'elle vienne, c'était ici qu'elle avait voulu être. Et Larin l'avait tuée.

Peut-être était-ce une chance pour elle.

D'autres voix, cette fois avec des visages aux traits vagues. Des humains, hommes et femmes. Shigar n'en identifia aucun. Il saisit quelques mots cependant, ainsi que le cri furieux des hex. Un groupe de personnes chantait, parmi lesquelles une femme blonde aux yeux bleus brillants d'intelligence, âgée d'une cinquantaine d'années.

Elle levait le bras au-dessus de la tête. Elle brandissait son poing vers le ciel – mais ce n'était pas du tout un ciel. C'était un toit. Elle se trouvait dans un vaste espace avec une cuve rouge tubulaire en son centre emplie de rouge.

Shigar ne combattit pas la vision. Il lui dit simplement : *Je veux être dans sa tête.*

Et c'est ce qui se produisit. Il se trouva enveloppé dans un flot turbulent de pensées et d'impressions sensorielles. Il vacilla, un peu effrayé de la facilité avec laquelle il avait réussi. Rien de comparable ne lui était jamais arrivé. Peut-être y avait-il quelque chose de spécial chez elle, cette Lema Xandret.

Car c'était bien elle. Il était ballotté par sa fureur. Il trouva de la force dans sa détermination à vivre sans entraves. Il fut agacé de comprendre que tout finissait toujours par des compromis, ou disparaissait. Il éprouva de la satisfaction face à ses réalisations. Il sanglota de son amour pour un enfant, et de la perte de celui-ci.

Shigar contempla à travers ces yeux le monde qu'elle avait adopté, et il ressentit de la fierté mêlée d'inquiétude, mais aussi un désir intense de vengeance.

Nous ne reconnaissons pas votre autorité !

C'était là, enfin. Tout ce qu'il avait recherché : le monde de métal, dense, riche de changements et de vigueur, où personne ne l'aurait cherché en un million d'années.

Ses yeux s'ouvrirent subitement. Il ne ressentait pas de douleur à cause des coupures dans ses paumes. Il avait oublié les souffrances diverses qui assiégeaient son corps, celles récoltées sur Hutta. Il n'éprouvait que de la gratitude, à un degré qu'il n'avait encore jamais expérimenté, associée à un sentiment puissant de réussite.

Il se leva et se rendit précipitamment dans le poste d'équipage. Larin y était déjà profondément endormie. Il songea à la réveiller pour la mettre au courant, mais réprima cette impulsion. Elle avait bien mérité de se reposer. Il pourrait la remercier plus tard.

Ula et Jet étaient dans le cockpit. Il gravit l'échelle et les interrompit dans leur conversation.

— Je sais où elle est !

— La planète ? demanda Ula, surpris.

— Oui. Je l'ai trouvée !

— Bien joué, l'ami, dit Nebula. Vous avez des coordonnées à me donner ?

— Pas exactement, répondit Shigar. Mais je peux vous la décrire. Je crois qu'elle sera assez facile à localiser.

— Eh bien, c'est une excellente nouvelle. J'en ai plus que marre de cette vue, ici. Asseyez-vous, et nous allons nous y mettre.

Son sentiment de triomphe diminua d'un coup quand Shigar pensa à ce qui les attendait.

— Quoi ? fit Ula, qui ne l'avait pas quitté du regard. Il y a un problème ?

— On peut le dire comme ça.

Leurs visages se fermèrent en même temps quand il leur expliqua.

Trouver la planète était une chose.

L'atteindre en était une autre.

26

La spécialiste Pedisic leva les yeux vers Ax quand celle-ci entra dans la salle de quarantaine. L'endroit avait été aménagé. Des équipements volumineux étaient suspendus au-dessus de la table de dissection, reliés par des câbles épais aux connexions de l'ordinateur central du croiseur situées dans la paroi. Les restes de l'hex avaient été disposés telle une tapisserie délicate, révélant les détails complexes de sa structure et de son fonctionnement. Les parois cellulaires qui le rendaient aussi résistant que léger étaient tissées de fils métalliques brillants, ce qui laissait supposer qu'elles accomplissaient les fonctions primordiales tout en assurant un soutien interne de l'ensemble. Elle vit plusieurs globes de la taille d'un poing et pareils à des œufs sphériques argentés nichés contre des composants plus familiers. Les pattes avaient été détachées de leurs articulations d'aspect très complexe puis réunies comme des ramures métalliques dans un containeur en transparacier.

— J'ai un rapport très fourni à vous faire, madame, dit la spécialiste.

Elle avait retroussé ses manches et ses avant-bras étaient maculés de cette substance visqueuse d'un brun sombre.

— Faites donc.

Poings sur les hanches, Ax s'était campée à un bout de la table. Elle s'était montrée généreuse en laissant plus d'une heure à la scientifique. Si Dark Chratis n'avait pas été aussi disert dans son rappel à la discipline, la Sith serait revenue beaucoup plus tôt.

— Eh bien, ce que je peux vous dire en premier lieu, c'est que cette chose, quoi que ce soit, n'est pas au stade ultime de son achèvement.

Pedisic choisit parmi tous ceux encombrant l'espace autour d'elle un ustensile fin, à la pointe allongée, et s'en servit pour désigner ce dont elle parlait.

— Voyez, ici : le treillis neural a été interrompu avant que la série de réseaux analogiques réflexes soit complète. Et là : il y a tout un ensemble de raccords sensitifs qui auraient dû se raccorder à la région dorsale, mais aucun n'est connecté à l'unité centrale. Le générateur d'états ne s'est développé que jusque-là, alors qu'il aurait dû relier les deux.

— Vous voulez dire que cette chose a été expulsée trop tôt avant d'être complètement prête ?

— Certains indices suggèrent qu'elle a continué son développement après avoir quitté l'usine qui l'a créée. À mon avis, cette chose aurait achevé elle-même son développement si elle en avait eu le temps.

Ax se souvenait de la férocité avec laquelle la créature avait combattu. Et elle n'était même pas terminée !

— À quoi aurait ressemblé son aspect final ?

— Impossible à dire. La banque de données principale ne contient aucun schéma définitif. En revanche, j'y ai trouvé quantité de formes transitoires. Il y a aussi un composant biologique qui me laisse très perplexe. Cette matière brune doit assurer une certaine fonction, sinon elle ne serait pas présente en telle quantité. Elle agit peut-être comme un agent réactif aléatoire, ce qui aiderait à des adaptations plus fluides selon le contexte. Toutefois, l'ensemble est difficile à analyser parce qu'il a été très sérieusement brûlé.

Elle posa sur Ax un regard réprobateur, comme si elle la tenait pour responsable de l'état de son sujet d'études. Dans ce cas précis, la Sith était totalement hors de cause. C'était le Jedi ou le Mandalorien qui avait fait le travail pour elle.

Et que ce soit l'un ou l'autre, ça n'avait aucune espèce d'importance.

— Vous avez accédé au cerveau, donc ?

— Oui. À l'instant.

— De quelle intelligence est dotée cette chose ? Pourrait-elle piloter un vaisseau par exemple ?

— C'est peu probable, madame, mais en cas de nécessité elle saurait se modifier afin de le faire. Comme ces oiseaux dont une nouvelle partie du cerveau se développe au printemps afin qu'ils apprennent de nouveaux chants. C'est une simple question de…

D'un geste, Ax la fit taire.

— Les données sont cryptées ?

— Bien sûr, mais ce code est basé sur le système impérial qui est tombé en désuétude il y a quinze ans.

Lorsque Lema Xandret avait fui l'Empire, la Sith s'en souvenait.

— Je vais le craquer très vite. Ne vous inquiétez pas, madame. Du fait que la chose était inachevée, ce sera plus facile. Il me suffit de dresser le plan de l'architecture et de trouver comment m'y introduire…

Ax ne s'intéressait pas à ces précisions. Et elle ne s'était pas rendu compte qu'elle paraissait soucieuse. Si cette spécialiste n'arrivait pas aux résultats qu'elle souhaitait, elle en prendrait une autre, voilà tout.

— Tout ce que je veux connaître, c'est sa provenance, dit-elle. Et je veux le savoir au plus tôt.

Pedisic acquiesça.

— Oui, madame. Avec votre permission, je vais reprendre mon examen.

D'un geste, Ax lui donna la permission de se remettre au travail.

Pendant qu'elle attendait, elle parcourut la salle encombrée de machines et d'écrans. Elle lut les données brutes affichées et parvint à ses propres conclusions. Rien de ce qu'elle voyait n'était en contradiction avec l'opinion de la spécialiste, et il y avait bien d'autres aspects de ce sujet qui n'avaient pas été évoqués dans leur brève conversation. Les globes contenaient les processeurs principaux de l'hex, d'où les données convergeaient, étaient redistribuées, échangées et provoquaient les diverses réactions environnementales utiles. Dans leur principe, les armes à chaque main différaient assez peu de la technologie standard appliquée aux blasters, mais leur miniaturisation était remarquable et elles étaient parfaitement intégrées au membre, de sorte que celui-ci était en même temps capable de saisir et de soutenir le poids du corps. Cet hex ne possédait aucun système de camouflage qu'on puisse analyser, et malheureusement l'électromiroir défensif était trop endommagé pour être soumis à une ingénierie inverse. Des sections entières du corps avaient été réduites en cendres.

— J'ai craqué le code, madame, annonça Pedisic.

Ax vint aussitôt regarder par-dessus son épaule. Sur un holopad se déroulait une liste de symboles – les blocs avec lesquels l'esprit de l'hex et toutes ses actions étaient construits. Mais dans les commandes, les règles de langage et les algorithmes, rien ne semblait familier à la Sith.

— Ils contrôlent l'hex ? Le droïde, je veux dire ?

— Oui.

— Nous pourrions les utiliser pour en contrôler d'autres ?

— J'ai peur que non. Ces commandes particulières sont générées en interne par le système pour assurer la coordination de ses divers composants. Chaque droïde a donc un système différent, adapté à son évolution. Nous n'avons découvert que le langage propre à ce droïde, qui est maintenant hors fonction.

— Bon, mais vous l'avez traduit ?

— Oui.

Alors trouvez-moi ce que je cherche. Le temps presse.

J'ai un Mandalorien à battre, et si je perds, tu vas le payer très cher.

La spécialiste se pencha sur la section de l'hex qu'elle avait ouverte et utilisa des manipulateurs téléguidés capables de prendre des mesures plus fines que n'importe quel être humain. Les données défilèrent dans toutes les directions sur l'holopad, trop rapidement pour qu'Ax les déchiffre. Elle commençait à avoir la migraine à force de se concentrer sur quelque chose qu'elle ne comprenait pas vraiment.

— Vous avez une minute, dit-elle à Pedisic.

— Je l'ai trouvé, madame, dit la scientifique. Le nom, les coordonnées dans l'hyperespace.

Une excitation soudaine envahit Ax.

— Donnez-les-moi. Maintenant !

Où es-tu, mère ?

Pedisic débita une longue série de chiffres. Ax ferma les yeux et visualisa la localisation approximative qui leur correspondait dans le disque galactique.

Elle n'en faisait pas partie. Elle se situait bien au-dessus de la Bordure Médiane, au milieu de nulle part.

— Vous êtes sûre que ce sont les données qu'il contient ?

— Certaine, madame. Même si ça n'a pas de sens, vous ne trouvez pas ? Il n'y a rien par là. Rien du tout.

Ce n'était pas entièrement vrai, songea la Sith. Il y avait des naines froides et des géantes gazeuses, ainsi que toutes sortes de bêtes stellaires étranges. Et l'on parlait d'une planète inconnue, après tout, le repaire idéal pour des concepteurs de droïdes traîtres à l'Empire et fuyant les Sith. Il n'était pas déraisonnable d'envisager que des gens désirant avant tout garder leur localisation secrète aient parcouru des parsecs pour échapper à tout risque de poursuite.

Mais qu'est-ce qui avait mené Lema Xandret à un refuge précis ? Qu'est-ce qui l'avait poussée à tourner son attention dans cette direction ? Les probabilités qu'elle ait lancé son vaisseau au hasard dans l'inconnu et qu'elle ait réussi à découvrir un monde habitable étaient infimes.

— Comparez les coordonnées aux archives impériales, dit-elle à la scientifique. Je ne serais pas étonnée qu'on trouve quelque chose à cet endroit.

La requête fut adressée à la banque de données du croiseur. Ax pianotait des doigts sur la table de dissection en attendant la réponse. Celle-ci prit plus longtemps que prévu, et la Sith eut le temps d'observer l'hex et de se dire que ce résidu organique surchauffé ressemblait beaucoup à du sang séché…

Avec un léger tintement, l'holopad afficha une seule ligne sur son écran.

— Non, c'est réellement impossible, murmura la spécialiste.

— Faites un autre essai.

Pedisic réitéra la procédure. Et obtint le même résultat.

— Ce doit être du bluff, dit-elle. Une localisation erronée pour nous éloigner de la bonne.

— Je ne le pense pas, rétorqua Ax. Tout ça semble faux, mais c'est ce qui m'indique que ce doit être vrai. Je vous avais dit que nous trouverions quelque chose, non ?

— Mais il s'agit d'un trou noir, objecta Pedisic.

— Je sais. J'ai appris à lire.

Ax avait l'impression que cette étoile morte l'avait atteinte et attirée avec sa gravité irrésistible. Elle était absolument certaine que c'était là qu'elle trouverait Lema Xandret, la conceptrice des droïdes qui parlaient avec sa propre voix.

— Je pense que vous devriez me donner le nom, maintenant, déclara-t-elle. Nous partirons dès que notre trajectoire aura été établie.

QUATRIÈME PARTIE

SEBADDON

27

C'était un nom sans prétention pour une colonie qui n'aurait pas dû exister, se dit Ula alors que l'*Auriga Fire* vibrait autour de lui.

Sebaddon.

— Vous savez que nous sommes dingues ? lança Jet d'une voix forte pour couvrir le son des hyperpropulseurs poussés au maximum. Si la masse du trou noir ne nous réduit pas en morceaux, sa gravité va nous aspirer dès notre arrivée.

— Nous avons défini la course du vaisseau pour éviter ces deux éventualités, répondit Shigar. Tout se passera bien. Certainement.

— Je vais essayer de ne pas y penser, grinça Ula.

— Et moi, de ne pas vomir, ajouta Larin.

Ula se retourna sur son siège pour la regarder. Elle lui adressa un clin d'œil.

— Combien de temps encore ? demanda Shigar.

Son assurance et son calme étaient exaspérants. Ula ne savait pas comment Nebula faisait pour le supporter.

— À peu près entre une minute et jamais. Plus probablement la deuxième évaluation.

La structure du vaisseau émettait des craquements sinistres du nez à la queue, comme si quelque chose l'avait saisi à chaque extrémité et cherchait à le *tordre*. Ula agrippa les accoudoirs de son siège et ferma les yeux. Il n'avait pas signé pour vivre ça. Le rôle d'informateur supposait de faire le guet dans l'ombre, de voler des renseignements ou de préparer un bon vieil assassinat. Il n'impliquait pas de combattre des droïdes tueurs, d'être torturé par des Mandaloriens ou de plonger tête la première dans un trou noir. Ce genre d'activité était réservé aux agents secrets confirmés.

Une main vigoureuse se referma sur son coude. Il rouvrit les yeux.

— Ne vous en faites pas, lui dit Larin. Nous allons y arriver.

Il hocha la tête et obligea ses doigts à se décrisper. Autant qu'elle pense qu'il était rassuré, alors qu'en réalité c'était exactement le contraire. La révélation psychométrique de Shigar avait élevé la confiance que la jeune femme avait en lui à un niveau encore jamais atteint, même s'il existait maintenant une tension nouvelle entre elle et le Jedi, comme si leur relation avait fondamentalement changé de nature. Ce qui, pour Ula, était sans doute l'aspect le plus irritant de sa situation.

Elle retira sa main. Sa main valide. Celle coupée en deux par la Sith était glissée dans un gantelet mécanique, une sorte de moufle qui lui permettait seulement de saisir les choses. L'*Auriga Fire* n'avait pas mieux à offrir en matière de prothèses.

Le vaisseau fit une nouvelle embardée. Clunker s'avança en tanguant, déroula un câble de son torse et le brancha au tableau de bord.

— Qu'est-ce qu'il fait ? demanda Ula.

— Il se synchronise avec l'ordinateur de bord, expliqua Jet.

— Vous le laissez piloter le vaisseau ?

— Il a une tête mieux remplie que la mienne sur les épaules et son temps de réaction est beaucoup plus rapide.

Comme pour réfuter cette affirmation, l'*Auriga Fire* gîta de façon inquiétante sur bâbord, puis sur tribord. Ula fut jeté d'un côté et de l'autre dans son harnais, mais Clunker réussit à rester debout et connecté.

Un moment plus tard, le vol du vaisseau se stabilisa. Les vibrations décrurent notablement, et les plaintes de l'hyperpropulsion et de la coque ne formèrent plus qu'un bruit de fond. Le nœud qui broyait le ventre d'Ula se desserra un peu.

— Bon, fit Jet en appuyant sur diverses touches devant lui. On approche. Cramponnez-vous !

Ula se raidit à nouveau tandis que la texture voilée de l'hyperespace refluait. Normalement, une vision accélérée des étoiles aurait dû la remplacer, mais ici, aux limites extrêmes de la galaxie, ils filaient vers les ténèbres. Seul l'éclat d'îlots stellaires lointains fut englouti par le mouvement du vaisseau.

Dans une secousse violente, l'*Auriga Fire* revint dans l'espace réel et les vibrations reprirent.

Jet coupa les hyperpropulseurs et activa au maximum les répulseurs. Ula fut comprimé contre son siège quand le vaisseau changea de cap. Les senseurs balayèrent l'espace devant eux, révélant une vue que personne hormis Lema Xandret et ses compagnons n'avait admiré dans l'histoire de la galaxie.

C'était beaucoup plus lumineux qu'Ula ne l'avait imaginé. Ce fut sa première impression. Tandis que le vaisseau virait lentement et que le trou noir apparaissait, il constata non une absence de lumière mais deux jets d'un jaune brillant qui fusaient à chaque pôle de la singularité. C'était ce qui restait du dernier repas du trou noir – une étoile morte, peut-être, ou une géante gazeuse solitaire qui avait eu la malchance de croiser la route de ce monstre sans fond. Comme quelqu'un qui aurait enfourné trop de nourriture dans sa bouche en une seule fois, une partie du repas rejaillissait dans l'espace en se consumant telles des torches célestes sur l'arrière-plan de la galaxie.

La deuxième chose qu'Ula remarqua fut la galaxie

elle-même. Le vaisseau et ses passagers en étaient assez éloignés pour l'admirer dans son intégralité. Sa magnifique spirale, avec le renflement au centre, occupait presque la moitié du ciel. Alors qu'elle leur apparaissait progressivement, Ula oublia ses inquiétudes un moment et eut le souffle coupé par la beauté majestueuse du spectacle. Chaque nébuleuse, chaque amas et chaque abîme se révélait à lui avec plus de clarté qu'aucune carte ne pouvait en donner. On avait du mal à croire que quelque chose d'aussi sublime était le théâtre de tant de guerres et de chagrin.

— Voilà la planète, dit Jet qui jouait des commandes comme un maestro.

— Sebaddon ? Où ? fit Shigar en scrutant ce panorama spectaculaire.

— Là.

Jet désignait la visualisation que donnait un écran. Ula ne vit rien de plus qu'un point.

— Elle est plus lointaine que je l'avais pensé. Nous allons contourner le trou noir et la rejoindre par un mouvement ascendant.

— C'est sans danger ? demanda Ula.

— Relativement. Tant que nous ne nous approchons pas trop.

Relativement à quoi ? faillit dire Ula.

Shigar étudiait l'écran.

— Aucun signe d'autres vaisseaux, dit-il. Il y a une petite lune.

— Comment pourrait-elle avoir une lune ? s'étonna Hetchkee depuis son siège, situé derrière celui d'Ula.

— Comment peut-elle se trouver là, d'ailleurs ? ajouta Larin.

— Un trou noir vous détruit si vous vous en approchez trop, dit Shigar, mais pas si vous restez à une distance suffisante. Des corps peuvent aisément tourner en orbite autour de lui. Sebaddon, n'importe quel morceau de planète qu'il a happé au fil du temps, nous…

La façon dont tout le vaisseau vibrait n'était pas pour rassurer Ula.

— Et la chaleur ? dit-il. Ces jets sont chauds, mais pas à ce point.

— Tandis que la planète décrit son orbite, la gravité du trou noir va s'étendre et la comprimer, empêchant son noyau de se solidifier. Je parie que nous verrons des volcans quand nous serons assez près. C'est ce qui doit apporter tous les minerais rares à la surface – ainsi que du gaz carbonique, ce qui aide certainement à conserver une atmosphère tempérée.

Devant eux, les jets étaient visiblement plus grands. Clunker demeurait connecté. Sebaddon demeurait invisible à l'œil nu, et Ula renonça à tenter de la repérer.

Une alarme se déclencha.

— Des vaisseaux, dit Jet. Derrière nous. Exactement là où nous sommes sortis de l'hyperespace.

— À qui sont-ils ? demanda Larin.

— Il faut que nous ayons achevé la manœuvre. Alors je pourrai vous le dire.

Sur l'écran, l'affichage disparut dans un déluge d'électricité statique quand ils plongèrent plus profondément dans l'effrayant champ magnétique du trou noir. Une odeur d'ozone envahit le cockpit. Tout ce qui contenait du fer se mit à vibrer sur une fréquence aiguë très désagréable.

Il n'y avait plus aucun sens de pesanteur parce qu'ils tombaient en chute libre autour du trou noir et utilisaient son attraction gravitationnelle pour se lancer vers l'orbite de la planète. Mais Ula avait toujours l'impression d'être simultanément étiré et comprimé, exactement ce que Shigar avait décrit quand il avait parlé de Sebaddon. Les effets de marées, c'était ainsi qu'on appelait ce phénomène. Ses poumons luttaient pour aspirer assez d'air, et des taches roses se mirent à danser devant ses yeux.

Puis la pression commença à baisser. Il s'effondra dans

son siège, en transpirant abondamment et en remerciant l'Empereur d'être toujours en vie.

— Bien, fit Jet, le plus dur est passé. Merci, Clunker. Sebaddon est droit devant nous. Nous entrerons dans son orbite d'ici une minute environ. Quand à ces vaisseaux… (Il consulta les écrans de contrôle des senseurs redevenus actifs.) J'en compte quinze, avec des codes de transpondeurs appartenant à la République. Stantorrs a dû secouer du monde sur Coruscant pour les faire arriver ici aussi vite.

Shigar approuva d'un mouvement de tête. Il était impressionné, et il ne cherchait pas à le dissimuler.

— Pas de trace de Stryver ?

— Pas d'après les senseurs, en tout cas.

— Et l'Empire ? dit Ula.

— Les seuls vaisseaux présents dans le coin sont ces quinze-là et le nôtre.

— Comment les Sith auraient-ils su où aller de toute façon ? fit remarquer Larin. Elle ne dispose pas du calculateur de navigation.

— Ils peuvent avoir trouvé un autre moyen, tout comme nous, dit Ula qui voulait garder espoir bien qu'il ait prononcé cette phrase sur le ton de la mise en garde. Mieux vaut ne pas les sous-estimer.

— C'est sûr, fit Larin. Là voilà, ajouta-t-elle en pointant l'index sur un des panneaux vitrés devant eux.

Ula tourna son attention dans cette direction.

Sebaddon était une planète de petite taille, balafrée par l'activité tectonique, exactement comme Shigar l'avait prédit. Sa surface allait du basalte gris au manteau rougeoyant exposé à l'atmosphère à cause des mouvements constants des plaques. L'atmosphère était assez dense pour respirer et l'on y percevait des traces de nuages et de précipitations. Il n'y avait pas d'océans, seulement quelques surfaces brillantes de dimensions réduites dans les parties les moins chaudes de la planète. Peut-être des lacs.

— Si c'est de l'eau, dit Larin, la surface pourrait être habitable.

Près d'un des « lacs » se trouvait un groupe de sources de radiations lumineuses qui indiquait la présence probable d'une cité quelconque. Ailleurs sur le globe on apercevait d'autres points brillants, peut-être des mines ou des installations plus réduites.

— Quelqu'un a bien œuvré, commenta Jet. Depuis combien de temps sont-ils là ?

— Nous ne le savons pas, répondit Shigar.

— Je dirais une vingtaine d'années, en partant de l'hypothèse qu'ils n'étaient qu'un petit groupe au commencement. L'infrastructure est imparfaite, et ils n'ont pas encore investi certaines zones.

Tout en parlant, Jet désigna les écrans de contrôle. Pas de vaisseau en orbite, ni de satellite. La petite lune était totalement intacte.

— Vous voulez que je leur envoie un petit bonjour ? proposa-t-il.

— Non, répondit Shigar. Attendons que Maître Satele Shan arrive. C'est elle qui devrait établir le premier contact.

— Et Ula ? intervint Larin. Il est l'émissaire de la République.

Shigar se tourna vers lui.

— Sans vouloir vous offenser, je pense que quelqu'un d'un rang supérieur devrait gérer cette affaire. J'espère que vous comprenez.

— Absolument, répondit l'informateur, feignant l'approbation.

En réalité, il aurait préféré gâcher les manœuvres d'approche de la République envers un monde aussi précieux. Mais il ne pouvait discuter ce point sans éveiller les soupçons. Il lui faudrait donc prendre son mal en patience et guetter une autre occasion de saboter les efforts de ses ennemis.

L'*Auriga Fire* se glissa sans à-coup sur une orbite polaire autour de Sebaddon, puis les moteurs se turent à la satisfaction générale. Clunker se déconnecta et retourna se caler dans son coin. Des heures à être secoués s'étaient écoulées depuis le début du dernier saut, et Ula était très heureux que ce soit fini.

Manifestement, Nebula était du même avis. Il se leva de son siège et tapota le capot au-dessus du tableau de bord.

— Allez, marmonna-t-il. Je sais que c'est là, quelque part…

Un panneau dérobé s'ouvrit et il glissa la main à l'intérieur.

— Aha ! Ces satanés Hutts n'ont pas réussi à trouver *tout*, heureusement.

La main réapparut, qui tenait une bouteille fine emplie d'un liquide doré. Il la déboucha et but une gorgée au goulot.

— Quelqu'un d'autre veut porter un toast ? Au fait que nous en sommes sortis vivants malgré des passagers dingos et des données peu fiables ?

Les autres l'ignorèrent presque complètement, car tous les regards étaient tournés vers l'arrivée de la flottille de Maître Satele. Comme Jet, elle avait choisi de passer autour du trou noir plutôt que d'essayer de combattre son attraction considérable ; les forces titanesques qui agissaient sur les vaisseaux étaient plus apparentes vues de l'extérieur. Ula fut effaré par la vitesse qu'ils atteignirent quand leur course les amena au plus près du trou noir. L'un d'eux ne prit pas la bonne trajectoire et dériva très légèrement. Instantanément, le trou noir le happa et il disparut en tournoyant dans l'immense gueule ténébreuse.

Un à un, les quatorze vaisseaux rescapés apparurent de l'autre côté.

— Voyez si vous pouvez déjà les contacter, dit Shigar. Le mot de passe est *faucon des chauves-souris*.

— Je m'y mets, dit Nebula qui reboucha la bouteille et la posa avant de se tourner vers le système de communication.

— Cette partie de l'espace est affectée par la singularité, de sorte qu'on ne peut pas joindre la galaxie, mais nous devrions pouvoir ouvrir une transmission à courte portée avec eux.

— Étrange de penser que tout ça pourrait être terminé dans quelques minutes, dit Larin pendant que Jet essayait de contacter les vaisseaux en approche. Je veux dire, Stryver a perdu tout intérêt pour cette planète ou bien il a été victime du trou noir. L'Empire ignore où nous sommes passés. Une fois que Maître Satele Shan sera entrée en contact avec Lema Xandret, notre travail sera fini.

— Vous oubliez les Hutts, dit Ula. S'ils ont placé un mouchard sur ce vaisseau, ils nous repéreront facilement.

— Seulement s'ils cherchent le signal dans la bonne direction. Et qui penserait à chercher par ici ? C'est l'endroit parfait pour se cacher.

Jet n'avait pas tort, mais l'informateur se refusait à l'admettre. Une fois Sebaddon annexée par la République, il ne pourrait que révéler la position de la planète quand il serait de retour sur Coruscant, soit bien après que la question de l'appartenance de ce monde à l'un des deux camps aura pu être réglée. Sa mission était sur le point de devenir un échec, et il ne pouvait apparemment rien faire pour y remédier.

— Ce Mandalorien m'a fait l'impression d'être très malin, dit alors Hetchkee. Je ne l'imagine pas tombant dans le trou noir, à moins qu'on l'y ait poussé.

— Je suis aussi de cet avis, approuva Shigar. Il serait imprudent de penser que nous n'aurons plus jamais de ses nouvelles.

— Je l'ai, annonça Jet en se laissant tomber dans son siège, un sourire satisfait aux lèvres. Vous pouvez parler, Grand Maître.

— Très bon travail, Shigar, dit la voix de Satele Shan dans le haut-parleur.

— Merci, Maître, répondit le Padawan, visiblement fier du compliment.

— Le commandant suprême aimerait que l'émissaire Vii soit réexpédié sur Coruscant dès que possible.

— Avec votre permission, dit Shigar, nous aimerions nous joindre à vos forces et assister aux négociations.

— Eh, une minute, l'ami…, commença Jet, mais le Jedi l'interrompit :

— Nous traquons Lema Xandret depuis si longtemps, il semble dommage d'être venu jusqu'ici pour simplement faire demi-tour.

Ula ne savait trop que penser de cette requête. D'un côté, il ne prévoyait rien de plus intéressant que ces joutes oratoires diplomatiques dont il était familier. De l'autre, il n'était pas pressé d'aller avouer son échec à l'un ou l'autre de ses maîtres.

— Je m'attendais à cette demande, répondit Satele Shan avec une pointe d'amusement dans la voix. Le colonel Gurin commande la flotte. Je vous suggère de rejoindre la Deuxième Compagnie et de prendre la place du vaisseau que nous avons perdu. Les données tactiques vous seront données sous peu.

— Encore merci, Maître, dit Shigar avant de rendre le contrôle du système de communication à un Jet Nebula bougon.

Les instructions et la télémesure parvenaient déjà à l'*Auriga Fire*. Dès que Jet aurait raccordé son vaisseau à cette source, il deviendrait un élément d'une entité tactique beaucoup plus grande et ne serait plus indépendant.

— Allons, ne faites pas cette tête, dit Shigar au contrebandier avec un sourire. Vous avez déjà travaillé pour la République, non ?

— Bien sûr, mais uniquement pour empocher ses crédits. Pas pour la gloire ou par goût, comme ça semble être le cas pour vous.

— Ça ne durera pas longtemps. Je veux juste voir comment ça se passe.

— Vous ne trompez personne, Shigar. Je sais que vous ne voulez pas honorer le marché passé avec Tassaa Bareesh.

Les coins de la bouche du Jedi s'abaissèrent, mais il ne dit rien pour nier l'accusation.

Le croiseur où se trouvait Maître Satele passa au-dessus d'eux, tel un losange doré qui paraissait plus petit qu'il n'était en réalité, avec une nacelle de commande saillant qui ressemblait à un aiguillon d'insecte à l'arrière et une coque constellée de traces d'impacts de turbolasers et de canons à ions. Ula aperçut la télémesure qui déferlait dans l'*Auriga Fire*. Le croiseur s'appelait le *Corellia*. Il avait déjà vu ce nom dans les documents du commandant suprême Stantorr.

Jet mit donc son vaisseau sous le commandement de la République, et il devint une des huit unités obéissant aux instructions du colonel Gurin. La flottille se déplaçait tranquillement à une orbite plus basse. Les échanges détendus entre vaisseaux emplirent le système de communication, qu'ils soient entre êtres vivants ou entre droïdes. L'attitude impassible de Clunker devint plus attentive. Ula lui aussi prêta l'oreille, au cas où il pourrait glaner quelques informations utiles. Dans des périodes aussi tendues, les protocoles militaires changeaient presque chaque jour.

— J'enregistre des traces d'activité au sol, dit Jet. Xandret et ses petits copains savent que nous sommes là.

— Pourquoi ne disent-ils rien, alors ? demanda Larin.

— Par timidité, peut-être ?

— Quel genre d'activité ? demanda Shigar.

— Des sources de chaleur, principalement. Peut-être des réacteurs en phase de préchauffage. Deux semblent provenir de sites industriels d'après la signature.

— Vous transmettez ces données au colonel Gurin ?

— Il voit exactement ce que nous voyons, à moins qu'il admire un autre paysage.

La roue de la galaxie formait un arrière-plan magnifique quand Satele Shan émit pour la première fois en direction des habitants de Sebaddon.

— Je suis le Grand Maître Satele Shan, dit-elle sur toutes les fréquences. Je ne viens pas au nom de la République, mais de la part de tous ceux qui dans la galaxie sont partisans de la paix et de la justice.

— Qu'est-ce que c'est que cette déclaration ? demanda Hetchkee.

— C'est le double langage des Jedi, répondit Larin. Elle ne veut pas que les Sebaddoniens nous croient sur le point de les envahir.

— Même alors qu'elle arrive à la tête d'une flotte de vaisseaux de guerre de la République ?

— Même ainsi.

Shigar leva une main pour réclamer le silence. Personne ne lui ayant répondu, Maître Satele faisait une nouvelle tentative :

— Nous avons de bonnes raisons de croire qu'une mission diplomatique envoyée de Sebaddon a été interceptée avant d'atteindre sa destination. Nous ne sommes pas responsables de sa destruction, mais je tiens à vous faire part de mes regrets les plus sincères, et je souhaite partager avec vous les données que nous avons collectées au sujet de ce malheureux incident.

— L'activité s'accroît, dit Jet. Les sources de chaleur s'intensifient.

— Vous êtes sûr qu'il ne s'agit pas de volcans ? fit Larin.

Il ne répondit pas, pas plus que les habitants de Sebaddon ne répondirent au dernier message de Satele Shan.

— Il pourrait s'agir de volcans, déclara Ula parce qu'il ne voulait pas rejeter une suggestion de Larin, même faite ironiquement. Il serait logique de puiser l'énergie géothermique sur un monde comme celui-ci. S'ils ont trouvé un moyen de stocker et de relâcher cette énergie, il se peut que ce soit ce que nous voyons en ce moment.

— Ça pourrait aussi être des sites de lancement, dit Jet.

— S'ils nous envoient un comité d'accueil, pourquoi ne pas nous prévenir ?

— Parce que ça pourrait ne pas être le genre de comité d'accueil auquel vous pensez.

— Il faut que je parle à Lema Xandret, essaya une troisième fois le Grand Maître. J'ai des raisons de croire qu'elle pourrait être votre chef.

Enfin, le silence de la planète fut brisé. Une voix de femme leur parvint, portée par les ondes, sur fond de parasites.

— Nous n'avons pas de chef.

— Très bien, dit Satele Shan, mais suis-je en train de parler à Lema ?

— Nous demandons seulement qu'on nous laisse tranquilles.

— Vous n'avez rien à craindre de nous, je vous le jure. Nous sommes venus pour parler et pour offrir notre protection, si vous en avez besoin. Vous n'avez aucune obligation d'offrir quoi que ce soit en retour.

— Nous ne reconnaissons pas votre autorité.

Ula en eut la chair de poule.

— C'est ce que les hex répétaient. Elle parle exactement comme eux.

— En effet, dit Shigar. Ce doit être Xandret. Les hex partagent son timbre de voix et sa philosophie parce que c'est elle qui les a conçus.

— Nous ne souhaitons nullement vous imposer une sorte quelconque d'autorité, répondait Maître Satele.

— Nous demandons seulement qu'on nous laisse tranquilles, répéta Xandret.

— Ces points de chaleur sont prêts à exploser, lâcha Jet d'un ton lugubre.

— Passez-moi le micro, dit Shigar. Maître, je ne pense pas que les paroles auront un résultat. Elle est aussi entêtée que ses droïdes. Je suggère de trouver une autre approche.

Le grand Maître avait déjà repris la parole :

— Peut-être pourrions-nous nous entretenir face à face. Cela pourrait nous aider à mieux nous comprendre. Juste moi et mon Padawan, dans l'endroit de votre choix. La dernière chose que je souhaite est que vous ou vos dirigeants vous sentiez menacés, ou intimidés…

— Nous n'avons pas de chef ! s'écria Xandret. Nous ne reconnaissons pas votre autorité !

— Et voilà, fit Jet en affichant sur l'écran de contrôle principal plusieurs taches très lumineuses à la surface de la planète. Quelqu'un d'autre que moi trouve que ça ressemble à des missiles ?

Ula regarda l'image de très près. Ses connaissances dans le domaine militaire étaient parcellaires, mais les points brillants qui s'élevaient rapidement de la surface avaient pour lui un aspect très menaçant. Tout d'abord parce qu'ils se déplaçaient très rapidement, plus que n'importe quel vaisseau avec un équipage n'aurait osé le faire dans l'atmosphère. Il y en avait huit, qui commençaient à mieux apparaître : longs, fuselés. Ils tournaient sur eux-mêmes en s'élevant, comme des fusées de feu d'artifice, ce qui faisait d'eux des cibles beaucoup plus difficiles à atteindre depuis les vaisseaux.

L'*Auriga Fire* fit une embardée en réponse aux données de la télémesure que transmettait le *Corellia*. Comme un seul, quinze vaisseaux changèrent de cap en réaction à la menace qui montait vers eux.

— Voilà votre réponse, dit Larin. Quelqu'un prend la situation très au sérieux, pas de doute.

— Très bien, grogna Jet. Mais moi je n'abandonne pas mon vaisseau à autrui alors qu'il est en danger.

— Attendez, dit Shigar.

Mais il était trop tard. Le contrebandier avait déjà rompu la liaison entre son vaisseau et ceux de la République. Dans l'éclair de ses répulseurs, l'*Auriga Fire* s'écarta du reste de la Deuxième Compagnie et grimpa pour atteindre une orbite plus élevée.

Derrière eux, les unités de la République adoptèrent une formation de bataille, avec le *Corellia* au centre et les vaisseaux de soutien autour de lui, en un tétraèdre resserré. Tandis que les chasseurs jaillissaient des divers hangars, les canons se braquèrent sur les missiles en approche. Le Grand Maître ne s'exprimait plus et le bavardage interne à la flotte avait cessé.

— Reprenez votre position, *Auriga Fire*, dit une voix sèche émanant du *Corellia*. Reprenez votre position !

Jet n'en tint aucun compte, mais il avait gardé ouverte la ligne d'échange de données tactiques.

— Tout ça n'a aucun sens, pesta Ula. Si Xandret veut tellement rester isolée, pourquoi accepterait-elle de discuter avec les Mandaloriens ? Je dirais que, dans ce cas de figure, c'est surtout ce qu'il ne faut pas faire.

— Peut-être que le *Cinzia* ne représentait personne ici bas, dit Larin. Il peut s'agir d'un groupe de dissidents qui s'est fait sauter.

— Alors pourquoi attaquer au lieu de parlementer, maintenant ? répliqua-t-il. Tirer sans provocation est une folie.

— Aucun doute, fit Shigar. Ils ont quasiment signé leur propre arrêt de mort.

Les missiles traversèrent la couche supérieure de l'atmosphère et entrèrent en contact avec la première vague de feu défensif. Un maillage dense de décharges de turbolasers et de torpilles à ions convergea sur les huit missiles. La tête de chaque missile activa alors un bouclier assez comparable à ceux déjà vus sur Hutta, mais à une échelle bien moindre. Aussi brillantes que des miroirs, ces contre-mesures réfléchirent parfaitement les tirs laser et déviérent même bon nombre de torpilles. L'espace entre le *Corellia* et la planète se peupla soudain d'explosions.

De cette couche de gaz brûlants, seuls six missiles

émergèrent. Les débris des deux autres continuaient sur leur lancée. De petits points blancs brillants se reflétèrent dans la lumière des jets du trou noir.

Les six missiles rencontrèrent une autre vague de tirs défensifs. Les boucliers luisirent de nouveau dans une succession rapide d'éclats – pour conserver de la puissance, songea Ula. Les missiles n'étaient pas très imposants. Ils ne pourraient résister longtemps à ce genre d'assaut massif.

Mais ils n'en avaient pas besoin. Quatre des huit de départ étaient maintenant assez proches des principaux vaisseaux pour être une menace imminente. Les chasseurs entrèrent en action et attaquèrent les missiles de toutes les directions en même temps. Les boucliers ne pouvaient couvrir chaque angle d'approche. Trois missiles perdirent de leur vélocité, leur système de propulsion endommagé et leurs flancs crachant des nuages de débris. Le dernier continuait de filer sur sa trajectoire, droit sur le *Corellia*.

L'expression de Shigar faisait de la peine à voir. Son Maître se trouvait à bord de ce croiseur, et un missile de cette taille allait forcément créer des dommages considérables, peut-être même provoquer la destruction du *Corellia*. Ula se demanda si à cet instant précis Satele Shan se précipitait pour embarquer sur une capsule de survie dans l'espoir d'échapper à son destin.

Le missile franchit le dernier barrage défensif et percuta le croiseur juste devant son propulseur stellaire.

Ula eut un petit mouvement de recul instinctif dans l'attente d'une explosion géante.

Elle ne se produisit pas. Le missile toucha la coque dorée avec assez de force pour l'éventrer, puis il disparut simplement à l'intérieur. Une éruption d'air et d'autres gaz jaillit de la déchirure. Pas de flammes. Le missile n'avait pas explosé.

Les communications internes à la flotte reprirent, et l'on sentit une certaine frénésie dans les échanges. Le colonel Gurin prit la parole pour assurer à tous que le croiseur était intact. Aucun autre lancement n'avait été détecté à la surface de la planète. L'attaque venue de Sebaddon semblait bien avoir complètement échoué.

Toujours sur leur élan, les nuages de débris générés par les sept missiles détruits commencèrent à arriver. Certains étaient constitués de morceaux déchiquetés de revêtement ou de moteur. La plupart avaient l'aspect de ces points blancs qu'Ula avait aperçus plus tôt. Ils scintillaient comme des flocons de neige au soleil en roulant autour des vaisseaux de la République dans toutes les directions.

— Nous pourrions avoir une vue rapprochée de ces débris ? demanda-t-il. Si les missiles n'étaient pas bourrés d'explosif, il ne s'agissait peut-être pas du tout de missiles.

Jet obéit et dirigea les senseurs du vaisseau sur un nuage de débris proche. Les points blancs prirent l'aspect de taches se déplaçant comme des amibes sur le fond noir du ciel.

— Je vais voir si je ne peux pas obtenir une meilleure résolution, dit le contrebandier.

La définition s'améliora subitement, et les taches devinrent des objets hexagonaux avec six membres fins.

La peur submergea Ula. *Des hex.* Des milliers et des milliers d'hex.

— Éloignez-nous de ça ! lança Shigar. Et mettez-moi en contact avec le colonel Gurin.

La vue changea et montra un des vaisseaux d'assaut de la République. La masse des hex qui s'en approchait était plus dense. Quand ils se rejoignaient, les hex emboîtaient leurs membres et leurs corps pour former des objets plus importants – de longs rubans, des filets ou des sphères. Le croiseur se déplaçait entre eux dans une inconscience totale, alors même que les droïdes trouvaient à s'arrimer à sa coque.

— Faites partir les vaisseaux d'ici ! cria Shigar dans le micro. Ils courent un terrible danger !

La réponse hachée lui vint entre des séries de crachotements.

— … interférences… veuillez répéter…

En fond sonore, on entendait le hululement des sirènes d'alarme.

Ula regarda au-delà de Shigar l'endroit où le *Corellia* était suspendu devant le globe de la planète. Des flammes rouges léchaient maintenant les bords déchiquetés de l'impact laissé par le missile. Sur Hutta, quatre hex avaient presque eu raison d'un Jedi, une Sith et un Mandalorien. Au large de Sebaddon, le chargement entier d'un missile avait libéré une myriade d'hex dans les entrailles du croiseur. Il n'osait pas imaginer les ravages que des centaines de ces droïdes pouvaient causer face à des troupes nombreuses mais ordinaires.

— Oublions le *Corellia*, décida Jet en passant sur le circuit de communication général. Il faut prévenir les autres. Ici l'*Auriga Fire*. Vous êtes attaqués. Servez-vous de vos chasseurs et de vos canons embarqués pour nettoyer la coque de votre vaisseau. Ensuite, quittez votre position orbitale et éloignez-vous de la planète. Ces missiles contiennent les hex que nous avons vus sur Hutta. Ils vous mettront en pièces si vous ne vous débarrassez pas d'eux.

— Dites-leur d'ignorer tous les ordres provenant du *Corellia*, ajouta Ula. Si les transmissions sont compromises, les hex vont semer la désinformation, voire pire.

Jet relaya ce conseil aux autres vaisseaux. C'est seulement alors qu'Ula se rendit compte qu'il avait essayé d'aider les forces de la République.

Mais il ne pouvait pas rester les bras croisés devant la mort imminente de milliers de personnes. La République avait gagné la course. Il n'y avait rien à gagner dans le spectacle d'un massacre.

Une explosion de parasites acoustiques noya toutes les communications pendant une seconde. Puis une nouvelle voix venue du *Corellia* s'exprima :

— Nous ne reconnaissons pas votre autorité !

— Ce sont les hex qui parlent, dit Larin. Ils se sont rendus maîtres du vaisseau amiral.

— Le *Corellia* expulse les capsules de survie, annonça Shigar en pointant un doigt sur la scène. Il faut que nous nous rapprochions. Les capsules seront en mesure d'éviter les hex plus aisément que les vaisseaux trop massifs, mais elles auront besoin de se regrouper quelque part. Nous pouvons leur offrir un point de ralliement en attendant que quelqu'un d'autre les récupère.

— D'accord, fit Jet, les lèvres serrées. Vous et Larin, aux trilasers pour nous ouvrir un passage. Si une seule de ces saloperies s'introduit ici, nous sommes tous morts.

Shigar quitta son siège et disparut avec la jeune femme dans les entrailles du vaisseau.

— Ula, venez ici, dit encore Jet en désignant à l'informateur le siège de copilote, désormais inoccupé. Hetchkee, à vous le contrôle du rayon tracteur. Clunker, tu empêches que les émissions du *Corellia* perturbent nos systèmes.

Le droïde s'avança et se connecta à nouveau à l'ordinateur de bord.

Pendant qu'il changeait de position, Ula remarqua une lumière très brève et très vive sur le tableau de bord devant Jet.

— C'est important ?

— Possible, mais pour l'instant on n'a pas le temps de s'en occuper.

Le contrebandier effectua rapidement des réglages.

— Ah. Nous avons de la compagnie supplémentaire.

Ula ajusta la définition de son écran pour le braquer de nouveau sur le trou noir. Près de la lumière diffuse des jets, il discerna une procession de vaisseaux qui émergeaient de l'hyperespace. Un croiseur imposant, suivi de nombreuses unités plus petites, s'étirait en deux lignes parallèles. Il reconnut immédiatement cette configuration, et la surprise le submergea.

Des vaisseaux impériaux.

Mais comment ? C'était Stryver qui avait dérobé le calculateur de navigation. Ils avaient dû le traquer, le retrouver et le lui prendre. Ce qui expliquerait pourquoi il n'y avait aucun signe du Mandalorien dans les environs. L'adrénaline affola les battements de son cœur. Oui, tout ça se tenait.

Et quelle que soit la manière dont ils avaient fini par arriver ici, leur seule présence signifiait qu'il subsistait toujours l'espoir d'une victoire de l'Empire. Avec les forces de la République dans un tel désarroi, il serait aisé de les balayer.

Il eut du mal à réprimer un sourire de triomphe. En fin de compte, Sebaddon deviendrait le trophée de l'Empire, et il n'aurait pas échoué dans sa mission.

Puis il se rappela où il se trouvait, et toutes ses pensées de victoire s'effritèrent. L'*Auriga Fire* aidait la République. Et si l'Empire terrassait la République, il mourrait.

Horrifié, il contempla l'écran, alors que les vaisseaux impériaux poussaient leurs propulseurs pour attaquer.

28

Ax agrippa la rambarde séparant le poste de commande principal du reste de la passerelle. Les articulations de ses doigts blanchirent. Jamais encore elle n'avait fait l'expérience de telles turbulences dans l'hyperespace. Des pilotes se vantaient parfois d'avoir parcouru le Gouffre riche en singularités et racontaient des histoires de vaisseaux disparus dans des circonstances bizarres. Elle avait toujours pensé qu'ils exagéraient. À présent, pourtant, elle voyait la bataille qu'ils livraient contre un seul trou noir et elle se demandait si elle n'avait pas eu un jugement un peu hâtif. Elle n'avait jamais pensé sérieusement qu'elle pouvait être supprimée de l'univers par quelque chose d'aussi simple qu'un accident de navigation. Si ce dernier saut depuis Circarpous V n'avait pas été calculé avec le plus haut degré de précision…

Avec un grondement à déchirer les tympans, le *Paramount* rejaillit dans l'espace réel. Une nouvelle sorte de force se saisit aussitôt du croiseur, et tout son équipage se précipita pour la compenser. Ax lâcha la rambarde et se redressa. Elle ne voulait pas qu'on la croie faible.

— Nous sommes arrivés aux coordonnées, Dark Chratis.

Le colonel était aussi mince qu'un droïde médical et son visage trahissait à peu près autant d'émotions.

— Tous les vaisseaux sont indemnes.

— Très bien, Kalisch. Montrez-moi où nous sommes.

Des images dansaient autour d'eux, projetées sur d'énormes

écrans et des holoprojecteurs sur la passerelle. Les jets du trou noir furent le premier détail qu'Ax remarqua. Ils saillaient telles des lames brillantes d'un point central invisible et ressemblaient à des yeux étrécis contemplant avec haine la galaxie.

Vu de l'extérieur, l'ampleur et le potentiel de la galaxie lui étaient totalement révélés. Avec un si grand nombre de systèmes sous son contrôle, que ne pouvait-elle accomplir ?

— Nous avons localisé une planète, annonça le colonel après qu'un rapport lui avait été communiqué par un de ses nombreux subordonnés. Nous pensons qu'il s'agit de celle nommée Sebaddon.

Ax réfréna une excitation soudaine. Devant son Maître, elle se devait de ne rien trahir, que ce soit le soulagement, l'ambition, l'espoir…

Les images changèrent. Un monde torturé par les forces gravitationnelles apparut devant eux, voilé par la distance.

— Mon Seigneur, dit le colonel, la trajectoire énergétique la plus efficace est celle contournant le trou noir.

Une carte s'afficha sur un des écrans, avec une ligne en pointillés qui se recourbait autour de la singularité pour ensuite remonter et atteindre la planète à son apogée.

— À votre signal, je distribuerai les ordres aux capitaines de la flotte.

— En temps normal, je privilégie l'approche directe, commenta Dark Chratis qui étudiait les différentes vues devant lui, les yeux plissés. Qu'est-ce que c'est, là ? (Il pointa un long index sur un détail d'une image.) Des pointes d'énergie ? La signature de propulseurs ?

Le colonel tourna un regard froid et inquisiteur vers le personnel de la passerelle. Une de ses subordonnées s'avança timidement.

— Il… Il semble que ce soit une bataille spatiale, mon Seigneur, osa-t-il.

— Identifiez ces vaisseaux, aboya le colonel. Je veux savoir qui les a envoyés.

— Oui, monsieur.

La jeune femme qui avait parlé s'assit à son poste de travail et se mit à pianoter furieusement sur un clavier.

Ax se demandait elle aussi qui pouvait se battre là. Stryver détenait le calculateur de navigation, et elle le seul Hex encore entier. Donc il n'était pas concevable qu'il s'agisse d'unités de la République. Les Mandaloriens auraient-ils pu rassembler une telle force aussi rapidement ? Quelle raison aurait été assez grave pour qu'ils s'unifient contre cet étrange avant-poste plutôt que contre un ennemi plus crédible ?

— Des vaisseaux de la République, monsieur, lança un membre du personnel de la passerelle. Aucun doute n'est permis. Et ils sont en grande difficulté, monsieur. Pas d'adversaire visible, mais il se peut qu'il y ait eu des lancements depuis le sol.

Dark Chratis sourit, et Ax avec lui. La République les avait précédés et se faisait repousser. Il serait donc beaucoup plus facile d'apparaître comme les sauveurs et de « libérer » cette planète pour ensuite la mettre dans les mains de l'Empereur.

— Enclenchez la procédure d'approche, ordonna Dark Chratis. Lancez tous les chasseurs et préparez-vous au combat.

— À cette distance, il est à craindre que nos chasseurs ne puissent pas résister à l'attraction gravitationnelle du trou noir, objecta poliment Kalisch. Dès que ce risque aura disparu, je les lancerai.

— Très bien, siffla Dark Chratis. Nous nous contenterons de cette solution.

Il n'était pas habitué à ce que des paramètres aussi vulgaires que les lois de la physique viennent s'interposer entre lui et ses désirs.

— Moteurs à la puissance maximale pour toutes les unités, ordonna Kalisch. Verrouillage de la trajectoire. Préparez-vous à engager le combat.

La flotte impériale lutta pour inverser l'élan considérable qu'elle avait pris simplement en entrant dans le champ gravitationnel du trou noir. Les moteurs du *Paramount* rugirent et projetèrent un halo d'un bleu vif sur les engins dans son sillage. Les croiseurs plus légers réagirent mieux que l'énorme vaisseau amiral et ses imposantes unités de soutien. Ils les rattrapèrent et passèrent devant.

Il devint très vite évident que l'avis donné précédemment par Kalisch était plein de bon sens. Au lieu de gagner en vélocité à mesure qu'ils contournaient la singularité, propulsés par la gravité, ils luttaient de toute la puissance de leurs moteurs pour rester maîtres de leur trajectoire. Leur progression était douloureusement lente. Ax sentait croître l'impatience chez son Maître, accrue encore parce qu'il ne pouvait rien dire, ni menacer personne. Tout cela découlait de sa seule décision, de sa seule responsabilité. L'équipage s'affairait autour de lui avec une efficience remarquable. Tous étaient conscients que Dark Chratis déchargerait sa frustration sur la première personne qui le décevrait.

Ax observait les données de la télémesure pour apprendre tout ce qu'elle pouvait des forces de la planète. Ce qu'elle voyait la déconcertait grandement. Il n'y avait pas d'autres vaisseaux, en dehors de ceux de la République. De plus, on n'apercevait aucun indice d'une attaque menée du sol. La flotte de la République donnait l'impression de ne combattre personne.

Plus étrange encore, ses vaisseaux semblaient se retourner les uns contre les autres. Certains paraissaient engagés dans une manœuvre de retraite, tandis que les autres ne faisaient rien ou se menaçaient entre eux. Sous les yeux de la jeune Sith, un petit croiseur poussa soudain ses propulseurs à fond et alla percuter sauvagement une autre unité. L'impact désintégra les deux. C'était comme si quelque chose avait infecté la flotte, la rendant folle.

Dark Chratis étudiait les mêmes données d'un air très

méfiant. Ax se demanda s'il soupçonnait un piège quelconque. Mais dans quel but ? La République ne pouvait pas tirer bénéfice de la destruction de ses propres vaisseaux…

— Désirez-vous que nous contactions l'un ou l'autre camp ? demanda le colonel.

— Non, dit Ax.

Dark Chratis et Kalisch braquèrent vers elle des regards étonnés.

— Maître, je conseillerais de ne pas nous identifier explicitement en tant que serviteurs de l'Empereur, expliqua-t-elle. N'oublions pas qu'aux yeux de Lema Xandret, nous sommes l'ennemi.

— Peut-être que cette sorcière va changer d'avis maintenant que ces imbéciles velléitaires l'ont retrouvée, grinça Dark Chratis.

Dans un éclair aveuglant, le vaisseau amiral de la République explosa, projetant des débris dans toutes les directions. Ax se protégea les yeux d'une main.

— Ils n'ont pas l'air de très bien se défendre, fit-elle.

La plupart des vaisseaux de la République étaient déjà détruits ou sérieusement endommagés. Les autres se regroupaient et faisaient revenir leurs chasseurs.

— En tout cas, la situation est claire. Sebaddon n'est plus un secret. Xandret devra choisir, accepter de se plier à la volonté de l'Empereur ou subir les conséquences d'un refus de soumission.

— Elle n'acceptera jamais sa propre exécution.

Dark Chratis la dévisagea d'un regard glacial.

— Bien entendu, je ne dirai rien du sort que je lui réserve. Cesse donc de mettre en doute mes ordres. Colonel Kalisch, annoncez notre présence aux citoyens de Sebaddon et prévenez-les que nous prendrons possession de leur monde dès que nous aurons débarrassé l'espace de ces canailles de la République.

— Oui, mon Seigneur.

Ax reporta son attention sur les écrans. La façon de tirer

des vaisseaux de la République lui paraissait incompréhensible, bien qu'elle ne pût définir avec exactitude ce qui la troublait dans ce spectacle. Toujours pas de lancements depuis le sol, même si la vision infrarouge révélait de nombreux sites d'activité. Des cités et des usines, supposa-t-elle, qui seraient très certainement bombardées si Xandret osait résister. Elle avait l'intuition que la victoire ne viendrait pas aussi aisément qu'avec la simple annonce de l'intention qu'avait l'Empire d'annexer ce monde, mais dans le même temps elle ne voyait pas comment une civilisation aussi réduite, coincée au sol, pourrait espérer l'emporter contre leurs forces stellaires. Même si Xandret possédait une arme mystérieuse qui rendait fous vaisseaux et équipages…

Les forces de la République avaient dû être attaquées par surprise. C'était du moins la seule explication qu'elle trouvait à la situation. Et le colonel Kalisch ne commettrait évidemment pas la même erreur.

Aucune réponse au message du *Paramount* ne vint de la planète. Mis à part les transmissions déformées sur les fréquences de la République, le silence régnait sur les ondes.

— Ils nous ignorent à leurs risques et périls, lâcha Dark Chratis.

— Lancement des chasseurs dans deux minutes, mon Seigneur, annonça Kalisch.

Ax se dirigeait déjà vers l'extrémité de la passerelle pour la quitter.

— Préparez mon intercepteur, lança-t-elle par-dessus son épaule. Je vais aller voir ça de plus près.

Il lui fallut une minute pour descendre de la passerelle au pont d'envol, mais cela lui parut une éternité. Son Mk. VII avait été embarqué sur Dromund Kaas avec le reste du matériel de Dark Chratis et gardé prêt à appareiller au cas où un lancement précipité serait nécessaire. Le personnel non-navigant l'avait déjà mis en phase de préchauffage quand elle arriva. La vue de ses ailes saillantes la rassura davantage que n'importe quelle fourberie diplomatique.

Renonçant à enfiler la combinaison intégrale de vol, elle coiffa le casque, grimpa à bord et activa le calculateur de navigation interne. Il afficha aussitôt les trajectoires programmées des nombreux autres chasseurs sur le point de décoller autour d'elle. Elle effaça cette image et définit sa propre trajectoire.

Les techniciens et mécanos bâtirent en retraite, puis les chasseurs commencèrent à jaillir du croiseur. Les lancements étaient ordonnés et précis, quelle que soit l'impatience des pilotes à engager le combat. Ax se glissa dans leur formation avec aisance, un prédateur noir entouré de sa meute. Elle écouta les communications tout en contrôlant la position de la flotte, mais ne répondit à aucune.

Vague après vague, les intercepteurs noirs ISF déferlèrent du *Paramount* et de ses vaisseaux auxiliaires. Ils étaient tout à fait aptes à se mesurer aux chasseurs stellaires XA-8 et PT-7 de la République. Les canons sélectionnèrent leurs cibles et se préparèrent à faire feu sur les appareils ennemis. La distance était encore un peu grande, mais le déplacement lent et la masse des vaisseaux les plus imposants constituaient des atouts certains pour des tirs réussis.

Devant elle, le vaste champ de débris laissé par la destruction du vaisseau amiral de la République s'étendait rapidement. C'est seulement quand elle s'en rapprocha qu'Ax comprit ce qui l'avait troublée dans le comportement des unités ennemies.

Les vaisseaux survivants tiraient dans ce nuage et non contre leurs propres appareils renégats.

Elle s'écarta des autres chasseurs impériaux et se dirigea droit sur le nuage.

— Vos cibles prioritaires sont les vaisseaux endommagés, leur ordonna-t-on depuis le *Paramount*. Les chasseurs ennemis ensuite. Nous attaquerons les autres unités.

Le ciel s'illumina quand un appareil ennemi de taille moyenne explosa.

Cette lumière vive dessina les contours de milliers d'objets flottant dans l'espace. Certains formaient des cercles tournoyants, d'autres des lignes acérées. Elle les identifia tous instantanément. C'étaient des hex, ces droïdes qu'elle avait combattus sur Hutta, avec ce même corps hexagonal sans tête et ces nodules sensoriels. Alors qu'elle passait entre eux, les plus proches tendirent vers son appareil leurs pattes d'araignée et tirèrent des décharges de plasma pour se propulser dans sa direction.

Elle comprit en une fraction de seconde.

— *Paramount*, rappelez les chasseurs immédiatement. Faites-les sortir du champ de débris. Il grouille d'hex !

Elle tira tout en volant, détruisant un hex à chaque décharge de son canon à ions. Mais, pour un de détruit, trois de plus apparaissaient.

— Ce ne sont que des droïdes, répondit le *Paramount*. Quels dommages peuvent-ils infliger à des chasseurs ?

— Passez-moi Dark Chratis, répliqua-t-elle d'un ton autoritaire, en se jurant qu'une tête tomberait pour cette réflexion. Maître, les appareils de la République ont été infectés par des hex. C'est pourquoi ils s'autodétruisent et se retournent les uns contre les autres. Je ne sais pas comment l'infection se propage, mais le champ de débris est plein d'hex. Ils doivent devenir nos cibles prioritaires, et ensuite seulement les vaisseaux ennemis.

— Tu veux que nous renoncions à une occasion en or d'écraser la République pour vous exercer au tir sur une poignée de machines ? rétorqua Dark Chratis avec mépris. Les ordres du colonel Kalisch sont toujours valables.

Derrière la voix du Sith, Ax entendit un officier de passerelle s'écrier :

— Lancements au sol !

Elle consulta la télémesure et vit ce que le *Paramount* avait détecté.

Quatre missiles s'élevaient de la surface de Sebaddon. Chargés d'hex, elle en était sûre, et non d'explosifs conventionnels. De plus, les unités de la République infectées mais encore capables de contrôler leur vol abandonnaient leur chasse des autres appareils et convergeaient vers la flotte impériale.

Le message martial du colonel à destination des citoyens de Sebaddon n'avait pas du tout été ignoré.

— Déplacez la flotte, dit-elle à son Maître. Vous allez être pris en tenaille entre eux si vous poursuivez sur cette trajectoire.

Le *Paramount* ne répondit pas plus qu'il n'infléchit sa course. Une vague de tirs anti-missiles alla à la rencontre de la menace ascendante. Elle ne pouvait qu'espérer que ce soit suffisant.

Autour d'elle, les hex pullulaient et s'accrochaient aux chasseurs impériaux. Certains avaient joint leurs membres pour constituer de vastes filets déployés dans le vide. Tout appareil qui passait trop près était enveloppé et broyé. D'autres groupes de droïdes formaient des sortes de fouets capables de projeter un hex à une vitesse incroyable. Ax elle-même n'évita que de justesse deux de ces projectiles animés. D'autres pilotes ne furent pas aussi chanceux.

— Prenez pour cibles les concentrations les plus importantes, conseilla-t-elle aux appareils autour d'elle. Laissez tomber les vaisseaux infectés. S'ils explosent, nous aurons encore plus d'hex sur le dos.

Elle ne reçut aucune confirmation officielle de cet ordre, mais il fut obéi. Les escadrilles éparpillées par la nature inhabituelle et hostile des débris se regroupèrent pour frapper les concentrations d'hex les plus denses. Ax se joignit à elles, et elle éprouvait une sombre satisfaction chaque fois que son canon pulvérisait un tel agglomérat.

Elle n'en oubliait pas pour autant le reste du champ de bataille. Les missiles avaient accompli une manœuvre stupéfiante à mi-course en se scindant en quatre parties dont chacune était capable de voler indépendamment des autres. Ces seize projectiles réussirent à se glisser à travers la première vague de tirs défensifs. Six mini-missiles furent détruits par le barrage de feu suivant, et cinq de plus par le troisième. Les cinq restants atteignirent la flotte impériale.

En représailles, le *Paramount* lança une série de frappes au sol contre les sites de lancement. Ax s'était attendue à cette réaction. Au lieu de consacrer toutes leurs ressources à combattre les hex, les vaisseaux impériaux les gaspillaient sur ceux qui avaient envoyé les droïdes. Pour elle, le châtiment des habitants de Sebaddon pouvait être retardé. Il valait mieux être vivant et furieux que mort.

Elle reporta son attention sur les chasseurs. Le champ de débris était maintenant beaucoup plus clairsemé, avec seulement quelques hex éparpillés çà et là. Les vaisseaux de la République infectés avaient bifurqué et fonçaient désormais sur la flotte impériale, dans la manœuvre qu'elle avait redouté de voir se dérouler. Pour les Sebaddoniens, pour Lema Xandret, l'Empire était l'ennemi numéro un. Tous les autres passaient après.

— Visez les propulseurs, dit-elle. Uniquement les propulseurs. Nous ne voulons surtout pas qu'ils explosent. Nous devons éviter de créer d'autres champs de débris dans lesquels notre flotte risquerait de s'aventurer.

— Comment les détruirons-nous alors ? demanda un des pilotes.

— Nous laisserons la gravité le faire pour nous, répondit-elle. Une fois qu'ils ne pourront plus manœuvrer, l'attraction de la planète ou celle du trou noir se chargera d'eux.

— Ce ne sont pas les ordres que je reçois du colonel Kalisch, protesta un chef d'escadrille.

À bord du *Paramount*, on redoutait que les vaisseaux ennemis en approche aient pour seul but de percuter les unités impériales.

— Je le sais. Mais ici, je suis la seule autorité que vous devez craindre. Le premier pilote qui troue la coque d'un de ces appareils recevra une torpille dans son dispositif de postcombustion. Compris ?

— Compris. D'accord, vous avez compris les ordres, les gars. Allons-y.

Les chasseurs se déployèrent à la poursuite de leurs nouveaux objectifs.

Pendant ce temps, le premier vaisseau impérial infecté avait commencé à se comporter de façon inquiétante.

— Maître, je vous prie instamment de déplacer le *Paramount* à une distance suffisante, dit-elle. Et puisque la raison ne l'emportait pas, elle tenta la flatterie : si l'impensable se produisait, nous nous retrouverions démunis sans vous pour nous commander.

— C'est peut-être plus prudent, oui, lui concéda Dark Chratis.

Ax entendit à peine sa réponse. Sur la passerelle du *Paramount*, une voix qu'elle connaissait s'était mise à hurler.

Elle changea de canal et se cala sur celui que le colonel Kalisch avait utilisé pour envoyer son message à la planète.

— *Nous ne reconnaissons pas votre autorité !*

Un instant, Ax crut que c'était sa mère qui s'adressait aux vaisseaux impériaux. Puis elle se rendit compte – avec quelque chose qui aurait pu être une vague déception – que la voix avait cet aspect peu naturel propre aux droïdes. Mais pourquoi un droïde, et non Xandret en personne ?

Pendant que les chasseurs attaquaient les appareils ennemis infectés et que le *Paramount* s'élevait lentement pour se mettre hors de danger, la Sith considéra les avantages et les inconvénients qu'il y aurait à lancer un message elle-même. Cela pourrait faire hésiter sa mère à lancer de nouveaux missiles contre la flotte impériale. Mais que pouvait-elle dire à cette femme dont elle ne gardait quasiment aucun souvenir, si toutefois Lema Xandret était toujours en vie ? *Je suis une Sith, à présent. Je n'ai pas de famille*. Non, ce ne serait certainement d'aucune aide.

Les frappes de représailles déclenchées par le *Paramount* touchèrent la surface de la planète. Ce qui était déjà une zone lumineuse devint une tache éblouissante, et Ax se demanda si la question de la survie de sa mère n'était pas devenue totalement hors sujet.

Deux autres missiles s'élevèrent d'un secteur complètement différent de Sebaddon.

Puis le premier des vaisseaux impériaux infectés explosa, projetant des hex sur toute la flotte. Avec la survie de ses proches maintenant en question, elle s'obligea à se concentrer sur ce qui importait vraiment.

29

Les canons trilaser de l'*Auriga Fire* étaient situés juste devant les hyperpropulseurs, à bâbord et tribord. Ils saillaient légèrement et étaient orientables, de sorte qu'ils pouvaient couvrir chaque centimètre carré de la coque. On y accédait par un boyau étroit qui sentait la graisse.

Larin avait choisi la tourelle bâbord, et elle s'installa dans le siège en cuir craquelé avec l'aisance que donne l'habitude. Le gant prothétique à sa main gauche lui permettait tout juste de saisir la poignée de l'arme, tandis que de la droite elle effectuait les mouvements délicats nécessaires pour cibler et tirer. Le canon lui-même pivotait parfaitement sur ses cardans, comme s'il venait de sortir de l'usine.

Ce n'était pas la première fois qu'elle remarquait ce genre de fossé entre l'apparence de l'*Auriga Fire* et ses capacités effectives. Elle s'était également intéressée à une autre étrangeté, celle que représentait le rayon tracteur installé derrière une trappe, dans le ventre du vaisseau. C'était un appareil tout à fait étonnant pour un cargo de cette taille. Elle aurait aimé savoir s'il avait souvent servi au cours des activités que Jet menait, mais elle doutait que le contrebandier lui révèle ce genre de détail. Pour l'instant, d'ailleurs, les performances du canon représentaient tout ce qui l'intéressait.

Une légère pression sur la détente et un maillage d'hex se transforma en gaz.

— C'est aussi facile que le tir aux lézards sur Kiffex, dit-elle à Shigar grâce au comlink de son casque.

— Attention, il y en a trois qui arrivent par en haut, fut tout ce que répondit le Jedi.

Larin réorienta le trilaser et les pulvérisa.

— Ne vous inquiétez pas pour le Grand Maître, dit-elle. Nous la retrouverons.

Depuis l'explosion du *Corellia*, il était resté inhabituellement sombre et s'était consacré à détruire les hex avec une rapidité et une précision mortelles. On avait maintenant des nouvelles des deux tiers des capsules de survie du croiseur, mais Maître Satele ne se trouvait dans aucune d'elles. Shigar avait tenté d'émettre sur tous les canaux, mais le spectre électromagnétique était en plein chaos. Ce qui n'était pas encombré par le parasitage dû au trou noir, les Impériaux et les échanges fébriles entre pilotes était envahi par les cris que poussaient les hex. C'était tout ce que le nouveau commandant des forces de la République présentes pouvait faire pour coordonner le ramassage des capsules par les vaisseaux sans embarquer accidentellement des hex.

— Droit devant, dit Jet depuis le cockpit.

Une capsule avait heurté deux hex qui essayaient de percer sa coque trop fine. L'*Auriga Fire* s'approcha pour intervenir.

— Un chacun, Hetchkee, dit Larin tandis que le rayon tracteur s'attaquait de manière invisible aux droïdes. Le favoritisme est très mal vu par ici.

Elle se demanda si l'ancien membre de la sécurité savait qu'elle plaisantait. Un hex fut arraché de sa proie et tournoya dans le vide vers bâbord, dans le champ de tir de Shigar. Après une lutte un peu plus longue, l'autre lâcha prise et dériva devant Larin. Puis ce fut au tour de Jet de transmettre aux occupants paniqués de la capsule les coordonnées du point de rendez-vous.

— Restez dans le canal que nous avons dégagé, leur dit-il. Ne prenez aucun raccourci.

— C'était horrible, bredouilla un jeune aspirant à l'autre bout de la ligne. D'un coup, il y en a eu des quantités, et ils se déplaçaient *si vite*…

— Vous êtes tirés d'affaire maintenant. Restez simplement dans le canal et faites comme le capitaine Pipalidi vous dira.

— Oui, oui… Et merci. Quelques secondes de plus et ils perçaient la coque, c'est sûr.

La capsule alluma ses rétrofusées et prit la direction indiquée. Larin espérait que ses occupants n'auraient plus de problèmes. Nombreux étaient ceux qui avaient été secourus et étaient retombés dans les griffes des hex un peu plus tard, par malchance ou à la suite d'une erreur de jugement. L'une s'était arrêtée pour aider une autre capsule en détresse et avait été submergée à son tour par les droïdes qui se cachaient à l'intérieur. L'*Auriga Fire* s'était trouvé trop loin pour intervenir, mais tous à bord avaient entendu les cris.

Le capitaine Pipalidi, l'Anx commandant le *Commenor* et par défaut ce qui restait de la flottille, avait une tâche difficile à accomplir. Elle répartissait les rescapés traumatisés dans les huit vaisseaux restant à sa disposition. Larin ne l'enviait pas du tout, avec les communications à longue distance brouillées et rien de plus imposant qu'un croiseur léger d'assaut pour occuper la place du *Corellia*. Néanmoins, ils avaient retenu la leçon : les hex ne semblaient peut-être pas très dangereux individuellement, mais ils étaient très résistants, et en nombre ils constituaient une menace très sérieuse.

— Il y a une autre capsule de l'autre côté du filet devant nous, dit Jet. Vous pensez être en mesure de nous faire traverser ?

Larin regarda dans son système de visée. Le filet en question était l'un des plus denses qu'ils aient vus jusqu'à maintenant, avec des centaines d'hex formant une structure qui rappelait vaguement celle d'un hex, justement, qui tournoyait au ralenti, avec la planète en arrière-plan. Les bras se recourbaient et se détendaient pour lancer des droïdes vers des cibles lointaines et en ramasser d'autres dans le nuage de débris qui entourait l'ensemble. La capsule que Jet avait repérée dérivait derrière la partie centrale de cette construction et ses rétrofusées semblaient hors d'état. L'éclairage intérieur clignotait sur un rythme rapide, envoyant un appel à l'aide dans le langage visuel de Mon Calamari.

— Facile, affirma Larin.

Elle savait que rien ne ferait plus plaisir à Shigar que tuer d'autres hex. Hormis retrouver le Grand Maître, bien sûr.

— Vous voyez ces concentrations près du centre ? dit le Jedi. C'est le meilleur endroit où frapper. Si on les détruit, toute la structure se déchirera.

— Affirmatif.

Larin referma les mains sur les poignées du canon et se prépara à l'action.

— Lancements, dit Ula alors que le vaisseau fonçait.

Larin jeta un œil à la télémesure, le temps d'avoir une vision du champ de bataille dans son ensemble. Celui-ci était dominé par plusieurs nuages de débris qui se chevauchaient en orbite basse au-dessus de Sebaddon, le plus vaste centré sur l'endroit où le *Corellia* avait explosé. Le segment « sauf » de la flotte de la République et plusieurs dizaines de capsules de survie se trouvaient maintenant loin du danger, regroupés près de la lune de la planète. La flotte impériale était en train de se scinder en deux. Les vaisseaux non infectés copiaient le mouvement de retraite adopté par la République. Deux escadrilles de chasseurs impériaux détruisaient les moteurs de plusieurs vaisseaux afin que ceux-ci ne puissent pas répandre l'infection en se percutant ou en explosant. Larin approuvait cette tactique. Elle l'aurait suggérée elle-même si les unités infectées de la République n'avaient pas paru si désireuses de cibler celles de l'Empire.

Les chasseurs de la République grouillaient autour de la section non infectée de la flottille pour empêcher les hex de l'approcher. Défiant la gravité et la distance, certains avaient réussi à arriver jusque-là. Si un seul transportait un nid, l'infection risquait de reprendre.

Son esprit se concentra sur cette pensée, et pendant un instant elle fut de retour sur Hutta à contempler l'usine miniaturisée de droïdes, puis la lame de la Sith passa une nouvelle fois devant ses yeux en un éclair écarlate. *Ses doigts tombèrent au sol avec le comlink et un hurlement de douleur monta dans sa gorge.*

Elle se reprit et revint au présent. Le cri retentissait toujours.

Lancements, avait dit Ula.

Cinq missiles s'élevaient dans l'atmosphère de Sebaddon en un groupe de deux et un de trois. La paire visait les forces impériales. Les autres ne se dirigeaient pas vers l'*Auriga Fire* ou ce qui restait de la flottille de la République, et elle fut soulagée de le constater. En fait, les trois missiles ne visaient aucun objectif visible.

Les motivations éventuelles de Lema Xandret et de ses partisans s'effacèrent de l'esprit de la jeune femme quand l'*Auriga Fire* arriva à portée de l'aggloméرat d'hex géant. Elle fit ce que Shigar avait suggéré et logea décharge sur décharge dans la concentration intérieure la plus proche. Ses tirs eurent des effets satisfaisants dans un premier temps. La défense combinée des boucliers miroirs fut bientôt débordée, et l'aggloméرat commença à se déliter comme une lune grêlée de cratères sur le point de se désagréger. Mais, une fois de plus, les hex démontrèrent alors leur adaptabilité face à une menace.

L'aggloméرat se réarrangea en une structure tubulaire épaisse et courte avec une extrémité aplatie pointée sur le cargo. Larin tira sur le tube, puis les miroirs entrèrent en action, déviant les décharges laser pour les canaliser dans le centre du tube. Les décharges ricochèrent d'avant en arrière, s'unirent à celles qu'elle envoya encore jusqu'à ce que tout le tube se mette à luire. Elle cessa de presser la détente à l'instant où le tube lâchait toute l'énergie qu'il avait accumulée en une unique décharge visant l'*Auriga Fire*.

Malgré ses boucliers d'une puissance exceptionnelle, l'impact fut formidable. Larin fut collée contre son siège et elle leva un bras devant ses yeux. Un instant plus tard, une seconde décharge frappait le cargo, celle-là créée par les tirs répétés de Shigar. L'*Auriga Fire* fit une embardée très violente avant de se stabiliser à nouveau.

— … le feu ! Cessez le feu ! criait Jet.

— C'est bon, nous avons compris, dit Larin. Et maintenant, on fait quoi ? Des grimaces jusqu'à ce qu'ils s'en aillent ?

— Je ne sais pas, répondit le contrebandier, mais nous ne pourrons prendre un autre coup de cette ampleur. Nos boucliers ont perdu quarante pour cent.

— Orientez les boucliers vers l'avant, dit Shigar. Et mettez le cap sur le plus proche de ces tubes. Quand je vous le dirai, allumez les projecteurs secondaires à pleine puissance.

— C'est de la folie ! protesta Ula.

— Non, je vois ce qu'il veut faire, dit Jet.

Il fit pivoter le vaisseau pour le placer face au tube dans lequel Larin avait tiré. Des décharges brillantes fusaient encore d'un hex à l'autre, dans des vagues qui parcouraient toute la longueur du tube.

— Ils veulent de l'énergie ? grogna le contrebandier. Je vais leur en donner, moi !

L'*Auriga Fire* bondit en avant comme pour percuter l'obstacle. Les hex tirèrent sans conséquence sur les boucliers, et les bras de l'agglomérat se recourbèrent pour étreindre le vaisseau. Les mains de Larin étaient crispées sur les commandes du canon tandis que le tube grossissait à vue d'œil devant elle. Mais c'était une situation où un tir n'aurait pu qu'aggraver les choses, elle en était consciente.

De fait, elle était à la fois un élément du projectile et de la détente.

L'*Auriga Fire* atteignit l'extrémité ouverte du tube. L'orifice était juste assez grand pour que le cargo s'y introduise, ce dont Larin se félicita, car les deux trilasers se trouvaient constituer les limites de la largeur du vaisseau. Dès que celui-ci et ses passagers furent complètement à l'intérieur, Shigar cria :

— Maintenant !

Jet alluma les projecteurs secondaires au maximum de leur puissance.

Suivit un moment horrible pendant lequel le cargo lutta pour avancer, mais toute la poussée qu'il produisait était aspirée par les vagues denses d'hex qui l'entouraient. Larin vit les effets produits de très, très près. Les droïdes se contorsionnèrent et tremblèrent, puis se mirent peu à peu à luire. Les membres métalliques s'enflammèrent comme du magnésium se consumant dans de l'oxygène pur. Les nodules sensoriels noirs éclatèrent, tandis que les torses hexagonaux se dilataient. Elle ne pouvait rien entendre, mais elle imaginait les hurlements des hex.

Retourner une décharge laser à l'envoyeur était une chose. Absorber toute l'énergie nécessaire à l'accélération d'un vaisseau stellaire en était une autre.

L'*Auriga Fire* jaillit de l'autre extrémité du tube, suivi d'une traîne d'un bleu brillant. La structure composée d'hex frémit et gonfla comme elle tentait de contenir l'énergie absorbée. Une boule aussi éblouissante qu'un soleil se forma en son centre. Alors Larin craignit soudain d'être projeté sur eux et de les détruire instantanément.

Mais un soubresaut terrible secoua le tube d'hex quand la boule se déchargea dans tout l'agglomérat au lieu d'exploser. Des milliers de droïdes éclatèrent, arrosant le vide alentour de myriades de débris métalliques.

— Yahou ! s'exclama Larin, avant d'ajouter, plus sobrement : ne refaites plus jamais ça.

La capsule de survie condamnée se trouva soudain hors de danger. Il suffit ensuite de la prendre dans le rayon tracteur et de la sortir du champ de débris. D'autres vaisseaux pourraient prendre soin de ses occupants.

— Attendez, dit Shigar alors que l'*Auriga Fire* virait déjà pour rechercher une autre capsule menacée.

— Qu'y a-t-il ? demanda Larin, car la tension dans la voix du Jedi ne lui avait pas échappé.

— C'est elle. Maître Satele m'appelle.

— Je ne reçois aucune transmission, objecta Nebula.

— Elle ne m'appelle pas de cette manière…

Larin s'abstint de tout commentaire. Elle ne voulait pas le distraire, sachant qu'il était en train de se concentrer sur le message qu'il recevait à travers la Force.

— Vous voyez ce morceau du *Corellia*, là-bas, Jet ? dit Shigar. Dirigez-vous vers lui.

— Compris.

Le cargo accéléra pour approcher une portion relativement importante du croiseur détruit. Le fragment tordu affectait une forme plus ou moins ovale de cinquante mètres dans sa plus grande longueur, et un côté était doré, ce qui indiquait qu'il s'agissait d'un morceau de la coque. Il tournoyait librement parmi les hex et semblait être l'objet d'un effort concerté d'extraction à l'une de ses extrémités.

Larin attendait l'ordre de tir. Quand la capsule de Maître Satele apparaîtrait, la priorité serait de la mettre en sécurité aussi vite que possible.

— Je n'aperçois aucune capsule, dit Ula. Vous êtes sûr que c'est la bonne direction ?

Ce n'était pas la première fois que l'ancien émissaire exprimait ses doutes sur les aptitudes de Shigar. Larin se demanda s'il faisait partie de ces gens qui au sein du gouvernement de la République ne faisaient pas confiance aux Jedi et à leurs méthodes.

— J'en suis sûr, répondit Shigar. Elle n'est pas dans une capsule. Elle doit se trouver dans un compartiment pressurisé de ce débris.

— Je peux préparer un amarrage si vous êtes en mesure de m'indiquer précisément où elle est, proposa Jet.

— Nous n'aurons pas le temps pour ce genre de manœuvre, fit remarquer Ula. Les hex pullulent sur ce débris.

— Vous avez des combinaisons pressurisées, n'est-ce pas ? demanda Shigar. Approchez-vous et je sauterai du vaisseau sur le débris.

— Je viens avec vous, dit Larin.

— Non. J'aurai besoin que vous soyez au canon pour avoir l'assurance qu'aucun hex n'embarque avec nous. Jet, larguez-moi, écartez-vous, puis revenez nous prendre dès que nous aurons quitté le débris. Je prendrai une combinaison de plus pour elle.

— Et si son compartiment ne dispose pas d'un sas ?

— Alors je trouverai une autre solution.

Elle l'entendit qui rampait dans le boyau d'accès à la tourelle pour revenir dans le vaisseau, alors elle se retourna pour le regarder au passage.

— Vous êtes certain que c'est la chose à faire ? lui lança-t-elle de l'autre bout de son propre boyau.

Elle n'avait pu dissimuler l'anxiété qu'elle éprouvait. L'épave grouillait d'hex. Une erreur, et ni lui ni son Maître n'en réchapperaient.

— Absolument, dit-il. Elle est la personne la plus importante de cette galaxie. Il est de mon devoir de la sauver.

Puis il partit, laissant Larin quelque peu blessée par ces paroles. Sur Hutta, il n'était pas venu pour **la** sauver. Si son accord avec Tassaa Bareesh avait mal tourné, elle aurait fini par servir de repas à un rancor, c'était certain. Mais, pour Maître Satele, il fonçait sabre laser au poing, risquant sa vie sans hésiter, et sans même accepter l'aide de Larin.

Peut-être craignait-il qu'elle le ralentisse ?

Ne pense pas comme ça, se dit-elle. *Nous sommes toujours partenaires, et tout ça ne va pas se terminer aussi rapidement que nous l'avions pensé, c'est évident. Il y a de grandes chances que nous ayons l'occasion de combattre dos à dos.*

Elle fit pivoter le trilaser et anéantit un hex qui se tenait sur le bord du débris. Un de moins dont il faudrait s'inquiéter.

Les combinaisons pressurisées de l'*Auriga Fire* étaient d'un modèle très simple, sans armure, sans armes incorporées ni propulseurs, et avec un container dorsal assurant une autonomie en oxygène d'à peine cinquante minutes. Shigar supposait qu'elles étaient généralement utilisées pour les réparations rapides au-dehors du vaisseau, où elles pouvaient être reliées sur le système général de respiration artificielle. Il ôta la tenue qu'il avait improvisée en piochant dans la garde-robe officielle d'Ula – une tunique marron, un pantalon noir et un haut couleur sable, ce qui se rapprochait le plus des couleurs propres aux Jedi –, puis il prit la combinaison la plus propre et l'enfila sur ses membres nus. Dans l'idéal, il aurait dû la porter sur une combinaison collante, comme celle de Larin, mais il n'avait pas le temps pour de tels raffinements. Il recourrait à la technique du biofeedback pour réguler sa température corporelle.

Il accrocha son sabre laser à un mousqueton sur la hanche droite de sa tenue, où il pourrait la saisir instantanément, puis jeta une combinaison supplémentaire en travers de son bras gauche replié.

— Sas arrière prêt, dit Jet dans le système de communication de son casque.

— Très bien.

Shigar vérifia une dernière fois tous les points de fermeture de sa combinaison. L'air avait une odeur assez désagréable, mais c'était le dernier de ses soucis.

— Approchez-vous le plus possible du débris.

Sa respiration lui sembla particulièrement sonore quand la porte intérieure du sas s'ouvrit. Il la franchit et elle se referma derrière lui. Il en profita pour se concentrer. Il savait à quoi s'attendre. Il avait déjà affronté les hex. La priorité était de localiser Maître Satele et de l'évacuer le plus vite possible. Il n'aurait pas le temps de se battre ou de prendre des risques inconsidérés. Cela n'aurait pour résultat que leur mort à tous les deux.

— Vous m'entendez, Maître Satele ? demanda-t-il dans le système com de la combinaison sur une fréquence encombrée par les parasites que diffusaient les étoiles distantes.

Normalement, les forces militaires n'utilisaient pas ce canal, ce qui le rendait parfait pour des communications à courte distance ne devant pas être tracées.

— Très bien, répondit Maître Satele.

Le contact était faible, mais clair.

— Où en est votre réserve d'air ?

— Basse, mais pas encore critique.

La porte extérieure s'ouvrit dans une bouffée de brouillard. Shigar se propulsa d'un bond sur la coque. Un instant, l'étrangeté de la situation lui apparut. Il se tenait pratiquement nu sur la coque du cargo d'un contrebandier, entouré de droïdes tueurs et d'épaves de vaisseaux, avec d'un côté la spirale splendide de la galaxie et de l'autre les jets du trou noir.

Il n'aurait pu dire si ce qu'il ressentait s'apparentait plus à de la joie ou à de la terreur.

Le débris tordu se rapprochait. Le canon de Larin tira, et un hex fut projeté dans le vide. À l'aide du rayon tracteur, Hetchkee en arracha un autre de ce qui avait été un hublot du *Corellia*.

Shigar se prépara à bondir.

— Je ne peux pas aller plus près, l'informa Jet. Ne ratez pas votre coup.

D'une détente de ses jambes, Shigar s'élança. Pendant

un moment, le ciel tourna autour de lui – la planète derrière l'*Auriga Fire* entra dans son champ de vision, boursouflée par des dômes de magma –, puis il heurta le débris avec force. Il avait tendu les bras pour agripper la première prise venue.

Il s'immobilisa et reprit son souffle. Un hex, alerté de son arrivée par le déplacement subtil de son support à la suite de l'impact, tourna vers lui ses nodules noirs par une brèche voisine. Ses pattes avant jaillirent et se déplièrent vers lui. Shigar voulut saisir son sabre laser, mais Hetchkee fut plus rapide. Le droïde fut balayé devant lui et propulsé dans l'espace où Larin le réduisit en un petit nuage d'atomes.

— Merci, dit le Jedi.

— C'est un plaisir, répondit la jeune femme. Vous allez rester allongé là toute la journée pendant que nous faisons tout le boulot ?

Il était déjà en mouvement, en passant avec légèreté de prise en prise.

— Tu es tout près, lui dit Maître Satele par le système com. Je peux sentir ta présence. Il y a un point d'accès démoli devant vous. Continue dans la même direction.

Le débris semblait avoir fait partie du centre de commandement avant du *Corellia*, et il avait été occupé au moment du désastre. Shigar passa devant plusieurs cadavres quand il se fraya un chemin dans la structure déformée. Il avait peu de place pour progresser entre les panneaux déchiquetés, et l'éclairage était faible.

— À la prochaine intersection, fais halte un moment, lui indiqua-t-elle. J'ai quelque chose à te dire.

Le son d'un mouvement lui parvint par les vibrations de la coque qu'il touchait. Alors il s'immobilisa, tous ses sens aux aguets. L'intersection avait dû être assez large pour permettre le passage d'un landspeeder, mais à présent elle l'était à peine pour un homme, en particulier aussi grand que lui. Quelque chose se déplaçait dans l'embranchement droit, le doute n'était plus possible.

— Voilà ce que je voulais vous dire, reprit Maître Satele. Depuis que nous avons entendu parler des droïdes, je me suis demandée ce que Lema Xandret avait mis d'elle-même dans ses créations. La réponse se trouve après le coin, Shigar. Vous l'apercevez ?

Il arriva à l'intersection et jeta un œil dans l'embranchement de droite. Neuf hex immobiles étaient regroupés autour d'une porte pressurisée, comme s'ils attendaient qu'elle s'ouvre.

— Je suis derrière cette porte, dit-elle, et bientôt tu y seras, toi aussi.

— Comment, Maître ?

Il ne voyait pas comment vaincre neuf de ces droïdes en même temps, alors qu'il avait eu beaucoup de mal avec seulement deux sur Hutta. Et il y avait à peine l'espace pour se glisser entre eux, donc encore moins pour les affronter.

— Tu m'as dit que l'usine miniaturisée de droïdes contenait un composant biologique, dit-elle. Il semble raisonnable de se demander si c'est aussi le cas des hex.

— Il y a un fluide à l'intérieur de leur corps, dit-il en se rappelant ce qu'il avait vu sur Hutta. Ça ressemble à du sang. Mais ce sont bien des droïdes, pas des cyborgs.

— Pas dans le sens habituel. Ils sont encore autre chose. Mais le fait qu'ils soient en partie vivants est la seule raison pour laquelle je suis encore là.

— Vous les influencez ?

— Autant que je le peux, ce qui signifie pas beaucoup. Ils n'attaquent que quand on leur barre le chemin ou qu'on les menace. Je ne fais ni l'un ni l'autre, de sorte qu'ils ne m'attaquent pas. Ils refusent de partir, mais au moins ils ne se montrent pas agressifs. Je pense que je peux les maintenir à distance le temps que tu arrives jusqu'à la porte.

Shigar sentit sa gorge se serrer.

— Vous voulez que je passe au milieu d'eux ?

— C'est la seule solution.

— Et ensuite ?

— Ensuite tu ouvres la porte et je sors.

— J'ai une combinaison pour vous…

— Je n'aurai pas le temps de la passer. Il n'y a pas de sas. Je conserverai une bulle d'air autour de moi en utilisant la Force. Ce qui me laissera deux ou trois minutes. Mais il faudra que tu sois beaucoup plus rapide. Je ne pourrai pas retenir les hex et ce bouclier en même temps.

Il serra les poings. La chose paraissait impossible. Mais elle comptait sur lui. Personne d'autre ne pouvait la secourir.

— J'arrive, Maître.

Il passa le coin et s'exposa pleinement à la vue des droïdes. En dépit de la foi qu'il avait dans les pouvoirs mentaux de Satele Shan, il s'attendait à être immédiatement la cible de leurs tirs. Mais les hex se contentèrent de l'observer avec leurs nodules sensoriels noirs et changèrent légèrement de position afin de pouvoir surveiller la porte et le nouveau venu en même temps.

Avec l'impression d'évoluer dans une sorte de cauchemar irréel, Shigar avança dans l'entremêlement de corps anguleux et de membres en prenant grand soin de n'en toucher aucun. Il ne voulait pas qu'un contact accidentel les tire de cette complaisance qui ne leur ressemblait pas du tout. Il s'obligea même à respirer sans bruit, malgré l'isolation parfaite que créait le vide autour de lui. L'intensité du regard des droïdes l'angoissait.

Enfin, il atteignit la porte. Un témoin rouge signalait la pression régnant de l'autre côté. Il composa un code d'annulation sur le clavier d'accès, et le témoin passa au vert. Dès qu'il le voudrait, la porte s'ouvrirait, expulsant tout l'air qui se trouvait au-delà.

— Vous êtes prête, Maître ?

— Oui.

Il enfonça le bouton de commande. Le souffle faillit l'emporter, mais il s'était bien calé contre la paroi. Les hex s'agitèrent soudain. L'influence apaisante de Maître Satele avait cessé en même temps que le déferlement d'air glacé recouvrait leurs organes sensoriels. Shigar était lui aussi partiellement aveuglé – il ne voyait pas grand-chose à travers la brume colée à sa visière, mais il avait l'avantage de ne pas devoir voir. La présence du Grand Maître était pour lui comme un rayon tracteur.

Il plongea dans la petite chambre et enfonça la touche pour refermer la porte derrière lui. Les hex en grattaient déjà l'autre côté. Il ne leur faudrait pas longtemps pour franchir l'obstacle. Il disposait de quelques secondes seulement pour trouver une autre issue.

Maître Satele flottait dans une bulle au centre de la pièce, son bouclier de Force scintillant autour d'elle dans une luminescence distante d'un doigt à peine des contours de son corps. Shigar fut surpris de son apparence fragile. Dans son esprit, elle semblait toujours avoir une stature gigantesque et dominer non seulement le Haut Conseil Jedi mais aussi influencer la marche de la République. Et maintenant, pourtant, elle lui paraissait frêle et menue.

Les grattements s'intensifiaient du côté de la porte. Les hex s'y attaquaient avec acharnement. Maître Satele avait lâché son sabre laser, qui flottait à côté d'elle, en dehors du champ de la Force. Shigar le prit de sa main gauche, décrocha le sien de la droite puis activa les deux. Le vert de leur lame n'était pas rigoureusement identique, et leurs lumières combinées créaient une danse d'ombres étrange sur les murs.

La chambre ne faisait guère plus de trois mètres de côté, et la porte était la seule issue. Peu importait. Le Padawan pouvait très bien en créer une autre. Brandissant les deux armes, il les planta dans la paroi à la hauteur de sa tête et fit décrire à chacune une courbe qui rejoignit l'autre au niveau de ses genoux, délimitant ainsi un cercle entier. D'un coup de pied en son centre, il envoya cette partie de la cloison de l'autre côté. Puis il se servit de la télékinésie pour emmener Maître Satele avec lui. Ils s'élancèrent alors à travers cette ouverture.

Ils surgirent dans une autre pièce, et il réitéra prestement la manœuvre, avec des gestes assurés. Derrière lui, les hex déchiquetaient consciencieusement la porte. Dans une seconde, ils se rueraient sur eux.

Un couloir, cette fois. Il lança Maître Satele devant lui et se repéra en hâte. Il était passé par là en arrivant. À l'autre extrémité de la coursive, il apercevait la spirale lointaine de la galaxie.

Un droïde au corps épais apparut et lui bloqua le passage.

— Préparez-vous, dit-il dans le comlink. Je vais arriver très vite.

— Très bien, répondit Larin. Ici, ça devient un peu chaud aussi.

Shigar ne perdit pas d'énergie à parler davantage. Le bouclier du Grand Maître étant à coup sûr assez solide pour dévier tout ce que des hex pourraient jeter sur lui, il continua de pousser sa bulle devant lui. Sa tâche consistait simplement à les sortir de là au plus vite.

La Force déferla en lui. Depuis les premiers instants où il avait découvert ses pouvoirs, il avait adoré l'excitation de cette accélération. Elle l'avait aidé à remporter des courses avant qu'il soit relevé de son poste sur Kiffu. Elle lui avait permis de survivre aux défis qu'imposait l'académie. À ces souvenirs, il percuta violemment la cloison derrière lui avec les deux pieds.

La définition du couloir se brouilla. Maître Satele fonçait devant lui à la vitesse d'un boulet de canon. Elle éjecta les hex hors du débris et dans l'espace. Pendant un moment, tout ne fut que vision tourbillonnante et pattes cherchant follement à agripper quelque chose. Puis une force invisible chassa l'hex au loin, qui fut aspiré dans le sas ouvert de l'*Auriga Fire*.

— Tu les as récupérés, Hetchkee ? dit la voix de Larin dans le comlink.

— Sains et saufs.

Plusieurs tirs du trilaser anéantirent le droïde et refoulèrent ses quatre congénères qui venaient d'émerger du débris à la suite de Shigar. Le Jedi agrippa les bords du sas alors que le vaisseau s'éloignait rapidement. Il ondula agilement entre les pattes d'un agglomérat, aidé par les tirs de Larin.

Enfin, la porte se referma sur eux et un air tiède envahit le sas. Shigar n'avait même pas remarqué à quel point ses doigts étaient froids. Il les frotta vivement avant de s'occuper du Grand Maître.

— Nous sommes hors de danger à présent, Maître.

Le champ de Force scintilla et disparut.

Le Grand Maître Satele Shan déplia son corps en position assise et ouvrit les yeux.

— Merci, Shigar, dit-elle avant de se relever et de lisser sa robe. Je te dois la vie.

Il baissa la tête et lui présenta son sabre laser.

— Je n'ai fait que ce que je devais faire, Maître.

Elle posa la main droite sur son épaule.

— C'est tout ce que nous faisons toujours, Shigar, en temps de guerre.

La porte intérieure s'ouvrit.

— Vous feriez bien de nous rejoindre, dit la voix de Jet dans le comlink. Et vite.

Shigar précéda son Maître dans les coursives et jusqu'au cockpit. Ula et Jet étaient aux commandes, Clunker dans un coin, aussi immobile qu'une statue. Hetchkee était ailleurs – Shigar supposa qu'il l'avait remplacé pour manier le canon tribord maintenant que le rayon tracteur n'était plus utile. À leur arrivée, Ula leur jeta un coup d'œil, puis il se leva et s'inclina.

— Grand Maître, dit-il avec une nervosité palpable, je suis soulagé de vous revoir.

— Nous nous sommes déjà rencontrés ?

— Émissaire Vii, de l'état-major du commandant suprême…

— Laissons tomber les présentations, dit Jet. Nous pourrons organiser une petite réception plus tard. Il y a un autre vaisseau en vue.

— Impérial ? demanda Maître Satele en se penchant sur le siège d'Ula.

— Je ne crois pas, répondit Jet en affichant une image agrandie de l'espace autour de Sebaddon. Juste au moment où je croyais que nous commencions à avoir un semblant de maîtrise sur tout ce foutoir…

L'écran montrait ce qui restait de la flottille de la République positionnée sur une orbite beaucoup plus haute qu'auparavant, et donc hors de portée des hex. Les vaisseaux infectés se dispersaient dans des directions très diverses, sans doute à cause des propulseurs endommagés ou de l'attraction gravitationnelle de la planète ou du trou noir. Réduite à sept unités dont son croiseur lourd, la flotte impériale cherchait elle aussi à atteindre une orbite plus lointaine. Un rapide coup d'œil aux projections de trajectoires montrait que les deux forces risquaient de se croiser dans quelques heures. Mais c'était un problème qui pouvait attendre.

— Qu'est-ce que c'est que *ça* ? demanda Shigar en passant la main sur une zone floue couvrant l'équateur de la planète.

— C'est là que les trois derniers missiles ont détoné, expliqua Ula. Et deux autres ont fait de même depuis. Ils ne visaient aucun objectif particulier. À mon avis, Xandret crée un halo défensif d'hex pour protéger la planète.

— C'est bien possible, dit Maître Satele. Montrez-moi le dernier arrivé.

L'index de Jet tapota un point brillant près du petit satellite de Sebaddon.

— Apparu il y a une minute.

— Aux mêmes coordonnées ?

— Non. Le signal vient d'un cratère de la lune. Je pense que ce nouveau venu était caché là depuis le début.

Elle approuva d'un mouvement de la tête.

— J'aimerais diffuser un message.

Jet lui donna le micro.

— Il était temps que vous vous montriez, dit-elle. J'aimerais beaucoup vous parler, Dao Stryver.

La réponse fut immédiate :

— Moi aussi. J'ai plaisir à constater que vous avez survécu à cette débâcle peu flatteuse.

— Peut-on vraiment prendre plaisir à la survie de son ennemie ? demanda-t-elle au Mandalorien.

— On le peut, répondit-il. Je vous expliquerai le moment venu.

— Je l'espère de tout cœur.

— Retrouvez-moi sur la lune dans une demi-heure. Envoyez un seul appareil. Pas d'escorte. Vous avez ma parole que vous et vos amis n'avez rien à craindre de moi.

Stryver coupa la communication.

— Je ne lui fais pas confiance, fit Shigar.

— Nous n'avons pas le choix, dit-elle. Capitaine Nebula, merci de définir la trajectoire. Mettez-nous en relation avec le *Commenor*. Il faut que je parle au capitaine Pipalidi sans délai, au cas où nous n'aurions pas d'autre occasion de le faire.

— « Nous » ? souligna Jet.

— Cette mission nous a déjà coûté sept vaisseaux de guerre. Je ne veux pas en risquer un de plus.

— Et personne ne s'intéresse à ce que *moi* je suis prêt à risquer ?

— Vous avez vu ça ? fit Ula, attirant l'attention de tous sur l'écran principal. Les Impériaux viennent de lancer une navette.

— Nous ne pouvons pas la laisser atteindre les coordonnées pour le saut, dit Shigar. S'ils cherchent à faire venir des renforts…

— Je ne pense pas que ce soit leur objectif, dit Satele. « Un seul appareil. Pas d'escorte. »

— Et Stryver a précisé que nous n'avions rien à craindre de *lui*, ajouta Jet. Vous êtes bien certaine de vouloir faire ça ?

— Oubliez le rapprochement du *Commenor*, lui ordonna-t-elle. Mettons-nous en mouvement tout de suite. Je parlerai au capitaine Pipalidi en chemin.

— Oui, madame, dit Jet en adressant un petit salut sarcastique au Maître Satele. Autant aller vers notre destinée en courant, plutôt qu'en marchant.

30

Avec un sentiment d'effroi croissant, Ula regardait le point de rendez-vous se rapprocher. Il se trouvait dans la pire des situations qu'il pouvait imaginer : il ne pouvait pas s'opposer aux désirs de la République parce qu'immédiatement Satele Shan aurait fait prévaloir son autorité, et il ne pouvait pas révéler sa véritable identité à ses vrais maîtres sans détruire sa couverture. Pendant un moment un peu fou, il envisagea de se livrer au bon vouloir des Mandaloriens, mais le bon sens lui revint aussitôt, heureusement. Stryver ne montrait aucune pitié. Le mieux qu'Ula aurait pu espérer de lui, c'était l'esclavage.

Mais il était toujours vivant, se dit-il, et il conservait des chances de le rester s'il traversait ce champ de mines avec la plus extrême prudence.

Le nez de l'*Auriga Fire* pointait sur la navette impériale dans son approche de l'unique satellite de Sebaddon. La lune était une chose difforme et massive, plus semblable à une brique qu'à une sphère, avec une abondance de cratères et de ravins sans fond qui enlaidissaient un peu plus sa surface. Rien d'étonnant à ce que Stryver y soit resté dissimulé aussi longtemps. Elle ne semblait pas piégée ou minée, ce qui constituait une erreur majeure pour une administration coloniale si soucieuse de ne pas être dérangée. Ula se demanda s'ils n'y avaient tout simplement pas pensé ou s'ils avaient estimé, de façon erronée mais compréhensible, que jamais ils seraient repérés aussi loin du disque de la galaxie.

Le *First Blood*, le vaisseau de reconnaissance de Stryver, se posa à la surface de la lune quand les deux autres vaisseaux approchèrent. Il avait la forme d'un croissant de lune, avec des ailes pointant en avant chargées d'armes et une coque mate qui ne renvoyait aucun reflet. Elle ne portait aucun marquage, seulement deux cercles luisants indiquant des sas prêts. Jet lança la procédure pour un arrimage avec tube étanche pour relier les deux vaisseaux, et il manœuvra afin de se poser à tribord. Le pilote de l'Empire prit en compte ses intentions et se déplaça pour se poser à bâbord. Avec Larin et Hetchkee, Ula surveillait la navette de près et guettait tout indice suspect. La façon dont les Impériaux avaient détruit illégalement la navette de la République sur Hutta le heurtait toujours. Il espérait mieux.

— Qui se dévoue ? demanda Larin sur le circuit com interne.

— Shigar et moi, répondit Maître Satele. Et l'émissaire Vii.

Ula eut un peu de mal à avaler sa salive.

— Je crains de ne pas être pas d'un très grand secours, commença-t-il à dire, mais Larin l'interrompit aussitôt :

— Il vous faudra un garde du corps. Juste pour les apparences.

— D'accord.

— Et prenez Clunker avec vous aussi, dit Jet. Je verrai à travers ses yeux.

— Vous et Hetchkee pourrez piloter le vaisseau à vous deux, s'il le faut ?

— S'il le faut, répondit le contrebandier. Avec une bonne motivation, je pourrais piloter un croiseur lourd tout seul.

— Parfait. Gardez en place le tube de raccordement, mais fermez l'accès au vaisseau dès que nous l'aurons quitté. Et vous partirez à mon signal, que nous soyons à bord ou pas.

— Ne vous en faites pas pour ça, lui répondit Jet. Je mettrai les bouts si je vous vois seulement vous agiter un peu trop.

Ula chercha à se changer les idées en s'intéressant à la télémesure pendant que le cargo se posait en douceur sur la lune. Sebaddon n'avait plus lancé de missiles. La zone la plus chaude de la planète avait vu sa température augmenter dramatiquement par les tirs impériaux de représailles, et l'activité s'accentuait également dans d'autres régions. Il lui semblait que les habitants se regroupaient afin de riposter, mais c'était difficile à dire depuis une telle distance. Tous les drones espions lancés par la flottille de la République avaient été interceptés en passant dans le halo orbital d'hex et détruits.

Peut-être trouverait-il un moyen de glisser un message à son alter ego impérial, dit-il. L'espoir était faible, mais il méritait qu'on s'y accroche.

Dans une série de chocs sourds, les grappins automatiques équipant le ventre du vaisseau s'arrimèrent solidement au sol de la planète. Le gémissement des répulseurs décrut et s'éteignit. Jet lâcha les manettes et se laissa aller contre le dossier de son siège. Malgré toutes ses fanfaronnades, il paraissait épuisé, ou du moins assez secoué. Ses cheveux prématurément gris étaient dressés d'un côté de son crâne et des cernes soulignaient ses yeux.

— Je garde la boutique jusqu'à votre retour, leur dit-il. Ne faites rien que je n'aimerais pas faire.

Ula se leva, avec l'espoir insensé que le Grand Maître allait changer d'avis. Il n'eut pas cette chance. Elle se dirigeait déjà vers l'échelle, Shigar sur ses talons, tel un chien fidèle. Ula fit signe à Clunker de passer devant lui.

— Bonne chance, lui dit Jet.

— Vous ne l'avez pas souhaitée aux autres.

— J'ai pensé qu'ils n'en auraient pas besoin.

— Merci pour le vote de confiance.

Le contrebandier fit la grimace.

— Allons, tout ira bien pour vous ! Et souvenez-vous : vous avez un avantage sur les autres.

— Lequel ?

— La capacité de voir les deux côtés à la fois.

Ula ne savait pas quoi répondre à cela, pas plus qu'aux autres nombreux sous-entendus lâchés par Jet montrant que celui-ci connaissait sa qualité d'informateur. Ula n'avait jamais eu le courage de lui poser la question directement, pas même pendant les longues heures qu'ils avaient passées ensemble à attendre que Shiger réussisse son expérience psychométrique. Que Jet ait ou non deviné, Ula préférait que la chose ne soit jamais dite à haute voix. Sa vie dépendait de faux-semblants. Sans ceux-ci, il ignorait ce qui lui resterait.

C'est pourquoi il se limita à un hochement de tête qui signifiait tout et rien avant de rejoindre les autres devant le sas. Il ne voyait pas comment quelqu'un dans sa situation était avantagé. Lui avait l'impression d'être tiraillé dans douze directions différentes en même temps. Et s'il ne se montrait pas très prudent, il risquait fort de finir en morceaux.

Ax parcourut la courte distance du tube étanche en contenant sa fureur. Elle brûlait d'envie de retourner à son intercepteur, au lieu de perdre son temps une fois de plus avec des Mandaloriens et des émissaires. C'était aussi pénible que d'être renvoyée sur Hutta, mis à part que cette fois elle n'avait aucun avantage clair à espérer. Tout ce qu'elle voyait, c'était ce qu'elle aurait pu faire en ce moment même – protéger la flotte des hex, à tout le moins, peut-être même préparer une force d'assaut pour effacer définitivement Stryver du paysage. Elle détestait l'idée de venir à lui quand il le décidait, comme si elle n'était qu'une de ses domestiques.

— Tu parleras en mon nom à ce Mandalorien qui se mêle de tout, lui avait dit Dark Chratis.

— Mais, Maître…

— Ai-je besoin de t'expliquer une fois de plus ce qu'est ton devoir? C'est servir l'Empereur en me servant, moi, son instrument. Quand tu me défies, tu *le* défies.

Et c'était là tout le problème, bien sûr. Elle l'avait défié, en effet, quand elle avait ignoré ses ordres pendant l'attaque des hex sur Hutta. Elle était maintenant punie pour ce manquement, tandis qu'il attendait confortablement dans la chambre secrète de sa navette. Que sa désobéissance ait été utile à la flotte impériale n'avait aucune espèce d'importance. Elle devait oublier toute idée d'acte constructif jusqu'à ce que Dark Chratis change d'avis.

— Je suis là, déclara-t-elle quand elle atteignit l'extérieur du sas du *First Blood*, et sa main caressa la poignée de son sabre laser. Ne me faites pas attendre, Stryver.

Dans un chuintement, la porte s'ouvrit. Une escorte symbolique de trois soldats en tenue d'apparat noire et grise la suivit à l'intérieur. Elle ne regarda pas en arrière pour s'assurer de leur présence. Dans un geste de défi assumé, autant envers Stryver qu'envers son Maître, elle n'avait pas quitté sa tenue de combat. Celle-ci sentait l'huile et la fumée, exactement comme le vaisseau du Mandalorien. Ses cheveux tombaient lourdement entre ses épaules.

L'intérieur du *First Blood* était simple, fonctionnel, mais étonnamment spacieux. Ses parois étaient parcourues de nervures et non tapissées de panneaux lisses. Parfois, il n'y avait pas de séparation nette entre les coursives et les soutes. Ici et là, câbles et composants électroniques étaient visibles, sans doute dans un effort pour limiter le poids de l'ensemble. Elle songea également que tout ce qu'il y avait de précieux ou de secret à bord était soigneusement rangé à l'abri de tout regard indiscret, alors elle ne prit pas la peine de mémoriser ce qu'elle découvrait. Elle marcha sans ralentir en direction des voix qui s'élevaient au cœur du vaisseau.

— … comprendre pourquoi vous avez besoin de nous

tous en même temps. Vous pouvez nous le dire maintenant ?

Ax connaissait cette voix. Elle l'avait entendue sur Hutta. Elle appartenait à une presque-humaine qui avait combattu du côté de la République, même s'il était clair que cette femme ne faisait pas partie des forces régulières. Pourquoi était-elle là ?

— Je n'aime pas me répéter, dit une autre voix connue, celle de Dao Stryuver, rendue plus grave par son vocodeur.

Ax contourna un épais faisceau vertical de câbles qui servait de pilier et entra dans la cabine principale. C'était une pièce circulaire au sol et au plafond d'un blanc lumineux avec un holoprojecteur en son centre. Stryver se trouvait sur la gauche de la Sith quand elle arriva, et son casque frôlait presque le plafond pourtant assez haut. À gauche du Mandalorien se tenait un groupe disparate d'individus, dont plusieurs qu'elle connaissait : l'émissaire de la République, un droïde qu'elle avait vu traîner près du sas de sécurité de Tassaa Bareesh et le Padawan. Auprès de lui, une femme qu'elle n'avait jamais rencontrée mais qu'elle identifia instantanément.

Ax fit halte sur le seul de la pièce, et un sifflement bas de méfiance lui échappa inconsciemment. L'air empestait la vertu pleine de suffisance de l'ennemi, particulièrement concentrée autour de la femme frêle portant la tenue d'un Chevalier Jedi. Et pas n'importe quel Chevalier Jedi. C'était le Grand Maître du Haut Conseil en personne ! De frustration, Dark Chratis aurait grincé des dents s'il avait su qu'il ratait une rencontre avec l'ennemie la plus détestée de l'Empereur. Abattre cette femme apporterait à Ax un renom et des avantages considérables parmi les Sith appréciés du Conseil Noir.

Elle obligea sa main à quitter la poignée de son sabre laser. Malgré toute son ambition, elle savait qu'elle ne pourrait jamais l'emporter seule sur le Maître et son Padawan. Elle frapperait donc avec des mots, et non avec sa lame.

— L'Ordre Jedi doit être bien affaibli pour que le Grand Maître et un jeunot accourent sur l'ordre d'un Mandalorien, ironisa-t-elle d'entrée.

Shigar se raidit sous l'insulte.

— Pas si faible que ça puisque je t'ai sauvé la vie au moins une fois sur Hutta.

Elle sentit une chaleur subite envahir sa nuque.

— Tu fais erreur, dit-elle.

— Vraiment ? La prochaine fois, je m'en abstiendrai.

— Il suffit, dit le Grand Maître, et le Padawan se tut immédiatement. Nous sommes tous là à présent, Stryver. Venons-en au fait.

— Je ne prends pas d'ordres de vous, Grand Maître, déclara le Mandalorien. Cependant, vous avez raison. Je vous ai tous rassemblés pour vous montrer quelque chose.

L'holoprojecteur entre eux s'anima dans un scintillement. Ax reconnut le globe de Sebaddon avec ses petits lacs pareils à des gemmes disséminés parmi les zones grandes comme des continents que gonflait la chaleur. Le magma luisait d'un éclat orangé et formait un réseau de lignes qui sur d'autres mondes auraient pu être des fleuves. Aux intersections de ces lignes, des cercles bleus indiquaient des colonies ou des centres industriels. Ax localisa celui que Dark Chratis avait fait bombarder quand le *Paramount* avait été attaqué, ainsi que plusieurs autres. Certains dont elle gardait le souvenir n'étaient pas représentés.

— C'est l'aspect qu'avait Sebaddon quand je suis arrivé, six heures standard avant vous, déclara Stryver. Et voici l'aspect de la planète à votre arrivée.

Les différences sautaient aux yeux : nombre de détails manquants dans la première vue venaient d'apparaître.

— Voilà à quoi elle ressemble maintenant.

Ax n'avait pas besoin d'examiner la vision holographique, elle savait déjà.

— Où voulez-vous en venir ?

— Ils travaillent vite, dit le Padawan. C'est ce que Jet a

souligné quand nous sommes arrivés. D'après lui, la colonisation a débuté il y a une vingtaine d'années, tout au plus.

— Pas plus de quinze, rectifia Ax qui se rappelait quand Lema Xandret avait fait défection.

— En réalité, c'est beaucoup plus récent que ça, dit Stryver qui posa ses énormes mains gantées sur les bords de l'holoprojecteur et se pencha sur l'image. Étudiez cette succession de représentations avec attention et vous verrez que les colonies se sont développées de cinq pour cent depuis mon arrivée. En partant de ce taux, un simple calcul nous donne une date de création pour la première colonie qui remonte à seulement trois semaines.

— Impossible, dit la Sith.

— À peu près à la date où le *Cinzia* a été intercepté, lâcha Ula.

— Et alors ? C'est toujours impossible.

— Vraiment ? fit Stryver. Lema Xandret a choisi cette colonie en partie pour l'abondance de ses ressources naturelles. Avec une armée de travailleurs motivés et les moyens d'en créer d'autres, pourquoi n'aurait-elle pas accompli tout ce qu'elle désirait ?

— Si la colonie pouvait se développer aussi rapidement, pourquoi est-elle toujours aussi réduite ?

— C'est une question intéressante, Eldon Ax. Vous devriez connaître votre mère mieux que quiconque. Qu'en pensez-vous ?

Au lieu de rougir, Ax sentit son visage se durcir.

— Parlez clairement, ou je m'en vais.

Stryver tapota ensemble ses deux index, une seule fois, et pour la première fois Ax remarqua qu'il n'avait que quatre doigts à chaque main.

Ce n'est donc pas tout à fait un homme, songea-t-elle. *Mais qui s'en soucie ?*

— Je vous ai tous bien observés pendant que vous vous échiniez à multiplier les occasions de vous faire tuer, dit-il. C'est l'avantage qu'il y a à se trouver le premier sur le champ de bataille. Au lieu de tester moi-même les défenses de Sebaddon, je suis resté tranquillement en retrait et je vous ai regardé faire. L'expérience a confirmé mes observations préliminaires. Les habitants de Sebaddon ne souhaitent même pas ouvrir leurs frontières à des étrangers – en particulier l'Empire – et ils sont capables de se défendre si on les provoque.

— Ils ont profité de l'effet de surprise, dit Ax. La chose ne se reproduira pas.

— Si vous attendez trop longtemps, la surprise ne sera pas le seul paramètre dont vous devrez vous inquiéter.

— Que voulez-vous dire ? demanda Satele Shan.

— Combien de temps vous faudra-t-il pour acheminer des renforts jusqu'ici ? Vous ne pouvez pas joindre le reste de vos forces, il faudra donc qu'un messager fasse le voyage. Ensuite, une flotte devra être constituée. Plus elle sera importante, plus elle demandera de temps. Et à chaque heure qui passe, Sebaddon transforme ses précieux métaux en droïdes tueurs. Aujourd'hui, plus de trente vaisseaux ont été perdus. Combien de temps avant que cinquante vaisseaux ne soient plus suffisants ? Cent ? Mille ?

— Aucune planète isolée ne pourrait résister à la machine de guerre de l'Empire, s'insurgea Ax.

— Je serais de cet avis si la machine de guerre de l'Empire était disponible. Mais elle est actuellement dispersée dans toute la galaxie, ce qui la rend vulnérable, et l'on peut dire la même chose des forces de la République. De plus, nous savons tous que l'Empire comme la République n'enverrait pas de renforts si nous le demandions. Ils estimeraient que nos inquiétudes sont très exagérées. Ils sont plus intéressés à se combattre mutuellement qu'à neutraliser cette menace isolée.

— Est-ce réellement une menace? demanda Shigar. Xandret refuse de nous parler, mais au moins elle a cessé de lancer ses missiles dès que nous nous sommes écartés de sa planète. Pourquoi ne pas lui accorder ce qu'elle demande, en la laissant tranquille, tout simplement ?

— Vous pensez vraiment que c'est encore possible ? dit la presque-humaine.

— Et pourquoi pas ? répliqua le Jedi.

Il se tourna vers Satele Shan dans l'espoir qu'elle le soutiendrait, mais elle n'en fit rien.

— Tu es naïf, dit Ax. Ce monde a une trop grande valeur. L'Empereur l'aura, ou personne ne l'aura.

— Et votre mère doit servir d'exemple, ajouta Stryver, pour éviter que la puissance des Sith ne soit entamée.

— Arrêtez de l'appeler ma mère. Lema Xandret est une criminelle et une fugitive. Il est impossible qu'elle échappe à un juste châtiment.

— Vous l'abattriez, si vous le pouviez ?

— Oui, et c'est ce que je vais faire. Elle n'est rien pour moi.

— Bien. J'ai cru que je pourrais la raisonner. J'ai cru que je parviendrais à un accord qui permettrait de la garder sous contrôle, avec ses créations. À présent, j'ai peur qu'il soit trop tard pour quelque négociation que ce soit. On ne peut plus la raisonner, ni conclure un accord avec elle.

— Elle est devenue folle ? demanda le soldat à la droite de Shigar. Si c'est le cas, il existe d'autres options. Nous pourrions la supprimer et négocier avec quelqu'un d'autre, par exemple.

— Ce plan n'a qu'un petit défaut, mais il est rédhibitoire.

— Lequel ? demanda l'émissaire de la République.

— Lema Xandret est déjà morte. Depuis quelque temps.

Quelque chose se brisa en Ax à ces mots, la laissant incapable de dire si elle éprouvait un sentiment de triomphe, du chagrin, ou les deux.

— Je pense qu'il est temps que vous nous disiez tout ce que vous savez, déclara Maître Satele.

— Je suis aussi de cet avis, dit Larin. Et tout d'abord,

depuis quand les Mandaloriens négocient avec *qui que ce soit* ?

Ula se souvint alors de ce que Jet lui avait dit sur ces Mandaloriens qui se croyaient sans égal.

— Vous étiez la personne que les émissaires de Xandret espéraient rencontrer, dit-il. Et vous êtes venus les chercher quand ils ne se sont pas présentés à vous.

La tête casquée du géant s'inclina vers lui.

— Exact.

— Xandret elle-même était-elle supposée se trouver à bord du *Cinzia* ? demanda Shigar. Est-ce pourquoi vous pensez qu'elle est morte ?

— Non. Elle a envoyé quelqu'un d'autre. Je pense qu'elle était ici quand elle est morte.

— Donc vous n'en avez pas la certitude ? remarqua la Sith.

Son visage semblait un peu plus pâle.

— J'en ai la certitude.

— C'est vous qui l'avez tuée ? Vous avez vu son corps ?

— Non.

— Alors comment pouvez-vous être aussi catégorique ?

Stryver tapota son casque d'un doigt ganté. Ula ne pouvait évidemment pas voir l'expression du Mandalorien, mais il aurait parié qu'il souriait.

— Elle n'est rien pour moi, répéta la jeune Sith d'un ton ferme, comme si elle voulait se conforter par cette affirmation. Je veux simplement être sûre.

— Vous pouvez être sûre d'une chose, Eldon Ax : quand ces droïdes que votre mère a créés quitteront cette planète, ils détruiront la galaxie entière en moins d'une génération.

Ula fronça les sourcils. Cette affirmation était absurde, mais si Stryver la croyait vraie cela expliquait un autre aspect énigmatique de cette histoire.

— C'est pour cette raison que vous souhaitiez lui parler, dit-il. Lema Xandret était une menace, ou une alliée possible – exactement comme l'Empire.

— Une force avec laquelle il fallait potentiellement compter, dit Maître Satele. Une force que nous avons sous-estimée, c'est évident. Mais vous ne l'auriez pas crue sur parole. Vous devez avoir reçu une preuve.

— Une usine de démonstration, répondit Stryver. En deux jours, elle a créé dix-sept droïdes et deux répliques d'elle-même en n'utilisant que les matériaux disponibles dans son environnement immédiat. Les répliques de la première usine se sont mises au travail immédiatement, et elles ont produit quatre usines et encore plus de droïdes. Leur vitesse de reproduction n'était limitée que par l'énergie dont elles pouvaient disposer. Plus tard, nous avons découvert comment elles développaient des racines pour puiser dans les réserves plus éloignées afin de ne jamais être à court de matières premières. Par curiosité, nous avons mis des droïdes dans la fosse de combat, et ils l'ont toujours emporté, hormis contre le champion actuel. Ensuite, droïdes et usines se sont autodétruits, ne laissant que des restes insuffisants pour que nous puissions y découvrir les secrets de leur conception et de leur fonctionnement. Le message était clair. Le Mandalore m'a envoyé continuer la conversation.

— Pourquoi n'avoir envoyé que vous ? demanda Larin. Seul, vous ne nous êtes pas d'une grande utilité.

— Je suis en mesure de confirmer plusieurs hypothèses que vous avez peut-être élaborées. Nous gagnerons du temps et vous pourrez agir plus vite. (Il leva une main et commença à compter sur ses doigts en les repliant un à un.) Un, Lema Xandret et ses camarades réfugiés sont arrivés sur Sebaddon déterminés à se débarrasser de la structure hiérarchique qu'ils avaient laissée derrière eux. Quinze ans plus tard, se cacher ne suffisait plus : Xandret brûlait de se venger de ceux qui lui avaient pris sa fille. Elle s'est donc adressée au Mandalore pour lui demander de l'aider. Elle l'a approché parce ma culture fuit la Force. Après tout, c'est ainsi que tout a commencé, avec ces cultes religieux militarisés qui transforment les enfants en monstres.

Ula n'osa pas regarder la jeune Sith. Il ne savait pas avec précision comment les Sith formaient leurs recrues, mais l'accusation de Stryver lui paraissait assez plausible. Il se demandait si ses « maîtres » Jedi appliquaient un système similaire.

— Deux, poursuivit le Mandalorien, pendant l'exil qu'elle s'est elle-même imposé, Xandret a fait évoluer la robotique dans des directions que personne n'avait encore explorées. Elle a trouvé son inspiration et ses matériaux dans la biologie humaine elle-même, et avec ses aides elle a cherché à concevoir des droïdes qui ne vieilliraient pas, ne deviendraient pas rigides, ou bornés, pour que leur petite colonie puisse vivre à jamais. Les défis techniques étaient immenses, bien sûr, mais ils ont accompli des progrès dans des domaines inattendus. Les droïdes que vous avez vus sont des prototypes perfectionnés appelés « reproducteurs rapides ». Avec suffisamment de métal et d'énergie brute, ils se développent à partir d'une graine pour arriver à une version de combat complète en l'espace de quelques jours. Le nid sur Hutta aurait pu produire des dizaines de ces droïdes tueurs si on l'avait laissé faire, et la chose est vraie aussi pour les nids présents sur Sebaddon. Les zones de chaleur intense que vous avez observées à la surface de la planète, celles qui ressemblent à des cités, sont en réalité des usines de fabrication de droïdes. Elles produisent des reproducteurs rapides par milliers, maintenant que les défenses de ce monde ont été déclenchées. Et pas seulement des reproducteurs rapides : de nouvelles usines aussi. C'est là qu'est la vraie menace. C'était l'arme que Lema Xandret comptait utiliser contre l'Empire.

Trois, si elle n'est pas contrôlée, la technologie de reproduction débordera fatalement de son monde d'origine et se répandra dans la galaxie. La progression géométrique du phénomène est incontournable : un monde cette année, deux l'année prochaine, puis quatre, et huit… En dix ans, on arrive à deux cent cinquante planètes ; dix ans plus tard, on franchit le cap du quart de million. Une génération humaine, c'est tout le temps qu'il faudrait pour qu'ils envahissent l'intégralité de la galaxie, en anéantissant au passage Sith, Jedi et Mandaloriens.

Quatre, la négociation n'est plus une option envisageable. Xandret a instillé tous ses préjugés dans ses droïdes. Vous avez entendu leur voix. Vous savez ce qui les pousse à agir. La seule solution est l'anéantissement total de Sebaddon. Nous devons agir de manière décisive, impitoyable et totale afin de nous assurer que l'héritage de Lema Xandret sera complètement éradiqué de l'univers. Qu'un seul nid subsiste, et il suffira pour que tout recommence.

Stryver avait replié tous les doigts de sa main droite en un poing impressionnant.

— Vous avez terminé ? demanda la Sith.

— J'aurai terminé quand cette menace sera neutralisée.

Le poing du Mandalorien s'abattit sur le côté de l'holoprojecteur.

La sphère qu'était Sebaddon se mit à tournoyer follement. Des lumières rouges brillantes apparurent et s'étalèrent très vite à sa surface. Bientôt toute la planète rougeoyait, et des chapelets de petits points s'en échappèrent pour se perdre dans les profondeurs invisibles de l'espace.

— Vous avez dit « nous », fit Satele Shan, alors que Ula tressaillit au son de sa voix. « Nous devons agir de manière décisive, impitoyable… » Je suppose que l'emploi de ce pluriel était intentionnel.

— Il l'était. Tout ce que j'ai vu sur Hutta et Sebaddon confirme mes pires craintes. Sebaddon réagit à la menace que vous représentez tous en démultipliant sa production. Elle doit être stoppée avant que la contagion se répande. Puisque ni l'Empire ni la République ne peuvent détruire cette menace avec les ressources disponibles actuellement, vous devez travailler ensemble pour arriver à ce résultat.

— Avec vous aux commandes, j'imagine, glissa Larin.

— La fin justifie les moyens.

— Je ne prendrai jamais mes ordres d'un Mandalorien, lança la Sith d'un ton mordant. Et je ne combattrai jamais aux côtés d'un Jedi. Vous êtes fou de seulement le suggérer.

— Il doit exister une alternative, dit Maître Satele. Une autre tentative de négociation, peut-être…

— Le système de défense de la planète est automatisé, rétorqua Stryver. Les seules voix provenant de Sebaddon sont générées par les reproducteurs rapides. C'est ainsi que je sais que Lema Xandret est morte. Ils sont tous morts là-bas. Il n'y a plus que les droïdes maintenant et l'on ne peut pas négocier avec eux.

— Bah, et nous ne pouvons pas avoir confiance les uns dans les autres, souligna Shigar. Belle solution que la vôtre, en vérité.

— Si je pouvais faire autrement, je le ferais. Croyez-moi.

Le Padawan et la Sith s'affrontèrent du regard par-delà l'hologramme, et soudain Ula sut exactement ce qu'il devait faire. Une fois de plus, Jet avait eu raison. Ula pouvait voir les deux côtés en même temps et il saurait sauver sa peau.

— C'est vous qui commandez la flotte impériale ? demanda-t-il à la Sith.

Il connaissait déjà la réponse. Jamais l'Empereur n'aurait confié une telle responsabilité à quelqu'un d'aussi jeune, quels que soient ses pouvoirs. Mais il se devait de poser la question pour sauver les apparences.

— Non, reconnut-elle.

— Alors, quelle que soit cette personne, je veux lui parler face à face, dit-il. Je crois que je peux amener l'Empire s'asseoir à la table.

— Vous ? Mon Maître vous éventrerait rien que pour voir ce qu'il y a à l'intérieur d'un ver de terre comme vous.

La gorge d'Ula se serra. Son *Maître*. Il avait espéré un commandant non-Sith, mais il devrait s'arranger de ce qui se présentait.

— Emmenez-moi sur votre vaisseau amiral et laissez-moi

essayer. Si j'échoue, d'après ce qui vient d'être dit, je serai de toute façon condamné.

— Votre mort est plus proche que vous le pensez. Mon Maître est à bord de la navette.

— Eh bien, c'est encore mieux. Nous en finirons plus vite.

— Émissaire Vii, dit Satele Shan, soyez très prudent. Vous devez être absolument sûr de vous.

Il se redressa de toute sa taille et gonfla la poitrine.

— Je le suis. Si l'Empire accepte la suggestion de Stryver, ferez-vous de même ?

Le Grand Maître ne montra pas la moindre hésitation.

— Bien sûr. Nous ne sommes pas en guerre, après tout, et la menace est sérieuse.

— Bien.

Ula se tourna vers la Sith. Elle serrait les lèvres de rage, comme si elle ne pouvait croire à son audace.

— Ce n'est pas un piège. Je viens avec vous maintenant si vous voulez bien m'accompagner. S'il vous plaît.

— Vous seulement, dit-elle après un moment. Personne d'autre.

— C'est hors de question, intervint Larin.

— Non, lui répondit-il, bien que sa réaction lui fasse chaud au cœur. J'y vais seul. Si je ne peux pas les convaincre avec des mots, quelles différences feront un ou deux fusils ?

À contrecœur, elle fit marche arrière.

— Soyez très prudent alors. Nous voulons vous revoir en un seul morceau.

— Pas en plusieurs ? railla la Sith qui s'était maintenant déridée, peut-être parce qu'elle était impatiente de voir comment son Maître allait s'amuser avec ce fanfaron. Je ne garantis rien.

Ula aurait aimé savoir s'il avait l'air aussi faible qu'il le pensait. Et si elle le tuerait dès qu'ils seraient passés de l'autre côté du sas, avant même qu'il ait eu l'occasion de parler ? Ce serait la pire des ironies…

— Je suis prêt, dit-il d'une voix qu'il espérait ferme. Ne faisons pas attendre votre Maître.

— Tout à fait d'accord, répondit la Sith.

— Si nous n'avons pas de vos nouvelles dans les trente minutes, nous en déduirons que vous êtes mort, lâcha Stryver.

Ula contourna l'holoprojecteur et laissa les gardes impériaux le saisir par les épaules et l'entraîner jusqu'à la porte. Il ne pouvait plus reculer maintenant. Les regards de ses anciens alliés de la République le suivirent alors qu'il s'éloignait pour tous les trahir.

Dès que le sas se referma derrière eux, l'émissaire chétif commença à se débattre. Ax marchait à grands pas, l'esprit occupé à imaginer une manière d'atténuer les conséquences inévitables de son échec. Elle ignorait ce à quoi Dark Chratis s'était attendu, mais il lui imputerait certainement ce résultat. Le fait qu'elle ait du mal à réfléchir n'arrangeait rien.

— Écoutez-moi ! s'écria Ula derrière elle. Il faut que vous m'écoutiez !

Elle ne ralentit pas. Elle l'entendait à peine. *Lema Xandret est morte*, avait dit Stryver. *Ils sont tous morts là-bas*. Elle ne savait pas pourquoi cette annonce avait fait une différence, mais il semblait que ce soit le cas. Sa famille, sa mère – qu'était-il advenu de son père ? Elle n'avait jamais posé la question. Mort aussi, peut-être, depuis des années, quand elle n'était encore qu'une enfant. À moins qu'il soit devenu un Seigneur Sith qui ne pouvait s'abaisser à être associé à une simple femme. Peut-être, se dit-elle, peut-être…

Impossible. Elle s'en voulut de l'avoir seulement envisagé. Dark Chratis n'avait rien d'un père pour elle, et cela ne changerait jamais. D'ailleurs, elle n'avait pas besoin de père, tout comme elle n'avait pas besoin de famille. Si Stryver avait raison et que tous les fugitifs étaient bien morts, cela simplifiait les choses pour elle, voilà tout. Elle n'aurait pas à gaspiller son énergie pour les retrouver et les massacrer au nom de l'Empereur.

— Je vous en prie, j'essaie de vous dire que je ne suis pas qui vous croyez ! Nous sommes dans le même camp ! Nous avons toujours été dans le même camp !

Les couinements de l'émissaire finirent par pénétrer sa conscience. Alors qu'elle allait entrer dans la navette, elle fit halte, se retourna et frappa d'une main.

L'émissaire échappa à la poigne des gardes et alla percuter la paroi du sas.

— Ne pensez même pas à me mentir, dit-elle.

— Je ne vous mens pas, balbutia l'émissaire qui était devenu livide mais qui réussit à ne pas flancher quand elle s'approcha. Je suis un agent de l'Empire.

Elle activa son sabre laser et en plaça la lame en travers de sa gorge. Tout en elle disait son mépris.

— Vous ne ressemblez pas à un agent secret impérial. Vous n'êtes même pas totalement humain.

— C'est vrai, je ne suis pas agent secret, seulement informateur. Et je suis loyal à l'Empire, en dépit de mes origines. Complètement loyal, je le jure.

Ax ne bougea pas. Elle savait que beaucoup d'officiers de haut rang de la République préféraient parfois s'entourer de collaborateurs non-humains dans l'idée que cela les protégeait des tentatives d'espionnage. Si cet émissaire avait réellement été retourné, il serait très apprécié du Ministre du Renseignement.

— J'ai essayé de monter à bord de votre navette sur Hutta, fit valoir Ula. Mais vos gardes m'en ont empêché.

Ce détail au moins était véridique, et il la fit hésiter. Ax n'arrivait pas à croire qu'elle l'écoutait, et plus encore qu'elle réfléchissait à son histoire. Mais la témérité du petit homme confronté à une mort certaine était assez convaincante. Elle ne pouvait qu'admirer son cran, tout en se promettant de le découper en morceaux si elle découvrait qu'il essayait de la manipuler. Elle devait envisager la possibilité qu'il soit un agent double envoyé par Satele Shan pour les fourvoyer, son Maître et elle-même…

Ax eut un sourire froid. Dark Chratis saurait. Si l'émissaire disait vrai, il représenterait un atout pour elle. Dans le cas contraire, il servirait de défouloir à son Maître.

— De quelle espèce êtes-vous ?

— É… Épicanthix.

— Jamais entendu parler.

— Nous venons de Panatha, dans le secteur Pacanth…

— Peu m'importe. Si vous voulez revoir votre planète, alors vous allez répéter à mon Maître tout ce que vous venez de me dire, et le convaincre que c'est vrai.

— Qui est votre Maître ?

— Dark Chratis. Ce nom te dit quelque chose ?

L'émissaire était devenu encore plus pâle.

— Bien. Je vois que tu apprécies la gravité de ta situation.

Elle désactiva son arme. Les gardes empoignèrent Ula et l'entraînèrent derrière la Sith, dans la navette où le Maître attendait.

Dark Chratis se trouvait dans la cabine passager, un endroit assez spacieux mais dépourvu de confort. Il était en armure et seul son visage demeurait visible, tordu sur un rictus permanent. Il s'appuyait lourdement sur le long manche de son sabre laser.

En voyant entrer l'émissaire, il s'assombrit un peu plus.

— Explique.

Ax s'exécuta en commençant par les prédictions sinistres de Dao Stryver et en enchaînant rapidement sur la possibilité d'une coopération. Terrorisé par l'apparence redoutable de Dark Chratis, le prisonnier restait muet. C'était aussi bien : s'il s'était permis d'interrompre la Sith, il aurait pu être tué sur-le-champ.

— Et Satele Shan s'est laissé tromper par les manœuvres de ce Mandalorien ?

Aussi fins que de vieilles cicatrices, les sourcils du Maître s'élevèrent sur son front.

— Il semble, répondit-elle. Elle a envoyé son émissaire négocier en son nom.

Le regard de Dark Chratis s'appesantit sur le petit émissaire, qui se mit à trembler bien malgré lui.

— Parle.

— Je m'appelle Ula Vii, bégaya-t-il. Je fais directement mes rapports à Veilleur 3 de la décision des opérations au ministère du Renseignement. Je suis votre serviteur, mon Seigneur, et un agent loyal à l'Empire.

— Un espion ? Quelle malchance pour le Grand Maître, dit Dark Chratis, et son visage se fendit sur un large sourire malveillant. Dis-moi, espion, comment tu te proposes de la trahir.

Pendant qu'il était maîtrisé par les gardes, l'émissaire avait visiblement réfléchi à ce qu'il allait dire, car il se dégagea et parla sans hésiter :

— La République et l'Empire partagent les mêmes objectifs initiaux. La destruction du système de défense orbitale de Sebaddon doit précéder toute invasion ou tout bombardement massif, le but étant la neutralisation de l'autorité centrale de la planète, car il y en a forcément une, qu'elle soit artificielle ou humaine. Ensemble, je pense que nous pouvons atteindre ce résultat. Mais une fois que la planète n'aura plus de cerveau pour réfléchir ni de dents pour mordre, le besoin d'une alliance cessera. Je suggère donc que nous nous retournions immédiatement contre les Jedi et Dao Stryver pour prendre ce qui nous revient de droit. Sebaddon tombera enfin dans le giron de l'Empereur. J'userai de désinformation à chaque occasion et je ferai en sorte que le Grand Maître n'ait jamais l'opportunité de faire de même envers vous.

— Que demandes-tu en retour ?

L'émissaire parut surpris par la question.

— Moi ? Rien, mon Seigneur. Je ne fais que mon devoir.

— Il doit bien y avoir quelque chose qui est important pour toi en dehors de ton devoir. Demande, et je te l'accorderai.

— Eh bien, il y a une personne que je vous demanderai d'épargner après votre inévitable victoire.

— Dis-moi qui.

— Elle n'est personne, pas même un soldat. Elle s'appelle Larin Moxla.

— Tu connais cette femme, Ax ? demanda Dark Chratis.

— Je crois que oui, Maître.

— Bien.

Le sourire du Seigneur Sith disparut. L'émissaire fut violemment arraché du sol et demeura suspendu dans l'air. Il lutta contre cette emprise invisible, mais il ne pouvait lui résister. Ax avait déjà fait l'expérience de l'étreinte de son Maître quand il utilisait la Force. Elle la savait capable de vous broyer.

— Écoute-moi, espion.

L'émissaire hocha frénétiquement la tête. Il était trop terrifié pour parler.

— Je n'arrive pas à lire en toi. Ton esprit m'est masqué par un artifice ou par un talent naturel. Je soupçonne plutôt la deuxième explication. Le Ministre du Renseignement recherche les individus de ton espèce parce qu'ils sont capables de dissimuler leurs secrets à l'ennemi, mais aussi à leurs maîtres. C'est pourquoi, quand je regarde en toi, je ne vois aucune loyauté envers l'Empereur. Je ne sens que des allégeances mêlées, sans rien de clair. Si j'avais le choix, jamais je ne t'accorderais ma confiance.

Pourtant, toi et tes semblables devenez une nécessité, certes méprisable, mais une nécessité quand même en des temps tels que celui-ci. Je dois trouver un moyen de dompter ton goût naturel pour la trahison. À cet effet…

L'émissaire Vii fut attiré brutalement en avant, jusqu'à se trouver presque nez à nez avec Dark Chratis.

— À cet effet, je veux que tu aies une certitude absolue : si tu me trahis, je chasserai la dame de ton cœur non-humain et je lui ferai subir des tourments tels que tu seras reconnaissant quand enfin je déciderai de lui ôter la vie. Et ensuite, ce sera ton tour. Est-ce clair ?

— Oui, mon Seigneur. Très clair.

L'émissaire s'écroula sur le sol avec un bruit sourd.

— Très bien, dit Dark Chratis. Ax, ôte-le de ma vue. Tu vas retourner auprès de Satele Shan avec l'accord qu'il lui a promis d'obtenir, et tu l'accompagneras en tant que porte-parole officielle.

— Mais, Maître…

— Silence ! Je ne peux pas le laisser retourner parmi eux sans surveillance. D'ailleurs, ils ne croiraient jamais que je leur fais confiance si je ne prenais pas ce genre de précaution. Tu surveilleras le Grand Maître et tu surveilleras l'espion aussi. Au plus petit signe de trahison, tu me préviendras, et ma vengeance s'abattra sur eux.

Elle baissa la tête. *Une autre impasse. Et probablement une mission suicide, qui plus est.*

— Je ferai comme vous avez dit.

— Je sens ton impatience, Ax. Souviens-toi que nos récompenses seront immenses quand la victoire nous sera acquise. Une fois le Grand Maître mort et ce monde en notre possession, ton apprentissage prendra fin. Mais pas avant. Va, à présent, et respecte ma volonté.

— Oui, Maître.

Elle s'inclina avec la certitude qu'il détectait la brûlure de l'excitation dans son esprit. Être libérée de lui, enfin, devenir une Sith à part entière – c'était ce qu'elle avait toujours voulu ! Et elle le méritait, elle le savait. Elle n'avait pas passé plus de dix ans en esclavage pour rien.

Lema Xandret est morte.

Ax supprima le moindre indice d'un regret quand elle tourna les talons et sortit de la navette en entraînant derrière elle l'informateur tremblant.

CINQUIÈME PARTIE

ALLIANCE FATALE

31

— Il fallait vraiment que vous la rameniez avec vous ? murmura Larin à Ula tandis qu'elle escortait les passagers de l'*Auriga Fire* jusqu'à la salle de réunion du *Commenor*. Je ne lui fais pas confiance.

L'émissaire ajusta son col, comme s'il avait trop chaud.

— Je n'avais pas le choix, je le crains. Dark Chratis a insisté.

— Mais il n'a pas proposé d'accueillir un de nous sur sa passerelle de commandement.

— Je suppose qu'il ne l'aurait pas fait s'il avait eu le choix, et j'ai bien peur de ne pas avoir pensé à le lui demander. J'ai pensé que la Sith pourrait être un otage de valeur, c'est tout.

— J'imagine que c'est ce qu'elle sera, répondit la jeune femme qui, devant l'embarras d'Ula, se força à sourire. Eh, écoutez, je ne dis pas que vous n'avez pas fait de votre mieux. Je suis heureuse que nous en soyons à ce stade, et c'est grâce à vous. Personne d'autre n'aurait pu arriver à ce résultat.

Elle lui tapota l'épaule avec sa demi-main prothétique.

— Merci, dit-il, encore plus gêné. Je suis heureux que vous le pensiez.

Le sourire de Larin se fit plus naturel. La maladresse de l'Épicanthix était aussi touchante que déconcertante. Comment quelqu'un d'aussi balourd avait-il réussi à se hisser à un tel rang dans la hiérarchie de la République, et maintenant à ressortir vivant d'une audience auprès d'un Seigneur Noir des Sith ? Peut-être Dark Chratis l'avait-il pris en pitié…

La chose paraissait quand même très improbable.

L'apprentie Sith, Eldon Ax, marchait tranquillement derrière Maître Satele et Shigar, entourée de soldats attentifs, tous avec le fusil prêt à servir. Elle allait tête droite, et à chaque pas elle semblait lutter contre le désir d'engager le combat. Elle ressemblait à un animal sauvage, toujours au bord de la perte de contrôle.

— Je ne lui fais pas confiance, répéta Larin, et je suis plutôt douée pour percer les gens à jour.

À côté d'elle, Ula se racla la gorge, mais il ne fit aucun commentaire.

La réunion fut désagréable dès son commencement. La crête du capitaine Pipalidi était d'un pourpre profond, et elle parlait un basic difficile à comprendre, comme souvent chez les Anx dont les voix tendaient à être si basses qu'elles en devenaient presque subsoniques. À deux reprises, Shigar jura qu'il sentait des vibrations dans sa cage thoracique.

Le capitaine ordonna d'abord à tout le personnel non essentiel de quitter la salle. Larin en faisait partie, et le Padawan remarqua le regard blessé qu'elle lui adressa. Mais il ne pouvait rien faire. Ici, il n'avait aucun pouvoir.

— Le colonel Gurin n'a pas eu l'occasion de me transmettre ses plans concernant sa succession, déclara Maître Satele, mais je sais qu'il avait la plus grande estime pour vous, capitaine Pipalidi. Il serait heureux de savoir que sa flotte est entre des mains aussi sûres.

— Pourvu que la situation reste ainsi, gronda le capitaine avec un regard aigu en direction d'Eldon Ax.

L'insinuation était transparente, et double. Nombreux chez les militaires étaient ceux qui gardaient rancune aux Jedi après les événements qui avaient mené au Traité de Coruscant, quand l'Ordre avait été délibérément piégé entre l'Empire et les Mandaloriens. Quand ce piège s'était refermé, il avait laissé la République divisée sur le rôle que les Chevaliers Jedi devraient jouer dans les conflits futurs. Certains allaient même jusqu'à ne plus accorder aucune confiance à l'Ordre et préféraient qu'il reste en dehors de ces affaires. Le fait que Maître Satele ait amené une Sith à la table des négociations ne faisait que confirmer le bien-fondé de ces préventions.

— Mon ennemi est votre ennemi, déclara Ax. Ce qui vous rend utile à mes yeux. Et vice-versa.

La crête du capitaine Pipalidi vira à l'orange vif.

— Nous n'avons pas besoin de vous, espèce de fille de sorcière meurtrière…

— Il suffit, coupa Maître Satele en levant les deux mains. Ce genre de réflexion ne nous mènera nulle part. Le fait est que nous avons effectivement besoin d'elle, capitaine, et aussi des Impériaux. Nous devons donc négocier en conséquence. Vos analystes ont-ils confirmé les calculs de Dao Stryver ?

— Oui, dit Pipalidi qui se dressa de toute sa taille, ce qui faisait d'elle la personne la plus grande de tous les participants présents, de près d'un mètre. J'ai envoyé un droïde sonde à long rayon d'action pour transmettre un message au commandant suprême, mais je n'attends pas de réponse avant un jour.

— Les chances que Stantorrs envoie une flotte sur la foi d'un seul message sont minimes, dit Maître Satele. Et le temps qu'elle arrive, Sebaddon serait déjà en train de déborder.

— Oui.

Cette seule syllabe avait un poids indéniable. Malgré sa détestation de la situation actuelle, le capitaine comprenait sa signification.

— Je ne comprends pas pourquoi Stryver ne nous a rien dit plus tôt, dit Shigar. À présent, nous ne disposons plus que de quinze vaisseaux. Si nous avions combiné les forces de nos flottes respectives à leur arrivée, nous en aurions plus de trente. S'il nous avait avertis...

— Vous l'auriez cru ? demanda Ula.

— Non, intervint Ax, à la surprise générale. J'ai tenté de mettre en garde mon Maître à propos des hex, mais il ne m'a pas écoutée.

Le Jedi n'ajouta pas *moi aussi*, mais il aurait pu le faire.

— Donc Stryver nous aurait laissé subir cette débâcle uniquement pour que nous prêtions attention à son discours ? Si nous avions été anéantis, ça n'aurait servi à rien.

— Je suis sûre qu'il a ses raisons, dit Maître Satele. Les mêmes raisons, sans doute, pour lesquelles il est le seul Mandalorien présent ici. Si le Mandalore est si préoccupé par cette situation, pourquoi n'a-t-il pas envoyé ses propres forces pour nous soutenir ?

— Peut-être qu'il veut que nous fassions le sale boulot pour lui.

— Ou bien il pense que ses compatriotes n'en sont pas capables, dit la jeune Sith.

Shigar croisa furtivement son regard. S'ils partageaient une chose, c'était leur méfiance envers les Mandaloriens.

— Quinze vaisseaux, marmonna Pipalidi, dont un croiseur lourd...

— Nous avons trois mille hommes en première ligne, divisés dans ce qui reste de trois régiments – avec répulseurs individuels, armement lourd et armures –, plus deux cents droïdes de combat TRA-9. Nous avons des navettes en assez grand nombre pour permettre leur débarquement et opérer ensuite en soutien aérien, mais nous avons perdu une grande partie de nos munitions quand les vaisseaux les transportant ont été détruits par les hex.

— Ces chiffres sont vérifiés ? demanda le capitaine d'un air dubitatif.

— J'ai reçu ordre de ne rien cacher. C'est dans notre intérêt commun d'agir ainsi actuellement.

— Dans cet esprit, je ferai de même. Deux mille cinq

cents hommes de troupes, soit deux régiments entiers. Répulseurs individuels et armures. Nos escadrilles étaient en vol quand les vaisseaux principaux ont été détruits, et la majorité de nos chasseurs ont survécu. Les ponts d'envol sont combles néanmoins, et les possibilités de refaire le plein de carburant limitées.

— Nous rencontrons le même problème, dit Ax. Le colonel Kalisch a envoyé des commandos récupérer tout ce qu'ils pouvaient à bord des vaisseaux infectés, mais aucun n'est revenu, à l'exception d'un groupe qui était infecté et que nous avons dû neutraliser.

— Nous avions remarqué. Nos services de renseignement travaillent d'arrache-pied et surveillent tout ce qui se passe autour de la planète. Bien évidemment, ils sont en sous-effectif, ce qui n'aide pas.

La tension du capitaine se dissipa notablement à mesure qu'Ax et elle échangeaient des détails sur les pertes et les revers des deux camps. Shigar avait entendu parler de la façon dont les lignes de front pouvaient évoluer et se brouiller lors de batailles sanglantes. C'était la première fois qu'il assistait au phénomène. Le plan improbable de Stryver avait peut-être quelque mérite finalement.

Ula s'immisça dans cet échange de renseignements.

— Chaque minute que nous passons à bavarder, les droïdes de Xandret accroissent leur nombre, multiplient les usines, qui sait quoi d'autre encore ? Si nous voulons les stopper, nous devons commencer à décider d'un plan solide, et vite.

— D'accord, dit Maître Satele. Notre priorité numéro un est d'empêcher les droïdes de s'implanter en orbite. Tant que leurs usines sont confinées à la surface de la planète, nous conservons une chance de les battre.

— Vaincre une planète entière avec seulement quinze vaisseaux ? demanda un des officiers présents. Et avec un seul croiseur lourd ? (Le militaire eut une moue de doute.)

Quelle que soit la manière dont vous répartirez nos forces, c'est impossible.

— Seulement si nous nous persuadons que ça l'est, répliqua Shigar. Les données de Stryver montrent clairement que les hex se sont propagés depuis un point central, la zone la plus chaude que vos vaisseaux ont bombardée, ajouta-t-il à l'adresse d'Ax. Je pense logique de supposer que c'est là que Xandret et les autres ont fondé la principale colonie. Sa destruction n'a pas anéanti l'intelligence coordonnant les hex, mais elle a dû l'affaiblir assez pour qu'elle se déplace ailleurs. Si nous recherchons l'endroit qui se développe le plus rapidement, nous aurons la cible qu'il faut frapper.

— Nous avons identifié deux sites correspondant à votre définition, répondit le capitaine Pipalidi, et un hologramme jaillit entre eux. Ici, et là, dit-elle en indiquant un point à l'équateur et un autre au pôle sud. Les hex ont peut-être décidé de ne pas mettre tous leurs œufs dans le même panier cette fois.

Shigar étudia l'image. Le site équatorial se trouvait au cœur d'une vaste mer de lave parsemée d'îles de roche solide. Celui au pôle était beaucoup plus sûr. Des lignes droites en partaient dans toutes les directions, le reliant à d'autres points.

— C'est une usine, dit-il en désignant le pôle. Peut-être l'usine mère, dont tout le reste est originaire. Et voilà le cerveau…

Son doigt pointa l'équateur.

— Comment pouvez-vous en être aussi sûr ? s'enquit Ax.

— Parce que les usines ont besoin de moyens physiques pour faire entrer et sortir les choses. Les ressources, l'énergie, les droïdes achevés. C'est à quoi servent ces axes. (Il suivit une ligne du début à la fin.) Des routes ou des voies ferrées quelconques. Ou des câbles.

— Et le cerveau n'a pas besoin de ce genre d'infrastructure, approuva la Sith. Il peut rester là, isolé au milieu de ce chaos, et envoyer des ordres par radio.

— Je pense que vous avez raison, Shigar, dit Maître Satele qui se mit à faire le tour du globe en se frottant le menton d'une main. Des équipes frappant simultanément, plus des bombardements ciblés sur les sites secondaires, voilà qui devrait suffire à ralentir la croissance des hex.

— Voire la stopper au moins jusqu'à l'arrivée de nos renforts, dit le capitaine Pipalidi.

Il s'ensuivit un silence embarrassé. Shigar le savait aussi bien que les autres, une fois anéantie la menace que représentait cette planète, l'alliance se déferait. Ce moment de solidarité était aussi fragile que temporaire. Personne n'avait oublié qu'au final les Sith et les Jedi, l'Empire et la République, n'étaient rien d'autre que des ennemis mortels.

— Nous nous soucierons des renforts quand ils arriveront, dit Ula. Capitaine Pipalidi, souhaiteriez-vous dresser l'ébauche d'un plan maintenant afin qu'il soit communiqué à Dark Chratis et au colonel Kalisch pour avoir leur opinion ? Je suggérerais de diviser nos ressources équitablement sur tous les objectifs tactiques, pour que les deux parties se sentent impliquées mais pas exploitées, et aussi de doubler le nombre habituel d'officiers commandants dans chaque structure. Il faut maintenir la discipline. Nous ne voudrions pas que les soldats se tirent dessus entre eux à un moment critique.

— Non, bien sûr, dit le capitaine, tandis que sa crête se teintait de bleu.

Shigar ne savait pas ce que cette couleur trahissait. De l'ironie, peut-être.

Le Jedi accrocha un autre regard furtif de la Sith. Elle paraissait s'ennuyer cette fois, et il la comprenait. Il semblait que leur duel dans le sas de sécurité hutt s'était déroulé des siècles plus tôt. La main habituée à tenir son sabre laser le démangeait, mais il prit soin de ne pas la crisper.

La porte de la salle de réunion coulissa en chuintant. Larin fut surprise. Elle avait renoncé depuis longtemps à essayer de lire sur leurs lèvres ce que les gens se disaient intérieurement. En voyant un major, elle se mit automatiquement au garde-à-vous.

— Soldat Hetchkee, un moment, dit le robuste Rellarin. Vous aussi, Moxla.

Larin suivit Hetchkee et le major dans la salle de réunion. L'air y semblait beaucoup plus dense que la normale, comme c'était toujours le cas pendant les discussions visant à élaborer un plan. Une projection de la planète était suspendue au centre de la pièce, agrémentée d'indications en jaune et en vert. Les participants étaient regroupés autour d'elle et faisaient des suggestions. La Sith en faisait partie.

Shigar et Ula levèrent la tête quand Larin entra, mais ce fut le capitaine qui prit la parole :

— Nous envoyons des brigades d'intervention à deux endroits, dit Pipalidi d'une voix basse qui résonna désagréablement dans la cage thoracique de la jeune femme tout en tapotant le globe d'un doigt interminable. Ici, et ici. Nous avons besoin de personnes ayant déjà approché les hex pour guider chaque équipe. Vos deux noms ont été cités pour l'assaut sur l'usine principale. Soldat Hetchkee, votre détachement accompagnait l'émissaire sous l'autorité du commandant suprême Stantorrs. Je ne lui suis pas hiérarchiquement supérieure, bien sûr, mais je peux vous promouvoir à un grade au-dessus de celui nécessaire pour diriger une escorte. Personne ne tient à perdre un lieutenant avec un tel détachement, et nous manquons d'officiers. Acceptez-vous cette mission ?

— À vos ordres.

Hetchkee salua sèchement. Il semblait autant ravi que terrifié. Ce n'était pas seulement la promotion la plus énorme qu'on puisse imaginer, c'était aussi, peut-être, celle qui durerait le moins longtemps.

— Et vous, Moxla ?

— Pardonnez-moi, mais j'ai un passé…

— On m'en a parlé. Peu m'importe ce qui est arrivé à

l'époque. Vous êtes l'élément dont nous disposons qui se rapproche le plus d'un membre des Forces Spéciales, et je serais folle de ne pas mettre votre expérience à contribution. Tout ce qui m'importe, c'est que vous obéissiez aux ordres et que vous soyez obéie à votre tour par tous ceux qui pourraient avoir des doutes. Vous pensez que vous pouvez faire ça ?

Elle avait le visage brûlant. Dans les forces armées, de nouveau ! Elle ne savait pas si elle voulait tuer Shigar ou l'embrasser.

— Oui, je peux le faire. Je le ferai.

— Bien. Major Cha, menez-les à l'intendance pour qu'on les équipe. Je veux qu'ils soient briefés et prêts à passer à l'action dans une heure.

— Compris.

Le Rellarin salua et les précéda vers la porte. Larin avait l'impression de marcher dans le vide – pas exactement comme si elle flottait, plutôt comme si elle était totalement détachée. Un simple contact et elle aurait basculé sans rien pouvoir y faire.

Le major eut un petit rire dès que la porte se fut refermée derrière eux.

— Vous devriez voir la tête que vous faites, dit-il. Enfin, je ne peux pas voir la vôtre, Hetchkee, mais j'imagine.

— Nous allons vraiment attaquer la planète, monsieur ?

— Vous pouvez y compter. Vous vous sentez de taille ?

— Je ferai de mon mieux, monsieur.

— C'est tout ce que nous vous demandons. Ce que nous *attendons* de vous, c'est une autre histoire.

Ils arrivèrent très vite au magasin technique du *Commenor*. L'endroit était immense. Larin scruta d'un regard avide les alignements d'armures, d'armes de dernière génération, et les empilements de caisses de munitions. Elle savait que ce vaisseau n'était pas un des plus grands de la flotte et que les stocks n'étaient pas aussi énormes qu'elle en avait l'impression, mais c'était bien plus que ce qu'elle avait vu depuis longtemps. Elle en eut presque les larmes aux yeux.

— Nous y voilà. Sergent, ces deux lieutenants fraîchement promus se trouvent dramatiquement sous-équipés. Faites en sorte qu'ils aient tout ce qu'ils veulent, et en double.

— Entendu, major Cha.

Le sergent prit Larin en charge et la mena au cœur du paradis.

— Et le Mandalorien ? demanda Ax une fois que Larin et Hetchkee furent partis. Quel rôle aura-t-il dans tout ça ?

Elle n'oubliait qu'elle avait fait le serment de tuer Stryver, ou de mourir en essayant d'y parvenir.

— À part fournir des informations aux autres services de renseignement qu'il peut avoir, dit le capitaine, j'espère qu'il se joindra aux autres chasseurs occupés à chasser les hex de l'orbite de la planète.

— Il risque d'être difficile de le tenir à l'écart de cette affaire, dit un de ses officiers. Les Mandaloriens n'aiment rien tant qu'un bon combat.

— Il s'est évertué à rester en dehors de celui-ci, remarqua le Padawan avec un haussement d'épaules. Peut-être qu'il continuera.

Ax ne révéla rien de ses pensées. Elle se trouverait à des centaines de kilomètres d'eux et se concentrerait pour détruire l'intelligence coordinatrice des droïdes. Mais elle conseillerait à son Maître de garder un œil sur le vaisseau de reconnaissance de Stryver, au cas où il commettrait l'erreur de s'approcher un peu trop d'une unité impériale. Dans le chaos du combat, des missiles s'égaraient souvent. Elle voulait le savoir mort, même si ce n'était pas elle qui assenait le coup fatal.

— D'après un de nos spécialistes des transmissions, les hex nous identifient par nos transpondeurs, dit un autre non-humain appartenant à l'équipe du capitaine. Nous pourrions mettre nos propulseurs en drapeau pour les dérouter.

— J'ai mieux, dit le Padawan. Nous pourrions éviter d'utiliser nos propulseurs. Complètement.

— Que voulez-vous dire ?

— Nous nous plaçons en orbite basse avec les navettes, ensuite nous nous laissons tomber en chute libre puis nous terminons en parachute pour atteindre les cibles.

Ax était impressionnée. Malgré elle, ce plan lui plaisait beaucoup.

— Ça pourrait marcher. Nous apparaîtrons sur les radars, bien sûr, mais ils ne pourront pas définir ce que nous sommes. Il suffirait d'éparpiller des leurres en même temps, alors ils nous prendront peut-être pour des débris entrés dans l'atmosphère.

Le capitaine semblait lui aussi apprécier l'idée.

— Excellent. Dernier point à régler : à qui l'autorité ?

Un autre silence embarrassé.

Ax avait prévu la question.

— Dark Chratis ou le colonel Kalisch. Nous avons le croiseur lourd.

— Mais nous avons un plus grand nombre de vaisseaux, contra le capitaine Pipalidi.

— La décision devrait revenir à Maître Satele Shan, dit encore le Padawan, parfaitement prévisible. Sa prescience des événements est légendaire.

— Elle sait comment tout ça va se terminer? lui demanda Ax.

— Non, je l'ignore, dit le Grand Maître. Mais je sais que jamais nous ne serons d'accord sur ce point. Je propose donc de confier la supervision de l'opération à quelqu'un d'autre. Non pas pour ce qui concerne les détails, mais pour les phases décisives. Quelqu'un à qui nous avons déjà fait confiance en tant qu'intermédiaire dans des circonstances difficiles.

Tous les regards se tournèrent vers l'émissaire Vii.

— Je… heu… je serais très honoré, bien sûr, bafouilla-t-il, mais…

— Dark Chratis acceptera cette proposition, affirma Ax qui savourait les contorsions du traître.

— Moi aussi, déclara le capitaine.

— À une condition, précisa la Sith. Nous devons avoir l'assurance que l'émissaire Vii agit en toute indépendance, sans être soumis à quelque pression ou influence que ce soit. Comme nous ne pouvons avoir la garantie qu'il agira de la sorte ici, sur un vaisseau de la République, nous demandons à ce qu'il soit en poste ailleurs et qu'il reste en contact permanent avec toutes les parties concernées.

— Pas avec vous ni avec Dao Stryver, souligna le capitaine.

— Le vaisseau de Nebula, proposa Shigar.

Le Grand Maître acquiesça.

— L'*Augura Fire*, oui.

L'émissaire Vii parut complètement perdu pendant quelques secondes, puis il fournit un effort visible sur lui-même et se reprit.

— J'accepte cette responsabilité, mais en partant du principe que mes instructions seront suivies à la lettre, dit-il. Inutile de me confier ce rôle si vous ne m'écoutez pas. Tous.

Il regardait fixement le capitaine, qui hocha la tête. Pipalidi préférait manifestement l'autorité d'un civil à celle d'un Sith ou d'un Jedi.

— Je remplirai mon rôle, affirma-t-elle.

— Et Dark Chratis, le sien, dit Ax. Je suis sûre que l'émissaire Vii prendra les bonnes décisions pour nous tous.

Ula se tourna vers elle, et elle lut la terreur dans ses prunelles. Il comprenait très bien ce qu'elle avait voulu dire.

Pendant que l'apprentie Sith relayait les ordres de son Maître, Ula prit un moment pour récapituler mentalement le plan arrêté. Les objectifs primaires et secondaires étaient maintenant clairement définis. Il y aurait trois groupes d'assaut. Le premier nettoierait l'orbite de Sebaddon afin que ceux qui devaient se poser sur la planète puissent passer sans encombre. La deuxième équipe, menée par le Grand Maître Satele Shan, s'efforcerait de détruire la cellule de renseignement qui coordonnait les actions des droïdes – l'équivalent de ce qu'il était, il s'en rendait compte maintenant. Les hex tenteraient certainement de le supprimer en retour. Le troisième groupe serait commandé par le major Cha, avec Larin et Hetchkee pour le seconder. Ils sauteraient sur l'usine principale et empêcheraient les droïdes de reconstruire un centre de renseignement.

La tâche d'Ula consistait à superviser le tout et à se débrouiller pour rester en vie.

Le Padawan s'approcha de lui.

— Je ne sais pas ce que vous leur avez dit, lui murmura-t-il à l'oreille, mais vous avez réussi à les convaincre au bon moment.

Ula quitta des yeux le globe holographique.

— Ce n'était pas grand-chose, répondit-il, dissimulant bien des mensonges derrière une vérité très simple. Ce ne sont pas des monstres. Il est possible de leur faire entendre raison.

Mais Shigar était imperméable à ce genre d'affirmation.

— Je ne sais pas comment vous vous y êtes pris, mais continuez comme ça et vous finirez Chancelier Suprême un jour.

Pas si je me fais prendre avant. Ula savait très bien quel châtiment encouraient les agents dans un camp comme dans l'autre. Mais une partie de lui-même se sentait flattée de la confiance que le Padawan lui accordait. Il se rappelait de quelle manière Shigar l'avait sauvé du mur qui s'écroulait sur Hutta, et aussi comment Larin s'était portée volontaire pour l'accompagner lors de sa rencontre avec Dark Chratis, ce qui avait tout d'une mission suicide. Ces attitudes avaient été naturelles, spontanées, sans qu'il soit question de promesse ou de récompense. Il ne comprenait pas d'où elles émanaient, sinon de l'idée sincère qu'il méritait d'être sauvé.

Lui, ou le personnage qu'il jouait ?

Quelle que soit la réponse à cette question, ces réactions l'emplissaient de fierté.

— Le Mandalorien est d'accord, dit le major Rellarin qui avait observé une autre holoprojection. Renseignements et surveillance, et il ne s'engagera que si on le lui demande.

— Dark Chratis accepte toutes les conditions sauf une, déclara la Sith en revenant auprès du groupe. Il combattra avec Maître Satele Shan pendant l'assaut sur le centre de coordination des renseignements. Et je combattrai, moi aussi.

Le Grand Maître donna son accord.

— Très bien. Mon Padawan fera lui aussi partie de cette force de frappe, c'est donc égal.

— Excellent, dit Ula qui s'efforçait de jouer au médiateur avec ce qu'il espérait être un certain aplomb. Nous sommes donc tous d'accord. Il ne reste plus qu'à passer à l'action.

— Rien ne vaut le présent, je dirais, gronda le capitaine Pipalidi.

— C'est aussi mon avis, appuya Ula. Je vais me retirer dans l'*Auriga Fire* et y installer mon poste de commandement. Quand j'aurai l'assurance que tout le dispositif est en place, je donnerai le signal. Rien ne doit commencer avant. Compris ?

Ils comprenaient très bien, et de son côté lui-même ne se faisait aucune illusion. Tout cela n'était qu'une comédie, un maquillage masquant des dissensions profondes qui feraient inévitablement voler en éclats cette alliance de circonstance. Mais tant qu'ils étaient prêts à jouer leur rôle dans la pièce, lui aussi.

Le capitaine Pipalidi claqua des doigts et une escorte vint se ranger derrière lui. Ils l'accompagnèrent dans le vaisseau jusqu'à l'endroit où l'*Auriga Fire* était amarré en toute sécurité, puis ils repartirent.

Quand il entra dans le cockpit, le contrebandier se tourna vers lui.

— Comment ça s'est passé ?

— Ça aurait pu être pire, répondit Ula en s'affalant dans le siège du copilote. C'est moi qui supervise toute l'opération.

— Eh, l'ami, une bonne chose pour vous… C'est exactement la place qu'il faut occuper si l'on veut engranger quelques menus profits.

— Ça ne m'intéresse pas.

— Qu'est-ce qui vous intéresse, alors ?

C'était la question, supposait Ula. Voulait-il donner aux Sith ce qu'ils désiraient, et ainsi leur permettre de perpétuer leur règle de mort ? Était-ce pour offrir de nouvelles ressources au ministère de la Logistique, et ainsi renforcer son rêve d'une société impériale plus équilibrée ? Ou s'agissait-il de tout autre chose ?

Il avait toujours pensé que Coruscant était maudite. Maintenant seulement, il se rendait compte à quel point la vie là-bas avait été facile. Ici, les questions étaient les mêmes, mais les blasters braqués sur lui étaient beaucoup, beaucoup plus proches.

32

Larin regarda par le portail en transparacier et se demanda si elle rêvait.

Le *Commenor* s'était placé sur une orbite basse autour de la lune de Sebaddon, en formation serrée avec les autres vaisseaux de la République. Les unités impériales avaient choisi une autre orbite, mais eux aussi se regroupaient. Une fois que les deux flottes se seraient réunies, la première vague d'assaut se mettrait en mouvement. Elle plongerait vers la planète avec les autres soldats pour combattre l'ennemi sur son terrain. Jusqu'à cet instant, il n'y avait rien d'autre à faire que contempler le paysage.

Devant ses yeux, une conjonction irréelle se produisit. La lune, Sebaddon et la spirale grandiose de la galaxie s'alignèrent avec les jets du trou noir qui fusaient selon des angles parfaits pour former un X stellaire. Ce spectacle lui rappela la Croix de Gloire, la plus haute distinction militaire que la République pouvait accorder. Elle ne croyait pas aux présages – ni à aucune forme de divination, d'ailleurs, en dépit de ce qu'on racontait sur le compte de Maître Satele –, mais elle décida d'y voir un signe positif. L'image était parfaite. Impeccablement géométrique.

Quand l'alignement se désagrégea, elle détourna son attention de la baie en transparacier et vérifia sa toute nouvelle armure. L'ensemble était propre, toutes ses batteries chargées au maximum. Elle était équipée de tout ce qu'elle avait toujours rêvé d'avoir. Poches et compartiments étaient pleins, les points d'articulation pliaient en douceur, avec l'assistance requise selon les mouvements, sans jamais le moindre à-coup, la moindre perte de maîtrise du geste. L'intérieur de son casque était un peu trop rembourré à son goût, mais le sergent de l'intendance lui avait affirmé qu'ils étaient tous ainsi à présent. Les modèles les plus récents étaient étudiés pour mieux prévenir les traumatismes crâniens, même dans les situations extrêmes. Elle acceptait un léger sentiment de claustrophobie contre l'assurance que sa tête ne risquait pas de se fracasser.

Dans le miroir elle se trouvait méconnaissable, et pas seulement à cause de l'insigne de lieutenant.

— Vous avez des doigts, fit une voix depuis l'entrée de la pièce.

Elle se retourna et vit Shigar immobile sur le seuil, dans sa nouvelle tenue, la version Jedi de la sienne : dans les tons bruns et noirs, avec des plis amples sur une armure compacte.

— C'est bien Larin, hein ? fit-il en fronçant soudain les sourcils comme s'il était pris d'un doute.

— Oui.

Elle émergea d'un coup de sa rêverie et ôta son casque avec sa main gauche – qui, comme le Padawan le fit remarquer, possédait maintenant des doigts gantés indépendants. La nouvelle prothèse n'était pas définitive. Ce n'était qu'un modèle plus évolué par rapport à la moufle grossière qu'Ula lui avait trouvée sur l'*Auriga Fire*. Mais il lui permettait maintenant de stabiliser la crosse d'un fusil pendant qu'elle pressait la détente avec sa main droite. Il l'autorisait à pianoter sur un clavier. Ou à désigner quelque chose ou quelqu'un.

Il s'avança jusqu'à ce qu'ils soient à moins d'un mètre l'un de l'autre.

— Nous quittons l'orbite dans dix minutes. Je voulais vous souhaiter bonne chance.

Elle sentit un nœud se former au creux de son estomac.

Elle avait encore des plans à étudier, son équipement à vérifier, ses subordonnés à briefer… et puis il y avait le saut lui-même, après tout cela. Elle n'avait pas plongé depuis une position orbitale depuis son entraînement de base. Seuls les dingues le faisaient volontairement : tant de paramètres pouvaient se dérégler…

Elle était intensément consciente qu'ils se voyaient peut-être pour la dernière fois.

— Qui a besoin de chance ? dit-elle. Vous avez la Force avec vous, et moi, un tas de blasters.

Il lui sourit.

— Rien ne vous affole, hein ?

— Officiellement, non. À part l'odeur des biscuits reythans, pour une raison que je ne m'explique pas.

Son sourire s'élargit.

— Vous avez de la chance. Franchement, moi, je suis terrifié.

Le nœud à son estomac se resserra un peu plus.

— En fait, ce genre de truc me rend un peu nerveuse, dit-elle.

Elle se pencha vers lui, assez rapidement pour ne pas avoir le temps de changer d'avis, et déposa un baiser sur ses lèvres.

Il eut un mouvement de recul, et la stupéfaction envahit son visage.

— Larin, oh… Oh, je suis désolé… Je ne…

— Non, dit-elle, les joues en feu.

Ce n'est pas ce que j'espère de vous, voilà ce qu'il s'était apprêté à dire. Et c'étaient des paroles qu'elle ne voulait pas entendre.

— Ne vous excusez pas. *Je suis* désolé.

— L'erreur venait de moi. Je pensais…

Elle se tut. Ils parlaient en même temps, et il était aussi rouge qu'elle. Elle eut soudain peur de faire le moindre mouvement ou de dire quoi que ce soit, parce qu'elle craignait que ce soit mal interprété. Où était passé leur badinage mutuel si aisé ? Qu'était-il arrivé à cette connivence qui les avait rapprochés, elle en était certaine ?

Mais elle n'avait maintenant plus qu'une certitude : prolonger cette situation ne ferait que l'aggraver.

— Je crois que c'est le moment de se dire au revoir, fit-elle. Bonne chance à vous aussi, Shigar.

— Merci, répondit-il, et bien qu'elle soit incapable de le regarder, elle sentait que lui ne l'avait pas quittée des yeux. Merci, Larin du Clan Moxla.

L'instant suivant, il était parti, ne laissant que son odeur derrière lui.

Elle se prit la tête dans les mains.

— Non, non, non et NON !

— Qu'est-ce qui cloche ? demanda une voix totalement différente à l'entrée de la pièce.

C'était Hetchkee. Elle le regarda d'un air ahuri tout en s'efforçant de ne plus penser à la façon ridicule dont elle s'était comportée.

— Euh, rien. Je me mettais en condition, c'est tout.

— Nos sections sont rassemblées, annonça-t-il. Que dois-je leur dire ?

Il était aussi effrayé qu'elle.

— Rien d'autre que la vérité, répondit-elle. Que vous les passerez à tabac dans sa soute s'ils nous déshonorent.

Elle ramassa son casque et le suivit dans la salle de briefing. Hetchkee allait en premier, suivi d'un subordonné, et elle arrivait en troisième. Elle eut à peine le temps de retrouver ses esprits avant d'arriver dans la salle. Mais elle se répéta qu'elle était le lieutenant responsable d'une mission vitale. Elle avait survécu à deux rencontres avec les droïdes de Sebaddon avant celle qui les attendait tous, et elle avait même survécu à une des rencontres romantiques les plus embarrassantes de toute son existence. Elle avait été formée dans les Forces Spéciales. Comment un ramassis de brutes aurait-il pu la déstabiliser ?

— Eh bien, eh bien, fit une voix parmi les soldats réunis

dans la pièce, mais ce ne serait pas Toxic Moxla, la balance de Kiffu ?

Et là, au premier rang, elle reconnut le Zabrak qui l'avait provoquée à Coruscant.

Parfait, se dit-elle. *C'est vraiment parfait…*

Ax se tourna vers lui quand le Padawan arriva dans la zone de rassemblement. Il avait la mine sombre, comme s'il était sur le point de céder à quelque tempête intérieure. Elle s'écarta du coin où elle se trouvait, loin de tous les soldats de la République qui attendaient le lancement de la navette, puis elle marcha jusqu'à lui.

— Tu es en colère, dit-elle.

— Seulement contre moi-même.

Il voulut l'écarter, mais on ne se débarrassait pas d'elle aussi facilement.

— C'est la première fois que je te vois dans cet état. Tu fais des progrès.

Il la foudroya du regard.

— De quoi parles-tu ?

— La colère est une bonne chose. Elle te libère, elle te rend plus fort.

— Mensonge. La colère est le chemin qui mène au Côté Obscur.

— Tu dis ça comme si c'était une mauvaise chose, dit-elle en l'attirant à elle. Tu sais, tu te bats plutôt bien. Imagine toute la puissance supplémentaire que tu pourrais gagner si tu arrivais à te débarrasser des enseignements répressifs de tes maîtres et…

— Non, lâcha-t-il en dégageant son bras. Ta mère aussi était possédée par la colère, et regarde où ça l'a menée.

Elle eut un mouvement de recul.

— Qu'avais-tu l'intention de lui faire une fois que tu l'aurais trouvée ?

Elle laissa l'expression de son visage répondre pour elle.

— La colère et la haine saignent *tout* à blanc.

Il s'éloigna à grands pas.

Ax se retint de sourire jusqu'à ce qu'elle soit sûre qu'il ne pouvait plus l'apercevoir. Le dégoût du Padawan le rendait beau, et c'était pour elle une récompense suffisante.

Shigar mit autant de distance qu'il put entre lui et la Sith. Elle était jolie, mais le charme de son visage cachait l'ignominie de son cœur. Mieux valait qu'il reste loin d'elle.

Sa révulsion se mélangea inévitablement avec son sentiment de regret envers Larin. Comment avait-il fait pour gérer aussi mal ce moment ? Il aurait dû se montrer moins surpris, plus compréhensif. Était-ce là ce que Maître Satele avait voulu dire ?

Elle arriva justement à cet instant et posa une main sur son épaule. Immédiatement, il se sentit plus calme, comme si elle avait aspiré hors de lui la tension qui l'habitait.

— Nous descendrons dans les mêmes navettes. Les Impériaux comme nous, dit-elle. Tu connaîtras bien pire.

— Je sais, Maître. Elle m'a simplement pris au dépourvu.

— C'est toujours leur but. Quand je n'étais encore que Padawan… Le claquement du métal contre le métal l'interrompit. Le sas extérieur s'ouvrit dans un long sifflement. Une escouade de soldats impériaux entra, flanquée par un contingent identique de la République. C'était évidemment les forces qui débarqueraient avec eux sur l'île où se trouvait le centre de coordination des hex. Tous étaient humains et puissamment armés. La même détermination se lisait sur tous les visages, et ils faisaient preuve d'une discipline sans faille.

Derrière eux arriva une présence sombre qui transforma le sang de Shigar en eau. Amalgame torturé de chairs et de métal, il dépassait tout le monde d'une tête et de toute sa personne émanait un froid insidieux. Il avait jadis été un homme, mais le Côté Obscur avait perverti toute humanité en lui, ne laissant qu'une enveloppe qui semblait à peine vivante. Seuls ses yeux contenaient une vitalité naturelle, qui se traduisait par un mépris infini pour ce qu'ils contemplaient. Il respirait par à-coups, comme si l'air lui était une douleur, et que chaque inspiration pouvait être la dernière. Un long bâton frappait le sol au même rythme que ses pas.

— Me voilà, déclara Dark Chratis. Cette opération peut commencer.

— L'émissaire Vii n'attend plus que de connaître nos affectations personnelles, dit Satele qui vint se placer à côté de lui comme s'il était quelqu'un de tout à fait ordinaire. Quand nous les lui aurons communiquées, il donnera le signal.

— Ne vous référez plus à lui en l'appelant « émissaire », dit le Seigneur Sith en la toisant. Je n'obéirai à aucun serviteur de la République.

— *Directeur* Vii, alors, de l'Opération Indépendante Sebaddon, dit-elle, et elle joignit les mains dans son dos dans une attitude patiente. J'emmènerai mon Padawan pour la première des deux vagues d'assaut depuis le…

— Non. Vous emmènerez mon apprentie, et moi le vôtre. C'est la seule manière d'assurer l'impartialité.

En entendant ces paroles glaciales, Shigar eut envie d'implorer son Maître de refuser. *Ne lui cédez pas*, voulait-il dire à Satele Shan. *Ne m'envoyez nulle part avec cette… créature. Il me tuera dès que vous aurez le dos tourné !*

Maître Satele se contenta de sourire.

— Bien sûr, Dark Chratis. Je serai heureuse de satisfaire vos souhaits. Préférez-vous que nous répartissions le reste de notre personnel d'une façon particulière ?

— Ils ne présentent aucun intérêt pour moi, lâcha-t-il avec un geste dédaigneux de la main.

— Fort bien. Ils recevront donc leur assignation au hasard. Ce sera tout ?

Les yeux du Sith s'étrécirent. Les questions du Grand Maître le faisaient apparaître pédant, et cela ne lui plaisait guère visiblement.

— Ces arrangements suffiront.

Maître Satele tapa rapidement sur son datapad. Les communications de l'Empire et de la République avaient été coordonnées en hâte pour ne former qu'un réseau unique, ce qui permettrait de diffuser les ordres issus de l'*Auriga Fire* à tous les vaisseaux concernés. Presque immédiatement, une série de signaux sonores et d'ordres vocaux mêla les deux groupes distincts pour former deux unités mixtes. La moitié resterait à bord et serait débarquée depuis le *Commenor*. L'autre retournerait avec Dark Chratis dans la navette impériale.

Shigar appartenait à ce dernier groupe, et le cœur au bord des lèvres il regarda ces soldats que bientôt il laisserait derrière lui se mettre en ordre dans la zone de rassemblement. Dans très peu de temps, il serait livré au monde de l'Empire, dans les griffes de Dark Chratis.

Maître Satele le rejoignit. De nouveau, elle devina avec exactitude la source de son inquiétude, mais cette fois elle ne posa pas une main apaisante sur son épaule.

— J'ai accepté la requête de Dark Chratis, dit-elle, parce que je ne peux pas me permettre de lui faire confiance. Je compte sur toi pour vérifier qu'il respecte ses engagements.

— Je ne suis pas de taille face à un Seigneur Sith, protesta-t-il, atterré.

— Oh, il ne te tuera pas. Je suis sûre qu'il a pire à l'esprit.

Alors il comprit. Elle le mettait à l'épreuve. Et s'il la décevait, ils ne se parleraient peut-être plus jamais de Jedi à Jedi.

— Je ne vous décevrai pas, Maître.

— La Force sera avec toi.

Ils s'étreignirent brièvement, puis chacun suivit son chemin.

33

— Navettes larguées, dit Jet.

Ula se laissa retomber au fond du siège copilote et observa la télémesure qui confirmait la déclaration lapidaire du contrebandier. La flotte combinée de l'Empire et de la République avait obéi à son ordre de déploiement. Leur plan était en cours de réalisation.

Dans l'heure suivante, quatre mille soldats convergeraient individuellement sur Sebaddon, pour une fois au sol se regrouper en commandos chargés de neutraliser les objectifs primaires et secondaires. Les Jedi et les Sith mèneraient l'assaut sur l'équateur tandis que des militaires ordinaires, dont Larin, attaqueraient l'usine principale située au pôle. Une réserve forte de deux mille hommes environ resterait en orbite afin d'empêcher tout envol d'hex et pour assurer les bombardements de soutien demandés par les troupes au sol. Réparti dans plusieurs PC, le reste de leurs forces assurerait le soutien vital, en particulier depuis le *Commenor* et le *Paramount*.

Tous s'en référeraient à lui.

Ainsi qu'à Jet et Clunker.

Le contrebandier avait refusé toutes offres de détachements de sécurité, officiers de communication et canonniers, sous prétexte qu'il ne voulait pas d'un équipage potentiellement indiscipliné. Le choix d'un camp plutôt qu'un autre aurait été politiquement trop lourd de sens. Mais ils demeuraient ainsi très vulnérables, ce qui ne plaisait pas du tout à Ula.

— Nous n'avons pas besoin d'au moins quelqu'un pour nous aider à nous défendre ? avait-il demandé.

— Pas du tout. Clunker est parfaitement capable de contrôler les trilasers à distance, depuis la passerelle.

— Alors pourquoi toutes ces histoires sur Hutta au sujet d'un équipage qui vous manquait ? Pourquoi avez-vous jamais eu besoin d'un équipage ?

Jet avait souri.

— Pour la compagnie.

À présent, Ula se demandait si ce n'était pas pour une tout autre raison : pour avoir une couverture. Il avait remarqué le mutisme très fréquent de Jet. Lorsqu'il n'endossait pas son rôle de contrebandier débauché, il écoutait et observait tout ce qui se passait autour de lui. Et maintenant, il se retrouvait au centre de tout. Il avait connaissance de tous les ordres qui passaient par l'*Auriga Fire*. Chaque élément d'information sur lequel Ula basait ces ordres était filtré à travers les senseurs de Jet. S'il décidait de débrancher la prise, la flotte combinée serait privée de chef.

Ula voulut se rassurer en se disant que ce n'était pas le genre de Jet, et que si par hasard il cherchait à modifier le cours de la bataille, il le ferait d'une façon beaucoup plus subtile. Néanmoins, Ula avait décidé de rester sur le qui-vive pour parer à toute éventualité, et c'était dans cette optique qu'il s'était équipé d'un nouveau blaster compact.

— Déploiement des chasseurs, ordonna-t-il à la flotte. Commencez le bombardement des cibles primaires.

Instantanément, les points visibles sur l'écran principal commencèrent à bouger. Quatre escadrilles composées d'intercepteurs impériaux Mk. VI et de chasseurs de la République XA-8 allaient mitrailler l'enveloppe orbitale d'hex avec leurs canons laser et leurs torpilles protoniques, créant des brèches en quatre endroits cruciaux. Deux de ces trouées permettraient aux transports de troupes, dont l'importance était capitale, d'accéder à une orbite basse permettant le débarquement des commandos. Larin serait du nombre. Il était vital qu'ils ne soient pas interceptés pendant cette phase. Les deux autres brèches orbitales constitueraient des fenêtres de tir pour le bombardement venu principalement du *Paramount*, avec des B-28 pilotés par des Impériaux. Lors du premier engagement, vingt pour cent des missiles visant la planète avaient été neutralisés par les hex durant leur descente vers le sol. Chacun de ceux tirés cette fois devrait atteindre sa cible.

Les intercepteurs et les chasseurs attaquèrent l'enveloppe d'hex. L'espace s'illumina d'explosions qui, vues de loin, créaient l'illusion d'un scintillement presque délicat. L'*Auriga Fire* restait à distance respectueuse des principales forces d'attaque comme de la flotte combinée, laquelle était stationnée à équidistance entre la planète et sa lune, mais le cargo n'était pas le seul appareil à se positionner librement dans le paysage du champ de bataille.

— Nous recevons un appel du *First Blood*, dit Jet.

— Passez-le.

— Je note un accroissement des communications subspatiales, dit un Dao Stryver miniature. Son visage venait d'apparaître à côté d'autres qui occupaient le principal écran holo de l'*Auriga Fire*. Le croissant de son engin traversa le champ de bataille dans une traînée argentée. Puisque le trou noir brouille toutes les tentatives de communication en dehors du système, je pense qu'il s'agit de messages courte distance générés sur Sebaddon.

— Les hex, conclut Ula. Se pourrait-il que ce soit leur façon de communiquer entre eux ?

— C'est une possibilité d'autant plus forte que c'est l'expression de leur centre de coordination. Nous n'avons pas détecté d'autres émissions significatives, que ce soit par radio ou micro-ondes.

— Vous pouvez localiser leur source ?

— J'y travaille. Avec deux autres oreilles pour les écouter, je serai en mesure d'effectuer une triangulation.

— Considérez la demande comme acquise, dit Ula en prenant note de réquisitionner ces ressources auprès du colonel Kalisch et du capitaine Pipalidi.

— Lancements, annonça Jet.

— Nous ou eux ?

— Eux.

Deux sites sur le globe de Sebaddon venaient de s'illuminer. Six missiles à propulsion ionique s'élevaient du sol, sans doute chargés d'hex afin de refermer les brèches que les intercepteurs et les chasseurs de la République avaient créées dans le bouclier orbital.

— Faites traverser les transports, transmit Ula aux commandants de la flotte. Ces brèches risquent de ne pas tenir longtemps.

La confirmation lui vint des deux camps. Une douzaine de vaisseaux de taille moyenne brisèrent les rangs et accélérèrent jusqu'à atteindre leur vitesse maximale. Les transports de troupes légers Vokoff-Strood VT-22n firent la course avec les transports légers NR2 de Celestial Industries, chaque appareil emmenant des centaines d'hommes et de femmes, d'humains et de non-humains, de Jedi et de Sith, ainsi que des droïdes de combat, tous résolus à faire de leur mieux pour anéantir la menace hex.

Déjà, il regrettait d'avoir insisté pour que Larin incorpore l'équipe du capitaine Pipalidi. Il s'était réjoui de l'expression de surprise et de ravissement qu'elle avait eue à cette nouvelle, mais si quelque chose venait à lui arriver ? Était-ce un prix qu'il était prêt à payer ?

— N'oubliez pas ce qu'a demandé Stryver, lui rappela Jet.

— Je n'ai pas oublié, affirma-t-il, alors que la requête du Mandalorien lui était complètement sortie de l'esprit. Mettez-moi en ligne avec le colonel Kalisch.

Les impériaux prétendirent manquer de ressources, et le capitaine Pipalidi fit la même réponse quand il la contacta.

Ce pouvait fort bien être vrai, se dit Ula, ce n'en était pas moins frustrant.

— Pas même un appareil ? plaida-t-il. Pas besoin qu'il soit équipé pour le combat. Nous pouvons remplacer le troisième, si nécessaire.

— D'accord, dit-elle. Vous pouvez utiliser mon transport personnel. Son armement et ses boucliers ont été enlevés, alors évitez de l'abîmer.

— Vous avez ma parole. Merci, capitaine.

— Les transports sont passés, dit Jet.

Ula pesta intérieurement contre lui-même pour ne pas avoir surveillé le déroulement de l'attaque principale. Les transports de troupes avaient réussi à se faufiler par les brèches temporaires dans l'enveloppe orbitale des hex. La plupart n'avaient pas subi de dégâts, mais l'un d'eux lâchait ses soldats prématurément tout en combattant un essaim d'hex expulsés d'un des missiles tirés du sol. Tous les transports étaient escortés par des intercepteurs et des chasseurs qui resteraient sous le bouclier ennemi quand celui-ci se refermerait afin de l'endommager au maximum par en dessous.

— Lancement du deuxième bombardement, ordonna Ula.

Il fallait tout tenter pour occuper les droïdes tueurs pendant que les troupes tombaient en chute libre.

— Confirmé, fit Jet. Non, attendez. Kalisch veut attaquer une autre cible. Certains des missiles provenaient d'un site hors de notre grille. Il demande la permission de le neutraliser.

Ula serra les dents. D'un côté, c'était une bonne chose que Kalisch ait pensé à demander d'abord son autorisation. De l'autre, l'informateur ne doutait pas que l'officier impérial ferait comme il le désirait quelle que soit la réponse. Le *Paramount* était le vaisseau qui courait le plus de risques en cas de tirs venus de la planète. Étant le vaisseau le plus imposant de la flotte combinée, il représentait évidemment la cible principale pour l'ennemi.

— Dites-lui de s'en tenir au plan initial, dit Ula, et la prochaine fois que je demanderai des ressources, il fera bien d'obéir. Nous pouvons anéantir cette cible lors de la prochaine phase.

Jet grimaça en répercutant la réponse. La réaction de Kalisch fut sèche, mais il obtempéra.

— Où sont mes oreilles ? s'enquit Stryver.

— Euh, elles arrivent, dit Ula.

La navette de Pipalidi avait quitté le *Commenor* et attendait les instructions. Jet donna la permission à son pilote de suivre les instructions du Mandalorien, puis il synchronisa son système com avec celui du *First Blood*.

— Nous avons notre troisième appareil, annonça Ula à Stryver. Vous pouvez prendre votre position comme point fixe de réception.

— N'oubliez pas de partager vos données, dit Jet. Si Clunker réussit à déchiffrer leur code, nous pourrions définir une meilleure tactique, plutôt que de tout bousiller.

— Vous pensez être en mesure de pirater leurs systèmes de commandement ? demanda Ula.

— Je ne promets rien…

Un autre point à surveiller, songea l'informateur. Comme s'ils n'en avaient pas assez.

Un des missiles sol-air n'avait pas explosé en orbite basse et il ne se dirigeait pas sur le *Paramount*. Il visait la lune et se rapprochait dangereusement de l'*Auriga Fire*.

— Soit nous sommes sa cible, soit il s'agit de la première usine en fuite.

— Avant tout, écartons-nous de sa trajectoire, décida Jet en activant les propulseurs à ions du cargo. Bon, Kalisch a l'air d'avoir pris les mesures adéquates.

Ula remarqua alors la dizaine de Blackhawks qui poursuivaient le missile. Il était heureux que quelqu'un d'autre ait été sur le qui-vive.

Pendant que l'*Auriga Fire* prenait du champ pour esquiver le missile en approche, il observa que les soldats commençaient à débarquer des transports pour entamer la phase individuelle de chute libre. Derrière eux venait l'appareil infecté. Ses propulseurs poussés au maximum de leur puissance, il fonçait droit dans l'atmosphère. C'était la politique officielle de la flotte désormais : quand une unité était infectée au-delà de tout espoir, les membres d'équipage devaient la diriger vers la cible la plus proche et quitter le bord. Déjà la coque virait au rouge et des fragments de son revêtement métallique s'en détachaient.

Des voix l'appelèrent sur le système com. Une centaine de données attendaient qu'il les consulte. Il ne pouvait pas rester assis là à contempler l'holoprojection.

Bonne chance, Larin, songea-t-il en essayant de ne pas avoir l'impression qu'il lui disait adieu. *J'espère que c'était ce que vous vouliez vraiment.*

34

Le transport VT-22 vibrait si fort, dans un bruit de ferraille inquiétant, que Larin avait du mal à entendre le compte à rebours. Restait-il une minute, ou dix ? Elle vérifia sur l'écran intérieur de son casque où s'affichaient différentes vues de la planète sous eux leur trajectoire pour l'atteindre, et tous ces hex en chemin. Deux minutes – c'était la bonne réponse. Elle résista à l'envie de vérifier pour la quatrième fois son plan de sustentation et son propulseur de chute libre avant que la coque s'ouvre sous elle et la précipite dans le vide. Mieux valait utiliser ce temps à respirer calmement et profondément, et à se souvenir de qui elle avait été naguère.

— Nahrung, gardez un œil sur ces balayages orbitaux, dit-elle à son sergent sur le canal réservé à leur section. Si vous voyez quoi que ce soit qui ressemble à un complexe central, marquez-le.

De nouveaux renseignements leur parvenaient à chaque seconde du transport et des appareils d'escorte alors qu'ils approchaient de la surface de la planète.

— Ozz, surveillez les données atmosphériques et météo. À vous de faire en sorte que nous ne tombions pas en plein dans un volcan.

Ozz était un Impérial peu bavard mais qui jusqu'alors lui obéissait sans état d'âme apparent.

— Mond, votre groupe passe en premier. Vous y allez à fond, pas de quartier. Je veux que vous placiez vos meilleurs tireurs en priorité. Jopp, par exemple. Voyons s'il est aussi doué avec un fusil qu'avec ses sarcasmes.

— Entendu, répondit le sergent Mond.

Ses Jopp, le Zabrak, marmonna quelque chose, mais trop bas pour qu'on saisisse ce qu'il disait. Depuis qu'ils s'étaient revus, il n'avait pas fait acte d'insubordination. Le renforcement de la chaîne de commandement était la meilleure façon de se comporter avec des individus de son acabit.

— Une fois en bas, l'objectif prioritaire est la destruction de l'usine. Ciblez les lignes d'approvisionnement, les lignes à haute tension, les tapis roulants, les monte-charge. Tout ce qui peut permettre de paralyser la production. Ne vous arrêtez pas pour compter les coups au but. Il y aura bien assez d'hex pour tout le monde. Et n'oubliez pas : ils se réagencent très vite, alors ne prenez rien pour acquis, même si votre victime ne bouge plus. Nous ne savons pas exactement ce qu'ils fabriquent là-dedans. Soyez très prudents avec tout, tant que vous ne l'avez pas fait sauter.

— Vingt secondes, annonça-t-on depuis la passerelle.

Les portes de la soute s'ouvrirent, laissant entrer la lumière provenant des jets du trou noir. Tout se passa dans un silence presque total puisqu'il n'y avait pas d'atmosphère au dehors. Seules les vibrations mécaniques passèrent dans sa tenue et le harnais qui la maintenait en place, ajoutant un geignement bas au bruit de fond constant.

— Dix secondes.

Le transport effectua une rotation pour positionner les portes de la soute directement dans l'alignement de la planète sous eux. À ce spectacle, les centaines de soldats massés dans l'appareil retinrent leur souffle. Dans les holoprojections, Sebaddon paraissait déjà sinistre. Les fleuves de lave, les montagnes à moitié en fusion et le miroir plat des lacs – qu'on savait maintenant être du métal solidifié – étaient clairement visibles à travers l'atmosphère pourtant brumeuse.

— Cinq secondes.

Une dernière poussée des propulseurs amena le transport sur sa trajectoire idéale. Leur destination était le pôle, suivant un itinéraire totalement différent des troupes qui allaient attaquer l'équateur. Shigar faisait partie de cellesci, et même à ce moment, avec la voix qui égrenait le décompte des secondes, elle eut le temps de penser à lui et d'éprouver une brusque bouffée de honte.

— Une.

— Go.

Soudain, elle ne pesait plus rien et le transport s'élevait au-dessus d'elle dans l'éclair de ses répulseurs. L'appareil rapetissa rapidement à mesure qu'elle tombait dans le vide. Tout autour d'elle, les soldats adoptaient la même position, tête en avant, bras et jambes fermés, corps tendu. Il n'y avait encore aucune sensation de résistance à leur chute, et il n'y en aurait pas pendant encore quelques minutes, mais l'atmosphère était imprévisible. Elle avait entendu parler de membres et de têtes arrachés pour de simples erreurs de télémesure. Quand ils y entreraient, la décélération serait terriblement brutale.

— Bon saut, tout le monde, dit la voix du major Cha, un projectile humain comme tant d'autres.

Des grappes de droïdes de combat TRA-9 étaient suspendues parmi eux, aussi silencieux que des pierres.

— Trouvez les membres de votre section et regroupez-vous, poursuivit le major. Silence radio à partir de… maintenant.

L'affichage interne du casque de Larin se simplifia d'un coup lorsque les lignes de renseignement passèrent en mode dormant. Afin de présenter l'aspect de débris tombant au sol, il n'y aurait pas d'échanges de communications, aucun envoi de données depuis les vaisseaux. Il en serait ainsi jusqu'à ce que le sol ne soit plus qu'à quelques secondes d'eux. Jusque-là, sauf cas d'extrême urgence, il n'y aurait plus qu'elle et les informations collectées auparavant.

Elle se sentait étrangement isolée à descendre ainsi en chute libre au milieu de tant d'autres personnes, sans un seul mot de quiconque. Les autres soldats, identifiés par un marquage épais sur le casque et le paquetage, s'aggloméraient en groupes de dix ou douze, qui à leur tour s'inséraient dans leur propre formation. Elle resta où elle était et laissa ses sections se disposer autour d'elle. Un système de code coloré très simple avait été instauré pour que les troupes mixtes n'entremêlent pas leurs lignes de commande. Comme les autres lieutenants, le casque de Larin était vert. Celui des trois sergents était bleu. Et celui du major Cha, orange, se détachait, seul au centre de la formation.

Beaucoup plus loin, en face d'elle, elle aperçut un autre casque vert qui levait le pouce à son adresse. Elle lui retourna le geste. Hetchkee.

Un des sergents s'approcha d'elle. C'était Nahrung. Leurs visières se touchèrent.

— 25-J sur la grille de la carte, dit sa voix assourdie. Le plus probable à mon avis.

Elle activa l'affichage des dernières données reçues avant le black-out des communications. La référence montrait un X artificiel, un complexe géant de nature indéterminé avec des espèces de nombreux affluents s'éparpillant dans toutes les directions. Les jets du trou noir projetaient des ombres allongées sur le paysage, et ces ombres pouvaient aussi être des cheminées d'usine – ou des sites de lancement.

— Ça ira, dit-elle. Bon boulot.

Quelque chose de lumineux et de très rapide les doubla en une fraction de seconde : un missile, que trois autres suivirent aussitôt. Les vaisseaux derrière eux bombardaient la zone retenue pour leur préparer le terrain. Nahrung se laissa dériver loin d'elle, et elle reprit sa position de plongeon. L'affichage de son casque clignotait. Ils allaient bientôt entrer dans l'atmosphère.

Consciente que tout le monde la surveillait, elle se

rapprocha de la section de Mond. Jopp était en tête. Elle le rejoignit et le dépassa légèrement dans l'espoir de lui transmettre un message muet : que, alors qu'à une époque elle aurait pu le mettre dans sa ligne de tir, elle n'avait pas peur d'être là avec lui.

Des champignons blancs et jaunes s'épanouirent au sol sous eux.

Les premiers effets de l'atmosphère la touchèrent : elle se sentit doucement ballottée dans un sifflement léger.

Puis elle eut l'impression de percuter un mur de briques. Elle poussa un cri de rage et de défi à l'air qui hurlait autour d'elle, ajoutant sa propre voix au vacarme assourdissant. Son premier contact avec Sebaddon la secoua et la frappa, au risque de disloquer son squelette. Son cerveau se vida et sa vision se brouilla. Le temps perdit toute signification. Il était inutile de compter les secondes quand chacune d'elle la submergeait sans que rien ne change.

La sensation devait prendre fin, et elle prit fin. Le sifflement et les vibrations s'atténuèrent. L'affichage de la température externe de sa combinaison était passé dans le rouge. Sa vision n'avait plus la clarté du vide, car ils chutaient maintenant dans l'air. La formation autour d'elle se recomposa peu à peu.

Au lieu de compter les secondes depuis le saut, elle étudiait l'altimètre. La surface de la planète n'était plus qu'à quelques kilomètres de distance. Ils avaient quelque peu dévié de la trajectoire initialement prévue, sans doute à cause d'un vent d'altitude plus fort qu'escompté, mais cela n'avait rien de désastreux. Les champignons géants des nuages lui offraient un point fixe par rapport à leur cible. Le système de guidage incorporé à sa combinaison confirma les données.

Actionnant deux fois la commande de sa radio, elle ordonna à la section de se préparer.

Ils se stabilisèrent à l'unisson pour adopter un angle de chute de quarante-cinq degrés.

Quand elle actionna de nouveau la radio, ils déployèrent leur plan de sustentation, comme les oiseaux d'une nuée qui ouvriraient tous leurs ailes en même temps. La manœuvre n'était pourtant que partielle. Exposer toute l'envergure portante l'aurait immanquablement réduite en lambeaux malgré l'air encore raréfié. À cette altitude et avec la vitesse de leur chute, ils devaient procéder progressivement. À cent mètres du sol, leurs rétropropulseurs s'allumeraient, ce qui leur permettrait de contrôler leur atterrissage. Ils tombaient toujours très rapidement. Atteindre le sol sans assistance aurait pour résultat une mort certaine.

Pris par une turbulence, Jopp fut poussé vers elle. L'usine principale se trouvait directement sous eux, à moins de cinq cents mètres. Les renseignements allaient rétablir le contact d'un instant à l'autre. Larin vérifia les systèmes de visée de sa combinaison et déverrouilla le fusil qu'elle avait choisi dans l'armurerie de l'intendant. Les hex ne seraient pas en train de se prélasser quand les groupes d'assaut leur tomberaient dessus. Les droïdes seraient occupés à une tâche quelconque, elle en était sûre, mais il était impossible de savoir quoi. Il faudrait donc qu'elle soit prête à tout.

L'affichage de sa visière s'emplit des données transmises par les vaisseaux. La cible était parfaitement définie, pointée à travers la fumée par le radar.

— Vous savez ce que vous avez à faire, les gars, dit le major Cha. Profil bas et regroupement jusqu'à l'objectif, ensuite dispersion. En cas de rupture com, suivez les fusées éclairantes. Si vous ne les voyez pas, déplacez-vous pour que ce soit le cas. Pas de mêlée générale. Tout ce qui a du sang dans les veines n'est pas une cible autorisée.

— Vous avez entendu, enchaîna Larin. Rétro dans trente secondes. Attentions aux jets. Ne carbonisez par le crâne de celui qui est en dessous de vous.

Elle fit un scan rapide du reste du champ de bataille.

Le *Paramount* était toujours intact, quoique attaqué de plusieurs directions à la fois. Une partie des hex en orbite s'était agglomérée pour former une arme énergétique semblable à celle que Jet avait détruite plus tôt. Les missiles lancés du sol avaient comblé les brèches dans le bouclier orbital, et il semblait y avoir une certaine agitation près de la lune. Un des VT-RR impériaux avait été infecté et fonçait pour s'écraser sur la planète. Son sillage lumineux était visible par satellite. Il traçait une ligne en travers de la haute atmosphère et il allait percuter le site soupçonné d'abriter le centre de coordination ennemi.

Rapidement, sans vraiment vouloir savoir, elle parcourut le manifeste de vol du vaisseau en perdition. Son cœur se serra. Shigar avait été à bord de ce transport. À présent, elle était vraiment peinée de ce qui s'était passé lors de leur dernière rencontre. Et si ce devait réellement être la dernière fois qu'ils se voyaient, comment pourrait-elle vivre avec ce souvenir ?

Un bip à ses oreilles l'avertit qu'il était temps d'activer les rétropropulseurs. Elle chassa les informations – et les sentiments – superflus hors de son esprit puis se concentra sur la manœuvre imminente. Le système n'était rien de plus qu'un propulseur modifié et incorporé aux armures standard de la République. Son utilisation vous donnait l'impression de vouloir dompter un cheval sauvage.

— Allumage !

Sur son ordre, la section embrasa le ciel. Les flammes pointant vers le bas piquetèrent l'atmosphère de Sebaddon. Les plans de sustentation à présent totalement déployés réfléchissaient la lumière et transformaient les soldats en des anges furieux visibles du sol. Les renseignements confirmèrent que les structures verticales étaient des postes de défense. Peut-être orientait-on déjà les armes pour décimer les attaquants. Larin se prépara à essuyer les premiers tirs tout en s'efforçant de maintenir la poussée de son équipement bien verticale.

Elle n'était pas la seule à avoir des difficultés. Ses écouteurs s'étaient emplis de cris et d'exclamations diverses.

Deux collisions évitées de justesse entre des Impériaux et des commandos de la République provoquèrent un échange bref et virulent, auquel le sergent Ozz mit fin avec autorité. Des accrochages entre les deux forces réunies étaient bien la dernière chose dont ils avaient besoin maintenant.

Puis les batteries ennemies commencèrent à tirer, et ce fut le chaos. Des décharges bleutées strièrent le ciel autour d'eux. Deux soldats moururent dès la première salve, métamorphosés instantanément en boules de feu. Larin riposta sans pour autant cesser de se battre avec le système de rétropropulsion. Si elle avait fait mouche, c'était un coup de chance.

Le bombardement des vaisseaux se déchaîna presque aussitôt, à la demande du major Cha. Une batterie explosa, ce qui ajouta un nuage de fumée à celle qui planait déjà au-dessus de l'usine principale.

Un sourire féroce tordit les lèvres de la jeune femme. Elle avait oublié la beauté sauvage des combats aériens.

Une détonation toute proche effaça son rictus. Elle avait été touchée ! Son propulseur toussota et l'envoya virevolter dans les airs. La partie arrière de son plan de sustentation était en lambeaux.

Maudissant sa malchance, elle lutta pour reprendre le contrôle de sa descente et ne réussit qu'à se plonger dans une vrille. Ses bras battirent dans le vide et elle réussit à agripper le soldat le plus proche. L'autre hésita, et dans cet instant fugace elle se souvint de son nom. *Ses Jopp.*

Critiquer ce qu'on estimait être de la loyauté mal placée était une chose. Laisser un camarade de combat chuter vers une mort certaine en était une autre. Elle savait comment il réagirait, ce qu'il fit aussitôt. Il lança sa main droite pour lui saisir l'avant-bras. Trop tard.

Le propulseur de Larin s'éteignit, et elle tomba comme une pierre.

35

Avant même que les alarmes se mettent à hululer, Shigar sut que quelque chose n'allait pas. Le transport où il se trouvait en compagnie de Dark Chratis fit une embardée, comme s'il venait d'être touché, et le major dirigeant leur unité se tut en plein milieu de sa phrase. Le Jedi n'était pas raccordé directement au réseau com impérial, de sorte qu'il ne put dire en temps réel ce qui arrivait à l'appareil. Il recevait des renseignements des soldats de la République par l'intermédiaire du système neutre. Le retard entre les différentes sources d'information faillit bien lui être fatal.

— Quelque chose cloche, dit-il aux commandos assis en rangs serrés à côté de lui et prêts à sauter.

Son instinct lui disait d'agir. Activant les commandes de neutralisation de son harnais, il se leva d'un bloc. Le premier hex transperça la coque extérieure et apparut dans l'aire de déploiement des troupes.

Shigar était prêt à l'accueillir. Avec la Force, il repoussa violemment le droïde en arrière et l'envoya tournoyer dans l'espace. Mais d'autres arrivaient derrière le premier, qui agrippaient les bords métalliques déchiquetés du trou dans la coque. Il bondit sur eux, puis son sabre laser trancha des membres et perça des organes sensoriels avant que les droïdes aient le temps d'activer le bouclier de leurs électro-miroirs. S'il réussissait à les empêcher d'entrer, lui et les autres passagers conserveraient une chance de s'en sortir.

La paroi de l'aire de déploiement se déchira en un autre

endroit, trop loin de lui pour qu'il puisse couvrit les deux accès en même temps. Heureusement, les soldats derrière lui avaient réagi et leurs armes parlèrent. Le déluge de décharges des blasters de la République comme de l'Empire déferla sur les hex, en rejetant un grand nombre dans le vide. Mais d'autres les remplaçaient aussitôt, qui montaient l'un sur l'autre en un grouillement horrible. Ils commençaient également à riposter, tirant à l'abri des premiers. Shigar comprit alors que la situation tournait à l'avantage des envahisseurs.

— Faites sortir tout le monde ! dit-il au major juste après avoir coupé en deux une paire de droïdes tueurs.

De l'autre côté de l'aire, il vit le casque orange qui acquiesçait. Ordre fut donné d'ouvrir les portes de largage et de faire sauter les troupes sans attendre. Les panneaux sous Shigar se dérobèrent rapidement, déversant leur précieux chargement dans le vide. Plusieurs hex les suivirent, ce qui sans aucun doute allait rendre leur chute encore plus intéressante.

Shigar resta en arrière. Une main refermée sur un étançon, il maniait son sabre laser de l'autre. Il repoussa un hex dans le vide. La créature tomba en chute libre, ses six pattes s'agitant inutilement.

Combien de temps avant que le droïde réagence sa structure à la ressemblance de ceux qui pullulaient en orbite ? se demanda-t-il.

Il n'allait pas s'attarder pour le découvrir. La quatrième aire de largage n'avait envoyé aucun message signifiant qu'on y avait entendu les ordres. Si ceux qui l'occupaient étaient en danger, il devait leur porter secours.

Le vaisseau se mit à tanguer sous ses pieds alors qu'il franchissait le sas et s'engouffrait dans les coursives désertes. Alors qu'il approchait de la quatrième aire, il entendit des explosions, le bruit des décharges de blasters et un crachotement insistant dans son circuit com. Les hex s'ingéniaient à brouiller les fréquences de la République comme celles de l'Empire. Cette évolution était pour le moins inquiétante.

Une cloison intérieure céda et des hex roulèrent en masse

dans le couloir. Le Jedi se prépara à les affronter. Il recourut à un bouclier de Force pour dévier leurs décharges laser tout en frappant avec son sabre. Ils ne s'étaient pas attendus à le trouver là, c'était certain. Ils visaient quelqu'un qui les attaquait depuis l'intérieur de l'aire, et il leur fallut un moment pour dresser leurs propres boucliers. Shigar sectionna les pattes des trois plus proches, sans s'arrêter pour les empaler. Leurs corps étaient immobilisés, et cela suffirait pour l'instant.

Une silhouette sombre bondit à travers la déchirure dans la cloison. Elle brandissait un sabre laser à la lame rouge. Des éclairs jaillissaient de sa main libre ouverte et les droïdes fumants étaient rejetés dans toutes les directions. Pris en tenaille entre Dark Chratis et Shigar, ces créatures n'avaient aucune chance d'en réchapper. Quelques secondes suffirent au Padawan et au Seigneur Sith pour se retrouver seuls au milieu d'une multitude de débris métalliques d'où coulait un liquide sombre.

Le brouillage des communications faiblit, ce qui leur permit de se parler.

— Les autres ont sauté, dit Shigar. Nous devons forcer l'ouverture de cette aire de largage.

— Ne pense même pas à me donner des ordres, Padawan. Si tu as survécu jusqu'à cet instant, c'est uniquement par chance. Les mécanismes sont endommagés. Le lieutenant Adamek les réparera en notre absence ou agrandira la brèche existante. Si elle n'y arrive pas, elle s'échappera par une des aires de largage déjà ouvertes. Tu n'as pas à t'en soucier. Ta priorité, comme la mienne, c'est empêcher que les hex transforment cet appareil en une arme.

Shigar ravala son irritation devant ce discours infantilisant.

— La passerelle, alors ?

— La passerelle, oui.

Ils rencontrèrent trois concentrations d'hex en chemin. Par groupes de six, les droïdes semblaient parcourir le vaisseau secteur par secteur pour y détruire toute trace de l'Empire. L'apparition de Dark Chratis et de sa lame rougeoyante provoqua chez eux une frénésie immédiate. À deux reprises, les droïdes tueurs ignorèrent complètement le Jedi, ce qui lui permit de les contourner et de les attaquer par-derrière. Pour une fois, l'élément de surprise jouait en sa faveur et transformait une situation impossible en un affrontement difficile, tout au plus.

Le Seigneur Sith taillait dans les rangs ennemis sans effort apparent, laissant à Shigar le soin d'achever ses victimes. Le sabre laser de Dark Chratis possédait une portée inhabituelle car il prolongeait l'extrémité de son étrange bâton rétractable. Le Sith disposait également d'une arme qui faisait défaut au Padawan. Les éclairs qu'il lançait étaient beaucoup plus puissants que ceux d'Eldon Ax, et ils avaient des effets similaires aux filets électrifiés que Stryver avait déployés contre les hex sur Hutta. Les droïdes touchés étaient agités de convulsions incoercibles qui les rendaient vulnérables à une attaque classique.

— Ton Grand Maître t'a formé imparfaitement, commenta Dark Chratis en observant les efforts de Shigar pour se débarrasser du dernier hex présent. Elle laisse la philosophie mentale interférer avec l'issue du combat. C'est pourquoi les Sith triompheront de vous à la fin des fins. Vous ne voulez pas développer votre véritable potentiel.

Le Jedi cligna des paupières pour chasser la sueur de ses yeux. Satele Shan considérait les éclairs de Force comme un chemin menant au Côté Obscur, et en plusieurs occasions elle avait conseillé à Shigar de ne pas y recourir. Mais, dans les circonstances présentes, il voyait bien que Dark Chratis marquait un point.

Il n'était toutefois pas assez naïf pour ne pas voir dans quelle direction le Seigneur Sith cherchait à l'entraîner.

— Économisez votre souffle, Dark Chratis. Rien ne me donnera envie de me joindre à vous.

Malgré son masque transparent, le sourire que lui adressa le Sith était horriblement dépourvu d'humour.

La passerelle de commandement se trouvait deux niveaux plus haut, derrière des portes anti-effet de souffle que même les hex avaient du mal à pénétrer. Le réseau de communication fonctionnant de nouveau très mal, il n'y avait aucun moyen de prévenir les équipes bloquées à l'intérieur. Dark Chratis tenta de neutraliser les systèmes de verrouillage, mais ils avaient fondu sous les tentatives des hex pour s'introduire dans cet endroit stratégique.

— Ensemble, dit Shigar.

Il faisait allusion aux énormes masses déplacées par des Maîtres Jedi avec pour seuls leviers la puissance de leur esprit et le recours à la Force.

Le Seigneur Sith accepta d'un signe :

— À mon signal.

Ils agirent de concert et réussirent à plier les épaisses portes anti-souffle comme si elles avaient été en papier d'aluminium. Shigar crut que cette collaboration éphémère était pour lui une victoire, jusqu'à ce qu'il mette un terme à sa concentration et s'effondre à moitié, frissonnant. Quelque chose de Dark Chratis s'était instillé en lui pendant cet effort conjoint. Quelque chose de froid, de nocif. Il serra les poings, enjamba les vagues de métal tordu et entra sur la passerelle. Il avait envie de frapper un ennemi, mais il ne vit aucun hex. Seulement les officiers de l'Empire à qui ils venaient d'accorder au moins un sursis.

Le commandant apeuré du transport salua mécaniquement Dark Chratis quand celui vint se camper devant lui.

— Dites-moi que les propulseurs sont sous contrôle, lâcha le Sith.

— Je... Je... ne le peux pas, mon Seigneur. La salle des machines ne répond plus. J'ai envoyé une équipe de maintenance...

— Ils sont déjà tous morts. Restez ici. Nous effectuerons les réparations nécessaires nous-mêmes.

Dark Chratis repartait déjà. Avant de le suivre, Shigar lança au commandant :

— Vous devriez peut-être évacuer. Vous ne pouvez plus rien faire ici.

— Abandonner mon poste ? rétorqua l'officier de l'Empire, l'air offusqué. Jamais !

Le jeune Jedi aurait pu argumenter. Les portes étaient abattues, et les hex reviendraient d'ici peu. Si lui et ses subordonnés s'attardaient ici, ils n'auraient pour seule récompense que la mort.

Shigar haussa les épaules. Qui était-il pour combattre l'entêtement de cet homme ? Ce n'était pas la mission d'un Jedi.

— À vous de décider, je suppose.

Il les oublia dès qu'il leur eut tourné le dos et se hâta à la suite de Dark Chratis.

— Tu gaspilles ton temps, dit le Sith quand le Padawan l'eut rejoint.

— Vous gaspillez des vies.

— On peut remplacer un humain. Pas une seconde perdue.

Shigar n'avait aucune réponse adaptée, aussi préféra-t-il se concentrer sur ce qui les attendait. Dark Chratis le menait à travers le couloir central du transporteur, et ils passaient devant une théorie de hublots. Au dehors, la galaxie tournait autour d'eux pour décrire un circuit complet qui ne durait que quelques secondes. L'appareil tournait sur lui-même, bien que la gravité artificielle à l'intérieur ne le fît pas sentir. Des hex étaient visibles, qui dérivaient, désemparés, dans l'espace, ou qui rampaient sur la coque extérieure. Le globe de Sebaddon apparaissait puis disparaissait, et Shigar n'aurait pu dire s'ils s'en rapprochaient ou s'ils s'en éloignaient.

Une masse compacte d'hex les attendait un peu plus loin, à l'entrée de la salle des machines. Des éclairs de Force se propagèrent en vagues destructrices qui brisèrent cette unité pour isoler des individus plus faciles à combattre. Shigar bondit parmi eux, renvoyant les décharges laser à leur source et démembrant tout ce qui s'aventurait à sa portée. Quand il évalua mal une attaque et fut blessé au flanc, la douleur ne fit qu'exacerber sa concentration. À partir de ce moment, il se déplaça comme dans un rêve, avec la Force qui guidait chacun de ses gestes.

C'est presque avec regret qu'il atteignit l'autre côté. Là, Dark Chratis examinait déjà les commandes des propulseurs ioniques. Un des hex les avait partiellement démontées, sans doute dans le but de prendre le contrôle du transport et de l'envoyer infecter le reste de la flotte.

Le Seigneur Sith travaillait rapidement. Il reconnectait les commandes pour leur redonner approximativement leur fonctionnement antérieur. La passerelle se mit à vibrer quand l'accélération reprit.

— C'est vous ? demanda Shigar.

— C'est moi.

Le Sith leva une main, et une partie du mur se résorba, dévoilant l'espace au-delà. Mais il n'y avait plus d'espace, constata Shigar quand il entendit le hurlement autour d'eux : ils entraient dans l'atmosphère.

— Après toi, mon garçon.

Aussi peu enclin qu'il soit à tourner le dos à l'un des anciens ennemis des Jedi, le Padawan était conscient que, pour l'instant, il ne risquait rien. Le Grand Maître avait vu juste. La lame couleur sang était actuellement la dernière chose qu'il avait à redouter.

Quatre pas rapides menèrent Shigar à l'endroit où la coque était éventrée. Une enjambée de plus, et il abandonnerait le vaisseau en perdition pour plonger vers la surface de la planète.

Il s'élança avec cette pensée à l'esprit : *Jamais je ne serai votre apprenti, Dark Chratis.*

Une voix sinistre malgré ses inflexions soyeuses lui vint en retour :

Pas de promesses en l'air. Après tout, il se peut que j'aie très bientôt besoin d'un nouvel apprenti…

Shigar ferma son esprit à toute autre intrusion et se concentra uniquement sur sa chute.

36

Ax se reçut avec précision sur ses deux pieds. Le sol était ferme, sans piège dissimulé. Elle enfonça les touches de son harnais, et le paquetage contenant son rétropropulseur et la réserve d'air se détacha d'elle. Sur Sebaddon, la pesanteur était légèrement inférieure à la moyenne, ce qui l'étourdit un peu, mais la sensation ne dura qu'un moment. Hormis les jets jaunâtres du trou noir, le ciel était empourpré par le reflet de la lave alentour. Sans cesser de guetter l'apparition éventuelle d'hex, elle avança de deux pas et chercha du regard ceux qui avaient sauté en orbite avec elle. Maître Satele était du nombre, et Ax n'aimait pas l'idée qu'un Jedi soit dans les environs sans qu'elle sache où.

La section dont elle faisait partie à l'origine devait attaquer une des parties les plus difficiles du centre de coordination ennemi. Vue du ciel, l'île avait des allures de labyrinthe géant avec de longs bâtiments aux coudes multiples reliés par des câbles et des tuyaux épais. Elle était arrivée dans ce qui aurait pu être une rue bordée de bâtiments anguleux aux façades verticales. Au détail près qu'il n'y avait pas de portes, de fenêtres ou de trottoirs. L'utilité de ces constructions lui demeurait inconnue, mais il était évident qu'elles n'étaient pas achevées. Une section avait repéré et attaqué les machines occupées à l'expansion de cette structure, tandis que les autres commandos avaient pour mission de frapper le cœur du dispositif – ou ce qui semblait être son cœur, d'après les vues orbitales qu'on en avait. Trois sites correspondaient à cette définition, et elle se trouvait sur l'un d'entre eux.

Au-dessus d'elle, les soldats descendaient en pluie, et chacun atterrissait dans son propre périmètre factice créé par les hex, mais aucun auprès d'elle. Elle essaya d'utiliser le comlink intégré à sa tenue, mais Dark Chratis comme Maître Satele avaient coupé toute communication ou étaient injoignables pour une autre raison, quelle qu'elle soit. Le transport endommagé brillait comme une étoile dans le ciel, entouré d'un halo de fumée noire. Il semblait se diriger droit vers elle.

Elle décida rapidement que son point de contact au sol n'était plus viable. Il n'y avait même pas d'hex à massacrer. Choisissant une direction au hasard, elle s'éloigna à grandes enjambées dans ce canyon artificiel en s'abritant de son mieux dans les ombres qui bordaient ses parois. Elle conservait son sabre laser au poing, mais sans l'allumer. La discrétion n'était pas incompatible avec la bravoure, surtout sur une planète peuplée de droïdes programmés pour tuer à vue les guerriers Sith.

Si seulement il y avait un moyen de pirater cette programmation centrale et de la modifier à son avantage, songea-t-elle pour la millième fois peut-être. Il était très possible que Lema Xandret ait mis dans ses créations un peu plus d'elle-même que simplement ses pensées et ses préjugés. Le composant biologique présent dans chaque hex devait bien signifier *quelque chose* après tout. Si elle parvenait à faire appel à cette chose, lui faire entendre raison – *sa* raison…

En tournant à un coin, elle vit un soldat de la République qui balayait les alentours du canon de son arme tout en courant avec légèreté. Elle se réfugia dans les ombres. Elle préférait agir de son côté jusqu'à ce qu'elle soit sûre de ce qu'elle allait devoir affronter. Elle ne voulait pas que quelqu'un intervienne au moment critique.

Alors que le commando passait devant elle et s'éloignait,

elle remarqua un détail étrange. L'air s'était mis à miroiter devant ses yeux. Tout d'abord elle crut que le phénomène venait d'elle, peut-être d'un problème de vision, puis elle se rendit compte que ces distorsions provenaient de l'air lui-même. Il était *chaud*.

Elle mit un genou à terre et toucha le sol d'une main. Elle pouvait sentir la chaleur même à travers son gant. Le centre de coordination étant entouré de champs de lave, elle supposa que cette température élevée du sol n'avait rien d'étonnant.

Quelque chose se posa en silence derrière elle.

En un éclair, elle s'était redressée, le sabre laser allumé.

— Réflexes impressionnants, commenta Maître Satele.

La Jedi ne semblait pas se soucier d'avoir risqué à l'instant d'être coupée en deux. Elle n'avait même pas allumé son propre sabre laser.

— Ta vision périphérique mériterait cependant d'être améliorée, ajouta-t-elle. Je suis sur ta piste depuis que tu as atterri.

— Eh bien, j'imagine que c'est une façon très productive d'occuper votre temps, répliqua Ax en abaissant son arme. Il ne vous est pas venu à l'idée de faire quelque chose qui soit en relation avec cette mission ?

— Je suis la première à reconnaître que j'ai beaucoup de choses à penser, dit le Grand Maître avec un sourire. Mais pas à ce point. Retire ton casque et dis-moi ce que tu entends.

— Mais…

Il fait chaud, faillit-elle dire. Puis elle remarqua que Satele Shan transpirait dans son propre casque : elle avait fait exactement ce qu'elle demandait à la Sith. Et si elle avait survécu, il en serait de même pour Ax.

— D'accord.

Elle ouvrit les points de pression à son cou. Le casque émit un sifflement, puis elle l'ôta.

L'air lui brûla le visage et l'intérieur des narines. Il

empestait les produits chimiques, le feu et l'ozone. Au loin, elle entendit des voix qui criaient des phrases familières, encore et encore.

— *Nous ne reconnaissons pas votre autorité !*

— *Nous demandons seulement qu'on nous laisse tranquilles !*

— Des hex, dit-elle. Quelque part par là-bas.

Maître Satele secoua la tête brièvement.

— Je ne parle pas de ça. Derrière tout ce bruit. En fond sonore.

Ax tendit l'oreille de nouveau, et elle perçut alors un grondement à la limite de l'audible, presque trop bas pour qu'on le remarque.

— C'est le vaisseau ? demanda-t-elle en indiquant le transport en pleine chute dans le ciel.

L'appareil en perdition avait grossi, et il se dirigeait toujours droit sur elles.

— Je ne le pense pas. Pour moi, ça ressemble plus au bruit d'un forage.

— Qu'est-ce que le centre de coordination fait à forer dans un moment pareil ?

— Peut-être lui faut-il du matériau brut pour créer d'autres hex.

— Ce n'est pas une usine ici.

— Non, mais il doit y avoir des nids quelque part.

— Alors trouvons-les, dit Ax sans chercher à dissimuler l'impatience qui montait en elle. Ce n'est pas ce que nous sommes censées faire ?

Loin au-dessus de leurs têtes, une lueur orange s'épanouit, peignant des ombres étranges sur le visage des deux femmes.

— C'est ce que j'attendais, dit Maître Satele. Les commandos ont trouvé comment s'infiltrer à l'intérieur. Allons les aider.

La Jedi s'élança à une vitesse étonnante. Surprise, Ax dut se hâter pour ne pas se laisser distancer. Elles longèrent la base de ce ravin artificiel jusqu'à l'intersection suivante, puis bondirent sur le sommet de ces structures pour continuer de courir en ligne droite, franchissant d'un bond l'espace vide entre deux murs. Le labyrinthe semblait s'étendre à l'infini. Il rappelait à Ax des diagrammes de circuits électriques ou des graphiques logiques. Mais ce paysage étrange lui apparaissait dépourvu de tout ordre global ou de fonction générale. L'ensemble évoquait plus le tracé qu'aurait laissé un insecte xylophage dans une plaque de bois qu'à la création d'une créature pensante.

Des explosions projetèrent au loin d'éphémères nuages lumineux dans l'air. Le son de chaque déflagration leur parvenait avec quelques secondes de retard. Maître Satele infléchit légèrement leur course pour aller droit sur la zone de combat. Les commandos tombaient toujours du ciel et tiraient sur les emplacements des batteries montées sur le labyrinthe. Un voile diaphane de fumée flottait sur toute la scène, plus dense à certains endroits qu'à d'autres. Ax parvenait à déceler dans l'air l'odeur faible du « sang » des hex. Et elle craignait fort d'être en train de rater l'occasion de se faire plaisir.

Elle jeta un coup d'œil derrière elle, aperçut une dizaine de droïdes tueurs qui venaient vers elles en s'agrippant aux murs avec leurs six pattes puis éclata d'un rire joyeux. Elle n'allait pas tout rater finalement !

De façon tout à fait inattendue, Maître Satele sauta dans un des ravins séparant les structures, et Ax l'imita. Une fois en bas, la Jedi se figea et barra ses lèvres d'un index dressé. Elle ouvrit l'autre main, replia trois doigts un à un pour décompter le temps, puis bondit dans l'air, son sabre laser allumé. Le premier des hex lancés à leur poursuite s'écroula, coupé en deux. Ses congénères hurlèrent et se précipitèrent sur la Jedi.

L'affrontement fut bref et destructeur. À la vue d'Ax, les droïdes se précipitèrent immédiatement sur elle, mais elle savait à quoi s'attendre à présent. Son bouclier de Force repoussa la majeure partie de leurs tirs, et elle avait plus qu'un simple Padawan et un Mandalorien désintéressé pour l'épauler.

Le Grand Maître tirait de la Force des pouvoirs prodigieux : d'un geste, elle broyait les hex et les transformait en boule compressée de métal ou bien elle les faisait imploser ; d'un regard, elle les immobilisait en plein élan, et Ax n'avait plus qu'à se hâter de les achever. En quelques secondes, tous leurs ennemis furent anéantis. Ax regarda autour d'elle, à l'affût d'autres adversaires.

— Par là, dit Maître Satele en prenant la direction des explosions vues un moment plus tôt.

— Nous ne devrions pas nous soucier de ça ? demanda la Sith.

Elle pointait un doigt sur le transport qui apparaissait maintenant énorme dans le ciel et flamboyait comme un faux soleil.

— Fais-toi autant de souci que tu veux, répliqua la Jedi. À moins que tu puisses faire quelque chose, ça ne changera rien.

Ax n'avait rien à répondre, et elle préféra suivre Satele dans une réaction qui ressemblait vaguement à de l'obéissance. La personne du Grand Maître l'impressionnait plus que ses dons de télékinésie ou de télépathie. Sa rapidité et son efficacité au combat étaient incroyables. Mais elle n'avait pas fait le moindre bruit. Son visage était resté détendu, presque serein, alors qu'elle massacrait les hex. Le calme proche de la béatitude qui s'était alors dégagé d'elle trahissait une intimité avec la violence qu'Ax n'aurait jamais soupçonnée.

Pour les Sith, la violence était une forme d'art. Pour Maître Satele, elle semblait être la vie elle-même.

Cela ne correspondait pas du tout à tout ce que l'apprentie Sith savait des Jedi. N'étaient-ils pas des hypocrites suffisants, dénués d'émotions, qui combattaient uniquement quand la cause servait leurs intérêts ? Ne professaient-ils pas le mépris pour toute passion et l'impuissance pour tous ceux qui acceptaient de les écouter et de leur obéir ?

Pour la première fois, Ax entrevit la possibilité que la

sérénité abrite une force réelle et que derrière l'immobilité guette une volonté d'acier.

Quelque chose explosa dans le ravin suivant. Avant que les débris cessent de retomber, Maître Satele les entraînait toutes deux au beau milieu d'un échange de tirs entre une section de commandos retranchés et pas moins de trente hex. L'explosion ne semblait pas avoir eu beaucoup d'effets sur les droïdes tueurs. Ceux-ci combattaient avec encore plus de détermination, semblait-il. Les groupes d'assaut devraient trouver une autre méthode d'attaque s'ils voulaient atteindre le centre de coordination ennemi.

Le lieutenant de la section, un Impérial, salua leur arrivée d'un geste qui exprimait sa gratitude.

— Le major est par là, dit-elle en montrant une direction après la fin de l'escarmouche. Nous relevons des vibrations qui paraissent trahir un forage géothermique.

— Bien sûr, dit Maître Satele. C'est précisément ce qu'ils sont en train de faire. Et si le centre de coordination parvient à atteindre les couches inférieures de cette planète, il disposera de toute la puissance dont il a besoin.

— Pour faire quoi ? demanda Ax.

— C'est ce que nous ignorons, dit le lieutenant. Nous avons découvert un puits à deux avenues d'ici, mais il est puissamment défendu. Nous n'arrivons pas à approcher assez pour poser des charges.

— Nous prenons les choses en mains, déclara Ax.

— Inutile, la contra Maître Satele. Lieutenant, dites à vos hommes de se retirer. Je veux que la zone soit évacuée aussi vite que possible.

La jeune Sith n'en croyait pas ses oreilles.

— Quoi ? Vous abandonnez ?

— Pas du tout. Je laisse quelqu'un d'autre faire le travail pour nous.

Elle désigna le ciel et le transport en perdition qui fonçait sur eux.

— Oui, madame, dit le lieutenant avant de donner ses ordres avec son comlink.

Elle lança une autre série de fusées éclairantes, au cas où ses instructions n'auraient pas été identifiées et leur source localisée. Immédiatement, les commandos refluèrent, non sans tirer sur les hex qui en profitaient pour progresser.

— Que se passera-t-il si le transport ne s'écrase pas là où il faut ? demanda Ax à Maître Satele alors qu'elles bondissaient toutes deux à travers le labyrinthe.

— Je ne pense pas que ce soit nécessaire, répondit la Jedi. Si le centre de coordination effectue un forage pour accéder à l'énergie géothermique, ces puits doivent permettre d'accéder directement dans le magma. Et si l'on débranche ces puits, qu'obtient-on ?

— Un volcan, répondit-elle. Non : autant de volcans que de puits.

— Exactement. Nous pourrions anéantir le cerveau des hex d'un coup. Il serait préférable de ne pas rester dans les parages quand la chose se produira, tu ne crois pas ?

Une fois encore, Ax fut frappée par le calme de Maître Satele Shan. Comment pouvait-elle se montrer aussi confiante alors que l'île sur laquelle elles se tenaient risquait peut-être de vomir des flots de lave ? N'éprouvait-elle pas au moins *un peu* d'appréhension quant à ce qui allait se passer ?

Ax abaissa la visière de son casque pour voir le point d'impact calculé du transport. Il ne serait pas aussi proche d'elle qu'il semblait : l'île faisait deux kilomètres de large, et sa localisation donnait un endroit à la limite nord. Néanmoins, elle se mit à courir avec Maître Satele aussi vite qu'elle le put vers le sud. Elle voulait mettre autant de distance que possible entre elle et l'inévitable explosion.

Tout en bondissant par-dessus les canyons artificiels, une autre similitude entre ce labyrinthe et les circuits informatiques lui vint à l'esprit. Les murs séparant ces ravins faisaient tout au plus deux mètres de large. En conséquence, ils ne pouvaient pas abriter des pièces et des couloirs, ni rien de tel. Elle ne s'était pas encore interrogée sur la fonction qu'ils pouvaient remplir. À présent, tandis qu'elle s'élançait encore et encore dans les vagues d'air chaud, il lui apparut que ces canyons ressemblaient assez aux fines crêtes que les concepteurs ajoutaient à certains composants informatiques afin d'accroître la surface exposée à l'air. Plus grande était celle-ci et meilleur serait l'effet de refroidissement. Ils les appelaient des « dissipateurs thermiques ».

Et si l'île n'était pas le cerveau coordonnant les actes des hex, mais un énorme dissipateur thermique pour le véritable cerveau ?

Cela signifierait que les groupes d'assaut attaquaient le mauvais objectif.

Elle eut tout juste le temps de se demander si le transport en chute libre ferait la moindre différence quand il s'écrasa au loin et illumina le ciel d'un éclair bleu. Le son leur parvint une seconde plus tard. Il provenait de son entrée dans l'atmosphère, de la secousse titanesque de son impact et de son explosion. Le sol ondula sous ses pieds, et elle calcula mal son saut suivant. Alors qu'elle oscillait dangereusement au bord d'un mur, elle se sentit saisie par le bras gauche et poussée vers le sol.

Maître Satele la redressa au fond du ravin tandis qu'un déferlement d'air brûlant balayait le haut du labyrinthe. Le sol ondulait encore et encore sous elles. Ax baissa les yeux et vit des fissures qui naissaient autour de ses pieds. Ce n'était pas bon signe.

Un grondement croissant noya le retour soudain des communications, mais de toute façon elle n'aurait rien pu tirer de tous ces ordres contradictoires et autres mises en garde qui se superposaient dans ses écouteurs. Une violente bourrasque les gifla. Maître Satele l'entraîna loin de la source de ce déplacement d'air.

Dans son sillage venaient des flots de lave rougeoyante.

— Sautez ! cria Ax tout en arrachant le Grand Maître du fond du ravin.

Le mur s'écroula sous leur poids conjugué, et elles bondirent plus loin. Le labyrinthe s'effondrait tout autour d'elles, suivi pas une vague rouge née à l'endroit du crash. Les bords de cette vague progressaient à une vitesse stupéfiante, et consumaient hex et commandos en une fraction de seconde. Les volcans imaginés par Ax n'étaient rien en comparaison de ce flot silencieux à l'expansion fulgurante. La section du labyrinthe qu'elle avait explorée était déjà totalement subsumée.

Le déferlement brûlant arrivait sur elles beaucoup trop vite. Deux langues écarlates se rejoignirent devant Ax et Maître Satele, leur coupant leur meilleur chemin de fuite.

Maître Satele se retourna et tira la jeune Sith derrière elle. Il était évident qu'elle aurait pu courir plus vite si elle l'avait fait seule, mais elle n'abandonnait pas Ax à son sort. La jeune femme ne se demanda pas pourquoi, elle accepta simplement le geste, même s'il était clair qu'il les condamnerait toutes les deux.

La bande de sol stable devant elles rapetissait très vite.

— Un saut de plus et ça devrait aller, dit Maître Satele. Prête ?

Ax ne l'était pas, mais elle se refusait à l'admettre. L'espace bouillonnant à franchir était déjà trop large, et il s'agrandissait à chaque instant.

— Prête, répondit-elle.

Elles coururent et sautèrent ensemble. Pendant une seconde peut-être, elles survolèrent le labyrinthe qui sombrait, maintenues dans les airs par l'élan et la Force, et rien ne put les atteindre. Ax aurait voulu rester ainsi à jamais, dans ce lieu paisible où les forces contradictoires s'annulaient et où tout était immobile.

Mais les lois de la pesanteur eurent le dernier mot. Le sol se rapprocha trop vite, et elle hurla quand la masse rouge aveuglante de la lave parut venir à leur rencontre pour les noyer.

37

Une heure après le début de la bataille, Ula se rendit compte que trahir la République allait être beaucoup plus difficile qu'il l'avait imaginé, même dans la position privilégiée qu'il occupait, loin de toute menace. Le problème venait de la masse énorme des données envoyées du théâtre des combats et centralisées par l'*Auriga Fire*. Il était impossible de remonter à la source de toutes et de décider quelle partie isolée pouvait être manipulée au mieux pour bénéficier à ses maîtres. Il avait déjà du mal à tout recevoir, alors analyser…

Des missiles emplis d'hex avaient réparé leur bouclier orbital et donné de nouvelles armes avec lesquelles pilonner les flottes combinées, ce qui rendait très difficile tout soutien aux forces se trouvant au sol. La cible définie comme étant le centre de coordination ennemi était en feu, et le pôle dissimulé par une épaisse couche de fumée. Ula n'avait aucun moyen de savoir ce qui se passait là-bas, et la situation sur la lune n'était pas très différente. Les hex avaient été frappés encore et encore, mais sans l'envoi de troupes sur les lieux pour les affronter face à face, il était impossible de dire si l'infection avait été contenue. Chaque fois que l'alliance progressait, les créatures de Lema Xandret trouvaient moyen de riposter d'une façon inattendue et regagnaient le terrain perdu.

— J'ai verrouillé trois cibles au sol, annonça Stryver. Ce sont des relais en différents endroits de la planète.

Enfin de bonnes nouvelles.

— Envoyez les coordonnées à Kalisch et Pipalidi. Dites-leur de les anéantir.

— Nous devrions en garder une intacte, dit Jet. Comment allons-nous infiltrer leur système de communication s'ils n'en ont plus du tout ?

— Combien de temps encore avant de craquer leur encodage ?

— Je ne sais pas. Clunker a travaillé sur les protocoles de transmission et nous pouvons désormais nous faire passer pour leur centre de coordination, mais nous n'arrivons toujours pas à définir le langage qu'ils utilisent.

— Alors je ne peux pas prendre un tel risque. Nous savons qu'ils construiront de nouveaux relais de transmission de toute façon. De cette manière, nous profitons d'un avantage momentané. Et nous avons besoin de tous les avantages disponibles.

Jet coupa le système com du vaisseau pendant un moment.

— Il y a un autre motif d'inquiétude. Et si Stryver restait en dehors des combats uniquement pour craquer ces codes ? S'il réussit, il pourrait retourner les hex contre nous.

Ula n'avait pas pensé aussi loin.

— Vous avez raison, et nous ne pouvons pas prendre ce risque. Lorsque Clunker aura craqué leur encodage, nous ne lui en dirons rien.

— Avec cet atout, rien ni personne ne pourra plus *nous* arrêter, remarqua le contrebandier. Or vous ne me donnez pas l'impression de vouloir régner sur la galaxie. En revanche, pour vos maîtres, j'ai des doutes…

Ula n'avait aucun désir de régner sur quoi que ce soit. Quand on occupait le trône, il était impossible de se cacher une seule seconde. Et il n'avait pas l'intention de parler de ses maîtres, ceux qu'il prétendait avoir comme ceux qu'il servait en réalité.

— Et en ce qui vous concerne ?

La question était insidieuse, presque accusatrice, et Ula avait porté la main sur son blaster.

Jet éclata de rire.

— Quoi, vous pensez que j'accepterais de renoncer à ma vie remplie d'insouciance ? Je ne crois pas, l'ami. Il y aurait bien trop de paperasserie pour moi.

Un nouveau voyant rouge se mit à clignoter.

— Lancements multiples, grogna Jet, toute hilarité oubliée. Depuis la planète mais aussi la lune, cette fois…

Il se tut et examina les écrans un moment.

— Quelque chose vient dans notre direction. Leur centre de coordination a dû nous repérer et trouver que nous restions bien trop inactifs et discrets. Il est temps de dégager de là.

Ula notifia aux dirigeants de la flotte unifiée qu'il était pris pour cible et qu'il changeait donc d'orbite. Le *Commenor* accusa réception du message immédiatement, sans pour autant proposer un quelconque soutien tactique. Le *Paramount* ne répondit pas, mais il envoya une escadrille d'intercepteurs.

— Négatif, négatif, dit Jet au chef d'escadrille. Retournez au combat. Nous allons nous débrouiller, et en cas de problème nous vous recontacterons.

— Les ordres du colonel étaient très précis, lui fut-il répondu. Nous ne devons pas vous perdre de vue.

La phrase avait une connotation menaçante qu'Ula jugea intentionnelle.

— Kalisch, virez vos chiens de garde, dit Jet au *Paramount*. J'ai des choses plus importantes qui me posent souci. Pas besoin de m'inquiéter en plus de vos as à la gâchette facile.

— Passez-moi le directeur.

Pas de nom, remarqua Ula. Juste un titre.

— Colonel, dit-il, ici le directeur Vii. Vos forces sont requises ailleurs. Nous devons percer ce bouclier défensif pour avoir accès aux régions polaires…

— Dark Chratis vous a expliqué la situation, l'interrompit Kalisch. Je me dois vraiment d'insister.

Ula ferma les yeux. Ils conversaient sur une fréquence ouverte. S'il se pliait aux souhaits du colonel, cela reviendrait à reconnaître qu'il favorisait les Impériaux ou au moins qu'il les laissait l'influencer. Et le moment était mal choisi pour se dévoiler.

— Négatif, colonel. Je vous ai conseillé de diriger vos chasseurs ailleurs. Rappelez-les ou je me verrai obligé d'interpréter vos intentions comme hostile et je devrai demander l'assistance du capitaine Pipalidi.

Une fois de plus, le *Paramount* ne se manifesta pas, mais lui et ses vaisseaux d'escorte infléchirent leur course.

Ula s'essuya le front d'un revers de manche. Non seulement il ne réussissait pas à trahir la République, mais il était maintenant forcé de défier un officier supérieur de la flotte impériale.

— Pourquoi faites-vous ça, je vous le demande une fois encore ?

— Ça me dépasse, avoua Jet. Officiellement, j'espère toujours tirer un profit de toute cette affaire, mais ça semble de moins en moins probable.

— C'est vraiment tout ce qui vous intéresse, le profit ? lança Ula, que les prétentions du contrebandier irritaient subitement.

— Pourquoi pas ? rétorqua Jet.

— Je pense que vous ne vous rendez pas service. Si on savait ce que vous et votre vaisseau pouvez réellement faire…

— Plus personne ne me laisserait jamais me poser nulle part. Si l'on me prend pour un vagabond incompétent, ça me laisse de la marge. Comme avec Tassaa Bareesh. Si elle avait su que je pouvais récupérer mon vaisseau quand je le voulais, elle ne m'aurait pas laissé traîner pour voir ce qui se passait. Et si je n'avais pas traîné pour voir ce qui se passait, je ne serais pas ici. D'accord, la situation actuelle n'est pas vraiment confortable, mais ça pourrait changer. La vie est pleine de surprises. Je suis sûr que nous trouverons quelque chose à tirer de notre chapeau.

— Ça me semble malhonnête.

— Vous pouvez parler…

Ula se hérissa.

— Que voulez-vous dire ?

— Allons, l'ami. Je sais qui vous êtes. Je l'ai su à la seconde où je vous ai vu. Pourquoi croyez-vous que je vous ai proposé de boire un verre ?

Ula sortit son blaster et le braqua sur Jet.

— Dites-moi donc ce que vous pensez que je suis.

— Je pense que vous êtes un homme plus courageux que vous ne le montrez, répondit le contrebandier sans broncher. Pour vos supérieurs, vous n'êtes qu'un pion. Pour vos ennemis, vous êtes pire que malveillant. Vous êtes déchiré entre votre volonté de faire votre boulot et la nécessité de le garder secret. Ça vous rend dingue, mais vous ne pouvez vous confier à personne. Vous devez taire tout ça, et personne ne se rend compte à quel point c'est dur pour vous. Les types comme nous sont censés continuer sur notre lancée parce que, si nous trébuchons, nous n'avons rien pour nous rattraper. Nous travaillons sans filet.

— Je n'ai rien en commun avec vous, lâcha Ula, l'air outré.

— Nous sommes bien plus semblables que vous le pensez. J'ai été un pion, moi aussi, et récemment. Pourquoi croyez-vous que je travaille comme corsaire ? Pas pour la joie que ça me procure, je vous le dis.

— Vous n'avez aucun principe, vous êtes un être immoral.

— Heureux de savoir que c'est ce que vous pensez, parce que ça prouve que ma couverture est efficace.

— Ce que vous dites n'a aucun sens ! Pourquoi me racontez-vous tout ça ? Vous voulez que je vous abatte ou quoi ?

— Je veux que nous continuions à travailler ensemble exactement comme nous l'avons fait jusqu'à maintenant.

— Et je suis supposé faire *quoi* ?

— Pour commencer, vous pourriez poser ce blaster avant que je dise à Clunker de vous le prendre.

Ula le regarda pendant un long moment. Ils avaient une bataille à orchestrer, et qu'est-ce qui avait vraiment changé ? Jet aurait pu révéler le secret à tout moment – tout comme Ula aurait pu révéler celui du contrebandier, ce qui les mettait à égalité. Rien n'expliquait leur affrontement présent, sinon sa propre incertitude, ses propres doutes. Si Jet le trouvait courageux, il était peut-être temps d'assumer ce courage.

— Très bien.

Il baissa son blaster. Clunker, qui s'était approché sans que l'informateur le remarque, recula tout aussi silencieusement.

— Merci, fit Jet avec un sourire. Vous savez ce qui est le plus bizarre ? Je n'arrive pas à savoir pour quel camp vous travaillez. Je veux dire, je sais comment c'est supposé se passer, mais dans la réalité vous me laissez dans le brouillard. De ce que je constate, vous essayez simplement de faire ce qu'il faut.

Plusieurs alarmes se déclenchèrent en même temps.

— Aïe, grogna le contrebandier en recouvrant tout son sérieux. Voilà ce qui arrive quand on est trop négligent.

Ula consulta en hâte la télémesure. D'autres lancements. D'autres agglomérats d'hex qui se formaient, avec pour cibles les vaisseaux de la flotte unifiée. Toujours aucune bonne nouvelle parvenant du sol, et rien du tout sur Larin ou sa section. Une escadrille composée de chasseurs de l'Empire et de la République avait connu quelques désaccords internes dont avait résulté un échange de tirs, et un vaisseau de largage Turbodyne 1220 avait percuté un NR2 de la République pendant un assaut. Des récriminations furieuses étaient proférées par les deux camps, et ni le capitaine Pipalidi ni le colonel Kalisch ne répondaient aux appels.

— Et maintenant ? demanda Ula.

— Eh bien, si nous ne déguerpissons pas d'ici en vitesse, je propose que nous consacrions toute la capacité de nos esprits créatifs à trouver un moyen de survivre.

— Attendez une minute. Où est Stryver ?

— Je ne le vois pas. Il pourrait se trouver sur la face cachée de la lune, ou…

Un bip d'urgence se joignit à la cacophonie stridente des autres alarmes. Ula vit avec stupéfaction le bouclier défensif des hex s'ouvrir.

— Ils nous laissent passer ?

— Je ne parierais pas un crédit dessus.

Dans l'espace dégagé apparut l'appareil en croissant de lune de Stryver, qui s'éleva rapidement à la verticale.

— Qu'est-ce qu'il fait là ?

— Il s'enfuit, à mon avis.

Dans le sillage du Mandalorien montait un monstre surgi du cœur de la planète.

38

Larin ignora le hurlement des alarmes et la lumière rouge clignotante des voyants qui emplissait la visière de son casque. Le tir malheureux ne semblait pas avoir endommagé l'alimentation de son rétropropulseur, mais ses gyroscopes étaient complètement détruits. Si son plan de sustentation avait été intact, il aurait au moins permis de la stabiliser, mais il était en lambeaux. Agitant follement bras et jambes dans le vide, elle ne contrôlait plus rien.

Elle refusait de s'avouer vaincue. Il devait bien exister un moyen d'orienter le rétropropulseur selon le bon angle et de terminer sa chute dans des conditions supportables.

La première chose : reprendre le contrôle manuel du système. Celui-ci était accroché dans son dos, mais en desserrant son harnais elle se tortilla et réussit à le faire passer devant elle. Le bruit était assourdissant. Elle assombrit la visière de son casque pour ne pas être éblouie par les jets incandescents.

Au moins elle avait toujours ses instruments. Il était difficile d'obtenir une lecture correcte de l'altimètre, elle ne pouvait donc déterminer le temps qui lui restait, mais la température extérieure était un bon indicateur : bien en dessous de zéro. La moindre partie de son corps exposée gèlerait quasi instantanément. Mieux valait agir vite, donc.

Elle ôta son gant gauche et, avec les doigts artificiels de la prothèse, elle tira sur le boîtier du propulseur. Il se détacha et tomba derrière elle – en dessous ou au-dessus, elle n'aurait pu le dire. L'horizon tournoyait continuellement autour d'elle, et ce seul spectacle l'étourdissait.

Elle se concentra sur le câblage intérieur du propulseur. De la vapeur siffla dans l'air raréfié. Par chance, ses doigts artificiels n'étaient pas plus affectés par la chaleur que par le froid. Le rétropropulseur était un appareil assez simple, conçu pour être solide plutôt que polyvalent. Il y aurait un tas de sécurités et de dispositifs d'annulation, mais elle n'avait pas à s'en soucier. Elle cherchait uniquement le commutateur commandant la marche et l'arrêt de l'ensemble.

Une traction sur un composant eut l'effet désiré. Soudain, tout se figea, et elle ne pesa plus rien. Le monde autour d'elle continuait de tourner, mais au moins il ne changeait pas de direction trois fois par seconde. Maintenant qu'elle l'observait, elle constata qu'il s'était beaucoup rapproché. Beaucoup trop à son goût.

Mais ce n'était pas le plus important. Pour l'instant, il lui fallait corriger sa vrille. Elle compta furieusement, estima le réglage adéquat plus d'instinct que par calcul puis enfonça ses doigts artificiels à l'intérieur de l'engin pour le rallumer, juste pendant une seconde.

Elle fit un saut de carpe dans l'air et partit en glissade. Trop fort, trop longtemps. Il fallait qu'elle soit plus précise. Elle recommença le tout, cette fois avec un peu plus de réussite. Elle tombait toujours, mais pas assez vite pour que l'air qui se densifiait ne puisse exercer un effet stabilisateur. Elle écarta bras et jambes jusqu'à chuter de façon contrôlée, tête la première.

Le complexe occupant le pôle de la planète se précipitait vers elle à une vitesse effrayante. Elle activa le rétropropulseur et le régla à son maximum en luttant sans cesse pour le pointer directement vers le sol. Le plus petit écart d'orientation risquait de la faire basculer à l'envers, et tout serait à recommencer. Elle serra les dents et tint bon.

Lentement, progressivement, son plongeon ralentit.

Elle eut le temps d'étudier la zone vers laquelle elle chutait. C'était une vaste plaine sans relief, sillonnée de tous sens de fissures profondes qui paraissaient trop rectilignes pour être naturelles. *Une porte*, telle fut sa première pensée, l'accès à ce qui se trouvait dans les profondeurs. Tout autour étaient installées des batteries, toutes pointées vers d'autres cibles, heureusement. Il était déjà assez difficile d'arriver en ligne droite sans devoir en plus esquiver des projectiles. Elle avait envie de regarder derrière elle pour voir où étaient les autres, mais ce seul mouvement aurait pu bouleverser son équilibre précaire.

Elle tombait de moins en moins vite, jusqu'à atteindre environ la vitesse d'une course à pied. Le sol n'était plus qu'à quelques dizaines de mètres. Elle commença à se sentir soulagée. En dépit des probabilités, elle allait s'en sortir !

Avec un toussotement tremblotant, le rétropropulseur dévora sa dernière goutte de carburant et s'éteignit.

— Non ! s'écria-t-elle.

Mais les mots ne suffisaient pas. Elle se remettait à chuter de plus en plus vite. Encore quelques secondes et elle s'écraserait à la surface de Sebaddon.

Des bras puissants se refermèrent autour de sa poitrine. Avec un hoquet de surprise, elle se sentit étreinte et tirée en arrière. Elle ne pouvait voir ce qui s'était passé, mais elle reconnut les gants qui agrippaient le devant de sa combinaison. Un modèle standard de la République. Le rétropropulseur appartenant au propriétaire de ces gants gémit sous la contrainte, mais il les ralentit suffisamment pour qu'il touche le sol en un roulé-boulé acceptable au lieu de s'y fracasser.

Larin ne pouvait croire à sa chance. Elle se releva sans grâce et aida son sauveur à se débarrasser de son engin et du plan de sustentation. Elle découvrit alors le visage de Hetchkee.

— Je ne pouvais pas vous laisser comme ça, dit-il simplement. Mourir à cause d'une avarie dans l'équipement, c'est inexcusable.

— Merci, dit-elle, et jamais sans doute elle n'avait prononcé ces deux syllabes avec autant de conviction. Qu'est-il arrivé à Jopp ?

— Il m'a appelé à la rescousse. Vous ne l'avez pas entendu ?

Elle ne l'avait pas entendu, en effet, mais elle n'insista pas. Elle avait été quelque peu occupée sur le moment. L'important était qu'elle ait survécu. Tant que Jopp resterait dans son coin, ils n'auraient pas besoin de se parler, en particulier de son hésitation qui avait failli coûter la vie à la jeune femme.

Elle remit le gant sur sa prothèse noircie par la chaleur et le froid.

— Bon. Nous avons un regroupement à effectuer et quelques hex à descendre. Une idée du point de chute des autres ?

Ils coururent ensemble au point de rendez-vous et durent en chemin sauter par-dessus deux crevasses. Elles avaient été creusées mécaniquement dans la surface pareille à du ferrociment, le doute n'était maintenant plus permis. Si ce n'étaient pas les bords d'une porte énorme, alors il pouvait s'agir de canaux. Mais à quoi auraient-ils servi ? L'eau aurait immanquablement gelé. Et si c'étaient des routes destinées aux hex, elle n'en vit aucun là.

Le point de rendez-vous était le théâtre d'une fusillade nourrie. Des commandos de la République et de l'Empire s'étaient retranchés à l'endroit prévu et plaçaient des charges ou effectuaient des tirs de couverture avec l'espoir de neutraliser les canons à portée. Le major Cha aboyait ses ordres malgré le système com défectueux pendant que les bombardements pleuvaient. Les droïdes de combat impériaux progressaient pesamment sur le champ de bataille en un alignement parfait et crachaient leurs projectiles sur des cibles plus éloignées. Larin n'avait pas encore pris conscience de la taille incroyable de l'usine principale. Maintenant qu'elle se tenait à son sommet, elle pouvait en apercevoir les bords.

— Moxla ! Prenez une section et mettez la tour numéro 5 hors d'état. J'enverrai quelqu'un vous chercher une fois que ce sera fait.

— Bien, monsieur.

— Il était difficile de différencier les sections les unes des autres, et elle agrippa un sergent qui passait pour l'accompagner avec ses hommes sur cette mission. C'était un membre des forces impériales, mais en l'occurrence cela n'avait pas d'importance. Au sol et sous le feu ennemi, tous les commandos étaient à la même enseigne.

Plusieurs traîneaux de ravitaillement s'étaient posés non loin de là, et elle alla prendre tous les lanceurs et toutes les charges qu'elle pouvait emporter. Flanquée du sergent et de sa section, elle parcourut à grandes enjambées l'étendue plate en surveillant soigneusement l'orientation de la batterie ennemie. À un moment ou à un autre, on finirait par remarquer leur approche.

Elle arriva à une autre fissure et se laissa tomber à l'intérieur. La profondeur en était juste suffisante pour qu'en s'accroupissant elle reste hors de vue. Elle en suivit le parcours avec les autres jusqu'à ce qu'ils se trouvent assez près. Elle ordonna alors à la section de faire halte.

— Prenez les pièces de ces lanceurs et assemblez-les. Sergent, je veux que trois de vos meilleurs tireurs aillent un peu plus loin pour effectuer un tir de diversion. Trois autres rebrousseront chemin pour faire la même chose de l'autre côté. Déployez-vous et espacez vos tirs. Je veux que l'ennemi soit occupé.

— Compris.

Les lanceurs étaient légers et d'un montage facile. Ils furent prêts en un instant. Tandis que des tirs dispersés visaient la tour, des projectiles plus puissants l'attaquaient à intervalles réguliers, enveloppant ses niveaux supérieurs d'une épaisse fumée noire.

Mais l'ennemi continuait de tirer.

— Vous, et vous, dit Larin en désignant au hasard deux soldats. Avec moi.

Elle saisit une ceinture d'explosifs et bondit hors de la tranchée. Les commandos suivirent et tous trois coururent aussi vite qu'ils le pouvaient pour rejoindre la base de la tour. L'ennemi était très occupé à localiser des cibles multiples. Avec un peu de chance, ces trois-là passeraient inaperçus.

Ils avaient couvert la moitié de la distance quand ils furent repérés. L'homme sur la droite de Larin s'effondra, le torse explosé par des décharges pourpres. Avec l'autre commando, elle plongea sur la gauche, et les tirs suivants passèrent loin d'eux. Puis l'ennemi s'en prit de nouveau aux lance-grenades, ce qui leur permit d'arriver sans encombre au pied de la tour. Celle-ci était large de dix mètres et aussi solide qu'une montagne.

Elle donna les charges au soldat.

— Tous les deux mètres, réglées pour exploser sur mon ordre, précisa-t-elle.

Il hocha la tête et s'éloigna du côté opposé. Quand ils se rejoignirent, ils se reculèrent le plus possible et s'allongèrent à plat ventre. L'ennemi ne semblait pas les avoir remarqués. Il tirait en l'air, sur un objectif qu'elle ne pouvait voir.

Elle enfonça la commande de mise à feu, et les explosions projetèrent des débris au-dessus de leurs têtes. Le sommet de la tour s'inclina et commença à tomber.

Puis un éclair beaucoup plus violent fusa derrière eux, et le sol en ferrociment leur parut onduler sous eux. Larin regarda en arrière et vit un gros champignon de fumée qui s'élevait du point de rendez-vous. L'endroit avait été frappé par une arme beaucoup plus destructrice que celles utilisées par les hex. Soit les droïdes de Xandret avaient évolué une fois encore, soit ils avaient abattu un objet volant en pleine course. Peut-être était-ce ce que la batterie visait avant qu'elle la détruise : le bombardement, dévié juste assez pour aller frapper les forces d'invasion.

La poussière soulevée allait mettre un temps infini à se déposer au sol, mais au moins les communications étaient devenues plus claires. Elle se releva et ordonna à tous les officiers de faire leur rapport.

Hetchkee prit la parole depuis l'autre côté de l'usine, ainsi qu'un lieutenant de l'Empire. Personne d'autre. Pas de major Cha.

Une forme argentée transperça les nuages et brilla un court instant dans le soleil.

— C'est vous, Stryver ? appela-t-elle. Dites-moi ce que vous voyez de là-haut.

— Une des sources principales se trouve juste sous vos pieds, répondit le Mandalorien. Pourquoi la placer aussi loin du centre de coordination ?

Elle n'avait pas de réponse à cette question, et des parasites brouillèrent de nouveau la communication avant qu'elle ait le temps de lui demander autre chose.

Elle fit signe au commando de la suivre et regagna la tranchée. Le reste de la section s'était regroupé et tous rangeaient les lanceurs en prévision d'un déplacement imminent vers un autre objectif. Larin ne savait pas lequel serait le prochain. Devait-elle continuer à détruire ces tours ? Ou essayer de retrouver les autres ? Sans le major Cha, il allait être difficile d'assurer la coordination des survivants.

Alors qu'elle passait en hâte les options s'offrant à elle, la surface noire au fond de la tranchée *bougea*. Elle baissa les yeux et vit une ondulation passer dans la matière caoutchouteuse tapissant le fond. Il y eut un deuxième mouvement, puis un grondement monta des profondeurs.

— On se remue, dit-elle au commando. Si tout ça est une sorte de porte, alors…

Le monde se déroba sous elle avant qu'elle ait terminé

sa phrase. Elle réussit *in extremis* à saisir le bord de la tranchée. La surface noire s'était dissoute, comme si sa structure moléculaire était subitement passée du solide au liquide. Deux soldats disparurent dans les ténèbres en tirant n'importe où. Les détonations cessèrent après moins d'une seconde.

Larin se hissa hors de la tranchée sans fond. Un autre grondement secoua l'air. Les parois opposées s'écartèrent brusquement. De dix, puis vingt mètres. Elle se tenait avec la moitié de sa section au bord d'un vide qui ne cessait de s'agrandir. De l'autre côté, le reste de ses hommes disparaissait au loin.

Le toit se dépliait, des segments étroits le composant glissaient dans des renfoncements profonds situés sur son pourtour, tandis que des quantités d'un air chaud s'élevaient du gouffre créé. Des volutes de brouillard se formèrent et se mêlèrent à la fumée pour créer des formes étranges autour d'elle. Elle regarda en bas et aperçut quelque chose d'énorme et de flou qui semblait s'éveiller. Quoi que ce soit, les hex avaient dû travailler sans arrêt à sa naissance, puisant dans les ressources prodigieuses en métal et en énergie de ce monde.

— Qu'est-ce que c'est que ce truc ? demanda un des commandos assez fort pour être entendu en dehors du système com.

— Je ne sais pas, avoua-t-elle. Mais on dirait des répulseurs, là, sur son pourtour.

— C'est un vaisseau, avec cette forme ? Où sont les moteurs ?

Une pensée folle vint soudain à Larin.

— Peut-être qu'il n'y en a pas.

Les soldats la regardèrent comme si elle s'était mise à délirer.

Le segment de toit sur lequel ils se tenaient approchait du bord.

— Nous ne pourrons pas rester ici encore très longtemps,

dit-elle à ce qui restait de sa section. Je vous conseille de vous préparer à sauter.

— On saute là-dessus ? dit un commando en pointant l'index sur la chose qui montait vers eux.

— Je pense que c'est une station orbitale, dit-elle. Je pense donc que nous ne descendrons pas longtemps.

39

Shigar se débarrassa du harnais de son rétropropulseur et contempla d'un regard horrifié l'étendue d'un rouge éclatant du lac bouillonnant où aurait dû se trouver son point d'atterrissage. Il avait observé la descente précipitée vers l'équateur du transport, tandis qu'il suivait dans son sillage. Sa chute avait créé une onde de choc à travers tout le labyrinthe, lequel avait paru ondoyer avant de disparaître dans le liquide sous lui. Tous ceux qui étaient présents au sommet du labyrinthe avaient été engloutis. Seuls les derniers arrivés se tenaient encore sur le bord du cratère et contemplaient le désastre qui signait la mort de tous leurs espoirs.

Maître Satele s'était trouvée dans le labyrinthe, quelque part, avec Eldon Ax. Shigar avait bien tenté de joindre son Maître par le système com et grâce à la Force, mais il n'avait obtenu aucune réponse. Il n'apercevait que des hex, qui nageaient dans les flots rouges incandescents, apparemment sans connaître aucun dommage. Trois batteries épargnées tiraient sur tous ceux qui se trouvaient à portée, mais sans beaucoup de réussite.

Dark Chratis avait plongé avec lui et il s'était posé non loin.

— Non seulement je vais devoir chercher un nouvel apprenti, dit le Seigneur Sith qui tenait son sabre laser rouge comme la hampe d'un drapeau, mais il semble aussi que tu aies besoin d'un nouveau Maître.

Shigar avait là une cible parfaite pour son chagrin et la colère.

— Tout ça est votre faute, dit-il en se détournant de ce spectacle de désolation pour affronter l'ancien ennemi de l'Ordre Jedi.

— Pas la mienne, mon garçon.

— Celle de l'Empereur, alors, avec tous ses rêves de meurtres et de domination, lui qui se fraie un chemin à travers la galaxie en massacrant.

— Je ne vois pas l'Empereur ici. Et toi ?

— Vous vous moquez de moi.

— Parce que tu le mérites, mon garçon. Tu es naïf et protégé à cause des absurdités dont tes Maîtres t'ont nourri. Le vrai visage de l'univers t'effraie et tu retombes dans ces absurdités pour expliquer ta peur. Seul un enfant ferme les yeux quand il est apeuré. Regarde donc autour de toi et grandis.

Shigar sentit les poils de sa nuque se hérisser, alors même qu'il le savait, c'était la réaction que Dark Chratis espérait provoquer chez lui.

— Vous ne pouvez nier que les Sith ont enlevé Cinzia Xandret à sa mère et que c'est ce qui nous a menés ici.

— Lema Xandret était une scientifique d'exception, et folle. C'est elle qui est coupable, Shigar. Ou Stryver, pour ne pas avoir laissé les choses en l'état. Ou toi.

— Moi ? Et qu'ai-je fait ?

— C'est toi qui as soumis toute cette histoire à l'attention de ton Maître.

— Reculez.

Shigar activa la lame de son sabre laser. Dark Chratis se rapprochait beaucoup trop. Le rouge de sa lame répondait à celui de la lave et du ciel embrasé au-dessus d'eux. Shigar avait l'impression que l'univers entier était noyé dans le sang.

Le Seigneur Noir s'arrêta à cinq pas de lui, et un sourire de mépris amusé joua sur son visage de momie.

— Accuse l'Empire de tous tes problèmes, s'il le faut, dit-il. Accuse l'Empire dans son intégralité. Si tu en avais l'occasion, expliquerais-tu à tous ses membres comment ils se sont autant fourvoyés ? T'adresserais-tu aux Sith et aux Ministres, aux simples soldats, aux espions ? Je crains qu'ils ne t'écoutent pas, pas même ceux que tu peux croire de ton côté : les opprimés, les déchus, les dissidents. Ils sont moins nombreux que tu l'imagines, vois-tu. Et pour tous les autres, *tu* es l'ennemi. Toi et tes Jedi, ainsi que votre Sénat. Ils maudissent votre nom comme tu maudis le nôtre, à cause des êtres chers qui ont péri de vos mains, des biens volés par vos corsaires, des nombreuses épreuves qu'ils ont subies. Vous ne les gagnerez jamais à votre camp par vos belles paroles, vos absurdités, et au final vous serez obligés de les tuer tous. Qu'en dis-tu, Padawan ? Te vois-tu devenir le plus grand boucher de l'histoire de la galaxie ? Si ce n'est pas le cas, peut-être devrais-tu y réfléchir, parce que c'est le chemin que tu suis actuellement. Toi et l'Empereur… Vous n'êtes pas différents. Pas différents du tout.

— Vous mentez…

Shigar avait reculé, quoique Dark Chratis n'ait fait aucun mouvement. Le poids de ses paroles était une menace suffisante.

— Cette litanie creuse ne te protégera pas maintenant, mon garçon. Elle ne te protégera pas de toi-même.

— Nous vous combattons parce que vous êtes le Mal. Parce que vous êtes les esclaves du Côté Obscur.

— Tous ces milliards d'individus ? Si seulement les Sith étaient aussi nombreux…

— Vous les avez séduits, trompés, vous avez faussé leurs pensées. Ils vous obéissent parce qu'ils ont peur de vous.

— La République est si différente ?

— Nous avons des lois, des protections contre les abus de pouvoir…

— Nous avons des lois, nous aussi, quelque peu différentes des vôtres, il est vrai, et l'Empereur est notre protecteur ultime. Il ne peut y avoir aucune erreur judiciaire sous sa férule, car sa parole est la loi. Où est ta précieuse justice sur Coruscant ? Comment la République a-t-elle tiré avantage des tâtonnements ineptes de vos chefs ?

Quelque chose s'épanouit comme une fleur dans l'esprit de Shigar, quelque chose qui se renforçait et se densifiait dans ces heures sombres. Il avait l'impression que des années d'histoire se condensaient en cet instant : la réapparition de l'Empire et des Mandaloriens ; le sac de Coruscant et le fragile traité qui l'avait restauré pour en faire une République gravement diminuée ; l'Annexion de Kiffu et la soumission de ses habitants.

Tout se réduisait à lui et Dark Chratis.

— Vous êtes la source de tous les malheurs qui ont frappé la galaxie, dit-il. C'est pourquoi nous vous combattons. La guerre est inévitable, exactement comme les gens le disent. Il ne peut y avoir de paix durable.

— Tu nous ressembles plus que tu ne veux bien le reconnaître, rétorqua le Seigneur Sith d'un ton venimeux. Je t'offre la vie sauve, mon garçon. Rejoins-moi et deviens mon apprenti, je t'ouvrirai enfin les yeux sur la réalité des choses. Il ne peut y avoir de paix, parce que la paix est un mensonge. La force ne vient que du conflit, et pour qu'il y ait conflit, il doit exister un ennemi. C'est là la vérité qui se cache derrière les enseignements de tes Maîtres. Admets-la, fais-la tienne, et tu comprendras pourquoi tu ne pourras jamais les servir.

Shigar raffermit la prise de ses deux mains sur son sabre laser.

Les yeux profondément enfoncés de Dark Chratis brillèrent. La pointe de son arme ne bougea pas d'un millimètre.

Le Jedi la surveillait de près et guettait le premier coup.

Le Seigneur Sith éclata de rire.

— Tu penses que j'ai l'intention de te tuer maintenant, mon garçon ? Tu l'as oublié : nous avons conclu une trêve.

À moins que toi, tu aies l'intention de m'attaquer, et que je me retrouve dans l'obligation de me défendre…

— Je devrais le faire. Toute alliance avec les Sith est condamnée de par sa nature même. Maître Satele Shan n'aurait jamais dû l'accepter.

— C'était sa suggestion, ne l'oublie pas. Et vois-tu comment elle t'a piégé ? Obéis-moi, et la trêve demeurera valide. Attaque-moi, et la trêve est rompue. (Le Sith rit encore brièvement.) Quel sera ton choix ?

Shigar était très près de passer à l'action. Il en ressentait le besoin qui incendiait chacun de ses muscles, chacun de ses nerfs. La Force était là, prête. Elle emplissait ses veines telle une lave brûlante.

Il pensa à Larin lui disant qu'il réfléchissait trop.

Son sabre laser jaillit en avant comme s'il était animé d'une volonté propre, dans un bourdonnement presque ravi. Leurs lames s'entrechoquèrent une, deux, trois fois, et le Sith recula d'un pas.

— Oui, excellent…

Shigar ne le laissa pas parler, puis il accentua la pression avec une autre série de coups en restant léger sur ses pieds pour parer les ripostes inévitables. Il sentait par chaque respiration, chaque pore de sa peau ce qu'il devait faire. Ils évoluèrent ainsi au bord du cratère, à la vue des survivants des forces d'attaque. Aucun signal ne fut lancé, aucun ordre d'abandonner l'alliance. Les communications étaient coupées, et c'est pourquoi l'assaut commun sur Sebaddon se poursuivit.

Dark Chratis répliqua par un enchaînement de frappes vicieuses et téméraires qui firent perdre à Shigar le terrain conquis, et plus encore. Il se défendit avec son arme uniquement, car il savait qu'il perdrait si ce duel versait dans l'utilisation débridée de la télékinésie et des autres pouvoirs de la Force. C'était pourtant inévitable. Son seul espoir était une erreur prématurée de son adversaire, ce qui pourrait lui donner un avantage décisif. Mais même dans cette éventualité, la victoire serait difficile. Les Sith ne mouraient pas facilement.

Les Jedi non plus, se dit-il, alors même que la sueur coulait dans ses yeux.

Il se débarrassa de son casque qu'il lança au loin. Autant combattre sans entrave.

— Tu commences à fatiguer, commenta le Seigneur Sith. Ta détermination vacille. Je le sens. Tu sais que jamais tu n'auras le dessus sur moi de cette façon. Ton seul espoir est de puiser dans ton cœur cette colère qui l'habite, comme nous le savons tous deux.

— La colère ne sera jamais mon maître.

— Pense au Grand Maître. Pense à ta planète natale et à tous ceux qui ont péri là-bas. Dis-toi que c'est moi qui les ai massacrés, et cherche la force que cette idée te donnera.

— Vous n'avez rien à voir avec Kiffu.

— Ah, vraiment ?

Shigar continuait de combattre et rendait coup pour coup. La lame rouge coupa trois centimètres de sa natte. Il marqua d'une entaille brûlante la joue du Sith.

— Tu ne peux pas combattre sans le Côté Obscur.

Shigar fit taire ses pensées et ses sentiments. Il n'était plus que sa lame. Il n'était plus que la Force.

— Tu ne peux pas *vaincre* sans le Côté Obscur.

Dark Chratis envoya une vague d'éclairs dans l'espace qui les séparait. Shigar tenta de l'arrêter avec son arme. Le choc remonta dans la lame, la poignée, puis dans son bras droit. La douleur fut semblable à la morsure de l'acide, bien plus puissante et insidieuse que la décharge avec laquelle Eldon Ax l'avait frappé sur Hutta. Elle ne fut pas seulement douloureuse. Elle entama sa détermination, le poussa à combattre le feu par le feu, à utiliser les propres armes du Seigneur Sith contre lui, en contradiction avec les conseils de son propre Maître. S'il ne le faisait pas, il mourrait très certainement.

Il tomba à genoux, et un cri naissant fit vibrer ses dents serrées.

Pourquoi ne t'a-t-elle pas mis en garde ? Le doute dans son esprit avait une voix à présent. Ton Maître voit dans le futur, alors pourquoi ne t'a-t-elle pas prévenu de tout ceci ?

Parce qu'il n'y avait rien qu'elle ait pu faire pour l'empêcher. Voilà pourquoi. Ses enseignements sont plus faibles que ceux des Sith, et elle le sait. Comme elle sait que les Jedi perdront cette guerre inévitable qui se profile à l'horizon. Elle sait que l'Empereur sera vainqueur. En te cachant ce secret, elle a signé ton arrêt de mort.

Elle t'a menti, exactement comme le Haut Conseil t'a menti. Ils n'ont que faire de la justice. Ils sont corrompus, et faibles.

Il te suffit de leur tourner le dos, et tu vivras.

L'éclair de Dark Chratis traversa le corps de Shigar et redescendit dans sa main gauche. Là, il se concentra en une boule d'un éclat aveuglant, qui n'attendait que d'être lâchée.

Frappe-moi, dit la voix, *et relève-toi plus fort que jamais.*

— Meurs, dit Shigar d'une voix qui ne semblait pas être la sienne. Meurs !

Il leva la main, mais Dark Chratis ne le regardait même pas. Son attention avait été happée par l'ombre qui venait de tomber sur eux. La chose qui la portait était énorme, comme un point de la taille d'une cité qui s'élevait lentement du lac. La lave s'en écoulait comme de l'eau.

Le choc fut si intense que l'éclair du Sith concentré dans la main de Shigar se dissipa. Il en fut de même du reste, et même de la douleur. Le Padawan comprit alors, avec une clarté aveuglante, qu'il avait été la source de tout ce phénomène depuis que l'éclair de Dark Chratis l'avait frappé. La voix qui murmurait dans son esprit – et les doutes qu'elle exprimait – n'avait été que la sienne.

Son sabre laser gisait en plusieurs morceaux noircis devant lui. Sa combinaison empestait la fumée.

Il se remit debout. La chose surgie du lac planait au-dessus d'eux. Elle ne s'élevait plus. Elle occupait simplement le ciel. Le son qu'elle produisait était profond et puissant, pareil au chant d'un grand cétacé hantant les profondeurs d'un océan. Et ce son était comme un appel à comparaître lancé dans le langage des mondes.

Un petit point argenté se déplaçait dans le ciel : l'appareil de reconnaissance de Stryver. Au-delà, on apercevait la constellation brillante des deux flottes. Des éclairs de lumière dansaient parmi les vaisseaux, indiquant des tirs. Shigar n'aurait pu dire s'ils visaient des hex ou s'ils cherchaient à s'entre-détruire.

Il baissa les yeux sur ses mains. Ses gants avaient complètement brûlé, mais ses doigts et ses paumes étaient indemnes.

C'est le chemin que tu dois suivre, dit Maître Satele dans son esprit. La même formule qu'elle avait utilisée sur Coruscant.

Shigar faillit sangloter de désespoir et de triomphe mêlés. Elle était vivante, mais qu'est-ce que cela changeait pour lui ? Était-il souillé par le Côté Obscur, même s'il n'avait pas physiquement frappé Dark Chratis ? Maître Satele avait-elle toujours su qu'il en arriverait là, sans jamais le mettre en garde ?

Une fois encore, il pensa à Larin qui lui disait quelle chance il avait d'être sorti de l'obscurité pour suivre une formation de Jedi et entrer dans l'Ordre. Il l'avait même crue, et il avait trouvé de la force dans la certitude que son Maître et le Haut Conseil seraient toujours là. *Quoi qu'il arrive aujourd'hui, tu retourneras à la vie que tu connais.*

Plus maintenant.

La galaxie est peinte en noir et blanc, se dit-il, et il ressentit la vérité de cette pensée au plus profond de son être. *Mais vu d'assez loin, tout semble gris.*

40

D'épais courants rouges entraînaient irrésistiblement Ax vers le bas, et elle était ballottée comme une cellule de sang lors d'une attaque cardiaque. Maître Satele serrait son poignet si fort qu'elle craignait que ses os se brisent, et elle agrippait la Jedi avec tout autant de force. Elle ne voyait rien en dehors de l'affichage sur la visière de son casque et n'entendait que les alarmes. Les spécificités techniques précises de la combinaison de la République lui étaient inconnues, mais elle imaginait que ses systèmes de refroidissement fonctionnaient à plein régime pour combattre la chaleur environnante et qu'ils ne pouvaient qu'échouer.

Elle attendit, mais rien ne se produisit. Elles chutaient aussi violemment qu'avant, et pourtant elle n'avait pas plus chaud.

En fait, un sentiment étrange prenait possession d'elle, une sensation qui n'était ni entièrement physique, ni entièrement psychique. Malgré la façon dont elle était malmenée, elle ne courait pas de danger immédiat d'écrasement ou de brûlure. Ce fluide avait seulement l'apparence de la lave. Elle ne se noyait pas. Elle était… goûtée, peut-être ? Ou étreinte ?

Une envie violente de nager la prit, mais pas pour atteindre la surface. Il y avait quelque chose dans ce lac avec elles, quelque chose qui voulait qu'elle se rapproche. Elle se mit à lutter contre le courant. Maître Satele fut un poids mort jusqu'à ce qu'elle devine l'intention de la Sith et qu'elle joigne ses efforts aux siens. Elles progressèrent lentement dans l'épaisse masse rouge, et de temps à autre elles heurtaient des objets solides emportés par le flot. Certains s'accrochaient d'elle, mais Ax n'aurait pu dire si c'étaient des personnes ou des hex, ou une manifestation entièrement nouvelle du phénomène en cours sur Sebaddon. Au lieu de s'arrêter, elle continuait de nager en se fiant à la seule boussole dont elle disposait : son courage.

Ses doigts tendus trouvèrent quelque chose de dur et de stable submergé par la fausse lave. La chose était lisse et légèrement courbe, comme le flanc d'un sous-marin. Elle et Maître Satele l'explorèrent à la recherche d'un accès à l'intérieur. Elles trouvèrent des extrusions qui étaient peut-être des antennes, des canons et des propulseurs.

Un vaisseau. C'était là qu'elle était censée aller. Quelque chose à l'intérieur l'avait fait venir jusque-là.

Satele Shan l'attira à elle, et leurs visières se collèrent l'une à l'autre. Le liquide rouge s'écarta juste assez pour que la Sith aperçoive l'univers privé du Grand Maître, dont le visage était las, mais calme.

— Un sas, dit-elle. Dans cette direction.

— Vous pensez qu'il fonctionnera dans ce liquide ?

— Il n'y a qu'une façon de le savoir.

Elles se séparèrent et Maître Satele guida sa main vers le panneau qu'elle avait trouvé. Ax identifia aussitôt les commandes. Elle les avait vues sur des milliers de vaisseaux. Des milliers de vaisseaux *impériaux*.

Elle enfonça la touche supérieure, celle d'ouverture. Un courant soudain les aspira quand la chambre vide s'emplit de liquide. Quand la porte fut complètement ouverte, elles nagèrent à l'intérieur et cherchèrent les commandes.

Le panneau coulissa pour se refermer en silence, laissant les turbulences incessantes au dehors. Ax se laissa flotter un moment et mit à profit ce répit bienvenu pour réfléchir. Où étaient-elles ? Que faisait-elle ? Quelle était la chose qui l'avait amenée ici ? Elle aurait tenté de remonter à la surface plutôt que d'explorer des objets engloutis alors que le reste de la mission combattait autour d'elle.

— Tu vas ouvrir la porte intérieure ? demanda Maître Satele.

Oui, bien sûr. Elle était allée trop loin pour reculer maintenant. Son instinct la poussait à agir en dépit de ses doutes.

Dès qu'elle eut enfoncé la touche CYCLE, les pompes insérées dans la cloison se mirent en marche. Le fluide fut évacué et la sensation de leur poids physique revint en même temps que l'air et la lumière. Elles se lâchèrent enfin. Ax essuya sa visière et elle vit que Maître Satele faisait de même. Au cœur d'une telle étrangeté, elle paraissait aussi petite qu'Ax elle-même. Elle était heureuse de ne pas se retrouver seule.

La porte intérieure s'ouvrit, révélant une coursive banale, éraflée et poussiéreuse. Ax quitta la flaque laissée sur le sol du sas et posa avec grand plaisir ses chaussures encore humides sur le plancher sec. Elle vérifia l'affichage de son casque. L'air était respirable. Elle déverrouilla sa visière et la releva. Elle ne sentit qu'une odeur, celle du sang.

Maître Satele vint se placer à côté d'elle, visière relevée également.

— Une idée du propriétaire de ce vaisseau ?

Pour le moment, la Sith préférait taire ses réflexions. Elle parcourut la coursive jusqu'à la première intersection, et mentalement elle enregistra la disposition des lieux. S'il s'agissait d'un croiseur léger, la passerelle de commandement se trouverait sur la droite, les soutes sur la gauche, les postes d'équipage en bas de la première échelle et la salle des machines devant elles. Elle choisit d'aller à droite et vit son raisonnement validé. La passerelle était petite mais semblait spacieuse car elle était déserte. Pas une seule lumière, pas un seul voyant en fonction sur les tableaux de bord. Aucune holoprojection. Les seuls signes de vie se limitaient à l'éclairage au plafond.

— Le générateur fonctionne, constata la Jedi, mais les systèmes de contrôle ont été débranchés. Si tu espérais quitter Sebaddon dans cet engin, tu peux oublier.

Le sol trembla sous leurs pieds, rappelant à Ax que, bien que le fluide qui les avait englouties n'ait pas été de la lave, elles se trouvaient toujours au sommet d'un site de forage géothermique géant sur un monde dont la surface était à peu près aussi stable que l'enveloppe d'un ballon.

Le vaisseau grinçait et craquait autour d'elles. L'écho de ses multiples plaintes ressemblait à une voix qui se serait progressivement dissoute dans le silence.

— Les communications sont bloquées par la coque, poursuivit Maître Satele. Ce ne devait pas être prévu à l'origine, quand ce vaisseau a été construit.

— Ils n'ont jamais eu l'intention d'aller nulle part, dit Ax. Ni de contacter quelqu'un. Je parie que c'est l'appareil de Lema Xandret.

Maître Satele regarda autour d'elle.

— Pas de décoration, aucune touche personnelle, rien qui en fasse un lieu de vie. Comment pouvez-vous en être si sûre ?

— Il y a un sas à l'arrière, dit Ax en éludant la question et en rebroussant chemin. Voyons ce qu'il y a derrière.

Elles passèrent devant une succession de cabines vides, ce qui conforta Ax dans l'idée que le vaisseau avait été abandonné. Xandret et les autres fugitifs avaient emporté tout ce qui pouvait leur être utile, tous leurs effets personnels, et ils étaient allés s'installer ailleurs. Le vaisseau leur rappelait peut-être un peu trop ce qu'ils avaient laissé derrière eux, et il était très possible qu'ils se soient construits des habitations plus confortables en un autre endroit. Ils avaient peut-être conservé l'appareil comme une sorte de *memento mori*, un symbole de leur isolement et de leur abandon, avec l'intention de ne plus jamais l'utiliser. Quand ils étaient revenus dans la galaxie, ils avaient pris un vaisseau totalement différent, un engin qu'ils avaient conçu eux-mêmes.

Nulle part dans les archives impériales on ne trouvait le nom de ce vaisseau, se dit Ax. À moins qu'elle découvre un survivant ou des documents quelconques, elle ne le connaîtrait sans doute jamais. Elle pensait à ce vide dans l'histoire de sa mère tout en parcourant la longueur du vaisseau. Elle savait que cela n'avait pas de signification particulière, en vérité, et que s'arrêter à ce détail était en quelque sorte une réaction d'autodéfense contre les vides beaucoup plus vastes qui bientôt se combleraient peut-être. Mais elle ne pouvait s'empêcher de se demander ce qu'avait été une existence hantée constamment par le rappel de votre trahison. De quoi rendre fou, probablement.

Ax continuait d'avancer, en se répétant qu'il n'y avait rien à craindre. Elle était d'accord avec Stryver. Lema Xandret était morte, et depuis un certain temps déjà. Il n'y avait aucune vie ici. La colonie avait survécu assez longtemps pour concevoir les hex, puis elle s'était éteinte. Soit par un suicide, soit les hex les avaient tués parce qu'ils estimaient que ces humains ne présentaient plus d'utilité. La seule preuve qu'Ax espérait trouver, c'étaient leurs dépouilles.

C'est pourquoi elle n'était pas du tout préparée à découvrir tous ces signes d'intimité qu'ils avaient laissés derrière eux dans les quartiers d'habitation où elles pénétrèrent. Photos, journaux, vêtements, repas, toutes ces traces de la vie quotidienne éparpillées dans les coursives de la colonie et parfaitement préservées dans l'atmosphère fraîche et sèche, comme si tous ces gens les avaient abandonnées une heure plus tôt seulement. Des enfants avaient vécu ici. Ces lieux constituaient une sorte de mémorial pour les morts et ceux qui étaient restés après. Les portraits des colons l'observaient sur toutes les cloisons. Elle reconnut le visage de sa mère sur une de ces photos. Lema Xandret avait vieilli au moment du cliché. Son visage s'était ridé et ses cheveux avaient viré au gris. Mais son regard avait conservé toute son intensité.

— Vous aviez raison, dit Maître Satele avec dans la voix quelque chose comme de l'admiration.

De l'inquiétude, aussi, si Ax ne se trompait pas.

Elle pressa le pas en silence. La colonie déserte était le témoignage de bien des choses : les espoirs et les craintes, le courage et la couardise, le quotidien et l'essentiel. Ax ne s'intéressait à rien de tout cela. Elle n'était pas venue sur Sebaddon à la recherche d'un musée. Elle était venue sur cette planète parce que le Conseil Noir le lui avait ordonné, parce que son destin l'exigeait, et à cause de Dao Stryver. Le sentimentalisme larmoyant n'était pas pour elle.

Pourtant, elle força l'allure jusqu'à presque courir de pièce en pièce en quête de quelque chose qu'elle n'aurait pu définir. Maître Satele suivait de sa démarche légère et silencieuse. Les coursives s'enfonçaient toujours plus profondément dans les entrailles du vaisseau, et donnaient sur des espaces plus spacieux et des structures plus pragmatiques comme des purificateurs d'air et d'eau ou des groupes électrogènes. La pression s'accroissait peu à peu. En plusieurs endroits elles remarquèrent des joints défaillants d'où suintait le liquide rouge.

Elles arrivèrent ensuite dans une grande salle carrée qui ressemblait plus à un entrepôt qu'à un laboratoire, bien que l'endroit ait manifestement été dévolu à cette activité. Des parties de droïdes étaient éparpillées à différents stades de réparation, à côté d'outils de toutes formes et tailles, et d'instruments de mesure mystérieux. Des holoprojections montraient des schémas rotatifs de variantes d'hex qu'Ax n'avait encore jamais vues : des versions avec dix pattes ou plus, des corps multiples, des membres spécialisés, des agglomérats capables de voyages stellaires et de destruction massive. Certains se transformaient alors qu'elle s'en approchait, preuve que les algorithmes évolutifs étaient toujours à l'œuvre. Des câbles épais couraient partout sur le sol recouvert par dix centimètres de liquide rouge. Certains menaient à une cuve tubulaire cinq fois plus imposante qu'une cuve à Bacta, placée dans un coin de la salle. Le réservoir était empli d'un fluide rouge et opaque, apparemment identique à celui de l'extérieur.

Maître Satele s'avança vers la cuve, mais Ax resta en arrière. Elle sentait que c'était ce qui l'avait attirée ici, mais maintenant qu'elle l'avait devant les yeux, elle était envahie d'une nervosité subite. Voulait-elle vraiment savoir quelle avait été la destinée de sa mère ?

Le Grand Maître avait ôté un gant et placé une main sur la paroi de verre.

— C'est tiède, dit-elle. L'équivalent de la température corporelle à peu près.

— Cette substance rouge, dit Ax. On la retrouve dans tous les hex. Ça a le même aspect que la lave, mais ce n'en est pas. C'est le composant biologique que les Hutts ont détecté.

— Du sang ?

— Je ne sais pas, répondit Ax, qui ne put réprimer un frisson. J'espère que non.

Le Grand Maître n'avait pas bougé et appliquait toujours la main sur la cuve. Elle posa un regard aigu sur la jeune Sith.

— C'est là que je puise quand je soumets les hex à ma volonté. C'est vivant, et en même temps ça ne l'est pas. C'est incomplet, comme un corps qui serait dépourvu d'esprit.

— Le centre de coordination pourrait être cet esprit ?

— C'est possible mais nous n'en avons vu aucun signe jusqu'à maintenant. Si le centre de coordination se trouve dans ce secteur de la planète, il reste très discret.

Dans la cuve, des remous agitèrent le fluide, et Maître Satele se recula vivement.

— Il y a autre chose dans ce réservoir, dit-elle. Je le sens.

Sans s'en rendre compte, Ax enserra son torse de ses deux bras. Elle aurait voulu s'enfuir en courant, mais elle était paralysée. Ses pieds étaient comme rivés au sol. Elle était incapable de détourner le regard.

Dans la cuve, quelque chose de blanc passa près du verre. La chose disparut aussitôt dans la brume rougeâtre, mais elle réapparut un moment plus tard et s'appuya contre la paroi transparente.

Ax sursauta. C'était une main humaine. Une autre se plaqua à côté de la première, doigts écartés. Le liquide sanglant ondula quand le corps auquel les mains étaient attachées se stabilisa.

Quelque chose se mit à ronronner dans le laboratoire, et une caméra pivota pour se braquer sur Maître Satele, puis sur Ax.

— *Je te reconnais.*

La voix venait de toutes les directions à la fois. Féminine, oppressée, surprise.

— *Je te connais.*

Un visage s'approcha de la paroi de la cuve et devint peu à peu visible.

— *Je suis toi.*

Ax sentit son sang se figer. Le visage était le sien.

41

Ula observait l'énorme plate-forme qui s'élevait au-dessus du pôle sud de la planète avec un sentiment proche de l'admiration. La station orbitale était énorme, bien armée, et les hex l'avaient construite en un temps incroyablement court. Si Stryver avait encore besoin de convaincre quelqu'un de la réalité de sa théorie sur le développement géométrique des droïdes, la preuve se trouvait là.

— Qu'est-ce qu'une station orbitale fait à un pôle ? demanda Jet. Elle ne servira à rien si elle reste à flotter là.

— Pourquoi ?

— Parce que le meilleur endroit pour atteindre des orbites plus hautes, c'est l'équateur, et c'est ce qu'ils doivent vouloir faire. Non ?

Ula haussa les épaules. Les stations orbitales avaient maints usages, et pas uniquement celui de rester à un point fixe à proximité d'une planète. Elles pouvaient servir de défenses avancées ou d'étalages de la richesse du monde concerné. Qui savait ce que les hex voulaient en faire ? Il en était encore au stade où il découvrait ce dont ils étaient capables.

— Visez cette chose, ordonna-t-il à la flotte unifiée, juste par précaution. Abattez-la !

Le *Paramount* envoya une simple salve dans la direction de l'objectif, mais il était évident que Kalisch préférait garder en réserve une puissance de feu conséquente. Le *Commenor* ne tira même pas.

— Vous ne m'avez pas entendu, capitaine Pipalidi ? Nous devons empêcher cette chose d'atteindre les couches supérieures de l'atmosphère.

— Et moi, je dois assurer la sécurité des unités qui nous restent, répondit le chef des forces de la République. Si le *Paramount* tourne ses armes sur nous pendant que nous sommes occupés ailleurs, nous serons sans défense.

— Si les hex s'échappent, nous serons tous perdants.

— Kalisch en sera responsable.

Ula coupa la communication d'un geste brutal. Jet lui lança un regard réprobateur.

— Eh, allez-y doucement.

— C'est tellement… tellement inutile ! Pourquoi se combattre ? Il leur suffit de continuer à coopérer encore un peu et nous conserverons une chance.

— Ils sont trop semblables. Là est tout le problème. On voit ça dans les cultures primitives, quand un schisme divise une religion en deux sectes similaires. Elles se détestent mutuellement plus qu'un éventuel ennemi commun.

— Qu'est-ce que vous racontez ? L'Empire n'est pas une culture primitive.

— Non, mais le principe tient toujours. Des systèmes hiérarchiques similaires, avec une caste dominante de grands prêtres. Des croyances similaires, mais des pratiques divergentes. Et la lutte pour s'attribuer le même territoire…

— Arrêtez ça, fit Ula. Vous ne m'aidez pas.

— Je soulignais simplement pourquoi ça ne pouvait pas marcher.

— Alors nous n'aurions même pas dû essayer ?

— Tout vaut d'être tenté au moins une fois. Et je me suis déjà trompé. Malheureusement, je ne crois pas que ce soit le cas cette fois.

— Alors comment allons-nous retourner la situation ? Que pouvons-nous faire pour empêcher les hex de quitter cette planète ?

— Il y a toujours un plan B.

— Qui est ?

— J'espérais que vous en aviez un.

Stryver se dirigeait vers le nord, loin du pôle sud. Ula projeta la progression du Mandalorien sur une carte de la planète et trouva la position probable du centre de coordination au bout de cette course. Cette partie de la carte était saturée d'activité. Ula utilisa les données du satellite et du chasseur pour zoomer.

Quelque chose émergeait d'un lac de lave et emplissait le cratère où s'était trouvée la zone de largage.

— Une autre station orbitale ? dit-il en désignant l'image.

— C'est au bon endroit, mais je ne pense pas, non. Cette chose n'a pas la bonne forme et elle ne semble pas disposer de capacités de répulsion suffisantes pour décoller.

Une écoutille circulaire s'ouvrit au sommet de l'apparition, comme un énorme iris, et à sa verticale les hex s'écartèrent pour créer un vide dans leur bouclier.

Ula attendit, mais rien ne sortit de l'écoutille.

— Tout ça n'a aucun sens, maugréa-t-il.

— Revoilà Stryver, fit Jet en braquant l'index sur le point clignotant solitaire qui faisait le tour du nouveau venu.

— Il est en chasse, je dirais. Et il s'attaque à un gros morceau.

— Comme la station, fit Jet. Qui s'est mise en mouvement d'ailleurs.

Il disait vrai. La station s'était écartée du pôle et accélérait en direction du nord.

Ula réfléchit à toute vitesse. Si la station continuait sur sa lancée…

— Ce sont les deux moitiés d'une seule et même chose ! s'exclama-t-il. La station se trouvait au pôle parce que c'est là que l'usine principale l'a construite. Maintenant, elle va récupérer le centre de coordination pour l'emporter dans l'espace. Je parierais que les propulseurs sont en construction sur la lune pendant que nous parlons. Ils se préparent à partir. Nous devons absolument les stopper !

— Je crois que vous avez raison, dit Jet, et je suis d'accord avec vous : c'est sérieux. Essayez encore auprès de Kalisch et Pipalidi. Peut-être vont-ils changer d'avis.

Mais Ula savait que c'était sans espoir. La flotte se séparait. Des tirs étaient échangés entre des chasseurs évoluant dangereusement près des vaisseaux amiraux du camp adverse. Il suffirait d'une petite erreur pour que tout s'embrase.

— S'il y avait seulement un moyen de les obliger à faire ce qu'il faut, dit-il.

— Je sais que vous aviez l'étoffe d'un Empereur.

— Comment pouvez-vous plaisanter dans un moment pareil ?

— Qui plaisante ?

Jet se tourna sur son siège pour s'adresser à Clunker.

— C'est le moment de passer au plan B.

Le droïde inclina sa tête cabossée. Une série de nouveaux écrans jaillirent de l'holoprojecteur principal quand il envoya une série de commandes dans l'ordinateur central de l'*Auriga Fire*.

— Ne me dites pas, fit Ula. Vous avez craqué le code hex, mais vous attendiez que nous arrivions au même résultat de notre côté.

— Croyez-moi, je n'aurais pas attendu. Et puis, il n'y aurait rien à gagner à faire ça. Une fois le code craqué, les hex sont morts, et j'en suis de ma poche.

— Alors qu'allez-vous faire ?

— Quelque chose de noble et de probablement très stupide. En retour, j'ai besoin que vous fassiez quelque chose pour moi.

— Demandez.

— J'ai besoin que vous prétendiez que ça ne s'est jamais passé.

Ula écarquilla les yeux.

— Regardez les écrans, lui conseilla Jet.

La flotte se scindait en deux groupes, mais pas selon l'appartenance des vaisseaux à l'un ou l'autre camp. Le *Paramount* menait un contingent mixte vers une orbite plus basse pour cibler le centre de coordination avec une précision plus grande. Le *Commenor* se dirigeait vers la lune avec une escorte moins importante et deux escadrilles de chasseurs. Toutes les échauffourées internes avaient cessé d'un coup.

Les communications n'étaient pas coupées, mais il régnait un calme suspect sur les ondes. Personne ne donnait d'ordres pour coordonner les mouvements des vaisseaux.

— C'est vous qui faites ça, dit Ula, horrifié.

— Clunker. Il a une tête mal faite, mais *très* pleine.

— Vous vous êtes servi de moi pour infiltrer les réseaux de l'Empire et de la République. Vous avez craqué leurs codes. Et maintenant vous dirigez tout !

— La fin justifie les moyens, pas vrai ?

— C'est ce que Stryver a dit. Je ne suis pas sûr d'être d'accord.

— Il vaut toujours mieux être vivant que mort. C'est ma règle d'or.

— Mais que se passera-t-il ensuite ?

— Les deux flottes modifieront leurs codes. Et les affaires reprendront comme avant.

— Si vous les laissez faire.

— Pourquoi agirais-je autrement ? Je ne suis pas avide de pouvoir, comme vous. Il y a peut-être une fortune à se faire en bâtissant un empire, mais jamais quand on se trouve au sommet. On finit toujours du mauvais côté d'un coup d'État, ou d'une invasion, ou dans la ligne de mire d'un sniper. Votre Empereur finira bien par l'apprendre, et de façon déplaisante.

Ula était piégé. Il avait trahi la République, après tout, et il avait trahi l'Empire par la même occasion. À présent, il était totalement désemparé. Tout ce qu'il pouvait faire, c'était rester assis là, à regarder, en se demandant s'il interviendrait au cas où l'occasion se présenterait. À bien y réfléchir, Jet accomplissait la tâche qu'il avait échoué à effectuer. Qui était-il pour s'y opposer ?

Et peut-être que Jet, lui aussi, allait à l'encontre de sa nature et tentait de faire ce qui était juste.

Sur la fréquence de la République, une voix en provenance de la planète se mit à parler dans le grésillement des parasites acoustiques. Ula l'identifia instantanément.

— … plus haut maintenant, et j'espère que le brouillage n'est plus aussi efficace. Ici le lieutenant Moxla. J'appelle le directeur des opérations Vii. Je me suis accrochée à un répulseur à l'arrière de la station orbitale et je place des transpondeurs aux endroits les plus vulnérables. Frappez-les aussi fort que vous le pourrez. Répondez, s'il vous plaît. Faites-moi savoir si vous m'entendez. Nous sommes plus haut maintenant, et j'espère que le brouillage n'est plus aussi efficace. Ici le lieutenant Moxla. J'appelle le directeur des opérations…

— C'est un enregistrement, dit Jet en réduisant le volume sonore. Je vois les transpondeurs. Si elle a fait le boulot correctement, nous pouvons frapper la station avec toute la puissance de feu du *Paramount* et la mettre hors service avant qu'elle atteigne l'équateur.

— Et Larin ?

— Elle a peut-être déjà plongé.

— Nous ne pouvons pas en avoir la certitude, n'est-ce pas ?

— Non. Alors, que voulez-vous que je fasse ?

— Vous ne me laissez pas vraiment le choix.

— Pas vraiment, non. Je voulais juste savoir si vous trouveriez un argument valable à m'opposer.

De petits points lumineux piquetèrent l'holoprojection quand le *Paramount* lança tous les missiles dont il disposait.

42

Larin courait avec légèreté sur la partie supérieure de la station orbitale en restant baissée pour éviter les tirs occasionnels. La structure était entièrement constituée d'hex assemblés entre eux. Certains conservaient un semblant d'individualité et détachaient un membre de l'ensemble pour tirer sur elle à son passage. Elle ne pouvait regarder dans toutes les directions simultanément, mais jusqu'à maintenant elle avait réussi à ne pas récolter de blessure grave.

Cela changerait dès que son message serait reçu, ou si d'elle-même la flotte décidait d'ouvrir le feu. Il lui était impossible de quitter la station maintenant qu'elle était en vol. Si elle s'écrasait au sol, la jeune femme suivrait avec sa section. Tous ses hommes n'avaient pas sauté à bord avec elle, mais ceux qui l'avaient accompagnée l'avaient fait en toute connaissance de cause. Environ deux douzaines de commandos s'étaient dispersées sur toute la surface du vaisseau, et chacun travaillait en indépendant.

Les communications étaient très fluctuantes. Elle avait déclenché son émetteur à la première occasion et le laissait répéter en boucle son message, sans savoir s'il y avait déjà eu une réponse. Chaque transpondeur qu'elle plaçait signalait un ensemble de senseurs, un conduit d'aération ou tout autre endroit qui pouvait souffrir d'une frappe. Elle n'avait pas perdu de temps à tenter de s'introduire dans la station. Elle n'y aurait gagné qu'une mort certaine.

C'était plutôt ironique, se dit-elle. La télémesure lui

indiquait que la station la rapprochait de l'endroit où Shigar avait dû atterrir, mais elle n'y parviendrait sans doute pas, et il était probable que le Jedi n'avait jamais atteint ce point, lui non plus, puisque son transport s'était abattu en flammes. Elle risquait fort de connaître le même sort.

Un éclair de lumière bleue fusa sur sa droite. Un commando était la cible de trois hex tirant d'angles différents. Il riposta en s'accroupissant pour offrir une cible aussi réduite que possible, mais il ne pouvait viser les trois simultanément, et il n'avait nulle part où battre en retraite. Un tir le toucha à la jointure du casque, et un jet d'air gicla au dehors. Il s'écroula en se contorsionnant pour atteindre la fuite, mais l'articulation de son épaule ne le lui permettait pas.

Elle s'élança vers lui sans se redresser et visa l'hex le plus proche avant de s'occuper des deux autres. Ils tournèrent leur attention sur elle, mais elle avait maintenant une bonne connaissance tactique de l'ennemi. Elle prit pour cible les nodules sensoriels, parce qu'ils étaient plus faciles à atteindre. Et sans vision, comment pouvait-il répliquer ?

Deux autres droïdes se joignirent aux premiers avant qu'elle atteigne le commando. Elle glissa une main sous son aisselle pour le relever et l'entraîna sans cesser de tirer. En se servant de la pesanteur et de son propre élan, elle dévala avec lui le dôme, comme s'il s'était agi du versant d'une colline.

Quand ils furent hors de portée, elle freina et ils réussirent à faire halte. Le bord de la station était en vue. Au-delà, il n'y avait rien sinon Sebaddon, loin, très loin en contrebas.

Le commando se débattait toujours. Elle prit la trousse de réparation dans le compartiment sur sa cuisse gauche et lui fit signe de se calmer. Il obéit. Pendant qu'elle appliquait l'enduit d'étanchéité à prise rapide sur l'endroit endommagé de son casque, ils se regardèrent pour la première fois.

C'était Ses Jopp.

Sa voix parvint clairement à la jeune femme malgré l'obstacle de leur harnachement.

— Vous êtes la dernière personne que je m'attendais à voir.

Elle se retint de dire qu'elle pensait la même chose.

— Je ne pouvais pas vous laisser là.

— Et je vous en suis reconnaissant, vous pouvez me croire. Merci, lieutenant.

Elle n'aurait pu se prononcer sur sa sincérité, mais elle décida qu'elle se contenterait de ces paroles.

— Voilà, dit-elle, satisfaite de sa petite réparation. Vous connaîtrez d'autres journées de combat.

Il regarda sur la droite par-dessus l'épaule de la jeune femme.

— Probablement pas, dit-il.

Elle se retourna et scruta le ciel. Clairement visibles, les traînées blanches des tirs impériaux fonçaient vers eux. Il semblait que le *Paramount* ait donné tout ce qu'il avait, exactement comme ils devaient le faire, se dit-elle.

Plutôt que de continuer à se dévisser le cou pour suivre l'approche des missiles, elle se retourna et s'assit à côté de Jopp.

— Les meilleures places de tout l'établissement, hein ? fit-elle.

Il eut un petit rire.

— Pour sûr. Les gens tueraient pour les avoir.

Elle songea à ses anciens camarades de la Blackstar, de la bravoure, des liens et de ce sens d'appartenance à un groupe soudé qui lui avaient tant manqué.

— Les soldats comme nous n'apprennent jamais. Les feux d'artifice, ce n'est joli qu'à distance.

Jopp acquiesça.

— Ça change agréablement d'avoir un officier avec nous sur le terrain.

Il la regarda droit dans les yeux.

— Je crois que vous n'êtes pas si mauvaise, finalement, Toxic Moxla.

Elle sourit. C'était le mieux qu'elle pouvait espérer en guise d'excuses, mais dans l'armée cela équivalait à un serment de loyauté qui tiendrait jusqu'à leur mort. Et c'était bien dommage, pensa-t-elle encore, parce que ce serment ne tiendrait pas très longtemps.

43

Les traînées d'échappement traçaient des hiéroglyphes complexes dans le ciel. Pas moins de quinze missiles convergeaient vers la structure qui avait émergé du lac. Le rayon de l'explosion allait être tellement énorme qu'il était inutile de courir.

Shigar se prépara de son mieux. Il y avait peu de chances qu'il puisse se protéger du plus gros du choc, mais ce qui se passerait ensuite était la grande inconnue. Il ne resterait peut-être plus d'île du tout. Et il ne pouvait flotter indéfiniment sur une mer de lave.

Alors que sa mort était imminente, il songea à ce qu'aurait été sa vie si elle s'était poursuivie. Il le savait, viscéralement et intellectuellement, il avait mérité le rang de Chevalier Jedi. Maître Nobil ne pouvait le dénier à présent. Il avait affronté les ennemis, et le Côté Obscur. Il avait surmonté ses dernières faiblesses. Et, plus important que tout, il était décidé à se battre.

Tu es un produit de ton époque, entendit-il son ancien Maître lui dire. *Tu devras affronter les temps futurs avec beaucoup de prudence. Les Sith sont l'ennemi, mais nous ne devons pas devenir comme eux afin de les vaincre. Nous devons rester fidèles à tout ce que nous représentons.*

Il ne pouvait dire si sa voix résonnait dans le présent ou si c'était un écho d'un avenir qui jamais ne viendrait. De la même manière, il ne savait pas si c'était un reproche qu'elle lui adressait ou un encouragement.

Je ne peux pas rester bras croisés pendant que les politiciens jouent à ces petits jeux, dit-il en réponse. C'est un acte de vol qui nous a menés ici, et un acte accompli au nom de la République. Même dans ce coin reculé de l'univers, les corsaires et les faux traités ont mis en danger des milliards de vies. Quand la galaxie entière est en danger, qui peut rester sans réagir ?

Pas toi, Shigar Konshi. Pas toi.

Je ne comprends pas. Vous me dites que j'ai tort ou que j'ai raison ?

Peut-être les deux. La réponse échappe à ma prescience.

Il revint d'un coup à la réalité.

Un rugissement surpuissant emplissait l'air. Les lignes dans le ciel convergeaient vers un point unique. Le hiéroglyphe était presque achevé.

Dark Chratis disparut derrière un écran chatoyant de Force.

Shigar demeurait sans protection, comme les soldats qui regardaient approcher leur mort. Il n'avait pas peur de mourir.

Il y eut un éclair aveuglant, puis un autre, puis un si grand nombre qu'ils se fondirent en un seul assaut.

Shigar abrita ses yeux d'une main.

Qu'il ait encore une main et des yeux l'étonna.

Il écarta les doigts.

La structure massive avait généré un vaste électromiroir formant bouclier qui déviait l'impact des explosions et le renvoyait dans l'espace.

Le soulagement le submergea. Il était toujours en vie, mais le plan avait échoué. Et maintenant ?

Dark Chratis émergea de son champ protecteur tandis que des nuages surchauffés s'éparpillaient au-dessus de leurs têtes. Il apparaissait aussi surpris que Shigar.

— Inacceptable, lâcha-t-il.

Une seconde série d'éclairs se produisit au sud, où un autre object était bombardé. Ils se tournèrent et virent une autre création des hex qui dérivait dans le ciel, avec dans son sillage une traîne d'explosions. Un électromiroir identique protégeait la chose.

Une station orbitale, se dit Shigar. L'autre moitié de l'ensemble planait au-dessus de lui, intact malgré tous les tirs de l'Empire et de la République.

Il faillit éclater de rire.

— Tout ça pour rien, lança-t-il à Dark Chratis. Vous, moi, Larin… Tout.

— Tu trouves ça amusant, mon garçon ?

Ce n'était pas le cas, mais à cet instant précis il se sentait au bord de l'hystérie. Il pouvait se torturer pour les choix qu'il avait faits et ceux qu'il ferait, à propos du rôle de l'Ordre Jedi dans les plans de l'Empereur, ou sur la faiblesse de la République quand il fallait recourir à des actions décisives – mais si rien n'arrêtait les hex, il n'y aurait pas de guerre du tout. Le futur de la galaxie se terminerait ici.

Vous gagnez, Lema Xandret, songea-t-il. *Où que vous soyez.*

44

Cinzia Xandret contemplait depuis sa cuve la fille qu'elle aurait pu être.

— *Ne la regarde pas*, murmura sa mère.

— Pourquoi pas ?

— *Elle n'est pas réelle.*

— Elle a l'air très réelle, au contraire.

— *Mais elle n'est pas toi.*

— Elle est moi telle que j'aurais pu être.

— *Tu n'es pas elle. Tu ne seras jamais elle. Elle est un mensonge, et elle est le mal. Elle est…*

— Silence, mère.

Le murmure cessa. L'attention de Cinzia se reporta sur les deux personnes à côté du réservoir, une femme d'âge mûr, aux cheveux bruns striés de gris, et la jeune femme qui l'accompagnait. Toutes deux portaient des armures maculées de sang, toutes deux étaient étrangères, au moins au complexe. Elle en reconnut une. Elle avait vu son visage toute son existence. C'était le sien.

— Qui es-tu ? demanda la femme la plus âgée, qui semblait sous le choc. Es-tu Cinzia ?

— Je suis son clone, répondit-elle, car elle ne gagnerait rien à cacher la vérité, et il n'y avait pas de mal à simplement parler. Ma mère a prélevé sur moi un échantillon tissulaire avant qu'on m'emmène. Elle m'a recréée, complètement. La même fille, mais meilleure, plus pure.

— Ce qui explique pourquoi tu sembles plus jeune, dit

la femme en regardant l'autre, qui semblait incapable de parler. Je m'appelle Satele Shan. Qu'entends-tu par « plus pure » ?

— Le fluide que j'inhale annihile mes aptitudes à la Force. Il contient quelque chose – un métal, je pense, ou un extrait de quelque chose qui se nourrit de métal. Il me garde à l'abri.

— À l'abri ? dit l'autre Cinzia. Morte, plutôt.

Le rictus sur son propre visage – ravissant avec deux années de plus, elle prit plaisir à le constater – était simplement horrible à voir.

— *Tu vois*, murmura sa mère. *Elle pense que tu es un monstre. Appelle les droïdes, maintenant. Elle doit être stoppée !*

— Non, dit Cinzia. Laisse-moi lui parler d'abord. Je veux savoir ce qui lui est arrivé. Je veux savoir pourquoi elle est ici.

— *Elle est venue tout détruire. C'est ce qu'ils font. Ils prennent, et ils détruisent. Ils ne montreront aucune bonté, comme ils ne lui en ont montré aucune.*

— Je t'ai dit de te tenir tranquille, mère. Et puis, je ne fais plus confiance aux droïdes. Tu sais pourquoi.

Les tourbillons lents dans le fluide autour d'elle s'apaisèrent.

— Tu as vécu ici toute ta vie ? dit la femme nommée Satele Shan.

— Oui. Je peux accéder à toutes les caméras du complexe. Il est en grande partie automatisé, voyez-vous. Les droïdes sont mes yeux et mes oreilles.

— Tu les contrôles ?

— Si je le veux, répondit-elle, bien qu'elle n'en fût plus aussi certaine à présent.

— Tu es donc responsable de ce qui se produit au dehors ? demanda l'autre Cinzia.

— Pour être tout à fait franche, je ne sais pas ce qui se passe au dehors. Mais ils semblent très occupés. Ils sont conçus pour me protéger, et la définition du terme *protéger* est un peu trop vague. J'imagine qu'en ce moment ça signifie ne pas me dire certaines choses. Quoi qu'ils préparent, je suis sûre que c'est dans une intention louable.

— Tu devrais jeter un œil, Cinzia, dit Satele Shan. Les hex tuent des gens.

— Vous en êtes sûre ?

— Certaine.

— Ils n'agiraient ainsi que si nous étions agressés. Pourquoi les avez-vous attaqués ?

— Ils constituent une menace pour la galaxie tout entière.

— Je ne vous crois pas, dit-elle, car cette éventualité était complètement absurde. Vous essayez seulement de me distraire. C'est un jour d'une importance capitale. Les deux Cinzia se rencontrent ! J'attends ce moment… eh bien, depuis ma naissance. Nous sommes réunies, enfin ! Je veux tout connaître de ton existence. Je veux savoir si nous aimons les mêmes choses, si nous pensons de la même manière…

— Je ne suis pas toi, dit la version plus âgée d'elle-même. Je m'appelle Eldon Ax.

— Ne dis pas ça.

— Je dirais ce que j'ai envie de dire. Tu es un monstre, une erreur. Je devrais te tuer maintenant, simplement parce que tu existes.

L'autre Cinzia brandit une épée à la lame rouge scintillante et la tint entre elle.

— *Tu vois ?* siffla sa mère. *Elle te fera beaucoup de mal si tu le lui permets. Peut-être même qu'elle te tuera !*

— Ne sois pas cruelle, dit Cinzia à la fois à sa mère et à sa jumelle. Il n'est pas nécessaire que les choses se passent ainsi.

— Elle a raison, dit Satele Shan en posant la main sur le bras de l'autre Cinzia. Pas d'imprudence.

La lame rouge s'abaissa.

— Oui. Nous avons besoin de ce qu'elle sait. Au sujet des hex, et de Lema Xandret.

— Comment ta mère est-elle morte ? interrogea Satele Shan.

— Les droïdes l'ont tuée, dit Cinzia, et les autres aussi, mais elle n'est pas réellement morte.

— *Ne leur dis pas*, chuchota la voix à son oreille. *Ne leur dis pas !*

— Pourquoi les hex l'ont-ils tuée ?

— Ils ne voulaient signer de traité avec personne. Quand le vaisseau est parti…

— Le vaisseau qui portait ton nom ?

— Oui. Mère l'a construit avant de me créer, et elle n'a jamais réussi à trouver un autre nom. Les droïdes ne voulaient pas que les gens viennent ici. Ce n'était pas sûr pour moi.

Elle faillit presque refouler la pensée de ce qui était arrivé ensuite, mais elle s'obligea à n'en rien faire. La révélation était importante, si elle et son double devaient devenir une seule personne.

— Les droïdes ont tué ma mère pour l'empêcher d'envoyer d'autres vaisseaux. Les autres ont essayé de s'interposer, alors les droïdes les ont tués aussi. C'était très stupide, vraiment. Mère aurait dû se douter de la réaction des droïdes.

Satele Shan acquiesça au ralenti.

— Donc, elle ne se trouvait pas à bord du vaisseau ?

— Non, il n'y avait que Kenev et Marg Sar.

— Pourquoi ne les a-t-elle pas accompagnés, si elle était leur chef ?

— Ils n'avaient pas de chef. Ils ne voulaient pas vivre comme ils l'avaient fait avant. Ils voulaient autre chose.

— D'accord, mais Kenev et Marg Sar ne sont jamais revenus, n'est-ce pas ? Ils se sont suicidés quand le vaisseau a été intercepté par un corsaire. Ils ont fait sauter le *Cinzia*.

Cette dernière déclaration créa un choc dans la cuve.

Le fluide s'agita autour d'elle et elle ferma les bras sur son torse dans un geste de protection.

— Ils auront voulu que le chargement du vaisseau demeure un secret, dit-elle, réfléchissant à haute voix.

— L'usine de droïdes ?

— Oui.

— Quelque chose a interféré avec l'explosion, poursuivit Satele Shan. L'usine n'a pas été détruite.

— Ce doit être à cause d'un des droïdes. Ils n'auront pas voulu mourir, même s'ils le devaient.

— C'est ce qui nous a menés ici, Cinzia. Nous sommes venues trouver ta mère afin de lui demander ce qu'elle voulait dire au monde extérieur. C'est tout.

Cinzia attendit que sa mère dise quelque chose. Mais, pour une fois, celle-ci ne se manifesta pas.

— Je crois qu'elle ne veut pas vous parler, dit Cinzia.

— Tu as affirmé qu'elle était morte.

— Elle l'est, en grande partie. Les droïdes ont emporté son corps, probablement pour le recycler. Mais elle est toujours ici, et elle me parle.

— *Ne leur dis rien !*

— Elle ne veut pas non plus que je vous parle.

À l'extérieur de la cuve, les deux femmes échangèrent un regard soucieux.

— Je ne suis pas folle, déclara Cinzia, vexée.

— Je ne vois pas ce que tu pourrais être d'autre.

Satele imposa le silence à l'autre Cinzia.

— Nous ne comprenons pas, voilà tout, dit-elle d'un ton conciliant.

— Non, vous ne comprenez pas. Ma mère me protège. C'est pourquoi les hex sont comme ils sont. Elle se glisse en eux, aussi.

— Nous l'avons découvert. À la fois sa chair et sa philosophie. Ils se montrent adaptatifs et obstinés à la fois, et combinent les meilleures qualités des machines et des êtres organiques en une seule et même créature. Ta mère devait être très intelligente pour réussir à les concevoir.

— *Je le suis toujours*, souffla Lema Xandret.

— Elle dit qu'elle l'est toujours.

— Ne vois-tu pas la menace que les hex peuvent représenter ? demanda Satele Shan en ignorant ce commentaire. Ils ne reconnaissent aucun chef et ils veulent qu'on les laisse tranquilles. Ils ne veulent pas mourir et ils veulent te protéger. Comment mieux te protéger qu'en détruisant toutes les autres créatures, y compris ta mère ?

— C'est logique, reconnut Cinzia.

Elle se souvenait de quelle manière ils lui avaient désobéi, à elle aussi. Cinzia les avait implorés de ne rien faire à la Lema Xandret originale, mais il lui avait été impossible de les dissuader après que leur conceptrice les avait trahis. La mère de Cinzia les avait trop bien programmés.

— C'est de la démence, marmonna l'autre Cinzia.

— Il faut les comprendre, insista-t-elle. Si ce que vous dites est vrai, alors c'est logique. Vous aurez du mal à les convaincre de ne pas attaquer vos amis.

— Tu crois que tu y parviendrais, toi ?

— Je pourrais essayer. Mais vous devriez me promettre de partir ensuite, pour ne jamais revenir.

— Je ne pense pas que ce soit possible.

— Pourquoi ?

— Ton monde a trop de valeur. Et trop de gens connaissent son existence à présent.

— Et alors ? Ils ne sont pas obligés de venir ici. Vous disposez de toute la galaxie. Je ne veux qu'une seule planète. Est-ce trop demander ?

— Pour certains, oui.

— Alors nous sommes dans une impasse.

— Oui, je le crains.

Cinzia n'aimait pas la façon dont son autre moi la regardait. Elle lisait une fureur et un chagrin intense sur ces traits familiers. Jamais elle n'aurait imaginé qu'elle pourrait avoir cette apparence, ni cette *chevelure* extraordinaire.

— Pourquoi les hex te protègent-ils, et pas moi ? demanda l'autre Cinzia.

— Parce qu'ils ne te connaissent pas. Tu n'es pas exactement identique à moi, et tu ne vis pas comme moi, ici. Tu ressembles à une de ces personnes qui t'ont enlevée.

— Je *suis* une de ces personnes.

— Mais tu es moi, aussi, même si tu t'évertues à le nier. Tu n'es pas obligée d'être comme tu es maintenant.

— Comment puis-je être autrement ? Je ne me souviens de rien d'autre.

— Vraiment ?

— Oui, vraiment. Et quel intérêt y aurait-il à essayer ? Les droïdes me tueraient.

— Peut-être qu'ils ne te tueraient pas si nous leur faisions goûter à ton code génétique.

— Alors il n'y aurait que toi et moi dans une galaxie pleine d'hex. C'est ce que tu veux ?

— Non. Je veux seulement que tous les autres s'en aillent. Mais pas toi. Nous avons tellement de choses à rattraper…

— Je n'ai rien à te dire.

— Mais bien sûr que si ! Où tu vis, ce que tu fais. Je ne sais rien sur aucun autre endroit. Tout ce que je connais, c'est Sebaddon, où j'ai été clonée. Tu peux me parler de l'endroit où je suis née.

— Je ne m'en souviens pas, répondit l'autre Cinzia. Je ne connais que l'Empire.

— Le quoi ?

Satele Shan ne cacha pas son étonnement.

— Tu n'as jamais entendu parler de l'Empire ?

— Non. J'aurais dû ?

— Et des Sith ? La République ? Les Mandaloriens ?

Cinzia secoua la tête, l'air passablement irrité.

— Arrêtez d'étaler votre savoir. J'ai l'impression que je suis stupide.

— Je n'étale rien. Je suis simplement stupéfaite de ton isolement ici. Il ne me semble pas juste qu'une mère t'ait imposé ça.

— *Elle essaie de te monter contre moi*, murmura la voix. *Méfie-toi de celle-là.*

— Mère dit que je devrais me méfier de vous. Pourquoi ?

— Peut-être parce qu'elle redoute que je t'enlève à elle. Je te promets de ne pas tenter de le faire, Cinzia.

Le visage de Satele Shan était aussi imperturbable que celui de quelqu'un qui fournit un gros effort pour ne rien laisser transparaître.

— Ta mère est avec toi en ce moment ? Dans la cuve ?

— Oui.

— C'est un autre clone ?

— Pas exactement.

Le fluide s'agita follement autour de Cinzia qui fut attirée loin de la paroi, au centre du réservoir.

— *J'ai dit : ne leur parle pas ! Pourquoi ne m'écoutes-tu jamais ?*

— Je t'écoute toujours, mère.

— *Mais tu ne fais jamais ce que je te dis de faire. Et je t'ai dit de ne pas leur parler de moi.*

— Ils devineraient, de toute façon. Pourquoi leur compliquer les choses ?

— *Ils ne comprendront pas, Cinzia. Tu dois ordonner aux droïdes de les faire partir. Ils t'obéiront, cette fois. Tu sais qu'ils le feront. Quand il y a une menace clairement définie, ils doivent agir pour la contrer.*

— Comme ils ont agi contre toi.

— *Oui ! Même contre moi ! La logique est sans faille. J'ai été stupide de vouloir la combattre.*

Cinzia ne se rappelait que trop bien des jours qui avaient amené à ces terribles moments. Il lui était impossible d'occulter complètement ce souvenir.

— Je crois que tu as su ce qui allait arriver, mère. Tu avais peur des droïdes. Tu m'as confié les procédures d'annulation dans l'espoir qu'ils m'écouteraient, moi, mais je ne m'en suis pas servie.

Elle se remémorait sa passivité avec une acuité douloureuse. Parfois, elle s'en voulait de n'être pas intervenue.

— Les droïdes sont mes protecteurs. Tu es ma protectrice. J'ai toujours les deux. Qu'y a-t-il de mal à ne rien faire ?

— *Je suis toujours là, Cinzia. C'est vrai. Nous te protégerons, ensemble.*

— Mais si tu avais eu raison, mère ? Si les droïdes étaient devenus trop puissants ? Ça signifierait que tu es d'accord avec Satele Shan, et donc tu ne devrais pas t'opposer à elle. Je devrais l'écouter, moi aussi. Peut-être que je peux me servir des procédures d'annulation pour arrêter les droïdes maintenant, avant qu'il soit trop tard.

— *Non, Cinzia, tu ne dois pas le faire !*

Le fluide s'enroula autour d'elle, plus dense que jamais. Malgré ses efforts, elle ne parvenait pas à prendre appui contre la cloison en verre.

— Laisse-moi, mère !

— *Non !*

— Je ne peux pas laisser souffrir des gens innocents. Tu ne l'aurais pas voulu.

— *Je dois veiller à ta sécurité !*

— Mais moi je dois… je dois…

Les courants épais se refermèrent sur son cou et envahirent sa bouche, la réduisant au silence. Elle toussa et s'étouffa, sans réussir à emplir ses poumons.

— Cinzia !

Le cri venait de l'extérieur de la cuve.

— Aide-moi ! tenta-t-elle de crier. Sauve-moi !

Dans un grand fracas de verre brisé, le réservoir explosa. Cinzia fut projetée au dehors sur une vague frémissante de liquide. Sa mère hurlait. Elle aussi hurlait. Quelque chose de dur heurta son corps au niveau du dos et des jambes. Pour la première fois de sa vie, elle sentit pleinement son propre poids. Elle ne pouvait pas bouger. Elle ne pouvait pas respirer. La pression autour de sa gorge disparut pour être aussitôt remplacée par une autre.

— Elle ne peut pas avaler assez d'oxygène ! dit quelqu'un. Elle n'est pas habituée à respirer l'air.

Le son de la voix était défaillant, comme l'éclairage.

— Que pouvons-nous faire ? demanda l'autre Cinzia. Il faut la garder en vie.

Cinzia battit mollement d'une main.

— Échantillonnage… gènes…

Elle désignait la machine qui devait fournir à la mémoire collective des hex le profil génétique de l'autre Cinzia.

— Promets… sauver…

— Nous faisons tout ce que nous pouvons pour toi, dit Satele.

— Non… Sauver… Mère…

— Elle est dans le sang, n'est-ce pas ? dit l'autre Cinzia. J'ai cru qu'elle était en train de te tuer. J'ai cru que tu te noyais.

— Promets !

— D'accord, d'accord. Je le promets.

Cinzia ne pouvait pas se redresser, mais elle avait encore assez de force pour agripper.

— Sa fille… sa fille…

Avec ses dernières forces, elle réussit à attirer à elle l'autre Cinzia.

— Dis-moi… tout…

Le corps émacié et totalement dépourvu de pilosité de la fille s'immobilisa. Maître Satele secoua doucement la tête. À l'exception du bruit que produisait le liquide rouge en gouttant, le silence régnait dans le laboratoire.

Ax bascula sur ses hanches et se prit le visage dans les mains. Que s'était-il passé ? Avait-elle tenté de tuer ou de sauver la fille ? Pas n'importe quelle fille, bien sûr : son propre clone. Cela en faisait-il un meurtre, un suicide, un fratricide ?

Elle craignait de ne jamais le savoir.

— Je suis désolée, dit Maître Satele en lui effleurant l'épaule. Le choc l'a tuée. Avec l'équipement adéquat, nous aurions pu…

Ax la repoussa et se releva trop vivement. La tête lui tournait. Elle s'imagina entendre une voix dans les profondeurs extrêmes de sa mémoire, qui sanglotait et réclamait son attention. Elle l'ignora.

L'échantillonneur de gènes était là où Cinzia l'avait indiqué. Ax s'en approcha et glissa sa main dans la glissière de diagnostic. La machine la piqua, aspira son sang, bourdonna quelques secondes, puis lança un bip interrogateur.

Ax éprouva un bref instant de panique. L'appareil demandait confirmation de quelque chose. Un mot de passe ? Une phrase de commande ? Un code ?

Elle se souvenait de tout ce que Cinzia avait dit dans ses derniers moments. Elle avait fait promettre à Ax de sauver ce qui subsistait de Lema Xandret. Y avait-il autre chose qu'elle avait dit ?

— « Sa fille », murmura Ax.

La machine émit un bip de confirmation.

— Qu'est-ce que tout ça signifie ? dit-elle à la pièce vide. Est-ce que les hex vont penser que je suis elle maintenant ? Est-ce que je suis immunisée contre eux ? Ils obéiront à mes ordres ?

Maître Satele n'avait aucune réponse à lui proposer. La façon dont le liquide échappé du réservoir enserrait ses chevilles ne lui apprenait rien de ce qu'elle voulait savoir. Il avait en même temps nourri et étouffé Cinzia, tout comme Dark Chratis l'avait fait avec Ax. Cinzia s'était libérée de la seule manière possible. Ax espérait avoir d'autres options.

Il n'y avait qu'un moyen de découvrir comment les hex allaient réagir face à elle.

— Allons chercher un de ces droïdes pour voir ce qui se passe.

45

Larin était au-delà de la surprise. Après avoir échappé au déluge de feu tiré du *Paramount* et avoir chevauché la station orbitale jusqu'à l'équateur, ce fut seulement avec une vague inquiétude qu'elle sentit la structure sous ses pieds commencer à chuter.

Jopp était tout aussi dérouté.

— Je croyais que cet engin allait filer dans l'espace, et voilà qu'il s'apprête à se poser, dit-il. J'aimerais bien que les hex se décident.

La structure fit une embardée, et ils s'agrippèrent mutuellement pour ne pas perdre l'équilibre.

— Ça ne ressemble pas à un atterrissage, remarqua-t-elle. Autre chose…

Elle ne termina pas sa pensée. Tous les hex de la structure choisirent cet instant pour se désolidariser de leurs voisins, et toute la station s'effondra vers le sol. Elle se retrouva soudain au sommet d'une vague d'hex individuels, et non plus une structure solide. C'était un peu comme du surf, mais sans planche, et avec en bout de course une mer de lave au lieu d'une plage.

— Accrochez-vous ! cria-t-elle.

Jopp lui tint le bras aussi longtemps qu'il le put, puis le mouvement général les sépara. Larin s'accroupit et saisit le rebord supérieur d'un hex avec toute la puissance de sa prothèse en espérant réussir à rester sur la vague sans tomber ou être écrasée. Le droïde ne réagit pas. De fait, il parut totalement passif. Elle s'en étonna, mais ne s'en plaignit pas. Une surprise de plus.

Le torrent d'hex était assez important pour remplir le cratère qui était tout ce qui restait du centre de coordination. Elle tressaillit quand la masse de liquide rougeâtre bondit à sa rencontre, mais ce n'était pas de la lave. Le fluide sanglant monta jusqu'à ses genoux, mais pas plus haut. Elle lâcha le droïde et se rendit compte qu'elle pouvait se tenir debout.

Avec l'impression de marcher dans un rêve, elle passa d'un hex au suivant en se dirigeant vers la paroi du cratère la plus proche. Il n'y avait pas trace de Jopp, mais elle aperçut une silhouette qui observait sa progression depuis le bord du lac et lui adressait des signes d'encouragement. À mesure qu'elle avançait, elle reconnut peu à peu la forme noire et menaçante de Dark Chratis. Mais ce n'était pas lui qui faisait des signes. C'était la silhouette grande et mince à côté de lui.

Son cœur s'arrêta un instant. Shigar.

Elle força l'allure. Rêve ou pas, elle allait profiter de ce fait nouveau tant qu'il durerait.

Shigar surveilla l'avancée de la silhouette coiffée d'un casque vert sur la masse grouillante des hex qui recouvrait le lac. Il ne pouvait avoir la certitude que c'était elle, et il se répétait qu'il ne devait pas nourrir un espoir aussi fou, mais au fond de lui il savait. Il y avait quelque chose dans sa façon de se déplacer, dans la légère raideur de la main gauche, quand elle lui répondit.

Dark Chratis s'éloigna à grandes enjambées. Il tentait toujours de joindre le *Paramount* avec son comlink. Jusqu'à maintenant, il n'avait obtenu aucune réponse de la flotte, même depuis que les communications avaient commencé à s'améliorer.

Shigar descendit à pas prudents le dénivelé bordant le cratère vers l'arrivante. Il tendit la main et aperçut enfin le visage derrière la visière. C'était bien Larin, et elle rayonnait. D'une traction puissante, il la fit venir sur le rivage.

Elle releva sa visière, puis il l'imita.

— Curieux de vous rencontrer ici, dit-elle.

— Vous pleurez ?

— Quoi ? Oh, non. J'ai des allergies. Et puis, quelle importance ? La journée a été longue.

Il la serra contre lui.

— Ce n'est rien de le dire.

Elle l'étreignit elle aussi, mais brièvement. Ils s'écartèrent l'un de l'autre.

— Que se passe-t-il avec les hex ? demanda-t-elle.

— Aucune idée, avoua-t-il. Cette chose dans le lac s'est désintégrée alors que la station orbitale arrivait. Avant que ça se produise, je ne m'étais même pas rendu compte qu'elle était constituée de droïdes imbriqués. Ils semblaient déroutés. Et maintenant ils ne bougent plus du tout.

Il avait parlé trop vite. Le centre du lac se mit à bouillonner et se gonfler. Des hex se tordirent quand les bords de quelque chose de large et de gris émergèrent des profondeurs. Shigar passa le bras gauche autour des épaules de Larin, prêt à la protéger avec un bouclier si le phénomène se révélait être une nouvelle forme d'attaque, mais elle se dégagea.

— C'est un vaisseau, dit-elle, et elle rejoignit en hâte le bord du lac. Regardez !

Il plissa les yeux. L'objet ressemblait effectivement à un appareil stellaire. Un vieux modèle impérial, peut-être.

Le vaisseau roula sur lui-même et présenta un large flanc au ciel. Une écoutille s'ouvrit et deux personnes en sortirent. Un son étrange parcourut la surface du lac, comme le cliquetis de membres métalliques s'agitant dans un fluide épais. Les hex se réveillaient et formaient une nouvelle sorte d'agglomérat.

Ils constituaient un pont reliant le vaisseau au rivage,

orienté directement vers Dark Chratis. Le Sith leva les yeux et vit les deux silhouettes qui avançaient vers lui.

Shigar et Larin se hâtèrent de le rejoindre. Une poignée d'autres personnes disséminées autour du cratère firent de même. Shigar accéléra l'allure quand il reconnut Maître Satele dans les deux silhouettes sorties du vaisseau. Il sentit l'optimisme renaître en lui. D'abord Larin, et maintenant le Grand Maître. Ils avaient peut-être évité le désastre, après tout !

À côté de Maître Satele venait l'apprentie Sith, Eldon Ax. Elle avait ôté son casque, révélant sa crinière rousse et des yeux soulignés de cernes prononcés. Shigar se trouva assez près pour entendre ce qu'elle dit en arrivant face à son Maître.

— Je me libère de votre service, Dark Chratis.

— Ridicule, répliqua-t-il en dardant sur elle un regard de fureur mêlée d'étonnement. Tu es mon apprentie, et tu le resteras jusqu'à ce que je t'estime digne d'être appelée Sith.

— Vous allez me libérer, dit-elle en s'arrêtant à deux pas de lui, ou vous souffrirez des conséquences de votre entêtement.

Il éclata de rire.

— Et à quelles conséquences peux-tu bien faire allusion ? Ne me dis pas que cette Jedi pathétique t'a retournée ! Je vous tuerai toutes les deux avant que vous fassiez un pas vers moi.

Il brandit son sabre laser et prit une posture de combat.

Maître Satele activa son arme en réponse, et Shigar regretta d'avoir perdu la sienne.

Mais Eldon Ax ne bougea pas.

— Je n'ai pas été retournée, déclara-t-elle. J'ai simplement compris de quelle manière on s'est servi de moi. Ma colère était constamment dirigée vers l'extérieur, contre ma mère ou Dao Stryver, ou vers l'intérieur, contre moi-même. Or la personne à qui j'aurais dû en vouloir le plus se tenait juste à côté de moi. Mon professeur. Mon Maître. Vous.

Le sourire de Dark Chratis donnait à son visage des allures de tête de squelette.

— La colère mène à la haine, dit-il. Et la haine mène au pouvoir. Vois-tu à quel point je t'ai bien formée ?

Un son croissant derrière elle attira l'attention du Seigneur Sith. Les hex s'élevaient en une vague énorme hors du lac. Dégouttant du fluide semblable à du sang, ils se dirigèrent en masse vers l'endroit où se tenait le petit groupe. Larin saisit le bras de Shigar et l'écarta. Maître Satele les rejoignit. Seuls Ax et son Maître faisaient face à l'effrayante marée.

Un éclair jaillit. Le sabre laser de Dark Chratis frappa et tailla. Mais ils étaient trop nombreux pour qu'un seul homme – fût-il un Seigneur Sith – puisse les repousser. Ax ne fit rien quand les droïdes les submergèrent tous deux.

— Que se passe-t-il ? demanda Larin.

— Je pense que notre jeune amie a découvert qui elle veut réellement être, répondit Maître Satele en haussant un peu le ton pour couvrir le crépitement produit pas les mouvements des hex.

— C'est-à-dire ? dit Shigar.

Dans une plainte aiguë, une navette descendit du ciel et se prépara à se poser. Maître Satele remarqua l'insigne de la République juste au moment où un deuxième engin, impérial celui-là, atterrissait de l'autre côté du mouvement de tenaille qu'effectuaient les hex sortis du lac.

Un officier de la République descendit de son appareil et vint au pas de course vers Larin, qu'il salua. Sans quitter des yeux l'essaim de droïdes qui entourait Ax et Dark Chratis, l'Adarien parla d'une voix heurtée :

— Nous avons relevé des bribes d'une transmission impériale demandant une évacuation d'urgence, et nous avons suivi le signal jusqu'à sa source. Tout le monde est sain et sauf ?

— Pour le moment, dit Maître Satele en l'emmenant à l'écart. Quelle est la situation en orbite ?

— Difficile à résumer. Nos communications se sont détraquées pendant un moment, et maintenant toutes nos banques de données ont été effacées.

— Par qui ?

— Je l'ignore. Le capitaine Pipalidi vous fera un compte rendu, ainsi qu'au directeur des opérations Vii, quand je vous aurai ramenés en orbite.

— Ula s'en est sorti, lui aussi ? demanda Larin.

— Il est à bord de notre navette en ce moment même, répondit l'officier. Nous l'avons découvert dans une capsule de survie qui dérivait, et il hurlait pour qu'on lui porte secours. Nous l'avons récupéré. Il n'a pas voulu nous expliquer comment il s'est retrouvé dans cette situation, mais il est en bonne forme, je peux vous l'assurer.

— Très bien, dit la jeune femme ? Heureuse d'apprendre qu'il n'a rien.

Shigar jeta un regard en biais à la navette. Était-ce le visage de l'émissaire qu'il apercevait en train de les observer ? Impossible à dire.

— Pour les hex, reprit l'officier en regardant par-dessus son épaule. Je veux dire… c'est fini ?

— Je ne le pense pas, répondit Maître Satele. Pas vraiment, non.

Ula contemplait la scène depuis la navette. Rien ne l'empêchait de quitter son siège. Il n'était pas sous surveillance et on ne le soupçonnait même pas. Il aurait pu sortir s'il l'avait voulu et se livrer aux hex si cela lui avait chanté.

Mais la trahison de Jet était toujours très vive dans son esprit, et c'est pourquoi il préféra rester à bord.

Tout avait commencé à mal se passer quand la station orbitale s'était effondrée. Après avoir vu les missiles du *Paramount* être déviés, Jet avait envisagé de précipiter le croiseur lui-même sur les hex afin de ruiner les plans des droïdes. Ula s'était élevé avec véhémence contre cette solution parce qu'il refusait de sacrifier un aussi grand nombre de vies.

— Un millier contre des milliards, avait fait valoir le contrebandier. Ce n'est pas d'un bon rapport ?

— Nous ne savons même pas si la manœuvre réussirait ! Et si elle échoue, nous serons dans une situation encore pire que celle qui est la nôtre actuellement.

— Si c'est la destruction d'un vaisseau impérial qui vous inquiète…

— Vous pensez vraiment que je laisserais ce genre de considération m'influencer au point de ne pas faire ce qu'il faut ?

C'est seulement en prononçant ces mots qu'il s'en était rendu compte. Il les pensait.

La question était devenue totalement obsolète dès que la station orbitale s'était abîmée au sol.

— On dirait bien que quelqu'un a trouvé le moyen d'arriver au résultat que nous n'avons pas pu obtenir, commenta Jet. Dans ce cas, on n'a plus besoin de nous. Allez, on quitte son siège, directeur des opérations Vii. C'est ici que nos chemins se séparent.

Cette déclaration avait pris Ula complètement au dépourvu.

— Qu'est-ce que vous racontez ? Je reste avec vous.

— Oh non.

Le contrebandier avait exhibé un blaster et l'en avait menacé pendant que Clunker le traînait hors du cockpit. Le droïde possédait une force trop grande pour qu'il puisse seulement songer à résister.

— Nous avons des affaires à conclure ailleurs.

Ula s'était accroché au rebord du sas.

— Attendez ! Emmenez-moi avec vous, je vous en prie !

Jet avait secoué la tête négativement, mais non sans ce qui ressemblait à un peu de compassion.

— Il faut que vous trouviez votre propre place, l'ami, et je ne pense pas qu'elle soit auprès de moi. Dites adieu à cette jolie dame… et arrêtez de tricher si vous voulez avoir une chance avec elle un jour.

Le sas s'était refermé dans un chuintement définitif, et le

système de mise à feu de la capsule s'était déclenché aussitôt, le propulsant dans l'espace. Si cette navette n'avait pas croisé sa route, il aurait pu finir sur la planète proche – ou même dans le trou noir –, mais Ula ne pensait pas que Jet avait laissé ces choses au hasard.

À présent, il était assez proche de Larin pour lui adresser un signe de la main, et il ne savait pas quoi faire.

La masse des hex qui avait dissimulé Dark Chratis à la vue se retira dans le lac, ne laissant que la jeune Sith derrière elle. Ax se tourna vers le lac, leva les bras et s'adressa aux droïdes. Ils répondirent par la formation immédiate de nouveaux agglomérats. Ils tournaient leur esprit collectif vers de nouvelles tâches. Certains redescendirent dans le lac. D'autres s'agglutinèrent à différents endroits de la paroi du cratère pour combiner leurs tirs en des faisceaux laser puissants. Les vibrations l'atteignirent à travers les cloisons et le plancher de la navette. Il vit Larin et les autres se dandiner curieusement, comme si le sol tremblait aussi sous leurs pieds, ce qui était certainement le cas.

Maître Satele s'approcha de la jeune Sith. Elles échangèrent quelques mots, puis se séparèrent. Le Grand Maître retourna auprès de Larin, Shigar et l'officier qui s'était précipité à leur rencontre. Ensemble, ils se hâtèrent de regagner la navette.

— Rappelez tous les autres, dit-elle alors qu'ils gravissaient la rampe et entraient dans le principal compartiment passagers. S'ils ne peuvent pas arriver ici à temps, envoyez une autre navette.

— Que se passe-t-il ? s'enquit Ula. Dehors ?

Maître Satele les avait déjà abandonnés pour se rendre dans le cockpit. Les engins se mirent à gémir sourdement.

— Je ne sais pas, lui dit Larin avec un sourire.

Shigar le salua d'un simple hochement de tête, qu'Ula lui rendit. Le Padawan apparaissait tout aussi harassé que Larin et Maître Satele. Les combats au sol avaient manifestement été aussi rudes que ceux dans les airs.

La poussée des répulseurs de la navette plaqua Ula au fond de son siège. Il jeta un dernier coup d'œil par la fenêtre et vit les parois du cratère qui s'écroulaient autour du lac. La lave brûlante venue de la mer en fusion se déversa à l'intérieur, calcinant et détruisant tout sur son passage. Des nuages de fumée s'élevèrent en volutes épaisses qui très vite cachèrent la jeune Sith à la vue.

— Tu vas les détruire, dit Maître Satele.

Ax ne répondit pas. Sans être une question, la phrase exigeait une réponse, et elle prenait soin de la garder pour elle. Les hex se déversaient sur le vaisseau pour le réduire en pièces. Quand ils en auraient fini, ils s'introduiraient dans les puits géothermiques et continueraient de creuser jusqu'à ce que la lave jaillisse des profondeurs. Ce que cette mer brûlante ne détruirait pas, la chaleur du noyau le ferait fondre et le transformerait en scories.

— Et pour Lema Xandret ? demanda Maître Satele. Il ne reste pas beaucoup de ce liquide amniotique, mais il pourrait être sauvé.

— Vous pensez qu'il devrait l'être ? répliqua Ax.

Elle pensait à la vie de son clone dans ce réservoir. Coupé de la Force, si totalement isolé de l'extérieur et du reste de l'univers, il avait même ignoré jusqu'à l'existence de l'Empire. Cinzia aurait pu stopper les hex à tout moment, mais elle ne l'avait pas fait. La fille ressuscitée de Lema Xandret et cette dernière, transformée en un horrible écho de mère, étaient bien plus responsables de tous ces ravages que les droïdes.

Tout était une question de maîtrise, de contrôle, elle s'en rendait compte à présent. Xandret avait tenté de contrôler la Cinzia clonée, et elle avait perdu le contrôle des hex. Dark Chratis avait voulu contrôler Ax, mais elle s'était retournée contre lui. La colère seule ne suffisait pas.

Elle entendait toujours les cris de sa mère.

— Il ne m'appartient pas de décider si tu devrais la

sauver ou pas, disait Maître Satele, mais tu as fait une promesse à Cinzia.

Ax avait fait bien des promesses. À elle-même, à Dark Chratis, au Conseil Noir, et finalement à l'Empereur en personne.

Mais tout cela avait eu lieu avant. Avant qu'elle comprenne qu'elle avait le choix.

N'attendez aucune pitié de ma part, Maître, le jour où nos positions seront inversées.

— J'ai menti, dit-elle.

Le Grand Maître eut un simple hochement de tête. Ax ne savait pas si elle comprenait. Qu'elle fasse silence lui suffisait.

La Sith se leva et observa les hex à l'œuvre pendant que les autres fuyaient. L'odeur du sang brûlé était douce à ses narines. Les cendres qui retombaient doucement sur elle étaient douces et tièdes comme des plumes. Peu à peu, la voix s'estompa dans son esprit. Elle inspira profondément. Elle se sentait en paix. Seuls les bêlements incessants du pilote de la navette venaient perturber sa sérénité.

Elle resta aussi longtemps qu'il lui fut possible. Quand le sol menaça de se dissoudre sous elle et que le ciel s'illumina d'étoiles filantes – des hex en orbite qui tombaient vers leur fin –, elle se détourna et quitta le foyer que sa mère avait créé, pour toujours.

SIXIÈME PARTIE

PRÉPARATIFS DE GUERRE

46

Larin n'avait encore jamais rencontré le commandant suprême Stantorrs, et elle n'avait pas vraiment l'impression que ce soit le cas, même après une demi-heure de compte rendu de mission dans son bureau. Il y avait tant de secrétaires et de conseillers qui s'affairaient pour porter des messages ou demander une décision instantanée afin de régler des crises inopinées qu'elle avait rarement capté son attention plus de quelques secondes d'affilée. Et même dans ces moments, elle avait beaucoup de mal à le cerner. Au lieu de regarder son visage renfrogné de Duro, elle se concentrait sur ses longs doigts qui pianotaient sur le bureau, se recourbaient et se dépliaient d'une façon qui, elle l'espérait, finirait par lui donner une idée de ce qu'il pensait vraiment.

— Vous dites que vous avez été suivie jusque là-bas ?

— Oui, monsieur, répondit-elle. Les Hutts avaient placé une balise-espion à bord de l'*Auriga Fire*.

— Vous le saviez avant de quitter Hutta. Il me semble avoir lu quelque chose à ce sujet.

— C'est exact, monsieur.

Tout était dans son rapport, et sans aucun doute dans une multitude d'autres rapports concernant l'incident, mais elle ne laissa transparaître aucun signe d'impatience. S'il voulait l'entendre de sa bouche, très bien. Il était le commandant suprême, après tout.

— Nous avons pensé que la balise était restée avec Jet

Nebula, mais nous avons découvert plus tard qu'elle était en fait dans la capsule qu'il a utilisée pour expulser l'émissaire Vii.

— Ce « Jet Nebula » est une personne qui existe réellement ?

— Oui, monsieur. Ses parents avaient un sens de l'humour assez particulier d'après ce qu'il a dit.

— Quoi ? Oui.

Un assistant venait de placer un datapad devant lui. De l'index gauche, il indiquait quelque chose sur l'écran.

— Celui-là, bien sûr. Tassaa Bareesh a-t-elle participé en personne à l'expédition sur Sebaddon ?

— Non, monsieur. Elle s'est fait représenter par un dénommé Sagrillo.

— C'est lui a revendiqué la possession de la planète et a déclaré que les forces conjointes restantes étaient des intrus ?

— Oui, monsieur. Sur le moment, sa puissance de feu dépassait largement la nôtre. Sa maîtresse n'a pris aucun risque.

Le commandant suprême joignit la pointe de ses doigts pour former un triangle devant lui.

— J'imagine sa surprise quand vos renforts sont arrivés.

Pas seulement nos renforts, mais aussi ceux de l'Empire, eut-elle envie de corriger. Ce n'avait été qu'une question de temps pour que tout le monde arrive. L'habituel sens de l'humour singulier de l'univers avait voulu que tout le monde apparaisse plus ou moins simultanément.

Elle se souvenait très bien de ces heures pour le moins tendues, même si elle ne s'était pas trouvée sur la passerelle en compagnie des officiers supérieurs et des négociateurs. Elle se trouvait dans le poste d'équipage à échanger des anecdotes avec Hetchkee, Jopp et les autres rescapés des groupes d'assaut au sol. Ils avaient cessé de regarder par les hublots les vaisseaux qui jaillissaient de l'hyperespace ou y disparaissaient autour du trou noir. Il y avait eu plusieurs différends qui s'étaient soldés par des épaves tournoyant jusqu'à être avalées dans le puits de la singularité, et d'autres vaisseaux qui avaient eu des problèmes avec les jets du trou noir. L'esprit et le corps empoisonnés par l'épuisement, ils avaient tous plus ou moins guetté l'appel aux armes qui viendrait certainement. Les vaisseaux de la République de la mission d'origine encore sur place allaient être réquisitionnés, et l'on aurait besoin de chaque soldat.

Et soudain, tout avait été derrière elle. Le *Commenor* avait effectué le saut dans l'hyperespace, laissant des vaisseaux tout récemment arrivés et leurs commandants régler le problème. Et c'était la dernière fois qu'elle avait été en contact avec Sebaddon, avec ses hex. Chaque donnée relative à cette campagne avait été effacée – par un rayon électromagnétique très exotique, d'après ce qu'on lui avait raconté. Ne subsistaient que des souvenirs confus et des rapports comme celui qu'elle avait enregistré à son retour.

Très peu de ces comptes rendus mentionnaient Dao Stryver. Pendant la confusion générale, le Mandalorien s'était éclipsé, à croire qu'il avait plongé au fond du trou noir, et on ne l'avait plus revu depuis.

— Croyez-vous que le capitaine Pipalidi a agi de façon responsable dans la confrontation qui a suivi ? lui demanda Stantorrs.

Larin prit le temps de bien réfléchir à la formulation de sa réponse. Sa réintégration et sa promotion étaient encore très aléatoires, et elle ne tenait pas à gâcher les chances qui pouvaient lui rester.

— Je pense qu'elle a fait de son mieux dans une situation difficile, monsieur. Personne ne saurait lui tenir rigueur pour la façon dont elle a agi.

— L'armée ne nous demande pas de faire de *notre* mieux, mais de faire *le* mieux. Est-ce ce que le capitaine Pipalidi a fait ?

C'était la même question posée en termes différents, or

Larin n'avait pas l'impression que Stantorrs était du genre à se répéter très souvent.

— Je le crois, monsieur. Chaque installation sur la planète était en feu. Toutes nos troupes avaient été évacuées. La mission avait déjà coûté à la République plus de ressources qu'elle ne pouvait se le permettre, et rester sur zone aurait entraîné des pertes supplémentaires. Un repli était donc la décision la plus sensée qu'elle pouvait prendre.

Les mains du commandant suprême s'immobilisèrent à plat sur le bureau devant lui.

— J'ai plaisir à l'entendre, Moxla, parce que j'envisage de promouvoir Pipalidi au grade de colonel, alors que je rencontre une opposition assez rude – ces gens qui pensent que nous devons tout aux Jedi, si vous me comprenez – et il est bon d'être conforté dans son opinion par quelqu'un en qui l'on peut avoir confiance. Je ne me trompe pas en estimant que je peux avoir confiance en vous, n'est-ce pas, Moxla ?

Il était évidemment au courant de son histoire au sein de la Blackstar, et il était donc inutile de tergiverser plus longtemps.

— Monsieur, vous pouvez toujours me faire confiance pour m'exprimer si je pense qu'un supérieur ne tient pas son rôle.

— C'est bien ce que je pensais. Et c'est exactement ce dont j'ai besoin. Il y a… Quoi encore ? Ça ne peut pas attendre ?

Un autre assistant vint murmurer à l'oreille du commandant suprême.

— Bon, d'accord, fit-il. Je vais faire court, Moxla. Ces OSS avec qui vous avez combattu sur Sebaddon… Une bande de fauteurs de troubles, mais avec un sacré cran. Nous allons former une nouvelle entité au sein des Forces Spéciales, dont ils seront le noyau, et nous voulons que vous en fassiez partie. Nous ne pouvons pas effacer ce qui figure dans votre dossier, mais nous pouvons ajouter une ou deux recommandations pour arranger un peu le tout, et même modifier un peu la façon dont les faits sont présentés. Vous conserverez le grade qui vous a été attribué, avec certification, et vous choisirez vos éléments. Qu'en dites-vous ?

La surprise la laissa à court de vocabulaire.

— Euh… Je dis : oui, monsieur.

— Vous n'avez pas l'air particulièrement enthousiaste, lieutenant Moxla.

Il ne lui fallut pas longtemps pour se ressaisir. Tout valait mieux que rester à végéter dans les tréfonds de Coruscant à attendre que le couperet tombe. Ou bien une guerre ouverte avec l'Empire allait se déclarer d'un jour à l'autre, ou bien la capacité de la République à maintenir la paix sur les mondes dépendant d'elle vacillerait. Ainsi, elle serait au cœur de l'action et elle pourrait se rendre utile. Elle agirait, et avec un peu de chance elle pourrait s'entourer de quelques personnes en qui elle avait une confiance absolue. Ses Jopp, par exemple. Elle se mit au garde-à-vous et salua avec la vigueur qui convenait.

— Vous n'auriez pu mieux choisir, dit-elle. Donnez-moi un mois, et votre unité sera aussi affûtée qu'un rasoir.

— Ne me lancez pas sur le sujet, Moxla, dit-il. Rien n'est aussi parfait qu'il y paraît.

Un autre assistant s'approcha, et le commandant suprême la congédia d'un geste.

— Au travail, Moxla. Vous avez toute ma confiance.

Elle salua encore et marcha jusqu'à la porte sous les regards impénétrables des assistants et des conseillers.

— Comment ça s'est passé ? lui demanda Ula qui l'attendait dans l'antichambre et l'accompagna dans le couloir.

— Très bien, tout compte fait, dit-elle. Vous y êtes pour quelque chose ?

— C'est peu probable. On m'a muté et je m'occupe maintenant de la collecte des renseignements.

Cette fois, donc, il ne jouait pas les modestes.

— Je suis désolé, Ula.

— Non, tout va bien. Je trouvais mon dernier poste un peu trop… stimulant.

Il sourit, et elle se rendit compte qu'elle lui souriait en retour. Ula – toujours dans ses habits d'émissaire – avait guetté son retour sur Coruscant et, en s'assurant que des officiers supérieurs ne la renvoient pas ou ne s'attribuent pas les mérites de ses actes, il avait fait en sorte qu'elle soit remarquée par le commandant suprême. Le capitaine Pipalidi l'avait peut-être aidé d'ailleurs. Qu'elle soit promue suggérait que Pipalidi écoutait Stantorrs pour maints sujets en relation avec Sebaddon, et Larin avait certainement aidé à ce que toute cette affaire ne soit pas une déroute totale pour la République.

— Qu'allez-vous faire maintenant ?

Elle ne répondit pas immédiatement car elle se souvenait de la manière dont Ula avait nettoyé sa main blessée sur l'*Auriga Fire*, et la joie sincère qu'il avait affichée en la voyant, avant que la navette les emmène loin de la planète en flammes. Elle plia ses nouveaux doigts – une prothèse de qualité, enfin, greffée et impossible à distinguer d'une vraie main – et elle se demanda qui veillerait sur lui lors de sa nouvelle mission.

— J'ai rendez-vous avec quelqu'un maintenant, dit-elle, et ensuite il semble que je vais pas mal bouger. Mais j'aimerais beaucoup vous revoir quand je reviendrai.

Le sourire d'Ula s'agrandit.

— J'attendrai.

— En admettant que vous soyez toujours dans les parages, bien sûr.

— Les risques que j'aille ailleurs sont maintenant très minces.

— Parfait. Nous viderons quelques Cœurs de Réacteur, et nous parlerons du bon vieux temps.

— Je suis sûr que nous aurons beaucoup d'autres choses à nous dire d'ici là.

— Quoi, les statistiques de la natalité et de la mortalité dans le Secteur Quatre ?

— Pour commencer uniquement.

À la sortie du bâtiment, ils firent halte et s'entreregardèrent. Était-ce un effet de son imagination ou lui semblait-il plus jeune, plus svelte qu'il ne l'avait été ? C'était sans doute dû à ce sourire, se dit-elle. Et elle avait très envie qu'il soit toujours ainsi quand elle le reverrait.

Elle lui prit la main gauche dans les siennes. Sa prothèse exerça une pression légère. Quand elle s'éloigna, elle savait qu'il la suivait des yeux jusqu'à ce qu'elle disparaisse dans l'escalier menant à la place, en contrebas.

Shigar l'attendait devant le Cénotaphe des Innocents, et il faisait les cent pas devant la première rangée d'arbres asaari. Son front troublé était à l'unisson de la grisaille du ciel. Il avait retrouvé ses habits bruns de Jedi, et un sabre laser flambant neuf battait à sa hanche, mais il semblait être un homme totalement différent de celui qu'elle avait rencontré dans les vieux quartiers il n'y avait pas si longtemps. Il se déplaçait d'un pas un peu raide à cause d'une blessure encore sensible au côté. Ses cheveux, raccourcis par Dark Chratis sur Sebaddon, pendaient tristement autour de son visage. En le voyant, Larin regretta presque d'être venue.

Il se tourna vers elle quand elle approcha. Sur ses joues, les tatouages bleus de son clan semblaient à demi effacés.

— Vous êtes toujours en uniforme. C'est bon signe.

Elle fit halte devant lui.

— Vous pensiez qu'ils allaient me mettre nue et me jeter dans la rue ? dit-elle.

— Et maintenant vous souriez. Les choses se sont améliorées.

— En effet.

— J'en suis heureux, Larin.

— Eh bien, moi aussi. Bonjour, au fait.

— Bonjour. Allons là-bas.

Il la mena près d'un bosquet d'arbres plantés en guise de mémorial pour les gens décédés pendant le sac par l'Empire du Temple Jedi. Chaque arbrisseau avait grandi pour devenir un arbre, et l'ensemble formait maintenant une petite forêt avec des grottes et des bancs où les gens venaient passer un moment à méditer. Ils s'assirent côte à côte, proches mais sans se toucher, et pendant un long moment il sembla que le Jedi ne parlerait pas. Les branches frémissaient au-dessus de leurs têtes dans un mouvement de va-et-vient incessant qui ne devait rien au vent.

— Je voudrais vous poser une question, dit-il enfin.

— Et j'ai quelque chose à vous dire, donc nous sommes à égalité. Vous voulez commencer ?

— Pas particulièrement, mais si vous préférez, je le ferai.

— Alors, allez-y.

— Est-ce que j'ai fait ce qu'il fallait en vous emmenant avec moi ?

La question la surprit. Elle avait craint qu'il ne lui annonce qu'il avait changé d'avis et qu'il était d'accord pour envisager une liaison amoureuse avec elle. S'il avait dit cela, elle aurait dû trouver les mots justes pour lui expliquer ce qu'elle avait éprouvé alors, et elle doutait que de tels mots existent. Elle savait très précisément d'où ces sentiments étaient venus, mais elle n'avait pas vraiment réfléchi à ce qu'ils étaient maintenant. Et puis il y avait Ula, qu'elle avait la ferme intention de revoir quand elle reviendrait.

— Je suppose que tout dépend de ce que vous entendez par « ce qu'il fallait ».

Il grimaça.

— Ça ne m'aide pas vraiment.

— Bon, alors laissez-moi vous dire ce que je voulais vous dire, et peut-être que ça aidera. Voilà, c'est : merci.

— Pour quoi ?

— Merci, simplement.

— Pour quoi ?

Elle leva les yeux au ciel.

— Vous allez me forcer à vous expliquer, hein ?

— Si ce n'est pas un trop gros problème pour vous, fit-il avec un petit mouvement des lèvres qui pouvait passer pour un sourire.

— C'est très simple, en fait. Vous êtes tombé sur moi à un moment où tout était plus sombre que jamais pour moi. Je n'avais aucune sécurité, pas de famille, pas de but – pas de vie, en réalité. Vous m'avez offert toutes ces choses. Relativement parlant, bien sûr. Je n'avais jamais été confrontée à quelque chose comme les hex et je m'étais toujours enorgueillie d'être restée entière. Mais le principal est là : nous avions une mission, des rôles à tenir. Et je vous avais, vous.

Elle leva une main pour l'empêcher de l'interrompre.

— Je n'ai pas dit que je vous *avais*, dans le sens possessif du terme, mais vous représentiez pour moi plus qu'un simple type dont j'avais croisé la route. Vous êtes un Kiffar, comme moi, et nous ne sommes pas très nombreux en circulation ces temps-ci, donc pour moi vous étiez un peu comme ma famille. Et nous vous protégions quand ça tournait au vilain, ce qui faisait de vous… l'équivalent de quelqu'un de ma section, j'imagine. Vous étiez tout ce qui me manquait, sans que je puisse jamais l'exprimer.

— Je suis flatté, dit-il.

— Ne le soyez pas, répondit-il. Tout ça n'avait en fait rien à voir avec vous. N'importe quel autre Kiffar séduisant et bien armé aurait correspondu à ce que je cherchais alors.

Elle sourit pour qu'il ne prenne pas mal cette dernière phrase, et il sourit lui aussi.

— Je suis content, dit-il. Parce que ça me donne l'impression que j'ai fait ce qu'il fallait faire.

— Eh bien, vous pouvez le penser maintenant, mais le jour où je serai en ligne de mire de l'Empire et que je n'aurai plus de munitions, sachez que vous serez le premier à qui j'en voudrai pour ça. Mais bon, au moins j'aurai une section correcte avec moi, c'est déjà ça.

Elle fut étonnée de ressentir un soudain afflux d'émotions. Elle lui était vraiment reconnaissante, mais elle ne savait pas comment le lui faire comprendre, sinon en plaisantant.

— Vous avez pensé sérieusement que je ne souhaitais pas venir avec vous ? Vous ne vous souvenez pas de l'odeur que je dégageais ?

— J'en fais encore des cauchemars.

— Et puis, il me semble que vous avez bien d'autres soucis maintenant.

Il redevint sérieux.

— Que voulez-vous dire ?

— Eh bien, le fait que vous vous posiez des questions sur ce que vous avez fait me donne à penser que vous êtes entré dans un nouveau monde d'incertitudes. Faire ce qui est juste n'est pas si facile dans le monde réel, n'est-ce pas ?

Il contempla un moment l'herbe à ses pieds.

— Non.

— Donc vous avez compris cette leçon, ce qui signifie que vous deviendrez sans doute un véritable Jedi très bientôt, mais en même temps vous vous rendez compte que plus rien ne sera jamais tout noir ou tout blanc. Tout est gris.

— Pas tout, dit-il. Il reste du noir.

— Mais le blanc est difficile à trouver, pas vrai ? dit-elle en posant sa main artificielle sur son épaule. Vous êtes un guerrier, à présent. Vous finirez par ne plus voir que deux couleurs : le rouge ou le noir. Mieux vaut vous y faire si vous voulez rester en première ligne.

— Ai-je le choix ?

— Bien sûr. Avec la vie que vous avez connue, vous avez toujours eu le choix.

— Vous croyez toujours que tout a été facile pour moi ?

— Non, mon ami. Non.

L'éclat de la colère dans ses yeux verts s'était manifesté bien trop vite, et cela inquiéta la jeune femme. Mais elle savait qu'elle en avait dit assez. Ce n'était pas à elle de façonner son esprit.

— Tout le monde sait que le Clan des Konshi n'a jamais été gâté pour ce qui est du physique.

Cela remit la colère à sa juste place, là où elle pourrait couver en attendant une autre occasion de s'exprimer. Elle n'enviait pas la prochaine personne qui se trouverait à l'autre bout de son sabre laser.

— Il faut que j'y aille, déclara-t-il. Le Conseil doit avoir fini de délibérer maintenant.

— C'est la vie en temps de guerre, dit-elle. De longues périodes d'attente entre deux moments où l'on se fait tirer dessus.

— N'oubliez pas de vous baisser, Larin.

Ils se levèrent et se firent face.

— Et vous, n'oubliez pas de continuer à chercher le blanc, dit-elle avant de le serrer rapidement dans ses bras. C'est là, quelque part. Il vous suffit de le trouver.

Il acquiesça en silence.

Ils quittèrent le Cénotaphe des Innocents par des chemins séparés. Elle ne se retourna pas.

47

— Bonjour, mère. Désolé de ne pas avoir donné de nouvelles depuis si longtemps. J'ai été beaucoup pris par le travail, mais je t'en parlerai une autre fois. Rappelle-moi sur Coruscant quand tu pourras.

Ula coupa la communication et s'installa pour attendre. Il ne pensait pas que ce serait très long. Après la disparition de Dark Chratis, l'échec avec le *Cinzia* et l'effacement des banques de données de la flotte, il ne doutait pas que quelqu'un aurait envie d'entendre sa version des faits.

Ce qu'elle serait, il y avait beaucoup réfléchi.

Son comlink bipa pour l'avertir d'un appel imminent. C'était vraiment rapide. Si rapide, d'ailleurs, qu'il s'interrogea. D'ordinaire, quelqu'un sur Panatha notait son message puis relayait la demande codée à travers la chaîne de commandement jusqu'à Veilleur 3, lequel donnait ses instructions dans le sens inverse. Le processus pouvait prendre des heures. Occasionnellement, quelques dizaines de minutes. Jamais une poignée de secondes.

Ula survola du regard son appartement. Il lui paraissait plus exigu que dans son souvenir, et il y sentait maintenant comme un parfum d'hostilité. Il effectuerait un balayage de sécurité plus tard dans la soirée avec l'espoir de dénicher le micro qui, il en était maintenant sûr, se trouvait quelque part ici. Mais il ne savait pas encore s'il détruirait ou non ce micro.

L'holoprojecteur clignota. Il se plaça devant lui et adopta

une expression neutre. Une des premières choses qu'il avait apprises sur l'espionnage était qu'un apparent manque d'émotion rehaussait la crédibilité de la personne qui faisait son rapport et conférait aussi une illusion d'autorité. Raison pour laquelle il n'avait jamais vu du visage de Veilleur 3 autre chose qu'un contour ténébreux.

Celui-ci apparut devant lui, instable, comme s'il provenait de l'autre extrémité de l'univers. D'après ses informations, Ula savait toutefois que Veilleur 3 se trouvait lui aussi sur Coruscant, peut-être en haut de la rue. Tout était possible. Il connaissait au moins deux autres agents des renseignements qui habitaient le même bloc d'immeubles que lui et qui cherchaient également un accès facile au Sénat et des possibilités de fuites pratiques.

— Rapport, dit Veilleur 3.

Il fallait qu'Ula remonte à son arrivée sur Hutta pour raconter les événements de façon cohérente. Il ne mentit pas une seule fois, mais il en dit beaucoup moins que ce qu'il aurait pu. Comme pour tout échange d'informations, la plupart d'entre elles étaient implicites. Il laissa Veilleur 3 déduire que sa promotion fulgurante d'émissaire à directeur des opérations de la flotte unifiée avait moins à voir avec ses aptitudes qu'avec le besoin de placer une marionnette à ces deux postes. Il laissa également son correspondant décider si Dark Chratis était la personne qui avait œuvré dans l'ombre pour qu'il obtienne ce deuxième poste. Après tout, qui était plus susceptible d'être accusé que quelqu'un ne pouvant plus se défendre ?

— Le dernier rapport reçu par Stantorrs que j'ai pu lire avant mon transfert suggérait que l'orbite de Sebaddon avait été perturbée, menant à sa destruction imminente dans le trou noir, conclut-il. Certaines quantités réduites de métaux rares ont été récupérées par la République, mais les attaques impériales ont permis de les limiter au minimum. Aucun débris n'a été récupéré sur les sites établis par Lema Xandret et les autres fugitifs.

Veilleur 3 ne daigna pas révéler si cela corroborait les rapports du colonel Kalisch. Il ne mentionna pas non plus la mystérieuse prise de contrôle des vaisseaux de Kalisch ni l'effacement des banques de données. Un virus informatique diffusé par les vaisseaux infectés suffisait à expliquer ce dernier point, et le peu d'enthousiasme du colonel à reconnaître qu'il avait pu perdre le contrôle de sa flotte arrangerait le premier. Mieux valait une mission considérée comme légèrement ratée dans un rapport que la reconnaissance d'un échec complet.

Ula n'était pas surpris. Jet Nebula avait parfaitement anticipé l'issue de toute cette affaire. Il avait poussé la flotte à faire ce qu'elle devait faire, en sachant pertinemment que son rôle dans ses événements n'apparaîtrait jamais nulle part. Le seul maillon faible de son plan avait été Ula lui-même. N'importe qui de moins assuré aurait tué Ula par crainte que son secret ne soit dévoilé. Mais Jet l'avait laissé vivre. Et à présent Ula s'acquittait de sa dette de la seule manière possible pour lui, en s'arrangeant pour que les deux camps croient à cette fausse version des faits.

L'affaire n'était pas totalement étouffée, bien sûr. Des soldats raconteraient des histoires folles sur Sebaddon pendant encore des années, comme les soldats le faisaient toujours quand on leur demandait des anecdotes extraordinaires. Mais personne ne les croirait. Et tout finirait par être enterré avec le temps.

— Et le Mandalorien ? demanda Veilleur 3.

— Disparu. Il est parti longtemps avant l'arrivée des renforts. Une fois les hex en pleine débandade, il n'a sans doute pas jugé intéressant d'assister à l'issue de la bataille.

— Pourquoi avoir consenti tant d'efforts pour remonter jusqu'à la source du *Cinzia* si c'était pour ne jouer aucun rôle par la suite ? Tout ça n'a pas de sens.

— Ce n'était qu'un Mandalorien qui se trouvait impliqué personnellement, ne l'oubliez pas. Un commando qui opérait sur à peine plus que sa propre initiative. Xandret espérait peut-être une sorte d'alliance avec le Mandalore, mais lui n'était pas vraiment intéressé, c'est évident. S'il avait jugé que les hex étaient réellement des créations remarquables, il n'aurait pas envoyé que Stryver pour s'occuper de cette affaire.

— Et ces hex *n'étaient pas* remarquables ?

— Je laisse cette évaluation à des gens plus qualifiés que moi.

Ula ne s'inquiétait pas à ce sujet, car il avait la quasi-certitude que Veilleur 3 n'aurait que très peu de renseignements. Une fois encore, le colonel Kalisch n'avait certainement rien fait pour qu'on puisse lui rappeler qu'il avait été mis en déroute par un troupeau de droïdes. Il avait évidemment préféré attribuer ses pertes à une embuscade de la République et minimiser le rôle des hex, tout comme le capitaine Pipalidi. Et les enregistrements qui subsistaient dans les deux camps ne se contrediraient pas, grâce à Jet.

Parfois, la rouerie du contrebandier éblouissait Ula, de même que son culot. Où était-il à présent ? Ula aurait donné sa main gauche pour le savoir.

— Le Ministre est mécontent de votre rétrogradation, dit Veilleur 3. Vous devez tout faire pour réintégrer votre poste précédent.

Voilà qui était intéressant… Non seulement cette exigence était totalement déraisonnable, puisque Ula ne pouvait trahir la République et conserver un poste aussi proche du commandant suprême, mais l'impatience qu'ils montraient à le voir revenir dans les bonnes grâces de Stantorrs suggérait fortement qu'ils ne disposaient d'aucun autre agent opérationnel pour le remplacer. Il saurait garder ce paramètre à l'esprit lors de ses futurs rapports avec les deux camps.

— Bien, monsieur. Je vous tiendrai informé de mes progrès.

— Vous pouvez disposer.

L'holoprojecteur n'affichait plus d'image.

Ula ne bougea pas.

Avant qu'il eût le temps de compter jusqu'à dix, un autre visage apparu devant lui.

— Bonjour, Ula, dit Shullis Khamarr, la Ministre de la Logistique. Ça faisait longtemps. Je commençais à m'inquiéter.

Naguère, Ula était abasourdi par ses avances spontanées. Dans leurs précédents échanges, il avait invariablement été celui qui suppliait. Qu'elle le contacte sans raison apparente révélait une altération considérable dans leurs rapports.

— Toutes mes excuses, Ministre. La quête de cette planète dont je vous ai parlé ne s'est pas très bien passée, et les ressources que j'espérais pouvoir fournir à l'Empire ne se sont jamais concrétisées. Je peux seulement vous affirmer que l'ennemi n'en a pas plus tiré profit que nous.

— Eh bien, c'est déjà ça. J'espère que vous n'êtes pas trop déçu.

— Non, Ministre. Mon rôle ici a été réduit de beaucoup, mais je suis sûr que d'autres s'élèveront pour me remplacer.

— Il y en aura d'autres, oui. Mais aucun qui soit comparable à vous, dit-elle avec un sourire. J'ai toujours admiré votre passion et trouvé nos conversations très propices à la réflexion.

— Justement, à ce propos, je crains que…

— Oui, Ula ?

— Je crains de m'être fourvoyé quant à une position que j'avais auparavant.

Son sourire vacilla.

— Comment ça ?

C'était le seul mensonge qu'il s'était autorisé à dire :

— Pendant cette mission, j'ai travaillé en étroite collaboration avec Dark Chratis et son apprentie, et leur façon d'agir m'a poussé à reconsidérer les préjugés que j'avais envers eux. Je vois maintenant quel imbécile j'ai été de ne pas les prendre au sérieux. Leur rôle est crucial pour l'effort de guerre, et il fait partie intégrante du bon fonctionnement de l'Empire.

L'ombre de la méfiance s'estompa sur les traits de Shullis Khamarr.

— J'avoue que cette déclaration me soulage, Ula. Vous aviez embrassé une hérésie dangereuse. Elle partait de bonnes intentions, naturellement, mais c'est une chose qu'on ne peut tolérer à quelque niveau que ce soit du gouvernement.

— Je le vois bien à présent. Vous avez fait preuve d'une grande tolérance, Ministre.

— Allons donc, Ula, nous sommes amis, et les amis se pardonnent beaucoup de choses.

Il se demanda si elle n'était pas quelque peu déçue. Il devait exister un certain avantage – même s'il était surtout psychologique – à avoir un informateur aussi décidé à l'aider dans son propre avancement. Si tel était le cas, elle le cachait bien.

Je suis las de vous orienter vers ma façon de penser, Shullis Khamarr, se dit-il, et il pensa à Larin et Shigar, qui l'avaient tous les deux sauvé de fins terribles, mais aussi au stoïcisme paisible du Grand Maître Satele Shan. Tous ceux qui avaient survécu à Sebaddon seraient à jamais changés par ce qui leur était arrivé là-bas, et il ne faisait pas exception à la règle. *Je suis convaincu que gouverner ne se résume pas à des règles, des lois et une discipline. Une culture doit aussi avoir un cœur. Un cœur puissant, qui jamais ne vacille.*

— Merci, Ministre, dit-il en s'inclinant respectueusement.

Elle termina leur conversation par une platitude quelconque et coupa. Ula se demanda s'il lui reparlerait un jour. Probablement pas. Les amitiés, de quelque nature qu'elles soient, avaient du mal à perdurer dans le monde du renseignement, surtout quand l'un des deux protagonistes avait été rétrogradé.

Dans les semaines à venir, il jaugerait les avantages qu'il y avait à jouer d'un camp contre l'autre, et il verrait comment jongler au mieux avec les différents intervenants, comme Jet l'avait si bien fait. Il ne disposait pas d'une armée d'hex impossibles à arrêter, ni d'un robot capable de prendre le contrôle de flottes entières, mais il en venait à penser que, parfois, la fin justifiait les moyens. S'il pouvait faire en sorte d'éloigner la République et l'Empire d'un conflit, ou au moins d'épargner à leurs citoyens respectifs le pire des excès d'une guerre, alors ce serait une bonne chose. Et une vraie chose, une chose réelle, pas comme tout ce qu'il avait tenté jusqu'à maintenant. Il serait dans son propre camp, son camp personnel, comme Larin quand elle avait été renvoyée à la vie civile – le camp de milliards de gens ordinaires pris au piège d'une galaxie en guerre.

Là, dans son petit appartement, il réfléchit à ce qu'il allait faire ensuite. Chercher ce micro ? Rédiger un message codé à destination de cet Ithorien à qui il avait parlé aux Services du Renseignement Stratégique ? Dormir ?

Il ne savait pas encore, et c'était un sentiment assez agréable.

Les murs se refermaient peut-être bien sur lui, mais ses perspectives étaient plus vastes que jamais. Coruscant elle-même ne lui paraissait plus aussi maudite qu'auparavant. Larin avait été réintégrée dans les Forces Spéciales. Et son visage avait rayonné quand elle avait parlé de l'avenir. *Nous viderons quelques Cœurs de Réacteur, et nous parlerons du bon vieux temps.* Aucune mention de Shigar, ni d'aucun autre survivant de Sebaddon.

C'était au moins une chose qu'il avait hâte de connaître.

48

Après des heures d'attente, le tour de Shigar était enfin venu.

— Nous t'avons jugé prêt pour les épreuves, Shigar Konshi, dit Maître Nobil. Je pense que tu ne seras pas surpris de l'apprendre, la maîtrise de tes pouvoirs psychométriques n'était que la plus petite partie de ton parcours.

Shigar n'était pas surpris, mais dans le même temps il ne put dissimuler son soulagement. Il s'inclina très bas devant les images holographiques des membres du Haut Conseil dont il avait rencontré un grand nombre : le sombre Wens Aleusis, le brillant Giffis Fane, le jeune Oric Traless, dernier accepté par ses pairs…

— Merci, Maîtres, dit-il. Je suis sûr que je ne vous décevrai pas.

— Dis-moi comment s'est résolu le marché passé avec Tassaa Bareesh, fit Maître Nobil. Ce détail ne figure pas dans ta séance de compte rendu.

— Je crains qu'il ne soit toujours pas résolu, dit-il. L'accord passé était opportun dans les circonstances du moment, mais il a toujours été possible qu'il devienne un handicap. Elle a utilisé une balise-espion pour trouver elle-même le monde, de sorte que je n'ai eu aucun scrupule à y amener d'abord la République. Elle ne peut se plaindre d'aucune perte, puisque cette planète n'est revenue à personne.

— Restent les dégâts dans son palais sur Hutta, remarqua

Maître Fane, et le fait qu'elle a perdu la face en public. Suudaa Nem'ro doit se frotter les mains.

— Et le fait qu'elle ait été déshonorée aura certainement des retombées.

— Oui, Maître Nobil. Je crois que ma tête a été mise à prix.

— Ce qui a été notre lot à tous, à une période ou une autre, dit Maître Traless avec un sourire ironique. N'en perds pas le sommeil, mais garde l'œil quand même.

— Merci, Maître. Je n'y manquerai pas.

Shigar savait ce qu'ils s'efforçaient de lui faire comprendre. *N'espère pas jouer à ce jeu sans enfreindre les règles. Tu l'as fait une fois, et tu le feras encore. Habitue-toi*. C'était de nouveau du Larin tout craché.

Les querelles entre chefs de gang hutts ne l'inquiétaient pas le moins du monde. Il avait des soucis bien plus importants.

— Puis-je parler librement au Conseil ? demanda-t-il.

— C'est même recommandé, dit le Grand Maître Satele Shan.

C'était la première fois qu'elle prenait la parole. Il avait presque oublié sa présence tant elle était restée silencieuse et discrète dans un coin de la salle d'audience qu'ils avaient réquisitionnée.

— Tu as quelque chose en tête depuis Sebaddon, ajouta-t-elle.

— C'est vrai, Maître. Je ne sais pas trop par où commencer.

— Commence par ce qui te peine le plus.

Il n'avait jamais pensé que sa nouvelle compréhension des choses pouvait être source de peine, mais il vit aussitôt qu'elle avait raison. Cela le brûlait comme un brasier dans sa poitrine.

— Tant de gens sont morts, commença-t-il, et pour rien… Ne me dites pas qu'il en est ainsi en temps de guerre, parce qu'officiellement nous ne sommes pas en guerre. Xandret et ses hex n'étaient pas nos ennemis. Dark Chratis a été notre allié pendant un temps. Pourtant tous sont morts. Je ne vois pas le sens de tout ceci.

— Continue, dit Maître Nobil.

Il s'efforça de s'exprimer le plus clairement possible.

— Toute cette affaire est endémique dans la crise actuelle. Les Sith sont en plein développement. Nous sommes en plein déclin. Mandaloriens et Hutts se dressent entre nous, ce qui crée la confusion et des heurts. Nos options sont limitées. Si nous ne faisons rien, des millions de personnes mourront. Si nous ripostons, nous nous engageons à les combattre à *leur* niveau.

— Donne-nous ta solution, Shigar, dit Maître Traless.

— Attaquer maintenant. La guerre arrive, nous le savons tous, alors pourquoi attendre que l'Empereur prenne l'initiative ? Devançons-le avant qu'il ait eu le temps de consolider un peu plus son pouvoir. Servons-nous de l'élément de surprise tant que nous pouvons en profiter. Ne gaspillons pas inutilement des vies.

— On parle beaucoup de la façon dont nous aurions provoqué notre infortune actuelle simplement en faisant des Sith nos ennemis, dit Maître Nobil. Déclencher une guerre maintenant n'atténuerait en rien ces doutes.

— Quand nous aurons gagné la guerre, les gens comprendront qu'elle était nécessaire.

— Et si nous la perdons ? demanda Maître Fane.

— Nous ne devons pas perdre, répondit Shigar. Nous ne pouvons pas perdre. Et nous ne perdrons pas si nous agissons assez vite. Chaque jour, l'Empereur devient plus fort, et nous nous affaiblissons. Combien d'espions et de traîtres sapent les fondations des forteresses que nous avons érigées autour de nous ? Combien de batailles inutiles faudra-t-il mener avant que tous dans la République désertent notre cause ? Combien d'autres Sebaddon sont, là, dans l'espace, qui nous attendent ? La prochaine de ces planètes sera peut-être celle qui verra notre fin.

— Notre mission est de promouvoir la paix, rappela Maître Nobil. L'aurais-tu oublié ?

— Jamais, Maître. Mais il existe des degrés dans la guerre, tout comme il existe des degrés dans la paix. Et une frappe préventive pourrait épargner à la galaxie une guerre totale.

— Mais à quel prix ? Souviens-toi, Shigar, quand tu plaidais pour la justice à laquelle ont droit ces milliards de gens ordinaires pris entre deux feux dans un conflit. Si nous agissons maintenant, leurs cadavres seront entassés devant ta porte. Veux-tu avoir ce fardeau sur la conscience, mon jeune belliciste ?

— Non, Maître. C'est que, je ne veux pas… Enfin, je veux juste…

Il baissa les yeux sur ses mains, si incroyablement intactes après avoir tenu un tel pouvoir sur Sebaddon. S'il pouvait faire cela, pourquoi pas le Conseil Jedi ? C'était la seule leçon que Dark Chratis lui avait enseignée.

— Je pense simplement que ma proposition mérite d'être envisagée.

— Nous l'avons envisagée, dit Maître Fane. Et nous continuerons de l'envisager tant qu'une solution adéquate ne se sera pas présentée.

— Tu n'es pas le seul à penser de la sorte, dit Maître Traless en se penchant en avant. Nous avons un millier de jeunes Jedi qui n'attendent que…

Il en aurait dit plus sans le regard vif de Maître Nobil qui le fit taire.

— Ta passion est toujours aussi vive, jeune Shigar. Tu dois prendre garde à ce qu'elle ne prenne jamais les commandes de ton cerveau. Merci de nous avoir exposé ton opinion. Viens sur Tython, et termine ce que tu as commencé. Quand tu auras été pleinement installé Chevalier Jedi, tu pourras remplir ton rôle plus efficacement dans les temps à venir.

Mais quel est mon rôle ?

Ses mots ne quittèrent pas ses lèvres, et il regarda les images des Hauts Conseillers Jedi qui un à un clignotaient puis disparaissaient.

— Nous irons ensemble, lui dit le Grand Maître. Les épreuves sont difficiles. Nombreux sont ceux qui échouent, c'est pourquoi je te conseille de ne pas céder à l'autosatisfaction.

Son expression demeurait indéchiffrable.

— Je suis désolé si je vous ai mécontenté, Maître.

— Tu ne m'as pas du tout mécontentée, Shigar. Je suis lasse, simplement. Comme toi, je souhaite qu'une solution rapide soit trouvée à la situation actuelle.

— Mais pas par la guerre.

— Pas si elle peut-être évitée, non. Je comprends bien que tu ne voies pas les choses ainsi, cependant. Tu es le produit de ton temps.

Il sursauta en reconnaissant les paroles d'une vision qu'elle avait eue sur Sebaddon.

— Je sais ce que vous allez dire, déclara-t-il. Vous allez me dire que je dois affronter les temps à venir avec une grande prudence. Mais je viens de le dire, alors peut-être que vous-même ne le direz pas.

Elle sourit.

— C'est assez déconcertant quand ce que tu as vu ne se déroule pas comme c'était censé le faire.

C'était vrai. Cette conversation avait déjà pris une autre direction grâce à son intervention. Ensuite, elle était supposée lui rappeler que les Sith étaient l'ennemi et qu'il ne devait pas devenir comme eux afin de les vaincre.

— Alors l'avenir n'est pas toujours gravé dans la pierre ?

— Non, et parfois j'en suis heureuse, Shigar.

Elle posa une main sur son épaule et le guida vers la porte.

— Tu apprendras à l'être, toi aussi, je pense.

Elle paraissait vraiment lasse. Il aurait aimé pouvoir faire quelque chose pour qu'elle se sente mieux. Mais comment lui, simple Padawan, pouvait-il comprendre ou seulement porter le fardeau énorme qui était celui du Grand Maître ?

Une fois encore, un éclair de prescience lui indiqua qu'il passait très près de quelque chose vu dans son passé.

Sois bon, Shigar.

Avait-elle voulu parler d'elle tout du long ? Et tout ce chagrin envers Larin avait-il été en vain ?

Puis une autre pensée lui vint.

Certains chemins sont plus difficiles que celui que tu as emprunté.

Ces mots restés imprononcés jusqu'à maintenant s'adressaient-ils à lui ?

Elle parlait de lui.

Alors qu'ils quittaient la salle d'audience, il décida que ce n'était pas une mauvaise chose de se sentir ainsi déchiré. En fait, il devrait s'y habituer. De grands défis s'annonçaient, que les Hauts Conseillers voient leurs efforts diplomatiques couronnés de succès ou pas. Dans un univers qui exigeait le noir et le blanc, il choisirait le gris.

Et quand il aurait passé les épreuves, il s'entretiendrait en privé avec Maître Traless. Si un millier de Chevaliers Jedi éprouvaient réellement la même chose que lui, il y aurait de l'espoir une fois que la diplomatie aurait échoué.

49

Dark Howl, Seigneur Noir des Sith, était moins imposant lors d'une deuxième rencontre qu'il ne l'avait paru pendant la première. Il portait un uniforme noir sans insignes ni décorations, et Ax interpréta cette sobriété vestimentaire comme un signe qu'il ne cherchait pas à l'impressionner. En revanche, elle ne savait trop que penser du fait qu'il ait demandé à la rencontrer en privé, sur son propre champ de tir de Dromund Kaas.

— Choisis un fusil, dit-il en indiquant la vaste collection d'armes occupant tout un mur de son bureau. Suis-moi sur le pont.

Ax opta pour un fusil antique à la crosse en os. Il était chargé et ses viseurs étaient parfaitement alignés. Elle aurait parié que Dark Howl les entretenait tous aussi bien, et pas uniquement pour la galerie.

Elle avait raison. Le « pont » était une vaste plate-forme surplombant un terrain à la végétation tropicale où des clairières avaient été aménagées, ce qui offrait une vision claire des sous-bois. Le soleil était au zénith, au-dessus des nuages. Les conditions étaient aussi bonnes qu'il était possible sur la planète capitale de l'Empire.

Dark Howl fit tinter une cloche. Quelque part entre les arbres, la porte d'une cage s'ouvrit en grinçant. Il épaula son arme pour évaluer la distance.

— Eldon Ax, je t'ai fait venir ici pour que tu puisses m'expliquer comment tu as tué Dark Chratis.

Elle se figea. Comment savait-il ? Elle n'en avait parlé à personne, et elle était certaine qu'aucun des soldats présents sur Sebaddon n'avait compris ce qui s'était passé ce jour-là. Les hex avaient massacré tant de gens. Dark Chratis avait simplement été une de leurs victimes.

Le fusil de Dark Howl émit un craquement sec, aigu, qui la fit sursauter. Quelque chose cria dans les arbres.

Le Seigneur Noir la regarda et lui adressa un sourire aux dents pointues à glacer le sang.

— Ne t'inquiète pas, lui dit-il. Tant que tu es ici, tu n'as rien à craindre.

Elle se demandait quand sa chance allait tourner.

— Qu'est-ce qui vous fait penser que je l'ai tué, mon Seigneur ?

— Chaque fois qu'un apprenti revient sans son Maître, la question se pose d'elle-même. C'est une sorte de tradition, même si tu l'entendras rarement évoquer. D'abord, tu survis à l'Académie ; ensuite, tu dois survivre à ton Maître. C'est ainsi que j'ai gagné ma réputation, et je suppose que c'est ce que tu prévois de faire, toi aussi. La question est : comment ?

Le fusil parla encore.

— Si tu ne tires pas bientôt, jeune Ax, je serai obligé de penser que tu as perdu ton sang-froid.

Ax fit ce qu'on lui disait. Elle leva le fusil et cala la crosse contre son épaule. Elle ne se souvenait plus de la dernière fois où elle avait tiré avec une arme à feu. Certainement pas depuis qu'elle avait confectionné son premier sabre laser.

Elle scruta les feuillages à travers la lunette de visée. Quand une tête duveteuse, aux yeux noirs, se risqua lentement à découvert, elle pressa la détente. L'arme produisit un geignement bref et curieusement nasillard, puis une impressionnante décharge d'énergie d'un vert brillant fila vers la cible. La créature terrifiée explosa dans une boule de fourrure enflammée.

— Je me suis servi des hex, dit-elle à Howl qui semblait satisfait de son tir, puis elle épaula de nouveau.

— Comment les as-tu amenés à t'obéir ?

— C'est, euh, assez difficile à expliquer.

— Je ne t'ai pas fait venir ici pour te rendre la vie facile. (Un autre tir du Seigneur Noir, un autre cri en contrebas.) Tu nous as déjà parlé des vestiges de Lema Xandret présents dans tous les droïdes. Comment as-tu appelé ça, déjà ?

— L'amnioïde.

— Ah oui. Tu as mentionné dans ton rapport que toi et le Grand Maître Jedi étiez toutes les deux capables d'influencer les hex grâce à l'amnioïde. Je n'avais pas compris que tu pouvais le faire à un degré aussi puissant.

— Ce n'est pas ainsi que j'ai procédé.

Elle rata son deuxième tir. Il la battait de trois coups au but contre un seul.

— Sois sûre que j'obtiendrai l'explication de toi, d'une façon ou d'une autre, jeune Ax.

La menace était transparente à présent. Elle chercha à trouver en elle la même force que Satele Shan avait démontrée sur Sebaddon.

— Il y a un détail que j'ai omis dans mon rapport, mon Seigneur, dit-elle. L'amnioïde n'était pas là uniquement pour contrôler les hex. Elle était destinée aussi – et peut-être surtout – à maintenir en vie une enfant placée dans une cuve à Bacta isolée de la Force. C'était l'enfant de Xandret. Un clone.

— De toi ?

Ax ne voulait pas utiliser *moi* pour répondre.

— Elle s'appelait Cinzia. Elle a cru que j'étais elle.

— Tu lui as parlé ?

— Oui.

— Et ensuite tu l'as tuée ?

— Non, mais j'aurais pu le faire. Le Grand Maître l'a

libérée quand l'amnioïde a tenté de l'étouffer. Elle est morte de son exposition à l'air.

Ils tirèrent en même temps, et à cet instant précis un éclair zébra le ciel lugubre. La synchronisation n'était pas voulue, et elle fut d'autant plus marquante.

— Quand les hex n'agissaient pas individuellement, continua-t-elle, ils obéissaient à Cinzia et non à l'amnioïde. Et parce que nous avions toutes les deux le même code génétique, ils m'obéissaient aussi. Il m'a été facile de les tourner contre Dark Chratis.

— Et bien sûr c'était nécessaire. Tu n'aurais pas réussi à le tuer toute seule.

— Non.

Elle détestait le reconnaître, mais c'était la vérité, et il lui sembla qu'à ce moment seule la vérité convenait. Le petit jeu de Dark Howl n'avait rien à voir avec ceux que Dark Chratis avait affectionnés. Elle en apprenait les règles au fur et à mesure.

— Cette omission du clone dans ton rapport, c'était prémédité, délibéré et dangereux, déclara-t-il. Le Conseil Noir n'apprécie pas tout ce qui sent la déloyauté. Ou un attachement émotionnel à quoi que ce soit en dehors du Conseil lui-même.

— Je n'éprouvais aucun lien de parenté avec le clone, mon Seigneur, répondit-elle.

— Pas le moindre ?

Elle lutta pour trouver les mots définissant le mieux les émotions toujours présentes en elle quand elle pensait à cette créature pathétique dans le réservoir.

— Lema Xandret avait refusé de laisser partir sa fille, alors elle en a créé une nouvelle qu'elle a emprisonnée. Elle refusait qu'on la contrôle et pourtant elle-même se montrait possessive et obsédée par son contrôle. Quelle prison aurait-elle inventée pour moi si Dark Chratis ne m'avait pas sortie de ses griffes ? Était-ce pour cette raison que les souvenirs la concernant ont été si faciles à effacer ? Durant tout ce temps, la seule chose qui m'est revenue, c'était un souvenir de ses cris. En bref, je pense que j'ai eu de la chance de la fuir. Et la clone aussi, finalement.

— C'est toi qui as ordonné aux hex de se suicider ?

— Non, ça, je ne l'ai pas fait. Mais j'aurais probablement pu le leur ordonner.

Il hocha la tête.

— C'était l'amnioïde, donc.

— Cette fois, oui. Lema Xandret avait perdu sa fille une deuxième fois. Elle n'avait plus de raison de vivre. Pas même la vengeance.

— Et, au lieu de devenir leur maître, tu les as laissés mourir.

Howl baissa son arme et la fixa de son regard d'obsidienne.

— Certains pourraient s'étonner que tu n'aies pas utilisé les hex pour accomplir ta vengeance contre Dao Stryver, et ensuite pour conquérir la galaxie.

J'aurais pu devenir Impératrice !

— Oui. La pensée m'a effleurée. Mais le Mandalorien s'était déjà enfui, et je reste loyale au Conseil Noir.

— Certains pourraient dire que ta proximité avec le Grand Maître des Jedi a embrouillé tes pensées. Et même s'en servir d'argument pour ne plus jamais t'accorder leur confiance.

— Peu m'importe ce que les gens disent.

— Ton seul souci, c'est que le Conseil Noir décidera pour toi.

— Je les ai rencontrés hier. Ils… Vous avez dit…

— Bien des choses sont dites, Ax, et bien des choses sont faites. Ce ne sont pas toujours les mêmes.

Elle le savait.

— Alors, vous allez me faire mettre à mort ?

Il lui rit au nez et leva son fusil. Un autre tir ; un autre cri de douleur.

— Tout dépend entièrement de ta façon de présenter les choses, dit-il. Les fugitifs ont-ils été punis ?

La fin de sa mère et celle du clone ne lui laissaient aucun doute à ce sujet.

— C'est indubitable.

— La planète est-elle tombée aux mains de la République ?

— Non.

— Tu as donc survécu alors que ton Maître n'y est pas parvenu, et tu es revenu avec des renseignements précieux. Tu es forte et déterminée, comme ta mère. Tu ne mérites que l'admiration, et qu'on ferme les yeux.

Si quelqu'un d'autre apprend le secret concernant les hex, l'explication est simple. Ta loyauté envers l'Empereur est telle que jamais tu ne tenterais de le détrôner. Tu remarqueras que j'ai parlé de l'Empereur, pas du Conseil Noir. C'est à un Sith de tenter de nous détrôner. C'est pourquoi nous devons te garder à l'œil. Tire.

Ax ferma un œil et calma les battements affolés de son cœur. Peut-être survivrait-elle, finalement.

Ce ne fut pas le cas de la créature dans son viseur, ni des deux suivantes.

Elle ne dirait pas que la seule raison pour laquelle elle n'avait pas épargné les hex était qu'essayer de les contrôler aurait immanquablement abouti à un échec. Corrompus par l'esprit malade de sa mère, les droïdes auraient fini par se retourner contre elle, et elle se serait retrouvée prise au piège, comme son clone. Loin de devenir Impératrice, elle n'aurait été qu'une Princesse coincée dans sa cage, appelant au secours dans une galaxie dépeuplée.

Il était nettement préférable que tout cela disparaisse dans le trou noir et qu'elle poursuive le cours de sa vie. *Sa* vie. Pour ce qu'il en restait.

— Pourquoi m'avez-vous invitée ici ? demanda-t-elle. Ce n'était pas pour m'interroger sur mon rapport ou pour me donner des conseils.

— Exact. Tu es jeune et inexpérimentée, mais tu es

aussi observatrice, et tu as survécu à cette situation critique. Peut-être dissimules-tu tes véritables sentiments avec beaucoup d'art, peut-être es-tu plus résistante que tu n'en as l'air. Quoi qu'il en soit, tu peux m'être utile. Je t'ai fait venir ici pour te proposer une alliance.

Ax ne voyait même plus ce qu'il y avait au-delà de ses viseurs.

— Quelle sorte d'alliance ?

— Une alliance considérablement plus avantageuse pour toi que la précédente. Dark Chratis méritait ce qui lui est arrivé. Ses méthodes étaient peu fiables, ses conceptions dangereuses et son ambition non maîtrisée. En conséquence, sa chute était inévitable. La seule question était : chuterais-tu avec lui, et jusqu'où ?

Elle ne répondit rien.

Les dents de Dark Howl luisirent faiblement dans la nuit.

— Dark Chratis t'a déçue, tout comme ma dernière apprentie m'a déçu. Il est temps de voir au-delà des échecs et des déceptions, les succès qui nous attendent, toi et moi. Avec mon pouvoir et ton potentiel, peux-tu imaginer ce que nous pourrions accomplir ensemble ? Nous pourrions faire tomber le Chancelier Suprême de son trône et nous octroyer des récompenses dépassant nos rêves les plus insensés !

Elle ne voyait pas aussi loin. Tout ce qu'elle avait en tête, pour l'instant, était l'utilité qu'elle pourrait tirer d'un Maître membre du Conseil Noir, au lieu simplement de rêver d'en avoir un dans cette position.

— Qu'est-il advenu de votre dernière apprentie ?

— Elle aimait avoir des animaux familiers, dit-il en visant et en faisant exploser une autre créature à fourrure entre les arbres. Et maintenant je la garde dans le dôme d'observation, juste au-dessus de nos têtes. Elle aime beaucoup me voir distraire mes invités.

Son sourire était froid et vicieux, et quelque chose en lui ravissait Ax. Dark Howl avait besoin d'elle, et elle avait besoin de lui. Il n'y avait aucune honte à l'admettre. Des jeux plus importants les attendaient à présent.

Dao Stryver pouvait attendre. Quand elle aurait besoin d'éprouver de la colère sous sa forme la plus pure, il serait là pour la lui inspirer. Peu importait l'endroit où il se trouvait ou ce qu'il faisait. Plus longtemps son vœu resterait inassouvi et plus sa colère croîtrait. *La fin justifie les moyens*, comme il l'avait dit lui-même.

— Je serais honorée, mon Seigneur.

— Bien. Alors je t'accepte comme apprentie. Tu mettras aux oubliettes cette sale histoire concernant ta mère, et nous nous préoccuperons de la meilleure façon pour massacrer ces chiens de Jedi dans leurs lits. Et, plus important encore…

Il lui lança un clin d'œil.

— Plus important que tout, ma jeune apprentie, nous surveillerons mutuellement nos arrières.

ÉPILOGUE

TATOOINE

Les cantinas ne manquaient pas sur Tatooine, pas plus que les bagarres qui s'y déroulaient. Akshae Shanka était arrivé deuxième dans un autre tournoi de combats, et les esprits étaient échauffés. Il y avait eu des émeutes autour de l'arène, et plusieurs fusillades avaient fait concurrence à celles de la compétition.

Mais Dao Stryver n'était pas ici pour se battre.

Des profondeurs sombres de la salle de *l'Aile et le Vagabond*, le Mandalorien observa d'un œil intéressé l'arrivée de l'humain qui se faisait appeler « Jet Nebula ».

Le contrebandier avait l'air d'être fait de sable, comme c'était très souvent le cas sur cette planète aride. Sa tignasse grise était toujours aussi ébouriffée, son uniforme aussi élimé. Le droïde qui venait derrière lui avait hérité de deux ou trois éraflures durant ses voyages, depuis Sebaddon. Mais ils avaient tout à fait l'aspect auquel Stryver s'était attendu. Ils étaient attentifs comme s'il s'agissait de vieux guerriers.

« Jet Nebula » balaya la salle du regard, vit la Gektl impassible assise seule puis lui jeta un second coup d'œil discret, l'air de rien.

Puis il leva deux doigts à l'adresse du barman, qui lui répondit d'un petit signe de confirmation, et lui et le droïde fendirent la foule des consommateurs.

— Comme c'est curieux de vous voir ici.

— Vous me reconnaissez ?

— Dao Stryver, en chair et en os. Vous étiez mieux avec votre casque.

Stryver découvrit les dents d'une façon qui pouvait passer pour un sourire.

— Dans ma culture, ce genre de remarque est considéré comme un défi.

— Allons donc. Je sais que vous comprenez la plaisanterie, dit Jet en prenant une chaise. Et puis, il est évident que vous m'attendiez. Je pense donc que je n'ai rien à craindre, au moins jusqu'à ce que vous m'ayez dit ce que vous voulez.

— Je suis là pour le droïde.

Un des sourcils de Nebula s'arqua aussitôt.

— Il n'est pas à vendre.

— Je ne vous propose pas d'argent.

Deux petits verres furent déposés devant eux. Stryver ne fit pas mine de payer, et le contrebandier non plus. Il avait une ardoise ici, bien sûr. Il leva son verre.

— À la chance dans la bataille, dit-il. Et que tous vos œufs donnent des soldats.

— Vous êtes au courant pour ça aussi ?

— J'ai un odorat assez développé. Et puis j'ai déjà transporté des œufs peints depuis Hoszh Iszhir. Chouette planète, quand on est capable d'inhaler des gaz nocifs.

Stryver leva son verre et en vida le contenu d'un trait.

— J'ai eu tort de vous sous-estimer, dit-elle.

— Ce n'est pas votre faute, je fais beaucoup d'efforts pour donner une certaine impression.

— Je ne m'excuse pas. Je vous fais un compliment. Peu de personnes réussissent à me tromper.

— Nous avons tous les deux nos masques. Est-ce que vous taillez votre queue pour qu'elle entre dans cette armure ou est-ce que vous l'avez coupée ?

Elle secoua la tête, car elle ne voulait pas se laisser détourner de son but.

— Je vous cherche depuis cette affaire sur Sebaddon.

— Je suis flatté qu'il vous ait fallu aussi longtemps pour me retrouver.

— On dit ici et là que vous avez revendu des données techniques au marché noir. Quel genre de données ?

— Bah, tout ce que j'avais sur les hex, ce qui ne représentait pas grand-chose. Analyses chimiques, quelques vidéos, des échantillons divers. J'ai vendu le tout à un type du nom de Shavak. Mais pas d'inquiétude : il n'a rien de suffisant pour en reconstruire un.

Elle le laissa penser que cela ne l'intéressait pas – si du moins il voulait bien le croire. Cet homme portait nombre de masques. Dans le palais de Tassaa Bareesh, il avait pris soin de ne pas trop faire le malin afin qu'on ne voie pas en lui une menace, et dans le même temps il avait accru sa valeur en tant que fournisseur des reliques du *Cinzia*, ce qui laissait entendre qu'il pourrait dénicher d'autres trésors, et ce qui lui évitait les risques d'une disparition prématurée orchestrée par les Hutts. Et pendant que ceux-ci surveillaient les émissaires, le contrebandier parmi eux avait gardé les yeux et les oreilles à l'affût.

De la même manière, il avait tiré les fils de la marionnette qu'était l'émissaire de la République et s'assurait que cette affaire avec Xandret tourne à son avantage. Il n'était pas impossible qu'il tente le même stratagème en ce moment même.

— Vous savez, j'aurais fait un excellent Mandalorien, disait-il. Enfin, si la carrière m'avait attiré.

Stryver se raidit sur son siège et résista à l'envie de se pencher sur la table pour lui arracher sa tête d'humain chétif.

— Expliquez-vous, gronda-t-elle.

— Nous savons tous les deux savourer l'ironie de certaines situations, dit-il en commandant d'un geste une autre tournée au barman. Et nos objectifs sont comparables. Je veux dire, sérieusement. C'est vous qui avez orchestré toute cette affaire sur Sebaddon, et depuis le début, pas vrai ? Vous avez donné à Xandret les coordonnées pour une rencontre qui la forcerait à traverser un espace infesté de pirates et de corsaires. Vous saviez où le vaisseau finirait une fois arraisonné, et ce que les Hutts en feraient très probablement. Ensuite, vous avez effectué des sauts de puce dans la République et l'Empire pour faire monter la pression. Votre but : faire croire que vous traquiez le *Cinzia* pour l'empêcher de tomber dans les mains de quelqu'un, alors qu'en fait vous faisiez très exactement le contraire. C'est pourquoi vous n'avez tué aucun des acteurs de la pièce dont vous avez croisé la route. Vous vouliez qu'ils se battent à cause des hex tout autant que vous désiriez effacer toute trace de votre implication dans cette histoire.

Les consommations arrivèrent. Stryver ne toucha pas à la sienne, tandis que Nebula continuait de parler :

— Vous testiez les réactions de l'Empire et de la République aux hex. Vous vouliez savoir qui a l'avantage ces temps-ci. La République s'est-elle remise de la leçon que vous avez bien failli lui donner il y a une dizaine d'années ? L'Empire est-il devenu assez puissant pour être considéré comme un adversaire sérieux lors de votre prochaine campagne ? Je dirais que le résultat était serré, ce qui me convient tout à fait. Qu'en pensez-vous ? Mandalore va combattre qui la prochaine fois, quand il sera las de travailler pour les autres ? C'est une question à laquelle tous les Jedi et tous les Sith aimeraient avoir la réponse, je pense.

Il avala le contenu de son verre sans la quitter des yeux. Elle prit soin de ne pas lui donner de réponse.

— Où est l'ironie dans tout ça ?

— *Nous n'avons pas de chef.* Vous vous souvenez ? Je suis sûr que vous n'avez pas oublié, comme je suis sûr que cette phrase a éveillé des échos en vous. Vous appartenez à une caste plutôt portée sur l'individualisme, tout comme la mienne. Nous avons une certaine sympathie pour le désir qu'exprimait Lema Xandret de suivre sa propre voie, même si nous ne partageons pas sa méthodologie. Après tout, nous ne disposons pas de l'armée de droïdes qui lui a permis ses rêves politiques – armée qui, soit dit en passant, était certainement à l'origine conçue plus pour construire des bâtiments et rendre cultivable une planète que pour combattre qui que ce soit. Jusqu'à notre arrivée, évidemment. Et c'est là qu'est toute l'ironie de la chose.

L'Empereur n'adhérait certainement pas aux aspirations égalitaristes de Xandret, et je suis persuadé que le Chancelier Suprême ne les aurait pas approuvées, lui non plus. L'Empire comme la République n'aiment guère les gens qui ont la capacité de renverser leurs régimes. En ce sens, nos deux amis chamailleurs se ressemblent beaucoup plus qu'ils ne veulent bien le reconnaître – et le principe politique de Xandret aurait pu se révéler encore plus dangereux que ses hex s'il s'était propagé.

Stryver acquiesça. Elle pensait aux strates des hiérarchies, des bureaucraties et des classes sociales qu'elle avait vues dans la République et dans l'Empire, toutes rongées par un mécontentement qui ne découlait pas uniquement de la guerre froide existant depuis maintenant plus de dix ans. Il n'était pas impossible d'imaginer que l'un ou l'autre de ces régimes soit renversé par une rébellion venue de l'intérieur.

Toute aussi dangereuse, cependant – et beaucoup plus importante –, était la possibilité que les deux camps puissent s'unir un jour contre un ennemi commun, comme ils l'avaient fait contre les hex. Du point de vue d'un Mandalorien, il était donc vital de faire en sorte que ces deux forces se sautent continuellement à la gorge.

— Votre signe de tête, dit Jet, c'est une approbation ou le contraire ?

— Je pense que la chose la plus dangereuse dans la galaxie est un serf ambitieux.

— Comme tout régime exploiteur le découvre à ses dépens, quand ceux qui accomplissent tout le travail décident qu'ils veulent garder les profits de leur labeur pour eux.

— Que se passerait-il si les droïdes en arrivaient à la même conclusion ?

— Ce serait la fin de la civilisation telle que nous la connaissons. Par chance, les hex n'avaient aucune ambition personnelle, ou globale. Ils étaient simplement mal programmés.

— Je ne parlais pas des hex. Je parlais de Clunker.

Nebula montra assez de dents pour suggérer que son sourire pouvait également être une menace.

— Vous ne pensez pas que nous serions déjà ses esclaves si c'était ce qu'il voulait ?

— Dites-moi ce qu'il veut. Qu'est-ce qui motive une machine capable de prendre le contrôle de vaisseaux de la République et de l'Empire quand bon lui semble, et qui ensuite se contente de filer en douce ?

— Pas le pouvoir ni la gloire, c'est évident. Ni le profit, sinon je serais multimilliardaire. Parfois, il fait ce que je lui dis de faire, et parfois non, donc ce n'est pas une question d'obéissance envers moi. Pour être franc, ça fait des années que j'essaie de comprendre comment il fonctionne, et je ne suis pas plus près de la réponse qu'au premier jour.

— Ce n'est pas vous qui l'avez fait ainsi ?

— Aucune chance. Clunker est une erreur, une malfaçon quelconque dans une usine, et il était promis à la fonte quand je l'ai trouvé. Son cerveau avait des problèmes de réinitialisation apparemment. Au bout de quelques minutes, il tombait en rideau et sa mémoire s'effaçait. L'idée d'avoir un droïde sans capacité de stockage des preuves incriminantes me plaisait bien, alors je l'ai fauché et je l'ai bricolé du mieux que j'ai pu. Aujourd'hui, il est opérationnel des jours d'affilée sans tomber en rade, mais ça lui arrive encore de temps à autre. Les seules choses dont il se souvient toujours son moi et le vaisseau. Je suppose que c'est parce que sa vie a vraiment commencé comme ça.

Stryver contempla un moment le droïde aussi immobile qu'une statue.

— Donc il ne se souviendra pas de Sebaddon et de ce qui s'est passé sur cette planète ?

— Non. Il a été réinitialisé à quatre reprises depuis. J'en suis venu à penser que tout est lié en fait : comme s'il avait trop de pensée pour que son cerveau les contienne longtemps, et donc il éteint la lumière régulièrement pour ne pas devenir dingue. Après tout, qu'est-ce qu'il pourrait y avoir de pire qu'un droïde doté d'ambition, comme vous avez dit ? Vous avez vu ce que les gens leur font quand ils commencent à avoir des idées.

— Et pour d'excellentes raisons, en ce qui concernait les hex.

— Clunker n'est pas un hex. Ce n'est qu'un droïde endommagé qui lutte pour s'adapter à un univers immense et dément.

— Alors l'heure est peut-être venue de le soulager de ce fardeau.

— Je conseillerais de ne pas essayer.

— Je conseillerais de ne pas résister, Jeke Kerron.

Quelque chose se durcit dans le regard du contrebandier. Stryver se leva et voulut prendre son arme.

Elle ne fut jamais certaine de ce qui se passa ensuite.

Clunker remua. Elle s'y attendait. Mais l'attaque ne vint pas de lui. Elle se déchaîna simultanément de quatre angles différents, et les décharges énergétiques la rejetèrent sur son siège. Sa combinaison fut parcourue d'étincelles, puis de minces volutes de fumée s'en échappèrent. Des tremblements incoercibles secouèrent ses membres. Pendant un moment potentiellement fatal, sa vision se troubla et tout sombra dans un gris uniforme.

Puis elle récupéra, et ce fut pour découvrir la cantina bondée exactement comme elle était auparavant. À deux détails près : le contrebandier et son robot avaient disparu.

— Vous feriez mieux de finir votre consommation, dit le barman en indiquant le verre toujours posé devant elle. Il nous a demandé de ne pas vous jeter dehors tout de suite, mais ma générosité a des limites.

— Il a *demandé* ?

Elle se tut brusquement tandis que son cerveau analysait ces données. Il venait ici depuis des jours. C'était ainsi qu'elle l'avait retrouvé. Elle avait pensé qu'il gaspillait son argent avec d'autres joueurs et des ivrognes, alors qu'en fait il avait préparé son piège. Pour elle.

Les autres clients évitaient soigneusement de croiser son regard furieux.

Mais intérieurement, Stryver riait. Deux choses la ravissaient.

La première : elle était toujours en vie.

La seconde : il était agréable d'avoir un adversaire de valeur.

Depuis l'époque où elle combattait dans l'arène, quand la vie d'une Gektl ne valait rien et qu'on s'attendait à ce qu'elle ne tienne pas une semaine, Dao Stryver avait fait un long chemin. Avec le temps, elle s'était couverte de gloire, et elle se considérait maintenant comme l'incarnation de l'attitude mandalorienne. C'étaient des individus qui faisaient la guerre, pas des Empereurs et des politiciens. L'issue des batailles dépendait de personnes dont le nom ne serait peut-être jamais retenu par l'Histoire. Mais l'important n'était pas l'Histoire, ou même qui avait été vainqueur. Quiconque luttant assez dur pouvait devenir un héros. Cela seul importait.

Son ennemi le comprenait. Il était important pour elle qu'il comprenne. Elle avait remonté son historique depuis le temps où il était capitaine jusqu'à second sur un vaisseau très différent, et la piste s'était arrêtée là. Mais le capitaine de ce vaisseau, Jeke Kerron, avait eu la réputation de se montrer beaucoup trop malin pour son propre bien. Il s'était fait des ennemis au sein de nombreux cartels avant de disparaître. Il avait suffi de se demander si l'un n'avait pas pris la place de l'autre.

Ils ne se retrouveraient peut-être jamais dans le même camp, se dit Stryver, mais au moins, à partir de maintenant, ils joueraient la même partie.

Elle avala son alcool et joua des épaules pour sortir de *l'Aile et le Vagabond* dans la lumière aveuglante de Tatooine. Une fois le casque remis, elle n'était qu'un Mandalorien de plus parmi tant d'autres, dans ce monde de gladiateurs. Elle fouillerait chaque spatioport de la ville, par acquit de conscience, même si elle était à peu près certaine que l'*Auriga Fire* lui glisserait entre les doigts une fois de plus. Ensuite, elle irait faire son rapport au Mandalore. Si on le lui ordonnait, elle traquerait son ennemi jusqu'aux confins de la galaxie, et elle serait prête quand ils se rencontreraient à nouveau. Sinon, elle se remettrait à étudier l'Empire et la République avec la certitude qu'il y aurait bientôt de la gloire à glaner pour tout le monde.

Le conflit approchait. Cette évidence réchauffait son âme de guerrière.

Elle leva les yeux pour contempler le soleil, et elle souhaita à l'homme qui se faisait appeler « Jeb Nebula » d'avoir de la chance au combat.

Imprimé en France par

BRODARD & TAUPIN

à La Flèche (Sarthe)
en mai 2011

FLEUVE NOIR – 12, avenue d'Italie - 75627 Paris cedex 13

N° d'impression : 64919
Dépôt légal : juin 2011